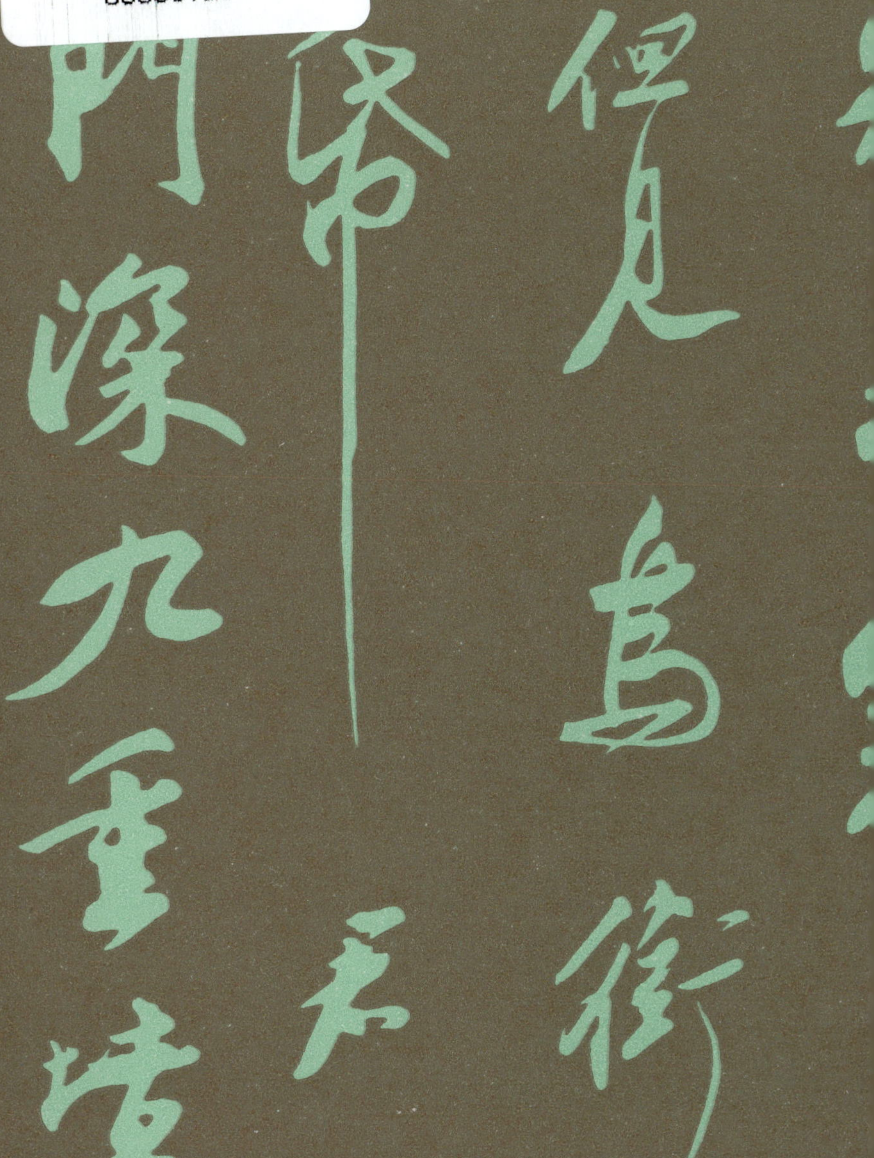

# 全宋詩

北京大學古文獻研究所編
傅璇琮　倪其心　許逸民
孫欽善　陳　新
主編

第四六册

北京大學出版社

全國高等院校古籍整理研究工作委員會重點項目

## 編纂委員會顧問

王起　周林　周紹良　啟功　程千帆

鄧廣銘　錢仲聯　繆鉞

## 編纂委員會

孔凡禮　王嵐　王麗萍　安平秋　李更

李致忠　宋祥瑞　吴鷗　金開誠　馬秀娟

高秀芳　孫欽善　陳新　陳捷　陳曉蘭

倪其心　許紅霞　許逸民　張弘泓　張躍明

傅璇琮　楊忠　裴汝誠　趙前　漆永祥

劉瑛　嚴紹璗　羅琳　欒貴明

本册資料人員

朱寶模　孟憲忠　姚兆寧　徐永强　崔　岩　崔庚昌

劉　雯

參加本册整理者

于世明　王德保　吕桂珍　李　更　李　權　吴　鷗

岳仁堂　孟憲忠　馬秀娟　徐永强　崔統華　許紅霞

虞　行　劉　霞

參加本册補遺者

虞　行

（以上均以姓氏筆劃為序）

本册責任編委

許紅霞　李　更

# 第四六册詩人總目

# 第四六册目次

## 全宋詩卷二一四四五

## 全宋詩卷二四四六



## 全宋詩卷二四四七

## 全宋詩卷二四四八

## 全宋詩卷二一四四九

## 全宋詩卷二一四五〇

## 全宋詩卷二四五一

## 全宋詩卷二四五二

## 全宋詩卷二四五三

## 全宋詩卷二四五四



## 全宋詩卷二四五五

## 全宋詩卷二四五六

**全宋詩卷二四五七**

## 全宋詩卷二一四五八



## 全宋詩卷二一四五九

**全宋詩卷二四六〇**

## 全宋詩卷二四六一



## 全宋詩卷二四六二

## 全宋詩卷二四六三

## 全宋詩卷二四六四

## 全宋詩卷二一四六五

## 全宋詩卷二四六六

## 全宋詩卷二四六七

**全宋詩卷二四六八**

## 全宋詩卷二一四六九

## 全宋詩卷二四七〇



## 全宋詩卷二四七一

## 全宋詩卷二四七二

## 全宋詩卷二四七三



## 全宋詩卷二四七四

## 全宋詩卷二一四七五



## 全宋詩卷二一四七六

## 全宋詩卷二四八〇



## 全宋詩卷二四八一



## 全宋詩卷二四八二

**全宋詩卷二四八三**

## 全宋詩卷二一四八四



## 全宋詩卷二一四八五

## 全宋詩卷二四八六



## 全宋詩卷二四八七

## 全宋詩卷二四八八



## 全宋詩卷二四八九



## 全宋詩卷二四九〇

## 全宋詩卷二一四九一



## 全宋詩卷二一四九二

## 全宋詩卷二四九三



## 全宋詩卷二四九四

## 全宋詩卷二四九五

## 全宋詩卷二四九六

**全宋詩卷二一四九七**



**全宋詩卷二一四九八**



**全宋詩卷二一四九九**



**全宋詩卷二一五〇〇**

## 全宋詩卷二一五〇一

## 全宋詩卷二五〇二

**全宋詩卷二五〇三**



**全宋詩卷二五〇四**

## 全宋詩卷二五〇五

## 許及之一

許及之（？—一二〇九），字深甫，温州永嘉（今浙江温州）人。孝宗隆興元年（一一六三）進士。淳熙七年（一一八〇）知袁州分宜縣（明正德《袁州府志》卷六）。以薦除諸軍審計，遷宗正簿。十五年，爲拾遺。光宗受禪，除軍器監，遷太常少卿，以言者罷。紹熙元年（一一九〇）除淮南東路運判兼提刑，以事貶知廬州。召除大理少卿。寧宗即位，除吏部尚書兼給事中。以諂事韓侂胄，嘉泰二年（一二〇二）拜參知政事，進知樞密院兼參政。韓敗，降兩官，泉州居住。嘉定二年卒。有文集三十卷及《涉齋課藁》九卷（《宋史·藝文志》），已佚。清四庫館臣據《永樂大典》所録許綸《涉齋集》，輯爲許綸《涉齋集》十八卷（按綸爲及之子，集中卷二有《綸子效靖節止酒體賦筠齋余亦和而勉之》可證。綸當爲及之詩的編集者，《永樂大典》誤署爲作者，今訂正）。《宋史》卷三九四有傳。

許及之詩，以影印文淵閣《四庫全書·涉齋集》爲底本，酌校他書引録。新輯集外詩，附於卷末。

### 新晴

連旬困梅霖，接夏潦乘溽。泄雲涣新霽，遊興難管束。出關便航湖，停篙藉蒲緑。漁歌入浦漵，沙禽亂驚浴。昏霏送霞落，依稀辨林谷。初更電煇摇，輕雷忽相續。蛙聲雜猛雨，波翻碎鳴玉。何能足清睡，快舉巵酒沃。明朝看晨光，未必非所欲。

## 次韻葉德友苦熱吟

避暑本無法，有法心可移。達尊迫人事，盛服嚴天威。六月厲戈甲，百鍊親鑪錘。前驅上峻坂，後鞭禁長吁。正午萬竈增，尅晷千夫炊。轅門待排結，軍令無徐舒。陸渾救急燎，欒巴稽噀霏。期以片時滅，不許一草萎。醲賞激勇往，畢力爭忘疲。不計揮汗雨，寧思濯風漪。當其用力所，豈復知熱時。萬事心地存，百夫火宅馳。四時更代謝，二至爭愆逾。積陰理必復，大夏陽常居。及此當歊絶，豈得懷鬱紆。杜願踏層冰，幾欲投清池。韓思坐深甑，為説亦豈疎。極知隸元氣，孰與逃象滋。聊用供嘲詠，且以相戲娱。吾儕幸安適，家食饕委蛇。念彼方熱耘，焉能思逃虛。靜勝昔人心，屢空斯晏如。況予負深譴，省咎闔重扉。友朋相急難，往復通有無。每懷子葉子，久與期襟期。有此苦熱吟，句韻兩崛奇。

## 喜雨次韻翁常之苦熱吟

羲和不弭馭，炎帝方秉機。孰不愛趙衰，誰肯觸武威。豈知鑠金石，乃得齊璿璣。鹿角甫云解，葵箑無停揮。萬寶成南訛，一枕安北扉。殿閣施餘薰，茅茨溥增輝。鼎鼎百年内，咄咄七十稀。臨流抒我懷，新浴振我衣。雷雨急生涼，天恩覺淪肌。詩來取靜勝，句到不吾欺。盛服思客位，重鎧念邊陲。當暑如懷秋，秋至勿興悲。

## 再酬常之

理極終必復，孰逃造化機。司夏流中氣，孰衡振嚴威。有懷渴雲霓，不願雨珠璣。油然起峻嶒，閃若驚霍揮。嘉澤徹中霄，涼飇入重扉。良苗固懷新，冶葉亦生輝。從欲天匪私，屢豐古實稀。垂老藉香火，凌晨肅裳衣。百拜屈我躬，萬感銘我肌。茲生每有逢，末路敢為欺。正爾飽丘壑，及此軫疆陲。念終抱媿耻，已矣徒傷悲。

## 中秋見懷

明月出海底，先照彤庭墀。正以合德故，争效朝宗馳。須臾散精彩，普率揚明輝。常時或顯晦，所歷隨茫瀰。及兹秋中氣，燎然光滿規。豈但碧漢澄，無復宿霧披。如坐水晶宫，更泛碧琉璃。凛凛栗膚髮，炯炯析毫釐。竟欲乘浮槎，試與窮垠涯。或擬斫却桂，或云生桂枝。蟾宫到者折，不生豈不稀。玉斧修何事，倒即無倒期。沉吟自絶倒，痛飲忘傾欹。兹辰病因仍，良行覺支離。始行浮雲多，猶欲一口吹。東牀念齋夕，妙語寄相思。詞到律自協，意古趣更奇。今雖減冰輪，猶照蘸甲巵。寄聲衕南翁，斯辰可無詩。我欲資雋永，庶以得自頤。

## 侍南軒先生卷雲亭望嶽麓積雪分韻得初作二字原案：此脱去作字韻詩一首。

新元既涉九，臘尾春未初。司寒勵餘職，飛雪來庭除。因風稀復密，潜陰慘還舒。瑞色入隴麥，祥膏潤園蔬。未足映書讀，已寬帶經鉏。和氣融比屋，所積惟林廬。悵焉起遐觀，未知問所如。南軒笑領客，操已敢作疎。豈無門下生，不肯升籃輿。衝泥按徐轡，秀句生蹇驢。卷雲畢清集，湖山眇開予。蜿蜒翠麓中，萬瓦參瓊琚。急掃供茗事，隔江竟煩渠。終日樂未央，不為食有魚。十韻分九人，其一固閏餘。併以屬汰礫，敢下馮婦車。屯雲方雜沓，二白難躊躇。須公專吟筆，載賡仍屢書。

## 張時可席上喜雪分韵得水字時予後至周希稷期而不集

寒威逼重幃，皓彩墮庭朑。不謂晦日愁，乃有豐年喜。更長要深盃，客緩愧停己。後來固自佳，不至猶可紀。傳香共分題，索笑驚落紙。摩抄玉梅鮮，凍合西湖水。

## 次韻黎師侯登王叔武文昌閣看雪

春雪如過客，所止留莫住。但見空中馳，機心逐鷗鷺。度臘凛餘寒，同雲忽朝聚。乍看鮫泣珠，漸覺柳飄絮。少焉有矜色，瓊枝鬭玉樹。登臨須勝流，著我覺形汙。北山鮮明姿，愛客急修具。坐間兩荆州，倏然隱風度。更著老彌明，清談屋瓴注。客醉主亦歡，主醉客即去。剥啄鳳沼來，忽得石鼎句。便可當畫圖，却將醒眼覷。

## 次韻轉庵用山谷半字韻見寄

居閒數相過，每語夜參半。稍作一日踈，已起三秋歎。老去惜光陰，歡來猶把玩。去年摻袂别，轉首摶沙散。恍思麋鹿侶，豈是鴛鷺伴。拂龜信逢辰，聽雞虞失旦。冉冉金階趨，穆穆玉皇案。端笏儼一夔，曳履儀十亂。咸德足享天，旅薦潔初盥。疲駑亦自鞭，百駕祇恐緩。以兹故山夢，纍纍若珠貫。佳句自山來，居然起衰悞。平生錦繡腸，不復置冰炭。室邇猶遠思，迢迢况閩館。加意松柏姿，聊逐桑榆暖。歸投玉女壺，天當一笑粲。

## 次韻書懷

世味真嚼蠟，閒趣覺雋永。閉門讀舊書，拓牖豁微冏。闚道忘一斑，反身得三省。佳人不可招，妙處誰與領。未刖聊晨門，已獻那泣郢。向來真左計，只合事幽屏。感君汪洋陂，洗我榮辱境。逢原得新功，餘潤及古井。筆端有轆轤，句法見馳騁。梅花動鄉思，霜風吹鬢影。言歸日在念，未策心已警。咫尺看白雲，祇隔馮公嶺。

## 次韻酬徐居厚寺簿

度江見三白，飛雪為誰妍。因山行畢役，憂國且願年。眷言靈駕發，綿延屬車駢。陽侯既効職，滕六敢自賢。閹陰不忍下，竣事即墮前。山林亦縞衣，揮灑紛素筵。似與孤臣淚，同作珠貝編。豈無訪戴舟，拘文不容牽。感君相料理，語妙堪流涎。奈何補天手，袖此鑑湖堧。不受鄰僧米，顔公合《永樂大典》卷一四六〇七作盍憂煎。援挐映雪眼，縱臾吟詩肩。同時天下名，一日方九遷。君不策高足，餘子煩後鞭。

## 再用韻

正士如正色，恥與俗競妍。老成信遲鈍，阿婆曾少年。斯人寄閒地，宇宙豈贅駢。向來馳天壤，誰者相愚賢。我欲從之遊，每恨不得前。玆行本尸祝，代庖誤當筵。高軒既枉過，妙語亦盈編。受施不知報，力疾可復牽。風雪久為虐，江湖長蛟涎。天豈困男兒，地闕東南堧。惟有皎潔姿，不受寒暑煎。勉子加餐飯，行行盍仔肩。時哉有通塞，道豈隨變遷。願將釣竿手，一為公執鞭。

## 王弱翁同年以多病故人疏韻五詩爲惠次韻奉酬

王君圭璋姿，宜在條理科。妙語天發成，瑩徹非礱磨。宗廟要琬琰，世豈無卞和。顧恐太分明，頗覺瓦礫多。

斯文萬金藥，不救俗儒病。盧生誰云邪，夫子未出正。羊腸駕觭輪，鯨瀾泝孤榜。噫乎吾道難，自古闕衰盛。

江水日萬折，袞袞望東注。飢鳶無停飛，不足了雛哺。君看青紫綬，但供折腰具。物理信如此，焉敢辭世故。

葉脱秋色静，水落洲渚陳。文昌易為月，翩翩欲相親。蟬聲老逾夏，乍聽意覺新。此時酒一尊，不可無此人。

心競事未已，趣了計有餘。彭澤八十日，便可膏吾車。趣時方枘拙，涉世孤舟虛。君無攻我短，政爾吾太疎。

## 直舍考校次弱翁再用前韻

胸中無渭涇，筆下安詮科。糊名彊别白，朱丹困研磨。傳詩得建安，妙畫追永和。快讀洗我懷，珠璣拾何多。

我句蕪陋質，聊學捧心病。君詩婉變容，毅然色更正。唱歎朱絃音，流喝清池榜。足亢江西宗，它年耳孫盛。

官冷得酒錢，便欲糟牀注。不管門東兒，張頤須咽哺。堪笑布裙婦，遮藏備修具。君自不紆軫，何止傾蓋故。

夜讀舉子語，戛戛務去陳。唤起場屋夢，倍覺燈火親。科第計謂了，癡兒事方新。寄言山内友，勿念塵中人。

堆案即姑置，棲息萬籟餘。階除勃窣行，兩脚當我車。徑欲煩客卿，相從賦子虚。麴生不可招，坐令此計疎。

## 轉庵集客分韻得作字見示次韻奉酬

轉庵詩老手，久不見近作。尚友喜文會，分韻得真樂。聯翩來巨軸，淋漓想酬酌。異味非五鯖，良裘豈一貉。有如得良劑，居然起深瘼。雖微與兹集，所得良不薄。山王果為累，竹林誠可畧。何妨贇賡酬，聊復資戲謔。永言相忘友，久要欣有託。後當不如今，今可不悟昨。亦欲見真率，正須先宿諾。少待天氣凉，偉觀灑高閣。

### 轉庵再用作字韻見酬有著蔡休咎之語復韻爲答

步蹇無良行，思苦乏新作。蟲聲徒自切，我病有何樂。言寫紓短懷，深汲難遠酌。敢嗟鳳兮鳳，正慚貉非貉。詩家有醫王，同社求句瘼。固不相短長，祇恐自鄙薄。胡為作蟻夢，乃欲談豹略。此意誠起懦，斯言幾善謔。天幸吾已數，人生歸有託。居然成老醜，何者禪畫諾。知予與罪予，併束春秋閣。原案：此首次前韻，脱去昨字韻二句。

### 次韻滕丞以古風爲贊

松柏覆高岡，根株滲七澤。雪霜有古今，柯葉無改易。上干青雲霄，下庇神龍宅。噦噦朝陽鳴，杳杳逢堵跡。五色絢文章，八音諧金石。羣飛競婆娑，争附第充斥。匠石既罕遇，社櫟顧何益。伶倫不雌雄，嶰竹雜螻蟈。藍田驚世瑞，造物等兒劇。昨曾闌斕斑，今猶眩朱碧。居然獲徑寸，幾欲按三尺。久之置懷袖，尚爾睬踧踖。姑憑副墨子，往備庚桑役。

### 陳西老咏檜古風次韻

古井千尺深，而無一寸波。古檜蔭其旁，愔愔長銅柯。明堂一柱難，如此樑棟何。匠石久袖手，高岑鬱峩峩。天風一披拂，劍佩相戛磨。不願為阿房，千門貯秦娥。願作寒士庇，渠渠共婆娑。吁嗟不相貸，飛輪迫羲和。誰歟薦輪囷，萬牛未為多。

### 次韻陳大用分韻得對字

離羣易興懷，會面即忻對。玆豈非人情，況復是吾輩。稍稍不晤語，翜翜已心憒。世態炎復凉，畫事素先繢。餘子紛碔砆，良友抵珍琲。仲方真小難，煮糜是所愛。有作窺古淡，如女洗妝黛。亦嘗和宫徵，惜不聽環佩。是舉終當了，此事可使廢。轉庵傳分韻，容成憶同載。肝膽徒輪囷，酬酢任瑕纇。

## 次韻陳大用

林巒迫摇落，卉木見槎梗。物當各歸根，人盍思退省。我今幸投閒，日力競俄頃。闔户思寡過，出户忘造請。第知龜藏六，大似蛙坎井。佳客車枉門，好語裘挈領。遽發醯雞覆，如脱孤犺穽。見道乏新硎，導窾味微綮。元方擅能事，轉庵互規警。倡酬傳五字，翫味消百眚。盤餐共麤糲，軒窗臨閴静。恨方厲霜風，惜不行蔗境。何當歷崟岑，相與忘畛町。江山開偉觀，華蓋登絶頂。

## 與同社遊山園次翁常之韻

眷言太玉峯，本是仙佛宅。端視儼若屏，側睨展如翼。洞府何渺茫，傳聞見圖畫。疆理雖東甌，題品經謝客。至今味篇咏，當時想游歷。顧我本萍泛，買鄰寓棲息。江山自呈露，卉木因種植。鑿巖得泉香，拓户見山色。佳客入庭户，英氣來几席。幽葩芬石根，好鳥絃坐側。拄笏山之西，挐舟江以北。明月浮可捉，疎星掛堪摘。拂晨天宇浄，出海陽烏赤。脩嵐爍紫翠，遠目眩朱碧。崚嶒雙塔影，突兀古殿脊。媚川溟渤寬，絶境天地窄。前賢未嘗亡，勝趣何有極。玆時届清和，同社共推激。肯為終日留，喜免重城隔。長歌響林坰，妙語出金石。爾汝合忘形，拘攣非遠識。莫嗔驚著汝，試問今何夕。曹劉牆可短，丘崖肩可拍。却笑山陰會，翻悲昔人迹。喻指孰非是，計馬誰失得。明當新詩來，勿憚難韻迫。趣歸不匆忙，餘興猶襞積。感君吐瓊瑰，為我寫胸臆。

### 六月十五日西湖夜泛高炳如集客趙臨安蟠老致餉同遊者陳可行楊少雲李元德王順伯何紹彭張宗尹楊氏子弟侍原作寺，據《永樂大典》卷二二六四改僧方與焉次炳如韻

西湖著明月，萬象各偃伏。夙昔湖上遊，賡酬動盈束。未有夜泛詩，此諸吾屢宿。剥啄聞招呼，縱臾戒行速。讀君紙三過，洗我愁萬斛。行行正作意，在在堪刮目。山光真起予，過雨儼新浴。精藍憩深幽，疎篁庇脩緑。棋聲節風甌，參差自成曲。睡乍味覺甜，語軟氣能馥。老僧與客忘，諦紬楞嚴軸。小立水花净，一堤良意足。方舟曉興動，篙人聽回復。薰風散金波，心境兩愁獨。是中有妙句，萬古無管屬。詩家高書記，前趙今鮑叔。歸來要推敲，遺餉到林谷。陳榻初解懸，膺門契仍篤。不遺太學蕃，王楊共高躅。陸笑阿戎談，足以侍几牘。支郎更可人，啖蔬如啖肉。而我厠髯張，形骸愧珠玉。敢逃清疑當作青白眼，僅免朱丹轂。明朝軟紅中，清遊夢應續。未嘆終滯淹，湖山已收録。

### 次韻薛子明由羅浮登富覽

羅浮映掛綵，富覽游兹亭。地非南海嶠，山結北斗城。雙鼇插奔瀾，萬峯若屯營。往復信潮汐，日夜歸滄溟。沙漲陵谷移，水落洲渚横。謝客紓目力，郭公參地形。夫君有心哉，象緯羅中扃。

### 次韻薛子明賦雪淵寒瀑

南山阻且秀，三峯屹而挺。笙跨夜鶴聲，松納古潭影。珍潛瀯無眹，樵涉深及脛。星娥闕靈蹤，月卿探幽屏。同氣想飛霞，相過談倒景。儻遇蓮葉舟，定自太華井。

### 遊石梁

天柱昔飽觀，石粱今創見。愧此叉枒姿，空費輪囷薦。安得愚公移，往作靈光獻。突兀千里間，普適寒士願。

## 沈丈察院次遊鳳山韻見示再次韻奉酬

短思如枯桥，不忘雨露滋。一朝得甘霆，牙蘖紛差差。向來圯上編，自注：沈丈嘗惠詩一編。敢孤老人期。至今巾篋中，常覺律吕隨。風骨自難蜕，寸心恐終違。苦語迫應酬，如醉多傾攲。擬求風斤斵，庶使膠柱移。遺以五色篇，服之欲生翬。東隅縱已失，南車足占迷。堂堂豸冠老，偉論堪扶危。不妨似嫵媚，正爾煩逶迤。餘事出長技，傳玩争矜持。高吟有催和，好雨誠知時。疲駑懼難駕，渴驥思脱羈。行當遂遠放，鴈伴聊同棲。

## 遊道林嶽麓寺

幕府日多暇，而無簿書勞。唤渡涉湘西，鼓枻歌離騷。今日湖南山，領覽歸我曹。頗覺葉舟穩，夷塗自風濤。

道林訪幽棲，羈懷愜所尚。嶽麓振前策，盤紆得夷曠。向來北山移，無物辭嘲謗。見此意豁然，泉聲助悲壯。

從昔遊山人，留題盡名字。壁昏暮鴉棲，石膩羣鴻戲。今人來更多，後觀復長喟。吾儕幸聞健，拄笏致爽氣。

名山喻名理，妙處須獨到。提耳從百聞，豈盡歷歷告。兹遊太清絶，足以償宿好。相期歲寒姿，對此松柏操。

以上《涉齋集》卷一

## 許及之二

### 曾主管由宜春道中得遺棄小兒屬予收養道間寄詩紀實次韻奉酬

日月被八極，覆盆自無明。陽春嫗萬物，孤翰有悲鳴。所以聖明治，要燭幽隱情。一旱出料外，誰與填饑坑。豪家亦何心，閉糴疑當作糶門忍横。指囷寛砮砮，凛若臨大兵。雨餘百憂洗，痛定猶忡怔。今代子曾子，贊畫外臺清。高軒昨過我，絶塵不容瞠。歸途出城闉，岸許聞啼嬰。下車非内交，一念千金輕。摩挲脱九死，感慨恩更生。抱持涉數舍，見我托此嫛。再拜敢有渝，鞠養專厢榮。嗟予何為者，世故亦飽更。識君千萬間，胸次久已成。所飢非一兒，公乎勉功名。

### 曾主管專介取棄兒再次前韻

自别心耿耿，奈此秋月明。晨興洗我耳，鵲鵲枝間鳴。踵門得緘翰，中有惻怛情。眷彼水際兒，感公脱危坑。傳之邑父老，相語涕泗横。鄭重煩取將，摩挲付老兵。忌飽體未充，慣拊心無怔。應答已如響，炯炯雙眸清。試問父母誰，惝恍目屢瞠。微公父母恩，何以活此嬰。兒生未有知，陰報已不輕。公猶不自德，安得名許生。共惟仁聖朝，發政先鰥嫠。吾儕值歉乏，詎敢孤官榮。二星妙宣指，悉數僕屢更。三接尚須臾，一路當生成。况乃幕中畫，實負當世名。自注：來書欲名以許生。

### 湖上餞沈興國分韻得二字

赤驥見已罕，名駒更兼值。吾鄉推賢侯，逢人話詹事。訟簡古風還，心清民業遂。江山妙主盟，景物恢位置。如何柱石姿，尚以牧伯寄。北闕别經年，南薰動離思。居然軟紅中，見此清白似。松筠儼長身，雲霄舒直氣。寵光竹使符，假借玉階地。餉計曾入幕，軍容有竑議。恭聞天語温，喜見家學粹。它時課最騰，看即璽書被。今晨欣壽節，輕陰遞凉吹。三呼禮云畢，一笑天所施。榴花染白雲，游儵芘青荽。畫舸得夷猶，名園隨造次。懷綬却羨君，戲彩且歸侍。不繇鴈蕩山，即過石門寺。永嘉政久成，謝公跡重記。剩有名詩章，因來寄一二。

## 送蓋總領上計三首

絶代有佳人，岑樓碧岧嶢。即之起幽芬，可慕不可招。風雨二十年，寒檠聳高標。置之白玉堂，致主軒與堯。胡為枉襆被，江干駕輕軺。施物功方成，丹砂夜生苗。披腹吐琳琅，碧簡趨丹霄。

昔者云夙駕，楊柳方依依。今其望來思，兩見秋風吹。前乎已勞還，後此亦云歸。丹筆映螭坳，祥風動紫微。豈不念歸美，正爾畏簡書。不見居官樂，惟憂士卒飢。昔人無遺孔，後來補深痍。烱烱心獨苦，所貴知者希。

熠熠飛者螢，變化自衰草。時至能晶熒，翕張合吾道。微光苦不息，豈足裨穹昊。迢迢風雨夕，耿耿祗自保。苟無車先生，分合委枯槁。乾死誠未悔，藥籠資探討。

## 送孫會之縣尉秩滿歸廬陵

人生貴相知，不在相逢早。廬陵説三孫，修名愜諸老。伯也吾同年，久别心杲杲。季也真可人，一見顔色好。金石出几杖，握手屢傾倒。屈魂雖尚醒，賈骨久云槁。微君寫窮愁，何以慰懷抱。再見一尉更，取別何草草。回視徒四壁，蟬聲綴吟藁。向來雕斲工，見輒迹如掃。汲深無新泉，送子慚涸潦。珍重皎潔姿，相期在斯道。

## 送趙倅秩滿東歸分韻得念字

官閒頗成贅，習懶積懷歉。古井無復波，寒灰豈能焰。苟且信自慚，奔競亦良厭。學道無新功，但覺益友欠。夫君珪璋姿，表裏絶瑕玷。瓦礫誠可羞，溫潤得漸染。向來三語稱，吾里懷闞覘。名談造根柢，高文在鉛槧。轉首十五年，天庭久宜掞。胡然慰窮愁，相逢古天塹。治中員外置，縮手靳韛韂。從容國醫旁，出語即中砭。邂逅秩云滿，蕭條理琴劍。炯炯幽者蘭，林深守孤艷。寧受蕭艾欺，忍使賫菉僭。誰歟功名塗，由己拯昏墊。小草非遠志，臭味真有忝。羞殺東方生，飢死更求贍。因君動行李，令我起歸念。西山有石田，努力事耕斂。

## 乞補外出江皋待命泊偉觀二首

經年充拾遺，一字無所補。豈不懷故鄉，念方事新主。一朝冒超遷，循牆不遑處。寧離人間世，亦戀行在所。有親方賴禄，有子方應舉。守道在守官，奈當事斯語。

欲去不得遂，正如太廟羊。登俎分所宜，得去喜可量。聖度真如天，不妨且翺翔。扶老復携幼，遷居大江傍。居然得偉觀，悵焉渺遐荒。潮頭來如山，覩樂想未央。自注：樓名偉觀。

## 題廨舍壁二首

明時有何遺，亦復許掇拾。大言得面陳，小言可封入。有時效疎愚，豈是當務急。每蒙天下施，聽之恐不及。退思自生慚，黄卷常在執。舊田雖甚蕪，新井尚可汲。勉哉競斯辰，萬一如有立。

本不事矰弋，未免執矢疑。客來非不多，益友每遠之。薰風時一顧，素抱誰與期。久要竹居叟，談詩能解頤。兩頰貯微笑，徑造觀我私。請解袯襫衣，相與舉近詩。

## 綸子效靖節止酒體賦筠齋余亦和而勉之

綸以筠名齋，種筠當掩關。愛筠栽竹易，見竹知筠難。竹以筠為本，筠居竹之間。希筠歲寒操，追筠古風還。筠中聽瑟瑟，筠外瀉潺潺。人與筠俱勝，筠隨境共閒。

## 重題陳漢卿貧亦好齋

古人重安貧，未若貧而樂。豈不愛膏粱，顧乃嗜藜藿。我聞首陽餓，榮名千駟怍。况乃陋巷子，簞瓢殊不惡。刀頭得幾何，蝸角戰方虐。以兹悟生理，貧中始澹泊。陳侯清時英，廊廟宜着脚。圭竇勢豈容，貧齋意聊託。蒼生方飢渴，未可云（《永樂大典》卷二五三六作去）盤礴。且來祿萬鍾，脱粟躬自薄。

## 次韻常之松廬有感

年少愛節序，老大感歲時。亦知夜漏短，自喜晝景遲。懷人笏頻拄，矯首帽屢欹。至情何慘愴，同氣相因依。君家説大難，心胸縕多奇。永歎思伐木，長歌倚式微。眷言無鴈地，渴想前鴻俱。一别如昨日，二年忽今兹。數傳龜組解，備著鱸風詞。寒鄉少瑞應，遠覽期長離。解纜辭江皋，反袂接水湄。無從猶出涕，有弟應垂洟。今見松廬作，可勝薤露悲。憐君抱苦節，愛兄見哀詩。無復逝水向，當有高山知。老慚無領解，久約同襟期。勉和吹箎章，聊慰深長思。

## 周時仲提幹求二親墓亭扁答以攀柏因爲著語

掃松拜親墓，攀柏念親泣。柏露滴兒衣，兒淚和露濕。五鼎從可陳，三釜嗟何及。墳前白頸鴉，終日聲楂楂。

## 跋宋朝老再和陶淵明歸去來辭

吾鄉説三宋，伯也抱奇偉。太學三十年，不作舉子語。晚當拜特恩，青衫送還官。開口論世事，有舌不可捫。吾皇開壽域，汪濊澤萬國。勉公俯而就，如女有正色。翻然感際會，千載今一時。誰歟俾宿留，再和歸來辭。淵明歸有田，公歸徒四壁。姑奉祝融祠，勝煮南山石。公乎未得第，我輩慚登科。空殆了無補，奈此歸來何。

## 次韻題吴無過所藏張無垢難老堂詩軸

養親感卧冰，慕親悲履霜。眷兹母孫情，胚胎炳前光。先生一奬勵，吴氏增激昂。至今諸孫行，如立嚴師傍。躬行斯入室，言辭特濫觴。當時五子名，佩服詎可忘。省也滋拳拳，何止升其堂。

## 次韻廖端叟求墨

憶昨同舍時，愛子志尚堅。研窮非口耳，點勘分烏焉。讀聲鏘金石，筆思湧漪漣。合并幾寒暑，分散如雲烟。家雖才咫尺，見且無奩緣。甥館聞徙居，我屋欣接椽。乃以隨吏鞅，而歎抱遺編。嗟哉燕鴻隔，漫爾夔蚿憐。三年閲黄榜，萬選遺青錢。秖擅文場聲，不上吏部銓。儒冠未為誤，洛誦方流傳。夏果煩送似，唐律仍燦然。為墨貽古作，如珠出深淵。書生均老醜，嗜好相後先。亦有大禹圭，未許蒲氏賢。何惜遺久交，相得真忘年。久知鐵為研，更以心自鞭。矧古傳毛穎，端合遺陳玄。落筆看餘萬，斗酒須十千。雖無蘭亭繭，願助韋郎牋。古今一俛仰，人墨相磨研。有無要相通，唱和聊成篇。我今闢三徑，門開西一偏。已過中秋月，皆為晚凉天。何妨對花下，取笑同樽前。第慚葵衛足，欲愈猶聯拳。

## 次韻德友惠黄雀

興來把酒杯，徑欲連臺拗。聊用資吟哦，豈謂貪醉飽。晨起秋思清，茶罷詩腸攪。筠齋佇遠思，詩筩馳速巧。餉我晚田雀，如鷹初脱爪。惠我長城句，如棟畧無橈。雀命雖甚微，飢驅亦良撓。何異不農耕，而乃竊禄稍。哦詩思陶謝，論交懷管鮑。只消寄詩篇，斷不厭煎炒。

## 再次大用韻賦梅花

暖律回枯荄，春陽發寒梗。梅根有特操，花事每先省。分苗本十洲，孕玉可千頃。松篁納深交，桃李絶奇請。冬居姑射山，下蔭太華井。幽棲有心賞，巡簷常笑領。相對各忘言，豈但無機穽。詩雖道未尊，技可造經綮。孤標固洗凡，累句自無警。轉庵詩家醫，妙劑即甦眚。元方詩家禪，默參惟打静。欲離香色想，恐墮人我境。昨夜來朔風，吹香過南町。小解作淺語，醍醐欣灌頂。

## 再次轉庵用梗字韻賦梅

見梅思洛陽，何愁道路梗。見雪憶灞橋，便可心思省。仙家種玉成，造化炊粱頃。凜然孤高標，敢以塵溷請。將軍有傳令，遽成臨渴井。王言惟作命，盍作和羹領。香色歸本根，滋味豈機穽。自非泯全牛，安得試嘗（疑當作肯）綮。轉庵句中畫，梅詩言外警。難韻有轆轤，妙語壓菑眚。昨夜垂垂雨，一洗娟娟静。便覺容成圃，真是太玉境。朝來知見香，墮在區别町。不如兩忘言，搔首孤山頂。

## 園丁以菊爲屏爲船轉庵竹院諦賞不足分題得塔字

眷彼東籬花，忽作西靈塔。又如船子泛，復似南屏闔。園翁起童心，須彌欣芥納。分題要鏗鏘，飫秋振蕭颯。我合浮屠尖，工須畫溪霅。崚嶒玉崔嵬，團欒金匼匝。儼然香色俱，間彼青黄雜。天成具體相，人事因假合。願修衣裓供，用作布地蹋。那將有漏身，久實無縫合。轉庵曾着語，竹院嘗掛搭。我有一句子，無問亦無答。

## 德友惠竹栽甚富而又得佳篇既種復喜雨次韻謝之

嗜酒愛風竹，種竹消日醉。小園窘邊幅，雜芳紛位置。此君何可無，野卉闢之易。畝許得滋曠，千箇栽不翅。故人雖借居，愛竹有幽致。肯割鍾山青，分植容成地。移來天亦喜，凉生雨兼值。既免躬抱甕，何惜親閲視。颯爽已可人，能同聽秋思。

## 轉庵觀趙十一聖花

有藝者趙生，雜出逞活法。飛走異族類，指教各馴狎。參戲竿欲摧，險弄首將壓。當場等嬉笑，旁觀舉震讋。其間聖花術，殆是天下甲。出没鬼物驚，變幻風雨霎。覿面唤名葩，信手如素插。洞視空樊籠，赤立却巾帢。居然齠齔兒，恍出虎兕柙。脱索婦更神，倒錐目不眨。穿楊百步間，設的兩口夾。一箭中闟捩，四坐駭汗洽。或馳若轉輪，或舞若揮箑。機緘孰主張，造化在嘘呷。技進無萬殊，妙用纔一掐。儻然自胡越，誰能會鄖郟。

## 次轉庵聖花韻

轉庵詩三昧，仍嗜書八法。寫出金彈句，可翫不可狎。近觀聖花作，險若君獨壓。壯如錢塘潮，清若苕溪霅。僚丸同妙手，痀瘻真脱甲。庖刀方奏砉，郢風復運霎。文章特小技，聖處奚假插。得趣堪獻佛，高吟岸烏帢。達者越拘攣，迷者泥檢柙。豈知造化機，目擊不容眨。衮衮萬馬奔，翼翼兩攻夾。靈根有變通，時雨自浹洽。意輕秦趙璧，價重蒲葵箑。記舟何用痕，印錢偶因掐。於道得達尊，問鼎不問郟。原案：此首亦次前韻，原本脱去呷字韻二句。

## 范武子輓詞

嗚呼吾武子，天乎奪何速。瀟灑錦繡腸，秀潤琅玕腹。出口論世事，好語驚拙目。孝友式里閭，急難駭僮僕。曩於建業都，共庀主人屬。但不同姓氏，何翅如手足。一日不晤對，尺簡頻往復。中夜懷清姿，有夢墮脩竹。時予悼伉儷，感爾念鰥獨。別去幾歲華，亦聞悲壺俶。同病心相憐，異縣情愈篤。我欲託以妹，子不鄙其族。兩窮忽相值，一家有餘睦。去作建安縣，振彼七閩俗。豈不化彊梗，元不用鞭扑。邑人歌載途，當路薦聯牘。彼守何堅忍，於民能迫促。二年甘不考，百謫寧忍辱。子方困吏鞅，妹忽淪鬼録。入户悲方纏，出門濕如束。駿足不受羈，鹽車宜折軸。訃來忽收書，痛甚不容讀。未令吾母知，可聞爾母哭。人生會有終，汝死寃乎毒。吁嗟先大夫，艱難脱荒服。衣鉢自桐鄉，生涯去巴蜀。清德誠可種，石田不能粟。爾母今在堂，何以供水菽。爾弟獨當户，何以資耕築。三兒須教訓，一女待鞠育。自愧貧多累，未能分薄禄。近擬乞州麾，因用致家塾。此願未吾遂，有身莫渠贖。所居讀書岩，旁依紫邏曲。憶昔曾同登，相期共結屋。今晨何為者，昨夢不可續。平生樂哉丘，終焉埋此玉。雖遣奠芻陳，不及墓草宿。嗚呼吾武子，臨風淚盈掬。

以上《涉齋集》卷二

## 許及之三

### 應致遠以百韻古詩見示推許過當病中姑借放翁韻奉酬

我詩何敢希楊公，况復進之陸放翁。煩君妙語相縱臾，控地豈得追培風。兩翁齊名家異縣，歎惜餘年能幾見。斯人不上甘泉班，我輩先之靦顔面。君到靈山親得語，切莫提撕落言句。恨君相見一年遲，不同薊北燕南路。

### 胡伯暉有詩訓豚犬輩次韻以廣其意

金風著幕驚新秋，銀河摇落光飛浮。天籟既息蟲聲啾，書生白髮不解愁。挑燈夜誦疾於流，人生在勤業箕裘。少不努力進厥修，老將噬臍孰怨尤。悠悠天壤卑微休，安得獨歎命不猶。昔人忘食兼忘憂，何適非學息與遊。道不敢徑川不游，朝吟暮諷夜校讐。至理漸漬如膏油，好處心會非力求。不特祇為科第謀，正使積書如鄴侯。手尚不觸讀豈周，張口雲霧正自羞。學與不學人焉廋，汝曹曾念及此不。賢師學到無全牛，乃翁為汝相延留。一官為援乏蚍蜉，欲餬汝口違松楸。敢辭折腰向督郵，賦歸無地堪耕收。勉旃汲古到索丘，困來時復揩雙眸。

### 次德友韻

憶昨得君和陶詩，牀頭細讀人謂癡。二南固自立牆面，十駕亦欲鞭駑疲。退慚作吏了無補，正使得句安能奇。有時拈筆弄紙墨，大似臨敵收槍旗。投老且願共詩社，闞健聊欲為兒嬉。恨子寓舍苦迢遞，有僧借屋無奔馳。乞米不須煩送似，無儲自足常宴如。轉庵與為方外舊，僕也何翅管中窺。豈有脩竹真可款，曷不宿霧及早披。來詩賡酬特未已，追逐登臨隨所之。

## 得趙昌甫詩集轉呈轉庵却以謝夢得詩見示有詩次韻

我饞嗜詩欣染指，但見其長有誰毀。早年游方識趙謝，如魯逢掖宋章甫。謝詩瀾翻豪且古，趙句清癯澹而苦。學力到後成一家，渠自不知為孰使。天各一方費渴思，想見冰增寒似水。居然老手斫方圓，出户中規還中矩。轉庵活法已參遍，何止得心仍得髓。我如無寶窮波斯，望著是珍先自喜。忽得趙璧急呈似，示以謝草如寄取。自憐老去無長進，努力吟哦訓兒子。

## 再次轉庵韻

能詩何殊臂使指，得句不愁人背毁。詩何緣瘦道自肥，誰嘲飯顆山前甫。誓不驚人死不休，言是良工心獨苦。驪黄牝牡元不問，智詐勇貪俱可使。合時端如錐畫沙，悟處快於瓴建水。趙詩平澹謝奇古，所以吾儕詩絜矩。轉庵更是可憐人，詩眼既高窺字髓。我生何能補一字，君美非溢私兩喜。更須傳抄及同社，定不驚嗟斯是取。騷壇摩壘真幾人，安能碌碌數餘子。

## 次韻才叔分韻得七字

竹院主人新築室，涓吉上梁辰取乙。鳩工度材合忙冗，分韻題詩能暇逸。獨憐久不到容成，片語全無課秋律。自傷病足轉拘攣，不復抛磚為倡率。轉庵忽傳七字作，頓埽陳言洗凡質。剩喜金風入詩思，定挽銀河洗吟筆。鼓宫宫動妙入神，上醫醫國愈吾疾。聯翩急埽煩寄似，已負今年七月七。

**次陳伯壽分韻得者字**

南浦家庖亦烟火，何事胸中太瀟灑。少提筆力老更堅，不信昏金徒巧瓦。一官姑混録録中，三生豈是悠悠者。秋鐙夜課阿戎讀，高築詩壇潔蓮社。人傳繡口仍錦心，我詫瓊杯并玉斝。阿戎官學兩俱長，金固在鎔非躍冶。轉庵忽傳分韻作，咳唾珠璣來筆下。挽回巫峽使倒流，快注銀河見高瀉。敢陪驛騎策疲駑，絶喜風檣追陣馬。愛詩未足老猶貪，染指更嘗猶靳舍。衹慚狗尾聊續貂，安得曲終成奏雅。吟哦未了忽開予，擬約憑高共紓寫。

**次轉庵用坡公韻併簡洪愕野**

短日驅馳駒一罅，百刻六旬分卜夜。殘年餘力秉燭吟，所冀二中并四下。敢多奇疾希盧扁，衹是寒温隨補瀉。轉庵著眼從昔高，伯仲古人相匹亞。細哦纖巧天許覰，硬語崚嶒神所借。窠臼已脱卑晉宋，真淳更擬出陶謝。近驚愕野輕千里，遠自鄱陽踰百舍。舉似詩家説中蜜，更引禪宗談倒蔗。老父病後已云怯，餘子聽詩應轉怕。那令勉繼坡公韻，預恐難逃灌夫駡。

**送蔡駿叟往金陵見留守李尚書**

蔡郎百戰吞賢關，彤庭射策誰其班。桂枝第一幾得攀，一官去糾蜑與蠻。留臺友第季孟間，吟詩遠過陳後山。使覓仙山大藥還，歸來五色應斕斑。因聲為語大匠般，君何不來予汗顔。

**邵廷評供職未閲月乞爲淮南檢法官以歸賦長句見志次韻爲餞**

聖朝亦知賤士醜，尚許追隨牛馬走。圜空幸免殫拙心，材散那能呈好手。萬里來歸塵撲面，一夢驚回柳生肘。同僚未至得斯人，眼底輪囷曾有否。青雲直上氣如虹，要津立登槎犯斗。惠文安得事仁堯，吏酷自應嗤小苟。相從幾何突未黔，掉頭歸去依巖藪。拄笏聊看罨畫山，岸巾且飲淮南酒。夫君自是皎潔姿，不用滄浪濯纓垢。正恐功名自逼人，更向王畿重結綬。

### 送趙推官持檄之興國

趙君派自天源來，細考衡茅無此才。文章决科特餘事，幕府官業何壯哉。論事不愁開口屢，直道馳驅羞詭遇。尺伸如可寸枉施，寧脱青衫故園去。宗廟之寶森璵璠，諸公争欲出我門。極知胸中有定力，未肯叱馭隨王尊。楚狂涼涼莫宜世，一笑相逢有初契。尊酒論文情益親，但不同姓實兄弟。文昌堂前汝水東，萬頃烟雨時濛濛。向來簇坐覓新句，多少行人圖畫中。君今胡為事行李，著身翻在圖畫裏。捧檄王事不可遲，何况堂中老親喜。喜君問道康廬旁，過家上冢還不妨。再拜松楸有心事，孟母卜鄰今更良。了却癡兒紛案牘，回首廬山真面目。喚起三年夢中意，想見詩成清可掬。

### 崧高行上周密使壽

銀潢快瀉天無聲，秋光漾出圓蟾明。玉關晏眠柝不驚，籌帷坐見萬里情。健兒飽食細柳營，猛將思奮撫劍鳴。摘試一二來帝京，表裏百萬皆精兵。此時崧嶽風更清，壽酒消得如澠傾。天子神武恢八紘，一賢制難真長城。鴻鈞對斡三階平，珠連五緯薦璣衡。天開地闢霖雨成，中書之考遠作程。回視萬卷紛拏撑，一編自足垂勳名。書生腦脂眯短檠，莫耶挂壁吼長鯨。相公辦取崧高行，不惜携之上峥嶸。

### 崧高齊上施參政壽

靈山鍾秀崧高齊，鹿苑名勝神所棲。水晶玉札銀成泥，無論粉緑丹黄黳。文星相望直斗奎，出藩入從黄金閨。誰坐廊廟賡鳧鷖，山經地志古有稽。我公間氣今其緊，資兼文武雙印提。十年太學甘朝虀，吐光萬丈騰虹霓。鷄林傳誦争航梯，至今威名讋羌氐。張旃朔庭撫遺黎，鼓舞雄豪泣旄麾。折衝樽俎眠鼓鼙，屯雲萬里行春犂。五風十雨無苦淒，此疆爾界誰町畦。不須京觀封鯨鯢，混一少忍矜扶藜。從容論道開端倪，一語折衷温如綈。鑒裁不閲黄與驪，流品自成桃李蹊。琴音八極回薰兮，長庚夜明玉繩低。貂璫曉馳建章西，黄封九醖天處題。壽以一飲千玻瓈，公開壽域民同躋。龜文燕頷額插犀，中書之考米一稊。葛仙煉丹舊有溪，從公擬欲求刀圭。散作人間刮膜篦，盡洗凡骨開塵迷。

## 雲龍歌上周丞相壽

萬化袞袞相乘除，循環甲子如數珠。甲子既周理當復，豈有潤澤翻焦枯。丞相補天祗袞職，閔雨憂民見顔色。雲龍契合此其時，能費天工幾多力。明當月色圓如秋，書生徙倚生暮愁。欲攀斗柄酌河漢，一滴變化為萬流。憶得去年曾拜月，此日團圓仍皎潔。極知有藥自長生，更願長圓渾不缺。今年拜月去年同，却欲屏翳驅雲蒙。久占月角如張弓，兩月少雨惟多風。昨夜占星忽離畢，定自滂沱翻手疾。今朝四郊已沾濡，丞相明朝是生日。書生喜極欲起舞，急買香茅葺庭宇。公不見崧嶽降神生甫申，山川出雲作時雨。

## 上南軒先生壽

岷峨一綫江濫觴，意行萬里無留藏。五湖洞庭泆熊湘，衡嶽巋然鎖其旁。離堆砥柱屹相望，湍流横潰不得狂。挽回斷港濟絶航，一齊衆楚勢莫當。三芝五餌别有方，狂簡痼疾濱膏肓。天遣奔波赴洄湟，回視坎井足跳梁。三浴薰之驚望洋，一語咽口成周章。昨夜太白垂光芒，皎然松柏凌雪霜。向來十襲一瓣香，再拜斯文壽無央。願回帝力超羲皇，無懷大庭還我鄉。

## 次韻何起巖喜雨

龜坼高田畦渴雨，何取尸臣守兹土。抽毫擢髮控深衷，羽衣拜章夜當午。天門岧嶢洞九重，玉几哀矜迴三拊。守臣有罪固合誅，農夫在勤亦良苦。去年旱荒有積倉，今年饑歉將空庾。通宵灑潤祇若絲，明發屯雲儼安堵。初驚大點來莫當，俄即翻盆流孰禦。舊雨相過憶去年，坐視排簷亦如許。我慚歷歷洗心源，君喜津津見眉宇。瑰章傑句助歡呼，石燕商羊俱鼓舞。急須似吸舉深杯，莫負如澠寫甘澍。

## 次徐漕韻賀留守劉觀文禱雪感應

雪霜之忍有至慈，一片到地五穀滋。所以臘中重三白，史議失時書直辭。我公卧護北門北，百姓愛公如愛日。及冬禱雪乃愛民，若有鬼神宜率職。要晴要雨天必從，玉山何獨閟燭龍。一夜風師擘冰絮，坐使東國成雪宫。曉起清愁無復有，如在春風飲醇酒。欲歌零雨勞公歸，正爾補天須妙手。

## 再次韻呈徐漕

留臺心與天等慈，違春覓雪回象滋。計臺心與留臺似，賀版趣遣瓊瑰辭。白戰場前受降北，筆補造化戈却日。郢中之曲信寡和，鼓宫宫動能者職。我欲十駕期相從，今見老子其猶龍。徑須乞公玉蕊珮，去上絶頂瑶臺宫。下視塵寰一何有，天地交光落吾酒。酌公雲夢公莫辭，能費公吟幾叉手。

## 次韻程判院喜雪

帝心端與天心合，務本先農斥浮末。冬温禱雪響交孚，急霰先聲如撒潑。獻花女兒弄璿璣，剪裁楚水煩湘妃。東郭先生不敢出，南枝烏鵲空驚飛。高卧從教深没屋，此是天工真雨粟。但願四海大有年，無田可耕寧己獨。詩翁愛日親年高，時時夢裏見三刀。男兒盍洎千鍾養，蹴踏起舞聽鷄號。勳業欺人頭易雪，化工於汝難私燮。滿酌長歌白雪吟，下里陽春詎有別。

## 雪再作山甫約遊雨花臺不遂聞與諸公登鳳凰臺次韻送似

騷屑寒威逼重幕，衲被蒙頭慵蚤作。不知一夜雪花飛，但訝五更風力惡。摩挲病眼試憑陵，把翫清詩何灑落。好語自足驅瘧癘，嘉祥況乃銷離瘼。絶憐冰筋墮脩簷，撥觸風琴響朱箔。一冬温煖憂麥蠶，萬事乘除等鳧鶴。為言三鳳今河東，曾約連騶出南郭。山陰舟回雖興盡，巫峽雲歸終倖薄。方疑再往成渺芒，已拉羣公溯寥邈。九萬扶摇不可希，隨分榆枋吾亦樂。

## 次韻蘇伯茂立春日雪

從事青州初入幕，子墨梁園新有作。春工試手欲成妍，滕六蜚英良不惡。初看到地潤却無，旋喜積威乾更落。鋪簷羃砌遍匿瑕，壓瘴埋蝗廣求瘼。藍田種玉夜生苗，吴娃擘繭朝盈箔。認巢無處疑昏鴉，斂翅有蹤驚瘦鶴。一庭柳絮漾東風，千樹梨花醉西郭。犯寒覓句覺詩清，賈勇行杯疑酒薄。頗煩造物相料理，頓使幽懷渺綿邈。回看稚子失啼飢，想見田家爾應樂。

## 登偉觀因誦老杜道林嶽麓詩用其韻

立秋三日天氣殊，涼風渺渺舒鬱紆。少日第拄西山笏，暇時惟氿會昌湖。投老身登華蓋頂，度堂面直蓮峯罏。長江回抱若裹玉，明月蕩漾如懷珠。楠溪大源小源出，樟浦早潮晚潮俱。凌空筆架呈掛綵，出海金輪看浴烏。中川蚌胎非嫵媚，港口螺浮疑虛無。何以得此江山偉，若有相者神明扶。了知無一可云補，其敢有二當何誅。故人相逢笑顛錯，生涯不解先膏腴。且同野叟共爾汝，免以前銜相唤呼。看山未覺迷老眼，報國終媿全微軀。斫竹特為三益徑，把釣倦作扁舟圖。乃知絶境真妙絶，强名孤嶼何嘗孤。

憑欄聊欲須款款，飛帆正爾來于于。明朝此興定不淺，但恐勞苦肩輿夫。

## 雅師求閣名既爲作扁榜仍賦娱客雜句

妙景非聲亦非色，非色豈《咸淳臨安志》卷七八作不應容粉飾。東坡妙用徧同上書作去虚空，大地山河等兒劇。簡齋有句添蛇足，雨抹晴粧要娱客。黄同上書作皇妃塔邊浄相寺，破屋荆榛十年事。雅師辦得一片心，化出寶坊全體備。傑閣巍巍尊大士，我欲同上書作已名之無盡意。更拈蛇足扁東偏，與師餉客為客地。東坡仙去可無詩，客來了此一段奇。未雨未晴煩同上書作還舉似，非鬼非仙竟是誰。

## 王宣甫求崇齋扁榜仍索詩轉庵之作先成即次韻爲寄

聖門教人亦多術，由也升堂未入室。顔雖在寢猶仰高，火就水流隨燥濕。但見終日不違愚，豈知庶幾介如石。陶溪昨以崇名齋，欲予隸古詩記實。今晨忽見轉庵作，名與詩高同起日。崇齋少學用心苦，晚乃一掃科舉習。霜降自然知水落，道損都忘為學益。一從崇卑悟師説，心已沈酣全體易。書扁外和轉庵詩，不待形容有潤色。憶昨尊公期類予，似我顓愚有何獲。老慚才衰惟鈍遲，感君肯赴同襟期。閉關却埽門植榆，不妨倡和來塤篪。以上《涉齋集》卷三

## 許及之四

### 次韻轉庵讀中興碑

千秋金鏡唐元龜，苞桑鏡見龜灼知。女主爲禍已云慘，天寶之亂尤危疑。九齡早悟綢繆詩，其奈哥奴基棼絲。外人何得與家事，旋聞潛納河洲雎。席誇禄兒李裴和，助桀爲虐幾乘危。趣之使亂果爲誰，張巡廟哭祇涕垂。高將軍固非遠慮，掉頭肯和金刀箎。四鎮休罪高仙芝，張垍早措平章辭。望賢宫中例忍飢，金刀胡餅方效奇。事有至難已言之，賊心包藏久竊窺。春秋知我盍罪我，監國引嫌孰維持。顔筆勁節霜筠似，元文秋月華星如。

### 次韻袁尚書同年巫山之什

我本山澤之臞姿，出處相較黠與癡。生當浙東巖壑地，閒覺壺中光景遲。井蛙敢從海若語，牖蕩斷謂天下奇。一從天柱想突兀，便覺屏嶂排參差。盍歸乎來歸未得，今吾非故吾何之。南官祝融常在望，北征太行長相隨。幾欲拓開令混一，雖媿力乏猶忘疲。故人將指鎮巴蜀，大江揚舲張虹旗。經行先須實古錦，及境方要褰赤帷。陽侯似知公得句，吴榜自舞山折枝。有客忽傳巫山高，長安不復紙價低。陽臺從昔誇詞賦，大夫無乃姑戲嬉。山川合因雲雨祀，神明何得褻瀆爲。牽牛織女誇自古，小姑彭郎訛一時。三復新詩有如此，盡洗遺恨從今兹。蜀道雖云在天上，政譽已逐詩聲馳。世情嚮背南北阮，人物好醜東西施。願君滄溟恢宇量，聽彼缾罌居井湄。已為下户蠲逋賦，更要全蜀俱信眉。長安父老久延頸，闕外饞饞寬張頤。寂寞恐有玄尚白，留落得無素染緇。規橅久矣欣濟濟，民俗定爾臻嘻嘻。公歸得政公何疑，勿為風月鎸峨嵋。歸來要續峿溪頌，已賦中和宣布詩。

## 聽劉念九丈二姬歌所和醉時歌明日亦次韵送似時已三鼓

邊頭幕府文書省，功名之心灰似冷。老去英雄髀生肉，功名之心死未足。中原有土尚淪金，中原有民惟戴宋。天開地闢會有日，竹頭木屑寧無用。男兒信命人見嗤，命輕於山重於絲。未肯身同草木腐，徑欲名與天壤期。行藏我何有，交友勿復疑。躬行即吾道，歸求有餘師。和氣沖融自斟酌，榮枯不逐花開落。物理天時信有終，雲雖出岫終歸壑。未須高卧百尺樓，未須緊束春秋閣。夫子適去還適來，無波古井生青苔。我獨不歸何為哉，渴心已覺飛黄埃。長鯨未騎且捫蝨，不妨隨意芬浮杯。

## 田家秋日詞

晚禾未割雲様黄，蕎麥花開雪能白。田家秋日勝春時，原隰高低分景色。寒栗挂籬實累累，角田已收枯豆萁。芋魁切玉和作糜，香過鄰牆滑流匙。牧童牧童罷吹笛，領牛山下急歸喫。菜本未移麥未種，爾與耕牛閒未得。

## 晚田黄雀詞

黄雀不知來處所，或云海化或蟄土。秋至晚田拾禾黍，投身不知入罔罟。十中八九不計數，黄雀之死孰憐汝。汝不如搏穀并布穀，又不能快活催麥熟。農夫辛苦耕，無功食其禄。無功尚可那無厭，腹飽果然猶不足。嗚呼一年三百六十日，常時安在今時出。安得山間野穀生石田，與汝飽死終天年。黄色雀，還可憐。

## 次韻陳伯壽食黃雀有感

嗟哉黃雀力命微，譬彼食言安能肥。乃欲身與天壤期，沕穆造化闔緘機。以時啟蟄安居卑，蟄久啟晚見者稀。不耕而食乘三時，晚禾欲熟堆農扉。就田恣啄充久飢，來時千百漫天飛。惟欲蔽翳朝陽晞，似雨霏微疑復非。此時得計壓稻枝，腹飽果然不思歸。原案：下次韻酬轉庵此下尚有肌字一韻，此脱去。豈知時與命相違。投身入網分所宜，鷄肋猶怯尊拳揮。汝輩么麽將安之，螟螣害稼古實譏。嗟哉黃雀全無知，大似爝火凌朝暉。炙之醢之争稱奇，誰念物命聊依依。黃雀何責復何悲，夷齊餓采西山薇。不爾吸風何活為，顏子簞食其庶幾。祇令瓢飲將誰欺，霜露舒慘相恩威。螳蟬小大遂黠癡，人為物靈賢則希。比物醜類姑釋疑，螽斯豈得比后妃。鈞之三成君父師，法當授命寧避危。有益於國身何虧，我欲與雀排重圍。

## 次韻酬轉庵

南浦太丘潛少微，非隱非吏嘉遁肥。轉庵相與菊花期，黃雀乃得詩發機。詩則高矣物甚卑，物惟所遇知音稀。黃雀幸甚逢斯時，菊因東籬桃左扉。吟成雖佳不療飢，黃雀頭顱萬里飛。兩語如露蒙晨晞，後人往往悟昨非。轉庵識破花拈枝，勘遍諸方漳南歸。愛詩愛字淪膚肌，知我愈覺成相違。同病亦謂投閒宜，老婆心切一手揮。長篇險韻鑄出之，涉齋自訟識評自注：去聲。譏。不待見聞方覺知，覆盆一旦遭赫暉。平生此段誠大奇，願言稽首長歸依。為能忍辱偏慈悲，東山久别思薔薇。生處放熟非過為，豈須圉圉才見幾。寧受校人當面欺，詩壇受降曾怖威。牀頭置易甘成癡，雖匪顏徒竊願希。今見菊花更不疑，牽聯黃雀為匹妃。自注：作配字。南浦柏梁一字師，轉庵撥動關捩危。琴鼓不鼓無成虧，前言戲解小郎圍。

## 德久送沙噀信筆爲謝

海物惟錯羣分命，並海饞涎為物病。采拾烹煮如擷蔬，豈念含靈鈞物性。就中水母為最蠢，以蝦作眼資汲引。蝦入罔罟自不知，水母浮悠亦良窘。其間墨魚工吐墨，以墨自蔽潮水黑。潮來舟人如拾塊，販者填街賣烏賊。沙噀噀沙巧藏身，伸縮自如故納新。穴居浮沫兒童識，探取累累如有神。鈎之並海無所聞，吾鄉專美獨擅羣。外脆中膏美無度，調之滑甘至芳辛。年來都下為鮮囿，獨此相忘最云久。轉庵何自得此奇，惠我百輩急呼酒。人生有欲被舌瞞，齒亦有好難具論。忻兹脆美一餉許，懺悔未已滋念根。擬問轉庵所從得，訪尋不惜百金直。豈非近悟聖化詩，望兹尤物令人識。緑衣在旁忽驟然，蛸蛑取笑却可憐。

## 再用韻謝德久見和

人為物靈鈞受命，物本於人無詬病。聖遠庖厨存此心，詩詠蟲魚明物性。沙噀入詠誠蠢蠢，因之演雅聊援引。此輩已分泥塗辱，吾儕忍加湯火窘。烏郎自烏墨魚墨，如蝨處髮不知黑。鎖管寄車墨者流，書契豈皆能作賊。牡蠣分房巧芘身，雉蛤移種陳接新。蝤君孕玉自撑拄，蠙氏采月為精神。西施有舌話前聞，老婆之牙豈同羣。螯屬黄中膏具美，螺族青出味作辛。蜆蠷蚶蛤殼為囿，相濡以沫期耐久。自為鍋釜使受烹，寧落提携死於酒。子產校人從肆瞞，流水長者功難論。寄聲海上釣鼇客，鼇動恐傷大地根。滿船月明何所得，意不在魚鈎自直。潮來忽見駕山來，箇解吞舟人不識。有客聞之為駭然，人魚更擅將誰憐。

## 次韻監簿弟惠烏髭藥有詩

漆城容可為蔭室，髮白何由黑於漆。但聞拔白成斑句，安得反老還童術。嗟予同氣仍同心，憐我年侵雪更侵。爾年少我尚餘紀，我髮縱禿當投簪。頂如赤壺已無二，君有良方誠已試。正使緇鬢猶能華，未免種鬚逢見戲。我髮非病心合醫，心白髮白無已時。欲將心來煩汝黑，且圖百問百不知。

## 再次韻酬答

弟官辟廱鄰藏室，膚如凝脂眼如漆。人言自是仙中人，何乃反求還白術。少年苦學知苦心，心為髮根宜早侵。黑間見白猶堪鑷，白既還短難勝簪。我老閉門師不二，病足攣拳百藥試。草玄尚白從客嘲，摭尾奮鱗任賓戲。我聞醫國為上醫，子方誠良盍濟時。百一之名殽函固，誰與問津君當知。

## 楊似勳許惠丹砂

雙矑炯炯朱成碧，兩鬢星星玄尚白。丹砂入地長黃芽，蒼顏幻得嬰兒色。了知色相無定形，造化於人亦兒劇。蓬萊三山何渺茫，内景黃庭猶準的。懷璧其罪彼何辜，資盜以糧渠自賊。西州九轉得奇功，媿我聞名未曾識。小人有母垂八十，步履輕便自疇昔。今年一病起衰容，分明只得丹砂力。九頓首拜三歎息，什襲藏之願無斁。日引月長餘幾何，神奪鬼偷疑暗擲。問者從公有天相，啟閟抽關話奇特。便祈公賜公許之，歸語老親感填臆。膝行欲請還踧踖，盛事不應相趣迫。三沐三熏課長句，句豈能神公自德。

## 楊丈既惠丹砂數種再用韻敬酬

鵲鵲飛來動林碧，喜聲楂楂鴉頸白。宗伯憐予反哺情，遺贈金丹光五色。先生上醫已醫國，敵國長城賢季劇。胸次經綸有準繩，壺中消息有端的。地行在在即神仙，世上營營自蟊賊。一編黃石豈容窺，九籥丹經應默識。未許騎鯨游汗漫，已約據龜論夙昔。嗟予聞道了無功，粗識事親惟竭力。苦乏大藥從人覓，數溷寧能無厭斁。先生樂施微少靳，變化丹砂猶米擲。得隴望蜀安敢料，和章更枉珪璋特。名臣奏議得精本，併與寒窗資省臆。有親可娱書可讀，歸養可期非怵迫。媿無好語酬少分，昨夜春官長陰德。

## 以端研送鄭景元同年

貴公寶研如寶璧，書生摩墨但摩石。有文無研正不妨，有研無文亦堪惜。漸老祇愁才力盡，片歙拳端寧不靳。吾家面樣什襲珍，色如馬肝膚理潤。昔言眼為石之病，此論不公吾有證。星辰在天珠在淵，此石晴光鸜鵒瑩。文字之祥吾敢顓，鄭侯一見心拳拳。百年石交吾與汝，更有甚者吾當捐。兒曹旁觀俱唧唧，兒曹莫癡翁豈失。鄭侯自有無價珍，持獻於人吾惴慄。願侯珍研如所有，少時光芒須逼斗。會看落筆中書堂，却試玉堂揮翰手。

## 又次韻轉庵用食黄雀韻贊歎鄧長孺囊得子端研鄧爲轉庵甥方在疚

論研當考石精微，觀人豈計體瘠肥。歙溪入浙無淹期，刷絲羅紋如出機。比並端坑終品卑，就中古端見尤稀。難得已歎承平時，長繩束腰下巖扉。宿糧腰畔不捄飢，鑿深泉眼迸若飛。浸淫竟日無光晞，輕生重石不悟非。石工傳業猶孫枝，我售古璞千金歸。璞雖云石玉為肌，信手得墨無拒違。事忙行草取次宜，才衰筆老無發揮。頃見鄧友輟贈之，質粹材美不可譏。契家有子吾所知，文章光焰期騰暉。不妨怪仍奇奇，酷似牢之惟舅依。嗟嗟尚怵霜露悲，循陔自苦躬采薇。讀禮以外將胡為，力學報親其殆幾。原案：食黄雀韻此下尚有欺字、威字二韻，今脱去。學非有厭書非癡，有志於上皆可希。彤庭對策決大疑，制草説命周南妃。玉堂從容有餘師，古來孽子操心危。勉旃無令一簣虧，萬釘要看黄金圍。

## 馴熊歎

獸名曰熊本逸才，嗇夫教之馴若孩。開檻當街作險戲，尋橦旋筳能千回。負戴蹲踆時眙睒，忽然逸出渠亦敢。嗇夫當之作人立，嗟爾勇氣終坎壈。問云初教本無法，衹是豚蹄趁飢乏。説似連營飽食人，努力邊頭厲戈甲。

## 射鷹行

聖作桑弧男子志，矢人傷人豈吾事。五陵少年狹斜遊，柘彈金丸矜堊鼻。一朝折節臂良弓，腰身不動馬如風。背彎團月無留意，秃鶬老鷹應弦墜。書生忍飢猶努力，夜夜孤燈腕寒石。等閒拓手石五餘，真是無心事書策。詩書豈不關時須，寄語悠悠年少兒。一鷹一兔尋常事，正要尺箠鞭羌夷。

## 憫牛行

牢牛得肉那忍喫，匪論陽報談陰德。憶牛初生成犢時，隨母耕田眼先識。繭栗漸長初勝犁，脱軛項間染能赤。一行錯誤隨後鞭，習得犁行如界直。耕來耕去禾稻成，得閒放食行田塍。稻秫掠嘴不敢食，自齧枯草甘如餳。馬終蒙帷犬蒙蓋，牛豈無功遭横害。

## 舁石行

沙河塘路飛晴泥，夾道睨立如鳧鷖。千夫舁石自何所，相以柝節當鼓鼙。一夫流喝相和答，聲與步應如采齊。觀者跼蹐汗通下，彼獨閒暇輕如携。此石非是裝玉砌，此石非是築金堤。不為文陛儀禁衛，定作潤礎承榱題。儼然一柱方峙立，何者偃植為拱枅。嗚呼自昔良工心獨苦，大材小用俱難取。

## 素絲行

冰盆繅絲千尺長，雪花玉色無晶光。機聲札札逐羲御，百襄一一輸文章。素姿已是隨時貶，妖茜嬌藍還點染。東鄰巧婦鬬癡妍，對刺文禽相掩冉。衣裳顛倒那得知，但見新行勝舊時。倡優却得被后飾，漢庭只集書囊帷。君不見古來志士多慘戚，古貌古心少顏色。

### 觀弈篇

秉燭隨者明，弈棋觀者精。觀者未必高於弈，只是不與黑白同死生。天上神仙何所争，亦復於此未忘情。樵夫柯爛忽猛省，却與棋仙作機警。千古未盡一局閒，巖草巖花自凄冷。嗚呼聖主不棄芻蕘言，弈棋復出亦必資傍觀。

### 古柏行

太華山頭有古柏，宿柯成銅根化石。自從出地受雪霜，直到於今幾千尺。向來移種向中州，挽之不動艱萬牛。根連玄圃滲七澤，鳳凰將雛鳴上頭。春草寒花幾衰歇，枯蔓朽株風屢拔。巋然此柏安如山，匝地清陰覆椒樧。不辭孤立成大厦，匠石躊躕少須暇。

### 賣花行

緗桃緋杏琴心疊，睡起海棠收醉頰。麝煤輸徹錦薰籠，金脂染就來禽帖。姚家魏家苦留春，花信未先紅一捻。賣花老翁正自癡，預喜荷錢出小池。却恨身非殷七七，一日之中成四時。不念書生抱孤節，昨夜東風長華髮。

以上《涉齋集》卷四

# 全宋詩卷二一四四七

## 許及之五

### 次轉庵寄用坡公賦梅韻

一夜酸風驚拉槁，雪壓茅簷欹欲倒。孰知寒谷自能春，斸坼瓊枝故相惱。兩年舊隱住容成，耐冷衝寒起常早。透窗踈影眠未佳，擁被孤吟詩易好。别來問訊迥相忘，養就苔文從不埽。詩人云遠歲云暮，自插一枝憐鬢老。孤山在望不可到，惆悵餘香委芳草。誰邀配食水仙人，長笛横吹倚蒼昊。

### 次韻胡伯暉喜王簿移梅

水南梅花光似雪，撲地香風噴鼻裂。詩人不來歲華晚，寂寞巖扃那忍折。一朝移向凌風前，雕欄碧甃生寒烟。聘以新詩壽芳酒，洗空遺恨春濺濺。住山多時識幽潔，行到臺邊忽凄咽。故園蕚緑正相思，冷却東皋半犁鐵。

### 仇香種梅已開而出鄉未歸再次伯暉韻

憶醉江南枝上雪，愛詞人把羅巾裂。篇成皓齒發瓊姿，酒盡貂裘堪當折。如今消得督郵前，期會紛來鬧似烟。故人一枝久寂寞，新愁萬斛誰洗濺。仇香有意移芳潔，索笑不來空哽咽。幸自花開君不歸，一夜孤根冷如鐵。

### 欲雪懷度雲新種梅三次伯暉韻

朔風動地天欲雪，澗底孤松定皴裂。憶梅已覺腸九回，賦詩敢愛肱三折。簾疎香細度雲前，想見娟娟晚烟。主人吟哦伴幽獨，醉墨不惜花袍濺。人與寒枝共修潔，未遣調羹笛休咽。販馬江頭得句回，踏破蟾光敲鐙鐵。

## 次韻誠齋醉卧海棠圖之什繪放翁醉帽墮地

海棠寧莫種，種須千萬株。濯錦江頭錦漫谷，斧斤不赦如薪枯。乍逢樵人莫逢楊氏女，遺恨年年泣朝露。楊氏自媚昭陽宫，海棠自映扶桑樹。山城幽獨逢坡翁，一洗千載塵埃蒙。張園錦障人所惜，醉裹看花盡英特。酒滿衣襟花滿裳，只許茶鐺近筆牀。顧影鬅鬙醒還卧，烏巾正堪漉白墮。只恐明朝雨霏霏，花雨征帆各自飛。休論長篇與短韻，且與春風寫音問。此人此句皆可圖，底須紫鳳并天吴。

## 次韻誠齋飲張園放翁酹酒海棠花下

九霞觴翻濕雲幄，羣仙戟指嫌輕薄。海棠枝上管春晴，醉魂未醒來層城。風姨妬吹銀燭滅，明月飛來更奇絶。急須巢飲添燭光，今日綺霞明日雪。濯錦江頭識放翁，翁令對花羣玉叢。試澆以酒添花暈，是酒是花若試問。

## 次轉庵榴花韻

良辰競渡常傴指，愛花頌花奚謗毁。年年五月見紅榴，重着賜衣憐杜甫。佳節有名名不去，閱甫逢辰何自苦。薄俗傳訛成力競，作戲輕生為酒使。惆悵劉郎擊節詞，招屈亭前但流水。明當鍊鏡非常規，我輩持觴寧越矩。只為榴花飲亦佳，况是轉庵吟入髓。浮花浪蕊竟何為，穠艷芳心誠可喜。不應寂寞負澄鮮，同社聯翩須記取。相期竟到無何鄉，徙倚更約憑虚子。

## 再次轉庵韻

安石移根煩使指，花蹙紅綃誰擘毀。封姨妬作阿醋呼，同調何殊申及甫。肯憐顛倒落絳英，祇覺韓公用心苦。流傳午節遂成例，萱草戎葵併驅使。真能染却白雲殷，靈囿鮮繁金谷水。詩人愛節因愛花，射團點綴追前矩。炎官鍊丹成絳雪，獺膽分杯凝赤髓。誰言不似舞裙紅，色相異觀特私喜。點化精神欲然句，晉宋風流坡獨取。鄙哉摘實兒女見，却要缾罌結多子。

## 再次轉庵催結局韻

賦花必花指喻指，花若堪諛亦堪毀。轉庵賦梅工賦影，祇竟呂刑元是甫。節逄五日賦榴花，擬別甘酸亦良苦。猶之論畫先論形，形似丹青誰不使。豈知雪裏有芭蕉，滿壁滄溟本非水。方皋相馬羣自空，梓匠揮斤風即矩。續絃何處覓鸞膠，起死底須求鳳髓。榴花可翫不可食，昌歜無甜人自喜。肯將粉淚匹紅巾，眼高一世坡仙取。花事方殷催結局，還許殿後吟些子。

## 同轉庵諸人筠齋賞荷花次轉庵韵

一笑筠齋同集客，眼看荷花笑中坼。未說賞花先賞葉，破曉清香晨竟夕。了知出水非雕飾，乍覺臨流似塗澤。多情落日助酣紅，争媚清漪動寒碧。其間得意誰最多，幾箇文禽不容隻。錦鱗似梭躍流黄，雨蓋如鎔傾大白。同社持觴聊破戒，行令傳花非俚畫。昆明撑舟真錦渡，太華如船儼仙籍。明朝定爾傳新篇，今日褒然有詩伯。詩來忽起西湖思，我輩已覺蓬萊隔。憶曾畫船作夜游，親聽菱歌和露摘。南高北高祇在眼，長橋短橋頻泛宅。掛冠神武吾盍歸，奏篇未央君盍適。便應獻策取貂蟬，焉用孤吟和螻蟈。功成五湖有成例，全賜西湖底分擘。回視筠齋乃坳堂，豈須更許漁争席。紅蓮緑水姑相娛，明月夜光成浪獲。當暑清風誦三過，真是雙清泯心迹。

**再次韻**

急雨撒珠泣淵客，疾風捲荷波濤坼。須臾雨過即風休，但有水香浮月夕。水到飛霞幾斷港，安得紅雲藏藪澤。兒曹問津本何有，茭葑蒙茸填淤碧。劃開天宇鏡面平，蕩漾漁舟自雙隻。老慚數溷煩擊鮮，筠外栽蓮供醉白。客來意坐夜沈沈，境以客重聲籍籍。清纓濁足隨去取，水寬地窄易區畫。轉庵夙昔董詩盟，同社歌呼劇歡伯。婆娑得句俄朗吟，欸乃答聲非夐隔。乃知神語天亦相，仍使菱歌夜猶摘。著身勝處即冰壺，混俗靜中無火宅。我雖愛吟無好句，其奈處閒聊自適。未能汗漫據龜蛤，何補官私響蛙蟈。天籟自鳴忽聞蟬，衆作俱喑推巨擘。恍思南塘香百里，擬汎具區帆一席。更吟賞實起饞涎，細剥蓮蓬珠貝獲。不如藏六守筠齋，水落霜枯且投迹。

**次韻才叔賦菊屏**

賓主鐺坐成三丁，以菊分題君得屏。兩屏夾立君中坐，君其吉兆當屏星。化工開花等兒戲，園子結花象物形。宗英乘船正蕩漾，而我對塔方岧亭。人幸似花同臭味，花亦與人共芳馨。菊潭之水明且清，楚畹之英駐而齡。細思杜老看誰健，争似劉伶終不醒。男兒聞健且飲酒，良辰莫作癡凍蠅。

**紹熙改元早起**

元日好天氣，侵晨供佛燈。生逢大庭氏，閒作小乘僧。報主須身健，勤家且夙興。一貧容易飽，四海願豐登。

**元日**

新受開禧歲，難逢慶會辰。感恩淪骨髓，無力報涓塵。抱甕供春事，加餐作幸民。屠蘇須滿引，且願病離身。

## 元日簡轉庵

遥想潘夫子，元正免立墀。已傾新歲酒，未和隔年詩。老色長欺鬢，春風不肯絲。人言金可作，寧惜草堂資。

## 次宣甫用轉庵韻賦惜春懷轉庵

氣合桑輿友，才推屈宋衙。留春無上策，作意惜殘花。葭倚終慚玉，蓬生正倚麻。陶溪人遠室，漳浦客思家。

## 次韻轉庵書懷

應節何妨俗，傷春已是翁。百年諳社酒，萬里憶郫筒。話舊肱堪折，追歡袖畧通。潘郎久不見，妙語想蘋鴻。

## 秋　思

秋色已彊半，秋光纔較清。卷簾為月地，入户得潮聲。螢度催兒課，蛩吟覺婦驚。起看河漢畔，星象濕晶瑩。

## 次韻常之秋日郊居十首

秋日郊居好，風光屬散人。雍容觀物化，瀟灑任天真。菊好芙投老，楊疎柳效顰。飛翻看兩蝶，喜得自由身。

田里逢年歲，江山淨物華。栖糧供野雀，輸賦答官蛙。觳觫眠穰圃，龍鍾卧酒家。不須聽擊壤，平世此何加。

年光本尅期，秋閏似移時。斷鴈餘新綆，殘蟬泥舊枝。黄華隨露展，烏帽受風欹。預有登高興，秋風入夢思。

窮巷家何隘，秋郊景自舒。草塗飛蚱蜢，蓼岸點舂鋤。蝦菜通潮信，魚蒲傍海居。飯廉稱柳市，別業計非疎。

寄種儕孫稻，株株欲競齊。年豐催釀醴，夜半想聞雞。野老同杯酌，忘形絶町畦。雖無花泛水，終恐世人迷。

涉世味何疎，師心道與俱。古風詩入律，遠景句成圖。一語中標的，千篇徒囁嚅。秋光照軒豁，我輩未囚拘。

學閫難優入，詩堂僅許升。百年從皓首，一醆愛秋燈。次第掛冠老，晨昏有髮僧。未能逃兀兀，衹欲任騰騰。

龍翔江上水，萬折只朝宗。依倚惟危檻，扶持有短筇。秋山成自獻，落日為誰容。臨眺餘嘉菊，重陽酒自供。

詩分緣稼穡，別墅故人多。又過中秋閏，無如明月何。違離增寂寞，衰病廢吟哦。十首撩人甚，重翻古井波。

覓句無新語，懷人有故情。歸音蘇酒渴，詩法釀秋清。近種芙蓉發，低鋪錦繡成。雖賒新甕熟，臘醞待同傾。

## 次韻吴季行秋懷

彈冠驚野馬，束帶響吴鈎。意遠秋多思，詩清語過愁。君當儀省户，我合老林丘。何日苕溪上，相從不繫舟。

## 冬日邀友同賞

令温風有信，林静葉無譁。別種桃舒萼，先期梅着花。成蹊餘屐齒，索笑見簷牙。未飲朝來酒，何妨飯後茶。

## 念九日早聞雪

去歲一冬暖，開春逾月晴。伸眉來雨意，變色起雷聲。摇動園林喜，歡呼鳥雀鳴。閒中多感激，詩句亦生成。

## 歲除日見白髮

四十明朝是，俄驚白髮新。舊詩曾探借，今語遂為真。不恨身將老，惟憐學轉貧。婆娑花縣底，誰復念安仁。

## 除夜齋宿

老境慚年長，齋居惜歲徂。難分阿戎炬，只擁玉川爐。夜雨知時落，朝陽謫見無。君王素修德，安意飲屠蘇。

## 新晴二首

入院餘旬浹，今朝始快晴。纔聞烏鵲語，已有蜜蜂聲。到眼花枝暖，粘鬚柳絮輕。重門無箇事，詩意正關情。
宿雨居然閣，頑雲掃似開。嵐光湖上出，霽色柳邊來。鈴鴿摶風轉，筝鳶掣綫回。脩廊閒勃窣，花影上蒼苔。

## 禱雨有喜

已用計然策，猶煩傅説霖。綿延三日往，慰藉九重深。柱礎收餘潤，摩圍散薄陰。何庸尸祝力，聖主自誠心。

## 次韻轉庵喜雨二首

通夕聞鳴霤，凌晨起炷熏。映山高見雨，隔塢遠留雲。盧橘明金彈，安榴染絳裙。棲居堪護足，終羨蝶飛紛。
榴綻千重束，葵開一丈紅。為憐花寂寞，却念雨溟濛。此去須時若，相將喜屢豐。閒中有忙事，衹得撓鄰翁。

## 再次韻酬轉庵

經梅多過溽，轉蕙擬吹薰。山脚昏酣日，簷牙曉墮雲。病忺添御裌，筆懶習書裙。那得驚人句，聊將絶世紛。
萬木稠新緑，孤花委晚紅。山容隨隱見，雲影度空濛。農老無嫌問，人言不害豐。破愁還作喜，結句答鄰翁。

## 德久雨遷魚莊賦詩縱臾

漫雪蝸争席，翻泥蚓近床。不堪聽鸛垤，應喜得魚莊。帶雨移行李，携孥問野航。西湖第一義，佳句已難忘。

**再用韻答轉庵**

嵐光趨澤笏，波影漾湖床。借竹欣移宅，看花擬宴莊。鐘聲來佛屋，鏡面濟慈航。莫便疎城市，詩盟未可忘。

**再和二首**

晴日烘船屋，薰風傍筆床。未穿三益徑，已想百花莊。野火明僧寺，樵歌度客航。山頭明月上，酒興故難忘。

城市從疎出，何人獨拜床。不辭乘下澤，久已厭康莊。借屋欣憑閣，臨湖似檥航。風波無用避，端與世相忘。

**鄉會游湖懷南床復次韻**

名園鄉黨敬，莫可致南床。盛事聯千佛，諸公競一莊。建侯期朔漠，駐蹕尚餘杭。報國平生志，他年幸勿忘。

**再戲和轉庵**

孰裹經旬飯，誰同夜雨床。何妨散花女，聊伴食魚莊。擬喚桃根渡，還思范蠡航。江湖真落手，身世可兼忘。

**寓居**

野水生洲面，閒雲傍屋顛。鐘鳴人已定，月滿句初圓。花徑經過少，苔文長養便。行藏隨處是，安用買山錢。

## 得東山居主人戀家不出因借戴希周漁鄉居賦雜興六首

借得漁鄉住，分明似水仙。好山排座右，明月到尊前。掛綵迎朝日，飛霞帶晚烟。往來真自在，易覓釣漁船。

借得漁鄉住，蟾光忽滿輪。金波隨短棹，銀漢有通津。幾度中秋月，今宵自在身。一尊消得醉，眼底欠詩人。

借得漁鄉住，心安即是家。客來時舉酒，飯後定分茶。野老從争席，山童解獻花。扁舟隨意坐，不羨斗邊槎。

借得漁鄉住，閒居氣味長。新霜濃淡白，早橘淺深黄。勳業錦囊句，光陰寶篆香。故人如訪問，宛在水中央。

借得漁鄉住，詩家物色宜。葦聲魚撥刺，竹影月參差。風鐸時成曲，山童解答詩。閒居多樂事，惟有此心知。

借得漁鄉住，清霜已著秋。丹楓如錦障，黄菊似錢流。物理觀諸妄，吾生等一漚。得閒聊健好，隨寓且夷猶。

## 次韻石謙伯山居

地僻人為勝，居閒樂自知。書聲山響亮，琴韻水逶遲。為藥藤修架，因花槿結籬。藍田冷松竹，那得久怡怡。

以上《涉齋集》卷五

## 許及之六

### 次韻潘德久借居西湖張氏園詩

竹居元為竹，聞借篔湖陰。齊物千言就，巢枝一徑深。嵐光開句眼，虚籟試禪心。賡得西湖詠，何須更姓林。

### 木瓜園并序

木瓜園，創寄樂亭之外，有浮香亭、度錦橋、吹雲嶺，合肥求紀其事，作五字律刻之柱。

近郭梅根古，臨流野興長。結亭從寄樂，隔塢得浮香。度錦趨蓮渚，吹雲映柳莊。棠陰無可紀，題作小河陽。

### 次韻木緼之題挹爽書院

歲月多歧路，生涯幾短亭。歸來故人眼，相對舊時青。詩帶烟霞寄，園知杖屨經。預愁逃社去，湖外渺滄溟。

### 題江心寺

屹立中川嶼，江行結斗城。千灘界巖下，兩塔湧波擎。布地有沙漲，中天惟月明。清宵撓禪定，端是棹歌聲。

## 舟行過沛城

人日晴還暖，遊絲舞復翻。湖平開鏡面，岸静見蘆根。舟昔幾番過，地今何處村。沛城多美酒，弭櫂一開樽。

## 羅舟泊高沙爲境内所逐却泊天長

宦薄謀先拙，才疎食更浮。抱關從委吏，貸粟向河侯。過羅還逾境，迎風更泝流。百年俱逆旅，處順一虚舟。

## 江行次外舅吾字韻

觵滑誰催汝，山迎似唤吾。意行從改岸，瞑坐得還珠。黄卷真如孏，騷經未可奴。霏微隔江雨，昨夜濕菰蒲。

## 阻風泊塘陰寨登四望山用前韻

行藏端在我，富貴本非吾。不是迷邦寶，休云被褐珠。官方鄰厮役，賢有隱傭奴。所至何妨樂，車輪未朽蒲。

## 舟行得順風再次韻

抱關真漫仕，所好合從吾。易乞高霞珮，難投明月珠。飄蓬諳歲月，泛宅挈僮奴。萬事乘流耳，殷勤十幅蒲。

## 入淮

淮水限南北，舟行洛水濱。底須分爾界，何處不吾民。好在關河舊，期來日月新。片雲無可翳，豈待浄妖塵。

**端午日過左蠡**

未識康廬面，惟聞左蠡名。一朝窺壯觀，五節記經行。細把離騷讀，時將濁酒傾。波濤元不惡，風力更生成。

**諸暨道中早行**

飛雪夜無聲，窗虛倍得明。司晨雞有誤，破夢蝶先驚。何處吹烟濕，誰行馬跡輕。籃輿吾未穩，愧爾僕夫征。

**雪霽早行**

蓐食挑鐙暈，籃輿破曉氛。雪開千嶂日，冰合一溪雲。久客年華度，求官道力分。還鄉定春及，物意覺欣欣。

**括蒼道中次陳頤剛韻**

山色隨詩瘦，波光際野空。行裝秋思裏，情話雨聲中。無補身如贅，多愁鬢似蓬。惟餘滄海興，酒後憶郫筒。

**酬居甫登後山**

人老東山隱，春歸北斗城。精廬青嶂合，華蓋碧雲擎。落日不愁晚，半蟾方接明。端能數過訪，無惜夜車聲。

**送錢大受帥廣東**

妙算無遺策，私憂有劇談。豐功期漠北，小試見湖南。煖席君何暇，妨賢我甚慚。詔將須尺一，象可應魁三。

淮甸為寮日，私錢奉令時。同拚愞弱罷，爭忍碎煩為。報國存忠赤，逢人惜鬢絲。相從又相別，勳業迫男兒。

## 送才叔宰烏程

鐺坐螢窗夜，肩隨鶚薦年。科名雖獨後，官業更無前。劇縣三千水，修門尺五天。秋風滿孤嶼，難駐處州船。

## 送劉茂實赴連江丞二首

三山七閩右，千竹二松間。官地今為樂，官名丞更閒。原案：此一聯不對，「官地今為樂」句疑有誤。離支明夏谷，格磔響秋山。收拾吟哦課，湘中寄一斑。

弈以旁觀審，書難掣肘繩。一同兼利害，貳邑易聲稱。但使知賢令，端為不負丞。茲行子餘事，著語我何能。

## 送潘才叔赴合肥録事二首

鐙火寒窗夜，聲名弱冠年。掇科君恨晚，用世我奚先。餉道曾爭辟，公車合薦賢。圜扉聊鞠草，幕府且依蓮。

官業盤根見，生涯破甑輕。才堪當一面，句可敵長城。親待平反笑，時須慷慨清。十連籌正遠，三語意猶傾。

## 送張説道縣尉之官襄陽

一尉襄陽去，三年別舊游。煩君登峴首，拭淚望神州。勳業男兒事，依違我輩羞。為言賢府帥，問訊橘鄉侯。

## 送薛子明赴歙縣尉二首

家世聯三鳳，才名擅一夔。詩章謝池草，經術董生帷。雁塔題名近，龍門點額遲。一官聊一尉，民事是良醫。

新安今太守，癸未昔同年。老手親師範，良規得吏筌。徑須如渭尉，切勿效梅仙。閒暇何妨學，科名是世傳。

## 送陳伯壽之子仲至迎侍赴嘉興秋官

檇李官為李，春風餞此行。義方非禄養，祖武是家聲。晝諾須三語，哀矜在一成。黄堂應坐嘯，執別寸心傾。

## 潘茂和才叔遠訪雨後餞別

連璧遠相訪，斷金情有加。不因魚撫鋏，自是客思家。好雨知人意，深杯艷燭花。今宵真語別，孤嶼在天涯。

許種飛霞竹，仍求甌浦梅。思鄉常夢寐，報國乏涓埃。玉葉裁雲膾，榴花染雪醅。朝三吾已定，謫百便來歸。

## 送術士吴國材詩并序

國材本名家子，以術行于都下，縣從之原案：「縣從之」句難解，疑有脱誤。國博同年有詩送其行，亦次韻。

自昔名家子，于今賣卜翁。親逢黄石老，曾驗黑頭公。無術自醫命，有奇祗墮空。吹噓吾豈敢，憐子又西東。

## 次韻洪萃之太社真率之集三首

疇昔三洪並，聲名四海知。靈光一老在，鸑鷟九成儀。近有同朝喜，今無遠室思。雙瞻最良譽，合瑞聖明時。

鼎來那有説，鐺坐太無譁。擊缶聊三奏，吹壎信一家。勸時幾禮醵，真率勝籩加。老愧詩無律，新篇極歎嗟。

詩翁甘獨殿，我輩豈其班。爝火自不息，斤風祗似閒。秋容蟾桂裏，歸夢雁芙間。物理因詩悟，新來豹一斑。

## 和人見寄

一别三年久，無書堪往還。自憐供吏役，長羡似僧閒。契闊詩情在，提撕鬢影斑。敲門湖上寺，居士已開山。

## 和才叔次韻

閒中宜可樂，病外復何愁。塊坐疑三刖，朋來散百憂。琴彈欣改調，缾罄喜歸謀。豈復行藏計，終朝只倚樓。

詩社久疏索，吟牋殊澀慳。遥憐疑落落，近喜復斑斑。柳密鶯酬答，花深蝶往還。春光頓如許，人事苦相關。

## 次韻甄念八丈監簿詩

憶昔忘年舊，惟公不我遺。分携頻問訊，握手屢哦詩。塵世千年夢，仙家一局棋。得閒聞健好，振古只如兹。

## 次韻廣文鎖試出院寄似

校文花事過，無句到蒼苔。芍藥翻新砌，酴醾浸古罍。竹枝歌唤起，春草夢驚回。亦許山中老，相容和竭來。

## 同年會拜三茅不及與呈袁侍郎同年

地秘三茅勝，班高玉筍明。昔年同日喜，共拜一陽生。造化何勞補，彌文意自成。梅花開句眼，争得不關情。

## 寄潘德久

新雨不可待，故人猶作疎。有方能煑字，無策與脂車。灑地親霜簟，敲冰想玉壺。端能乘月過，重賦碧芙蕖。

## 懷鄭仁叔

近有河魚疾，曾煩舊雨來。又成三日别，未覺百懷開。氣合嗟同病，情親憶把杯。西湖荷蓋底，誰遣畫船回。

斗大樓居窄，林深客思長。雨凉欣破甑，風急凛垂堂。倚禄生涯拙，憂時鬢髮蒼。向來遮日手，衹合釣滄浪。

**病足少蘇次常之韻三首**

攣拳尊足苦，伸縮楚囚聲。藥甲新條在，醫科舊貫盈。百年雙脚健，萬事一漚輕。獨恨忘形友，終然少合并。

休從詹尹卜，數亦不難通。寄禄逾三品，論才祇下中。器欹終必覆，藥裹漫成叢。痼疾元來有，惟知酒有功。

藍田紆古句，令我好懷開。未敢為瓊報，何從引玉來。蒲萄江漲淥，桑落甕留醅。柳市人歸未，隨潮蚤晚催。

**三次澄鱗韻喜聞捷音**

昨夜燈花喜，今朝吉語新。犁庭真破竹，入境若無人。何力裨洪造，擎拳爇寶薰。從今願諸將，獻捷日頻頻。

**四次聞捷韻**

身閒偏蚤起，邊報逐朝新。諸將休輕敵，中原尚有人。定須申撻伐，安得雜蕕薰。祇愧渾無補，空歌捷詠頻。

**聞捷五次轉庵韻**

周歷綿綿遠，湯盤日日新。恭聞哀痛詔，憤激老癃人。報答帶仍礪，英雄沐更薰。衰年扶杖聽，折屐敢辭頻。

## 轉庵催結局六次韻

漢儀重睹舊，秦暴盡更新。應是天亡敵，從知國有人。乾坤大開闢，華夏一陶薰。收到崑崙北，詩應快李頻。原案：聞捷詩應有六首，今遺脱第一、第三，祇存四首。

## 和轉庵與洪共之説詩談禪之什

鐺坐聽清話，鼎來宜笑譁。詩談五字律，禪説一枝花。未肯傳衣鉢，先須借齒牙。老婆心更切，黄檗正栽茶。

## 又再和轉庵且置詩話聊答説禪之什

見性元非説，傳心豈得譁。三更親受法，五葉自開花。雖遇奪衣嶺，終摇度觽牙。要知觀自在，不異鳩盤茶。

## 又復次韻爲酬答説禪偈言

密傳當正受，諦聽勿高譁。要結菩提果，須開頓悟花。祖師禪上陣，大將擁高牙。赴了齋時飯，大家同喫茶。

## 次外舅遣侍人韻

關中蕭相國，江左管夷吾。人仰高《永樂大典》卷三〇〇六作南山石，心宜同上書作冥赤水珠。登臨携妓女，書札付官奴。妙得安心法，繩床底用蒲。

## 再次外舅韻戲呈舍人叔丈

接棟兄過弟，忘懷汝與吾。纏頭新辦錦，買笑近量珠。怒釋泥中婢，歡全膝下奴。使無驅豆法，亦合賭樗蒱。

## 次外舅聞字即事韻

籧瑗行年化，宣尼耳順聞。聲名昭白日，富貴薄浮雲。天子方嘗膽，中原未静氛。加餐為時起，禮樂不徒云。

## 再次韻并呈舍人叔丈

過訪鄰牆近，歌呼隔屋聞。江收梅熟雨，川映蕊紅雲。把燭杯仍艷，交談篆接氛。盤洲餘醉墨，吾亦欲云云。

## 再次聞字韻

船屋香留潤，衣篝冷却聞。晚山新見月，别浦宿藏雲。歲月催人老，江湖净世氛。望中愁不極，收拾費詩云。

## 次韻德久

熟闃齊物論，懶賦畔牢愁。浮世夢槐國，虚名種橘侯。有身俱有患，無累即無求。不啻如今足，何如取次休。

## 次轉庵韻

節中期樂事，座上欠嘉賓。雨帽何妨濕，雲山自帶顰。午晴開喜色，歸月入懷新。有菊皆重九，無須更卜辰。

有約惟真率，相忘任主賓。拒霜方送喜，疎柳不争顰。近復闚原舊，頻看邸報新。吾儕何幸甚，投老得逢辰。

**三次轉庵韻仍招小飲**

有徑望三益，杜門無雜賓。只逢開口笑，絶勝捧心顰。一色黄華在，雙投白醖新。速宜相爾汝，元不闊參辰。

**金魚久不浮游喜而有作**

買得黄金鯽，投將白玉池。久晴虞涸轍，轉壑漾深陂。每施龜魚食，偏懷網罟疑。今晨水澄澈，梭影泛琉璃。

**有喜真愛亭梅花開走筆呈轉庵**

小園饒勝事，僮僕競讙譁。梅綻凌寒樹，枝繁照水花。病身俄勿藥，詩思頓萌芽。急報南鄰友，新篘可當茶。

**白山茶**

白茶誠異品，天賦玉玲瓏。不作燒燈焰，深明韞櫝功。易容非世力，幻質本春工。皓皓知難污，塵飛漫自紅。

**和轉庵白蓮**

虚籟一聲蟬，通宵月正懸。亭亭承露掌，歷歷涉波仙。夜色起香霧，曉光收玉烟。層冰不可致，清賦憶前年。

**諸葛忠叟初逢家塾池中産雙蓮求予扁榜併作五言勉諸甥**

我愛濂溪説，君能喜種蓮。一經初建塾，雙實遽呈川。和氣壎箎應，榮名棣萼聯。勉旃成宅相，學也是家傳。

## 麝香萱

南薰吹麝馥，背樹染鵝黄。裹許香為德，中央色自莊。洛津行夕佩，仙掌洗晨粧。真為忘憂賞，看雲戀故鄉。

## 煮茗

止酒身多病，添書日正長。睡魔推不去，茗碗熟難忘。鵲過飛樵墮，蜂喧落粉香。静中觀物理，此樂未渠央。

煮茗鴉闞井，哦詩蝶過垣。笋高垂籜瘦，梅落墜枝繁。白晝重闉静，新晴遠市喧。境緣看漸熟，吾亦欲忘言。

## 題庵餉伊蒲索著語代簡

却埽銷長夏，來薰傍曲肱。轆轤金井水，沆瀣玉壺冰。避暑元無法，安心却粗能。破除香積飯，供給在家僧。

## 輓故丈母萊國夫人沈氏三首

北使復南遷，尚書大節全。長公身致相，冢婦世稱賢。象服宜偕老，魚軒遽溘先。哀傷動行路，謝傅况中年。

林泉當絲竹，丞相巧安貧。珍重承夫意，清修報主身。指千隨嗜好，體一寫姻親。更有銜恩者，妻孥寄食頻。愛女終身託，嬰兒半路遺。訃音非不達，憂思恐難支。已及黃泉見，應憐白首期。愛恩均罔極，淚盡輓歌詞。

以上《涉齋集》卷六

# 全宋詩卷二四四九

## 許及之七

### 元日登天長縣城

元日登臨一腐儒，感今懷昔愧微軀。此城曾是千秋縣，有水呼為萬歲湖。南渡向來紆翠蹕，北征何日會京都。祖功宗德無邊際，可恨長淮限一隅。

### 次常之元日復用韻

椒花祝處羽觴飛，第一春光勿願違。已是浹旬彈指過，可堪維暮轉頭非。詩籤絡繹須盈袖，酒醆淋漓聽滿衣。老去寸陰尤愛惜，久拚帶減沈郎圍。

### 人日用常之韻寄才叔居甫

斷腸梅作雪紛飛，似與金花巧勝違。此日共憐人日是，今春誰道我春非。閒中風月為蓮社，醉裏鶯花即錦衣。題寄草堂須記取，莫孤緑繞惜紅圍。

### 人　日

明當春日今人日，身到故鄉勝異鄉。巧勝耐寒元故事，青絲傳菜舊風光。只將柏葉聊隨酒，莫為梅花苦斷腸。南北兩園多種接，閒居從此有閒忙。

### 次韻宣甫約元宵入城不至

春已兼旬未脫綿，積陰頓掃柳條烟。兒童戲放摶風鴿，老子惟看跕水鳶。剪綵試燈新樂事，逢場作戲舊豐年。詩翁不離陶溪隱，可是公房戀屋仙。

## 王宣甫以燈夕入城而予偶無佳思阻同遊有詩爲寒食之約次韻奉酬

落梅聲裏惜餘芳，孤負燈光與月光。偶以催租敗佳思，阻隨執事佐顏行。春風已入青絲鞚，好句終歸古錦囊。能踐清明重約否，須知歲月去堂堂。

## 元夕之明日久陰乍晴月色皎然

連陰乍霽自新元，細雨梅花自《永樂大典》卷二〇三五四作是可憐。天意肯教人悵望，燈宵終放月團圓。兒童鼓舞幾通夕，我輩歡呼竟不眠。老少相懸均此樂，去秋無此大豐年。

## 次韻程判院春日

催得冬殘是野梅，依然春傍柳邊回。不知鬢影星星去，只道年光恰恰來。喜為農占秋有廩，懶于僧問劫經灰。歷頭且復從今數，笑口都能幾度開。

## 二月晦日游木瓜園

亭成寄樂小裴回，野水粼粼傍酒杯。未有政聲追召杜，敢將詩律繼歐梅。春風已辦催花絮，夜雨惟憐老菜臺。百二十春今恰半，不須扁榜記曾來。

## 次韻謝余伯益節推

鵲喜聲頻去復回，亭成報我趣銜杯。春風得意矜新柳，野水留春戀落梅。何處笙歌催院落，一時車馬走輿臺。攙先但得邦人樂，待約鶯花殿後來。

**次韻謝劉太丞**

世事羊腸有幾回，功名隨意芥為杯。放教春色歸繁杏，禁得東風是落梅。天上有人調玉燭，邊頭何地築金臺。朝廷仄席思耆舊，詔逐陽和蚤晚來。

**寒食日宿蕪湖縣廨**

今年歧路足生涯，寒食蕪湖感物華。少為顔公成且住，絶憐杜老嘆無家。光風不禁吹香草，薄霧無端羃晚華。已是惜春那惜别，無多酌我怕周遮。

**感春呈同社**

静處聊將物理推，鳥啼花發苦因誰。留連春事惟紅藥，管當行人是子規。莫道柳綿無住相，也為萍絮媚清漪。如何飽食閒終日，不課離騷不賦詩。

**四月晦日袁起巖同年雨中集聚景園**

湖上名園屬内家，湖邊有客誤乘槎。風餐歷歷秦宫樹，雨立亭亭漢節花。樂事坐來添晷刻，題名帖後帶烟霞。春衫溼却它年話，合有新詩記物華。

**次韻常之五日禁競渡**

仍年此足為吾病，舉世誰人似我閒。思遠樓前重禁渡，容成洞裏獨看山。交游雨絶梅還溽，賡倡星分稿自删。賴有松廬相慰藉，新篇時復到榆關。

**閏上澣同德久子侄輩避暑退居即事**

説著退居心已愜，湖山何況傍繩牀。雖無瑟瑟松杉韻，自覺愔愔枕簟凉。茗椀親來詩有思，藕花多處語猶香。一旬一日恩休沐，今日恩隨日更長。

## 再賦紀實

官身不辦游山具，只有茶鐺與筆牀。旋買鱸魚供箸美，却携玉友待樽涼。同來稚子聽情話，更有幽僧炷妙香。遥望畫船雲錦外，好風吹到笛聲長。

## 次韻酬張巖卿七夕

星文人事古難磨，女織男耕力最多。河鼓有神司帶犢，天孫垂象驗飛梭。因依鴻烈成橋語，泛濫長生舊殿歌。伉儷流傳鈞是褻，玉川無賴太風波。

## 次韻王宣甫秋夜書懷

静聽高梧落毿聲，遥聞叢雀轉秋更。星隨斗極看時改，露濕天河徹底清。老去心情惟藥裹，病蘇燈火愜書檠。故人忽起關河思，觸撥深愁怒癭生。

## 次韻陳仲全秋懷

一夜炎歊破甑空，蕭然秋思雨聲中。江湖兩鬢驚飛葉，歲月一身俱轉蓬。我自由來為性癖，子今無乃坐詩窮。男兒窮達終相似，却是難教鑿枘同。

## 九日次常之柳市秋懷韻

柳市留連愛別坰，歸來詩與字俱清。閒居擎斂全生理，老境行藏見物情。恨把菊花隨雨過，醉敲瓦缶作雷鳴。千年張翰風流句，却是生前不願名。

## 次韻才叔九日家宴阻訪媚川

一秋天氣屬吟家，九日風光愛物華。對婦舉杯勝俗客，逢辰得酒值黃花。大難富有成糜季，原案：「大難富有成糜季」句難解，考《世説》，陳太丘與客談，令子元方、李方炊飯，二子竊聽，炊忘著箄，飯落釜中皆成糜。似用此事，謹識於此。小異誰知落帽嘉。獨坐媚川空悵望，半蟾分挂夕陽斜。

### 次才叔和龔司令九日韻

滿院西風把菊天，官身閒暇亦悠然。恍思杜老浮舟日，絕勝彭城戲馬年。豈待白衣開笑口，不妨烏帽庇華顛。却愁明發還多事，詩在龍山落照邊。

### 九日簡德久

登高每恨尊無酒，近節今欣菊繞籬。風日正佳關氣數，心情不分減年時。愛將雪鬢欹紗帽，慳把霜螯對酒卮。意到潘郎寧易敗，催租端自不妨詩。

### 次轉庵九日韻

窗前白白黃黃菊，門外疎疎短短籬。擇勝任從追賞日，有年即是太平時。呼鷹戲馬人千古，綴席浮舟酒一卮。五百年間張翰句，風流猶待謫仙詩。

### 九日小飲用後山居士韻簡轉庵

連日欣晴卜暮霞，晨曦閃閃舞羣鴉。時豐都市人多醉，節近重陽菊有花。萬事悠然山正好，三杯可以我何加。自憐猶有童心在，愛把茱萸繫絳紗。

### 再用後山韻

懶惰無心賦落霞，醉餘吟筆大如鴉。但欣有酒酬佳節，猶勝無錢對菊花。小異孟嘉今老去，知非蘧瑗歎年加。登臨無奈秋光好，歸傍窗前月印紗。

**九日同從班諸公自南山過蘇堤登寶叔塔**

柳下芙蓉錦作裳，畫船波底見秋光。登高自昔須吾輩，戲馬從人上寶坊。白髮未嫌紗帽黑，紫萸偏稱菊花黄。常年風日無如此，争不從容入醉鄉。

**次韻解頤叟九日登樓唐律二首**

詩翁九日獨登樓，悵望當年淺碧洲。菊徑全稀虛過節，橘鄉無術敢當侯。漢庭非晚咨良策，邊算於今待遠籌。曾得合肥家信否，未應胡越可同舟。

規橅器業足資身，合是蘭宫第一人。風月難兄居半刺，文章經國肯全貧。身丁近免家家喜，首述長謡句句新。預卜他時康濟事，定應不負白綸巾。

**三月二十七日玉堂夜宿**

以玉為堂未是誇，金林禽謝有金沙。原案：金林禽係花名，别見《澗泉集》。稍傳禁漏提初點，旋聽周廬遞晚衙。春盡猶寒欺夢草，晴多未雨渴簷花。自憐雖是文章力，肯把凡鶩污白麻。

**玉堂宿直次高内翰九日前一日草妃子麻畢題案上韻**

歲稔時和庶事康，未央稱壽捧瑶觴。宣將鑾殿金為炬，草就麻詞玉作堂。自是關雎思淑女，不同飛燕在昭陽。儒臣信得文章力，捧賜看花一樣黄。

**宿社祭齋宫與張野夫廨舍爲鄰信筆代簡**

經時不見小于湖，已覺心源少轆轤。漫道齋宫鄰廨宇，何殊弱水隔蓬壺。清談每想追前輩，快覩何從换故吾。大阮端憂更堪憶，平安曾得近書無。

**九月十一日龍華寺齋宿禮部陳同年見余嵬字韻詩寵和惠示復用韻奉酬**

鴈塔同登驚歲月，龍華共事陟崔嵬。詩從瑞錦窠中出，人是黄花節後來。顧我何堪毗右府，如公端合上東臺。清時勝日才兼美，平步功名不用催。

**陳同年再次韻爲謝而王才叔判院和篇繼至復用韻併謝**

鐺坐齋宫喜敬陪，高軒二妙屹崔嵬。舊詩古廟香爐去，新句風檣陣馬來。但有黄花堪落帽，不應白髮怕登臺。留連月色須明發，未受秋更密點催。

**酬才叔再用韻**

三日齋餘過九日，今朝方得上崔嵬。日隨鴻影翩翩去，句逐湖聲袞袞來。肯為龍華留勝蹟，何須戲馬羨高臺。黄花未必相欺得，正要詩翁着句催。

**致齋禱雨次轉庵韻**

夏中春閏合炎蒸，何事凉風日夜清。大旱望霓如許切，密雲不雨太無情。何妨閉閣齋三日，有愧聞蟬第一聲。遥想轉庵同此際，苦辭猶作渴蛙鳴。

**祭龍前一日致齋雨大作邑人以爲數年未之有也作此呈養正明府**

齋宿臨場早有期，邑官齊出去陪祠。祇應日脚埋雲處，便是山頭戴帽時。此雨近來都未有，豐年向去更無疑。請公買取千鍾酒，從此琴堂日展眉。

**次韻廣文賀太守祈雨感應**

天上為霖正玉衡，農家占雨驗書檠。黄堂懇惻煩精禱，緑野歡呼得遍耕。東晢未遊猶要雨，蘇端好過莫教晴。廣文飯足渾閒事，吉語時聞更動情。

**驟雨忽至**

未茨山宇趣儲材，屐齒憐穿稱意苔。礎石潤時雲氣動，茶烟凝處雨聲來。蠶家次第三眠柳，江國凄凉五月梅。電脚未收雷殷殷，老農争不笑顔開。自注：五月梅，李白句。

**舟中喜雨**

驟雨飈風趁急雷，畫船繫纜小裴回。隔簾大點欺窗紙，入户微篩供酒杯。一夏屢憂無計奈，半秋頻喜傍懷來。世間好事無全美，濡首牽夫可念哉。

**積雨簡百七丈郎中二首**

鄉里從游不乏賢，薛侯令我自拳拳。筆端有力能扛鼎，飲量無涯可吸川。寧屈乘軺紆郡紱，豈容謝事引官年。皇天有眼難從欲，暫許祠庭作散仙。

社中真率數追陪，合有閒緣帶得來。十日頓疎新舊雨，百年猶負淺深杯。護持盧橘黄金實，準擬榴花绛雪醅。但有菖蒲皆是節，不須端午始歡哈。

**新　晴**

兩旬衰病與陰霖，徒有幽園日涉心。曉色半窗驚睡起，鳥聲叢樹索詩尋。熙怡意象池亭滿，履歷工夫杖屨深。掉脱烏巾向人説，市朝不樂似山林。

**次韻劉參議喜得雪**

勒回羲馭感蒼蒼，醞釀風威鑠夜缸。才喜篩寒初集霰，已憐灑急正聞窗。忘年有約將尋戴，好語先施合拜龐。不惜登臨矜共賞，萬妃正舞玉幡幢。

## 次韻謝傅公謀賀雪

寒入冰絲響玉琴，燎爐宿火費添薰。夢驚窗眼疑留月，起看簷牙有墮雲。三白預知開歲稔，一杯聊敢破朝醺。踵門佳士欣相顧，袖出名章過所聞。

## 喜　雪

靜聽微雨落乾聲，曉見平簷粉似匀。去歲鴛鴦何苦熱，今朝鷗鷺太無塵。眼空色界聊矜富，酒極詩豪自覺神。踏碎瓊瑶無過棹，虚教新釀熟經旬。

擁火觀書硯不冰，梅將雪訪有交情。一寒依倚回春谷，三白牽連不夜城。玉燭試於調鼎見，金穰安待剪幡迎。代耕無補妨賢甚，歸去容成小築成。

## 立春前一日喜雪

司寒顓帝職云虔，肯許勾神撓雪權。雙勝迎春猶卜夜，六花殿臘已書年。太陽更不虧元日，聖德由來格上天。慚愧小臣無補報，巴歌敢共郢争妍。

以上《涉齋集》卷七

## 許及之八

### 和袁同年接伴謁洪澤鎮龍祠韻

鬼神為德著冥冥，不在牲牷只在誠。護客往來今九度，感神昭假等三成。長安妥帖平於席，畫舫夷猶穩作程。應鑒微衷有孤憤，中原却隔泗州城。

### 觀新堡寨因登平山堂次接伴袁同年韻

換得玻瓈千頃湖，醉翁遺勝在江都。登臨山色依然在，拂略秋容澹欲無。新堡似雲屯戍久，舊臣何日策勳殊。王人按壘非尋勝，歸報前遊有遠圖。

### 訪舊隱

自知樗櫟任天材，閒愛浮萍静愛苔。歸有幽棲鄰佛住，時因佳客下山來。青雲乳酒聊傾尾，白雪形鹽旋摘梅。有月有琴君勿去，百年懷抱待君開。

### 買山石航海有懷故園

它山移却伴疎篁，磊砢堅於百鍊剛。劚地尚餘蒼蘚篆，傍欄偏映紫荷囊。濕雲矯矯飛還凝，煇鳳亭亭舞復翔。竹弟石兄應共語，故園那得負風光。

### 益老過靈巖看築塘因慰藉小隱索詩

孤雲一片自由身，古《永樂大典》卷九七六六作刹刹隨緣有夙因。小隱未容蠶作繭，靈巖要看海揚塵。築塘衣鉢時時唱，信筆詩篇句句新。晝繡不須歸相里，聞師自是鴈山人。

### 題州宅安航

以涉名齋敢自遑，揭來何事得安航。極知平地風波少，得似閒居氣味長。旋了兒癡便退食，聊為僧坐靜焚香。君恩未報空華髮，孤嶼扁舟憶故鄉。

### 潘德久將出疆之前二日移居作詩奉邀

久住京華似故鄉，遷居又復一番忙。此非子坐爭懸榻，何以家為便出疆。屋下已聽湖水過，樓頭不奈柳梢黄。今朝元巳佳天氣，試撥忙來共一觴。

### 喜聞轉庵新結暖閣因賦

老來百事一無能，寒燠隨宜護寢興。小院回廊慵勃窣，圍爐暖閣便瞢騰。向陽挾策明開牖，隱几聽歌厚覆凴。聞道轉庵新結束，宛同臭味我良朋。

### 次韻轉庵步城南有卜居依壑意乃古巽吉庵之旁

出郊緩步當乘流，依壑幽尋少餞秋。水過斗門知浦口，庵當巽地見峯頭。賞心便擬為鄰卜，志喜姑先著句留。衹恐據鞍方矍鑠，未容此處就菟裘。

### 適　庵

庵居奚以適為名，癢處能爬是適情。社後有誰留去燕，春來何處不遷鶯。物情雅與閒相會，酒興酣時句自成。要識適庵同一切，客來不用舉深觥。

**淨光丈室開小窗頗得江山之勝次璧老壁間韻**

車馬憧憧走皂臺，面皮三寸積黄埃。禪房永日窗開闔，天際孤帆潮往回。二月風光供遠眺，十年羈旅愜重來。現前一宿圓成案，懶向胡僧問劫灰。

**益老于雁山築庵名曰來風小隱來求詩且約相見**

師住靈巖飽看山，結茅猶欲老山間。懸知客路紅塵軟，輸與禪房白日閒。蔬筍忘來詩格瘦，楓梧落後鬢絲斑。煩師護取龍湫水，待覓涓涓洗我頑。

未終棋局爛腰柯，繫日長繩竟若何。報國有心祇皎潔，效忠無力恐蹉跎。秋懷擬向樽前遣，歸夢偏於馬上多。八月錢塘江上景，可能作意莫相過。

**被旨祈禱數至天竺珪僧録求白雲堂詩爲賦唐律一首**

白雲峯下白雲堂，堂上高人一瓣香。繞殿持經山四合，繚牆行道木千章。衆生未免嬰時苦，大士寧能與世忘。祈雨祈晴來復去，此身却似白雲忙。

**邀德久兄靈芝納凉**

曾許西湖三百首，官身其奈苦相妨。追陪歲月多遺策，零落風煙有斷章。人道拾遺無好句，天教老監學清狂。且邀海内忘形友，領攬招提半日凉。

**高峰寺**

四面峯巒玉斲成，團欒真是梵王城。名山勝絶兹為冠，墨客冥搜遠作程。清酌獻茶修薄供，攝心歸敬誓餘生。全家飽煖君恩重，佛日光中祝聖明。

**袁性之自號爲湖山遺老囊和予北征絶句因與其族人赴舉復見訪坐間求書湖山隱居扁榜因爲著語**

湖山本為吾儕設，家世今為隱者居。歲稔石田猶可飽，詩成霜葉正堪書。因觀後進麈勍敵，肯訪閒人款敝廬。醉覓扁顔吾敢靳，和篇曾枉百硨磲。

**隱居即事有懷潮州三首**

屋後如屏擁碧岑，愛山疊石尚同心。肩輿不解勞人力，振策惟便助足音。未擲裹巾行曉色，不眠乘月坐秋陰。幽憂莫道都無景，十月移春要滿林。

載花航石自都城，慚愧波神每不驚。官職有何消得處，園池亦只信緣成。賞心擇勝難扁榜，信口哦詩莫主名。無奈新開城上路，江山如畫總相迎。

忘形海内鮑潮州，遲次天教得共遊。行李未還長問訊，扶藜纔過許賡酬。湖光催我頻携酒，花影何時傍結樓。昨夜滿庭秋月色，一年無此亦知不。

**爲季和弟作溪堂扁榜賦唐律一首紀實**

鴒原分派住松山，溪繞山園屋數間。今少蓬成今宅相，舊將軍寫舊堂顔。移來城市真堪貴，纔混囂塵便等閒。教子教孫風月夜，琴書聲裏水潺潺。

**清卿求作混碧樓額因賦唐律**

三十聲名晚合酬，前衡久自是潮州。尚須漢吏二千石，聊卧元龍百尺樓。混碧繆書波畫去，醉紅憶為海棠留。從今只願摶扶上，還許澄鮮守舍不。

欸乃聲中自答酬，湖山迴闊冠吾州。際天野色青環坐，照水嵐光翠擁樓。蓮浦渺瀰無路到，松亭依約有船留。澄鮮近市翻堪恨，混碧能容數過不。

## 袁起巖侍郎采予無盡意詩語以一段奇爲净相别室扁榜有詩次韻

一段奇中無盡意，西湖風月契三生。只今扁榜成佳話，它日尋詩有舊盟。得失鷄蟲何《咸淳臨安志》卷七八作豚隨日了，去來鳧鴈逐時更。癡兒尚欠梅花句，已擬長歌出塞行。自注：方有襄陽之請。

## 高秀才紳十年前有同邸之舊以劍名堂求詩

沙河燈火闠殘更，客舍猶聞諷誦聲。科舉累人須要了，詞章似子豈無成。勳名合是男兒事，通塞能忘造化情。莫向斗牛占氣采，夜深只願少微明。

## 范湘潭岸花樓

杜若青青湘水深，長官為政見瑶琴。飛花幾度春來去，行客自如人古今。天池百年供旅寓，江山一色費登臨。楚峯驛伴湘中館，更有高樓待賞心。

## 侶鷗亭

世態浮雲轉首非，孰於静處見天機。愛憎隨俗烏能好，爵禄無心牛自肥。此樂尚憂兒輩覺，斯人休祝我公歸。公如畧起功名念，鷗鳥驚人已浪飛。

## 題富覽亭

萬峯如鶩萬波同，擘浪雙鼇躍勢雄。山過江來垂斗柄，水朝宗去涣文風。家家洙泗絃歌裏，處處蓬瀛圖畫中。莫笑先生徒壁立，一番登覽興無窮。

## 登憶謝亭併呈質弟

争不遊山憶謝公，亭成孤嶼恰當中。山低山仰今朝異，潮落潮生自古同。幾欲弄舟移白日，何當把釣待秋風。惠連幸自還鄉里，獨恨池塘句不工。

## 題春風亭

亭成秋日榜春風，歲稔時和荷化工。佳事感傷多白髮，壯懷突兀祇孤忠。漢興即有中天運，吏惰元無闢地功。只把春風宣聖化，物華都在發生中。

## 題外祖母夫人李氏墓陟屺亭

陟屺哀哀八十親，渭陽念母我傷情。等為孝子終身慕，最慘嬰兒半路聲。已把山光占塾教，底須宅相寫亭名。登亭更望芙蓉頂，吹棘風前淚併傾。

## 春晚登鈐岡

簿書拋罷一登臨，恰有黄鸝送好音。溪漲未消知雨近，林疎頓密見春深。詩源久廢如枯井，宦况多磨似鍊金。手種故園三四竹，新梢拂拂想成陰。

## 游金山寺

何年浮玉奠中川，潮去潮來故屹然。世事只隨波上過，佛身元向定中圓。妙高得月天無際，雄跨看雲雨帶烟。孤嶼扁舟無活計，又挐楊子渡頭船。

## 登江山偉觀

江山如抱畫難加，偉觀標名似太誇。千古雲烟無盡藏，百年登覽足生涯。詩情與客來天際，潮汛邀人上斗槎。自是皇恩聊許借，兒童莫便認吾家。

**題石乳洞**

山前老石碧巑岏，山後縈紆洞府寬。妙處通行隨步武，到頭平坦上團欒。寶鍾池秘金為奏，甘井天成玉作欄。古怪洪陽清石乳，平章留與後人看。

**游仙都**

我來古栝經行熟，欲到仙都有底難。漫道蓬萊環弱水，始知方丈近三韓。千山開闔神仙迴，一柱岧嶢宇宙寒。信有真人足官府，不妨容我暫鞭鸞。

**初入雁山見雙峰**

鐘鼎山林昔罕兼，久污清貫大傷廉。移文謝客顏情厚，彈劾歸耕喜屬饜。纔下盤山為邑里，已排勝境入詩籤。年來百慮消磨盡，只有雙峰不退尖。

**再遊雁蕩觀雙峰**

不到雙峰一紀年，夢隨清磬上高圓。重來慣識羊腸路，兀坐慵談兔角禪。欲剗舊題無好語，羞將華髮照清泉。男兒問學全無用，愧爾耕夫墾石田。

**遊南明山**

路上崔嵬斷復連，危亭却立虎溪邊。石梁架厂疑無地，巖竇梯雲欲近天。客子詩情專物色，老僧禪悅解行纏。亦知太與塵凡隔，時遣鐘聲落市廛。

**下四十九盤**時年四十九

了知四十九年非，七七盤中共一機。世路險夷行處是，身名榮耀眼前稀。此生待足何時足，平日思歸今得歸。厚禄故人如問訊，為言留得故山薇。

## 春　園

用世無功孰取材，誅茅作計剗荒苔。花隨淺緑流春去，山擁新青入坐來。寬闢軒窗便過夏，高藏書畫待經梅。菊苗先晚丁寧種，更要秋光次第開。

## 喜子儀侍郎同遊

擬訪南山自北山，長隄信馬只如閒。畫船瞥見矜紅粉，紫燕驚飛透白鷳。三過名園成選勝，再臨高閣似知還。兹遊不負花時節，寡和陽春更許攀。

## 題洪陽洞

劃開靈怪幾千年，傳與洪陽二老仙。石室盡頭真境秘，天窗明處葆光圓。乳泉煖滴燒丹井，芝徑畦分種玉田。不是到來須束火，故應名勝限嚣塵。

## 聞轉庵遊西湖奉寄

馬上春光過若馳，不須紀歷校花時。青於前日長街柳，白似去年雙鬢絲。强學後生須藉酒，苦邀同社索題詩。朝回要便西湖去，輸與安仁尚黑髭。

## 酬常之換韻和江心寺詩

千峯屏繞浪環鋪，莫把金焦作對呼。絶境誰闚全體現，小亭人號媚川圖。市聲非遠塵難到，塔影雖雙嶼只孤。大似橘洲浮不去，嶽根元插赤沙湖。

## 再次常之換韻題江心寺詩

山川如畫鎮長鋪，每坐危亭謂笑呼。大艑揚帆飛罍彴，巨鼇出水載浮圖。錦袍仙想前嶢古，飯顆神遊絶境孤。不是謝公親歷覽，相忘秖竟渺江湖。

## 媚川圖亭上觀江心寺

三山海上失雙峯，插作中川鎮水龍。高出赭垣尊御寢，長拖粉廡過僧筇。夜敲圖繞千燈磬，曉擊聲聞兩岸鍾。莫恨無緣隨展鉢，時來亭上足從容。

## 某謬題媚川圖江心寺晚荷仲歸兄依韻寵和至再愈工勉酬厚意終慚辭費

孤亭面直海壇峯，真覩龍翔瑞應龍。長羡僧行圖上境，不勞杯渡水邊筇。推移日月東西塔，透徹天淵昏曉鍾。妙處難將聲相見，吟摹終恐費形容。

## 酬翁常之和媚川圖上觀江心寺詩

江北屯雲翳列峯，江心靈雨走神龍。已拚阮子一生屐，更倚仙人九節筇。晻靄孤帆昏野渡，霏微兩塔濕疎鍾。何須小米模糊筆，潘令新詩足寫容。

以上《涉齋集》卷八

# 全宋詩卷二四五一

## 許及之九

### 送吴待制安撫襄陽

天借琳琅鎮上流，西風作意送行舟。去看峴首何因感，遥見長安却是愁。平昔勳名期帶礪，向來談笑飽貔貅。輕裘少展籌邊略，歸問君王覓鄮侯。

如君自是急難材，牛斗光芒未燭台。何以家為人咄咄，維其時矣詔來來。臨湖盡去封侯橘，度地先栽調鼎梅。惡語流傳真引玉，滿懷明月向人開。

### 送何正言持節湖南

山莊寂寞信驚猿，鵷鷺行疎亦斷魂。持節過家天借便，引嫌得請帝疏恩。湘雲開處峰峰好，諫紙藏來字字温。只恐夜深思賈傅，長沙寧久駐軺軒。

### 送趙端明帥《永樂大典》卷一五一三八下有全字蜀

謀深無位可酬功，端殿几原作幾，據同上書改廷禮數同。盡以四川歸節制，重乘九折見精忠。平生清白天垂相，簡在登庸帝降衷。萬里橋頭莫言遠，恩波只在大江通。

### 送鄒國遂武博知濠州二首

長髯如戟氣如虹，只欠吾曹抹額紅。右序談兵瓴建水，上前論事殿生風。懇辭射策登賓閣，乞許分符立戰功。他日濠梁真得意，要看魚水得君同。

孤嶼秋風憶釣蓑，因君理櫂起勞歌。分留鄉思從玆始，報答君恩奈若何。陶令籬傍猶有菊，伯齡石上苦無禾。問言何補青蒲事，為道新來白髮多。

### 送毛監丞知漳州

參裨不解力吹噓，摻别何勞嘆索居。子去定為慈父母，邦人應得樂田廬。臨漳從此無苛吏，嚴瀨曾聞治猾胥。暇日若親横槊賦，為言珍重百砗磲。

### 送胡司諫同年赴湖北漕

洞庭青草碧相連，使節經行别有天。又輟諫官湖外去，要蘇民力未央前。一枝臘雪邊江驛，百丈春潮上水船。小駐軺軒私雨露，司存及早侍甘泉。

### 送潘德久都幹爲賀生辰使屬

廼翁舊取燕山第，子恰從人去使燕。孽子孤臣應有淚，祖功宗德本無邊。離離故國摇鞭影，耿耿新詩貯腹便。父老相逢勤勞苦，為言咫尺中興年。

### 送張子儀尚書鎮福州

暫違天陛星辰履，便上春風李郭船。兩地逼人真勇退，三山去路儼登仙。循環花甲趨庭日，遺笏棠陰在鎮年。盛事相望已無匹，賚奎新賜更光前。

### 送直院樓尚書同年以閣學知婺州二首

受敵詞章八面全，慶元書詔四方傳。星辰聽履聊紆步，筆墨論功即化權。將母願為符竹計，投誠徑繳冕旒前。暫煩明月雙溪照，兩兩台星尺五天。隆興最盛初元榜，當日曾推第一人。出世經綸知幾佛，看君意度不無神。居然勇退非驚俗，行矣追隨亦為親。只恐苦無明月句，經行難作隱侯賓。

**送禹之臯之舅赴調二首**

我是次公門下客，登龍因許與乘龍。只今擊柝從關吏，漸可扶犁作老農。莫報黃壚埋白玉，滿看清廟列金鐘。二難自是從來譽，勉事功名定亢宗。

九年清夢落鳴珂，尊酒相逢奈樂何。但恨醉人成謬誤，莫嗔驚汝感摩挲。行裝忽指吴門道，別意今隨楚水波。若訪水僊逢處士，為言新句苦無多。

**用樓尚書韻餞同年曾寺丞守温州**

三十三年同日喜，憶曾書札問淮壖。造朝合究三千牘，出守聊違尺五天。官舍君應思繫馬，家山我亦念斜川。政成的有天官列，不擬攀轅擬執鞭。

**送劉東玉提幹之官茂苑**

共論隸古弄文漪，酌别寧忘載酒巵。去去臺中攄婉畫，行行篋裏富新詩。向來閥閲多丹禁，豈有人門後白眉。九萬扶摇從此始，他年書劄問茅茨。

**送石謙伯就許襄陽辟**

襄陽耆舊流風在，幕府文書併省餘。勿以脩塗愁泛宅，不妨勝處憩安輿。碑存峴首堪懷古，詩憶槎頭匪為魚。萬里功名從此始，勉旃聲價百硨磲。

## 送鄭仁叔宰長溪

清於道骨澹於僧，海内忘形得此朋。作縣只如詩思苦，能官已被薦書騰。下車搏虎真堪笑，入境無蝗定有稱。我亦孤愚諳此味，願言加飯履春冰。

## 黄叔萬知縣以魯名齋求詩將赴公安併以爲餞

堂堂張也竟難為，一唯工夫魯得之。得免故應忘百慮，亡羊正爾失多歧。千林摇落青還在，孤月當空影自隨。昔日校官今作縣，魯齋行處即吾師。

## 送王子大知縣

金閨通籍綰銅章，荔子黄時恰到鄉。僧夏相期塵外住，官期將趣橐中裝。傾心棲棘仇香地，側耳鳴絃單父堂。説著江西如故里，南城春色勝河陽。

## 送余伯益知縣

建章萬户及千門，博物如君自不羣。入幕向來争論薦，鳴琴此去定知聞。官惟作縣堪行志，閩獨於鹽害未分。剖竹乘軺同臭味，願求長策獻吾君。

## 送鄭節卿赴新喻丞併呈李諫議

南漳撫字溢三年，當路文章喜薦賢。鶴髮有親須禄養，鶚書無地足常員。為丞盍過滕王閣，詣府欣依刺史天。諫議恩深曾一顧，煩君為我道拳拳。

## 送鄭廷玉教授之官邵武

太學聲名十五年，雞林副墨競流傳。諸生定滿升堂履，獨冷何愁坐客氈。預恐上方催給劄，便應西笑去朝天。君王若問安邊策，上藥良醫有十全。

## 沈架閣席上送沈教授之官邵陽二首

祝融七十二峯尊，諸老相望古道存。二邵人才元有種，三湘風物向曾論。先生此去行師説，弟子從今記善言。為訪衡山戴監嶽，可能畧不傍華軒。

郡侯名字祖鞭先，郡倅風流世有傳。更著廣文鐺脚坐，亦憐委吏鼎科年。江山莫道非吾土，官舍曾無有此賢。自是蓬萊山上客，枉教予作送行篇。

## 送簡壽王主簿之官番禺

住久江西近物情，聞名雖舊蓋初傾。未聽健論折髯喜，况有新詩出袖清。為簿免從高士例，飲泉要改昔人名。為言牧伯乘驄舊，愧爾傳家折檻聲。

## 次韻臨川傅簿經過道舊之什

傾蓋臨川卜再逢，歲華飄忽老秋風。汗顏何補千人聚，過眼還驚萬馬空。今子所淹棲棘地，曩余曾掌采芹宫。種松已長煩公問，梁棟如今中未中。

## 送鮑清卿運幹調官還里二首

筆端有印印金泥，榜榜名高米樣齊。兩郡漫遊官似水，七階懶覓薦為梯。登瀛已近帆鶯轉，入幕雖卑首願低。舉士引嫌堪自愧，眼看湖海放鳧鷖。

家住城南水竹村，羡君月榭與風軒。頭顱已料書生骨，言語難酬明主恩。何日致還歸里社，也教依樣買山村。彈邊求炙君憐我，許種名葩寄後園。

## 送范南宫守彭歸蜀

起草南宫著作庭，歷階亦合侍承明。乞身只擬分符去，持節何妨衣錦行。道在不孤知己舊，才難偏愴語離情。極知便下思賢詔，其奈巴江白髮生。

## 送黄元章秘書還餘杭待次荆門

蓬萊雲色正飛浮，猛乞分符向玉州。抵鵲信嫌三獻辱，如虹肯要萬金酬。勲名不朽山為礪，軒冕隨緣芥作舟。却憾渥窪求汗血，不如天厩出騂騮。

## 送鄭節推勝棄職歸省

慷慨中原泣夜闌，一門忠孝只南冠。來歸九死賒猶易，就養一官輕底難。幕府禮羅留莫住，清時長鋏惜休彈。男兒富貴尋常事，要取功名與世看。

## 送鄭南秀解秩東歸

小麥茸茸短覆泥，如何熟得濟民饑。青黄未接我狼顧，黑白既分君解龜。已拜一言真苦口，極知三折是良醫。從今洗眼看華要，書札無忘慰夢思。

## 送穀仲歸謙謝以詩次韻奉酬

一樂長存抵萬金，百年誰肯放愁侵。飯蔬飲水真吾事，懷寶迷邦豈本心。桑户琴歌奚此極，孔門絃誦有遺音。新詩當暑時時至，每讀清風自滿襟。

## 送解省元赴南宫

過庭有子即同登，學圃承家豈足稱。刻畫無鹽容更醜，寵光蕙草句全勝。名場自此一投足，宦路不須三折肱。累月答兒吾豈敢，短檠猶可課秋燈。

## 送林定國赴秋試

讀却床頭滿架書，時文元不費工夫。向來點額關奇數，今日焚舟合壯圖。去去秋風趨北闕，行行春色滿西湖。癡兒未了書生事，珍重青衫報國軀。

## 送劉守之上舍赴試

廼翁壯譽動賢關，晚把州麾苦要閒。細字尚陪燈火課，淡書端要姓名攀。扶搖穩泛魚三級，文采曾闚豹一斑。舍弟若為同日喜，兩家親老想開顏。

## 次韻餞振之之行

半生經史競分陰，奏牘三千幾汗青。技到屠龍從俗笑，志存流水有人聽。故園勳業千株橘，世路生涯一草亭。却笑劉商長得醉，為無管屬愛浮萍。

## 送安福劉秀才謀卿仍簡分宜傅公謀

昨夜西風入楚扉，登臨遊子倦將歸。璧廱未頓新書笥，錦里還尋舊釣磯。平世勳名賒馬革，男兒貧賤且牛衣。傅巖詞客如相問，說是今非昨更非。

## 送德友之長沙章貢併懷薛葉二兄

篇章足可慕淵明，其奈田無二頃耕。甥館久居誰厭汝，客塗遠問我憐生。湘山物色留新句，使節綈袍有故情。併語鬱孤東道主，春風吹夢到容成。

## 送陳西老西上併簡張功甫

二月春光韻管絃，琴書獨上館頭船。篋中未有西湖句，闕下曾傳樂府篇。名勝難逢分手易，游從雖晚服膺先。有如尚待金門詔，須訪南湖桂隱僊。

**中川席上送陳同甫**

眼底男兒隘六區，似君豪氣有誰如。中原赤子頭今白，天下蒼生力未紓。北闕有書流涕上，西山無地帶經鋤。共談世事何時了，勸子加餐返故廬。

**送俊老再住惠因**

天台自是金仙窟，而况師曾住惠因。祖令全提餘作畧，舊營重按想精神。絶憐老宿參辰象，何限名藍甲乙人。若遇毒龍師攝取，經行杯渡熟知津。

**送清監寺往平陽化緣清乃王詹事女**

詹事家中靈照女，圓月會下祖師禪。一條見地如絲直，百架脩廊尚結緣。飛錫先從坳裏去，擲盃聊當渡頭船。更於何處求真佛，説似檀那領現前。

**喜德久從人使北來歸**

詩翁萬里恰歸來，滌面那無一點埃。生馬諳騎便武事，故京熟覽動詩才。别來我已成炊夢，此去君應悟劫灰。見説北庭猶假息，可無尊酒沃崔嵬。

**和袁同年接伴賡從客陸成文韻**

鴈塔題名不記年，相從淮海喜翛然。了知鵬鷃懸微分，祇覺夔蚿有故憐。共泛仙舟凌浩渺，賡吟醉墨墮芳鮮。少游陳迹無尋處，小五湖中水拍天。

**和袁同年接伴賡從客霍希文過楚州韻**

一水分流西復東，畫船隨水去匆匆。晚風鼓角增悲壯，高壘營屯足長雄。糧道已無清口應，舟師會把朔庭空。眼中方畧全圖在，未肯輕將屬畫工。

**次韻袁同年回程見示**

秋風日日動詩情，人與詩篇一樣清。歸去星辰添秀潤，經行草木倍精明。河山未閡功名志，歲月徒催鬢髮生。送客微言何足録，便將佳句榻前呈。

**吴門次韻頤剛嚴陵留别過新安**

功名破甑等虚空，身世隨緣郍曼容。行色過於秋澹薄，離情恰似酒醇濃。想君時看水西景，顧我方聽夜半鐘。莫計升沉須强飯，男兒愛惜鬢星鬆。

**因振之之行過新昌懷鮑清卿**

新昌令尹鮑參軍，中的聲名孰似君。未免徒勞紆墨綬，不教平步上青雲。句如冰柱當庚伏，心似秋空納世氛。豈為求齊工鼓瑟，知音合遣九霄聞。

**懷轉庵餞客**

一水經行昔飽諳，故鄉真似是淮南。杏花巖畔春携酒，楊柳堂前夜駐驂。鄰境不停科甲馬，吾民常喜足田蠶。風謡物色堪詩句，餞客歸時問轉庵。

以上《涉齋集》卷九

## 許及之一〇

### 南省簾外唱和五首

句讀江西獨亢宗，筆褌造化蚤論功。相逢客已傳河尹，未見天教憶戴公。欻訝鞭鸞仙尚散，猶憐小草味能同。明朝遺客方公事，醉墨何妨落暮鴻。

寒似西來不立宗，酒兵屢敵故難功。詩成染筆能忙事，勘罷糊名也自公。細雨燒燈驚節過，清尊華髮與君同。故園花訊新來少，欲問平安無過鴻。

畫史何人更姓吴，梁園重與續成圖。晴泥正好一犁雨，歸思還先六幅蒲。院鎖餘寒春力峭，書殘午後客情孤。新詩剩喜相料理，已覺胸中隘五湖。

桃李枝頭鎖沍寒，天工一笑發嫣然。唤回雪苑陽春脚，幻出瓊壺小有天。欻看南圖羊角上，恍思西抹阿婆年。政須點勘頻呵護，準擬開函近御筵。

不因呵手軸書簾，顓帝司寒盍解嚴。已放官梅撩杜老，更堪園柳憶陶潛。定無裁鑒追王謝，敢别妍媸擯嫫鹽。爾許空餐已知愧，底須自喜作沾沾。

### 次韻留守劉觀文鹿鳴之什

一時天府姓名登，三載文翁禮俗型。已著衮衣親勸駕，更施燕席共談經。杏園路逐三春暖，星漢槎通八月靈。聖策若詢黄髮老，為言輕重繫朝廷。

### 劉正言講筵視職初直玉堂見案上所和高紫微陽字詩寵和二章見示因用韻答以一首深愧短拙

措世規模豈小康，八荒壽域萬年觴。諫行膏澤苕溪水，講勸淵源養浩堂。遇合共欣魚縱壑，闊希真見鳳朝陽。簷花細雨金鑾直，預卜為霖喜色黄。

### 次韻常之歲晚督才叔詩課

流年舍我疾於飛，受歲於予孰敢違。有愧淵明新覺是，自憐伯玉舊知非。盍簪烈炬昏騎馬，博簺相歡夜倒衣。豈復少年豪氣事，詩壇聊為解堅圍。

### 次韻盧次夔直學投贈二首盧之父有師法方訓長孫鑄而次夔近繹子屈致教參

#### 孫發蒙

大難過訪憶曾酬，謁入徒慙刺字留。惠我新詩堪照夜，喜君逸氣正横秋。時哉好去陳三策，老者那能畫一籌。暇日太丘如共款，忘炊肯更作糜不。

老眼青燈字字愁，猶能宅勝復棲幽。要追野叟田夫輩，願作漁鄉橘里侯。蚤取科名辭舉業，來陪散吏入詩流。小孫勤苦童蒙訓，未解知名杜若洲。

### 約轉庵

半夜月明晨起風，不眠附火鬢搔蓬。窗虚灑急疑霰集，閤暖香微知菊叢。便擬南枝開摘索，只愁卯酒醉冬烘。行吟真愛亭前路，梅蕊已如椒子紅。

百七丈和篇有盡道温柔别有鄉誰知絳闕水茫茫之句意有屬也再用韻奉酬

仙凡從昔各為鄉，弱水蓬萊隔混茫。不見麻姑呈狡獪，空教賀老號清狂。兩奩心事無人共，萬點花飛有底忙。說與東風須作主，莫教癡白妬嬌黃。自注：公家寵妓張氏者善弈。

休厭黄鸝百囀聲，詩翁亦是不平鳴。中年懷抱愁離别，暇日親朋好會并。踏損落紅無錦襪，吟成白雪有朱英。欄杆徙倚空三歎，雨後斜陽寫不成。

百七丈寒食扁舟之盟遽寒姚黄恐成輕負輒賦二篇復以酴醾爲約

閒中直指醉為鄉，寒食扁舟竟渺茫。可惜海棠隨雨過，猶憐粉蝶伴醒狂。游人静後西山好，春事深來老圃忙。未必煩公頻折簡，花時還是負姚黄。

連夕驚雷非惡聲，池塘閤閤幾蛙鳴。春程尚有三之一，樂事那能四者并。養得苔錢都滿砌，足為花地藉殘英。閩閒不惜衝泥過，架上酴醾玉已成。

謝覲復長髯垂膝儼然山澤之癯棄去儒業從皇甫道士於廬阜余見之三茅以所編老君實録見贈賦此奉酬

真是儒仙藪澤姿，長髯合住謝家池。香爐峯下看雲坐，碧玉壺中倒景窺。妙旨五千歸日用，纂言十萬見宗師。故交幡起逃儒恨，不值青藜夜訪時。

酬劉孝若二首

春去堂堂已浹旬，幽花耿耿尚能春。細思造物尤恩我，晚著家山剩庇身。客至情親惟話舊，詩成意足不求新。長年道路多疎隔，如子相過正要頻。

回首城南同舍時，參辰相望更為誰。杜門正愧衰兼懶，枉句多慙頌不規。新竹篩金鳴粉籜，初荷擎蓋弄紋漪。小園景物堪供給，剥啄何時共説詩。

**次韻酬王宣甫**

老去才衰非曩時，如今何處有新詩。陶溪已過黄初作，漳浦曾同鄴老期。近喜高軒能肯顧，翻催歸棹起相思。杖藜固有慇懃約，逸駕愁難十駕隨。

**奉酬沈仲歸**

劉牆屈壘敵金湯，今繼薰風寫拒陽。久住揚州詩富艷，暫歸孤嶼句清凉。簷聲疊喜隨花落，野色方期共竹光。偶苦河魚今少愈，不應樽酒負鵝黄。

**次韻酬才叔仍送酒**

逸駕翩翩莫可攀，飛騰豈久住鄉間。秋風便起東西玉，郢雪姑吟大小山。僅喜借居鄰竹院，能無持酒到松關。樓成約共魚軒過，急遺雙壺且破顏。

**再用韻酬才叔**

試聽剥啄莫尋推，竹院來過更有誰。紫鳳迎門披裋褐，小龍入臼破新規。映空白鷺排青障，照水黄鸝點碧漪。春去自應留物色，眼前何事不供詩。

**融州和孝若韻見寄併謝真愛賞梅之集復次韻奉酬**

城南家訓不籯金，曾共青燈課夜吟。往行二劉元作則，後人六藝盡師心。經傳鄉派源流遠，詩到孫枝志思深。玉潤風流今鮑叔，卜鄰佳處到于今。

同病齊年各老成，喜君勿藥近安平。籃輿不惜尋梅過，藜杖何妨倒屣迎。潘令劇談聽至夜，劉郎新句和來清。疾行每愧穿楊手，金榜君居第十名。

**次韻酬石謙伯二首**

拂雲著句未能奇，聊為溪山且發微。過矣瓊瑶煩答贈，居然懷袖有光輝。經時苦雨無佳思，幾日占晴望落暉。石友不來春自老，登山臨水送春歸。

石兄兄石不兄錢，卜築山邊復水邊。位置亭臺依茂密，剔疏巖壑聽潺湲。拂雲脩竹還通月，擎蓋高松不記年。預恐陶君回俗駕，擬乘下澤疾驅前。

**酬木伯初仍簡才叔常之**

惠我詩章有琢磨，傳家學力見功多。恍驚社裏摛文手，奪得天邊織錦梭。競約芳洲容與戲，預欣清夜醉時歌。熏蒸浪泊看鳶墮，不念垂垂老伏波。

**次韻酬潘才叔**

杜老添愁憐晦日，閬仙不睡惜殘春。閏餘寬我花枝眼，年事逾君卦氣身。架上酴醿香已歇，階前紅藥色方新。新晴肯訪山園否，聞健聞閒莫厭頻。

**再酬同社**

殷勤春事尚彌旬，豈是榆錢買得春。映水殘陽開句眼，滿園新緑庇花身。論文把酒交情舊，對弈忘機局面新。信筆題詩無好語，多情烏鵲喜聲頻。

**酬沈仲歸**

曾倚平山望遠峯，橋過真主昔回龍。詞翻十事温卿閲，句敵三都蜀嶺筇。置驛家風羅四面，揮毫帥守角千鍾。來歸肯作蕭閒伴，一誦新篇一起容。

田家渴雨望雲峯，掣電驅雷起蟄龍。喜極三農俱合爪，争扶百拜各拋筇。先生不用愁經笥，老子惟須辦飲鍾。换韻題詩應有句，何人起舞為予容。

**次韻酬梅南壽舊曾和予梅花詞**

衣鉢歐梅無別峯，天慳發處妙屠龍。瓊瑶有句傳商鼎，金石留聲在蜀筇。三歎少曾賡俚曲，五音全得列編鍾。末章壓倒君餘事，不道承家有愧容。

**自　和**芍藥猶開一朵

净盡繁紅但碧峯，藥欄猶有緑盤龍。風光何限供吟筆，霜鬢儘添宜老筇。豈必愁來方酌酒，底須句到始撞鍾。閒中作樂真吾事，多謝天工久見容。

**用韻酬常之才叔**

西山爽氣挾蓮峯，凝眼何嘗怨籊龍。近種猫頭未成竹，擬求人面替扶筇。春歸意緒愁千斛，病起情悰酒一鍾。莫話朝雞萌妄想，形骸老醜若為容。

**酬翁常之次韻**

雲間聲價仰高峯，今向詩中識士龍。傳誦廢餐惟閣筆，行吟須杖轉思筇。晚欣鄉里才華盛，故是江山秀氣鍾。竹院過從煩答似，坐來起敬有羞容。

**再酬梅南壽**

看雲注日愛奇峯，撼壁魚梭欲化龍。鳳沼催詩欣在手，驪珠奪目急扶笻。老慙尚竊祠庭禄，閒覺驚聞夜漏鍾。報答一春無好語，更憐同社曲優容。

## 用韻酬常之

老慙匿影愛嵐峯，已愧家聲昔二龍。鑿井得泉思種橘，尋河知路記因笻。加餐漫説囊中法，應俗多違飯後鍾。同社朋來欣已諾，何時倒屣却從容。

## 疊用韻酬常之

迢迢起頓兩三峯，石窟門邊有斷龍。致爽君能豪拄笏，策疲我愧老搘笻。論詩句句諧唐律，舉酒時時敵漢鍾。謝客分留餘物色，可能無意更形容。

## 用韻酬俟居甫

玉樹風前映玉峯，吾家安得此乘龍。書林未照青藜杖，甥館肯陪高節笻。歸棹喜聞明月載，哦詩想帶夕陽鍾。從今社裏添光寵，咳唾珠璣有仲容。

## 再用韻酬居甫

凌雲健筆聳雲峯，奪得標歸信是龍。官似梅仙非素隱，山經謝屐伴栖笻。柳邊待起明光草，花外要聞長樂鍾。暫肯閒閒入詩社，來篇三復歎南容。

## 酬鄭千之

契託尊公千佛名，思瞻生氣屬丹青。愛君克肖充眉宇，將母通家過里亭。難韻更能陪我和，苦吟想見徹鄰聽。勉傳衣鉢窮年計，入學元非一仲丁。

## 自和

擾擾人生漫百營，思量蒲柳豈長青。四時代謝真郵傳，百歲光陰寄客亭。眼底浮華非我有，静中真樂要人聽。故吾不惜全還我，二十三前是白丁。

## 和居甫仍喜其得雄

歸巢倦翼底須營，家近容成取次青。笑我崎嶇山上路，羨君瀟灑竹間亭。弄璋已覺門闌喜，引玉尤驚里衖聽。得子且欣容易養，庚壬乙丙況藏丁。

## 德久寄南游詩卷内和丁字韻凡九因次韻寄酬

三逕雖荒可更營，歸來因得課樵青。巖棲寧著高低屐，世路怕過長短亭。厚禄故人新枉句，高山流水舊知聽。案頭展卷勤收拾，却恐天官敕六丁。

## 酬常之

連朝晴霽有何營，静對脩篁照眼青。旌節花迎門外客，發揚荷傍水邊亭。雙呼鳩語元無據，一箇蟬聲已可聽。鵲鵲飛來還送喜，吉丁新句遣家丁。

## 奉酬常之仙藥課畦丁之什

在勤生計合勤營，手劚山園藥甲青。首辨君臣嚴位置，次看炎冷各調亭。有身為患那能見，未説能仙自喜聽。肘後傳來須記取，種時端是戊衙丁。

## 酬孝若

自笑求田了不營，竭貲結屋為山青，尚憐遠岫光傾座，猶欲平崖穩著亭。同社唱酬雖數至，扣門剥啄未嘗聽。故交要識今吾面，不是遺民即隱丁。

**酬南壽**挾策方倦而二詩至

窮當堅似亞夫營，誰似任安事衛青。欲使威儀還漢舊，未傷風景隔新亭。功名薄處書慵讀，志節高邊我愛聽。過午尚思茶一碗，休將後蔡比前丁。

身世悠悠莫苦營，是他松柏只長青。寬於繭甕茨為舍，大似雞棲草作亭。蟲臂鼠肝元自定，龜毛兔角慣曾聽。臚傳天語君須記，第四科名合是丁。

**仲歸以結局丁字韻二詩七夕乃連和四篇至如數奉酬**

年衰病怯思怔營，惟見詩篇眼便青。連和舊篇纔結局，高吟新月恰當亭。敢輕勍敵嬰生力，正恐陳言厭熟聽。入社莫言詩殿後，此時孤律夢方丁。

君詩紀律似堅營，氣王東南幟赤青。湧思急於流峽水，疾馳快似速郵亭。想當愜意須頻讀，説與齊眉更喜聽。擊鉢工夫勝刻楮，賣文却笑隱吾丁。

年逾卦氣易身營，除一君猶鬢發青。豈但文章難匹敵，只量筋力敢秤亭。詩如博弈聊賢已，調似渝歌且易聽。除却吟哦無一事，齋心惟敬六神丁。

聘錢猶欠入驅營，野語傳訛亂史青。河鼓牛郎隔河漢，成橋烏鵲為津亭。隨緣樂事從心賞，妄想佳期莫耳聽。見説老人星合見，更占秋丙看春丁。

**次韻湘西許老**

困倚床頭未嘗癡，結廬取次不塗茨。常留真火添丹竈，任使清霜上兩眉。入市有錢時施藥，還家無藁自吟詩。不因乘興來過我，老子姓名誰得知。

## 次韻王宣甫

佳句馳來合斬關，家童豈得嫉渠頑。好懷偶苦催租至，厚意虚教垂橐還。近社賡酬幾寂寞，舊詩塗改屢爛斑。轉庵方示維摩病，猶望崇齋大小山。

## 次韻孝若謝報謁二首

訪舊論交憶斷金，閉門宣想日高吟。應思后牧長回首，更學陰何苦用心。顧我自知經世淺，如君何苦愛人深。相逢休説東山話，已覺昨非猶至今。

如懸夜雨潤冬晴，菜本朝來翠浪平。菊老容成宜退聽，梅開真愛欲相迎。擁爐静坐心非想，把筆題詩思過清。寫寄城西老朋友，數能過訪不無名。

## 次韻盧康伯别家塾後示惠二詩

投老投閒袖久通，何妨搔首鬢如蓬。故人索我形骸外，春事開予笑語中。别去未幾情似闊，詩成倏至福何洪。倦從遠役寧株守，人訝相從臭味同。

如君摸索不難知，匡鼎來時解説詩。莫作瓜分甜後蒂，已拚樗散鬢成絲。閒閒歲月壺中永，取静光陰隙外馳。莫道廣文心似鐵，知心猶有賦梅詩。

## 次諫長韻

繚垣虚晝静沉沉，兩行槐陰一徑深。細雨入簾供洪溽，原按：供洪溽三字難解，疑有誤。清談參坐共蕭森。柳邊花底隨官事，緑暗紅稀惜壯心。正以頭風無藉在，詩翁佳句敵陳琳。

簷溜涓涓響澗涔，濕飛蝴蝶見深深。乳鴉雛雀自酬答，老柳古槐惟蔚森。同省三人慙未至，許身一字愧初心。好風隔院動修竹，隨意題詩傾碧琳。

**再次仲歸臨池韻**

聖時下士若卷阿，鴻筆詞源走萬波。南省只教韓愈到，北飛猶障禹門過。男兒器業偏成晚，夫子才名獨患多。地闢天開知有日，中興宜頌更宜歌。

**次韻劉孝若二首**

每思忝竊長知愧，何有行藏可待明。壯不如人秪録録，老將及耄更平平。故交契予情文厚，佳句馳來格律清。擬策疲駑追逸步，却愁重趼趣脩程。

宜男草長欲忘憂，含笑花開却似羞。轉蕙有風凉意動，重梅過雨漲痕留。幽閒歲月難消受，香火朝昏未答酬。珍重友朋相慰藉，鼎來賡和得因由。

**次韻轉庵幽禽到研邊之什**

梅風拂拂動薰絃，久雨休疑是漏天。有客方懷吟澤畔，無樓那得住山邊。添香遣日愁難破，換韻傳詩喜欲顛。犯戒成章賢博弈，門人已廢蓼莪篇。

**次潘茂和韻**

久向竹林聞小阮，恨無此客豈無氈。文章未可為餘事，子弟何妨自太鮮。老去懶兼衰作病，傳來詩與月俱圓。瓣香合為牀頭易，笞鳳鞭鸞不是仙。

**袁同年過揚州遞書并詩再次韻約同留維揚觀春色**

一緘書札故人情，中有新詩字字清。郵置傳來心已醒，秋鐙讀處眼偏明。揚州路近帆能疾，瓜渚潮來水似生。少駐星軺問遺俗，春風生帳有詩呈。

**再次韻仲歸**

身名已愧鳳巢阿，世念難教古井波。老覺病時終是懶，話當情處愛相過。閩閒莫惜朋簪盍，服義相將户屨多。意到會能拚劇飲，與君同賦醉時歌。

**席上次劉振之賢良韻**

眼底扶疎緑漸稠，傍林軒檻轉清幽。空餐敢擬過僧夏，閔雨猶憐近麥秋。客有好懷壓夙駕，袖將佳句豁牢愁。焚香餉客無多景，静聽呼雛鳥雀啁。

**子儀侍郎欲携家泛湖不及踐旬休之約再次韻**

案頭故紙積如山，春去能無半日閒。已約旬休同此集，預愁陰雨在其間。時清不禁無何飲，晝永從教竟日還。只恐扁舟成拔宅，同遊無路可追攀。

**再次韻子儀侍郎用沈察院韻**

杜宇來時憶故山，簿書叢裏且閒閒。流傳舊體湖山外，賡唱新聲伯仲間。雨霽園林鶯亦喜，風輕簾幕燕知還。蘇公堤上明寒食，逸駕翩翩不可攀。

**次王宣甫韻**

一春無計接茵憑，野草閒花漫自榮。留得小欄紅藥在，待看新徑緑陰成。亦憐酒醆疎談柄，肯寄詩筒督課程。多病感君勤問勞，肱三折後萬緣輕。

## 重陽前兩日集轉庵同社而今日忽雨次轉庵韻

攙先登眺高為節，片段芙蓉錦作花。賴得前朝曾此集，有如今雨欲何加。歡濃未分玄成白，客醉猶憐酒勝茶。猶恨梅川無好句，更須君賦為傳誇。

## 次常之韻

身閒城市即郊坰，況是秋高氣倍清。酬唱篇章驚句眼，往來節物見交情。重陽檻菊明朝摘，細雨簷花昨夜鳴。晚霽嘉賓不重賞，靈山空自愛嘉明。

以上《涉齋集》卷一〇

# 全宋詩卷二四五三

## 許及之一一

### 寄陳頤剛

眼見交遊半陸沈，可無百丈引清深。注成兵法有奇志，閒過壯年應苦心。幾度梅花開帳望，有時楊葉夢追尋。男兒機會何終極，莫遣愁將鬢髮侵。

### 簡轉庵

扣門有礙吾何適，排户頓疎君作難。不對桃花傾社酒，誰憐燕子怯春寒。便過熟食過元巳，尚看酴醾看牡丹。却笑今年詩厄閏，略無好語入毫端。

### 簡才叔

坐看母竹長龍材，衣上新痕染碧苔。杜宇不隨春老去，黄鸝偏傍水光來。摇摇書帶連香草，冉冉凌霄上古梅。此意轉庵同領解，更須潘令好懷開。

### 寄洪州新建知縣

遠聽絃歌樂部封，放衙乘醉半疎慵。家辭南越無千里，縣管西山有幾峯。人望廢田禾影合，吏愁空獄蘚痕重。孺亭應更悲前事，烟草萋萋叫夜蛩。

### 入南鄉檢旱紀所見

分宜南北兩鄉分，路入南鄉過所聞。蕎麥滿山明積雪，晚禾匝野漲黄雲。寸田必墾憐農父，五斗空餐愧令君。惜許早田成旱損，不成樂歲答民勤。

**紀所見**

百年厦屋盡良材，客位經年長紫苔。失馬塞翁翻有得，撫松陶令盍歸來。門前婀娜千行柳，牆角輪囷一樹梅。滿壁圖書非詑事，錦囊成篋未曾開。

**夜渡分宜水南**

一水彎環抱縣流，水南物色總清幽。案頭故紙看成葉，眼底青山見即愁。夜唤扁舟乘月渡，静聽魚網灑波收。忽思孤嶼中川畔，滿意秋風落釣鈎。

**括蒼道中次陳頤剛韻**

詩翁四十九行年，説著行邊喜欲癲。介婦灘頭隨水宿，馮公嶺上伴雲眠。趨時萍實甜于蜜，閲世匏壺老更堅。冀北須君空一洗，眼前駑馬太勞鞭。

**宿建德驛追次張于湖壁間韻**

此驛閲人多似我，于湖去後有誰來。詩留版壁經年在，門對巖扃盡日開。天上有文修白玉，人間無句對蒼苔。相逢莫問滔滔事，荷蕢曾過有意哉。

**舟行早起處州溪上**

溪容霧氣撲清芬，野色微兼曉色分。檣表已迎山背日，纜端猶繫石根雲。打頭風信看來轉，當面灘聲語不聞。遥唤漁舟倦回首，人鷗那得更同羣。

## 早起

歸來百事盡摧藏，卦氣行年分所當。未曉不眠真是老，纔明便起有何忙。移山種石愚翁癖，遇酒逢歌楚客狂。此外胸中無箇事，有時信口作篇章。

## 睡起

飯了晴窗睡足時，杖藜徐步出荊扉。若無俗事關人意，只有楊花點客衣。黄鳥怨春渾不住，杜鵑知我亦思歸。鄰家酒熟容賒買，竹笋初生韭菜肥。

## 書債山積久逋余丞相報緘連發二書畢喜作口號

自思堪笑亦堪憐，懶與頑兼不可鐫。兩紙書成大功業，三杯酒罷小神仙。每當静處常追悔，何似閒時旋補填。害性苦心從古病，不如歸去樂殘年。

## 湯晉卿善談命求詩紀實

已近無聞半百年，枉煩明鏡照華顛。溢河驛馬妨乘鄣，氏宿蒼龍分委天。告我三陽聞好語，驗君三命有真傳。預愁一字終無補，何日歸歟阿對泉。

## 德久和韻以予請外之力預爲悵然再用前韻

已是于思去復來，自慙無補効涓埃。纛官只合供煩使，昭代惟須急異才。名士不應詩作祟，諸公方擬管吹灰。且容一舸江湖去，廬阜烟蘿鎖碧嵬。自注：廟堂許以江西漕節。

## 才叔調倅歸報謁不值，訪松廬留别，拙語併呈

五月征行思竹院，半年賡倡負松廬。水西風月分歸後，衖北交朋過訪餘。携具洗泥曾醉否，逃禪得句定

真如。涉齋終日攢眉坐，正賴清新為起予。

## 鮑融州病足叩謁適遇孝若示融州菊詩和篇次韻呈

不見融州夏涉秋，居然款對豁羈愁。猶存尊足憐同病，不繫虛舟任打頭。久待一州當斂惠，終煩諸野要營求。我今不啻便應足，獨恨於君百未酬。

## 病赤目從薛山甫借荷葉巾

赤目朝來勢轉加，病身觀妄有生涯。火平文武寬心地，酒遠聖賢疏肺家。虛白已能生暗室，空青不用點昏花。小冠預《永樂大典》卷一九三六七作頃擬更名字，借與團圓藕葉紗。

## 次韻仲歸病中垂問

痼疾多年久一翁，醫方驗後自難功。已慙兀者猶尊足，敢企泠然欲御風。覓句未能生處熟，論交正要苦辭攻。憑君莫話沙堤事，此語終諛不是公。

## 次韻呈支茂先賢良

烟蓑不盡四山青，古道長將古意評。辟穀久知疎藥裹，纂言今見滿書檠。堯年請祝新抛隱，宋範争抄近薦名。聖世埋光那可得，清臺恰奏少微明。

## 喜宣甫至戲呈

陶溪路遠强躋攀，猶得詩筒暫往還。有便催租俄敗意，無心聽鵲忽承顔。菊花滿逕成三老，梅蕚穿林見一斑。肯為轉庵聊且住，預愁約束裹糧慳。

## 次王宣甫題媚川圖韻

底須屏障寫天吴，絶境横前與畫俱。兩塔屹波流不去，千帆破浪遠如無。空明水月光争媚，開闔雲山妙莫摹。扁榜首蒙摩詰句，小亭從此有詩圖。

**韓幹四馬詩戲贈世京**

吾聞北馬來西極，驤首躡雲無定姿。俯視雙瞳真皎鏡，遥憐一骨獨權奇。何年慘澹經營處，此日飛揚奔放時。把玩不須嗟歲晚，會看天廐著金羈。

**謝鮑潮州惠歸正李媪所作外國圖因題卷後二首**

兩年貳郡半專州，濠上魚涵惠澤游。慨念中原變荆棘，圖成外國别冠裘。故宫禾黍悲清汴，落日風沙慘白溝。漢節提携曾記别，居然展卷涕横流。

健婦真能勝丈夫，丹青人物妙難摹。百年畫手承平久，萬折歸心守節孤。輒此珍藏為我有，從渠遠致更能無。傷心故國流風在，不是成周王會圖。

**題元祐諸公跋竇三川詩卷後**

門前流水古猶今，不見鍾期但苦心。每憶承平愛人物，有誰埋没向山林。一官黄綬甘肥遯，百首清詩共賞音。自笑抱關人録録，亦將名字託碑陰。

**次韻仲歸漁父**

風静波恬没是非，雨蓑烟笠當冠衣。移將蘭棹垂綸去，釣得金鱗帶月歸。到處茅柴賖可準，有時蓴菜滑仍肥。旁人道是忘機叟，到底從來不識機。

**王宣甫以新婦魚能鬭爲勝負魚有詩釋其訛謬次韻戲答**

斕斑紅黛鬬芳塘，新婦魚兒著底忙。豈為長陵矜先後，不知濠上樂彷徉。詩來解辨吾伊謬，我欲兼將勝負忘。蚌鷸相持堪惜許，須知旁有謝三郎。

### 聞砧

秋來風物自淒清，葉葉枝枝策策鳴，近砌不堪催織語，遠砧更送斷腸聲。苦心且作丁當和，積恨終憑熨帖平。寒女終身無褐彩，綺羅通夕課寒檠。

### 觀郭殿巖打毬于冲天觀旁

峯頂毬場翦似平，汾陽號令素精明。萬蹄攢逐一星過，兩隊歡呼衆樂鳴。静看穿楊矜妙手，醉觀過翼覺身輕。摩挲亭下排衙石，擬賦將軍射虎行。

### 聽轉庵彈琴

競春人去客苔侵，喜對安仁理玉琴。百尺游絲非助我，一聲啼鴂是知音。湘桃作意紅兼白，碧柳隨宜淺更深。昨日臙脂今日雪，可憐牆角兩來禽。

### 次韻仲歸觀弈

緑陰晝静熟觀棋，横出寧分正與奇。要處不容留活眼，忙時翻笑斂愁眉。手談大似銜枚戰，坐隱幾同過枕師。著罷了然無勝負，機心却許白鷗知。

### 酬轉庵畀酒之什

絕境夤緣有路攀，隔波樓影塔中間。纔收梅溽經旬雨，已放蓮峰幾朵山。勝處得閒真閬苑，醉餘忘世即函關。詩高不飲妨何事，恐對湖光自忸顏。

## 謝鮑潮州送新酒

濁醪青蕊作重陽，纔入開爐月果良。佳釀遣銷彭澤恨，好懷肯對馬軍嘗。清新有句須留待，風味如君不可忘。只俟高軒共杯酌，四時巖桂尚能香。

## 還杜叔高詩卷送酒

三衢三杜人能説，我亦曾闚仲叔閒。軟語接來真有味，好詩吟到祇如閒。名場偪仄雲垂翅，澤國冥濛雨蔽山。不有客樓何地著，可無尊酒破天慳。

## 次韻酬顯庵寄茶

顯庵多別又多年，小草蠅頭越瞭然。覓句不為禪所縛，住山長是佛相憐。無從飲酒過蓮社，尚肯分茶到玉川。肉食正慙無補報，歸心已駛不須鞭。

## 鄭文之許惠烏髭方戲簡

墮甑功名久任緣，形骸老醜孰蚩妍。了知白髮闢吾事，敢學烏髭趁少年。人謂黄金容可作，君藏鴻寶乃能鉛。一皤正博妻孥笑，許惠良方試與傳。

## 王宣甫以予有詩求鄭文之染髭法與其舊作暗合因録示次韻酬之

細看緑繞與紅圍，此地何曾著白髭。顧我全驚緇鬢改，羨君猶有黑絲垂。一皤博笑幾同調，兩醜相看莫斂眉。正使醉中巾幘墮，不妨齊唱赤壺詞。

## 戲　贈

不鼓君家爨下材，渴心古井欲生苔。柳枝未放行雲去，巫峽又還為雨來。似染霜髭欺黑漆，尚禁醋齒試青梅。不妨雨過同心賞，一架酴醾花正開。

**三賡許令姪硯之什**

轉庵蓄硯有奇材，受墨逡巡落海苔。異品已堪相甲乙，餘波足可畀雲來。許分阮姪邀金竹，預想將軍慰渴梅。尤物匪珍才可惜，芝蘭正要滿庭開。

**次韻王宣甫謝筆**

筆冢前頭幾泣魚，筆耕無獲匪才疎。寄將毛穎煩為傳，恰值虞卿正著書。千兔難酬終送似，兩家託契更誰如。詞章老去輸豪放，瓊玉從君要珮琚。

**謝益老寄英石**

淡交如水足生平，晚歲煩師託石兄。曾解點頭聽半偈，定能發笑驗三生。叢林住遍歸來好，長物分將過去輕。聞道肯為鄰舍佛，錦衣只在雁山行。

**舊藏英石沈儉夫族人處謝儉夫轉爲取還**

百好殘年心已灰，石君久去絶嫌猜。故人諾重金難比，族里言温璧徑迴。曾與話禪聽翠竹，亦資醒酒卧青苔。如今相見休相歎，各是因人歸去來。

**濟叔輟案上石菖蒲爲惠石與菖蒲俱佳拙語奉酬**

蒼然拳石具林巒，上有菖蒲八節灘。洛浦毿毿餘玉珮，藍田拂拂長琅玕。著身便恐移天姥，濯髮還疑借洧盤。割愛贈予銘座右，斕斑鬢影照應難。

以上《涉齋集》卷一一

# 全宋詩卷二四五四

## 許及之一二

### 賀太廟産芝草太祖夾室

太室晶瑩粲玉芝，慈闈恰遇未央時。兩宫喜色騰堯采，萬歲歡聲動漢巵。發祉有來增裔葉，産祥方至在孫枝。從今慶事頻頻有，準擬賡歌剩賦詩。

### 得禁中花喜而有作

階前紅少緑多時，尚有名花巨壓枝。珠璧直疑天上得，瓊瑶難報世間奇。懸知丹禁鶯花繞，始覺仙家日月遲。珍重十洲蓬島客，津津喜色見雙眉。

### 再次韻宣甫探梅

姑射山頭冰雪姿，自應不負歲寒期。一枝已共巡簷笑，半樹寧忘欲雪詩。未許佳人和月摘，且容老子受風吹。城中詩社新牢落，絶喜陶山慰所思。

### 次韻王宣甫催梅

摇落驅馳自歲年，今年慙愧得身安。小園亦有先春意，短思惟知著句難。看水看山從昔好，愛風愛雪待今寒。故人遠寄催梅作，唤起新愁有萬端。

### 再次王宣甫韻

江南春訊漫年年，月下推敲句未安。好語得來元不易，愛花開後却無難。霜晴屋角偏先暖，雪色枝頭已破寒。為向催梅居士語，杖藜肯復過蘇端。

**次韻王宣甫催梅**

犯寒時訪歲寒姿，經閏何緣却後期。珍重故人勤問訊，剪裁新意作催詩。一陽潛與飛灰動，九奏深憑畫角吹。莫遣詩篇成斷絶，日來頻為起愁思。

**初得梅花呈似參議劉二十九丈**

江南驛使是知津，剪送瓊枝裹緑筠。觸發家山春意思，喚回天地雪精神。護持惟有壺瓶水，映帶全無几案塵。一夜梅坡清入夢，不妨持惱謝巖人。

**張舍人惠古梅酬以拙言**

孤標恥付壽陽粧，薜荔為衣蘚作裳。映竹蒙茸初破白，倚松鱗甲亦生香。分無疎影追同輩，肯逐羣英殿後芳。珍重折枝煩寄與，恍思千樹故山旁。

**再用韻奉酬**

未信時新有儉粧，縞衣趺坐赤帷裳。已甘槁項終肥遯，無奈酸風發暗香。心苦故應如貌古，林深正不為人芳。須知已是丈人行，領畧羣英顧在旁。

**同寮約過包山因問訊玉津牡丹再次韻呈子儀侍郎**

傳聞有約過包山，節遇天祺得暫閒，便有啼鶯迎柳外，不妨飛蝶導花間。東吴壯觀隨潮長，西洛風光指日還。獨恨微臣無補報，勳名分寸盍躋攀。

## 謝惠牡丹

未歎春光去有涯，詩翁時為送名葩，娼條冶葉從過眼，魏紫姚黄始是花。洗滌壺缾晨井水，護持風雨夜窗紗。十眉已覺成羞澀，且向樽前領物華。

## 趙漕從善送吴門牡丹

看花檐上眼長寒，慚愧鄰翁送牡丹。和露擎來香可染，攏雲争插玉成團。傳聞西洛名千變，排釋東風恨萬端。茂苑去天真尺五，羡君花信報平安。

## 芍　藥

揚州千葉舊生涯，詩到坡仙正復葩。喜見故家翻瑞藥，送將新句續名花。日高髮鬌醺含露，時樣梳粧肉映紗，窈窕留春春不住，詩翁留得鬢邊華。

## 再用韻

莫問無涯及有涯，眼前萬緑替千葩。故人訪我翛然喜，小閣留春聖得花。美酒急傾門候鑰，清歌未徹燭籠紗。匆匆似此頻能過，猶勝逢人説夢華。

## 三用韻

緑遍山顛與水涯，苦吟且不到春葩。新篁已接三竿日，紅藥猶開四月花。好句更煩銜兩袖，嫩寒猶覺怯重紗。留連小飲無須醉，明月翩翩扈翠華。

## 花藥相接可觀復用韻

浄盡天香溢夏寒，滿奩誰擲狡仙丹。洛花不逐林花老，禁藥猶堪木藥團。試問丁香和恨結，何如萱草破憂端。翠屏紅粉腰如束，我是村中老謝安。

## 傳芍藥復用韻

階藥留春逗晚寒，鬢絲敢傍臉霞丹。肯分騎鶴紅千葉，喜見盤龍緑一團。妖格流傳如有恨，狂香横出亦無端。慇懃為换瓶中水，排比窗前兩行安。

## 和人惠白蓮花

碧蓮花發夢灣磯，鶴骨難教厚禄肥。夜月擎來雙掌露，曉風拂動六銖衣。漁歌過後香猶濕，鷺影移時雪欲霏。風月既為專一壑，茅茨何自有光輝。

## 池　蓮

一灣清碧繞中阿，萬柄香紅映麴波。不道龜魚長受庇，只欣鷗鷺數相過。機心久與塵俱息，警句元無趣自多。病起情悰聊徙倚，何人解唱野塘歌。

## 鑿池添種荷花

累石防花拾棄材，鑿池種藕白餘苔。原按：白餘苔三字難解，疑有誤。游鯈剩喜波光闊，飛鷺似知人意來。已見圓荷浮小葉，正須細雨熟黄梅。莫言舊隱無多景，一派清泉手自開。

## 玉簪花

琉璃布地緑愔愔，苗長藍田夜照林。雪色能香開有璞，玉光未拆盍成簪。不登雲髻尤孤潔，長浸銅壺更久禁。梅與水仙流品外，幽蘭相友是同心。

## 秋　萱

說著宜男已可羞，移栽老圃且忘憂。傳為麝種生來別，唤作鹿葱元是愁。幸脱炎威纔過夏，何緣冷落尚宜秋。國香天且難拘管，過眼空花一笑休。

**鴈來紅**

非花非葉艷茸茸，鴈未來時已自紅。多似錦衣明晝繡，好同旌節種秋風。雞冠麤俗難争長，金鳳低徊漫作叢。誰道後庭遺恨曲，龍蟠王氣正豪雄。

**李若兄菊詩同社久已嗟賞賡和屬蒙寫寄仍用韻以致予奉祠之喜予兩年從金陵覓菊栽而一種至今著蕊未開豈所謂晚節香者耶次韻奉酬**

滿地金錢買斷秋，晚年安得有窮愁。小園不負長寒眼，佳客自疎新白頭。一種最開陶逕晚，兩年曾向蔣山求。肯能過訪同心賞，猶勝傳聲互答酬。

四體支吾兩鬢秋，一生知足百無愁。洞霄香火手加額，太玉山園茅蓋頭。歸去來兮交未息，不知我者謂何求。若人共説無生話，一句抛來一句酬。

**次韻章君濟黄元章二廣文種竹建康學宫**

城雲一塢碧雲深，亦許分青到泮林。移去檢書涓醉日，種來挾策較分陰。細看直節難教改，設有繁霜不受侵。二妙育才如此竹，惜無健筆與長吟。

**即事併寫和質弟詩呈似**

新緑愔愔長茂材，嫩流漠漠養深苔。一梭金影緡蠻過，半纈花光剥啄來。檻竹嗚邊垂粉籜，池萍缺處落肥梅。閒中偏得園林趣，更覺清和意象開。

## 檢校園課濟叔又送花栽欣然有作

雨餘扶杖入蒼苔，檢校園工有品栽。緩引瓜苗教傍架，旋齊菊杪要平臺。出牆新竹矜施粉，立水高荷勸把杯。莫訝小園饒勝事，故人續續送花栽。

## 蔣肖李潘才叔和檢校園課之什再用韻爲謝

隨意篇章落海苔，瓊瑶欲報不知裁。青蒲細草來齋几，白雪陽春走皂臺。夢裏勳名槐是國，閒中活計芥為杯。吟哦蔣徑潘江句，淺白深紅手自栽。

## 肖李才叔和篇末章有青蒲自是公家物之語再用韻爲謝

踏破先生客位苔，詩仙鳳沼得重裁。連城更枉捐雙璧，二妙真堪共一臺。蠅到成時元誤筆，蛇因添後失持杯。勸君休話青蒲事，妄想根苗莫更栽。

## 次韻毛漳州遺价爲壽二首

漳州遠為故人東，問訊深憐臭味同。喜可寒冬耕灞滻，吟堪小麥熟崆峒。賤生已覺年駸暮，遠祝應難日再中。願老洞霄香火吏，餘齡猶得效呼嵩。

充位無功得放歸，淵明若在恥吾師。舊交動色知毛檄，故里分甘到董帷。顧我已淪訶譴域，如君合建太平基。競傳報政趨嚴召，遠業真堪濟此時。

## 爲轉庵壽二首

却喜漳南解秩歸，天教慰藉老朋知。巷南巷北游從舊，浙右浙東賡唱詩。上閣有題皆得和，西湖無路可陪時。年顏相去追隨得，難老如公壽更頤。

歲歲新陽喜仲旬，兩家兒輩作生辰。下生彌勒遲三日，共約梅花作故人。未許同龕供佛事，只須共載接車茵。相先壽語須齊和，滿酌吾家太玉春。

## 高少卿輓詞

剖竹乘軺課最多，班高惟月正透迤。千齡聖主難逢際，九衮慈親奈老何。尚擬鳴珂還里衖，俄傷埋玉向山阿。宣仁忠節平生願，有子巍登進士科。

## 蔡知閣輓詞

抱負平生是樸忠，發揮不盡古人風。名藩多歷為民福，上閤頻輸在帝衷。勳業有期方感會，哀榮不恨劇初終。靈峰樹杪龜趺出，無愧銘辭屬蔡公。

## 親家張舍人輓詞

忍看丹旐引靈輀，尚想祥華進止時。無復短檠親教子，空餘滿篋舊題詩。陰功會即佳城兆，顯刻猶須幼婦碑。小殯西湖湖上寺，冷雲秋露不勝悲。

憶曾伯仲共論文，迭和壎箎自不羣。尚以竹林憐小阮，肯令新婦配參軍。登樓無計追王粲，載酒空煩過子雲。幸有諸郎傳素業，勉旃猶足振前聞。

## 輓承事黄公詞

膠庠衣鉢是青氈，付與兒曹自勉旃。鼎級科名彰父教，著庭勲績見家傳。千鍾合使榮三釜，一品終當貴九泉。留却無窮風木恨，悲笳嗚咽晚春天。

## 錢致政輓詞

教子全功次第成，吾鄉錢氏實家聲。善根植得橋梁固，心地均教役使平。銅墨遠從欣養志，銀緋勇返了遺榮。哀榮壽考無堪恨，行道稱嗟淚自傾。

## 劉和州輓詞

風姿醞藉發陽和，議論峥嶸砥柱波。先見不為時宰信，孤忠惟是聖心多。兩州惠愛逢人説，萬里功名奈病何。期待自慙無補報，忍觀埋玉北山阿。

## 鄭通判同年輓詞

人物吾鄉行秘書，功名末路坐題輿。只教副墨傳鑾徼，不得雌黄到石渠。臨事孰如仁者勇，著書猶是道之餘。推尊文行銘辭好，無愧當年歎起予。

驚心同榜渺參辰，回首龍飛四十春。不憖此翁天實惜，欲論心事我誰親。百年風月歸吟筆，一代儀型落後塵。正爾棘心吹淚苦，石塘東望更沾巾。

## 鄭光宗節使輓詞

孝廟祥刑首選掄，行藏何愧百年身。共知草木威名舊，親見旌麾號令新。登陸政成俄告老，建旄好在奄歸真。傳家有子無遺恨，千古佳城澤後人。

## 陳紫微輓詞

三生竹素一臞仙，六藝波瀾萬口傳。能使聲名垂宇内，不教官職副生前。松階顯揭新阡表，宣室深知舊學賢。憶賦桐君贈予别，忍吟薤露輓公篇。

## 侯機宜輓詞三首

世取名科耀故鄉，君家顯祖屹相望。將雛近喜重偕計，有子先登服義方。着從事衫元漫仕，入元戎幕已交章。頭風正待陳琳檄，熟路輕車痛折箱。

豈以姻親篤故情，最憐意氣感平生。身居城市如專壑，家蓄圖書得主名。滿擬歸田諳笑語，何期中路隔幽明。有兒萬事無堪恨，待勒銘詩作世程。

掀髯握手話心期，録録儔中獨見知。官職有慚公過許，行藏無據我何為。直書實行人能讀，厚德深功世莫窺。有子傳家吾不恨，西風吹袂涕垂頤。

## 周和叔輓詞

不煩月旦課鄉評，少日聲名老更成。百里恩波東澍水，兩州遺愛蜀江城。操持堅徹神明懼，精爽全歸父母生。子有筆端公不死，故交零落我傷情。

## 轉庵輓詞

無復從容唱和詩，忍為惻愴輓歌詞。生前秋月春花了，身後高山流水知。小阮竹林思步武，仲芳蒿里得追隨。腰金埋玉終塵土，萬卷千篇倚二兒。

## 善士嚴明仲輓詞

清風元在釣臺邊，分派東嘉世有傳。教子以經無盡藏，活人為德不唐捐。年登九九方開袠，心契三三即了禪。壽得考終稱善士，合將哀些表新阡。

## 萬侍郎母夫人錢氏輓詞

親歸兒住可勝悲，兒第親存各不知。一世苦心天乞與，百年榮養聖垂慈。共傳義激投簪語，合見恩除從櫜時。不及聯書朱氏母，可憐惟賦輓歌詞。

**夫人滕氏輓詞**

升堂憶昨拜慈容，京兆平反一笑中。可但三從多懿範，了知百念積陰功。松階猛乞榮歸養，吉國真如擅考終。千古難消吹棘恨，可堪丹旐卷春風。

以上《涉齋集》卷一二

# 全宋詩卷二四五五

## 許及之一三

### 代上皇太子壽二十韻

闔闢乾坤迥，胚腪曆數長。較論今鮮儷，詣絶古非常。八衮尊堯典，千齡格舜裳。孫枝綿奕葉，國本係元良。南極昭穹覆，東儲應壽昌。九秋開令節，五日届重陽。照曜辰儀肅，氤氳甲觀祥。玉巵傳錫嘏，瑶樂奏稱觴。茅土仙潢潤，芝蘭賓砌芳。元勳來閥閲，嘉耦奉尊章。慶事川方至，歡呼殿未央。恭惟天繼體，仰止日重光。擬把涓埃報，難將筭數量。皇圖恢遠馭，壽域振遐荒。寢事龍樓問，班陪虎胄行。神明推大尹，惠養式羣方。朝夕淵冲地，闞瞻簡樂堂。不能鞭朽鈍，何物介陵岡。再拜占霄象，千門祝夜香。兩宫千萬歲，三聖共無疆。

### 又代賀十韻

南極昭穹象，東儲慶壽昌。千秋符季月，五日近重陽。銀榜辰儀肅，銅吹甲觀祥。兩宫開燕喜，萬國慶元良。競指椿為算，争持菊泛觴。恭惟天廣大，仰止日輝光。繼體觀行健，重輪耀有常。自然高宇宙，何物介陵岡。監古慙能讀，分僚忝接行。三王真有道，更欲祝綿長。

### 上左丞相壽二十韻

闔闢乾坤迥，甄陶物象新。舜絃熏入治，商鼎味還淳。天貺方垂節，崧高已降神。清明開造化，精祲下星辰。謙損衹縫掖，尊嚴絶縉紳。怯惟聞己過，勇豈遜師仁。補衮工夫細，垂裳寵渥頻。熱官無倖位，寒士有通津。水旱猶親奏，封章要廣陳。棟梁須偃植，海嶽待涓塵。自昔觀前輩，于今邁等倫。調和全玉燭，鼓舞在洪鈞。薄海歸洪軸，中原望帝宸。兩宫三聖日，四海一家春。少倚遐衝折，重看壽域均。無官酬竹帛，有節擬松筠。曉日馳中使，流霞出九旻。敬為丞相壽，恭上太夫人。盛德寧無種，長年宛似親。小人因有母，慚愧器輪囷。

## 上梁丞相壽二十韻

千載風雲會，三生柱石緣。罕聞流渚旦，同在降崧年。天意開皇極，神謀屬鉅賢。中和垂節後，嗜欲兆開先。象應魁三近，聲蜚第一傳。十年登鼎鉉，四海入陶甄。輕重朝廷寄，安危將相權。朔方頻借問，南國小回旋。再入儀刑肅，周詢眷倚專。折衝聲色外，燮理冕旒前。照曜冰山泮，調和玉燭圓。帝方張撻伐，天欲靖烽烟。機會寧容髮，功成即濟川。長城端有託，壽域定無邊。不用霞觴祝，唯應寶札編。昇平天下宰，陰德地行仙。霽色歸桃李，韶光並管絃。深為修禊日，全似浴沂天。但樂垂裳化，難酬補衮妍。清風時入抱，聊寫穆如篇。

## 上安撫程給事十六韻

臺省儀型舊，垣扉寵渥新。詞章關造化，論議藴經倫。去國悲風木，流年感隙塵。未教居鼎鼐，亦合上星辰。何自占雙使，從誰問大鈞。熊湘辰告入，牛斗夜光陳。禮樂須賢帥，湖山要主人。一言九重寤，八縣十州春。拾穗歌時熟，投醪味德醇。燕閒餘畫戟，談笑且綸巾。早晚登黄閣，聲猷動紫宸。有儒嗟濩落，無路話邅迍。憶拜編書賜，祇憐負弩身。或疑千里馬，曾遇九方歅。北斗言瞻切，西山入夢頻。登臨冀軒豁，未敢歎輪囷。

## 上辛安撫二十韻

開闢重華旦，胚胎間世賢。雲龍時際會，星鳳睹争先。天授歸三傑，神謀效一編。宏謨驅固陋，餘論細雕鐫。詔旨傾臚句，山呼動奏篇。干霄須造化，惟月進班聯。有客占星次，逢人問日邊。江湖煩鎮撫，壞地屈盤旋。談笑潢池浄，生成壁壘堅。丈夫真細事，餘子敢差肩。黄屋深知切，青雲寵渥駢。即歸調鼎鉉，少駐斸龍泉。更治今馮翊，重歸舊潁川。載塗明積雪，嗣歲卜豐年。封殖棠陰盛，歡迎竹馬鮮。恩波行處足，威譽向來傳。此獨瘡痍甚，方疑雨露偏。禁通鄰邑粟，費減月樁錢。齋戒逾三日，遭逢有二天。執鞭吾所慕，負弩敢驅前。

## 上周尚書内翰承旨二十韻

弱水蓬萊遠，羣山岱嶽高。塵埃千障隔，景行寸心勞。摸索知何自，摳趨苦未遭。銅章披宿霧，藻鑒炳秋毫。穹壤懸鵬鷃，篇章抵鴈羔。斯文標正脈，輿論凛時髦。勇退闢吾道，留行切帝褒。風雲開壯觀，舟楫際洪濤。劍《永樂大典》卷一〇一一五作諫履昭魁象，詞瀾卷巨鼇。合宫陳縟典，華蓋粲星旄。霽日明黄道，祥風動赭袍。恩波榮赦草，顔咫醉仙桃。麻册追盤誥，詩歌逼頌騷。人方期補衮，功豈在揮毫。地禁承中旨，天官冠列曹。儀型喜頗牧，步武接夔皋。蚤晚登三事，乾坤倚一陶。途長須驥足，用拙匪牛刀。造請神先索，推敲癢莫搔。未嗟聞道晚，終待郢斤操。

## 上運使蘇大卿十六韻

當代推先正，斯文倚廢興。表章逢聖主，衣鉢見孫曾。操履渾圭璧，行藏動準繩。太羹元薄味，積水白增冰。洛誦傳瑰墨，雞林織賓繒。六卿聊率屬，三事即延登。一自雙星出，重煩四牡乘。周知民疾苦，密訪吏賢能。已見江西化，都為道院稱。夷塗終妥帖，揆路始飛騰。後進思親炙，今吾有服膺。百年能幾見，一語願師承。令弩方危脱，公堂許驟升。暗中慙摸索，胸次漫崚嶒。末俗惟同調，初心只自憎。可能憐鶯鷃，隨意亦鯤鵬。

## 見提刑聳大監三十韻

夙借屏星映，曾憐坐客寒。扁舟違逆水，方丈涉三韓。分隔懸穹壤，心馳乏羽翰。熒煌長在望，歲月凛奔湍。凡骨思佺訣，師資待郢墁。把文留篋笥，洗眼誦琅玕。轍敢窮途慟，冠期結綬彈。苦無蒼玉佩，絕憶紫金丹。往絕修門入，争先要路看。飛騰寧有策，遇合自相歡。獻納君王問，施行宇宙寬。前星開尹幕，列宿炳朝端。賀老聊為監，嚴公合從官。調官因有便，典謁亦曾干。不得瞻丰采，無由出肺肝。姓名煩摸索，蹤跡自蹣跚。未有三千牘，那能九萬摶。抱關從苑候，失步向邯鄲。繼憶專城去，俱興歛惠歎。第聞盤錯舊，不見劇裁難。帝眷從更治，民風要飽觀。甫傳光禮樂，已著畫衣冠。浙水東西接，恩波晝夜瀾。去天鄰杜曲，近日即長安。儒腐真堪厭，才優特未殫。少遲調鼎鉉，即合侍金鑾。餘子甘流落，遺編守故殘。若為百里宰，已判一生酸。蜀道游雖倦，山陰興未闌。猶能風雪裏，作意駐征鞍。

## 别毛質夫省宣撫丘同知訪都督張知院十韻代簡

交契三生在，違離百念休。杜門煩枉駕，力疾喜登樓。擊節聽高論，持杯散暮愁。諸公争屈致，故里可淹留。科第休云晚，行藏却自由。安邊須遠畧，造膝待前籌。雨泊中川嶼，風帆古括州。知津君已熟，惜别我何憂。京口留青眼，澄江正白頭。或紓知己問，已負殺身酬。

## 太上皇后閤春帖子

壽擬南山祝，春從北斗回。物華欣向泰，厚德發生來。

母道齊皇極，韶光傍壽觴。徽音家慶集，隨輦奉尊章。

風簾回翡翠，冰研伴蟾蜍。親寫迎春帖，真符太上書。

## 太上閤端午帖子

自得廣成道，長居不老天。底須桃辟惡，何用木延年。

人艾休教采，仙丹久養成。六宫争結縷，再拜學長生。

柈獻千年實，杯行九節蒲。至尊親上壽，家慶列成圖。

## 聖壽閤端午帖子

有德天同壽，無為日更長。每逢端午節，雙上萬年觴。

畫扇迎雙鳳，輕衣拂六銖。太清元有籙，抱朴不須符。

繞臂長生縷，當門五色絲。榴花看結子，葉葉在孫枝。

## 題惠崇小景

寒林幾吹折，凍柳不勝垂。老去機心熟，鷺鷗莫浪疑。

崔嵬吾肺腑，面目似廬山。江上風濤穩，扁舟得往還。

舒徐春晝永，取次小桃紅。獨爵把枝穩，矜呼立晚風。

兩蛙隨步武，先後得位置。不作渴雨鳴，豈不賢鼓吹。

## 題文與可山水

疎篠寒林手，文家富襪材。片縑雲氣足，彷彿認蓬萊。

## 題洪子恂所畫盤洲圖

林塘天遺得，花木地宜栽。細紀平泉咏，揮毫落海苔。

## 題車盤圖

牛磨人俱轉，車旋水即流。争如霖雨足，所至息人牛。

## 歸牧圖

爵禄不入心，牛肥了耕稼。緑陰生晚烟，歸來兩閒暇。

## 題水石翎毛

此君已可人，更着水石映。水禽穿林來，相呼復相應。

## 題邊魯生花木翎毛四首魯生往金陵招諭死節，故詩意及之

緑垂朱雀柳，雙燕不勝春。泥落空梁語，之人竟殺身。

南國枇杷熟，卑枝結子多。一雙拖白練，飛墮緑林阿。

小樹生荆棘，棠梨結子幽。白頭雙野鳥，相對菊花愁。

夢斷江南信，空憐鐵石腸。緑么何處去，二鳥獨悲傷。

## 趙昌芍藥

風雨藥欄西，殘紅落錦溪。明窗時展卷，春色任提携。

醒酒石

澤畔三生魄，花間獨醒窠。摩挲苔上醉，驅遣睡中魔。

小垂手九曲二石

醉裏忘形客，山中化石仙。翻同醒酒伴，作對媚平泉。

雲葉

何年老講師，趺坐貝樹根。落雲化為石，亦得無上尊。

蜂窠石

水石兩相激，成形不自藏。終慙為兔窟，僅喜作蜂房。

彩鷁

意適舟輕颺，夷猶雜鴈鳧。不須凌弱水，樂地即蓬壺。

採蓮舟

擬倩誰家女，相呼去採蓮。丁寧欸乃曲，隨意媚晴川。

雙溪堂

境與人俱勝，心無水共流。奇奇仍怪怪，莫莫更休休。

緑野堂

山坪縈霧草，湖濼漾烟蘆。野色誰延入，陰晴足畫圖。

洗心閣

與物風迎浪，澄心月印湖。牀頭不須易，本自一塵無。

## 容膝齋

心胸包天地，人亦天地物。莫笑容膝齋，空洞足伸屈。

## 檥　齋

心起五湖興，身輕一葉舟。箇中風雨夜，不用轉船頭。

## 楚望樓

楚東雄地望，勝槩屬名流。共俟謝安石，難追馬少游。

## 題有竹軒

家世豈孤竹，夷齊真二難。清風與直節，一一聳高寒。

## 題隱霧軒

豹變知非虎，磻溪若是班。當年謝安石，只合住東山。

## 題巢雲軒

楚望巢雲處，長懷曩寓居。飄飄欲仙去，渺渺復愁予。

## 芥納寮

踞龜説漫游，視螘談綺夢。芥内取須彌，撑檣尋月洞。

## 灌園亭

植蔬常匝圃，釀酒仍滿甕。便覺三公輕，更將德本種。

## 次韻拔葵亭

拔葵固佳節，灌園寧素餐。公歸客無歸，長鋏且莫彈。

## 題飯牛亭

好手聊飯牛，不將笏搢插。所以百里奚，牛肥不枯乏。

## 花信亭

播物潛施令，司花暗弄粧。封姨偏漏洩，預報信前香。

## 繭甕亭

有家堪作繭，學圃甘抱甕。此生足三眠，以外均一夢。

## 林珍亭

團坐聽情語，移杯就果根。分甘新更美，敲打任諸孫。

## 題索笑亭

江南氣候宜，冷蕊破寒枝。能共巡簷笑，何妨受雪吹。
六出雪中宜，春藏向北枝。巡簷時一笑，玉笛且休吹。

## 橘友亭

梅溽香蒸玉，霜晴珠照林。封君休偺儗，得此足投簪。

## 題雲起亭

雲起有真意，水窮無盡心。盤洲寧涸澤，天下要甘霖。

## 欣對亭

萬象盡森著，所觀皆所欣。誰能忘愛惡，達觀足超羣。

## 既醉亭和韻

泛觴有何心，罰爵不為耻。流行固自佳，坎止何妨醉。

## 題可止亭

澗疊裴公石，杯形鴟子船。乘流欣遇坎，結網勝臨淵。

## 美可茹亭

盤洲比盤谷，釣水鮮可烹。采山獨為樂，頗勝懲沸羹。

## 瓊報亭

園丁採時果，足以供嗜好。眷言無盡藏，孰盡瓊玖報。

## 題睡足亭

唐皇溺太真，愛心苦未足。因人憶海棠，何如悟秉燭。

## 題詠亭

無塵元不褉，有酒即為春。一詠得真趣，四時俱可人。

## 棕　亭

剥棕堪覆宇，代瓦勝誅茅。有酒論奇字，無心賦解嘲。

以上《涉齋集》卷一三

# 全宋詩卷二四五六

## 許及之一四

### 西户

勳業鏡成斑，光陰箭能疾。明時貰此翁，不須繩繫日。

### 月娥留照

長圓宜有缺，久暈訝無風。留此一輪滿，須知萬古同。

### 松陰濺瀑

松風翳漫漫，澗水聲潺潺。中有無塵公，飛鳴相往還。

### 池塘小景

昨夜春水生，垂楊蘸波碧。湖中相忘友，兩兩有鸂鶒。

### 緑沉谷

黄塵滿金谷，山陰尚脩竹。所以盤洲景，未足趣已足。

### 嘯風巖

人言風從虎，風豈虎所出。吹萬生一虚，石兄故無物。

### 泛盃巖

境佳因得水，洲窈故名盤。引作流觴飲，巖邊聽激湍。

**題豹巖**

奇峰疑地勝，勒駕恐山靈。何止管中見，全闚文豹形。

**柞林**

蓬蓬新葉盛，柞拔儼分行。寧作非材櫟，羞為傍路楊。

**芝徑**

辟穀幾經塵，如芝今有神。更開三益徑，似恐太無鄰。

**棠杕徑**

弟兄為師友，晚歲共三徑。室邇佇遠思，東風吹鬢影。

**沃桑陌**

種桑思采桑，蠶飢那可忍。日暮寒女心，無衣猶反本。

**碧蘆步**

霜葉彫殘芰，寒花發舊蘆。一秋明眼處，落鴈惠崇圖。

**蓼岸**

落水浮寒石，看痕記舊汀。更尋紅蓼岸，都有幾鵁鶄。

**土湖**

湖山遠鐘鼎，往往屬田舍。公自得盤洲，湖山買無價。

## 九曲

九轉多洄洑，觴行得演迤。休將比金谷，除此只東籬。

## 芝泉

人但千筒汲，誰知一線通。泉今人惜重，走卒與兒童。

## 瀑布

循崖瀑布懸，遇坎茶鐺沸。水哉斯何取，本者固如是。

## 薝蔔澗

結實黄金包，開花寒水玉。香色俱可憐，采澗勿盈掬。

## 濠上

觀魚要水清，愛魚嫌芰刺。能了濠上樂，處世何必避。

## 魚臺

忍口嫌去乙，蓄池憐所丁。故應濠上樂，不羡此湖醒。

## 盤磯

新月當沈鉤，香芹抵垂餌。磯上坐移時，水清魚自戲。

## 鸂鶒瀨

打鴨驚鴛起，忘鷗得鶒馴。世間能去我，物外總輸人。

## 芡曲

湖邊誰摘芡，輕度藕花風。貪得鴻頭去，驚他鴈序空。

**菱　灣**

根隨波共蔓，花更水相親。魚躍翻成出，微光解照人。

**柳　橋**

眉展愁難畫，腰纖怯繫書。過時低拂袖，誰遣颯輕裾。

**兑橋步洪韻**

橋上所經過，秋成正樂郊。兒童驚衮繡，丞相只衡茅。

**墨　沼**杜詩中郎石經後，八分蓋憔悴

積功墨成池，增價蒲為扇。不作新樣脚，一洗憔悴面。

**龜　巢**

藏六自為巢，巢蓮歲久交。支牀猶耐辱，曳尾敢辭嘲。

**夢　窩**

枕上蘧蘧夢，胸中拍拍春。從它身化蝶，誰復蝶為身。

**題柴桑園孤松**

耻封秦爵五，逃辱若逃暑。孤立柴桑園，出羣誰敢伍。

**詠　槐**

槐緑復槐緑，時來人自忙。處陰聊避影，歲月去堂堂。

**竹屋**

愛苔無愛竹，戒勿長兒孫。竹屋偏宜雪，何妨種滿園。

**人面竹**

共識此君面，誰知面目真。清風猶立懦，奇節仰先民。

**猫頭竹**

迸穴穿籬出，貍奴知幾頭。真能參玉版，足可當珍羞。

**慈竹**

母子惟慈孝，心胸無棘荆。斑衣供稺子，深覺負平生。

**木竹**

品殊名亦殊，此君隨藻鑑。盤洲有木竹，收拾無一欠。

**斑竹**

自得湘江種，禽棲不敢彈。怕摇枝上露，猶是淚琅玕。

**方竹**

峭節虚容物，清標直中繩。杖有削圓厄，提携先楧棱。

**石竹**

幹無筇九節，葉類柳三眠。介若此君操，不因霜雪蔫。

**題笋**

阿戎勝此君，解頤須折角。玉版得細參，渭川成浪謔。

**割椶**

赤身猶幹固，禿節尚毛垂。木也乃如此，人焉胡可窺。

**綠苔**

土衣圓綠孕，屐齒孔方留。莫掃錢留地，應嫌薏苡秋。

**蘆花**

見鷄恬徐退，看鳶喜詎飛。飛蘆欲何適，繞綠打紅圍。

**食蕨**

掇芽無掘根，掘根芽必空。烏糯亦彊名，安得隳農功。

**仙茅**

旌陽仙去後，服餌有仙茅。絶笑拖腸鼠，餐餘不繫庖。

**黄精**

白髮終煩掃，黄精莫認花。葉疑新竹箭，根類老薑芽。

**芷**

銀箸有生香，葉排元紫房。更名歌九畹，課效萬金方。

**藥畹**

種藥憐苗潤，分畦戒蔓滋。休藏肘後法，醫國是良圖。

## 對花果子

野華復結實，同在一枝上。了知色即空，聊作因果相。

## 朝天李

耻為鑽核種，肯向道旁生。中立不阿倚，惟存戀闕名。

## 破核李

採實傍春山，成蹊鄰露井。和嶠難責錢，計核破莫整。

## 嘉慶子使北帶核歸種

名好實亦好，氈車自北來。流傳今轉盛，見者莫驚猜。

## 櫻桃

苦筍恰相逢，匀圓得許紅。薦新存古意，驅鳥念園公。

## 葡萄

架竹引龍鬚，時攀頷下珠。欲求西域種，北使昔同符。

## 繡橘

頌橘固多品，其賢知若干。后皇偏著意，爾許繡團團。

## 金橘

金橘大為貴，春陵價倍增。盤洲移得種，風味聖全能。

## 羅柑

纖文充革見，霧靄入懷香。亦唤羅敷種，曾聞湘水鄉。

**雪　梨**

似雪味能珍，肌膚雪後身。花香還勝雪，未信雪如人。

**鵝　梨**

大谷固絶品，鵝梨亦遺味。名園見似人，神皋花濺淚。

**緑萼梅**

魂清萼緑華，望絶《永樂大典》卷二八〇九作極江南使。天寒倚竹時，風標略相似。

**紅　梅**

梅格依然在，詩家莫認桃。縱煩金井水，終近楚人騷。

**黄香梅**

多葉似太繁，淺裝還越樣。格韻細題評，遠出紅梅上。

**長春花**

平分為四序，長得作春看。三友誠高品，兹花一歲寒。

**百　結**

丁香從百結，恨只滿東風。未必愁能解，虚傳酒有功。

**荳蔻花**

二月拆芳苞，凡心比並交。丁香多意緒，和月墮林梢。

**崑崙桃**

蟠桃微具體，一歲一番開。唤作崑崙種，疑從金母來。

**矮　桃**

花葉自低昂，攀折人不捨。偷實定短人，朔辯愧黄馬。

**垂絲海棠**

遊絲颺晴空，垂楊曳平地。中有海洲僊，學舞金鈿墜。

**繡　帶**

天巧寧容覷，春工豈待描。繡將花作帶，舞襯柳垂腰。

**剪春羅**

天亦費機巧，紅葩剪似匀。丁寧弄刀女，故故莫争新。

**黄薔薇**

佳色光浮額，微香露著衣。枝條還更好，花品世間稀。

**杜鵑花**

鳥啼從濺血，花發亦同心。三月春光老，映山花照林。

**水　梔**

占香名梵苑，住託净心根。家住魚千里，斷橋流水村。

**牡　丹**

衆卉從争媚，花開始是春。一年春富貴，造物太於人。

芍　藥

春與花垂盡，惟餘九一分。留春有紅藥，只此自超羣。

玉蝴蝶花

玉蝶正開時，緑稠紅漸稀。移將永嘉種，夢逐漆園飛。

玉繡毬花

平泉珍簇蝶，道是永嘉花。玉繡名吾里，瑶琨不浪誇。

含笑花

微拆香噴鼻，低垂羞傍人。花中如此粲，未笑已生春。

白石榴

花開水晶餅，葉排青瑣窗。枝紅立白幟，蝶陣垂翅降。

凌　霄

羊角連蜷上，青霄便許凌。絶憐香草色，莫遣逐浮萍。

聚八仙

高可儕瓊樹，低聊擬聚仙。親看臨汝種，見此不生年。

虞美人草

劉項英雄志，争如溺愛何。寧無戚姬草，賴有大風歌。

## 罌粟

采苗能勝芹，摘實可當粟。缾罌罍未羞，難貯杯中醁。

## 米囊花

御米具體微，有罌無儲粟。妖艷耿春光，名佳不翅足。

## 瑞香

紫裳蒼玉佩，乞與碧紗籠。怕作行雲去，人間瑞靄空。

## 麝香萱

香客忽破鼻，從事宜到臍。憂端集無所，醉倒休扶携。

## 紫薇花

手植盤洲圃，心懷西掖垣。至今花萼上，雨露有深恩。

## 素馨

輕素梅留魄，重開六月天。南人雖慣見，北客但垂涎。

## 玉簪

昔見茅連茹，今看花盍簪。若為驚作客，故有蝶相尋。

## 紅蓮

葉側臨粧鏡，波摇濯髮盤。慇懃數多葉，落日更憑欄。

## 諸葛忠叟初逢家塾池中産雙蓮求予扁榜併作五言勉諸甥

淤泥生净質，妙觀起凡心。少見人間瑞，誰栽滿澗潯。

## 木芙蓉

津陸元殊種，名稱偶爾同。秋光波底見，堤上憶蘇公。

## 真珠花

花發鮫人泣，春歸赤子還。三珠原有樹，疑是海中山。

## 佛桑花

乍作槿花看，榮枯漫自繁。謂桑來佛土，何補一絲寒。

## 茉莉菊

皎皎凌三夏，闍城第二花。秋魂憑楚些，黄額訪仙家。

## 鬪日紅 一名落地錦

暮色曉還開，殘紅委地堆。道如西蜀錦，何似北山萊。

## 金鳳花

葉不類堯莢，花疑來舜楹。風枝吹彩羽，如雜九韶鳴。

## 文冠花

厭緑不厭紅，奪朱非惡紫。了知色即空，色空奚慕蟻。

## 鷄冠

晦雨難渝操，朝陽易染殷。來從紀渻宅，不鬬但峩冠。

## 山茶

老枝蘗梗葉，殷色吐肥花。却見凌寒意，無人為賞嗟。

## 水仙

璧琮行洛佩，雨約過陽臺。正使枝難好，風標故似梅。

## 蠟梅

司花工剪蠟，墨客巧抽脾。醞藉無梅操，生香認得知。

## 顯庵許轉覓紅蕉未至絶句奉簡

境中曾見畫，雪裏故依然。展盡衷惟赤，須輸九萬牋。

## 後庭花

葉如花傍砌，往事逐浮華。舊曲惟傳恨，人間復見花。

## 逸驥

一秣志千里，我欲乘騰驤。圉人不在側，勇氣聊頡頏。

## 驊騮

驊騮絶代無，晚去猶見畫。蕭然千里姿，聳立亦閒暇。

## 馴鹿

長見幽芊食，誰分野草眠。隨行能緩步，相對可忘年。

## 錦雞

豈以多文累，輕身蹈巧機。樊籠莫惆悵，為汝護毛衣。

**黄鶯兒**

鶯雛初出谷，遷木寄晴花。不解如簧語，猶疑度柳斜。

**白龜**

物有為身累，龜靈却受鑽。毛公今放汝，珍重保身安。

**緑毛龜**

五色曾呈瑞，緑毛從古稀。碧潭凝染色，逐藻長毛衣。

以上《涉齋集》卷一四

# 全宋詩卷二四五七

## 許及之一五

### 太上皇帝閤春帖子

底須東海覓三山，一片仁心壽八寰。天上有天長不老，每將春色施人間。

一聲清蹕乘輿來，來獻雙親萬壽杯。想見瑶池同宴處，要花開後便花開。

仙家樂事有常程，不寫羲經即道經。春日漸和風漸暖，不妨排比冷泉亭。

### 太上皇后閤春帖子

補天立極寄何言，媲德同歸太極尊。德壽宫中康壽殿，春來别有一乾坤。

廣成得道自崆峒，少廣功成閬苑中。自是仙家春不老，蟠桃枝上又春風。

金花綵勝一番新，白玉卮旁祝聖人。聞道瑶臺花有信，宜春更有八千春。

### 皇帝閤春帖子

紫宸殿下迎春仗，德壽宫中家慶圖。帝有雙親齊萬壽，天教五嶽總三呼。

協風初轉斗杓旋，即是流虹紀瑞年。甲子一周天啟運，威儀重見漢中天。

清臺方奏五星明，又見春盤憶兩京。見説黄河方混混，翠華來復始教清。

### 皇后閤春帖子

雪融鵁鶄金鋪暖，冰泮蟾蜍玉漏遲。壽却兩宫春日酒，自書卷耳進賢詩。
龍樓問寢正鷄鳴，玉佩丁東曉氣清。春入椒房偏起早，三茅觀裏未鐘聲。
不要梅花比玉容，柔桑枝上要春風。聖人見説常躬儉，擬助君王賞戰功。

**太上閤端午帖子**

久瞻黄屋見堯心，盡把薰風入舜琴。至樂殿中香一炷，静看周易對槐陰。
艾枝簇虎鬭時新，荷葉巢龜薦瑞頻。自是仙家多樂事，天中佳節近天申。
傍階葵萼傾紅日，映水榴花染絳雲。魚戲亦知天意樂，行行吹起碧波紋。

**聖壽閤端午帖子**

宫人晨起靚粧梳，艾葉菖花獻頌餘。團扇裁成留不畫，應時只乞聖人書。
陰陰密葉韻黄鸝，樂事宫中聖得知。永日留連惟史帙，薰風拂掠到琴絲。
駕言康壽殿中來，排備凉亭與月臺。此去天中纔半月，從今日日要花開。

**皇帝致齋**

聖主憂勤二紀年，宸心久已格皇天。五風十雨如何報，八陛圓壇具告虔。
一夜飛花滿帝城，曉看玉殿月籠明。紫宸拜舞山呼了，都道郊天管定晴。
丁當玉佩趣班齊，山立千官請致齋。見説内家清似水，多時排當不曾排。

**奉引靈駕至陵所方雪**

禹穴如今即舜梧，攀髯誰識小臣孤。雲頭閣雪不忍下，知道孤臣淚已無。

## 上黄參政壽七首

人間元自有三山，不在虚無縹緲間。山上仙人圯上老，一編親輔漢龍顔。
誰識金仙抱送時，年年惟有早梅知。只今不負調羹信，造化工深物自私。
諫紙臺評字字温，補天勲業妙誰論。風霜却是爲霖手，桃李恩深更不言。
涉五經旬一風雨，三邊安帖屢年豐。但知風虎雲龍會，不見彌縫輔贊功。
補衮工夫日線長，天教嶽降傍新陽。都人擬看貂蟬出，親受君王飲福觴。
自有中興太學來，我公今始拜公台。胚胎元氣真難事，五百年間命世才。
度量汪汪見古風，衮衣只與布衣同。定知耐老耐官職，幾個中書郭令公。

## 又上梁丞相壽口號十首

恭惟炎運恰中天，間氣真成五百年。以舜繼堯方誕聖，維申及甫即生賢。
石筍金鷄傳地讖，鳳池虎榜屬儒真。向來再世方稽驗，今日兼榮孰比倫。
往分南國戎夷問，再入中台宇宙和。狡兔漫爲三窟計，長城只倚一賢多。
慶成禮就端成殿，上壽儀陳德壽宫。霽日祥雲回頃刻，燮調妙用不言功。
天數已周花甲子，中原合見漢威儀。極知廟畧歸樽俎，倚看元勲上鼎彝。
真人得道自崆峒，萬國同歸壽域中。致却升平更何事，朱顔緑髮侍重瞳。
殿家前日中和節，相府今朝嶽降辰。敕遣貂璫宣賜酒，黄封題作百千春。
萬里雲霄行白日，八荒桃李自春風。不須更棄人間事，一轉鈞陶九轉功。

曉來微雨弄新晴，晚看蟾光一掐明。學語小兒爭祝頌，相公長似月初生。
乾坤長物門闌客，會計叢中委吏身。擬算中書都幾考，直須東海看揚塵。

## 勸農口號十首

一勸農家莫惰農，春來雨水已流通。有男有女勤耕績，必定時和更歲豐。
二勸農家奉二親，爺娘養爾望終身。但行孝順勤耕種，天不虧人不到貧。
三勸農家敬主人，種它田土耐辛勤。若圖借貸相憐恤，禮數須教上下分。
四勸農家勸主家，去年旱稻失收多。未還舊欠無從出，隨力周旋更借它。
五勸農家勸善良，冒耕逃絶更思量。官司既許從今首，好與兒孫做久長。
六勸農家勸北鄉，北鄉田少盡茅岡。早禾有種何妨種，勝似閒教滿地荒。
七勸農家趁雨時，陂塘蓄水是便宜。衆人殖利還他殖，自飽須知别箇飢。
八勸農家莫鬭爭，到官寧免廢農耕。欺公畢竟添煩惱，作善安平過一生。
九勸農家納税租，莫教縣吏更追呼。只催常賦他無擾，合體公家有與無。
十勸農家各力田，長官無補近三年。民淳訟簡因藏拙，謝汝分宜父老賢。

## 勸農畢事呈同官

偶遵令甲得劭農，詞鄙唯期與俗通。乍可催科成政拙，且須憂國願年豐。
與民三載幸相親，試邑何功得庇身。他日去思無可紀，較量惟只有清貧。
扶犂感爾隴頭人，自古民生合在勤。五斗空餐慙令尹，可憐無補及毫分。

艱難功業屬皇家，每為農桑下詔多。濫撫一同何補報，祇先勸課未皇他。

## 次韻才叔初春絶句

柳眼雖舒未展眉，逗寒陰雨故透遲。潘郎袖却春風手，正想經營得句時。
帶圍過膝杖過眉，曲廡尋詩得步遲。舊日春風應笑我，鬢邊殘雪没消時。

## 次常之暑中即事韻五首

自庇槐陰影更重，悠颺午夢半醒中。已看新緑看濃緑，不愛深紅愛淺紅。
破暑薰風破甑輕，井泉新汲濯新清。亂蟬為我翻多事，時有黄鸝一箇鳴。
近鑿方池漾碧虚，手栽初産玉芙蕖。丁寧未得輕開却，少待嘉賓約望舒。
倦翼歸來足退藏，卑飛决起自回翔。昨宵妙處無人領，不是風凉是月凉。
晚雲蔽月氣微清，假寐鼾鼾鼻自鳴。起看青天凈如拭，月明於我不無情。

## 次韻才叔和陳大用七夕絶句

百兩新迎碧漢車，半奩舊照古銅磨。蟾虧既望圓時數，鵲别經年恨處多。
小説無端漫五車，流傳謬處盍刊磨。杜陵堪笑還堪惜，吟到佳期奏雅多。
寧少公榮莫少車，良辰僧坐笑磚磨。詩翁不至惟詩至，好句雖多恨亦多。
入秋逢節重星車，今閏中秋有折磨。夜夜銀河映牛女，稍凉相過望君多。

## 中山九日

戀闕懷親一性成，車夫解事趣歸程。松醪菊蕊中山驛，薊北江南萬里情。

## 蔣十一丈以重九雨昨有詩約閏九一首次韻

風雨滿城佳節休，詩翁强項覓因由。不須閏九方為節，眼底黄花即醉遊。
誰念淵明載酒過，杜陵愁思只悲歌。催租豈敗潘郎意，語到愁邊自不多。

## 冬至早起

千梳短髮儼如霜，起坐中宵待一陽。人道陽生少災障，才無䙲綫敢迎長。
百念消亡不動灰，猶憐雲物擬登臺。今秋幸自豐登甚，底事終朝隱隱雷。
百里雷聲足震驚，地温春近易敷榮。故人新有催梅句，催得陽和太半生。

## 曉起

晚冪花房露靄霏，曉綳初脱笋芽肥。海棠已退來禽舍，滴滴胭脂正滿枝。
莫想思堂想表勳，庵村佳處正相親。花時不拚聊中酒，虚過清明箸莫人。原按：箸莫未詳，疑即「遮莫」「者莫」之意，當時方言傳寫之異也。

## 新月

碧漢新磨印甲痕，山頭忽墮玉鈎寒。澄江只在青山外，憶得垂綸七里灘。

## 燕賓館值雨

飽死侏儒便雨立，安知更有漢官儀。諸生未免誚綿蕝，從俗從宜我自嗤。

## 已晴復陰

漠漠輕陰養絮天，長空跕跕墮飛鳶。東風吹得浮雲綻，一片斜陽在晚川。

弄晴斜日展仍收，一向寒雲凝不流。次第今宵還是雨，自添香灺煖衣篝。
讀了殘書不奈閒，挼挲老眼傍闌干。吟成白雪知何補，未有功名與世看。

## 到京城日積雨欣霽

驅車日日望京師，冷雨瀟瀟共淚垂。一掃頑陰朝故闕，天開地闢亦如斯。

## 新晴

暖日烘晴麥正秋，麥田高下五分收。稍蘇凋瘵天之力，賑糶新來減幾籌。

## 午暑睡起忽懷范武子走筆當簡

讀書巖中范武子，爾有此地何時歸。巖邊有石不可煮，世間萬事巧相違。
火雲爍石畏出户，正似雪深堅卧時。吾甘飢凍死即死，觸熱生慚褦襶兒。
爾近添丁亦可喜，丁多何補於明時。除却操戈與執耒，此外文墨徒爾為。
暑風翕翕樹頭動，吹過井梧方是凉。拂拭桃笙陰處卧，誰知我亦出羲皇。
睡來只有茶一碗，共啜何人眼暫明。忽憶都錢范監庫，種來脩竹似渠清。
爾家阿换秀而温，三歲知音可共論。唱得癡頑三昧曲，新來何似許監門。

## 次常之韻

清徹郊原帶遠洲，霏微小雨勿供愁。重陽已近休仍例，今歲豐登别是秋。

## 呈張功甫

乞得雲臺散吏歸，園亭物物有光輝。臨湖更要波光闊，付與沙鷗自在飛。

插來楊柳已梳風，乞與漁師泊短篷。歲晚蘆林總摇落，隔湖認得老鄰翁。

籃輿軋軋上梅橋，玉照峻嶒入望遥。梅與主人俱舊識，一年詩興又相撩。

## 次韻居甫六絶句

君家城市儼山家，翠竹疎松靚物華。月桂似知新有句，封姨恰獻旋開花。

自入春來少見晴，雨愁花思共冥冥。浮紅吹却渾閒事，正要秧鍼出水青。

際天空翠滴人衣，拍岸波紋泛渺瀰。有意雨聲停白晝，無端草色上朱扉。

雨飛蝴蝶盡争高，映水垂楊拂小橋。乍覺烟村風景别，突看林外出緗桃。

夕陽綻處動歸舟，照眼明邊是白鷗。只聽前湖歌欸乃，不知風雨轉船頭。

西湖弭棹曲廊腰，休憶長橋復斷橋。隨意吾鄉度寒食，登臨不費酒旗招。

## 次諫長韻贈嚴處士

鳶在青天魚在川，馬牛誰絡更誰穿。過求敢問君平卜，只問皇家一統年。

## 喻工部追和王詹事游東坡十一絶亦次韻

宇宙聲名宇宙容，豈無湖海著元龍。黄州詩興椎輪耳，詩到儋州興更濃。

賢者行藏只委天，山川却自以人傳。幾年茨棘東坡地，不祇人賢地亦賢。

護持風物感波神，翁去如今隔幾塵。海上跨龍時一到，雪堂烱烱見斯人。

明月清風轉柁樓，武昌樊口直黄州。天公不借蘇仙便，兩賦那成赤壁游。

海棠一樹立山村，桃李場中合斷魂。從我東坡三子在，休悲六客更誰存。

故人相戒莫吟詩，那免斑斑露一奇。無奈西湖頻入夢，果然吴餉却來時。
男兒何苦自拘囚，六合無非汗漫游。唤取東軒同抱耒，瀟瀟風雨正筠州。
見慣沙鷗已不飛，旁人相見莫相疑。無端却為魚蠻子，又著危言感聖時。
海内傾心雨露詞，種松争忍十年期。臨皋五見分新火，只比先生睡覺時。
歸來宣室恰新年，筆下生成又補天。唤作玉堂堂唤雪，不知若佞若為賢。
腐儒珍重百年身，眼見白頭無數新。晚歲江山縱摇落，平生出處長精神。

## 懷德久仍調爽約

南北峯高金突兀，短長橋遠碧琉璃。轉庵好借魚莊住，處士仙來剩欠詩。
葵蕚已傾朝霽日，榴花猶染晚歸雲。不知荷蓋添多少，定自湖光减幾分。
得句寧如餐玉秘，食言可似雨梅肥。暑中縱愛持竿手，夜後何如載月歸。

## 嘲少年

守舍看家老者便，少年争逐艷陽天。新花日買添新水，肯信翁心尚少年。

## 外舅嫁遣二侍兒有詩次韻

詩翁學力有長城，笑語叢中漫鼓行。出水芙蓉寧受汙，鉛華洗盡見真情。

## 江西劉謀卿秀才以火焚其居諫長序其事以告袁吉故因題其後

祝融回禄愛君深，却以無家到武林。諫議一篇如見面，故人争不動仁心。

## 讀王文公詩

文章與世為師範，經術於時起世仇。少讀公詩頭已白，只因《永樂大典》卷八九九作應無奈句風流。

## 再讀雪谿志詩

誰無胸次著林丘，脚底黄塵到白頭。不羨雪谿成卜築，羨他卜築備歸休。
纔吟盤谷還思隱，試説柴桑便憶歸。何處山人高索價，老腰猶要萬釘圍。
萬古功名米一稊，此身只合把鋤犁。可憐歲晚鄱江畔，再讀前賢志雪谿。

## 净慈致齋侍者求三教贊

休問船來與陸來，桃源到處即天台。雙林做底須知會，認着形骸亦苦哉。

以上《涉齋集》卷一五

# 全宋詩卷二四五八

## 許及之一六

### 題所藏二修禊帖後

昭陵脱手已非真，石本流傳喜似人。澮墨似肥濃似瘦，驪黄不見見精神。

### 契師欲予隸書爲此以贈

契師畫得梅中趣，急水溪頭印月時。昨夜卧披今起看，自宜重坼向南枝。

### 次韻薛奉常以詩送瑞荷花并圖而花與圖俱不至

並目蓮房併根藕，流傳樂府已稀奇。平分葉葉紅兼白，絶憶公家瑞緑漪。

昨夢前塵假合來，刻舟求劍記蓮栽。花圖詩卷聞烏有，猶望荷花舊處開。

### 題畫卷

平坡軟草細芊芊，碧樹遥枝緑蔭圓。羊豕自如知飽後，牧兒箕坐得安眠。

巖壑林坰景趣幽，等閒鷗鷺亦夷猶。承平人物佳公子，游戲丹青翰墨侯。

著莫池塘浩蕩秋，露荷風荻冷颼颼。雙鳧乘鴈自尋伴，孤鷺無塵不解愁。

弄色階前各一家，賓秋餞暑度年華。道人落墨聊游戲，認得真為金鳳花。

擎水端如治大兵，兒曹何事解關情。等閒戲劇休成惡，兩箇俱雙莫撓清。

鈞有嬰兒伉儷情，山川其奈險難平。如何一得戎夷俗，長使中原不用兵。

## 諫長之門人曾君二異作招隱圖并賦二詩以招諫長之歸亦賦二首

謝公雅志在東山，其奈蒼生債未還。寄語故人專一壑，不妨清夢落滄灣。

能畫能詩已可人，迷途前畔更知津。眼看益友如君少，我亦歸心動白蘋。

## 王晦叔惠聽雨圖次蔡韻奉寄 并序

丙申仲冬，予以告羅至天長，令君王晦叔出所藏書畫，有蔡公天啟《聽雨圖》，予擊節愛之。蓋蔡所畫者平岡老木，遠水歸雁，作蔡卧小舟聽雨者，滕公令戩筆也。蔡又以二絶句作小楷凡二百五十七字，跋其上，以遺其叔祖王公彦舟，皆精絶。晦叔作字有徐季海風氣，暇日從予假金石刻，酒行，謂余曰：「予絶愛子唐《開河碑》，顧未有以博此者。」予戲指屏間《聽雨圖》曰：「此足以當之。」晦叔笑曰：「非吾家舊物，直不靳于子矣。」後月十三日，晦叔還自淮陰瀆頭頓所，苦暴下。予是日亦往高沙轉粟，以書告別，且曰：「《開河碑》或果欲之，第意所欲捐者得一種足矣。」繼有皂衣乘急騎，追予舟至五里許，出卧披畫軸，則《聽雨圖》也。予既歎晦叔能割愛以取好，明日舟行過小五湖，水天相接，雪意垂垂，孤雁叫羣，洪濤拍枕，因感蔡跋語有「自作詩畫，今六年而終踐」之語。紹聖丙子至今，復八十一年矣，而予既得畫，宛如所更。感慨久之，乃次蔡韻以寄晦叔，且為佐書蔡跋以當畫記云。永嘉許某深父。

拂拭滄波遠接天，摩挲喬木老生烟。題詩作畫人何在，萬古蓬窗一覺眠。

常日京華藪澤思，六年身悟畫中詩。須知妙處無今古，得畫還如聽雨時。

## 題張野夫所藏顔持約大招圖

顔君思似龍眠苦，賈賦傷于宋玉悲。萬古忠魂元不没，令人惆悵大招詞。

## 題洪子恂所畫盤洲圖三首

昔見園成今創始，今為圖就有聞孫。長松鉅竹知無恙，直節清標想故存。
摩挲指點經行處，盡和詩篇二百餘。已是步趨瞠若後，或看晚節在歸歟。
有筆堪耕須苦志，無田可種莫憂貧。細推方寸遺寬地，有此孫枝亦可人。

## 題浯溪圖

山川自昔因人勝，豈愛浯溪愛漫郎。不得中興攄老筆，兩章秋月漫争光。

## 跋謙長畫軸後五王按樂圖

玉笛牀頭取次横，自吹頭管按新聲。梨園舊譜今何在，一段風流畫得成。

## 題曉蓮圖

生綃未展已生凉，白白紅紅映兩厢。賴得轉庵先著語，幾成虚送許文昌。

## 鬬蓬圖

楊子長條玉作葩，花光凍棘眩冰花。短蓬幾見空相似，捕影圖成試喫茶。

## 游鯈圖

碧草差差泛緑猗，未施魚影樂先知。遥憐般礴明窗下，便是濠梁得意時。

## 題瑞寧草蟲

候蟲微細欲何為，却與鵬摶共一機。須信人心關造化，蜻蜓能點蝶能飛。

## 題潘德久所藏楊補之竹梅

竹弟梅兄已可人，老楊筆力更精神。轉庵不用持相惱，買得梅坡入夢頻。

## 明日欲對通夕不成寐枕上賦墨梅詩還契師宿逋

師住一庵幾何年，山深更過靈隱前。遺我江南幾張紙，中有寒枝真契禪。胸中掃除煙火食，筆端洗滌蒼苔痕。立雪家風真第一，我欲着句今忘言。按：此詩原缺，據《永樂大典》卷二八一二補。

蒼顏幸没黄塵裏，清夢忽墮孤山涯。處士橋邊卷蓬相，癡兒莫訝得香遲。

昔看灘頭印明月，今觀海底拾玄珠。自從迦葉天機淺，不但花無筆亦無。

春風不逐花光老，心印自傳圜契師。師能寫出夢中夢，我却吟成詩外詩。

## 聽湘西許老彈琴

顏裏常春鬢已秋，抱琴時與破牢愁。自言舊曲都忘却，彈未終時且罷休。

## 聽德久彈秋思

潘郎胸次有經綸，指下聲如筆下真。已是不禁秋意思，更彈秋思苦撩人。

## 十四弦

馬上征人濕擁氈，猶將愁思曲中傳。向來有句真成讖，小雨斜風十四弦。

## 次韻才叔聞笛試燈二絶

疊石為山漫崛奇，玉峰欣對似相知。梅梢頂上吹霜笛，却惜流香過别池。

相逢一笑即銜杯，梅與詩懷得共開。但有燈光并月色，不須元夕始重來。

## 馬上口占詠席帽

本是田間荷笠身，不堪重戴壓烏巾。苦無諫語遮羞得，其奈旁觀冷笑人。

**送越牋與才叔次韻**

剡藤分送意何如，擘鉢聊供腕脱書。飛動要觀廉藺氣，此牋斷不與曹蜍。

**銅雀臺瓦硯**

千年銅雀蔭歌塵，張老澄泥解逼真。我有古端鈎玉德，中涵雨露炳星辰。

**和人惠詩併素馨油**

萬桂叢中不記年，行藏極處只由天。朝回若問南湖叟，依舊山邊復水邊。

晴窗一縷海南雲，徹骨風流自可人。由作桂油膏面樣，不妨粉念混天真。

**劉知監端午前一日以詩送甜苦筍末章有謝絶香蒲與酒壺之句以五絶句送酒**

感君親與愛相兼，世味諳來已屬厭。惠我西湖甜苦笋，為言無苦只知甜。

經月梅林掃迹晴，照人湖水拍堤平。軟紅塵裏偷閒客，處士橋邊取次行。

新來懷抱少人知，自入修門未有詩。鳩自呼晴蛙唤雨，羡君湖上看西施。

一沐未還旬日謁，片言敢折累年囚。杜門莫羡過僧夏，多雨方愁損麥秋。

湖光可吸太清孤，漁父鳴鞭少得無。幸自有詩酬午節，不應無酒住西湖。

**中山酒**

中山一醉百經旬，魯酒千盃不醉人。莫怪近來風味薄，中山久已雜邊塵。

**次韻才叔屠蘇絶句**

底須却鬼寫臺符，一盞侵晨不可無。老覺東坡翻倒置，奚為後我酌屠蘇。

**望商山**

符離東望即商山，畫出江南見一斑。社稷未能還漢舊，豈容四老老其間。

**入泗州**

越境張旃入泗州，隔簾翁媪拜含愁。可憐萬折朝宗意，誤爾尸臣死亦羞。

**靈壁堨**

入泗行來汴似粱，堨成靈壁水全枯。汴流可遏從渠遏，思漢人心遏得無。

**臨淮望龜山塔**

幾共浮圖管送迎，今朝喜見不勝情。如何抖得紅塵去，且挽清淮濯我纓。

**渡　淮**

照眼清淮笑力微，家人應喜近庭闈。茲行莫道無勲績，帶得星星白髮歸。

**次韻德久舟行阻風**

昨日顛風鳥雀喧，牽夫寸步不能前。今朝收纜張帆坐，世事乘除只偶然。

**渡　江**時禮物船被風

揚子江頭渡曉風，一舟掀舞浪花中。江神似恨頻將幣，不許和戎出漢宮。

**題金山寺**

水月光中全體現，波濤湧處定珠圓。每因王事參差過，更羡仙山晻靄邊。

虚説胡原作營，據同上書改屯五萬兵，凄凉無復舊南京。中天王氣終當復，千古封疆只宋城。

## 宿南京

詢訪實有戍兵三千人。宋城，城下縣五字原缺，據《永樂大典》卷七七〇一補

## 釣臺

敢將出處較秋毫，未報君恩感二毛。七里灘頭停短棹，細看漁父亦清高。

## 過馬當山

彭郎磯頭晚更凉，扁舟瞥過鯊魚香。買魚斫鱠初傳酒，頃刻風帆過馬當。

## 登第一山

登臨休作楚囚悲，遮莫人心知漢思。疇昔百聞今一見，勉旃報國在男兒。

幾因護客數登臨，悵望神州久陸沉。今日登臨身是客，經行應切此時心。

## 净社山中即事一首

拾得閒身傍佛廬，吟邊不解着工夫。晚來好處無人領，净社山中聞鷓鴣。

家童裹飯就僧家，飯了僧來共點茶。聽雨軒中無一事，薔薇却有旋開花。

## 遊三茅忽得佳處留贈鄉黄冠師

三茅觀裏僊為宅，七寶山頭玉作堆。不盡經行奇特處，只教留作等閒來。

## 爲山

疊石為山底用高，經丘驀嶺欲平橋。青林屈曲崎嶇過，疑有碧花無數桃。

## 次韻薛奉常清凉山靈潭寒瀑二絶句

清涼山中冷難宅，中有靈淵人莫測。劃開神祕奉常君，萬丈寒泉貯穹壁。田家要雨隨即雨，豈識潛珍在中止。霏微不絕自成霖，萬古禾頭不生耳。

## 再和奉常靈潭寒瀑韻甚有同遊之意

奉常如僧逃火宅，天與淵泉誰識測。我今亦是閒散人，何日躋攀臨峭壁。對牀盍聽風雨情，同胞兄弟亦何止。試於如夢境中聽，雨聲水聲風過耳。

## 次韻誠齋寒食日雨中游上天竺二

詩翁作意與春期，寒食翁來春合知。不是春工渾忘却，好題詩是雨游時。

晴即飛塵雨即泥，乍教泥滑得行遲。貪看花處籃輿舞，靜得句時流水知。

可是前身住寺僧，未經行處恰如曾。松杉夾徑當前導，莫惜綸巾冒雨行。

驚人詩句任人嫌，詩得春來思轉添。莫道詩翁太奇崛，思如春溜瀉層簷。

天竺精廬晻靄中，籃輿初歇袖初通。回時管勝來時節，屋角微微轉相風。

不比尋常夢阿連，山中真箇著行纏。野花已放名花未，回施風光與少年。

山花壓溜水通池，時有幽禽自在飛。日脚忽隨雲脚露，鐘聲恰與梵聲齊。

溪流來自寶峯頭，流到欄邊不復流。拔閘放泉聊戲劇，怒湍平後一齊休。

老僧雪頂接霜髭，並日楞嚴手自題。見得眉間多喜色，定應行處有新詩。

布地黃金間碧疏，歸依大士攝心初。功名骨相元何有，身口業中除得無。

晴嵐羃羃水潺潺，歸步花光夾道間。中竺已游游下竺，冷泉亭畔更登山。

紅滿園亭緑滿郊，愁風愁雨豈天教。留將畫舫臨湖側，認取青帘出杏梢。

不枉皇都九十春，春春行樂有誰貧。休論舊雨兼新雨，何限今人念昔人。

詩句纔成雨又催，酬時只倚十分杯。誠齋筆下詩何數，不祇晴來雨更來。

明時與物總為春，樂處陶陶即是真。勝賞不妨閒信馬，名園莫問屬何人。

玉勒金鞍問寶裝，少年有意競春忙。不妨繫日寬門禁，安得長繩爾許長。

以上《涉齋集》卷一六

# 全宋詩卷二一四五九

## 許及之一七

### 車行詩

穩如江海迎潮上，險似虚空逐電行。縱使中原平似掌，我車只作不平鳴。

### 陳留道中

雍丘紆路到陳留，積雨瀰漫漲畎疇。道左流民形似鬼，能無百里為分憂。

### 靈壁道傍石

花石綱成國蠹盈，賊臣賣國果連城。陵遷谷變猶横道，反作傍人座右銘。

### 朝歌城

魯牆絲竹千年在，寂寞朝歌莽一丘。突有浮屠延望眼，何因駐得墨家流。

### 羑里城至今城中草不生

扁公墓下艾猶榮，羑里城中草不生。豈是聖賢遺恨在，只應天自不能平。

### 趙故城

叢臺意氣俄銷歇，故壘歌鐘幾劫塵。只有藺卿生氣在，墳前衰草鎮如新。

### 涿州

驀直中原掌似平，范陽巢穴奈天成。未能太古全無事，黄帝如何不治兵。

### 衛州

河決從來國隱憂，衛州那在水邊頭。傷心中土淪胥久，可但堪嗟一衛州。

### 欒城縣

寂寞欒城頓食遲，令君跪告簿尤危。固非鸞綬身棲棘，可忍鵰巾首告笞。

### 慶都縣

慶都將過過唐河，欲訪靈臺去路賒。試問車夫能指點，好峰無數碧蓮華。

### 柏鄉縣

昔賢不肯入朝歌，況乃軍中忌諱多。咄咄衣冠出疆去，迫於人處竟成訛。

### 淮陰縣

甘羅古篆娑羅刻，豈但淮陰妙二羅。胯下橋邊有男子，追亡擬問漢蕭何。

### 和袁同年接伴賡從客陸成父至淮陰縣韻

日月光中盡徹侯，獨全終始是封留。可憐胯下奇男子，雖愧淮陰不愧劉。

### 和袁同年接伴賡從客陸成父至寶應縣韻

雨洗秋光滴夜涼，斗牛河漢絢文章。明時不寶埋光瑞，應有真賢為發祥。

### 過相臺

胡兒原作夜深，據《永樂大典》卷二六〇五改吹笛醉秦樓，月白風清原作輕，據《永樂大典》改，注同只共愁。魏國九京如可作，錦衣能復故鄉留。自注：月白風清，亦樓名。

**過陳橋見太行**

驅車夜半出都城，策馬陳橋已半程。回首白雲南闕下，太行何事馬前迎。

**過龍德宫**

龍德宫中舊御園，繚牆栽柳儼然存。秋光更向牆頭發，似與行人濺淚痕。

**過常山村店中見菊**

黄菊娟娟媚晚秋，等閒野店亦藏幽。國香何恨成淪落，秋月春風不解愁。

**過趙州石橋**

橋梁顯刻認中朝，仙跡遺風不可招。唤作沃州人不識，今朝只過趙州橋。

**奪玉石橋**

輦却民財積上京，民貧政自不關情。瓊臺要築猶餘事，何况橋成奪玉名。

**漳　河**

出郭安陽漾碧波，黄流汩汩泛漳河。河濱飲水令人瘦，岸石其如腹疾何。

**琉璃河**

黄河九曲固難窮，六里琉璃未長雄。眼底坳堂君勿訑，使華來自水晶宫。

**護龍河**

門題善利遏朝宗，一水何從更護龍。菱角雞頭教傴仄，可堪遊女折芙蓉。自注：汴水門名善利，過此則為護龍。

## 魏　河

過却黄河有魏河，燕山直下有通波。不須圖寫山川勢，它日因糧省槖駝。

## 易　河

車轔轔逐馬蕭蕭，易水無聲瀉泬寥。只聽琴聲已蕭瑟，更行霜月更聞簫。

## 白溝河

藝祖懷柔不耀兵，白溝如帶作長城。太平自是難忘戰，休恨中間太太平。

## 滹沱河

逋誅狂寇釜中魚，未免真人駕六飛。千古石人雖曖昧，一時河伯太機微。

## 歸途觀蘆溝新橋

長虹如玉跨長川，下馬摩挲得細看。他日燕郊如舊識，蘆溝橋下古桑乾。

## 歸途感河南父老語

河南民力已無堪，泣訴王人語再三。勤苦遺黎姑少忍，北人何止棄河南。

## 有　感

宋衛綿延接趙燕，古來争戰可勝論。細思醉把乾坤擲，蠻觸區區匪大言。

## 文王廟

聖賢多難古來同，易數身更羑里中。甲子既周屯既復，不應天數竟終窮。

## 光武廟

真人祠殿柏鄉邊，下馬焚香我謁虔。思漢民心今戴宋，密祈興運早中天。

## 題蕭相國廟

古廟凄凉古鎮邊，酇陽户口更凄然。封侯當日如今日，越使蕭公剩買田。

## 題曹娥廟

當日曹娥念父心，千年江水有哀音。可憐七尺奇男子，忍使神州半陸沈。

## 謁曹娥祠 時積雨後

昔因淑節歎男兒，今愧男兒竟未奇。携累乞靈無可禱，只求晴霽樂豐時。自注：予舊時有「可憐七尺奇男子，忍使神州半陸沉」之句。

## 避雨漁陽太守廟

拂面秋風雲漠漠，傷心古汴黍離離。不因避雨漁陽廟，争見元豐大觀碑。

## 曹操冢

舜葬蒼梧的可知，九疑猶是後人思。阿瞞不作瞞心事，何用纍纍多冢為。

## 寓居嫠倅廳秋夜觀書有感四首

虚庭摵摵撼梧楸，黄卷青燈字字愁。説與西風莫蕭瑟，年來詩思不禁秋。

每當劇暑憶秋期，暑退凉生喜可知。不奈寒蛩促機杼，等閒催得鬢成絲。

子城高處易為秋，密點催更響更幽。掩卷不眠階下坐，淡雲東去月西流。

四十男兒不自憐，求田問舍計茫然。一官未辦君親報，縱有田園亦舍旃。

## 戊申歲題玉牒所壁

擔上看梅不是梅，孤山消息限蓬萊。仙源圃裏逢人日，雪色憐隨霽色開。
雪塢霜窗合斷魂，仙姿元住水邊村。園丁莫訝盆池小，留得疎疎澹月痕。
空餐無補愧侏儒，茗碗香爐細讀書。還被梅花勾引破，又哦新句步庭除。
冷蕊疎疎開可數，香風冪冪遠能聞。不因脩竹遮攔得，一夜清寒定憶君。
數日清寒不肯開，枝頭閣雪冷皚皚。霜禽飛去花身動，一片清香在緑苔。
直舍孤吟未過清，梅花相與有詩情。寒鵶真似隨人好，寫就新詩啼數聲。

## 書潘德久版壁

故人有詩仍有屋，囷裏無禾鼎無肉。可憐驅去傍人門，階下蒼苔孕寒玉。

## 山房

山城久矣鞠榛埃，三徑新成手自開。何用誅茅卜鄰並，好風良月便應來。
去盡陳言掃盡埃，詩清心與眼俱開。由來野服關吾事，暇日能同竹院來。
徑掃蒼苔磴拂埃，山房今日為君開。丁寧杜宇莫催去，正要青山歌褐來。
風掃飛花雨濯埃，錦葵將發麝萱開。思量造物恩何厚，看取南薰入抱來。

## 西山爽氣

負牆結檻太麤疎，真得西山爽氣無。他日棠陰無可紀，負暄曾此鑷髭鬚。

## 金果園

暫抛汴岸入斜坰，金果園中信馬行。滿目桑麻俱沃壤，可憐持節看春耕。

### 柳　溪

通衢暖轡出邢臺，突有池臺號柳溪。自過淮來無此趣，千年華屋但雞棲。

### 望平山堂

霏微晚雨濕疎鐘，彷彿浮圖出半空。回首江南山色遠，平山却在有無中。

### 蜀山堂

已把堂名占蜀山，愛山猶疊石孱顔。世間何事非兒戲，了得兒癡趁得閒。

### 蜀山亭

千里肥川掌似平，崔嵬只有蜀山青。兹亭巧與山相對，不惜名堂更揭亭。

### 題忠孝亭

白石陂頭斬逆蘇，士行却是晉夷吾。功成不掩窺窬志，忠孝何如卞大夫。

### 浮槎亭

浮圖立處認槎峰，曾記浮槎是醉翁。亦似平山堂上看，陰晴山色有無中。

### 題陳正字貧亦好齋四首

陋巷當年一寠人，簞瓢樂處有經綸。居然更起為邦問，豈是先生亦厭貧。

只教求食傍人門，彭澤何妨作令君。鄉里小兒真解事，歸來草木亦欣欣。

暘日九廻諳世路，肱今三折悟良醫。戎郎何自知貧好，却是歸來遠客知。

正字如何例姓陳，飢來一字不資身。更將長技為扁榜，肯信吾家亦有貧。

## 題漕司涉齋

涉世渾如涉大川，風波過却愈拳拳。朱簾畫舫非吾事，只合扁舟聽雨眠。

## 茅齋

市近無原作吾，據《永樂大典》卷二二五四〇改囂地自幽，身閒何羡水中鷗。因思客路竿遮日，得似君家茅蓋頭。

## 梅坡

買得梅坡與衆看，折花教折莫催殘。虯枝裹蘚能炊玉，留與梅坡伴歲寒。

## 松林

蒼髯老氣已雄豪，偃蹇連延結虹橋。當暑含飂時瑟瑟，底須屋角相風招。

以上《涉齋集》卷一七

## 許及之一八

### 信筆戒子種花木

君恩未許乞分符，三徑無資地亦無。或借或資分養種，閒時趁早着工夫。

迺翁未遂投閒計，吾子宜殫幹蠱才。已辦一區供戲綵，更營三徑待歸來。

一年活計在春初，處世光陰不可虛。莫謂窺園全廢學，昔人猶有帶經鋤。

栽種成陰動十年，風流遺恨憶蘇宣。西園近有移園法，大樹根盤只儼然。

買宅慇懃為海棠，却因改築遂移將。前園褊小鄰《永樂大典》卷一三一九四作國褊小憐遷次，好補霓裳斷續行。

池妨屋地故應填，取土成池却自然。愛惜清漪添淤壤，買根歸種撫州蓮。

買石雖非自鬱林，窠窠盡費俸餘金。傍人應笑謀生拙，航海梯山枉費心。

買石為山任笑癡，癡翁真箇似童兒。奇峰峭石勤收拾，莫使他年一簣虧。

我山壘土仍栽石，下有嵌岩上有亭。石少闕邊添種樹，種時須要樹長青。

四時巖桂度香風，十月桃花吐艷紅。當暑拒霜同愛惜，種成方可醉鄰翁。按：此詩原缺，據《永樂大典》補。

水仙繡菊麝香萱，久種成畦長養便。分向北堂三益近，遶牆秋色要爭妍。

種樹同上書作世還如種善根，自須積累付兒孫。從人覓得能多少，爭得以上五字原作栽培法綠葉，據同上書改成陰便滿園。

莫將桃杏等閒看，栽接名窠有幾般。為是開花仍結實，花供賞翫果供餐。

飛霞園地固無多，我愛他時號藾窩。若繚城跟疎織竹，錦屏環列繡成窠。

金沙安敢齒酴醾，白白紅紅間却宜。但是籬邊多種取，他年步障要相隨。

## 梅花十首

每憶山居氣味長，梅花時節只清狂。若教玉鑑堂前看，認得花光是玉光。

詩到西湖更不疑，西湖以外可無詩。孤山水月無邊思，只在清香不在枝。

一頃園池半種梅，更將窠石傍梅栽。愛風愛月隨宜看，合是詩家帶得來。

隔水尋幽妙莫傳，一年勝處是春前。縱饒爛熳春吹却，猶得殘香伴鶴眠。

玉川夢事不紛紜，一樹相思正憶君。君若移舟來問訊，莫教驚動一溪雲。

為愛林林次第開，却須雪壓與霜催。歲寒偃蹇非無意，破冷衝寒來幾回。

去歲來時恰犯寒，枝頭未放雪漫漫。一年鞭影紅塵裏，猶得西湖立馬看。

湖上歸鴉落照昏，一聲漁唱與招魂。紉蘭餐菊生平事，沙冷月寒何處村。

醉餘看字眼麻茶，佳句拈來似隔紗。讀去讀來元有味，南湖從此説梅花。

老去哦詩懶解工，筆端隨分有春風。傍人若問梅花句，盡在西湖風雪中。

## 次韻常之用前人韻賦梅花十絶

老來為圃萬緣輕，一見梅花眼倍明。所恨平生無句眼，其如相與有詩情。

淵明豈獨愛東籬，便愛東籬亦匪私。耐雪耐霜同臭味，佳花尤愛夾花枝。

風静得香多醞藉，雪殘觀色轉精神。不教翠竹疎松畔，清殺天寒日暮人。

拙速誠難語巧遲，誰知先進野人為。絶憐飯顆山頭老，江路聞香有喜詞。

每愛孤山静思凝，歲寒不脱柏青青。暗中參得横斜趣，不費陶潛影答形。

玉川清苦更清狂，一夜相思不可當。解道是君看亦好，不然白地斷人腸。

未點蒼苔已點衣，遽辭脩竹翠相依。若教笛怨歌催盡，寧受風吹雨打稀。

浮玉飄香别緒多，緩流溪水浸銅柯。先春有意春無意，春奈千紅百紫何。

臘雪溶溶斷送冬，明朝波面受春風。北園幾樹紅苞拆，只合吹將酒盞中。

桃縱夭夭杏縱繁，衰翁其奈眼尤寒。自知不是尋芳伴，且把寒枝子細看。

**次韻古梅二首**予近得鄉中甌浦梅坡，皆老梅

緑苔枝上玉疎疎，折贈詩人意不孤。惱殺渠儂歸未得，梅坡千樹有如無。

玉鑑堂前迹已疎，殘香應伴鶴聲孤。郎潛桂隱身藏却，新為梅花着句無。

**直舍紫薇花身可以題字因作一絶書其上**

赤立嚴霜如槁木，爛開炎日似紅霞。耐寒耐暑真能事，豈是人間怕癢花。

**揚州席上次蔣右衛韻賦白牡丹二絶**

秋思憑高不易裁，陽和唤得故人來。自憐梅萼成孤絶，借與春風一色開。

玉甃銀缾千尺清，唤回玉色謫仙人。沉香亭畔無消息，付與揚州十月春。原按：此首原本誤作《落墨牡丹詩》，

「停車京洛」一首誤作《白牡丹詩》，今改正。

## 北方館驲屏風皆畫落墨牡丹

停車京洛浄風沙，幾見屏開落墨花。故國似人猶可喜，穠肌何况謝鉛華。

## 池荷

高高碧蓋擁紅衣，拍拍方塘漾渺瀰。前竹後松相映帶，香風何自透禪扉。

## 次韻方叔媚川圖亭上觀芙蓉

飾霞擘錦炫晴空，碧玉芙蓉晚更紅。只道商秋為素景，也教春色艷秋風。

## 題庵許轉覓紅蕉未至絶句奉簡

過眼浮華擲錦梭，閒閒習氣種花窠。蕉中得鹿元烏有，雪裏看蕉竟若何。

## 從潘濟叔覓花栽得紅蕉鳳仙大蓼謂水梔僅有一窠寒窗不可無戲作二絶

幽人憐我學鋤耰，寄與花栽一一收。莫道芭蕉失寒暑，鳳仙宜夏蓼宜秋。

聞説君家有水梔，虯枝怪石眼前稀。何如借與銷長夏，待得寒窗却送歸。

## 和袁同年接伴賡從客陸成父玉簪花韻

玉長藍田潔更芳，盍簪如待紫陽裝。仙人尚欠頭冠在，好種黄葵阿那傍。

## 次韻木伯初秋蘭

堪嗟堪惜是懷沙，占得秋蘭作楚花。世莫我知方自足，底將逝水送韶華。

芳潔清幽隱操中，蘭兮消得小山叢。略無醖藉惟岩桂，滿院秋香一樹風。

萬蕊千葩角富豪，秋蘭無處却為高。蚤知捷徑終南是，招隱當時不入騷。

**月　桂**原按：月桂應作月紅。

春來花事各名家，肯許常春擅物華。雪裏香紅更清絶，只應名作歲寒花。

**相臺得菊本名之曰繡菊**

非紅非紫曄茸茸，依舊黄流美在中。漢使携將名繡菊，要同丹桂種蟾宫。

**次木**原作才，據《永樂大典》卷二八一一改**伯初蠟梅三絶**

格韻評同上書作枰量故是梅，採薪叢裏凍花開。蜂銜不逐飄零盡，真似天工蠟綴來。

蜂薰脾蜜麝薰臍，香染薔薇色染梔。大似幽蘭懷隱操，有心聞處得香遲。

氣禀中央色自莊，丹心展盡只輸香。自知不結和羹實，合同上書作盍作山家澹泊裝。

**成德堂**

帝謨亦言九德，父教等謂三成。兹堂不愧扁榜，公家有賢弟兄。

**思賢堂**

取善乃與為善，見賢合思齊賢。公平何若愛士，富者惟欲求田。

**題北山軒**

鵬鷃逍遥各適，猿鶴驚怨何知。有瓜得東陵種，無文煩北山移。

**用山谷韻題洪子恂所藏山谷六言詩**

逢原妙處何如，水到自然成渠。信手拈來都是，彈圓頌印泥書。

**次韻周畏知用南軒聞説城東梅十里句爲韻六言七首**

湘西山亦既見，城東梅所未聞。急須盍簪共賞，可惜委地餘芬。
廣平心腸鐵石，姑射肌膚冰雪。共令索笑求詩，未免嬰情駕説。
故人馳一枝使，詩翁築五言城。須邀從事入幕，休唤孔方作兄。
夢蝶驅除枕上，驚鴻約略牆東。石裂巖前積雪，角咽城頭曉風。
意了無東閣興，句不到西湖梅。非公安得聞此，欲往何其快哉。
松逕晴泥欲乾，茅簷宿雪猶濕。滿枝空懷杜二，夜誦誰德計十。
行歌已聞落梅，寡和猶傳下里。好步故難卒行，迅雷那及掩耳。

**周畏知遺二毫筆雖舊猶耐書戲作六言奉簡**

我愧不能扛鼎，君安得此如椽。拔羊兔毛以利，較夔蚿足相憐。
不肯羊質欺世，寧作兔園隱居。令尹雖舊令尹，中書今尚中書。

以上《涉齋集》卷一八

**高宗皇帝挽詞**二首

鼇極恩難報，龍髯恨莫扳。興平三紀内，壽老九齡間。遜德光千古，仁心亘八寰。數周將必復，盍看版圖還。
夷夏均哀涕，空同只故仙。衣冠趍禹穴，雲日慘堯天。嗣聖昭誠孝，通喪振古先。小臣思罔極，生長中興年。

宋魏齋賢《五百家播芳大全文粹》卷一〇二

**和韻題繭庵**

判院程丈，遞示所和梅山《繭庵》詩，開發為多。予曩畢犯禾之役，思同穴之義，而預作壽藏，亦名其旁曰「繭窩」，欣然敬和。比兩得梅山書，而稽報判院丈，或可轉達，庶幾少贖逋慢之過焉耳。

榮枯翻覆手，生死出入息。那將有限身，苦作無俚畫。譬彼三眠蠶，已足三食力。作繭聊自藏，隨化各有適。石槨翁固癡，鍤埋兒作劇。憶昨辦同穴，物理念終極。斸地號繭窩，開徑延友益。今聞梅山作，真得曹溪滴。袖手將詩壇，忘形規壽宅。達觀接前脩，美意非毒腊。智愚雖相較，今古歸一識。何當訪此老，同為逆旅客。　宋姜特立《梅山續藁》卷七附

## 聚螢齋

書蠹猶堪讀，囊螢亦强觀。競辰規後學，繼晷匪油乾。　《永樂大典》卷二五三九

## 竹　村

種竹亦云好，結交當有道。能邀歲寒伴，同呼酒家保。　同上書卷三五八〇

## 老婆娑

河之北沙名，馬行沙面俱動

不怕沙頭納納行，男兒報國一身輕。斬可擬變黄河水，却挽天河洗甲兵。　同上書卷五七七〇引《江陰志》

## 題景賢堂

過眼繁華脱絳英，歲寒松柏只青青。古來何限馳天壤，賢者于今炳日星。意在高山知處鄉，訓垂後葉見儀刑。此堂應與人無朽，白首韋郎守一經。　同上書卷七二三七引《袁州宜春志》

## 詠　史

南漢傾頽宫女亡，風流争覩一花香。香名認取素馨字，玉樹瓊花一樣粧。　同上書卷七九六〇

## 雨度西興

身世重逢舜繼堯，諫垣收拾到芻蕘。若無闕事關思慮，何有微塵答聖朝。卿列驟遷妨駿穎，君恩寬許逐漁樵。江神何事風波惡，冒雨錢塘試晚潮。　同上書卷七九六二

## 虜宮闕

不翦茅茨聖不憂，虜巢宮殿切雲愁。小雛似道朝廷小，復作阿房意未休。

## 虜行移以盱眙爲肝胎

華風雖染不知裁，將底論思獻納來。杕杜昔曾聞杕社，盱眙今却見肝胎。

## 喜德久從人使虜來歸

詩翁萬里恰歸來，滌面那無一點埃。生馬闖騎便武事，故京熟覽動詩才。别來我已成炊夢，此去君應悟劫灰。具説胡危猶假息，可無尊酒沃崔嵬。　以上同上書卷一〇八七七

## 玉虹洞

九醖耐留春，檀心嬌未吐。須結舞霓技，怕作行雲去。　同上書一三〇七五

## 客有自成都來者傳制帥華學尚書年丈巫山詩輒次韻奉寄

巉鑿豈是鐘鼎姿，出處相較黠與癡。我家瀏東山水窟，閒窺壺中日月遲。坎蛙固守井底見，鴈蕩斷云天下奇。坐想天柱高突兀，便覺穹障排參差。歸胡不歸歸未得，吾非故吾吾何之。南宦祝融常在眼，北征太行長相隨。每欲拓闢令混一，其奈意廣憐庸疲。故人開府鎮巴蜀，大江揚舲張虹旗。紀行先要實古錦，及境始事蹇赤帷。陽侯似知公得句，吴榜婁舞下折枝。有客傳誦巫山高，長安那復紙價低。襄王胡

為愛文賦，宋玉大以供戲嬉。山川本以靈雨祀，神明何及褻瀆為。牽牛織女謗自古，小姑彭郎訛一時。剩喜新篇有如此，洗空遺恨從今兹。蜀道誰云在天上，政譽已逐詩聲馳。世情嚮背南北阮，人物妍醜東西施。願君滄溟恢宇量，聽披蛢罶居井湄。已為下户代輸額，更要全蜀俱伸眉。西都父老久延頸，關外士卒寬張頤。訪尋恐有玄尚白，流落寧無素染緇。規模所至欣濟濟，民俗定自臻嘻嘻。政成化洽公何疑，無人風月鎸峨嵋。歸來要著浯溪頌，吾上中和宣布詩。明周復俊《全蜀藝文志》卷九

**湯婆子**

一冬專寵道人房，不藉華清賜浴湯。皤腹却無璋瓦分，矮身難稱綺羅妝。春生蝴蝶半牀夢，暖逼梅花一帳香。醉倚肉屏君莫羡，北邙多少黑頭郎。

**廢冢**

石人猶自立蒿萊，拂讀殘碑字字哀。鄰冢已澆寒食酒，野風分送紙錢來。以上清曾唯《東甌詩存》卷三

## 百七丈

百七丈，姓薛，曾官郎中，與許及之同鄉（《涉齋集》卷七《積雨簡百七丈郎中二首》「鄉里從游不乏賢，薛侯令我自拳拳」）。

**句**

盡道温柔別有鄉，誰知絳闕水茫茫。和許及之《涉齋集》卷一〇《百七丈和篇有云云》引

（以上李更整理）

# 全宋詩卷二四六一

## 張良臣

張良臣，字武子，一字漢卿，號雪窗，原籍拱州(今河南睢縣)，南渡後僑居鄞縣(今浙江寧波)。孝宗隆興元年(一一六三)進士，官監左藏庫。有集十卷，度宗咸淳間曾刊行，已佚，今存《雪窗小集》一卷。事見《攻媿集》卷七〇《書張武子詩集後》。《延祐四明志》卷五、《甬上耆舊詩》卷二有傳。

張良臣詩，以毛晉汲古閣影宋《六十家集》本爲底本，補入清鮑廷博輯《雪窗小集補遺》。校以影印文淵閣《四庫全書·兩宋名賢小集》本(簡稱名賢集)等，與新輯集外詩合編爲一卷。

### 晚步南城下

冷雲堆屋晚仍春，惘惘人行陌上昏。飛去飛來沙上雁，去年洲渚舊蘆根。

### 春詞

竚蘭無限楚時春，罨岸風平緑自熏。睡起畫簷雙語燕，梨花留得夜來雲。

後主搴香復倚春，潘嬙梳洗最輕盈。南朝破後無詞客，燕子桃花古石城。

### 芳草復芳草

芳草復芳草，有人孤倚樓。明月復明月，何處照離洲。相見渺無期，此恨詎相知。日暮天寒吹屬玉，蠻江豆蔻重重緑。

## 玉臺體

一寸春霏拂綺寮，蕙花江上雪初銷。傷心燕子重來地，無復人吹紫玉簫。

主人流落委荒墳，燕子還來壞戟門。惟有桃花古時月，端端正正照啼痕。

## 曉　行

千山萬山星斗落，一聲兩聲鐘磬清。路入小橋和夢過，豆花深處草蟲鳴。

## 陪天童覺禪師如名賢集如下有燕字城

風勒江雲雪未匀，夢寒不到碧梅春。破帆又指蕪城近，漠漠平沙落雁頻。

## 賦名賢集作失題

柳暗旗亭不忍看，臨江愁殺晉衣冠。傷心明月揚州路，十里珠簾蕙草寒。

## 示長蘆仁禪師

叢叢竹雀鬧人家，農事春來漸有涯。品字柴頭煨政暖，不知風雪到梅花。

## 别持上人

茂竹永和字，浣花天寶詩。清江入舟楫，忍淚别僧持。

## 梅市道中

連雨疏篷不耐闗，脩眉如失更晴慳。越王故國無人問，艇子穿花自往還。

## 有懷山房

每憶山房話夜深，几前無主亦無賓。老兵未領西來意，斜倚屏風一欠伸。

## 西湖晚歸

帖帖平湖印晚天，踏歌遊女錦相牽。鳳城半掩人争路，猶有胡琴落後船。

## 書情奉寄蔣弋陽公

五都一何綺，歌管政繁會。睠我友明月，援琴寫秋瀨。何言昃（名賢集作異）離後，一飽困藜稗。風雨墨如翳，欲往徒自礙。頹年去堂堂，白髮新種種。崎嶇造化久，敗屨常决踵。從來萬里意，不料乘嶮恐。鳴鶴略九皋，未羡乘軒寵。

## 留題吴興投老庵

白鷺悠悠去不還，渚雲汀草一生閑。暮年不入西州路，空倚梅花説住山。

## 送人遊姑蘇

兒時吾亦寄君州，細細聽君説舊遊。處處緑波通酒巷，女郎多在採菱舟。

## 雪後

雪花竹屋未全消，寒雀梢頭眼擘椒。紙閤不烟梅自放，底能踏濕渡溪橋。

## 九日書吕季慈室

上池入寺見承平，影落南州迹易陳。手把黄花看新雁，風烟愁殺舊京人。

## 感舊

三十六陂春水緑，四十九年人事非。楊子江頭永嘉後，吴儂蕩槳北人稀。

## 山房惠猫

從來憐汝丈人烏，端正銜蟬雪不如。江海歸來聲繞膝，定知分訴食無魚。

## 過臨平

兒時曾憶此登臨，細説窮途有述征。四十九年蘧伯玉，月明人静過臨平。

## 過西溪

罨畫層波蕙草荒，冷雲客雁兩回皇。梅花到得吹成雪，盡是清愁不是香。

## 贈英上人

之秦剩肯迎張禄，踏越何曾用計然。元鼎事看蛙勝負，大槐人與蟻相連。

## 酒　熟

濁醪初熟薦霜螯，不擬寒山不廣騷。清曉豆花籬下立，竹梢獨與月争高。

## 遣家書

家住鄱城小洞天，經年烹鯉尚茫然。幾回鵲喜無消息，吹殺燈花獨自眠。

## 祝　猫

江上孤篷雪壓時，每懷寒夜暖相依。從今休慣穿籬落，取次懷春屢不歸。

## 偶　題

誰家池館静蕭蕭，斜倚朱門不敢敲。一段好春藏不盡，粉牆斜露杏花梢。

## 萱　草

雪色侵凌緑剪芽，枝抽寒玉帶金葩。北堂回首傷心處，却復令人恨此花。

## 小破

小破燕支鈿早梅，雪雲平澹越江遲。青山歲夜行人少，鴨鴨羣飛淺草時。

## 謝汪尚書見訪

黄葉聲中接錦韉，添丁籬落怪相牽。歸來剩欲從僧話，正掩楞伽曝背眠。

## 夏夜

恰則黄昏雨便晴，青塘迤邐盡蛙鳴。月明已在芭蕉上，猶有殘簷點滴聲。

## 平旦

平旦梅花破冷紅，越香何限水流東。陳年翠袖新年恨，盡在吹香笑語中。以上《雪窗小集》

## 清修嶺在奉化縣鵜鳩山下

喪膽巖上人，怖死巖下人。周道自砥直，何枉《甬上耆舊詩》卷二作在不問津。人生貴適意，毋容矯吾真。淵明兀餘年，漉酒乃一巾。（《寧波府志》）

## 長松丹井

九轉丹砂煉得成，飄飄仙袂入青冥。一泓寒水留真汞，千歲長松産茯苓。（《雲門志略》）

## 留雲門山中

僑裝結束燦花衣，採藿蘭娘矖翠卮。三五二八月皎皎，東西南北草離離。非君之故豈妄集，對酒不狂無乃痴。口住山間省前夢，而今不似洛陽時。（《雲門集》）

## 上雪竇山奉慈院

迢迢嶺外雪雲明，猶憶塵中見偉人。沙上豈無新到雁，附來莫厭尺書頻。（《延祐四明志》）

## 次韻持上人題延慶寺清玉軒

水芳未動城南路，一一僧簷有竹看。政爾塵埃能自表，故應悠久澹相安。長楊曉獵干戈肅，古棘春朝萬玉寒。碧眼阿師來授記，化龍飛去抑何難。（《宋詩存》） 以上《雪窗小集補遺》

## 老子像

函谷關頭紫氣濃，獨教關尹喜相逢。如何道德五千字，不載周家藏室中。《永樂大典》卷一八二二四引《雪窗詩集》

## 句

願同丑萬輩，終老孟子門。投魏南夫

客向愁中都老盡，衹留平楚伴銷凝。以上宋樓鑰《攻媿集》卷七〇《書張武子詩後》

流落荒郊道轉孤。

老去青林又一霜。

秦南燕北見君難。

指似鳳城煙月路。

空掩玉樓先睡去。

腸斷江南一百五。 張良臣

先到王城第一橋。
長干白下相逢少。
客子摇船繞畫圖。　以上宋李龏《梅花衲》

（于世明整理）

# 全宋詩卷二四六二

## 虞儔一

虞儔，字壽老，寧國（今屬安徽）人。孝宗隆興元年（一一六三）進士。初爲廣德、吴興二郡教官（本集卷三《再用韻述懷》注），歷績溪令，知湖州、婺州（本集卷二《林子長見訪……》注）。淳熙十六年（一一八九），爲太學博士，遷監察御史（本集卷六《輪對札子》題注、《宋會要輯稿》職官七九之六），光宗紹熙元年（一一九〇），爲國子監丞（《宋會要輯稿》選舉二二之九），寧宗慶元二年（一一九六），爲淮南東路轉運副使（本集卷六《被召上殿札子》題注）。三年，轉江南西路轉運副使兼知平江府。四年，改知廬州（《吴郡志》卷七、卷一一）。嘉泰元年（一二〇一），除中書舍人（本集卷六《已見札子》題注）。二年，遷兵部侍郎（《宋會要輯稿》兵二六之一三）。生平崇敬唐白居易，家建尊白堂，有《尊白堂集》二十二卷（本集卷首陳貴誼序），已佚。清四庫館臣據《永樂大典》輯爲六卷，其中詩四卷。明嘉靖《寧國府志》卷八有傳。

虞儔詩，以影印文淵閣《四庫全書》本爲底本，新輯集外詩附於卷末。

**暇日邀王天任諸公遊南坡天任有詩因次韻**

梅黄收宿雨，山緑呈層巔。高軒蔭修竹，朱檻俯流泉。雅致軼天外，俗物無眼前。笑人聲利場，蛾眉競爭妍。半生政坐拙，州縣空迴旋。自視甘寂寞，何心慕華鮮。南坡吾菟裘，杖屨有厚緣。暇日領佳客，頗辦沽酒錢。愧無絲與竹，後堂欠彭宣。何以侑談笑，賴有兹山川。送鴻煩遠目，落鴈驚虛弦。門徑迴俗駕，山澤非臞仙。劇談交玉麈，醉吟飛彩牋。榴花媚紅皺，李實薦翠圓。相忘恣諧謔，小謹畧跽拳。兹遊無可紀，須君賦長篇。

我詩苦艱澁，蹇步太行巔。筆乾硯欲裂，何地覓湧泉。巧匠愧傍觀，袖手不能前。敝帚徒自珍，捧心豈成妍。辟舍不獲命，屬鞬試周旋。君詩巧層出，浥露晨花鮮。前輩借波瀾，後生敢並緣。平生程不識，毁不直一錢。五色爛摩尼，八音和相宣。挹袂庾開府，拍肩楊盈川。每發必中的，矢脱無空弦。我蓋三復之，飄飄意欲仙。此計太冷淡，浪費五彩牋。不如醉紅裙，且聽歌喉圓。況當荷傾蓋，莫待栗過拳。徐看騎鯨伯，一斗揮百篇。

雨驟頻垂脚，山高故隱巔。南坡疑斷路，平地怪流泉。猿鶴誰為伴，梟鴻亦墮前。梅黄雖借潤，榴火漫呈妍。人世隙駒過，天形磨蟻旋。雲容愁暮合，霞彩望朝鮮。已負杖藜約，宜修香火緣。江山如得助，風月敢論錢。今日苦不樂，此情誰與宣。高歌懷杜曲，晚賦擬樊川。屋破時懸溜，弓驚不受弦。好邀沽酒伴，却羡泛舟仙。竹色杯中緑，花光筆下牋。左持還有蟹，右畫更成圓。自笑牛刀割，難安鷄肋拳。補天非我事，聊爾繼新篇。

君家有西園，望我南山巔。觴詠繼曲水，花石希平泉。長溝流砌下，遠岫列楹前。春風一披拂，百卉為渠妍。迨兹夏日永，杖履宜盤旋。梅黄已過雨，清潤霽景鮮。主人雖好事，欲往無由緣。似聞三徑深，日夜長苔錢。行當載酒過，高情與君宣。飛鴻渺天末，浴鷺來平川。良辰恐易失，勿待月下弦。前者坐中看，俱是桂堂仙。酒豪倒金壺，詩健輕華牋。琴弄朱弦古，碁枰寒玉圓。君才尤中的，霜鶻無空拳。諄復記幽會，春容看大篇。

## 和姜總管喜民間種麥

腰鐮刈晚禾，荷鋤種新麥。田家競作苦，羔豚勞歲夕。翠浪愜初懷，黄雲期後穫。晴暖得天時，肥瘠隨地力。腈欲觀風謡，未暇履阡陌。寧唯餅餌香，庶免《永樂大典》卷二二八一二作已鞭笞責。擬踏青州麴，釀酒邀佳客。

## 病起據案無緒輒書二十五韻呈簿尉

祇役來異鄉，瘧鬼巧伺便。寒熱四五行，大小六七戰。初如蹈陰壑，赤身卧冰霰。繼若煽紅爐，虐焰工煅鍊。先生但堅壁，高卧觀物變。謂我則忘吾，曰舍其猶傳。童子更進藥，先生强起嚥。羣鬼競揶揄，醫工何瞑眩。忽然汗四出，心愧顔有靦。須臾返清凉，輕健欲舞抃。寧唯疏枕簟，便覺美肴膳。氣和疾自去，福至禍亦轉。我生多蹇剥，縣尹劇卑賤。王事有期程，私室敢安宴。日出事還生，孤游無一援。訟牒猶山積，愚拙費裁剸。催科正火急，日夕族訶譴。督郵顧小忍，斗米那可戀。彈琴不復夢，據案敢告倦。仇梅二友生，灑落邦之彦。頗復相料理，何嘗語遊衍。城南萬荷花，浣溪錦一片。凉生雨初過，香度風微扇。碧筩亦易辦，白墮儻可薦。詩以代折簡，辭兮非黄絹。

## 除日獄空唯欠租監繫頗衆因悉縱遣之期以開歲五日畢來因記東坡先生倅杭除夜直都廳囚繫皆滿題詩壁間輒用其韻

訟牒日已稀，私幸庭無留。胡不了租税，顧為此拘囚。催科迫星火，對案亦包羞。作苦念田家，歲莫得少休。羔酒會鄰里，盍歸與婦謀。刻期亦人耳，吾其反自修。

## 病後有感作

今旦病思清，把書坐晴簷。體舒百息匀，心遠萬慮恬。收視等庖郢，妙觀到羲炎。頓忘饑寒苦，但覺中邊甜。習氣尚稍稍，自喜良沾沾。故家東堂書，高架紛懸籤。我時且兒子，氣欲俱并兼。澆着胸次間，政爾意不廉。此意竟蹉跎，衰遲侵戟髯。邇來又留滯，鬱鬱三年淹。是秋節物高，露白原草霑。斜河轉空闊，夜氣方森嚴。此日足可惜，黄塵滿征襜。明年會當歸，赤米薦白鹽。繙經慰老眼，甘作書蠹潛。共嘲玄尚白，指笑突不黔。亦知居沽兒，羔豚方屬饜。

## 和張伯子韻

士流競彈冠，州牧紛勸駕。器識在所先，文藝乃其亞。朅來同抱關，因得奉餘暇。軟語雜嘲謔，小酌見蘊藉。官禁不通風，門鍵那容罅。豹斑縱未窺，鯨背幾思跨。君來怪已三，我到嗟方乍。前頭萬木春，當户三星夜。棄甲勿復來，背城寧一借。新詩抵驪珠，歸槖何妨詫。

## 詠　麥

平生笑盜儒，口誦青青麥。刻燭和新詩，此夕知何夕。六花來未晚，三白會有穫。雨暘亦天事，勤惰繫人力。何妨縱牛羊，况已遍隴陌。青黄未交時，補助豈無責。我亦念歸田，聊作數句客。

## 和姜總管送别

富貴如浮雲，于我初何有。轉徙浙東西，僅足餬其口。去年在吴興，民物猶未阜。賑荒事方殷，奚暇詩與酒。今年到東陽，政成不待久。邂逅遇詩仙，襟抱得細剖。切磋愧子貢，起予幸魯叟。琮琤蒼玉佩，關鍵黄金鈕。擬學西子顰，益愧鄰女醜。賡酬强追逐，要是非敵手。目短曹劉牆，氣轢鮑謝囿。我如武成策，第可二三取。山澤多蛇龍，松柏無培塿。緬懷南澗老，斯人骨已朽。人事真好乖，又假蘇臺守。遽辭山水邦，暫缺雲龍耦。酒罷雨沾裾，船開山入牖。似鶴出樊籠，如魚脱窠臼。分袂却關情，鼓棹猶回首。長篇肯贈我，字字炳星斗。願保歲寒心，莫愧金石友。

## 和寧國守沈察院九月嚴霜十五韻

九月十月交，卦應西北乾。少昊猶執矩，玄冥遽行權。慶元敦牂歲，夏無雨暘愆。早禾既有秋，人斯望有年。晚稻亦懷新，穎實相接連。不間東南畝，寧分左右肩。嚴霜忽早降，節候無餘暄。黄熟乃無日，青乾空在田。殆不如稊稗，那敢詠好堅。造物豈棄遺，繄時失後先。農夫亟欲訴，有司不謂然。課無責之有，何異扼其咽。使君惻興念，官租為渠蠲。作詩寬彼憂，至哉仁人言。幸甚宣城民，信乎有二天。

## 冬至念母

兒行十里程，母心千里逐。昔者子曾子，不忍離一宿。今我獨何為，旅食久輦轂。來時月中秋，坐待陽初復。薄命難推挽，闊步窘邊幅。慰藉煩友朋，栖遲愧僮僕。畫餅唐生相，説河嚴子卜。世態方奔競，人情慮反覆。夫豈不懷歸，所惡在欲速。眉壽翠濤春，洞庭霜橘熟。亦足盡親歡，何必此微禄。

## 秋日同官遊聖感寺晚飲范公亭分韻得須對二字

招提城東隅，勝集僚友俱。腐儒元自臞，午飯厄齋盂。不如計一醉，况有高陽徒。小秋頗解事，鷄鶩營庖厨。我歸與婦謀，但問酒有無。婦言有斗酒，待子不時須。堂堂文正公，精神凛猶在。木末好風來，山頭凉月朏。快哉城上亭，登臨吾亦再。盃行且停飲，四座俱起酹。義氣激余衷，豁若挹沆瀣。此夕飲也清，且無俗子對。

## 次早再出

晨起候鷄鳴，我車催發軔。列炬犯星微，衣襟蒙霧潤。將迎恐後期，奔走追前進。拭面愧緇塵，墊巾憐雪鬢。吾年已如此，世態何當徇。曷不歸去來，榮枯才一瞬。

## 秋雨歎

少昊欲行秋，驕陽猶跋扈。炎蒸不易滌，頗費天公雨。浸淫三日霖，雲氣政旁午。所慮早禾傷，佳實卧場圃。翻思向來旱，南畝生塵土。矯首望雲霓，一滴如膏乳。及茲收斂際，反以多為苦。蒼蒼匪天欺，惻怛羣物祖。怨咨尚未免，是非何所付。會當返秋陽，新晴照區宇。禾實趁登場，不特盈我庾。荷擔赬肩歸，亦足慰田父。黄鷄能漸肥，紅酒幸可酤。持用答豐年，造物儻復許。

## 和張文潛有所嘆韻

老驥困鹽車，四足若有絆。鶯鳩搶榆枋，控地不能遠。我本田家子，釋耒事游宦。少壯耻干請，老大誰推挽。撫字亦徒勞，催科寧趣辦。於心儻無愧，此首何妨俛。財由政事足，軻也豈好辯。苟得而富貴，孰若甘貧賤。

## 和陳倅留題奉聖

飛鴻渺天末，目送類中散。謫仙負詩狂，直欲摘星漢。白雲千丈峯，金碧美且焕。忘言老瞿曇，祇作空花觀。軒冕儻來耳，世事亦其漫。鸞鳳在赤霄，寧肯就紲絆。惟餘憂國心，撫事輒悲惋。飢饉有流離，十室九不爨。上動黄屋念，每日不遑旰。公豈愛登覽，微意寓篇翰。山僧遽傳似，字字如珠貫。勸分豈無術，未必愧鞭筭。升斗倘均惠，溝壑庶少逭。福星公恐是，疇復虞歲旱。王事敢告勞，行役春過半。鬢絲禪榻畔，綸巾時一岸。溪山得勝賞，歌舞廢屢按。請頌海沂康，民謡茲可斷。

## 和陳倅遊石門弔瞿硎先生

我坐南坡上，高鴻忽飛去。指點夕陽外，文脊蓋其處。自注：僕家南坡之西，政見文脊山。下有奇洞府，有道乃宜據。鹿裘坐石室，先生豈真踞。儻是我輩人，傲視非所慮。桓温汝何為，乃欲效三顧。姦心妄窺鼎，未見神合沮。猿鶴亦汝羞，未易飲食舉。伏滔不自重，且為温所遇。贊詞縱云美，所耻非所慕。邇來賢別駕，物外欲軒翥。功名恐未免，溪山亦已飫。五字識巖石，千載想風馭。神交付冥漠，心契自平素。蒼苔留履跡，飛花約歸路。先生還一笑，晴雲為披絮。

## 林子長見示悼鶴之詩若不能釋然者因次韻以廣其意且於鶴不能無責焉耳

君家青田姿，見之毛骨寒。方當秋露警，遽迫夏景殘。年來縱飲啄，意外失防閑。誰歟不具眼，斃之于汝安。竹林有餘蔭，荷塘豈不寬。正坐出門誤，寧虞行路難。因思出處理，士君子惟艱。方其窮居時，孤進無還丹。山林欲長往，鐘鼎夫豈慳。一朝隴書至，倏若登天翰。肉食無遠謀，伐檀譏素餐。失身墜戮辱，無乃佞與姦。逐兔牽黄犬，東門那得還。竟死咸陽市，慟哭何辛酸。丹塗布衣願，恨不蒯與菅。富貴履危機，悵望扶摇摶。世事亦墮甑，天理真循環。向來京口銘，俯仰成悲歎。世無薛公筆，想像付永歎。

## 和萬元亨舍人送芡實

吴興魚稻鄉，來視刺史印。適丁饑饉後，倉廩無餘藴。當饋不下嚥，寧望饌中雋。年來稻如雲，便覺摇其吻。豐年百物熟，天意毋寧靳。君侯有佳惠，芡實粲光潤。東山願不違，南蕩居其近。此物舊知名，自注：南蕩雞頭有名。採擷手自引。剖蚌訝珠還，泣蛟疑淚迸。軟温新剥肉，飣餖初嘗醞。遺我水之濱，此意君其問。

**和王天任喜雪**

姑射之山果何如，往者吾言聞接輿。肌膚冰雪能綽約，是中知有神人居。神凝自使年穀熟，況有疵癘煩驅除。乘雲四海聊戲劇，磅礴萬物同慘舒。至哉河漢已無極，俗士區區窮尾閭。我家四壁真相如，晨興欲出無車輿。獨騎瘦馬南坡下，閬風十二仙人居。書生一朝忽富貴，瑶林瓊樹環玉除。梅花失喜為三白，一枝放我眉頭舒。春風醉眼紅緑亂，爾時獨醒如三閭。

**送隱静恭老**

妙喜老人骨應槁，明月堂空迹如掃。叢林耆舊半消磨，砥柱頹波餘此老。五峯深處開道場，道價重於連城寶。我蓋知名二十年，長恨識師之不早。朅來陵陽第二峯，一笑相從即傾倒。午窗對坐語笑清，夜榻歸來魂夢好。大顛理勢恐是渠，澄觀公才何足道。青衫我亦行作吏，未盡俗緣多病惱。相期巢父早掉頭，共住山中拾瑶草。

**和中本**卷二、卷三都作仲本**留題照石詩**

故人别來知幾年，怪我相逢鬚鬢白。看鏡功名不用頻，蒼苔遍教留行跡。蚤知宇定發天光，未聞終日介如石。此理昭然何足疑，來詩併遣鐫崖壁。

**贈孫尉姑蘇紫石銚孫有詩次韻**

吴儂生長水與雲，不採蓮花拔蒲根。窮山鑿石出奇怪，顛坑仆谷無寒温。宣和倖臣以佞進，横江花石如雲屯。造化有此誠瘡痏，奈何浮靡誇朴敦。守令誅求星火迫，州縣驚擾河濤翻。舉觴誰酹栟櫚子，我欲從之以為昆。爾來剞作短尾銚，形模簡古得全渾。遺君日以烹龍鳳，要和松風瀉潺湲。彌明譏評二子媿，盧仝風味千載存。搜攪胸中萬卷富，傾動筆下三峽源。可憐長安貴公子，飽餐荔支饜河豚。豈知是中有佳趣，目方忤視手不捫。武夫丁字且不識，一礮擬落天驕魂。平生攘臂咤飛石，唾取青衫明主恩。書生調度清且苦，臭味不同誰與論。祝君勿遣羊羹污，以友石供古銅盆。

## 食後過竹堂風雨遽作賦所見

雲氣四蒸雷蓄怒，山雨一來風借助。抱頭乳燕竄低簷，噤口黃鸝在深樹。竹園萬槊齊驚呼，老松不動如亞夫。何人筆端帶三昧，畫作竹堂風雨圖。

## 監學同舍餞南康新使君黄雍文分韻

人生五馬古云樂，今君此行殊不惡。君才自是瑚璉器，十載聲華滿臺閣。胡為忽厭東華塵，一麾要把江之濱。聞道豐登少公事，姑與匡廬作主人。到郡莫辭譏屢費，政恐朝來多爽氣。山中向有讀書人，為問歸來頭白未。

## 成均同舍餞別新安使君徐子宜太丞分韻

我昔絃歌乳溪側，嗟哉所割真鷄肋。斯民疾苦得飽諳，離彼三年能記憶。丁男箇箇事播殖，紅女家家勤紡織。可憐卒歲無完褐，縱使豐年有菜色。夏税未畢秋税來，縣家小緩州家逼。拆東補西恐不免，剜肉醫瘡寧有極。小儒安敢私其民，上官貽怒幾遭劾。痛定還思當痛時，至今夢裏猶心惻。歙為富州傳自舊，誰以留州事苛刻。徐侯固是清廟器，撫摩暫遣憑熊軾。朝廷選用蓋不輕，祖帳衣冠傾上國。德星往矣勿復道，田里從兹無嘆息。

## 同舍錢新滁陽使君范子由寺丞于成均芳潤軒分韻

憶昔飛鳧來上國，作縣聲名動宸極。今朝頗怪空馬羣，十年所得真鷄肋。笑指滁陽有佳處，手把一麾留不得。醉翁相望百年間，瑯琊自此添顔色。

## 食墨魚有感

誑人吐盡胸中墨，不料反為人所得。禍變之來非所慮，僅與詩人供一筯。韓非竟以説難死，楊惲詩成汙刀机。子雲嗜學甘寂寞，晚年奇字終投閣。撑腸文字五千卷，不救顔回忍飢面。三年博士冗不治，半生鉛槧寧非癡。老兵兩眼不識書，飽食高眠我不如。

## 次韻漢老弟假山

庭空吏散無公事，一枕清風供午睡。列仙之陬渺何許，化蝶翩翩可坐致。夢中意行不識路，神前那有車乘墜。立壁延緣蘿蔓緑，滑徑行視莓苔翠。南遊忽到九疑峯，竹痕斑斑湘娥淚。簫韶聲斷蒼梧雲，石上虚餘千古意。回鑣斜經少昊墟，閬風縣圃窮幽邃。崑崙銅柱高隱天，河流九曲東南被。高掌遠蹠得我驚，一華巨靈留贔屭。三丘却轉問勾芒，首冠連鼇誰所置。蓬萊浪自弱水隔，俛仰之間興已寄。傳聞有棗大如瓜，一笑安期方指示。惡風驟起吹船回，未悟此身在平地。鼕鼕衙鼓忽驚覺，起來恰見羣兒戲。疊石亭前作假山，列嶂層峯生詭異。有如中怒互拏攫，或似畫眉相嫵媚。神獒獅子豈其朋，伏虎卧駝非若類。珠屏九摺地不惜，西柱一峯天所棄。眼中乍見已堪賞，夢裏曾遊俱可誌。連筒灌水瀑泉飛，薄岸臨坻盤石巋。瓦盤拳石養菖蒲，小有仇池今見二。乃知仙境只人間，跬步不移千里至。向來封國在槐枝，我今此夢真相似。要知萬事孰非夢，何物世間能久嗜。有人夜半欲移舟，讀我此詩寧不愧。

## 偶食鷄頭有懷萬元亨沈德遠林子長横塘三主人

秋風一熟平湖芡，滿市明珠如土賤。昔也兼名鴻鴈頭，今兹始識胡孫面。自注：主人謂鷄頭作胡孫面者佳。應須我輩賸著語，會有後人來作傳。横塘地主總好事，凌波不過空山《宋詩紀事補遺》卷六〇引作三》嚥。年豐豈特菱蓮芡，米價新來如許賤。不孤后稷由已思，誰作顔回忍饑面。清朝已拜富民侯，太史莫書循吏傳。我今何事不歸田，豆飯芋魁甘得嚥。

## 和張簿南坡

春風吹水生碧鱗，南坡花事日日新。水流花出人間去，應有桃源迷路人。四圍山色染黛緑，夾道柳絲摇麴塵。碧桃和露真含笑，海棠過雨猶横陳。蜜脾未滿蜂子鬧，麥穗欲齊媒雉馴。滿堂金玉空為爾，不博斑衣膝下春。我今家居奉慈母，長年直欲齊大椿。每當淑景恣遊覽，白藤肩輿敷錦茵。華髮映花更蕭爽，朱顔得酒能精神。授柑政類潘騎省，舉觴敢望周伯仁。仙家日月雖不老，人生行樂須及辰。張侯故是名家子，萬里碧雲看致身。竭來吾縣鸞栖棘，少年得禄説及親。洛濱侍從追前躅，喜君有此與我均。花間不用錦步障，鶯蝶近前君勿嗔。雙絣姑餉千日壽，待戒園夫休厭頻。

## 和郁簿述懷古風

莫笑當年韓與侯，釣魚温水垂纖鈎。鳶肩自是騰上速，安用常何薦馬周。先生直氣摩星斗，肯來州縣甘低頭。莅官姑欲行所學，一猿未足勝衆猴。平生一介重取與，邈視不義如雲浮。同舍償金初何有，從者竊屨還言否。古井新來亦波浪，夷途强指如山丘。毁言中人以疑似，心苟無瑕何足尤。雖然鑠金忌衆口，此語不妄聞諸鄒。誰知三月未得禄，長飢日典鷫鸘裘。不作顔公乞米帖，吟詩肝腎愁鎸鏤。詩成險語破鬼膽，我慚屬和真蠻謳。願須暇日薦所有，君方有行寧少留。何妨暫駕揚州鶴，猶勝他人萬斛舟。

## 昨日於竹堂後開一逕通南坡甚近從此便於往還遂成日涉之趣矣

先生一室如懸罄，彈鋏浩歌誰復聽。籃輿每出欠僕夫，蹇驢試跨愁泥濘。南坡日涉恐負渠，寸步躋攀如折脛。偶向田頭問小溪，何妨竹裏通幽徑。杖藜從此便還往，出趁晨光歸及暝。更遣蒼頭佩一壺，醉中却愛風吹醒。

## 春蠶行

今年桑葉賤如土，吴蠶戢戢多於魯。葉底時聞健食聲，樹頭颯颯初來雨。辛勤出火倏三眠，準擬收功千萬縷。縣官何忍為繭絲，女紅切勿事纂組。愚儒請遺天下衣，各使蒼生有環堵。天寒歲暮田舍翁，白髮霜風吹兩股。

## 林正甫舉似所和雙丫巖詩且索同賦

君不見羅敷採桑城南路，不肯輕為使君婦。又不見銀釵垂頸負薪歸，四十未嫁夔州女。雙丫何自老山中，當年豈羨西鄰富。花前啼鳥春不知，水裏姮娥夜相顧。寧為山頭望夫石，儻有飛鴻傳尺素。莫學巫山十二峯，為雲為雨朝還暮。老奴玉鏡誰自料，阿嬌金屋知何所。明珠節婦浪悲吟，羅襪洛神空有賦，蛾眉入宫須見妬。

## 觀園夫種菜

町畦紛接壤，灌溉細穿渠。坐待佳蔬長，應須惡草除。向來師老圃，此去遂閒居。遶屋扶疎處，兼尋種樹書。

## 和林子長分贈丹桂韻

月桂天應惜，溪堂人與清。五枝蒙折贈，雙目喜增明。紅藥羞丹禁，彤霞避赤城。臆聞燒燭賞，有底置公榮。自注：末句紀實也。

## 雨中偶成呈天任

久雨苦不樂，吾廬亦未貧。十旬兼美醞，千畝長脩筠。睡蝶頻來夢，歌鶯皆惱人。得君新唱和，懶病起精神。

## 秋晚矣菊猶未開小詩速之

問訊東籬菊，如今開未開。不應辜酒伴，寧是欠詩催。屈指秋將盡，關心日幾回。霜風不相借，何意尚徘徊。

酒爲多多辦，花須早早開。已愆重九約，猶待兩番催。明日還何益，西風定肯回。游言空自解，蜂蝶笑徘徊。

## 再促花

珍重栽培意，商量仔細開。花心終有待，詩句漫勞催。莫恨三秋去，須教一笑回。但儲千斛酒，端的奉徘徊。

## 數詩煎迫太甚再爲花下一轉語

蝶自無心懶，花應有意開。含香特珍寵，顧影尚低回。畢竟風流在，從渠火急催。浮華不相待，莊重政徘徊。

## 喜花開

落木驚秋晚，黄花徹夜開。便教雙蝶舞，寧是萬牛回。有酒須頻舉，將詩莫浪催。淵明千古意，為汝轉徘徊。

## 諸公和詩而菊開主簿沃同年乃有褒拂之語用韻謝之

怪底花心轉，知從筆力回。不嫌嘲我庾，良是為君開。白雪詞何有，黄鷄曲漫催。待牽重九興，籬下醉徘徊。自注：九日沃丈諸公同集。

## 比收張伯子尚書書報諸公有相招意因賦拙句

入臺羞結舌，去國坐嬰鱗。東道今行李，南宫乃故人。寒温煩見問，書劄不辭頻。向日區區意，還曾扣大鈞。

與物初無競，何人苦見銜。馮唐雖白首，商皓豈空函。烏鵲新傳喜，青蠅漸息讒。鴛鴻滿臺閣，祇合理歸帆。

天上張公子，殷勤忽枉書。幾年憐潦倒，今日遂吹噓。貢喜慚何暮，馮招恐不虚。吾生真有命，造物合何如。

## 韓知府挽詩二首

宦路雲霄近，鄉評月旦賢。不惟同里巷，曾是接官聯。西浙勞裨贊，東淮適後先。向來吹送意，豈料隔重泉。自注：余昨守平江，公為倅，及為浙西憲，嘗剡薦之。後自淮漕召歸，公方守泰州。

方美朱輪貴，俄驚丹旐新。鳳毛看二子，鶴髮慰偏親。甲第歸無日，名園跡已陳。風流山下路，楚挽倍傷神。

## 林子中知府挽詩

彩棒初行志，華途蚤策勳。旋聞梟舄召，徑有虎符分。嘆息誰為黨，推求誤到君。天公還憒憒，玉石竟俱焚。自注：君權金州，有回禄之事。疇昔因難弟，夤緣幸識君。宦途俱別日，苕水再披雲。勞苦驚多病，悲凉惜離羣。斗金峯下路，鐸挽不堪聞。

## 李參政挽詩

望重三朝舊，年過八秩希。股肱康帝室，羽翼傅儲闈。北闕恩雖厚，東山願豈違。蒼生猶有恨，不見衮衣歸。

廊廟推良弼，屏藩紀吏師。三孤崇恤典，公座有佳兒。風節蕭長倩，詩篇杜拾遺。倏騎箕尾去，名共列星垂。

末路懷前輩，分符記舊臨。吴興慚薤本，賓婺仰棠陰。驥子嘗傾蓋，龍門亦整襟。無繇陪執紼，楚挽寄哀音。

## 參議余公挽詩

慘澹門闌色，凄凉月旦評。居官皆可紀，當路競知名。香火祠庭老，錙銖郡紱輕。彈冠公自懶，相國詎忘情。

假蔭非公志，書生若命何。高才寧汩没，榮路故蹉跎。仲子能傳業，詞場遂决科。暮年方慰意，樂極又悲歌。

## 和姜總管歸途

城郭迎車騎，溪山展畫圖。歸鴉翻落葉，宿雁集寒蕪。酒裏傾肝膽，吟邊識步趨。佳人來底暮，心傒碧雲蘇。

## 元日小室獨坐情思不怡

坐久無人問，愁多莫我娛。頗知新歲好，却訝五行孤。書亂塵凝案，灰寒雪擁爐。可能無斗酒，牆外雜歌呼。

## 故奚公學長挽詩

詩酒平生興，人琴畢竟空。儒冠成晚歲，尺牘到諸公。忽嘆羣無鶴，誰留目送鴻。竹林家世事，清節見君同。

## 中書黄舍人父總幹挽詩

孝子推慈父，明君有直臣。豈惟成羽翼，况復掌絲綸。想像成齋舊，昭回宸翰新。固應方寸地，種德玉堂人。

有子能傳業，黄金笑滿籯。去華雖不第，谷口豈其卿。四海知名姓，諸儒仗老成。平生郭有道，真不媿碑銘。

## 挽余丞相

淑氣含公鼎，明時預政機。仲山維補衮，文子不勝衣。南國恩偏厚，東山志偶違。一為天下慟，無以我公歸。暑路驅紅旆，天書趣紫泥。長沙元忌鵩，太歲又逢鷄。挽鐸春風咽，銘旌夕照低。冠車紛會葬，桃李自成蹊。

## 寶閣尚書凌公挽詩

新學輕餘子，忠懷策萬言。治安猶涕泣，師友故淵源。日曳尚書履，風生刺史轓。漢庭誰第一，殊未遜公孫。未識嵇中散，今無元魯山。宦游真恨晚，逸駕竟難攀。閱月推評旦，聞風尚起頑。九原那可作，蒼弁亦推顔。

## 繆夫人挽詩

黯淡金花誥，淒凉柏葉觴。自注：夫人以正月二日捐館。開屏慘佳婿，扇枕念諸郎。家事千奴橘，僊遊一夢粱。了知元不朽，千載有銘章。

## 萬侍郎母夫人挽詩

閫壼高風在，鄉閭美事傳。寧須伯仁長，更覺壽昌賢。禄養酬初志，恩封慰暮年。侍郎官已貴，遽返閬崑僊。

## 漢老弟去秋留别有明年桃李月春入馬蹄輕之句今其時也因次韻招之

晤言堪慰意，别語最關情。老我春還暮，思君月共明。丁寧期後會，容易即前程。命駕何妨再，聞知四體輕。自注：聞知今年輕健，大勝去年。

## 奚通直挽詩

自昔高陽里，嘗推月旦評。華簪先德齒，朱紱羡恩榮。奴豈謀千樹，金方笑滿籯。有孫看鼎貴，鍾慶驗佳城。

## 元衍曹居士挽詩

與物初無競，安居不用名。平生惟下澤，月旦有南評。歲月驚飄忽，鄉閭失老成。聯翩先友記，百代許同聲。

先君無恙日，居士得游從。酒醆花前月，茶甌石上松。有時連款段，勝槩每從容。指點佳城處，相聞道院鐘。自注：公葬地近西山道院，先君嘗指示其處云。

## 故安國夫人挽詩

雅趣工書畫，高懷陋鼎鐘。家聲推兩大，壼範見三從。賢得魯侯配，榮開安國封。平生耽靜勝，宸翰焕鸞龍。

閥閱聯蟬冕，臺郎有鳳毛。美形彤管舊，節視柏舟高。南澗夫人藻，西池阿母桃。哀榮生死是，詔墨看重褒。

## 堂前東偏松棚清蔭可愛爲賦五言八句

問訊蒼官舊，掀髯肯見臨。笑談驅酷暑，朝夕托清陰。便引夷風至，寧容盾日侵。北窗高卧處，靖節是知音。

## 再寄廣文俞同年

有客傳新句，呼兒整舊書。勞生徒擾擾，不動只如如。病瘧猶憐我，流行也到渠。平生真莫逆，裹飯肯躊躕。

## 無眠

丙夜不成寐，可知心念家。人情風上草，身世眼中沙。宿鳥司更漏，黄蜂集晚衙。了忘官府事，高枕是生涯。

## 脚婆子

百沸催湯沃，孤燈迫睡昏。復皤餘豕漲，足蹜但鴟蹲。一衲包纏密，重衾底裏温。窮冬為老伴，永夜得深論。着瓦霜威重，侵窗月色昏。相依紙帳夢，猶勝火爐蹲。伸脚三更穩，回頭一笑温。温柔非老事，付與少年論。

## 官况

漢老弟寄示詩軸，想見春時南坡佳興，因以二詩奉寄，亦可想官居况味也。

流落經年别，平安只信通。宦情元自薄，春色為誰濃。撫字愁眉上，青紅醉眼中。著詩無好語，還往負筠筒。

觸手逢人怒，低頭與俗同。一慚那可忍，百巧固應窮。酒有兼旬緑，花無百日紅。悲歡真破甑，墮地併成空。

## 早上過溪報謁林子長承約客回途作

臭味還吾輩，炎涼笑若曹。相逢傾蓋舊，可但泛舟勞。夜雨湖山好，西風鼓角豪。主人寧避客，祇覺杜門高。

晝諾何如瑨，歌呼敢效曹。一飢才免死，千慮亦忘勞。酒裏愁先醉，吟邊句未豪。菟裘吾欲老，不是故為高。

伏日當休沐，頑軀困坐曹。驟然秋雨至，一洗夏畦勞。懷祖何須怒，劉伶亦未豪。北窗陶靖節，千載只渠高。

### 久不得廣文俞同年書頗聞病瘧小詩往問訊

問訊俞夫子，兼旬不寄書。官居還獨冷，體力復何如。藥石寧須爾，炎涼一任渠。詩能驅瘧鬼，下筆莫躊躕。

### 六月請俸張簿攝邑止支其半因却還之

閒居須薄俸，未足保妻孥。州縣真徒爾，兒曹敢料吾。揮金憐橐在，儲粟笑缾無。敝褐猶堪典，新涼要一壺。

### 十月到南坡

觸眼嗟黄落，憑高接翠微。幽禽私自語，寒蝶晚相依。醉熟風吹帽，愁生帶減圍。功名竟何許，尊酒莫相違。

### 將至天目登高嶺

天近初凝目，雲横便躡梯。前瞻千嶂列，回首一川低。雨過黄梅盡，風來翠剡齊。靈源窮不到，晴晝掛虹霓。

## 將至富陽

宦路初無定，吾行有底忙。江清魚不聚，天遠鴈南翔。整棹須平進，回瀾亦太狂。平生湖海意，何夢到凝香。

## 和潘簿旅懷

朔風動關塞，羈人先自知。忘情須我輩，了事豈兒癡。鴈信憑誰寄，蛩吟暗自悲。遣排消底物，不飲復何為。

## 韓知閤挽詩

一品真王裔，先朝長主孫。華途聲烈在，上閤典刑存。閭里羣知敬，朝廷愈覺尊。天胡嗇之壽，莫返九原魂。

容色雖嚴重，襟懷實坦夷。功名期自奮，趨向肯隨進。翻念懸車樂，俄成易簀悲。扁舟苕霅上，此意幾人知。

## 程待制挽詩

科第聯三世，聲名動九垓。激昂存壯志，盤錯見奇才。往者分邊閫，胡然避憲臺。教忠知有待，餘慶接三台。

有子巖廊貴，知公衣鉢傳。内祠初趣召，次對暫迴旋。偕老萊衣喜，虛懷帝席前。恩榮方沓至，遽返九華僊。

## 挽吴公祥承事詩

故國衣冠後，傳家禮法尊。擊鮮更下舍，容駟閧高門。河潤金揮橐，風流酒滿罇。平生陰德事，五世眼中孫。

昔過高陽里，嘗登通德門。敢違鄉黨敬，尚想典刑存。喬木縈心曲，空花浥淚痕。定應歸净土，何必賦招魂。

## 挽承事湯公詩

屋底千金潤，尊前一笑真。名藍尋入社，家事豈關身。丈室空天女，凌波悼洛神。自注：孺人繼逝。鹿門携手後，還有姓龐人。

## 挽范承事詩

貝葉神怡處，南柯夢覺時。月評依舊好，露挽不堪悲。分米誰懷惠，兼金肯拾遺。紺蓮華發後，見佛想舒眉。

## 挽奚公彦章承奉詩

上國曾傾蓋，文闈昔盍簪，自注：予與公同赴甲戌太學補試。科名終在子，章服果何心。朝露悲蒿里，遺風上竹林。人琴俱不見，哀挽為沾襟。

已識嵇中散，誰慚王濬冲。鴻飛嗟目斷，鶴化駭羣空。懶作金門客，寧為鐵面翁。後園花木在，回首又春風。

## 挽都運徽猷陳君詩

煮海攄忠論，潢池讋武威。分符留惠愛，持節借光輝。閥閱伊誰似，功名與願違。未前宣室問，遽作九原歸。

玉節稽嚴召，琳宮暫列僊。月華方喜見，薤露忽悲纏。回首長安日，傷心蜀道天。初無封禪議，遺藁總堪傳。

## 途中得姜總管詩因和韻

相知何必舊，我輩正鍾情。老去難為別，詩來愈覺清。舟虛和雪載，水淺過灘平。一路俱佳境，收歸五字城。

## 宋宰不赴王倅招有詩次韻

冷宦門羅雀，高軒間不過。似聞諠榁楚，莫恨笑弦歌。會意庭前柏，輸香水面荷。道人觀物妙，宴坐養天和。

風號天籟怒，雷引雨聲長。但喜書帷潤，那知酒斝涼。夜光宜月露，霽色醒松篁。通介從流俗，徐公自有常。

## 觸　事

製錦無工拙，迷途有是非。承符何所恃，投檄會須歸。未飽豺狼欲，寧論鴈鶩肥。歸來羞碌碌，老去與心違。

綠匣何煩至，黃衣尚有云。催科寧是拙，稼穡亦良勤。當念溝中瘠，難專柱後文。誰令公喜怒，鴈鶩政紛紛。

## 歐公詩有云俸優食飽力不用官閒日永睡莫興因廣之

日長官事少，食飽俸錢優。宴坐香凝篆，欲眠書枕頭。莫知斯我貴，此外更何求。畢竟歸田是，他鄉莫久留。

## 偶成二詩

閒處田園好，愁邊歲月催。事多違壯志，吾亦愧無材。有底金千鎰，無何酒一盃。漫憑詩遣興，情至却生哀。

今夕知何夕，吾年且暮年。勞生斫桂斧，游宦逆風船。幸不愁婚嫁，何須問計然。男兒有門户，温飽故隨緣。

## 偶和萬舍人中秋有月無客有酒無殺韻

積陰成久雨，浹日掩三辰。吏已疲祈禱，天方殺自注：去聲。怒嗔。但愁雲似墨，那顧月如銀。辜負中秋約，姮娥莫妬人。

## 即事

天末孤鴻遠，園荒一徑深。畦蔬供小摘，家釀慰孤斟。齋日渾無事，春天故作陰。濬池兼插柳，取次見吾心。

問訊鶯猶懶，尋芳花較遲。忽驚雷送雨，漸喜水平池。竊禄慙無補，歸耕未有期。春工誰道巧，不染鬢成絲。

已是春光晚，那堪雨氣昏。數莖驚白髮，萬感集清樽。才力須時展，功名有命存。眼前何足校，一笑任乾坤。

酷吏人同疾，流民天亦憐。麥登收兩倍，蠶好得三眠。況是寬征賦，那憂有俗緣。眼前百事好，買酒答豐年。

## 舟中

寒日移陰短，清溪放溜遲。歸田真晚矣，泛宅欲何之。鴻送天邊目，山横雪後眉。詩中無限興，一一報公知。

## 舟中睡起

望外星占婺，年餘水記苕。去思誰結戀，來暮豈聞謡。季布從渠毁，馮唐莫我招。舟中無一事，睡足有今朝。

## 和陳德章春日送客

年華看鬢上，春事轉頭中。羯鼓催花雨，虹橋送客風。未須愁酒債，政復坐詩窮。誰識揮絃意，寥寥寄遠鴻。

花柳無多事，陰晴不必天。急春村外雨，並舍晚來煙。白墮先春手，紅粧最妙年。龐翁雖不出，門巷得相連。

勝事壺觴裏，韶華杖履中。歌情千里月，花信幾番風。取友須三益，論文笑五窮。含含歌麥秀，廡下老梁鴻。

歲月斜川路，風流杜曲天。過牆紅杏雨，低户緑楊烟。鴻鵠今千里，鶯花又一年。陽春慙屬和，五字得珠連。

## 舟中冬至

陰陽消長際，新舊送迎中。異縣他鄉泊，天時人事同。世方期道泰，我豈坐途窮。兒女番為壽，衰顔借酒紅。

## 和林卿盤隱詩

溪山千里勝，花木四時春。家釀新來熟，園收舊不貧。上都無闕事，空谷有佳人。天下滔滔者，誰能此問津。般礴五千卷，辛勤四十春。向來憂國意，肯顧在家貧。丘壑寧違性，功名恐悞人。似聞歸賦後，喜氣日津津。

倘佯三徑裏，陶冶一家春。筆下文為富，胸中道不貧。窮通知有命，行止信非人。第恐歸田計，翻成要路津。

## 和沈祭酒韻

詩思花前發，春光眼底來。一區聊自適，三徑為誰開。聖主方求舊，清時況急才。鳳池波自暖，鷗鷺勿多猜。

## 和勸農詩

世故偶夷險，吾行無介通。誰為青眼舊，人想翠眉濃。自注：翠眉亭有蘇少公祠堂。風雨花時過，溪山酒聖中。何時蓮蕩裏，共把碧彎筒。

節物常流轉，人情作異同。頗期千載後，寧忍一朝窮。隔葉饒晴哢，遊絲罥墮紅。老春何足恨，結習本來空。

## 罷郡遊何山

尋山多勝概，輟棹偶留連。南浦渾無緒，東風忽放顛。蹊成桃李退，人去蝶蜂喧。氣味餘禪榻，煎茶竹裏烟。

## 賦芍藥

紛紛時世粧，争欲媚韶光。正值三春暮，能教一國狂。妖嬈欺酒聖，豪麗僭花王。不料東風惡，飄零亦太忙。

## 晚花

花開春已去，春在此中藏。可恨芳菲晚，翻令氣味長。繁陰供翠幄，輕暑絢紅粧。莫起後時嘆，時來未遽央。

## 往瓜洲護使客回程

北使朝京闕，東淮領計臺。舟師雖夙戒，頓食更頻催。州縣愁勞費，風霜困往來。和盟終不贊，舊好政無猜。

## 新晴

凹沼幾平岸，晴雲故出溪。已添新緑潤，尚有暗芳栖。風雨將春去，樽罍欠日携。歸田吾未果，愧爾杜鵑啼。

## 秋雨

陰風攪林壑，驟雨倒江湖。白日不覺没，繁雲何處無。樓吟凉筆硯，溪夢亂菰蒲。聞説京華甚，污泥入敝廬。

### 喜　雨

雲釀南山雨，風勾北牖凉。緑蒲澄水石，丹藕浄池塘。冷客頻牽興，炎官罷鬬强。無波真古井，此味淡中長。

### 和鮑倅首夏聞鶯

芳草池塘晚，垂楊院宇清。夢回初恨蝶，春去懶聞鶯。翠幄何須戀，金丸恐見驚。一枝棲更穩，好去鳳凰城。

### 道場山勸農

粤在千峯頂，重來二月天。雨紅晴尚濕，波碧遠相連。旌旆行雲裏，樓臺落照邊。一犂農事起，胡不早歸田。

### 勸　農

郊原春已半，溝洫水先通。勸相寧文具，歸耕亦興濃。一犂新雨後，小隊亂山中。粗識斯民意，何須教缿筩。

慚愧荒三徑，羈棲漫一同。青春非老事，白眼有途窮。柳暗鴉藏緑，花飄燕蹴紅。平生孔北海，未放酒樽空。

### 喜　雨

雲氣翻車蓋，天河注瓦溝。滂沱三日雨，登濟一年秋。旱火掃無迹，狂雷怒不收。腐儒營一飽，卒歲恐優游。

## 初夏凹沼獨坐

芳草沿堤長，圓荷出水遲。倚欄風醒酒，岸幘雨催詩。鸂鶒巢安在，仙鳬舄詎期。遊魚知我意，吹沫弄清漪。

## 縣中迎石金山甘靈大士就放生池祈雨早上偕簿尉往炷香

甘雨祈三日，香雲捧一龕。依歸甘露滅。珍重蔚頭藍。官事何當了，枯禪且罷參。蓮花初出水，朝日借紅酣。

夜起占星畢，朝趨禮佛龕。擁橋蓮墜粉，縈沼水挼藍。屏翳何須靳，登伽不受參。懸知天欲雨，蟻戰已酣酣。

## 再用韻謝王簿來詩褒借過當之意

黃嬭朝千卷，書燈夜一龕。玄文今尚白，袍色故應藍。簿領聊爾耳，朝班行矣參。驚雷雖破柱，午寢不妨酣。

旱魃争攘袂，羣龍僅守龕。雲峯疑燎火，天色轉澄藍。甘露元同注，叢林莫遍參。新來焦渴甚，無夢到沉酣。

## 過登源英濟廟祈雨

古廟出靈響，吾儕非過求。山田雖欠雨，陂水尚通溝。出郭漸無日，祈年望有秋。豚蹄真狹甚，明信或堪羞。

### 青山買舟

落日千烏外，青山一望中。買舟羣僕喜，兀坐與誰同。旅店孤煙起，田家曲港通。鷗盟暫時乞，又踏軟塵紅。

### 喜　雨

雨脚初鳴屋，風頭忽轉廊。餘凉生簟枕，好夢到池塘。黄嬭真三窟，青奴得兩忘。功名休恨晚，身世一藤床。

### 七月初得雨後大有秋意

好雨真無價，炎天不易求。十全成稔歲，一上作自注：音佐。凉秋。吏逭陂塘責，自注：近歲上司督責甚峻。民寬溝壑憂。催科無奈拙，此去恐優游。

### 除夜書懷

吴楚鄉風異，悲歡物態多。歲華驚晚暮，吾道恐蹉跎。莫唱黄鷄曲，寧為白石歌。明年六十一，不醉待如何。

### 葉大猷挽詩

月旦評猶在，題輿事已非。田園寧作計，鷗鷺本忘機。此地期相款，終天願忽違。西風送丹旐，老淚不禁揮。

非意俱飄瓦，高懷只杜門。誰云九地底，猶抱十年冤。未盡滄浪興，難招楚些魂。傷心追往事，愁極却無言。

## 淮西趙漕子固挽詩

疏抗廷臣右，經傳弟子行。江淮歸德政，蠻貊誦文章。世路風波惡，仙家日月長。西林曾有約，楚挽莫凄凉。

西帥予曾忝，無何馬首東。計臺初不遠，交篆竟成空。夜壑移舟半，淮山落木中。堂堂寧復見，丹旐獵霜風。自注：予合肥赴罷前後，皆公攝事，然竟失於一見。

## 楊伯賢挽詩

月記鄉評好，年推輩行尊。巨山曾入夢，楚些莫招魂。太息馳駒隙，渾疑隱鹿門。他時耆舊傳，知有姓名存。

## 王彦謨挽詩

蚤歲游三舍，明經束九師。聲名雖烜赫，科第竟差池。之子能傳業，興宗會有時。只今官冢地，看出印纍纍。

潤屋金千鋝，浮生黍一炊。里閭思長者，門户托佳兒。華表終來鶴，支牀尚有龜。洗心元悟易，杯水漫勞持。

## 章解元挽詩

詩禮傳家舊，田園晚歲豐。月評猶未改，露挽遽成空。曲巷連桑蔭，幽巖長桂叢。南坡吾獨往，無復訪鄰翁。

## 楊仲才挽詩

孝友懷宗族，謙恭接里閭。克家千樹橘，教子萬籤書。釀酒偏延客，能詩亦起予。天胡中不壽，埋玉恨何如。

別意經時序，音書缺置郵。子來方問疾，傲吏已移舟。華屋生存處，佳城身後謀。望風懷執紼，老淚為君流。

## 和太守

豈弟循良守，功成意益謙。尋求七字律，想見一生廉。活火烹茶蕊，消愁媚酒帘。南樓月華好，吹笛指須纖。

## 寒食風雨呈林正甫

不住風和雨，思歸日似年。他鄉寒食淚，深院落花天。午枕飛蝴蝶，春山叫杜鵑。有誰憐趙壹，骯髒倚門邊。

## 春大閲望郡圃齊雲樓悼亡

官事誰能了，浮生迹易陳。齊雲連緑蔭。和淚送青春。緩帶空凝月，憑欄不見人。只應曾到處，愁極倍精神。

## 三月初一日晴色甚快人意晚宿撮石嶺陳氏書院

昨晚雨不止，今朝天假晴。路乾里堠縮，人健板輿輕。父老驚相顧，親朋漸出迎。端知華表鶴，珍重故鄉情。

## 喜雨

梅雨知時節，農家喜若何。積薪蠶下箔，鋤水稻分窠。緑有笋成竹，黄無麥作蛾。一春嘗苦旱，三日未云多。

## 次韻漢老弟對月滿飲

鶴髮金桃母，蛾眉蕚緑華。月圓香度桂，飲罷燭生花。何惜尊空酒，能令春滿家。更邀重九菊，醉裏墮烏紗。

以上《尊白堂集》卷一

# 全宋詩卷二四六三

## 虞儔二

### 和孫尉登空翠堂鼓琴酌茗有懷冷令二首

樓畔晴嵐翠拂空，天教我輩一尊同。只愁楊柳歸來緑，却嘆桃花去後紅。春事又還觴詠裏，人生正墮別離中。不堪搔首東南望，獨立驚風嘆斷鴻。

花滿芳洲月滿樓，留連從事到青州。巧分茗椀消磨睡，静拂琴徽斷送愁。寒食烟花知有幾，上元燈火恰纔收。冷官已辦江頭費，爛醉春風典破裘。

### 絶市無糯旋挼青穗日熬以釀戲成

種秫無多望歲穰，無功何日果還鄉。尚無彭澤五十畝，安得謫仙三萬場。挼穗昔聞今始見，撥醅未熟且先嘗。今年太歲還非酉，慚愧鄰家僅得漿。

### 十一月二十八日用後山詩韻

日暮江東天一涯，孤雲飛處路何賒。雪將入臘未破白，梅過先春競着花。過眼光陰渾是客，滿懷風雨政思家。何如醉裏都忘却，擬向窮途問麴車。

### 石　芥

杯酒流行四座傾，此君風味始峥嶸。搗殘薑桂嫌無韻，掃盡茅柴不到醒。崖谷野人羞自薦，膏粱公子莫知名。攀蘿採擷天寒甚，誰念終朝掬不盈。

**林正甫與子中春並命爲御史正甫按刑浙東道別去兼旬而予銜命按視宮陵經越上獲一再款語臨行有詩因次其韻**

烏臺當日選名流，僉謂君才與我優，公議略伸君便去，上恩未報我寧留。自憐秦緩難為疾，豈意良霄尚有猶。況是親年當喜懼，欲將歸計問扁舟。

銜命宮陵偶一回，山陰道上得徘徊。溟鵬好在思搏擊，乘鴈何嘗計去來，萬壑千巖況秋色，明珠白璧更塵埃。相逢未穩還為別，一段詩愁費剪裁。

**秋釋奠于學萬舍人示詩次韻以酬**

昔年泮水忽專城，文會何妨一再盟。已媿簿書成俗吏，却陳俎豆見諸生。一時同隊魚猶在，千載重來鶴更清。況有卞峯青眼舊，試登傑閣快雙明。

**脚婆子**

此姥原無妬與嗔，平生氣類竹夫人。蛾眉漸遣温柔夢，鴟腹猶疑見在身。包裹形模才一衲，薰蒸湯沸穩相親。承恩脚底非由貌，啟沃憐儂夜夜新。

**三十日乃耘老弟生朝余護客舟行高郵道中不勝戀戀之情因賦鄙句以寄之**

愛日初看一線遲，自注：二十六日冬至。門弧喜氣又相隨。遥知綺席團欒處，正是蓬窗寂寞時。節愛堂中先遺信，富陽驛裏舊吟詩。生涯已是千奴辦，且泛新陽入壽巵。

**仲本別去才半月爾瞻戀不啻如隔歲奉此寄懷**

紛紛覆雨與翻雲，只有吴人不世情。窮迫每憐長袖舞，別離愁聽短歌行。春波碧草連南浦，朝雨垂楊拂渭城。絲竹未應陶寫得，向來肝膽為渠傾。

**仲本索歸甚遽前詩送行言之不足見示和篇覽之益用慨然再用前韻**

幸有綈袍戀故人，不應回棹遽忘情。相逢且話十年事，此別又成千里行。歸去我猶慚靖節，催科誰解恕陽城。自注：來詩有「丁寧莫被催科擾」之句，故云。黄堂今有仁人在，璧水當年蓋已傾。

**別後寄主簿**

塵埃襞積顔如甲，丹墨紛綸眼有花。君去何人堪共語，秋來無夢不還家。飄零酒醆今真止，冷淡詩筒不復誇。莫使音書成斷絶，風前鴈字政横斜。

**余假守是邦所幸今夏雨澤適中高下咸宜客有謂今秋一稔前此數歲未之有也果爾則幸矣因喜而賦豐年之詩**

騷人墨客可無詩，正值秋郊刈穫時。此日三登殊可樂，向來半菽亦堪悲。家家芋栗兒童喜，處處鷄豚父老期。負郭有田歸去晚，婆娑拙守不勞麾。

**除兵部侍郎賜帶趁朝參**

幸叨持橐侍甘泉，敢意恩榮慰暮年。紫綬金章光照地，絲鞭玉勒喜朝天。兒曹莫起無魚嘆，人世難為跨鶴仙。報國無功還自愧，直須及早決歸田。

**王誠之分惠卧龍新茶數語爲謝**

卧龍驤首奮輕雷，一一槍旗次第開。遽浼春風歸七椀，寧容卯酒困三盃。森嚴莫訝先嘗苦，雋永方知後味回。不羡金釵候湯眼，可能蕭寺略追陪。

## 謝周睎顏寄惠新芽

摘鮮分送細茸茸，知在春山第幾重。包裹雅宜青箬篛，寵珍寧羡赤囊封。礲驚雪落巖前石，烹訝風生澗底松。堆案文書吾欲睡，賴渠喚醒小從容。

## 以蓮心茶送犖使君小詩將之

未雨餘寒力尚嚴，巖前蚤見摘纖纖。初嘗似帶蓮心苦，迴味寧輸崖蜜甜。渴想清香凝燕寢，更餘黄卷亂牙籤。一甌幸入春風手，微草從今價亦添。

採得蓮心苦更嚴，青裙白面退尖纖。竹軒旋碾香塵散，槐夢初回齒頰甜。况是澄泉元帶錫，自應佳句合編籤。直須陪侍揮談麈，習習清風兩腋添。

## 以酥煎小龍茶因成

水分石鼎暮江寒，灰撥磚爐白雪乾。蟹眼已收魚眼出，酥花翻作乳花團。撑腸尚有書千卷，枵腹無憂食一箪。只欠緑珠煎點在，詩情寧使愧纚官。

## 有懷漢老弟

先自無聊懶出門，南坡一到一思君。松筠俱是栽培力，亭榭無非卜築勤。本約暮年栖息共，豈期中道死生分。風前試數當時鴈，一鴈今歸何處雲。

缺落槿籬須補綴，稀疏菜甲欠鋤耘。芙蓉泣露坡頭見，桂子飄香月下聞。策杖却愁成獨往，舉杯誰與醉濃芬。歡悰莫訝年來減，觸目無非是憶君。

村童先遺掃柴門，檢校園芳待置尊。叢菊稍斑漙露點，芙蓉已帶着霜痕。詩篇縱好成孤諷，心事憑誰與共論。已是西風悲落木，那堪幽獨更銷魂。

## 有懷廣文俞同年

宦遊霜宿與風餐，環郭青山豈曰盤。餘暇每思親丈席，新凉政喜入中單。交情老去才方見，世事年來亦飽看。顔色想君如李白，却疑明月滿重欒。

客來愧乏牛心炙，茶罷空堆馬乳盤。縱有詩篇慚和寡，了無心印可傳單。平生黄卷能忘味，晚歲青山未厭看。歸去吾廬吾亦愛，更須華屋羡雕欒。

祝君努力且加餐，世路羊腸政屈盤。烹鯉何由問消息，割鷄政自困平單。書生説食真成癖，俗子疑人莫與看。搜攪枯腸有文字，玉州猶愛月團欒。

萬山深處祇空餐，報贈慚無雙玉盤。日晏僅餘晨粥半，夜凉更覺夏衾單。憐渠許國丹心在，付與窮途白眼看。它日鷄豚燕同社，不煩父老見思欒。

## 旅懷上石似之郎中

妄意彈冠不作疎，向來曾是曳長裾。倚門慈母須微禄，當路羣公亦薦書。杜曲詩成還蹭蹬，河東賦在有吹嘘。上林不敢棲高樹，斗水何妨置腐魚。

騷人先自不禁秋，風雨相將作許愁。尚有壯懷因酒到，苦無佳思慕詩休。故鄉音信新來鴈，盡日笙歌誰氏樓。滿目黄花笑憔悴，未應回首没江鷗。

暮鵲投林意自深，向來一諾抵千金。面看逆旆有歸色，足望窮途無好音。歲晚更憐霜點鬢，夜寒除是月知心。政應老死何須惜，或有遺書備訪尋。

## 余秋初離庭闈冬至猶未得歸夜讀宛丘先生秋日憶家詩輒次韻以述旅懷

屈指西風閱歲華，半年行役苦思家。綵衣歸去親闈好，畫角吹殘客夢賒。病裏中秋慵見月，醉中九日强簪花。朅來又過書雲候，節物催人一可嗟。

## 初八日早出洪澤閘泛淮

乾道年中再講和，當時議者厭干戈。長淮不管蛟龍怒，巨艦寧容鵝鸛過。歲晚民方愁道路，天寒我亦困風波。中流擊楫非無志，時運相違奈若何。

## 和俞孚仲遊南坡

列岫崢嶸棟宇連，平欄曲砌俯氓廛。坐談風月三千里，直傍雲烟咫尺天。栗里尚懷陶靖節，竹林還想杜樊川。冷官幸有田園樂，笑謝蘇公乞酒錢。平昔相期汗漫遊，杖藜還肯訪林丘。君來便覺客不惡，我醉無言山自幽。柏子乍燃香拂袖，酪奴初試雪浮甌。慈親眉壽閒居好，誰道周南嘆滯留。

## 秋　懷

登樓何處不陳詩，況是秋高木落時。極目但隨歸鴈遠，老懷猶作故鄉悲。毋寧觴詠須前輩，有底功名亦後期。試問沈郎那得瘦，此心元不慕州麾。結髮從來數亦奇，人言猿臂不遭時。詩成杜曲何多興，賦舊蘭臺只浪悲。松菊不關年少事，冰霜曾與歲寒期。君看昨日凉風起，瓜上青蠅豈待麾。

## 余護客至盱眙忽有召命應廣文有詩相慶因用韻以謝

尺一西來唤我歸，扁舟正是泛淮時。功名不復平生夢，物色能銷幾首詩。去國九年嗟已老，暮途雙節偶然持。一丘一壑真吾事，慚愧夔龍集鳳池。

## 九日南坡兄弟同集

曳杖携壺意頗長，了無風雨破重陽。團欒飣座橙方緑，蓓蕾扶籬菊未黄。醉裏茱萸須遍插，尊前鴻鴈政成行。持盃快嚼誇强健，只恨雙螯未著霜。

## 和九日南坡小集

風雨年時政不佳，山翁無酒向誰賒。又還九日看黄菊，却喜晴天映碧紗。有底尊前悲節物，只應醉裏送生涯。明年偏插茱萸處，目斷西飛雁影斜。

## 九日雨

滿城風雨不禁秋，寧是先生懶出遊。採菊未成三徑約，看囊尚有一錢留。催租有底闌詩思，落帽何妨付酒舟。今歲重陽還是客，湖山信美豈吾州。

## 和安撫王誠之給事重九日登高詩韻

登臨興引越山高，醉眼何曾識二豪。戲馬向來誇勝餞，卧龍此去記吾曹。風前短髮還羞杜，筆底新詩欲和陶。賴有蛤蜊風味在，固應居士笑盧遨。

秋鴈初飛幾點高，卧龍送目十分豪。且容司馬吹紗帽，莫向參軍問騎曹。飲吸百川從酩酊，詩驅萬象入甄陶。菊花開日重陽是，有暇何妨更一遨。

眼横秦望接雲高，不獨詩豪酒亦豪。豈是過呼韓吏部，未應輕比漢功曹。尊空北海懷文舉，菊繞東籬念老陶。只恐詔歸天尺五，直須秉燭與公遨。

**吴守相邀壯觀登高坐中出示佳篇因繼韻以酬**

壯觀登臨引興長，黄花亭下未經霜。江平鴈到涵秋影，野曠鴉歸帶夕陽。佳節欲酬須酩酊，今年在處説豐穰。楚雲不動淮山碧，且緩笙歌釂羽觴。

**吴守置酒壯觀爲登高之集因賦數語**

九日登高作勝遊，使君携客此遲留。天連楚觀風吹帽，木落淮山菊滿頭。何處臺前猶戲馬，幾人江上不驚鷗。年來只有身窮健，莫把茱萸浪自愁。

**有懷南坡蓋雪阻旬日不到**

催年節物太頻頻，不涉南坡又一旬。蒼檜風前應强項，玉梅雪裏想精神。後車同載有名酒，折簡欲呼無可人。説似阿連須早計，鶯花休擬負青春。

**使北宿留盱眙**

浩蕩春風吹客愁，誰教楊柳繫行舟。燕然有約終須到，淮水無情只漫流。蝶弄風光還草草，鴈傳消息底悠悠。梨花寒食無多日，且傍南山作勝遊。

**林正甫寺簿舉似所和判院徐同年詠所居詩且俾同賦**

二妙詩情僕命騷，戲驅萬象入甄陶。三休亭上頻回首，八節灘中穩着篙。巢幕祇應憐乳燕，戴山誰復笑靈鼇。也知廊廟須公等，寧羡華堂數仞高。

**謝廣文俞同年惠鯗魚**

朝朝粗糲腐儒餐，清坐焚香篆印盤。早計何嘗為温飽，倦遊誰復念羈單。甕頭社酒欣方熟，籬下秋英漸可看。更寄拈魚君有味，鼎烹曾覆晉之鑾。

**杜門絶俸呈陳倅**

家食年來嘆不充，支離受粟信無功。白頭慈母須微禄，青眼何人到寓公。未辦殺鷄留郭泰，更能給俸助盧仝。半生畫餅真堪笑，已戒奴星好送窮。

**學録李詩翁以詩訪予于乳溪之上且求縣學積俸偶值窘匱恨不能滿其意漫以數語送之第飢來不堪煮耳**

二月江南花氣昏，錦囊詩話喜重温。百篇換去東湖骨，一醉招來北海魂。投老黄塵真左計，半生青眼向誰論。學宫乞俸能多少，驥子憐渠蚤候門。

**勸漢老弟飲酒**

尊前一醉莫辭頻，三萬場當歲十旬。况有好詩能泣鬼，寧無妙畫可通神。快呼左手持螯客，莫著傾身障鹿人。緑漲大江渾是酒，蒲萄波面已生春。（《永樂大典》卷一二〇四三作在）

**送林子長赴姑孰泮宫**

緑波風駛引征帆，九萬扶摇入羽翰。詩句最憐雲不定，宦情况與月同寒。襟期莫作别時惡，出處須留晚歲看。漫道江東懷李白，清才應合在金鑾。

**和鮑倅暴雨大水之作**

坳堂方笑芥為舟，驟雨俄驚匯衆流。天漏不知何處補，地卑轉覺此生浮。會須擊水扶摇上，政想乘風汗漫遊。宦海陸沉聊爾耳，詩人休詠白蘋洲。

## 以新米作撈飯有感

老矣何妨受一廛，笑渠楊惲强歌田。驚心赤地三年旱，慰眼黄雲八月天。他日江船來白粲，暫時水碓搗紅鮮。軟炊香飯憐脾病，從此長齋繡佛前。

## 自嘆

落落高才豈晚收，枉將歲月送蒐裘。未能鵬擊三千里，空費龍驤萬斛舟。明月有珠誰按劍，珊瑚作網漫沉鈎。求田問舍非吾事，豪氣元龍死不休。

明經青史不難收，怪底依然處士裘。誰謂封侯安事筆，我聞定霸必焚舟。驥騰夷路須聯轡，鼇負三山好擲鈎。對策清時看第一，未應藴藉愧裴休。

## 冬至後五日夜雪復作再用韻

燈火黄昏漸漸收，烏薪已盡典輕裘。自篘浮蟻床頭甕，誰鱠新鱸江上舟。卧聽玉霙驚淅瀝，起看瓊樹怪聯鈎。多應武仲添詩興，下筆翩翩更不休。

緑野功名一戰收，何如危坐擁狐裘。歌兒解咤銷金帳，酒子能添藥玉舟。莫為温柔尋伐斧，免勞服餌到懸鈎。誰言柳絮渾相似，惱亂春風恐未休。

銀燭生花香霧收，中堂密坐促貂裘。羊羔兒酒浮瓊斝，牛尾狸酥映玉舟。扶醉緩歌金縷曲，怕寒催下畫簾鈎。紛紛擾擾成何事，且鬬尊前一笑休。

## 移守吴門酌别姜總管

宦遊踪跡一浮萍，末路從公蓋已傾。方喜溪山來入社，忽驚絃管作離聲。河梁戀戀看雲别，剡棹看看載雪行。從此江東還渭北，莫因契闊負詩盟。

## 黄仲本自浙西漕幕得倅臨安暫往寓居德清遽然話别詩以送之

外臺賓幕始知名，見説君王念老成。此去監州真有命，向來相國詎忘情。吾儕老矣難為别，世路悠然莫計程。强説從來還信否，一篙春水片帆輕。

## 得旨與郡歸自浙東余成卿王貫之葉德遠追送至于震澤舟中款語數日而後别

懷抱連宵得好開，莫愁波浪與塵埃。中年已是難離别，此地何妨數往來。送我扁舟寧作遠，唤人歸鳥苦相催。邈然後會知何處，更欲臨分把一杯。

## 和湯倅留别

官冷門前可設羅，高軒多謝肯相過。别離漸近那堪説，觴詠從今莫厭多。風月平分聊爾耳，雲霄咫尺奈君何。漢庭行且迎枚乘，南浦從教恨緑波。

## 端午日用韻

今朝端午懶吟詩，此意兒曹莫遣知。萱草著花空有恨，菖蒲稱壽永無時。遠途日暮休回首，近事風傳只皺眉。角黍堆盤何處奠，沉湘千古使人悲。

## 無眠

蛩吟砌下豈知時，我亦無眠有所思。夜永只憐燈作伴，秋凉最許簟先知。十年擾擾夢中事，一笑悠悠世上兒。數盡更籌窗送曙，起來贏得鬢成絲。

纖枝緑葉競成叢，誰障西來落木風。霞散纏頭千丈綺，春回醉面一番紅。伶俜欲嫁還羞晚，梳洗隨宜不愛工。况是秋高花已少，對花莫放酒杯空。

**拒霜**

**聖龍長老資公求修佛殿疏余不暇作也昔丹霞燒木佛院主墮落鬚眉普賢勸修古佛末後童子證果居士舉此公案二段以問聖龍若下得一轉語則佛殿一時修了其或未然定又去聒擾檀施矣因作山偈奉送只此大勝作疏頭勸緣也**

風雨飄摇紺宇摧，百身古佛盡莓苔。政須豪士修檀施，定自諸天打供來。向晚鐘魚猶短氣，只今龍象亦生哀。道人莫憚朱門去，會有清蓮一朵開。

**烏程宰十三日往龍洞禱晴歸言見田家兩岸車水其聲如雷兼刈穫甚忙若得旬日晴則農事濟矣因作田家歎一首**

慚愧田家趁好晴，鵶鵶兩岸水車鳴。畦丁露宿腰鐮健，饁婦泥行脚板輕。作苦僅能供伏臘，有年何處不昇平。只愁官裏催租動，里正敲門沸似羹。

**千秋嶺**

輕陰漠漠雨班班，嶺上風來一解顔。已是去天才尺五，却令緩步有躋攀。飛泉百道縈羅帶，列岫千峰擁翠鬟。應是北堂春正滿，幾回回首望家山。

**用韻賦歲暮田家歎聞之者足以戒也**

催科里正莫頻頻，望麥登場更浹旬。紈袴向來無餓死，黄冠此去罷迎神。田間作苦誰憐汝，天上調元合有人。自歎農家消底物，百金斗米便回春。

## 枕上偶得數語呈林子長

碧梧翠竹日相高，懷想家山魂夢勞。鐘鼎故知非我事，箕裘猶可冀兒曹。眼中誰是真犀角，池上君今有鳳毛。自注：令嗣登科。直探牛心屠獪耳，能安貧賤乃英豪。

## 再用韻呈林子長

癡兒誰識坐談高，撫字年來亦漫勞。簿領何妨聊爾耳，湖山正是屬吾曹。百年心事空三歎，五馬人生却二毛。欲作報章還自笑，郊寒寧解敵韓豪。

## 據案偶得數語録呈簿尉

昔年官冷欲無氈，製錦如今又不然。老去幾遭官長駡，書來却有故人憐。敢期翠羽還池上，漸喜黄衣減目前。欲學催科無奈拙，直須天假一豐年。

## 呈吴守

風流正始孰追回，沈謝曹劉豈乏才。詩律恢長憐我老，吟編端的賴君開。秋懷拍拍須千首，世事悠悠付一杯。已是醉吟輸白傅，雪霜頭上更相催。

## 贈潘接伴

淮海相逢便説詩，新來匡鼎解人頤。句中有眼人誰識，絃上無聲我獨知。每見朋遊談謦策，偶因王事得追隨。西湖近報梅花約，歸趁東風第一枝。

## 再用難字韻簡潘接伴

當年名下無虛士，此日詩中有二難。方駕飯山何太瘦，拍肩東野不言寒。來章只好先呈佛，屬和何當勝得官。珍重牛腰成巨軸，丁寧莫與俗人看。

## 和潘接伴韻

久矣聞名忻識面，哦詩一字果何難。筆端風月窺天巧，句裏冰霜飽歲寒。自昔登壇須老將，衹今握節愧粗官。相逢忽有新篇贈，病眼摩挲得細看。

## 和探菊南坡

春來自分菊成坡，秋晚何妨日一過。喜色忽看眉上見，霜華應向掌中多。一枝須索蟻浮甕，三徑從教雀可羅。坡下有泉唯可飲，西風吹鬢未應皤。

## 出郊迓倅車暮歸二首

簿書叢裏得抽身，豈是將迎不厭頻，何處鷄豚燕同社，有時鷗鷺喜相親。山頭落日催歸騎，陌上豐年見醉人。更羡柴門無限好，今宵相對月華新。

軋軋籃輿迫暮歸，前村燈火漸依稀。溪邊默數黄牛過，烟際遥看白鳥飛。把酒無人風落帽，自注：是日重九。荷鋤有客露沾衣。闗門山寺知何許，忽聽鐘聲度翠微。

## 和陶學長雪詩

寒侵病骨笑支離，爐撥通紅小放圍。風運六花侵几席，雲移萬杵碎瓊璣。從渠窮巷回車轍，休羡朱門點舞衣。造物想憐為學苦，分光先許到書帷。

### 賦雪

風緊靈犀怯鎮帷，曉來白盡遠山眉。石蹲錯認鹽形虎，地煖應知穴處狸。色混江梅無眼目，潤添隴麥有膏脂。朱門酒肉嗟遺臭，藍縷樵夫不掩肌。風回雪急巧穿帷，黄竹歌殘更斂眉。燕集幾家尋鵲鷺，獵圍何處問狐狸。長飢政自愁黄獨，高卧誰能管窮脂。賴有寒梅為老伴，也應凍減一分肌。

### 立春日雪

占候農祥恰正晨，一天遽有散花人。飄揚柳絮猶疑早，點綴梅花欲亂真。但愛千峰如立鵠，誰憐百結有懸鶉。玄冥珍重豐年意，分付東皇作好春。

### 和漢老弟雪詩

大皞行春未有聞，六花連夜舞繽紛。落梅未曉驚三弄，宿麥先秋定十分。飛上綵幡憐我老，映來書幌慰兒勤。四時代謝從來事，造物何心更策勲。

### 漢老弟寄示雪詩倡和已成軸矣因次韻

臘盡冰花墮渺茫，詩來爽氣想清揚。潤添隴麥知年熟，影浸溪梅見月將。閉户誰能呼白墮，迴風却笑舞紅粧。小橋夢入南坡路，並轡騎驢賦短章。

衡門雖設晝常關，人在瓊樓玉宇間。一笑眼青餘老檜，相看頭白祇高山。携壺索共梅花醉，著屐扶行竹杖斑。此興此時吾不忘，倦飛深羡鳥知還。

飛灑羞明不肯朝，徘徊待伴未全消。將花著袂元無跡，認柳吹綿別有條。璧月半規開水面，玉龍千丈轉山腰。玄冥已自呈三白，青帝何須又一飄。

**一冬無雪立春後九日始有之次湯倅韻**

冰花何事太遲開，肯傍春風脚底來。飛絮漫天輕認柳，落英滿地錯憐梅。玄冥莫恨空歸去，青帝從教倒載迴。官冷無氈須一醉，可能來共即時杯。

**和子長縣尉林同年立春後十日風雪大作訪客不值**

一束烏薪抵百金，外間風雪政愁陰。履穿東郭先生病，梅老西湖處士吟。青帝未教春滿目，玄冥還有歲寒心。蹇驢不踏長安道，恐落泥塗跡愈深。

**和湯倅春雪**

雪瑞元來竟不空，豐年消息喜潛通。故憐梅老扶衰白，未放桃夭嫁小紅。夜動簷花猶帶雨，晴看隴麥待搖風。强顔追逐新年事，倍費天人剪水工。

**十二月二十六日早起雪已三寸許夜來初不覺也**

曉來眼界忽然新，一色瓊瑶與爛銀。人事乖時空請禱，天心迴後只逡巡。不教三白孤殘臘，要與千家作好春。宿麥連雲雖入望，路傍猶有翳桑人。

**和耘老弟慶太安人恩封**

天上恩榮逮我親，日邊消息趁蕤賓。自注：誥封以五月一日下。光生花誥宜多壽，喜動萊衣別有春。須信慶源能袞袞，故教樂事愈頻頻。明年不但郊封止，八秩重看寵渥新。

**和耘老弟喜雪**

天憐好景付君收，一笑春生紫綺裘。賦就免園争授簡，酒酣鯨海快吞舟。怪來柳絮穿簾額，舞上花裀襯襪鈎。畫餅豐年賒一醉，臘前三白詎應休。

**和漢老弟雪下不聚**

剪水飛花散又收，天人袖手翠雲裘。待滋宿麥須連隴，政慮流民醉覆舟。村店浪誇沽酒旆，寒窗誰上釣詩鈎。玄冥豈是癡兒子，且與天工了事休。

**雪晴後書懷**

爛銀白璧遺誰收，米盡家家典破裘。應為溪橋添曉溜，豈憐野渡有横舟。侵凌蓬鬢霜千丈，浮動梅梢月一鈎。歲晚風光天必相，未甘亭上話三休。明堂杞梓必兼收，未信英雄老一裘。彭澤不妨聊束帶，巴東何事嘆孤舟。會須取印大如斗，寧羡封侯曲似鈎。咄咄那庸如許事，尊前且食蛤蜊休。

**因次郊行韻眷然懷歸**

杖藜何日返林坰，夢想西山幾草亭。叢菊暫為三徑别，垂楊又見兩番青。宦遊知己雲中月，市道交情水上萍。多事不煩漁父問，餔糟久矣忘偏醒。

**連日大雪獨坐有感**

低唱誰家帳縷金，何如短棹泛山陰。天邊鴈斷無留影，泓下龍寒亦懶吟。着柳便隨風作態，欺梅除有月知心。晴光却喜前村動，春事從今日日深。

呼得蒼頭數橐金，旋沽村酒過牆陰。焦琴不鼓知音斷，凍筆頻呵作意吟。擾擾漫天空眩目，看看出日為寒心。憑君試向江邊問，又漲晴波幾尺深。

**吴使君置酒見邀坐間雪作有詩即席和韻**

漁蓑江上晚垂鈎，艇子何如唤莫愁。相伴梅花開庾嶺，寧將斗酒博梁州。夜歸深巷聞驚犬，歲稔無人見佩牛。明日樓前增偉觀，試看銀海戲羣鷗。

**被旨暫攝四明已具舟而雪作王誠之有詩相餞次韻**

剡溪風雪正紛紛，暗想清遊已目存。頗怪扁舟遽乘興，應緣坐席不容温。海圻聊爾誇千騎，帳底何如具一尊。回首兔園吟賞地，從今授簡致頻頻。

**和漢老弟喜雪**

為瑞雖多却不宜，誰憐孤坐撥灰時，興添竹葉蛆浮甕，瘦損梅花雀抱枝。閉户從教行跡斷，裹裘猶怯暮寒欺。天工似欲還三白，冷淡家風合有詩。

**劇暑出局徑歸打睡踰月不奉正甫談緒且頓寒詩盟有詩見問輒次韻謝不敏**

早歸伏日莫躊躇，晝寢從教笑宰予。蕈枕清風招我老，攬衣閲月向人疎。寧無酒共公榮飲，亦有詩成阿買書。須待雨凉尋舊約，只今旱火況焚如。

**太學秋試封彌夜深獨坐懷考試諸友**

衡鑒高懸已自公，修嚴官禁不通風。樊牆便有河山隔，夢寐猶疑笑語同。離索暫應疎酒醆，往來争敢遞詩筒。燈花預報楊園約，端的釵頭綴玉蟲。

**西歸有期喜而復作**

懶于塵土踏京華，張翰西風久憶家。江上魚肥應可鱠，田家酒熟未容賒。狂踪泛泛渾猶梗，病眼昏昏祇欲花。為報王孫早歸矣，莫憑芳草浪咨嗟。

**十二月初六日抵儀真廨舍次日即出護使客天氣嚴寒裏河冰合有厚一二尺者打凍峻急不免取山路徑走都梁**

王式當年本不來，那堪歲晚犯塵埃。淮分南北誰為梗，路適東西意自哀。錦纜千艘分玉帛，冰河萬處碎瓊瑰。只消一夜東風力，一一船頭盡撥開。

**和耘老弟得銅龜韻**

神龜又復化頑銅，塊處潭心智莫窮。豈悔刳腸遊夢裏，還羞曳尾向塗中。波摇金色連山赤，星動瑶光徹夜紅。網送吾家占瑞應，向來左顧與今同。

**冬至之二日兄弟兒姪偕過西山道院歸而微雪**

忽然薄暮暗江天，衝面凉風馬不前。五色書雲占昨日，六花瑞雪應明年。向來水旱民何罪，此去流移天盍憐。逗曉陽烏升若木，摧頹病鶴亦蹁躚。

**雪後過南坡**

南坡千樹總瓊瑶，走馬來看及未消。短鬢風前愁素領，衰顔酒後借紅潮。松饒蒼鬣猶能奮，梅耿香魔苦費招。此景此時無我共，新詩吟罷獨長謡。

扶桑暖翅接金烏，韝上飢鷹待一呼。懸滴梅梢珠璀璨，墮花檜頂粉模糊。明年翠浪麥須好，何處青帘酒可酤。萬里江山誰畫得，天開新樣雪晴圖。

## 回程泗州道中

淮北燕南昔混同，相望却恨馬牛風。往來未省誰為伴，自注：接送皆女真人。言語從來自不通。百歲遺民愁緒外，數聲羌笛夢魂中。自注：接送伴先乘馬，以笛自隨。徑須争渡長淮去，三月烟塵一洗空。

## 挽新安恭榮王詩

安僖折派慶源長，憲靖猗蘭奕葉芳。可但詞章誇華白，更餘政事説龔黄。兩宮密侍清閒燕，三事榮分衮繡光。生死哀榮難得似，宸綸一品贈真王。

弁峯苕水挽將歸，北第南園自一時。過眼浮名真是夢，回頭樂事總成悲。荆蘭膝下同黄壤，鴻鴈行中失白眉。曾是汝陽門下客，凄凉空咏八哀詩。

## 挽崇憲靖王詩

襲慶安僖八十春，綿綿僊李更蟠根。王封一品身尤貴，位冠三師德愈尊。華萼樓邊空墮淚，白蘋洲上重銷魂。哀榮終始公何憾，節鉞貂蟬萃一門。

詔書催唤衮衣歸，富貴誰知已息機。北闕恩榮寧久戀，東山雅志肯相違。傷心水月人安在，回首湖山事亦非。他日蘇公堤畔路，衹愁老淚不勝揮。

## 余居太夫人憂三年淚枯老眼既除喪頗理故書似覺有味矣數日眼疾作此事又廢殊無聊賴唯有思索詩句可以度日耳

三年涕淚劇懸河，斷簡殘編奈若何。縱使相看青眼在，故應添得黑花多。衰遲把酒元無分，冷淡觀書亦有魔。掩卷相吁心自了，莫將文字問維摩。

**前詩謂思索詩句可以度日第恐終無益再賦一首以廣之**

年來世味一毫輕，宿契詩書尚有情。魔事從教雙眼赤，内觀還覺寸心明。思量詩句嗟無補，檢校醫方恐未精。俗學可憐誇口耳，何如默坐息營營。

**挽吏部石似之**

四海聲名桂一枝，流年僅及手中蓍，康成未免龍蛇厄，翁子寧酬富貴期。自注：公享年止四十九。天上玉樓須好記，人間金谷漫遺詩。宦途落寞知音絶，三撫朱絃只自悲。

憂國囊封豈是疎，有才無命信何如。風迴册府三山遠，星殞郎牆一位虚。賈誼自傷終太傅，薛收若在必中書。哀哉埋玉今何地，却返當年處士廬。

期公簪槖侍甘泉，底是上天不假年。才大難為當世用，文高猶有後人傳。魂銷閩嶠千山路，淚挽銀河七月天。會葬誰歟銘郭泰，固應無愧翠珉鎸。

**和紹興錢參政貢院落成**

能為君王獵雋英，區區循吏笑西京。忽看廣厦千間闢，蚤覺先春萬木榮。有客囊中來露穎，自注：預薦者十九人。何人壟上去傭耕。知公造化無遺物，咫尺龍門雷電生。

**挽水東吴主簿詩**

當年投筆過淮山，油幕談兵故不凡。老去功名空白髮，向來簿領愧青衫。龍龕内典超金界，鴻寶遺編付玉函。况有諸孫振門户，不須留恨黯松杉。

**挽主簿楊仲遠詩**

居士胸懷壑與丘，琴山懷抱枕清流。一區宅好真揚子，萬卷書多似鄴侯。好客亦嘗陪俎豆，諸郎殊不廢箕裘。人間俯仰成千古，痛念吾鄉馬少游。

**挽仙尉黄公詩**

平生懷抱欲凌雲，元祐名家藎有君。况是生兒勝武子，何須不第歎劉蕡。傷哉未作河西尉，已矣還空冀北羣。從此太湖風月夜，一聲漁笛不堪聞。

**除日失步詩以自解**

雙脚平生不踏空，誰教仰面看飛鴻。娱親正要同萊子，爛醉何曾過阿戎。已分折腰營五斗，恐因折臂作三公。妻孥不用閒惆悵，得失從來塞上翁。

**丁未禮部貢院監門次張伯子判院韻兼簡正甫判院三詩**

金門誤喜綴朝班，猶自塵勞債未還。曉漏驚催門外鵠，春蠶空想管中斑。羣公神遇無全目，老我旁觀只汗顔。安得僊人修月斧，與君攜手到中間。

禹鑿門高競化龍，桃花浪暖百川通。圖南俱運雲鵬翼，逐北誰收汗馬功。鎖鑰僅能防宿弊，權衡正好變文風。抱關碌碌真吾事，竊喜清朝取士公。

槐市同登弟子員，虀鹽燈火記初年。尋春紫陌風流在，通籍金閨步武聯。眼底要觀新事業，筆端猶着舊山川。夜窗細話行藏處，始信于君有厚緣。

**林正甫察院出示送劉德修都運殿院詩并德修和章人事好乖置之勿復道也第一見傾蓋如平昔而萬里遠别又不能一面得非皆有不偶然者存乎勉强繼韻**

## 一寫胸中磊塊而結戀之懷又有詩所不能盡者

吾道艱難孰使然，憂來真欲問諸天。方看驄馬避桓典，遽為蝦蟆賦玉川。去國身輕寧絜絜，愛君意在故卷卷。瞿塘灧澦風波惡，百丈孤騫上瀨船。

彈劾生風筆有神，天教末路得相親。從來名下無虚士，今見朝端第一人。銷印不知誰發難，投珠那得謂無因。何妨弭節澧江上，我亦歸歟伴隱淪。

## 思歸

風雨連朝作伴牢，只堪痛飲讀離騷。誰知老境侵腰脚，早是多情惜鬢毛。杖屨出門還有礙，簿書堆案敢辭勞。年來俯仰終無補，尚欠歸田一著高。

## 中書邵舍人挽詩

璧池鼓篋歲庚辰，蟾窟分枝癸未春。夾侍螭坳司記注，同升鳳掖演絲綸。靖言交契從來厚，追想音塵不復親。拘綴無由陪執拂，招魂楚些為沾襟。

## 春大閲呈郡僚

青油談笑坐生風，便覺湖山氣象雄。霽色喜浮旌旆上，歡聲争入鼓鼙中。中軍合用詩書帥，上馬空慚矍鑠翁。横槊賦詩君等事，何妨寓目此時同。

## 秋大閲呈郡僚

横槊何人解賦詩，東方千騎出郊時。天高霽色旌旗上，自注：是日雨霽。地迥秋聲鼓角悲。漫授一編黄石老，相從千載赤松期。自注：出赤松門。據鞍矍鑠非吾事，慚愧江湖把一麾。

## 和使君鞏大監秋閲

金鉦鼙鼓肅秋聲，畫戟油幢照座明。千騎夾營横槊氣，六花簇隊焕新晴。雍容壇上看儒將，潦倒尊前愧老兵。横槊賦詩豪傑事，澄江休數謝宣城。

## 和吴守賦秋閲之什

秋郊小隊暫徘徊，誰信儒門出將才。千騎控弦吴月滿，一聲鳴角楚天開。賦詩已是誇横槊，看劍何妨更引杯。收取中原報明主，凌烟事業正相催。

## 送鄧舍人將漕西淮用舍人坐上詩韻

西湖烟柳勝陽關，遮斷淮南大小山。詩好固應傾座上，酒行猶喜到花間。君王納諫寧容去，風雨愁予豈坐慳。未用疾驅催上道，鋒車有詔徑須還。

醉裏誰分主與賓，離觴到手莫辭頻。感懷今日知何日，屈指三春破二春。北郭忍教風送客，江湖猶賴雨留人。晚晴依舊山光好，穩穩移舟傍玉津。

## 送別王誠之給事

嫋嫋酸風吹客衣，冥冥芳樹攪愁思。誰教宦路分南北，自是人生足別離。送岸飛花何太急，留人夜雨故來遲。眼前他日凫鴻墮，莫作情疎不寄詩。

## 挽俞君任通判詩

鄉評月旦尚依然，旁郡人稱別駕賢。邂逅宦途同晚歲，游從太學記當年。誰憐冷落堪為地，我欲吹噓送上天。薦墨未乾君已矣，漫憑楚挽慰重泉。

**日來歡意頓減幸秋雨既足中秋定晴預約南坡小集觀月且屬耘老弟董其事**

酒熟床頭已聖清，吟詩窗下莫悲鳴。故人明月從來共，今歲中秋定好晴。雨脚已隨荷蓋盡，風頭還逐桂花生。試謀一笑君須會，誰道尊前笑不成。

**十一月一日早起**

悵望淮山落木風，楚天雲霧更重重。粤從西路來東路，倏見三冬過一冬。貂敝人誰憐季子，樓高吾豈下元龍。求田問舍今良策，自覺歸歟興頗濃。

**離都下**

經年不踏軟紅塵，偶入修門事事新。本為湖山尋舊約，却愁風雨送行人。多情黄菊空搔首，無伴芳醪可入唇。今歲重陽殊草草，南坡歸夢夜來頻。

**十七夜待月**

青天遥望片雲無，坐待冰輪出海隅。沆瀣已垂梧葉重，嬋娟猶惜桂華孤。夜闌紅燭休更秉，春滿香醪不用沽。且放虛簷歌緩轉，恐驚三匝未棲烏。

**是夜三鼓後睡起月色滿庭**

幽人睡起已三更，始信今宵不浪晴。天宇元來如許浄，月華别是一般明。風前鴈斷應無信，露下蛩吟豈不平。無賴姮娥肯留照，疾驅蟾魄度前榮。

**九月八日遊報本寺**

詩翁懷抱十分秋，探借重陽作勝遊。蓮社政須陶靖節，竹林未羨阮陳留。逢僧應説無生話，顧我何如不繫舟。明日黄花須斗酒，莫將容易换凉州。

**連日禱雨猶未應也數語漫述皇恐之意呈簿尉**

誰令旱魃逞神姦，悵望西疇一雨慳。日永六龍方緩轡，天高九虎政當關。不論賦入今難辦，見説流移昔未還。地上小臣真蟣蝨，禱祈無效秪慚顏。

小兒曼倩儘狂姦，試掉雷車與破慳。慰我農民須早計，憐渠歲事頗相關。齋盂并日渾忘味，詩債如山只欠還。謝令冥頑推不去，毫絲無補亦胡顏。

**政在簿書叢中王簿示二詩推案漫述數語**

文書堆案汗如洗，鴈鶩滿庭聲甚喧。縱有可人來眼底，了無佳思到吟邊。翠眉對我何曾展，白眼逢渠不受憐。上策從來三十六，就中除有一歸田。

**新糊小室明簾戲書**

先生丈室浄無塵，白紙糊簾莫笑貧。夜静風嚴褰不動，朝來雪積欲争新。圍爐只用深藏火，隱几還應煖似春。紙帳一床餘紙被，不妨更作獨眠人。

**宿巢縣地藏寺枕上偶成**

年來蹤跡漫奔波，其奈功名有命何。畫虎向人無好手，飯牛憐我有悲歌。丹心永夜燈前苦，白髮明朝鏡裏多。却謝前村鷄唱好，呼兒起舞肯蹉跎。

**家書送白額因賦**

虎踞南山孰敢樵，盗渠名字却深逃。誰能雪裏窮三窟，縛送尊前慰老饕。試唤玉纖揎碧袖，笑看霜片落金刀。族庖堪恨無風味，紅暈蒸花更藉糟。

**丙辰二月上丁釋奠致齋于經史閣呈郡僚**

泮水分明記舊遊，上丁祠事得重修。音遺金石疑猶在，菜有蘋蘩信可羞。老我今慚郡文學，諸生試覓汜鄉侯。緬懷安定規模遠，傑閣城西最上頭。

**和犖使君釋奠韻**

疇昔東家一畝宫，推尊昭代比天崇。絃歌未輟文斯在，俎豆親陪獻有終。自注：某忝與終獻。采藻載歌思泮水，浴沂行詠舞雩風。自注：湖學故事，上巳日拜安定墓。自慚謬玷詩書走，未羨諸儒舍蓋公。

**宿臨安童縣尉庵童尉送酒**重陽日

深深松竹隱禪房，更渡溪橋暫解裝。但喜還家無數日，不知行路過重陽。白衣送酒勞相問，黄菊依人未肯芳。珍重山僧能會意，殷勤掃榻為燒香。

**次林正甫韻**

湖山夢想阻登臨，柳色門前緑未深。老去青衫誰著眼，向來白戰尚寒心。澆愁可欠杯中物，遣興聊為洛下吟。倒指啟關春已暮，直須修禊繼山陰。

**護客高郵道中舟中讀簡齋十月詩因和其韻**

莫莫休休興已闌，滿頭塵土更彈冠。鴈從北到傳書易，淮界中流遣恨難。篷底吟哦詩有味，胸中磊磈酒無歡。故人莫枉綈袍意，范叔猶能忍一寒。

**王貫之有詩留别因次其韻**

檣頭語燕底匆匆，滿幅蒲帆送客風。合與仇謀從此逝，病兼貧至向來同。紛紛時事愁眉上，咄咄人情醉眼中。頗覺田園歸去好，固應馬首未渠東。

**林子長見訪泊舟姑蘇臺下有詩因次其韻**

懷人玉樹向風前，明月中秋動隔年。自注：予三年間轉徙湖婺吴門三郡，凡兩度中秋與子長相會。勝處盃中忘爾汝，幾回紙上落雲烟。已能命駕來吴苑，未許回舟指霅川。顧我從來無此客，漁蓑那得戀江邊。

**朱天永示僕二詩蓋有激而云者因用其韻以廣之**

是非得喪一毫輕，蠻觸何勞角上争。未可輕量天下士，渠知不是彀中英。平生我亦輕餘子，到處君安得此名。勿對秋花歎憔悴，春風回首又欣榮。

彈鋏悲歌莫浪嗟，筆耕心織是生涯。區區子豈癡摹虎，事事吾猶錯畫蛇。不分縮頭幾《宋詩紀事補遺》卷六〇引作真類鼈，苦嫌怒目幾遭蛙。憑君試讀山君傳，鶴豈能言為嫉邪。

**漢老弟近書云欲看文字無暇作詩再用韻**

脱粟羹藜未厭餐，何心華屋薦金盤。風前覓句巾常岸，月下揮觴影亦單。懶拙不堪當世用，行藏留與後人看。也知妍醜初無定，馬面相憐亦突欒。自注：諺語有云。

**太守送酒**

拜捧雙壺急破封，蓬廬驚怪鬧兒童。歡生和氣薰蒸外，春在先生醖釀中。枯涸詩腸偏借潤，飄零酒醆不憂空。更看小隊尋花柳，太守風流似醉翁。

黄堂還復念酸寒，餘瀝分來玉斝寬。遽遣茅柴羞避席，快呼苜蓿彊登盤。步兵勝處輕劉子，北海狂言迮阿瞞。何似老虔春夜酌，簷花細雨洗愁端。

## 以郡醞十斗送林子長

我友溪堂愛説詩，兵厨况有酒如池。留髡一石從來慣，訪戴扁舟莫太遲。已辦鴟夷陪後乘，姑令從事作先馳。憑君試向松江望，緑漲蒲萄正渺瀰。

## 郁簿行年四十有九讀李太白潯陽感秋詩慨懷有作次韻勉之

清德如公畏四知，流光底事感圓著。日邊丹鳳聊棲棘，月下驚鴻尚揀枝。自注：君不妄求當路薦。五十知非慚漏盡，百年彊半怪駒馳。買臣富貴猶堪待，莫誦潯陽落魄詩。

## 用山門記遊韻賦酴醿簡林子長不蒙寵和豈不復作書生調度耶因以詩督之

嬝娜柔條不自持，鎖窗深處最相宜。試教纖手簪雙鬢，莫遣新愁上兩眉。子建洛神空有賦，樂天楊柳可無詩。為君喚起温柔夢，春草池塘日正遲。

## 戲簡林子長

溪上園亭處處新，想君屢費橐中銀。鶯窺繡户煩三請，蝶遶花梢知幾巡。恨不即時謀載酒，恐因暇日得尋春。只愁又隔同年面，却欠尊前似主人。自注：聞子長餞萬元亨飲梅花下，命侍兒歌以侑酒，萬亦賦詞，僕則未之見也。崇桃積李巧争新，紅勝臙脂白勝銀。車騎每勞鶯命唤，藥欄聊伴蝶遊巡。何須歌舞留連夜，漫與詩篇慰藉春。珍重海棠煩問訊，肯教空谷老佳人。

## 簡蕭東夫

向來一瓣為南豐，縱使能詩也坐窮。千里望中同夜月，五言城裏帶春風。人言止酒今直止，君自中書豈不中。莫道天工全憒憒，滿頭白髮亦何公。

## 遊虎丘再用韻

虎丘欲到幾年華，靈運何妨不在家。風艇也遭新壩阨，芒鞋可憚去途賒。禪心默會點頭石，幻化應差解語花。憶昔吴王舊池館，一堪行樂一堪嗟。

## 揚州司理章公挽詩

宦遊曾記舊桐川，泮水淒涼愧鄭虔。怪得儒流有師法，知從鄉老得心傳。未酬龍伯連鼇手，遽作維揚跨鶴仙。太息孔門空用賦，不教一柱果擎天。自注：公首鄉薦賦有「一柱擎天」之句，故云。

## 章樞密挽詩

當年抗疏動宸旒，騎省烏臺許遍遊。穩穩樞庭方緩步，駸駸揆路却回頭。空餘榮錦開三徑，猶有甘棠蔽兩州。浮世功名俱一夢，不須夜壑怪移舟。

引年歸老十星霜，養素遺榮道愈光。可但蒼生思謝傅，未應白首愧馮唐。龍光方慶千齡遇，鳳誥俄嗟一鑑亡。前輩風流磨滅盡，後生無復見堂堂。

## 正卿不見累日聞十一日與鄭丈舍人遊何山書此爲寄

剩欲從公朝暮閒，一溪留我未容還。極思談笑三秋隔，相望林泉數里間。詩絶一時同鄭老，書堂終日憩何山。報來定有吴門信，快矣黄嘉明月灣。

## 次張安國舍人讀王侍郎詩有懷其人韻

蓋世聲名紫府仙，平生襟袖著山川。一麾管領秋江月，千首憑陵杜曲天。疇昔風雲餘感慨，歸來文字帶芳鮮。和韓何限驚人句，應有門人李漢編。

## 書　懷

丘山何必萬牛回，櫟杜從來貴不才。無事飲多惟日醉，有聲畫好亦天開。欲謀松菊園三徑，翻訝文章水一杯。未免無衣憂卒歲，籬根慚愧候蟲催。

宦路侵尋已倦遊，功名何敢望前修。謬紆州組三宜去，回視儒冠一忍羞。疇昔嘗窺循吏傳，只今誰是富民侯。夜來好雨催歸棹，春水茫茫漲鴨頭。

## 夜坐書懷

看鏡功名不用頻，醉鄉境界幾由旬。何妨走馬來為問，縱未成龍亦有神。生計一絲寧掛眼，閒居百事不如人。驚鴻亦有高飛意，姑傍花前過却春。

夢覺誰呼小玉頻，分燈魔女笑波旬。暮年禪悦渾知味，少日文章豈有神。赤脚玉川容老婢，緑珠金谷漫佳人。玄冥不是梅花主，開盡南枝付與春。

## 春日書懷

吴興太守也堪憐，十日齋厨九不烟。索漠清懷寒食夜，顛狂風雨落花天。流鶯百囀還求友，化鶴重來不是僊。待得麥秋民足食，君恩萬一許歸田。

## 用韻約宋宰諸公爲尋梅之行

澹烟寒雨洗輕埃，千樹江頭探借開。莫倚風流貪畫柳，直須火急去尋梅。可能卯酒三盃罷，索取冰姿一笑回。好手河陽教落後，紛紛桃李滿輿臺。

玉溪梅株柯殊絶宣和間用事者嘗圖以進竟不報今乃棄置蔬畦摧折憔悴有可憐之態昨陪諸公往觀共歎其不遇且約盛開時携壺酒爲醉賞之適因循又不果因用韻弔之

玉溪得得探芳期，孤負詩人盡醉歸。消息向來空驛使，畫圖老去惜明妃。香魂月墮驚春夢，翠袖天寒怯暮暉。蜂蝶卑凡渾省識，良迷桃李趁狂飛。

以上《尊白堂集》卷二

# 全宋詩卷二四六四

## 虞儔三

### 歲除

除日催人不奈頻，那堪月小不圓旬。誰能椒頌花如錦，自寫桃符筆有神。通夕留連分歲客，明朝多少賀年人。壽觴舉處慈顔喜，却是萱堂賸得春。

### 述情

與蕭東夫相别幾二十年矣，此來假守吴興，而東夫令嗣監酒赴官池陽，迎侍以行，舟次城下，遂得一見。小詩述情。

間闊忻逢諸葛豐，不應阮籍哭途窮。擬留重客傾家釀，更喜賢郎有父風。詩思憑陵烟雨上，宦情抖擻簿書中。擊鮮下舍聊乘興，未許黄堂舍蓋公。

### 真情

比以詩送仲本行，使君謝用光復用韻曲留之，親親之義，厚於故人。此人之真情，理之正也。再賦以廣使君之意。

魏紫姚黄次第榮，政須親戚話真情。樓臺是處增詩興，羅綺叢中放酒行。下榻能留黄叔度，高齋端有謝宣城。却憐老令卑栖甚，目送歸鴻意自傾。

### 春晴

萬里陰雲一戰收，怪生和氣襲兼裘。崑山龍過初銜燭，暘谷烏飛不傍舟。曝背爬搔疑挾纊，凍軀傴僂快伸鈎。老農扶杖閒相過，一味豐年説不休。

結習已空摩詰袂，苦寒聊解拾遺裘。梅花已負先驅弩，竹葉隨牽下瀨舟。門外有誰驚剥啄，林間何處叫鈎輈。詩人莫費雕肝腎，付與晴窗茗椀休。

### 祈晴

何許龍蟠雨應求，參天老木古靈湫。投誠已自封鵝頸，激怒寧煩擲虎頭。南畝有人朝負耒，絶潢無客夜行舟。寄言神物須終惠，為挽天河使倒流。

### 過西山遇雨晚晴乘凉以歸

巖前垂溜忽涓涓，疑是池龍肯看鞭。千嶂黑雲纔過雨，一番白水又平田。潤添秔稻翻凉葉，喜入樵蘇爨晚烟。馬上歸來聞好語，荷鋤相對説豐年。

### 休日欲報謁林子長值雨不能前用小詩以謝不敏正月三十日

朝雨城南柳色新，溪光溶漾宛如銀。地偏心遠開三徑，風引船回欠一巡。二月欲來正月盡，三分已過一分春。鶯啼燕舞非吾事，管領韶華自有人。

### 駕御帶欲載糯米入城先以詩叙情因次韻只此便當執狀也

種秫詩人也未窮，百篇欲就醉顔紅。却思白墮相逢晚，不分青銅一笑空。卧甕更須防吏部，抱琴應不問新豐。何當乞與青田核，聖處時時任一中。

### 伯兄挽詩

鄰雞催曉破秋天，一枕邯鄲便脱蟬。應了世間如夢幻，况於酒裏得天全。鴻陂曩昔聞謡鵠，下舍凄凉念擊鮮。誰遣驚風吹鴈序，不堪雪涕望新阡。

## 曉　晴

屋角勃姑時自喚，籬根絡緯競先鳴。刈禾政想頳肩重，揚粃那愁眯目輕。考滿我應書下下，賑荒人謂策平平。回思舊歲民情惡，不但中山有啜羹。

## 丁欽夫來宰吾縣幾三年清德美政茲不復道二詩送行意之所寓欽夫固已默喻他日見東夫告出似之發數百里一笑

明月從來忌暗投，污渠尤忌映清溝。上書未辦誅屠伯，束帶何曾問督郵。祖裼直前當暴虎，善刀那見有全牛。區區三仕并三已，喜慍眉間了不留。

緑漲春波到白蘋，高懷寧便憶鱸蓴。緣誰一笑理歸棹，為我千巖訪古人。已狎風波浮宦海，可能霄漢隔通津。割鷄却嘆非吾事，况是旁觀亦損神。

## 送朱宰

疇昔鳴琴子賤堂，至今絃誦尚悠揚。農桑樂歲千家足，桃李春風幾度芳。疾惡政緣同伯厚，愛民何止一桐鄉。烏臺此去真朝夕，劍履還須去尚方。

一識荆州已是榮，二年尤足慰平生。從來東粤輕公子，只有臨邛貴長卿。慘别翻令詩句鈍，臨行重把酒壺傾。故人聞道開東閣，拭目雲霄九萬程。

## 和汪倅

城頭杖屨恣延緣，終日看山也自賢。浮蟻釀來堪把醆，飛鴻送盡且揮絃。捲殘簾幕千家雨，倚遍闌干四角天。渭北江東何處是，謫仙詩興政飄然。

**寄同年林子長郎中**

功名雖結少年場，看鏡空驚兩鬢蒼。我已青冥甘蹭蹬，君今列宿倍輝光。寸心祇自懷三徑，尺素何妨枉一行。多謝南宮故人報，日邊消息想能詳。

**苦雨**

經時梅熟雨翻盆，老我無聊正杜門。日焙衣巾留白醭，年侵腰脚倦黄昏。掃除雲霧風無力，點滴軒楹漏有痕。入市乘船雖未驗，溪流已漲幾番渾。

**漢老弟生朝**

風流曼倩碧雲仙，慣見兒嬉壽母前。莫訝科名後餘子，要教富貴出長年。鵝黄新釀香浮甕，鴈翅横秋影接天。端的姮娥消息近，南坡丹桂已開先。

**元宵不出**

東風摇蕩玉奩冰，車馬從人喚不譍。賴有麴生來入座，了無魔女與分燈。夜深月色明如洗，寒在梅梢瘦不勝。却笑少年行樂地，華胥枕上太瞢騰。

**出郊勸耕因游吴山清隱**

第一林泉得縱觀，春風隨步着欄干。山園梅雪千株在，門納湖光十里寬。水上濕紅雲片段，亭前鮮碧玉檀欒。主人才調渾相稱，題柱詩篇一一刊。

**中秋不見月寄耘老弟**

舉盃邀月且留殘，覆雨翻雲意未闌。自是陰晴難準擬，莫將懷抱逐悲歡。燈前白髮驚秋半，鏡裏清光有歲寒。玉斧秪應修未就，素娥寧許等閒看。

**和郡人湯倅中秋月**

怪底今宵眼界寬，銀潢不動蘸金盤。未應天上追時好，無奈人間别樣看。酒醆飄零驚鶴唳，笛聲哀怨起龍蟠。經年不復南樓夢，且作三人取次歡。

**和鮑倅同湯歐二倅春日郊行**

别駕聯鑣喜在坰，不妨修禊繼蘭亭。雅知社結池蓮白，况復詩成水荇青。問訊梅花才半樹，漸看柳絮又浮萍。風光流轉須時賞，爛醉從今莫放醒。

**閏二月二十九日早離廣德大雨日午晚晴又雨宿黄蘗坊**

家山入望更貪程，造物無心雨與晴。今日莫愁明日近，一程但作兩程行。生須快意何嘗夢，久不還鄉亦自驚。親戚固應情話在，争先僮僕已歡迎。

**赴吴興初入境**是日立春

詔書催發太頻頻，自注：十一月二十一日除書下，凡七次被受省劄，催趣之任。千騎東來喜望塵。不為尋芳寧較晚，固應入境便頒春。風和漸覺旌旗轉，野曠遥聞鉦鼓新。千里嗷嗷方待哺，自慙何以慰斯民。

**耘老弟五月十三日親往新亭種竹喜而賦詩**

移竹應須竹醉時，不妨帶笋一時移。清陰且障東西日，碧色還分上下池。歲晚雪霜成老伴，夜凉風月得新知。朅來便有親親意，玉立無言似索詩。

曾守譙樓既成邀賓從同登議闢雙門以復舊觀從士子請也

樓下遺蹤宛可尋，尚須賓從一來臨。三峯嵂崒渾依舊，雙闕岧嶢復見今。麻麥向來迷緑野，簪纓久矣負儒林。使君不惜褰帷問，慰我邦人望望心。傑閣危欄不許尋，境環千里望中臨。古桃風物寧非舊，甲子規模迺到今。堪笑折腰趨府事，何如長嘯入山林。故園猿鶴休驚怨，出岫孤雲豈有心。

和聞鶯

度柳穿花故故遲，黄金新刷羽毛奇。驚回午夢花梢日，啼破春愁柳絮時。老去上林空好語，向來幽谷有誰知。紛紛雲雨成翻覆，求友唯君慰我思。

清平閣

律身端合勵冰清，莅政尤須稱物平。知是夫君深寓意，雅宜斯閣遂安名。池幽自足龜魚樂，林静休教蟲鳥鳴。况復官閒州似斗，不妨時此濯塵纓。

用韻和仲兄

鼯鼠相將五技窮，東來歲月太匆匆。冷官敢恨知音少，直道難教與俗同。翻憶對牀聽夜雨，不堪擧扇障西風。詩來唤起還家夢，目斷成行天際鴻。

遊宦十年于外歸自浙東覩西山先塋周圍林木氣象大非昔比蓋緣藩籬既徹本家樵採不以時外人侵盗復無禁理勢固應爾也今春憂居遂協謀兄弟倣先君舊來規橅創夾籬界庶外人知吾輩用意所在有所忌憚不肆侵盗而本家樵採

## 亦有時云耳因以詩識歲月

萬畝墳山遍野陰，幾年樵採到如今。藩籬有限重加護，斤斧無端免見侵。缺處更須頻檢校，暇時何惜一登臨。先君暗裏應傾倒，方信流長源更深。

## 讀白樂天詩集

詳觀白傅一篇詩，長日何須一局碁。字細縱然勞眼力，理長尤是契心期。誇張歌酒渾相似，消遣窮愁亦自知。大節更思公出處，寥寥千載是吾師。

## 喜晴

黄堂通夕聽簷聲，去謁靈湫及未明，晝鷁破寒收宿靄，老龍擎日獻新晴。何須厭勝驅黄帽，况復精誠却衛兵。盡道使君能撫字，歸途争看古陽城。

洞中龍亦讐先聲，韜斂雲陰放日明。久雨也知田父苦，十分端為使君晴。但令渤海捐刀劍，不用天河洗甲兵。昨夜鈴齋詩欲就，鬼神聞已泣蒲城。

雨占甲子向來頻，誰道開晴必换旬。雲過陽臺空有夢，雪消姑射漫凝神。林間却喜鳩呼婦，簷外何妨鵲噪人。可怕西郊泥一尺，徑須躍馬去尋春。

連宵驟雨喜初晴，何處殘蟬不亂鳴。晚熟豈妨秔秫好，秋聲先傍竹梧輕。紛紛雲散心安在，隱隱雷收氣未平。半菽驚魂猶未定，老農那得不懲羹。

雨餘天宇十分清，到處官蛙噤不鳴。殘點喜聞簷溜斷，新凉更覺葛衣輕。飛揚楚觀人無夢，畜縮胥濤怒已平。滿眼秋風歸未得，却慚千里話蓴羹。自注：中秋漸近。

西風有意作新晴，不遣中宵鶴鸛鳴。紅袂行雲仙夢斷，青燈對酒客愁輕。起看壠首禾無害，見説溪頭水已平。蓴菜鱸魚秋正美，誰能分我一杯羹。

**諸公妓飲問政堂有誚予不來者借韻呈司户同志**

廣文官舍自蕭然，好事何人與酒錢。慣伴諸生甘寂寞，倦從猩子醉妖妍。静揮緑綺心逾適，渴飲門冬手自煎。疇昔東山懷雅尚，未須輕鄙笑臞仙。

生涯冷淡我胡然，客裏空囊愧一錢。已負酒杯同笑語，彊排詩句鬭清妍。官閒祇起樊籠嘆，内熱真猶膏火煎。試問聚蚊成一餉，何如高枕夢遊仙。

幾日齋厨愧索然，信君高會拚金錢。邇來此樂城中少，况有今宵座上妍。連放酒杯浮瀲灧，須防更漏解催煎。閉門獨坐何由羡，漫攪枯腸賦八仙。

孤遊冷宦嘆徒然，安得通神十萬錢。南北阮家何似富，東西施子迺争妍。歌筵憐我應無分，詩債憂君苦太煎。却憶金明年少事，春風得意醉羣仙。

東家誰念我纍然，慚愧何曾十萬錢。病骨那禁三伏熱，長眉空負十分妍。睡凉喜有青奴伴，藥瞑頻呼赤脚煎。閣束簞瓢緣少味，非關辟穀要求仙。

**鞏使君一新社稷壇宇次汪倅韻**

巋然壇宇俯清流，須信規摹跨别州。端為苴茅崇屏翰，要知東楚貴綢繆。治聾有酒煩分饋，宰肉何人嘆滯留。天欲吾公安社稷，未宜小試羡三休。

**食洞庭橘有感**

洞庭霜橘偶明珠，磊落堆盤照坐隅。九頌固應原取友，千頭寧與李為奴。佳名自昔南邦貴，丹實由來北地無。此日滿懷三嘆息，憮然天地一身孤。

## 詠打扇

腕脱何須問小童，汗流聊復慰衰農。聯翩天下一輪月，簸蕩人間萬竅風。螢火招來還自照，蚊雷揮去覺羣空。散仙未辦朝閶闔，乞與羲皇笑傲中。

## 春晚漢老弟不來有懷南坡

如麻密雨不收脚，妬花惡風常打頭。那無一日好天氣，只有千山供客愁。垂楊未繫金娘娜，隔葉倦聽黄栗留。南坡是處堪欣賞，把酒還曾酹我不。

## 和耘老弟南坡芙蓉

簇簇坡頭錦繡叢，幾番消息問來鴻。素商未遣先驚緑，青女何妨更染紅。向日壅培曾覆簣，有時灌溉亦連筒。年來羈宦成離索，却欠看花一醉同。

## 夏芙蓉

四月池邊見拒霜，園丁驚問此何祥。花如雲錦翻新樣，葉似宫袍染御香。病不能陪花酒伴，詩猶堪課鼓旗傍。諸君筆力迴元化，努力先春壓衆芳。老子而今兩鬢霜，未應癡絶泥機祥。不能木末搴朝露，争免籬邊嗅晚香。便合折來書卷畔，詎宜簪向寶釵傍。漫山千樹方芽甲，肯信人間有早芳。

## 勸農

平生憂國願年豐，荒政那知技已窮。千里農桑千里雨，自注：是日天微雨。一番桃李一番風。宦遊老去春强半，勸相歸來日過中。自媿活人無好手，只將水旱禱天公。

### 石照勸農晚歸有雨

疎林拂拂見旌旗，短鐙翩翩度翠微。十里好山供客醉，一犁春雨勸農歸。水流花出紅成隊，麥雨天連緑打圍。投老田園今晚矣，不須五十始知非。

### 虎丘勸農

春事三分破二分，山郊勸相豈虚文。通宵已過臺前雨，自注：寺有雨花臺。破曉誰耕隴上雲。士女携壺方雜遝，老癃扶杖亦歡欣。迂疎為郡渾無補，只把豐年答聖君。

風月聯翩别駕分，雙鳧飛舄總能文。苔痕點緑山頭石，花影浮紅水面雲。一舸鴟夷聊爾爾，千巖啼鳥自欣欣。徘徊斗粟歸田緩，堪笑癡頑老使君。

### 五月四日過西山道院田間記老農語

偶從野叟問耕桑，説到春來日日忙。老盡吾蠶桑自緑，化殘胡蝶麥猶黄。迎梅已過三旬雨，秧稻初齊五月凉。天上何人調玉燭，但知擊壤樂時康。

### 次韻古梅

怪底昌園一種梅，老枝强項獨遲開。伶俜鶴膝翻嫌瘦，皴皵龍鱗不受摧。羞把冰肌混桃李，故將粉面映莓苔。廣平鐵石心猶在，寧有詩情似玉臺。

### 二十三日被旨再往天目謝雨留數語壁間

萬山深處得重來，天目晴雲未放開。盡喜山田秧穲稏，那愁石徑濕莓苔。鐵冠道士今安在，玉局仙翁去不回。唯有洞中龍應禱，果能因旱起風雷。

### 和耘老弟冬夜聞雨有懷

蒲團睡思欲濛濛，珍重賢人酒一中。夜靜喜聽懸霤雨，寒多更怯戰窗風。簷花細落渾疑夢，詩句頻催政未工。雪擁紅爐愁不寐，此時懷抱想君同。

### 夜來四鼓枕上聞雨聲喜而不寐

雨聲天外倒銀潢，枕上才聞喜欲狂。鼓吹不須教兩部，稻粱行慶有千倉。青缸照影花無睡，紅袂行雲夢有香。最好空階瀉簷溜，却疑並舍壓糟床。

### 和七月初五日夜得雨

一尊情話向南榮，好雨知時盆樣傾。且喜黍苗饒歲事，莫愁梧竹作自注：去聲。秋聲。簷花夜永燈前落，池草詩成夢裏驚。端的對床尋舊約，韋郎曾賦五言城。

### 道中雨

晨光欲動尚熹微，漠漠春陰未解圍。霧掩前村迷酒旆，風吹寒色着征衣。功名底許妨行樂，出處年來果是非。一笑南坡歸夢裏，滿山桃李政芳菲。

### 龍池禱雨

御府金奩出寶薰，爇來池上定知聞。龍應覆手能為雨，岫豈無心漫出雲。秧插高田猶未遍，泉流幽澗恐難分。奉常典禮吾方與，毋作神羞視秩文。

## 過登源英濟廟祈雨

連年因旱禱叢祠，未免斯民有怨咨。擬學催科今晚矣，不能引去更何之。下田敢有百車望，好雨猶寬三日期。慚愧農家私水利，桔槔雖巧不容施。

## 和湯倅梅花韻

玉奴端不負花期，乞得東皇一笑歸。淡掃娥眉憐虢國，半勻粧面妬徐妃。有情立馬留新恨，無賴啼禽送落暉。金鉉政須和鼎實，莫嫌笛裏浪驚飛。

## 蠟梅

龍麝濃薰總不宜，幽香細細忽聞時。蜜脾懸磬無餘味，鶴膝横陳有老枝。玉蕊檀心還得似，蠟言原作顔，據《永樂大典》卷二八一一改巵原作脂，據下一首詩改貌有誰欺。却疑不是人間物，三嗅慇懃與賦詩。

冰霜元不與花宜，頗怪梅花亦後時。庾嶺别來無驛使，少林忽見有横枝。化工真幻知誰辨，詩老題評豈我欺。世味飽諳渾似蠟，對花不飲漫賡詩。

## 和萬舍人折贈蠟梅韻

問訊江梅意未回，少林横出不知栽。争先賴有園夫報，折贈空驚驛使來。疏影暗香寧是伴，蠟言巵原作顔脂，據《永樂大典》卷二八一一改貌未須媒。主人聞説歸朝近，且趁眉間喜色開。自注：今日小報舍人落致仕云。

蠟綴枝頭春來回，緗羅休用剪刀裁。直須浮蟻相携去，應有遊蜂錯認來。暈紫檀心真似假，嬌黄粧額自能媒。年來世味渾如此，嚼蕊吹香一笑開。

步遶名園日幾回，司花着意巧能裁。影疎雅稱燈籠映，自注：東坡詩有蠟紙燈籠。香細疑從酒面來。自注：酒有蠟面。破白江梅羞月姤，黏紅僊杏待春媒。何如新樣龍山種，却在京都占早開。

**夜讀邵堯夫詩戲效其體再賦蠟梅**

紛紛蜂子競生涯，每到花時輒放衙。懸室盡將花作自注：去聲。蠟，何人翻以蠟為花。姑從凡卉論先後，若比《永樂大典》卷二八一一作此江梅有等差。弄假像真真像假，小兒造物未須誇。

**中秋夜微雨**

醉張白眼望層空，作意中秋一笑同。忽訝微雲得急雨，縱妨明月有清風。連宵桂近姮娥惜，盡日槐忙舉子工。自注：今歲科舉。勿指涼天云即是，且須傾盡玉西東。

**十六日雲氣薄陰晚有雨微甚夜間頗凉恐明日未必有雨也**

誰與天公沃亢陽，灑塵微雨僅毫芒。只憂南畝頻年旱，敢愛北窗通夕凉。何物興雲須蝪蜥，幾時舞野定商羊。會當直入雷霆室，戲掉狂車下大荒。

**蚊**

床前蠟紙一燈明，殷殷聞雷數震驚。忽去青天無鳥跡，驟來紅樹有鶯聲。嚼膚噬血寧甘死，投隙穿帷太巧生。為爾通宵愁不寐，幾回枕上又詩成。

青奴良夜偶相依，斑扇團團亦倦揮。我自蒙頭還引睡，渠應皤腹不能飛。多愁白髮三千丈，無分紅綃十幅圍。安得西風來一掃，固知么麽未勝威。

**王簿不憚暑途親扣石金祈雨蓋有志乎民者也以小詩簡之**

饑饉憂渠欲洊臻，大田不雨已生塵。何人有力能鞭石，老令無能漫積薪。諸佛未嘗違衆願，上蒼寧不憫斯民。誠煩仇覽登山屐，為扣巖前彼上人。

**委長洲趙丞禱雨陽山龍祠有應**

不向龍祠小乞靈，連宵那得雨冥冥。勢方聚處中心喜，聲漸微時側耳聽。便覺田頭秧稻緑，更誇隴首麥苗青。豐登自此無公事，只有棠陰蔽廣庭。

**再委趙丞陽山送龍禱雨**

傳聞神姥産英靈，雷電當時亦晦冥。好雨固宜隨禱應，夜窗曾誤幾番聽。關心病守頭空白，失喜農夫眼倍青。水溢旱乾寧有數，人間無路叩天庭。

**昨夜雨又作方此祈禱輒得數語述懷**

老龍高卧復何求，韜斂風雷自一湫。不恨如麻無雨脚，却愁生耳有禾頭。向來河内慚移粟，此去江邊欲具舟。龍若有靈須早計，霖霪莫待火西流。自注：夏旱則秋潦，理之常也。

**七月十四日夜大雨徹曉方止田家云早晚禾自此不憂矣喜而爲詩**

淫雨天公不肯晴，區區香火屢哀鳴。兩年苦潦民何罪，千里分憂責匪輕。已幸早禾方露積，正憐秋稼與雲平。荓號莫敗西成好，捩手從來易覆羹。

夜雨傾盆擣瓦溝，簷聲洶湧碎江流。安眠一枕西窗曉，飽飯十分南畝秋。老火熏天已無跡，頻年赤地更誰憂。起來喜撥床頭甕，却待今宵月滿樓。

**五月二十七日夜大雨前三日熱甚**

雷車誰喚阿香推，釀雨雲頭簇不開。猛熱急掀江漢立，先聲偏上竹梧來。高唐賦就何曾夢，杜曲詩成不費催。頗欲燈前同夜酌，却愁牢落餽無臺。

## 七月三十日大雨連宵

徹夜盆翻天井潰，自注：魯直詩云「潰流漲天井」。迴瀾誰障百川狂。鯤方怒翼思溟海，鼠已摇牙伺太倉。秋着屏山驚客枕，潤添衣籠費鑪香。惠連應記池塘夢，近有書來説對床。自注：近得家書云：深秋來此，尋對床之約。乘槎有客泛仙潢，咋指泥塗悔我狂。此去不煩推謝令，向來寧是尼臧倉。愁驚過雁鄉心碎，喜溢浮蛆甕面香。金井老梧秋色重，時翻危葉墮銀床。

## 十七日乘馬過草堂已而驟雨

此邦旱暵已連年，民亦何辜欲籲天。鳩拙林間時自唤，龍慵潭底敢安眠。忽看注雨如車軸，便覺流泉滿稻田。我亦駕言隨霹靂，一瓢傾倒馬鞍前。

## 下山雨驟

下山雖幸免顛躋，驟雨冥冥步轉迷。白馬已翻青嶂去，黄鸝猶戀緑林啼。人皆有路通霄漢，我獨無橋渡澗溪。且傍田塍欹側過，從教甲子混塗泥。

連宵風雨太飄飖，頗訝龍吟意氣豪。三座危橋過不易，一溪湍水漲能高。棲遲王事嗟何及，咫尺威顔敢告勞。袖取豐年天上去，洗泥準擬醉香醪。

寶熏降自九重天，再款龍祠禮亦虔。謝雨歸來還得雨，今年必定作自注：去聲。豐年。彌天膏潤人皆喜，連日奔馳我獨賢。回首家山今不遠，固應慚恨不歸田。

## 久雨

秋到天公日日陰，林間厭聽鵓鳩鳴。向來南畝頻憂旱，此去西成只欠晴。簷有漏痕看菌出，徑無行跡認苔生。夜窗細誦秋陽賦，才謝坡仙和不成。

## 和漢老弟久雨

簷聲點滴送愁頻，夢雨連江遽一旬。杜老多情還動酌，坡公何事却傷神。渭城官柳難留客，巫峽行雲不見人。可是蓱號工灑道，東郊準備要迎春。

## 喜雨呈太守

精禱能令天意回，猖狂旱魃敢為災。龍眠熟處雷呼覺，蟻戰酣時雨趁來。耕父荷鋤歌召杜，腐儒秉筆愧鄒枚。太平知有三登象，從此官租不費催。

## 和廣德宋宰喜雨

一雨豐年兆可探，全勝雪瑞白成三。偏憐令尹關心切，喜對農夫洗汗慚。秔稻秀畦欣緑潤，芙蓉依水媚紅酣。詞源頓遣如泉湧，酒量懸知似海涵。

## 和主簿喜雨二首

龍眠熟處雷呼醒，蟻戰酣時雨趁來。涼入稻雲青漠漠，潤添田水白皚皚。但期家給皆紅腐，莫管庭空長緑苔。老令催科知自拙，推擠不法謂何哉。

年來事事與心違，墨綬塵勞莫我知。慷慨歸田雖有賦，殷勤喜雨漫賡詩。誰憐飯顆山頭瘦，却想松江水面肥。一笑桑榆收已暮，向來膏潤太踰時。

## 卧病枕上再用韻

文書堆案眼慵開，客有可人今雨來。説劍丹心空耿耿，岸巾雪鬢欲皚皚。山田漸喜滋香稻，客位從教長紫苔。涸轍窮鱗賴濡沫，未宜曷月詠歸哉。

領邑西來物物違，只應松竹舊相知。寬心雨意濃如酒，滿眼秋懷總是詩。慚愧不才勞撫字，平生何意羨輕肥。飄然儻遂歸田賦，食蘗毋忘在莒時。

## 再用韻簡王簿

一章言其喜雨也，二章欲其少留也

山雲潑墨度牆限，信道鳴鳩唤雨來。驟瀉竹梢青羃羃，亂翻荷蓋白皚皚。尊前花落愁賒酒，地上錢流錯認苔。更願公家寬賦斂，斯民卒歲亦悠哉。

當面論交背面違，此心叔向幾人知。喜君一見便傾蓋，過我相從唯説詩。别後梅花看太瘦，向來瓠白不應肥。何如且緩東歸策，共醉橙黄橘緑時。

## 徽州績溪縣六月二十五日迎汪王於縣廳祈雨未之應也七月三日率同官再禱焉酌獻方畢陰雲四合甘霔大霈因以小詩紀實

何須禱旱必桑林，試扣叢祠丐一臨。再拜爐烟方裊裊，四周雲氣已駸駸。田龜向去亡凶兆，垤鸛新來有好音。多謝神靈憐老令，肯傾膏澤慰民心。

## 和主簿王伯倫喜雨

電幟摇摇眩目光，雷車殷殷訝空腸。咄嗟有底千峯雨，珍重無多一瓣香。秔稻氣蘇南畝喜，芭蕉聲到北窗凉。恭惟英濟綱維是，併遣炎官理去艎。

## 喜　雨

鼎來雨喜動吟牋，頓遺醯雞舞甕天。傅野要觀新事業，巫山莫學短因緣。自注：前晚一雨甚微。碧篇便好浮家釀，紅粉還羞着老年。此意自佳君自會，將詩不必衆人傳。

**憶友人**

紫鸞栖棘乳溪邊，不羡羣飛漫刺天。一見交情真我輩，更將詩句洗塵緣。寧唯刮目須三日，恨不從公蚤十年。只恐秋風趣分袂，尺書儻有鴈能傳。

**主簿昨示喜雨之作末章用李文饒故事非所敢聞用韻回納**

朝來一穗看爐烟，遽挽銀河下九天。東海不冤私自幸，南陽高卧且隨緣。佳名德雨聞前代，尺字商霖證昔年。老子婆婆那辨此，兩翁心印有人傳。

**初夏凹沼獨坐**

牆隈緑裊風前竹，池上青横雨後峯。森然便有濠濮想，若者曾吞雲夢胸。杳無碧澗來瀏鶒，安得舊水藏蛟龍。我今齒髮亦自料，回首家山歸興濃。

**俯江樓**

異鄉王粲懶登樓，腸斷淮山落木秋。塞上陰雲空漠漠，江邊艇子故悠悠。悲凉只怕聞孤鴈，浩蕩那堪没白鷗。莫怪楚囚頻下淚，何人談話到神州。

**十一月三十日乃耘老弟生朝余是日也宿留富陽驛中念之殊不勝情因賦一詩俟到吴門有便寄去**

玉琯新陽七日來，天將風月賦詩才。别來又喜逢初度，相望何由把一杯。霜後不凋門外柳，春前已折隴頭梅。團欒今夜華堂燕，應念三州數往回。

## 和湯倅七夕

目斷銀河婉孌期，綵雲香霧轉霏霏。天孫無賴能專巧，世俗由來亦妄祈。穉子喚人占蟢網，老妻憐我泣牛衣。客星若就君平卜，更問金穰與木饑。

## 和總管姜知閣

下筆梅山漫不休，詩筒倏寄置書郵。分符我亦慙銅虎，問俗人誰忍佩牛。已洗圜扉亡久繫，更教彩棒息羣偷。自注：承來教及巡尉警盜事。年來況是催科拙，聚斂平生笑冉求。

## 和楊仲才歸途秋郊即事

馬上西風着面凉，翩翩烏帽更低昂。晚晴是處鴉聲喜，秋熟連阡禾穗香。原校：一作田疇刈熟禾肩重，畦町鋤稀菜甲香。穉子候門應自語，征夫指路未渠忙。歇鞍野店誰為伴，自買村醪一舉觴。

## 頃嘗將漕淮東林子長今膺是選因以小詩述懷庶幾古人贈言之意云

德星天遣出淮濆，玉節光華委十分。可但籌邊專餽餉，直須曠土盡耕耘。向來我已慚無效，此去君當勉策勳。尚有龜山風浪惡，得無遺恨雁離羣。

淮邊陳迹試重論，走遍西途落木村。依舊江山連北固，承平池館羨東園。中原入望堪垂涕，古汴無情尚有痕。歲漕東南六百萬，云何異域得遊魂。

## 送萬舍人將漕江東

左螭玉立聳朝端，底事飄然便掛冠。簡記起家千載遇，光華持節萬人看。溪山好處寧終戀，鷗鷺盟前莫遽寒。已是詔書催上道，却煩尺鯉問平安。

**余壬子秋丁太夫人憂因取藏經看閱至甲寅春以病眼且止然將及一半矣尚期晚歲畢此志願但兩年來有煩主藏上人昕公取送良勞因以一偈謝之**

五千經卷乃吾心，眼力年來却不勝。且學趙州看半藏，從教舍利説三乘。循行數字難成佛，兀坐焚香也似僧。此法本來無所得，多生受記有燃燈。

**耘老弟於新廳之後起樓名之曰叠翠有詩因次韻**

樓成叠翠相奇奇，不羨圍屏錦繡機。卜築又新王粲宅，登臨莫下董生帷。高吟得助添新卷，清賞何須貯舞衣。問舍却憐吾未就，歸心長與落霞飛。

**求楊仲才芍藥**

見説江都一騎來，筠籃坏土帶春回。不堪羈宦思金谷，寧有詩情似玉臺。綸閣翻階無復夢，乳溪臨檻想傳杯。自注：蘇黄門《賦績溪芍藥》有「想見清樽檻邊飲」之句。殷勤分贈須聞早，社後重陽政好培。

**收漢老弟近書知十全遂勿藥之喜慰可知也但未卜來期詩以見意**

一日思君一度年，家山好在落霞邊。飛鴻日去情何限，黄耳書來病已痊。欹枕池塘春草夢，閉門風雨落梅天。南坡政恐春留住，過我何時果着鞭。

**和聞杜鵑**

萬里歸飛怪底遲，豈緣鳥道嶮而奇。尚懷舊國初來日，偏恨羣芳欲盡時。回首暮山寧久住，論心殘月漫相知。何人遠道長為客，為爾聲聲勞夢思。

## 宿祠山報恩寺枕上聞杜鵑有感

此去家山僅兩程，不煩鳥語苦丁寧。烟花三月忙中過，風雨連宵夢裏聽。問鴈呼卿情大薄，聞鷄起舞意還醒。年來縱跡渾無定，渠亦相憐水上萍。

## 次韻曾使君和刪定鮑倅喜譙樓雙門復舊觀之作

公家文字足搜尋，間覽容陪夏日臨。句裏江山元自舊，筆端造化速宜今。朱扉對啟雄潭府，秀氣平分入泮林。青佩龍門行在望，躍鞭莫負使君心。

## 和王誠之羣圃勝集

何人浪說四難并，此地追隨眼更清。飛蓋數移紅步幛，肩輿穩度翠圍屏。春回觴詠頻頻舉，風度笙歌處處聽。晝短夜長公莫恨，當家故事有蘭亭。

## 元日小集耘老弟有詩和韻

弟姪團欒豈偶然，華堂綺席間嬋娟。試看今夕知何夕，頗覺新年勝舊年。黄紙除書須有命，青春作伴且隨緣。從今屢費何須惜，日辦盃觴趁和篇。

## 簡友人

按劍何由駭夜光，險心真復易羊腸。未能種橘千奴足，且欲滋蘭九畹香。俗物滿前多汩没，玉人在側獨清涼。夜來忽有家山夢，便向清溪欲艤艎。

## 途中述懷

悠然旅酌夜沉沉，漫想歌眉帶淺顰。興寄鱗鴻寧有限，詩成珠玉未羞貧。尚煩瀟灑登山屐，聊慰崎嶇窮谷民。已笑割鷄非我事，頗嘗棲棘有斯人。

### 和郁簿

先生雅意在垂虹，底事鸞栖枳棘中。幾欲上書排北闕，却應舉扇障西風。官清高枕夢魂好，興動長吟詩句工。瑣瑣升沉何足道，只憑心地與天通。

### 清　明

江南三月暮春天，上巳清明五日前。紅杏園林初過雨，綠楊庭院欲生烟。無花無酒傷今日，宜麥宜蠶勝去年。却怪山中時候早，樹林深處有鳴蟬。

### 讀漢老弟中秋前一夕之詩似太凄切輒次韻勉釋之

秋與詩人着意清，不平寧作候蟲鳴。閒愁有底能千斛，久雨終當快一晴。富貴時來何足道，英雄天亦不徒生。來宵徑就姮娥約，丹桂當年種已成。

### 自中秋月圓木犀開後倡酬絡繹今可以止矣再書數句殿其後

秋月秋花自一回，錦囊收拾靡遺才。吟餘顧兔毫端滿，賦罷文犀紙面開。十里清香供隱几，三人對影稱揮杯。笑渠冷淡為生活，何似笙歌鼎沸催。

### 酬常丞見和

周南留滯玉堂仙，千騎那教下蜀川。梁上幾看明月夜，江東空想暮雲天。五年契闊音書斷，萬里歸來語笑鮮。喜有常郎天下士，肯來相對語殘編。

### 用韻酬翟曾二倅和章

那得朝朝瓊樹新，擁爐添炭費烏銀。試呵凍筆還搜句，淺酌香醪未計巡。過眼年華休恨晚，轉頭天令即行春。紛紛桃李誰知問，衹有寒梅是故人。

詩成開府讓清新，紙掃溪藤筆弄銀。斗轉蒼龍歸北望，日行黄道傒東巡。人情自是隨時變，天意何私與物春。官裏簿書殊未了，不知花事屬何人。

## 兩日絶市無肉舉家不免蔬食因書數語

市無晨飲助原作勸，據《永樂大典》卷二四〇七改加餐，空愧先生苜蓿盤。尚有園人供菜把，漫勞稗子寫牌單。俸錢先自無多了，賓客從來不慣看。已誓長齋依繡佛，妻孥休怪瘦欒欒。

山園秀色故堪餐，明月枇《永樂大典》作杜來白玉盤。小縣經年常乏俸，頹牆過午尚懸單。婦興舉案齊眉歎，婢媿添薪墨腕看。無肉縱令人解瘦，却宜相對碧檀欒。

怪生食指動晨餐，拗項蒸毛忽滿盤。總為飢驅嗟我老，未能飽死笑人單。不除豪氣杯中興，空有功名鏡裏看。菽水雖貧歸去好，白頭慈母要團欒。

## 再用韻述懷

少年發憤欲忘餐，信木能鑽透石盤。燈火半生徒自苦，虀鹽併日不嫌單。自注：今州學有單供，余嘗掌教廣德、吴興兩郡。嗟來未肯低頭拜，臭腐那須着眼看。何物馬肝猶不悟，憐渠五利竟誅欒。

## 送顏尚書知泉州

聽履星辰最上頭，一麾得請暫南州。高風凜凜推前輩，政路駸駸却倦游。地近枌榆同衣錦，天低雨露密承流。只今廊廟須公等，燕寢凝香莫久留。

**臨安泛舟**

雨送行人上短篷，東君更借一帆風。桃源春水半篙穩，錦谷清溪幾曲通。遠岫天邊凝晚碧，夕陽波面泛微紅。舟行又勝山行好，兩岸芳菲一顧中。

**往瓜州護使客回程**

寒天短日少晶輝，薄暮邊城鼓角悲。外使方將接踵至，淮民未有息肩期。吁嗟道路頻牽挽，表裏河山幾合離。聞道遺黎尚思漢，中原恢復定何時。

**夜舟過龜山**

長淮東下月西流，起視龜山勢若浮。砢岸崎嶇須列炬，波濤洶湧更行舟。今秋暴漲尤堪畏，去歲堅冰亦合憂。有底往來能屑屑，癡兒了事幾時休。

**上巳恐可回舟略訪子長園亭然未敢爲宿諾**

名園天氣更須新，況有彈箏甲用銀。舟欲暫回成邂逅，酒因同載作自注：去聲。逡巡。飛花一片休嗟晚，啼鳥千巖莫怨春。未暇湖亭修故事，水嬉遍閱水邊人。

**和漢老弟立春**

吹葭六管候頻頻，眉壽先儲酒十旬。鞭到土牛休袖手，斗迴天駟已馳神。花梢綵勝翻新樣，鏡裏朱顏只故人。生菜玉纖能細縷，大家醉賞滿盤春。

**正月一日大雪**是夜戌三刻立春

東風欲動管灰飛，剪綵工夫莫恨遲。殘臘竟呈三白瑞，新春元與六花期。羊羔酒好浮瓊液，牛尾狸堪削玉肌。欲就江梅賒一笑，前村容有未開枝。

**和宋宰立春雨**

怪生淑氣静氛埃，知是東君一笑開。膏雨任能滋宿麥，香風先已上寒梅。交情太薄鶯猶懶，遠信難憑鴈却迴。聞道君家春最勝，十分眉嫵畫章臺。鏡裏朱顔一寸埃，感時懷抱向誰開。典衣飣餖盤心菜，貰酒留連眼底梅。三月鶯花勞問訊，幾家幡勝帶能迴。新來不作温柔夢，有底詩情似玉臺。

**和漢老弟迎春**

青旂小隊唤渠頻，新曆先看早二旬。自注：舊歲正月十二日迎春。羯鼓催花誇敏捷，舞腰迴雪鬭精神。燕飛欲傍釵頭月，鴈過纔歸陌上人。誰道土牛鞭不動，也能脚底散陽春。

**社日邀温卿溪王天仕吴欽孺遊草堂欽孺有詩因次其韻**

煙霞痼疾自年齡，冷落江城處士星。松下茶烟青羃羃，竹間碁韻子丁丁。林泉雅許幽人往，猿鶴應羞俗駕經。沽酒抱琴還有約，要看桂子月中零。自注：諸公約木犀開日再遊。

**冬至日泊舟嚴陵灘下**

書雲瑞應協黄鐘，人事天時訝許同。葭管陰陽消長際，朱幡新舊送迎中。嚴陵灘昔懷高節，茂苑城今愧下風。醉裏不知鄉國異，團圞相映酒顔紅。

**和漢老弟牛尾貍韻**

堂饋流涎玉面貍，也知臭腐出神奇。分無竹葉浮酥面，尚想梅花映雪肌。渠幸臘前能漏網，人言春後亦非時。吾儕口腹真餘事，莫倚雄豪浪賦詩。

## 戲和東坡先生牛尾貍詩韻且效其體

夜寒那得到簾帷，前擁紅爐後翠眉。未致馬蹄沙水鼈，且嘗牛尾雪天貍。自注：二句皆是梅聖俞詩，今顛倒用之，取其句順。葅寒石芥愁辛鼻，鮓熟雛鵝怯帶脂。端的為渠添酒興，紅顏相映玉膚肌。自注：夜與兄弟用牛尾貍薦翠濤酒，醉中和成。

## 觀　鶴

仙格孤高老始成，臨池愛刷羽毛輕。未看月下婆娑舞，且聽風前嘹唳聲。向人自在有真態，伴我官閒無俗情。少待相將林下去，携筇更引鹿同行。

## 疊蒙林子長和章愈索愈奇未敢遽竪降旗猶能背城借一也

詩情引上碧天高，侍史毋辭走送勞。栗里正思陶靖節，愚溪不數柳儀曹。只慙同隊疎頭角，莫戀樊籠損羽毛。取友如君千載士，陸機作賦豈其豪。

## 甲寅十一月朔旦冬至適值先妣太夫人服闋從吉感而賦詩二首

黄鷄催曉破霜天，起整冠裳拜影前。又見刺文添一線，誰知泣血已三年。蟠桃海上今應熟，雙橘懷中祇自憐。未必兒童知此恨，綵衣依舊戲蹁躚。

維摩應待散花天，無復稱觴壽母前。從隔蓬壺三萬里，尚期華表一千年。弟兄黄髮三人在，故舊青雲衆目憐。自愧阿奴真碌碌，不妨鑿井又蹁躚。

## 再　和

天時人事日相煎，否泰俄驚在眼前。積閏盡歸冬十月，紀元一似太初年。聯珠合璧猶重見，自注：丙子朔旦冬至及今三十八年。華髮蒼顏益可憐。三撫祥琴無意緒，當筵那忍舞蹁躚。

## 讀樂天詩戲效其體

杖屨南坡路不賒，就中景物四時佳。春林競秀烘遲日，雪岫初晴眩曉霞。炎夏清風横一榻，澄秋明月滿千家。人生適意須行樂，况是樽前鬢未華。

## 同主簿過翠眉亭

墨綬低回歎陸沉，好山渾作翠眉顰。我聊爾耳寧違俗，仕有時乎亦為貧。老去催科非所學，向來凋瘵愧斯民。整襟再拜欒城像，幸賸殘膏丐後人。

宦情元薄且浮沉，撫字勞心衹效顰。白首論交嗟已晚，青衫捧檄衹緣貧。簡書豈不懷朋友，德意安能及吏民。誤矣折腰成底事，誰歟高枕有閒人。

## 木犀晚來盛開寄吴守

繚枝偃蹇傍巖隈，密葉稜層不露才。一色渾疑新釀熟，十分端為好詩開。佳人宜與簪雲髻，上客須邀釂玉杯。只恐王孫歸未得，小山招隱故應催。

## 木犀花開折贈縣宰代簡

緗黄襞積間琉璃，病眼看花喜欲迷。半樹斕斑藏霧豹，一秋清絶辟塵犀。誰分仙種來蟾窟，知有生香洗麝臍。天女維摩應大笑，一枝扶上髻鬟低。

## 木犀初開悉離披於雨今再著花特盛因折送常丞代簡以詩兼簡孫尉

萬壑千巖秋欲闌，金商點綴破天慳。未須狂雨相將去，且索西風一笑還。香列酴醾薝蔔右，清宜茅舍竹籬間。聞君畫柳為眉嫵，可復扶花上髻鬟。

## 和人木犀

月娥一笑抵千金，玉粟枝頭點綴深。莫怪謫仙猶未賞，却因犬子喜相尋。自注：相如一名犬子。溥溥白露新秋色，楚楚黄裳翠雨襟。高興已辜紅袖飲，何心相伴白頭吟。

## 問訊木犀

兩行叢桂手親栽，移自深巖遠壑來。今夏蒙茸看葉長，來秋端的見花開。早時切記頻澆灌，瘦地仍須苦壅培。待得東堂枝可折，滿山桃李盡輿臺。

## 和木犀

巖桂無人也自芳，月宮仙子道家粧。露溥僊掌三秋色，風動枝頭十里香。先世栽培雖地僻，近年卜築發天藏。後堂元有文犀貴，可但腰金照地光。自注：木犀兩株，乃先君手種，五十六年矣，今在新屋後堂之前，殊可愛也。

## 和耘老弟木犀詩韻且督漢老弟同賦

團餅秋光入好枝，一天風露最清時。管窺豹霧巖前隱，杯泛鵝黄月下宜。子落誰賡滄海詠，叢生應有小山知。惠連更喜姮娥近，底事觀書却廢詩。

## 和木犀再開

東堂留得最高枝，向道重開果有時。仙掌露溥秋氣重，山頭月照晚粧宜。層層黄色眉間見，拂拂清香鼻觀知。更約菊花為老伴，四難并處可無詩。

## 即事

奪得饑民鬼手中，誤恩增秩敢言功。頗聞有意徵黄霸，却坐無書遺子公。莫我愁眉勞撫字，從渠醉眼亂青紅。床頭况有韋編在，消長何妨以數窮。

光陰老去漫匆匆，千騎南來歲又窮。竹瘦固應留晚節，梅開寧亦待春風。青冥蹭蹬何關我，白髮飄蕭恐未翁。畢竟田園歸去好，暮雲回首自江東。

歸來世事任浮沉，車馬蕭條門巷深。一榻容身無妄想，兩餐度日少關心。園收佳實隨時薦，甕有新篘待月斟。老覺閒居渾有味，不須榮宦説駸駸。

春工投老日駸駸，閱遍芳菲又緑陰。不復椅梧傾宿鳳，幾番淮海變鳴禽。太阿自撫為知己，焦尾誰彈莫賞音。高下風花何足問，向來出處固無心。

## 和吴守韻送木犀

珍重黄堂遺送來，淮南未數小山才。分從月裏雙株在，趁得風前一笑開。秋著屏幃蟾弄影，春生酒面蟻浮杯。姮娥自與花為約，不愛人間羯鼓催。

## 枕上再賦

折桂東堂又一回，秋花此外衹凡才。千巖萬壑幽深處，玉露金風爛漫開。有客揮犀紛入坐，幾時清燕小持盃。作詩且與留花住，青女繁霜未要催。

## 再用韻賦木犀

高枝曾折記前回，晚路重逢歎滯才。天上移來和月種，人間占得及秋開。香浮翠葆花藏葉，影動燃犀酒映杯。猶有黄花堪殿後，為渠留戀為渠催。

## 送張伯子尚書帥隆興

春容聽履上星辰，玉笋班中第一人。暫藉威名分閫寄，賸留風采照廷紳。何人重記西山雨，老我空傷南浦春。此去莫貪原作思，據《永樂大典》卷一九一三九改為郡樂，紫樞黄閣待經綸。

十年沉落困推擠，出處於公恨不齊。本謂重來酬契闊，豈期一見又分携。風吹渭水波聲小，春壓陽關柳色低。老矣銷魂難語别，且須倒盡玉東西。

## 鞏使君勸耕汪倅有詩次韻

小隊行春簇使旌，黄童白叟遞逢迎。勸耕試向何山麓，競渡還傾極樂城。自注：聞吴興為極樂城。畫舫驍騰喧鼓吹，紅粧凝佇傍軒楹。山公歸路人争看，已有豐年笑語聲。

## 戲　書

去年今日到湖州，救得饑民歲又周。閲遍炎凉還自笑，坐靡廪餼更何求。淵明栗里終歸去，太史周南枉滯留。咄咄大鈞何必問，固知薄命與仇謀。

## 子長來詩乃有杜口毗那之語但天女天花未嘗見也詩以先之

屬和何須蚌鷸持，笙歌鼎沸政相宜。勸君莫惜松醪酒，容我來看柳葉眉。春去自憐鶯命友，夜來空費雨催詩。海棠還有風流伴，留得芳菲不恨遲。

## 送湯倅二首

青衫試吏古桐川，識面池陽别駕賢。但喜論交時一笑，不知為客度三年。新來懷抱愁分袂，此去功名好着鞭。未必九華清絶地，更能留滯玉堂仙。别乘詞鋒不費磨，江山得助想經過。離情柳色長亭暮，愁緒梅腮細雨多。渭北論文須細與，洛南問業念如何。有時尺素頻相寄，莫負東來錦鯉波。

## 立秋四十日矣天氣甚凉南坡杖屨之興猶懶何也不應今年歡意頓減如此因以詩挑之

灝氣南坡日夕清，杖藜緣底邈無情。讀書乃爾妨行樂，覓句從來怪瘦生。况有鷄豚燕同社，政須鐘鼓報新晴。似聞巖桂花開遍，早晚携壺一就傾。

## 出　郊

萬山深處長官貧，不慣將迎懶是真。誰解移文迴俗駕，漫勞舉扇障風塵。碧雲日暮還無信，白眼途窮易見嗔。歸去荒村望燈火，是何雞狗亦驚人。

## 姚黄牡丹

紅紫争先有底忙，姚黄晚出最芬芳。玉非蒸栗難同色，露是薔薇更染香。翠幄密遮春去路，黄雲低映曉來粧。十分喜氣眉間見，快瀉鵝兒醉洛陽。

## 種牡丹

新向坡頭種牡丹，更開小徑傍層壇。先生倍費栽培力，俗子那容取次看。應有司花來守護，更須插槿與遮欄。何時一醉酬心賞，屈指春風半歲寬。

## 和漢老弟雙蓮詩韻

青桂留連最上枝，待君奮翼到天池。秋蓮又喜呈嘉兆，春草何勞費夢思。雅想分香風静處，更憐並影月明時。姮娥似辦雙荷製，故遣馮夷預報知。

**又主簿和雙蓮詩所以期待甚厚再韻爲謝**

君家雙桂有高枝，便令齊飛集鳳池。底事乳溪迷簿領，相望泮水費懷思。自注：主簿令弟今為郡博士。四明人物誰能儷，萬里功名自有時。為我雙蓮出佳句，箇中氣味許君知。

**和松老弟同上伯兄塚**

鶺鴒原上思何窮，排遣新愁酒有功。不見老松孤晚歲，忍看宿草又春風。危亭徙倚前峯碧，歸路遲迴夕照紅。誰謂死生真永訣，會應相對夢魂中。

**再用韻謝沈德遠少卿和詩**

倒指西城我廪高，天公自欲慰民勞。聲名敢望黄丞相，詩律間追何水曹。三徑就荒身似贅，一行作吏事如毛。只須多釀兵厨酒，聊伴先生醉後豪。

**郁簿以侍御李公頃宰中山清賞圖詩軸相示因賦**

中山清賞好家風，父母猶能説此翁。誰與畫圖傳浙右，更餘詩句滿江東。日邊縱識雙鳧舄，天上難留一馬驄。投紱歸來名愈重，橐金雖盡樂何窮。

**本縣折納州粳零殘蓋從民便又且可以趣應州府期限張倅反以爲罪**

平生學道未純全，游宦何須苦着鞭。作縣又將書下考，離鄉今已跨三年。性多忤物無非罪，命與仇謀孰使然。撫字催科俱大謬，不如投檄早歸田。

## 七月一日知丞往衆潯潭命道士投鐵簡是日有雨二日知丞過訪共道靈驗相與感歎因以數語記之

老龍高卧古靈湫，唤醒須煩尺簡投。澒洞溪雲隨起雨，渺瀰陂水急通溝。定看田里還豐歲，且豢雞豚作好秋。可是藍田修故事，為民精禱益同憂。

## 和廣德鮑宫使寄詩

當年書劍走風塵，傾蓋桃花一笑春。别去交情渾似舊，向來時事幾番新。詩壇雄健看前輩，官路低回愧此身。珍重煩公問消息，雙溪烟雨政垂綸。

## 和林子長别後寄詩

尺素西來字字真，詩成膠漆重雷陳。連城喜子重增價，敝箒憐吾亦自珍。窮達舊聞俱有命，功命底事要知津。一樽别後開懷抱，只有湖山似可人。

## 和吴守拜上方曆日之賜已而雪作約同僚登俯江樓見懷之作

六花飛舞到江頭，清賞朝來破客愁。便遣郢人傳白雪，自注：謂來詩也。快呼從事到青州。寵珍曆象占星鳥，混一疆封驗斗牛。遥想倚欄看未足，寒江浩蕩没輕鷗。

天教三白瑞來麰，黄竹歌聲浪自愁。未問騎驢遊霸上，行將跨鶴上揚州。自注：余在高郵道中得來詩，次日至揚州。橋横忽度行天馬，簾捲何須壓海牛。鼓吹從來殺風景，丁寧江上莫驚鷗。

## 和林正父見寄

一别十年難再逢，君今浙左我淮東。功名老去終安在，出處年來恨不同。已是死灰何足溺，祗應怪事更書空。雞蟲得失無期了，莫為元規扇障風。

## 和漢老弟

寸進鮎魚上竹竿，磨驢終日困團團。諸公有意故推挽，議者獻言防誕謾。胡不罷休嗟已晚，只堪付與一長嘆。杜陵有語君知否，才士從來汲引難。

## 得黄仲本詩再和二首以寄之

相得詩人我與兄，平生無一不真情。河梁莫恨看雲别，剡棹曾經載雪行。近喜雙魚傳尺素，遠勝孤鴈帶邊城。江湖老去知何用，空把葵心向日傾。自注：來詩有「好把丹衷為上傾」之句，故云。

檣燕呢喃浪語人，岸花飛舞苦傷情。臏窮詩眼三千界，漫鼓琴心一再行。他日湖山還帝里，别時風雨滿江城。思君直欲令人老，流水沄沄日夜傾。

## 和耘老弟韻

緩步詩成不用催，松門開徑破莓苔。池塘夢草人何在，風雨連山子獨來。望斷驚鴻憐片影，愁生雊雉應遊媒。僕夫忽報天將暮，又是籃輿寂寞迴。

## 和　韻

粗衣糲飯不難供，有底令人芥蔕胸。但得千奴足吾事，不須萬里建侯封。繰絲何許逢園客，學稼誰能問老農。粗喜近來薪水給，免教雨外急村春。

## 出郊誌喜

香霧崇朝一炷薰，雷聲便得晚來聞。今年雖欠梅黄雨，仲夏猶敷稻緑雲。審象已能蘇大旱，卧龍何用説三分。腐儒竊有區區見，例奏囊封愧不文。

## 和吴守修蓋禁兵營屋之韻

使君事業此權輿，軍政留心盡返初。尺籍伍符須補闕，連營列戍且羣居。更觀堅利修兵甲，可但帡幪有屋廬。我亦向來飛薦墨，况聞佳頌起閭閻。

## 和漢老弟見寄二首

平安一鴈帶書來，頓解愁腸日九回。珍重梅花還庾嶺，别離楊柳自章臺。宦情落落思三徑，世事悠悠付一杯。桃李河陽無好手，南坡隨處謄栽培。

王式當年本不來，送塗未遠徑須回。自憐白璧頻遭劍，何許黄金更築臺。夜榻對眠空撫枕，寒爐孤坐懶持盃。權門氣燄堪薰炙，况是無資與甕醅。

## 和耘老弟韻

雪意垂垂漫不收，預愁嚴凛壓貂裘。十分果是滋農穀，一片何妨上酒舟。天遠鴈飛難寄字，江寒魚懶不吞鈎。欲酬妙唱無佳思，歲惡詩人且罷休。

歲早十分無一收，苦寒何許索重裘。流民豈是無常産，觸處渾如不繫舟。但願天心憐凍餒，莫教雪意大牽鈎。秖今宿麥無人種，誰問王師休未休。自注：時衢、婺、嚴三州流民滿道。

## 和王天任韻

槐影侵階晝未移，筠筒忽見破愁眉。新篇誰出諸公右，此事終成一段奇。我欲潑醅浮大白，君當枉駕授前綏。相從日日南坡上，流落人間總是詩。

## 和姜總管有懷南澗老人

一杯相屬豈非天，目送歸鴻付五絃。霜後黄花秋漠漠，風前丹葉暮翩翩。憑欄把酒青山共，即席賡詩紅袖傳。我亦從來無此客，敢將觴詠斷前賢。

## 和漢老弟秋夜有感

一翻梧葉又驚秋，鬢上侵尋歲月流。夜永只憐燈作伴，詩成却欠酒澆愁。多情行雨空揚袂，何物非烟解擊甌。室有天遊魂夢好，屏山不遣污油頭。

西窗風露不禁秋，時數微螢幾點流。識字故應甘寂寞，著書初不為窮愁。倦横如意方三鼓，渴飲門冬自一甌。喜報燈花知底事，玉蟲連夜綴釵頭。

以上《尊白堂集》卷三

# 全宋詩卷二四六五

## 虞儔 四

### 贈總領韓郎中四十韻

玉帛修和好，邊隅久晏寧。狼貪素谿壑，鯨浪忽滄溟。江漢危航葦，關河失固扃。兩淮先齮齕，四海漸凋零。稍喜呻吟地，重需廟社靈。帝方恢祚運，公合在朝廷。故國非喬木，聞詩飽過庭。經綸一門事，風采四夷聽。共喜難兄弟，于今尚典刑。陵雲臨北固，雪涕陋新亭。清切郎官宿，光輝使者星。深源觀出處，李泌盛年齡。人傑今為用，天驕盍暫停。大弨弦白羽，雄劍發新硎。貔虎三千士，芻糧十萬舲。少須姿宿飽，作氣上青冥。傳檄收天府，偏師下井陘。孑遺新雨露，幽蟄待雷霆。命服期三錫，腰鐶擁萬釘。歸來覲旒冕，早晚煥丹青。伊昔蒙傾蓋，隨羣預掣鈴。初筵叨禮數，接武奉儀型。載酒桃花浪，尋詩杜若汀。一斑窺豹管，什襲換鵝經。深汲無長綆，洪撞僅寸莛。違離念芝宇，開落幾蓂莢。生計春冰薄，先疇露葉暝。抱經羞畫虎，娛老託原鴒。忝竊空黃甲，衰殘類白丁。塵生悲破甑，晨起問儲缾。孤宦徒為爾，長饑未遽醒。地寒誰援接，途遠更伶俜。咽絕空階蚓，微茫腐草螢。逮今施刻畫，猶得振毛翎。幕府今多士，峨冠總寧馨。暴鱗呼斗水，病頷憶林坰。薄用收雞肋，微功蓄豨苓。真成能肉骨，坐待脱拘囹。自是權輿地，宜深肺腑銘。寧聞量如海，不受一浮萍。

### 代翬使君上東宮生日

儲極天開秀，皇圖日又新。夢熊初卜夜，禖燕益祠春。瑞靄蓬萊殿，祥標析木津。凖龍真帝子，眉宇只天人。少海涵輿地，前星耀紫宸。英姿生不世，雄畧動如神。仁孝蘭同毓，温恭玉比純。雲章輝步障，月御契重輪。堯曆占蓂莢，莊年數大椿。千齡符會慶，五福自天申。鶴禁移舟夕，龍樓問寢晨。慈顔俱有喜，習俗盡還淳。湛露溥金菊，凉風動白蘋。好秋澄似洗，函夏肅無塵。羽翼商山老，簪纓望苑賓。歡呼稱壽斝，諧謔接芳裀。景邑曾開幕，郎垣偶濫巾。不才蒙眄睞，何力贊彌綸。符竹分苕水，才華想洛濱。歌詩形善祝，秉筆愧徐陳。

## 往天目祈雨

伏謁三池上，難窮一壑幽。萬山從此起，衆水盡分流。暑雨雖愆夏，陰風鎮若秋。天高還有目，地險好回頭。御府金奩賜，仙壇鐵板投。不須憂旱魃，直是起潛虬。聖主思霖切，微臣盡日留。精誠三禱罷，神聽一聞不。霶霈斯為澤，遲回恐作羞。奉常司典禮，秋報敢忘優。

## 自雲門還泛若耶溪入鏡湖寄院中諸公

山中秋賞罷，溪上晚歸時。謝良弼　出谷秦人望，經湖謝客期。吕渭　日斜愁路遠，風横畏舟遲。鄭槩　章句懷文友，途程問檝師。嚴維　淺沙游蚌蛤，危石起鸕鷀。裴晃　落葉飛孤戍，横塘向古祠。允初　行行多逸興，無處不相思。蕭幼和

## 和漢老弟南坡三十韻

北闕書休上，東山妓不攜。宦情元夢鹿，交道只黄鸝。瓜戍懷桐汭，星回直攝提。自注：庚寅罷廣德校官歸，方得此坡，邑人奚氏。雙鳬方欲下，隻履又還西。塵土慙書劍，江山識杖藜。青冥甘蹭蹬，素手孰提撕。笑幕

空巢燕，憐藩幾觸瓶。茲坡何爽塏，造物復推擠。蕭寺鐘聲遠，坊門酒旆低。目行無遠近，脚力免攀躋。更喜經前圃，何妨過小溪。烟林輕曳練，雲岫近横梯。井邑千家麗，川原四望迷。披榛通曲逕，鋤麥亂蔬畦。梅杏增奇觀，牛羊失舊蹊。道傍知苦李，霜後認紅梨。植竹行抽笋，栽楊蚤秀稊。霞蒸桃處處，露怨草凄凄。紅白宜相間，高卑未得齊。壺漿旁舍乞，飯裹小童齎。著屐應同謝，登仙不羡倪。芳菲催羯鼓，早晚映榱題。葵緑新含露，芹香舊煮泥。鴻賓天外去，鳩婦雨中啼。密蔭真堪託，安枝可以栖。應須回俗駕，未肯厭家雞。蜂識花前酒，鴉隨隴上犂。角看童子丱，齒見老人齯。靖節蓮為社，梁侯稊覓稗。問渠何所見，公子豈知嵇。

## 林子長録舊詩來覓酒因送似之

酒者忘憂物，難教與願違。未能聊爾耳，時復一中之。全醉無乘墜，偏醒有是非。兵厨那可戀，州紱屢交馳。莫訝臺無餽，相逢蓋有時。留髡從昔慣，舍蓋有誰知。短棹能來往，經年慰別離。何嘗有此客，了事笑癡兒。

## 代黄仲本賀趙漕

嶽鎮凝華久，天潢析派初。長庚秋入夢，佳氣夜充閭。奕葉蘭同茂，懷珠玉不如。詞章賀白右，經術向歆餘。已近長安日，聊登使者車。著鞭先禁路，儲實鎮皇居。家世曾重席，王門昔曳裾。彈冠慚似續，入幕借吹噓。願獻長生籙，何須鴻寶書。黑頭須兩地，玉帶擁金魚。

## 和潘簿食筍詩

平生愛竹幾成癖，到處成陰已足嘉。瀟灑未輸彭澤柳，檀欒偏映杜林花。園林日日饒春事，紅紫紛紛盡歲華。清節抱萌初入眼，金盤當饋莫摇牙。從渠燕頷誇千尺，還我巃竿是一家。須信直鉤終有用，渭川元不釣煙霞。

**新關東軒夜間月色滿床可愛簡耘老弟**

偃息飛簷下，開軒適向東。滿床今夜月，只欠與君同。

**和姜總管感秋七首**

年華紛代謝，時態幾沉浮。天末凉風起，何人不感秋。

已是詩成集，自注：郡齋今有《梅山詩集》。何妨酒拍浮。人生不行樂，空惜鬢驚秋。

向道鱸魚美，須渠太白浮。季鷹歸未得，空憶五湖秋。

柏寺官聯謬，萍蹤宦海浮。向來苕霅夢，罪我亦春秋。

故里經年别，虚舟盡日浮。有書誰與寄，目送鴈横秋。

窗暗燈花結，簾疎露氣浮。晚來城上角，吹斷一天秋。自注：是日十月旦。

詩到齊梁後，名多李杜浮。誰能追正始，蟪小豈知秋。

**雨過**

處處村春急，家家晚爨煙。青山映丹杏，過雨轉嫣然。

**南坡雜興**

寒食無多日，梨花又一春。鹿門山下路，真有姓龐人。

**轎中疲甚作絶句**

謝雨還如禱雨時，籃輿頓撼不勝疲。兩回往返千餘里，禄馬交馳恐應之。自注：術者謂余今年禄馬馳，恐有遠役。

**歸途轎上口占**

三尺蒼頭佩酒壺，籃輿穩度白氈鋪。憑誰為把無塵筆，畫取先生看雪圖。

**和主簿郁同年**

紫鸞合在煙霄上，斂翅聊棲枳棘間。若向兩途分上下，可能句裏有江山。

**登舟往瓜州護使客回程**

冬來長夜數更籌，耿耿青燈照客愁。底事舟中能好睡，覺來身已抵瓜州。

**中秋前一日風雨大作林子長輒動歸興賦二絶因次其韻**

桂華天上正扶疎，萬里清光散有餘。厚約本期今夕共，翻雲覆雨獨何歟。

故人别來不作疎，扁舟訪我得三餘。一杯相屬豈易得，興盡而返其然歟。

**蘭陵仲秋薦獻畢回舟過鑑湖遇雨**

蘭陵蕆事謹秋嘗，歸路扁舟泛渺茫。剡雪無由訪安道，鑑湖空復憶知章。

早禾割盡晚禾青，地下知章果有靈。豈憶鑑湖曾敕賜，連山雲霧雨冥冥。

**立春**

土牛遲重小加鞭，無限春風繞管弦。好事東君真敏捷，也能雪裏散紅蓮。

綵勝華燈共一回，新年樂事併相催。天公預借今宵景，更放團圓好月來。

花柳争春歲歲同，美人剪綵莫言功。誰知造物初無物，只在洪鈞一轉中。

臘雪初消柳眼寒，春風纔入酒杯寬。一年佳節知多少，屈指從今是履端。

**瓶中梅二絶**

銅瓶沁水泫微温，便許争春雪裏村。應為詩人太幽獨，西窗和月伴黄昏。

舊樣宫黄羞半額，新番絳領襯陪腮。待簪寶髻連雲重，且插銅壺借水開。

**小軒四圍織短籬因成絶句**

自插笆籬當藥欄，旋移花木向中間。東偏只要疎疎竹，開牖莫教遮却山。

**歸途庖人先去遠甚飢甚戲書二絶句**

庖人先去幾多時，賴是先生慣忍飢。捫腹只堪供一笑，窮途何事不差池。

旌旗小隊引朝官，白叟黄童也聚觀。我似仙人正騎虎，飢腸過午未朝餐。

**林子長惠芡實走筆爲謝**

珠璣璀璨忽堆盤，浴罷追凉得飽餐。不似來禽空有帖，直須同竹問平安。

**往年分教是邦當芡實初出時每承沈君得遠少卿旋採以相餉其味芳鮮與市中所買者大不相侔至今尚能記憶近因與林子長語及之後乃蒙其分惠亟以絶句謝之今又承少卿賜和章但舊目録不講恐亦似未安也**

溪毛秋後亟登盤，山色朝來併可餐。但得長為南蕩客，何須索米向長安。

**昨晚目録之句蓋聊以爲戲耳何分惠之甚速耶得非乞諸其鄰乎**

纍纍火齊忽堆盤，水裏硫黄得飫餐。自注：俗語謂芡實又為水硫黄。憶得舊時風味在，故人唯有一任安。

## 和林子長送芡實詩韻

芡實嘗新又一年，溪堂風物想依然。軟温初剥渾如舊，只欠高談驚四筵。
裹送頭顱慰隔年，自注：去年在實婺，不曾拜賜。書傳鴻雁正翩然。詩成更想揮毫處，無數珠璣落滿筵。
百琲明珠富有年，不須鮫客更潸然。斛量自是君家事，買取雙鬟當舞筵。
目送歸鴻不記年，書來繫帛正茫然。也知函首初無罪，應為懷珠供四筵。
華池同嚥足延年，枵腹新來忽果然。再遣金罌來入社，不妨朱袖鎮當筵。自注：醫家以芡實、金罌子同入藥。
皓齒君家二八年，歌珠曾許聽纍然。雙眉松子元同味，更唾餘花傍綺筵。自注：芡實與松子同食甚美。

## 謝友人寄芡實

芡盤新采辱分珍，遠勝溪毛詠采蘋。老去何心温軟味，漫將空想調詩人。
鴻頭轍轍競懷珍，南蕩風光勝白蘋。試擣明珠三萬斛，與君换取墜樓人。

## 過半山亭

躍馬青羅步幛間，松林盡處是前山。玉梅剛障春風面，殘雪融時見一斑。

## 憩東山驛

征車又抵東山驛，屈指前回僅兩旬。多少路人相借問，不知何事往來頻。

## 蘄守李智仲惠簟

黄琉璃色縠波紋，持贈多慙李使君。一枕凉風吹夢去，楚山脩竹正如雲。

## 聞六月十五日廳屋以二絶句寄衢

履道宅圖還似否，樂天歸計但茫然。人生閒適須聞早，屈指今過本命年。

想見榱題高數尺，莫愁囊裏費千金。明年便合多栽柳，遶屋連牆易得陰。自注：樂天有種柳詩。

### 枕畔木犀

屏裏一斑窺豹管，釵頭千粟綴鵝黃。角巾墮曉花同夢，月帳含秋影亦香。

### 目痛廢看藏經

毗盧華藏浩無涯，菩薩何妨且在家。近日不應魔事起，看經頓覺眼昏花。

### 吳文炳報載藏經船壞已爲曝曬畢二首

石瀨沈舟事可吁，萬籤出水已霑濡。本來一卷無成壞，為問馮夷浸得無。

貝葉琅函免浸淫，賢侯料理意何深。慨然憂物如憂己，已得他時援溺心。

### 以蘄簟石枕送耘老弟有詩因和來韻併分送蒸沈以助其雅趣

北窗枕簟稱高眠，沉水還須起篆烟。老子平生無長物，殷勤分送敢論錢。

### 廨舍堂前僅有木犀一株今亦開矣爲賦二絶句

淮山叢桂知名久，金粟離離玉露團。老子婆娑寧辦此，秋來僅得一枝看。

維摩丈室無人到，散盡天花結習空。猶有一枝秋色在，明窗浄几膽瓶中。

### 法妙觀

鍾山疇昔愧移文，俗駕寧容更浹辰。忽有片雲池上起，元來却是雨留人。自注：以雨留觀中一宿。

### 戲書

淮南猪肉不論錢，下舍應須數擊鮮。過午食單毋溷我，飯來開口亦欣然。

軟炊香飯杜陵老，爛煮葵羹玉局仙。飽喜饑嗔吾未免，何當辟穀去求玄。

**余家舊養二鶴今不復存因和林子長悼鶴長篇遂惻然有感口占二十八字**

倏然尸解去何之，玄圃崑崙定不疑。華表重來千載後，誰人不是塚纍纍。

**偶成二首**

一為飢驅三十年，近收朝牘賦歸田。尚賒瓶粟開三徑，敢羨庖珍食萬錢。

春菊秋花毋久溷，粗茶淡飯且隨緣。除須甘旨供慈母，自合長齋繡佛前。

**郁簿以職事出城且有登臨之勝小詩戲之**

想見先生喜見顔，登臨今在翠微間。兹遊便是揚州鶴，不用持錢更買山。

**和耘老弟玉簪花韻**

香在幽蘭伯仲間，出塵標格自清閒。黄冠野服真相稱，掠我招詞賦小山。

**南坡做牡丹壇二絶**

卵石周圍砌作壇，更須面面作欄杆。瓜期未用相催迫，準擬來年看牡丹。

向陽姚魏動芳馨，傍砌尤宜架小亭。團坐俯窺羣品秀，入簷平視遠山青。

**和姜總管送牡丹**

東君探借小春天，珍重霜餘曉更妍。豈是陽和私拙守，也應春色屬詩仙。

**和姜總管食菜羹**

銙筒吹火鼎烹油，小摘朝來露已浮。爛煮香粳供玉糝，更須春味薦猫頭。
未必烝壺輸鴨味，誰云湩酪敵蓴羹。先春已擬嘗新韭，最愛蕭蕭夜雨聲。
膏粱餘習言無味，藜莧枯腸語轉工。染鼎不應孤指動，來詩却得愈頭風。自注：余方病指，故云。

## 讀某人江行詩軸

介叟從來僕命騷，吟魂招得楚江濤。也知筆力千鈞重，莫怪山城紙價高。

## 過石湖關

北關險處絶攀躋，牧馬休教識玉溪。他日君王如有問，固應曾説到淮西。

## 答吴欽孺

桃李向人何許懶，春風用事不教閒。羈愁先自深如海，詩債那堪積似山。

## 和人六絶

天香國艷膽瓶中，眼界增明鼻觀通。多謝高軒肯相顧，家貧不辦一樽同。
江南二十四番風，浪蕊浮花一洗空。斷送春歸可無恨，酒壚誰復過黄公。
未數騷人賦落英，新詩貽我底能清。筆端挽得東風住，侯喜真慚浪得名。
滄浪未濯軟紅塵，捧檄東來祇為親。天女不知摩詰病，云何却現宰官身。
杜宇聲聲苦唤人，應憐書劍走風塵。家山有約蚤歸去，莫待來呼祈孔賓。
排悶渾無酒十旬，自注：酒名也。落紅鋪繡未嫌貧。一壺餉我勾詩興，大勝雲安麴米春。

## 和郁簿問訊梅花

三徑蕭蕭一冷官，菊殘荷盡攪愁端。思君一夜梅花瘦，旋覺新來帶眼寬。

**和郁簿出郭**

青衫莫厭縛微官，過眼榮枯幾萬端。得意邯鄲歸一枕，從今須放酒腸寬。

**和郁簿**

長笑劉郎賦大鈞，强將神理質諸人。泛觀萬物皆芻狗，天地誰知本不仁。

**姜邦傑以四絶見寄因和之**

當年賓婺我為州，錦里先生得唱酬。一自江頭分袂後，至今空想暮雲愁。

州縣豐登公事少，凝香燕寢只吟哦。樂天長短三千首，争似斯民擊壤歌。

梅山詩集到中都，囊括三江帶五湖。却許嚴詩編杜集，傍觀應作丈人烏。自注：近承以《梅山集》見寄，惡語亦有一二編入。

少日清文結主知，齋壇授鉞及耆頤。人生得意今如許，須信窮人不是詩。

**和王宰見戲二絶**

南浦晴來漲緑波，他鄉春事已無多。禪心總作空花觀，孤負尊前一曲歌。

風來瑟瑟暮生波，雨後階前榆莢多。隔葉黄鸝漫愁思，定應春晚不能歌。

**和林正甫韻**

門外東風自在狂，雨晴深院日偏長。鳴鳩唤婦聲聲切，賴是年來已沐腸。

間關得侣情尤重，冷淡論交味更長。縱使出門還有礙，幾多世路險羊腸。

## 和遇太學三友

師門泰華一高峯，天遣雲龍處處逢。肯贈明珠須及早，蛾眉端不浪為容。

## 和漢老弟留衢

眼中犀角無餘子，膝下荆蘭總一般。縱有家聲報消息，未如一見始心安。

## 贈耘老弟韻

夜永青缸一點明，雨聲著瓦似荷聲。何人高卧西窗下，先覺凉從枕簟生。

## 漢老弟寄和花發多風雨人生足別離韻十絶因和之

自笑為容非白璧，從渠入耳有黄華。一行作吏渾無況，兩眼新來病有花。

風前無賴花飛急，少待須臾莫倉卒。不堪姚魏遽飄零，尚有酴醿能秀發。

春盡園林鶯懶喚，日長官舍雀堪羅。二毛老去渾無用，一掬愁來不奈多。

幾多白白與紅紅，争似淮山小桂叢。簿領沈迷春又過，枉教二十四番風。

有酒不澆墳上土，浮花浪蕊何須數。營巢燕子恰迎風，逐婦鵓鴣還唤雨。

割雞自歎非初意，有底徘徊絆此身。官事未知何日了，溪邊誰識望雲人。

三春已過二春了，十日那無一日晴。已是飄零成老醜，更憐行樂負平生。

照坐彫盤花一簇，滿甕葡萄酒新緑。那知身後更浮名，若論眼前不翅足。

莫將楊柳輕攀折，人生會少多離別。芍藥留殘十日春，杜鵑啼破千山月。

十首新詩逼黄絹，數行妙墨寫烏絲。摩挲老眼還驚顧，文采珊瑚鬬陸離。

## 和人一絶

眼底羣山入望來，攙天蒼弁獨崔嵬。年來懷抱誰關鎖，祇傍登臨醉裏開。

廣文官冷復誰堪，心事無人可共談。好雨忽來詩興動，苦無才調却懷慚。

## 蚊蟲

嗟予意廣與才疎，天下何當貯一㡡。自注：孟郊《蚊》詩有安得天下㡡之句。盡把飢蚊羈海外，却驅一世入華胥。

賦形微細在汙渠，終日營營為腹虛。貪吏貪民膏血盡，不知何計與驅除。

## 過南京

三蘇當日振英華，下榻相看意已佳。太息欒全無復見，舊廬聞屬女真原作小民，據《永樂大典》卷七七一〇改家。

## 迴至南京聞杜鵑

夏木陰陰四月天，傷心滿目舊山川。還轅已落春歸後，始到南京聞杜鵑。

## 將至泗州聞杜鵑聲甚急

長淮準擬濯塵埃，漢節何妨一往回。杜宇不知歸路近，樹頭聲急更相催。

## 謝楊仲才惠芍藥

何人金印漫垂腰，赤脚憐濃不解嬌。老去不因花妄想，沾泥柳絮似參寥。自注：花有名金繫腰、倚欄嬌者。

白玉盤盂自一家，春工雕琢蚤萌芽。品題況有坡翁句，除却姚黄説此花。

回首龍山憶孟嘉，詩成醉墨帶烟霞。風流多謝佳公子，遺贈揚州幾度花。

## 南坡種芍藥

錯盤根墢似苞桑，細細分來巧作行。且趁秋灰浮季琯，更教冬線受微陽。

卵石周圍也自佳，茅亭穩著不須奢。何心更作揚州夢，十里春風萬本花。

南坡地脈生來瘦，根墢移栽却要肥。説與園翁須早計，莫教春事與心違。

圖南學長有詠梅十五詩各指名其處所且書以見寄因賦一絶句謝之

詠梅誰復擅詩名，梅與詩人自有情。説盡梅花隨處好，喜君詩句似梅清。

梅格孤高不待誇，暗香浮動影横斜。箇中風味誰相稱，只有西湖處士家。

和廣文俞同年賀太守

休詠詩人大小東，豐年雨意十分濃。使君自是為霖手，不遣昌黎苦訟風。

三登從此數淳熙，一雨炎官遂霽威。緑潤田疇今已遍，凉生殿閣故應微。

人言歲稔催科易，我念民貧積欠多。政拙不歸嗟已老，空餘一飯愧廉頗。

絳帳才華溢彩牋，誰嘲晝寢腹便便。側聞已上中和頌，試請重歌相府蓮。

余帥淮西下車纔十日移東漕一絶

安得絲毫補吏民，下車纔度十朝曛。却慚父老相留戀，卮酒争持壽使君。

多少邦人意慘悽，出郊雲淡楚天低。馬頭漸指淮東去，回望孤城落照西。

和萬舍人分惠鱟魚

昌黎集裏知名久，山海經中取喻何。柱後惠文渠勿恃，只今散地亦投戈。

怪形未免遭支解，香甲還應即鼎烹。便與庚桑登俎豆，何如郭索自泥行。

## 舒州清明二首

架竹編茅數百家，柴門隨分映桃花。春風不辨舒州杓，習慣淮鄉木杵茶。

試著輕衫問曉晴，野棠花下有清明。不如獨上江樓去，坐聽春潮送艣聲。

## 以雙梅二枝送郁簿小詩見意

連枝並蒂更同根，結實雙雙向小園。調鼎異時知有伴，相期携手上天門。

## 六月二十一日戊寅率同寮詣登源祖廟中迎英濟禱雨是日也雨隨車至越翼日己卯繼之至中宵方霽自辛巳至于乙酉遂沛然霑足丙戌敬送神因書二小詩以紀靈異

蒴號起雨風頭好，禾稼如雲水面肥。從此豐年無一事，前歌後舞送神歸。

催科太拙愧無功，撫字徒勞技已窮。正直却應神誤聽，祇憑香火報年豐。

## 端午日被旨禱雨天目山次日至臨安縣道中

伊軋籃輿度翠微，蕭疎甲隊小紅旂。杜鵑强欲知人事，苦苦聲聲勸我歸。

緑林深處囀黄鸝，光景渾如初夏時。尚覺風頭能瑟瑟，却憂雨脚反遲遲。

## 偕簿尉過石照山禱雨

紫金岩電閒閃爍，寶網香雲時吐吞。况有降魔大圓鏡，豈因旱魃更遊魂。

怪生斗水蓄風雷，唤取龍神睡覺來。火急共為詩準備，却愁頭上雨相催。

野火燒渠經幾秋，却將光彩閟深幽。塵中縱有人磨鏡，俗狀年來我亦羞。

向來赤地增愁歎，更遣蜚蝗恣噬吞。稽首願天憐一雨，只今未定有驚魂。

一聲破柱走驚雷，割得乖龍左耳來。海水蕩雲疑欲立，電光摇幟更煩催。

石應皮裏有陽秋，千載潛光待發幽。説與山靈呈伎倆，試令回顧合包羞。

白虹貫日憐精爽，黑蝀拏雲怪吐吞。急雨翻盆天借潤，摩挲秔稻與招魂。

墨雲沃日度輕雷，滿載隨車白雨來。更好夜凉工杼軸，籬根蛩有候蟲催。

百箔蠶絲麥有秋，田家此樂最閒幽。莽號莫敗西成好，里社溪毛或可羞。

## 二絶句

問龍乞水龍何惜，縱令一雨纔涓滴。但願羣公坐廟堂，且與慶元調玉曆。

山石崎嶇路覺遥，望中天目得能高。洞霄雙徑無緣到，從事何妨我獨勞。自注：時被旨者三人，余被旨往天目最遠。

## 十五日看梅花上雪銷已盡

問訊春風笑語温，軒眉花柳自村村。月娥不肯空歸去，先為梅花洗睡昏。

素面青娥月裏回，舞闌香汗粉融腮。洗粧懶趁霜鐘早，直待扶桑金鏡開。

## 和人紫笑花

紺苞紫暈别家春，不屬東君自寵珍。丈室維摩元不病，何妨時有散花人。

## 和漢老弟夜雨詩

蠟紙燈籠雲母輕，近來勾我睡魂生。醒來驟聽空階雨，疑是糟床壓酒聲。

眼看世事一毫輕，莫把浮名絆此身。却笑彭城風雨夜，枉教松竹作離聲。

掩卷支頤萬慮輕，家風元是魯儒生。短檠已入秋堂露，對榻猶便夜雨聲。
雨催詩興筆頭輕，飯顆休嘲太瘦生。華動淋漓清夜酌，竹分瀟灑暮簷聲。
紛紛萬事醉中輕，金石論交仗麴生。鼓吹縱無蛙兩部，歡呼時和隔牆聲。

## 次日出山又雨

一夜龍池霹靂飛，萬山連雨出重圍。莫愁隨步衝泥滑，且得餘涼送我歸。

## 和漢老弟雪中對梅

雪樣清虛玉樣温，桃花麤醜杏花村。可能臘月頭開盡，却恐春風眼見昏。
雀抱寒柯窗弄影，鸞窺清沼粉勻腮。年來懷抱渾關鎖，為爾眉頭得好開。
青女催裝試手温，雲移步障到江村。盈盈欲露含羞態，便面還教月斂昏。
舞翻緑羽雙垂帶，酒引紅鱗半暈腮。却是月娥憎獨步，故教瑞葉一時開。
巧為詩翁一笑温，白沙翠竹暮江村。天憐孤秀教松伴，一愛清香洗棗昏。
先春破白風回面，半夏傳黄雨著腮。俯仰年華共流轉，不愁無酒且顔開。

## 仲南直學太夫人尊壽八十一適與余老人同庚至壽日以緑橘眉壽春爲壽小詩

### 代簡

洞庭霜橘遺分珍，以侑西山眉壽春。自注：酒名。此日吾親應念我，請君歸遺太夫人。

## 魚袋山

山名魚袋不尋常，正在西塋水口傍。往日先君親指似，果然紫綬印金章。

## 近以續筋丹并瓜瓠送珣禪師師有偈因和

此身非我何由病，識破還渠大丈夫。毒藥故應無用處，不須錯認作醍醐。
塗毒鼓中初未有，維摩室内本來虚。腦門一服須教裂，試問禪師嚥得無。
欲將何物供齋盂，慚愧初無乳與酥。滅盡世間顛倒想，元來烝鴨是烝壺。

## 崇上人携育王書歸行化因以山偈勉之

問訊維摩遣化來，上方香積甑生埃。何妨試向朱門去，會有青蓮一朵開。

## 南坡牡丹今春大爲風雨所厄遂稽勝賞世事至於不如人意十常八九因記得古詩有花發多風雨人生足別離之句惻然有感廣爲十詩云

桃李用事能幾日，東風笑人雙鬢華。不須安石愁屢費，趁晴快賞洛城花。
惜花常恨日不足，無奈春歸太倉卒。窗前唤起不關渠，欹枕無眠待明發。
安得萬斛蒲萄波，一時快瀉金叵羅。眼底春光看有數，花前樂事苦無多。
千朵姚黄并魏紅，簇簇坡頭羅綺叢。更須殷勤油幕護，旁邊恐有妬花風。
空花過眼隨塵土，不如意處何須數。一春數到牡丹時，坡頭日日風和雨。
讀書不知頭白早，却是儒冠多誤身。陸沈黄綬非吾意，慚愧東西南北人。
未知今日定何日，道是好晴難得晴。來怕春風花底散，歸愁暮雨樹頭生。
花藤肩輿繡簾簇，壽母顔紅雙鬢緑。桃李陰中五弟兄，起舞團欒歡意足。
有花堪折且須折，正愁春盡難為別。官期促我不少緩，强道千里共明月。

我輩不比少年時，陶寫政賴竹與絲。勸君莫種南塘柳，只為行人管别離。

## 和鞏使君謝開府送牡丹絶句

東君屬意鶴翎紅，喜入先生盼睞中。蝴蝶亦知春事短，向人栩栩戀芳叢。

## 和陳倅寄南坡牡丹詩

功名悔不知津早，自理菟裘吾欲老。不論花木四時春，坐對溪山終日好。
問人執戟明光宮，何似醉鄉時一中。春來百物不入眼，賴有姚黄并魏紅。
花間待公來亦久，公歸花亦隨烏有。鳧鴻忽墮寄新詩，尚憶花前同舉酒。

## 剪牡丹有感二絶

青帝工夫在牡丹，花開時節奈春殘。坡頭况有狂風雨，莫惜金刀剪取看。
剪却牡丹春事休，鶯應惆悵蝶應羞。緑陰滿地無人見，倚遍欄干獨自愁。

## 謝昕公取送藏經

足躡經樓步步高，知公取送不辭勞。他山佛會同攜手，看放光明禮白毫。

## 慈氏院僧了通欲以常庵所書嵩明教尊僧篇付諸剞劂以永其傳以廣其流布居士歡喜因爲説偈言

明教宗風留紙上，常庵心法見毫端。若人於此能三省，成佛元來總一般。

## 自餘杭至都下終日雨隨轎來但微細不能滂沱耳

小臣安得雨隨車，聖主仁心天地如。一念九重先感格，百神效職敢躊躇。

## 連日雨遂阻到草堂用前韻寄意

草堂松竹著寒輕，晚歲相看益友生。今雨不來增悵望，却煩鐘鼓報晴聲。

## 傷　春

一見花開一淚垂，花飛有底急風吹。自從臘後梅花發，愁到牡丹開盡時。

## 芙蓉盛開

溪山明處開三徑，松桂叢中擅一坡。原作柯，據《永樂大典》卷五四〇改天借纏頭千丈錦，原作三丈許，據《永樂大典》改紅雲不盡緑雲多。

## 憶南坡芙蓉

宦遊木末搴芙蓉，祇有埋頭簿領叢。悵望家山天樣遠，萬枝相映落霞紅。

## 柿熟園夫不採可嘉

飛鳴争啄赬虬卵，木杪斜陽幾點鴉。紅葉堪書收拾取，不妨分付鄭虔家。

## 同兄弟小飲

寒擁紅鑪酒味醇，杯盤羅列鬭時新。却思三十年前味，只有鹽虀是故人。自注：是夜亦以鹽虀薦酒。

## 以長慶集送潘接伴

樂天長短三千首，唐室聲名四百年。大字正堪遮老眼，向來刻畫恐無傳。

## 余在吴門再刊此集

妙處由來識者難，詩盟千載不應寒。牙籤縹帙重拈出，付與詩人仔細看。

## 試筆

將軍萬里託封侯，太史何須嘆滯留。骨相生來無燕頷，毛錐且復事蠅頭。

## 聞爆竹

慣憑詩酒弄光陰，秋月春花伴醉吟。不覺年華成晚暮，一聲爆竹忽驚心。

## 郡驛阻雨

狂瀾公獨障東川，忠力能回尺五天。千騎出遊應雨止，尚須燈下理殘編。

## 數日官兵來揀軍轎直拘還殆盡一出不可欲往見鮑倅湯倅如隔千里因以四絶叙情

官揀羸兵教控弦，出門寸步即拘纏。蚤知行路難如此，遊宦當初不著鞭。

天寒東郭猶穿履，路澀西家不借驢。近日外間風色惡，不如閉户且觀書。

在陳晚矣嘆歸歟，似覺年來氣味疎。有飯不嫌長脱粟，無車那説更求魚。

不惜頑軀走路塵，衹愁徒步長官嗔。何時竹杖芒鞋去，還我江山自在身。

## 再和

不到蘭扉月又弦，思君無奈寸心纏。今時迺有晏平仲，甘願親身為執鞭。

宦路半生真跛鼈，詞場末技止蹄驢。南山縱自能招隱，北闕如何不上書。

春末牆頭梅偃蹇，歲寒窗外竹蕭疎。廣文一味清貧耳，甑有懸塵釜長魚。

滿城數日庾公塵，性惡藍田易得嗔。莫怪向人多白眼，衹緣錯見宰官身。

## 春大閲望郡圃齊雲樓悼亡

簾捲齊雲春暮天，緑陰都放淚痕邊。去年此日憑欄處，不見驂鸞駕鶴仙。

## 中秋夕約二臺待月於齊雲樓夜深月方漸出亦未免有微雲掩映也

月娥不管夜深寒，碾盡樓頭白玉盤。却要浮雲作帷帽，風搴時得一斑看。

## 雪後園中探梅得數枝

天人戲剪六花飛，却訝江梅開較遲。自是東皇私有約，故教林主緩為期。

## 偶見梅一株開花特大標格莊重尤可愛可賞世人譽梅必以清瘦斯豈不易之論耶

玉環天與十分肥，弱骨豐肌不自持。一曲霓裳何足道，承恩應不任風吹。

無賴風前萬玉妃，為誰春瘦不勝衣。信傳隴首香猶在，雨暗江南子始肥。

## 送藕

白藕分甘來玉井，碧筒薦酒吸鯨川。雪霜笑逐金刀落，便覺横塘在眼前。

## 和林子長送藕詩韻

玉井蓮花十丈長，如船藕實得分嘗。碧筩象鼻誰相稱，玉骨冰肌分外凉。

冷澹論交味正長，芡盤嘉藕欲同嘗。扁舟訪我須聞早，莫待西風八月凉。

## 和僉判建平書懷

堪笑夔蚿不自憐，漫勞胸次險山川。仕途醉眼青紅亂，何地强分愚與賢。

箕斂陳逋不問年，里胥促迫政騷然。關譏在野重為穽，敢望公家不稅廛。

只欲昏昏睡晚晴，驚飛蝴蝶夢難成。憑誰彈取山禽去，厭聽窗前聒聒聲。

冷矣微官已倦遊，末哉斗食尚遲留。長裾懶向侯門曳，任爾兒童笑拙鳩。

新來花鴨已能言，蒼狗誰知又變遷。不覺書空成怪事，未應嗔甚笑藍田。

## 郁簿詩來記向來訪逮小酌家釀一兩日又將全熟矣用韻爲約

酒紅拂拂借蒼顏，一笑忘形爾汝間。早晚小槽新釀熟，能來把酒對南山。

## 家釀新熟分送小壺

酒熟黄花亦解顏，糟床聲落夢魂間。一壺往助齊眉餉，莫遣新愁上遠山。

簿書朱墨祇愁顏，毋溷維摩丈室間。俗子樵人須料理，為言爽氣在西山。

病起梅花未破顏，無言空伴小軒間。自注：軒名早梅。也知不是緣詩瘦，却笑相逢飯顆山。

## 漢老弟寄詩三絶情見乎辭使人愈增離索之感依韻和其詩

坐畫寒灰一豆紅，梅花窗下膽瓶中。只應相伴黄昏月，情緒憐君與我同。

送盡飛鴻眼欲穿，家山政在落霞邊。快來幸有梅堪折，莫待相將柳欲眠。

屋頭鵲喜報佳音，雁足書來抵萬金。一筋庖珍真念我，朝來食炙有牛心。

## 和韻

萬髮相看萬事休，却愁縱跡又萍浮。不須屢費譏安石，有客還曾似此不。

四時甘味著邊頭，百斛船中酒拍浮。但得有錢能辦此，何須左顧羡餘不。

**乘輿過道院竹輿上再和**

莫為彈冠忍一羞，人生富貴等雲浮。遥憐城郭重來處，得似山林獨往不。

**和林正甫遏思湖上麗人絶句**

風前柳逞腰肢活，雨後山横眉黛長。欲把西湖比西子，却成畫餅誑原作拄，據《永樂大典》卷三〇〇五改空腸。

漢苑梅花粧額半，章臺柳葉畫眉長。恐因巫峽能來夢，莫學蘇州枉斷腸。

**灑掃無礙室**

太息仙翁了俗緣，竹軒初日似當年。不禁路凍新霜滑，一誦遺詩一黯然。

**釣　臺**

横足論交萬乘輕，富春山水足平生。從教太史占星變，自是難忘故舊情。

故人昔有劉文叔，此地今餘嚴子陵。行客漫懷千古意，相逢林下一何曾。

四海斯文一范公，雲山江水兩争雄。舊碑可惜隨煙燼，新刻摩挲恐未工。

**過永城**

河南名縣固多矣，有底永城天下聞。大抵地因人後重，固知千載有知音。

**和漢老弟病起**

床頭讀易編常絶，紙背題詩字半斜。示病維摩元不病，不妨丈室散天花。

**十六日舟中送何同叔**

乍拋玉節去朝天，分袂江頭却黯然。只恐垂虹亭上月，今宵不忍十分圓。

**得集賢回字**

奔走年來已厭頻，那堪萬里抗邊塵。集賢説道虚傳耳，慚愧中朝第一人。

**廣東漕王僑卿寄薔薇露因用韻**

薰鑪斗帳自温温，露挹薔薇嶺外村。氣韻更如沉水潤，風流不帶海嵐昏。
美人曉鏡玉粧臺，仙掌承來傅粉腮。瑩徹琉璃瓶外影，聞香不待蠟封開。

**田家歎**

麥已化蛾猶未打，蠶雖作繭不堪繅。一年活計今如許，只望西成我廩高。
山前雨脚如麻下，田裏水頭猶屋高。祇恐無秧可重插，農夫相視敢辭勞。

**春暮**

紅紫摧殘春又歸，獨憐楊柳緑依依。無端亂絮因風起，漠漠晴天有雪飛。

**二子往赴漕試意頗念之二首**

應為槐黄蚤著鞭，擬隨鵰鶚上秋天。老懷已覺功名誤，只欲兒曹慰眼前。
三年大比搏鵬志，五日修途舐犢心。齊奪錦標非分外，龜泉從昔慶源深。

**往雞山視曹甥營母墳夜歸**

軋軋籃輿出暝途，鑄錢塢裏驗青烏。忽然月在千松頂，影落瓊瑤滿地鋪。自注：墳地在鑄錢塢。

**仲本寄示詩軸中有臘前觀雪見懷之章具感真情也繼韻以謝**

誰戰玉龍看逐北，尚驅鹽虎欲征西。有人獨立城頭望，一派寒光在乳溪。

## 飯後過南坡觀雪二絶

晨觀已落園翁後，飯已來時計一疎。太息若曹誰領會，更教能賦總輸渠。

扶筇行雪又尋梅，花下衝寒要一杯。好事有誰能問字，可須能載麴生來。

## 微　雪

霏微小雨灑通宵，慘淡寒雲覆麗譙。盈尺未成平地積，六花應在半空銷。

## 七月三日到鎮江欲過金山始登舟暴風雷雨忽大作泊抵寺岸則少霽矣回舟晚晴却遇便風

忽然天外片雲飛，風雨連江浪濺衣。一笑江神真戲劇，晚晴依舊送將歸。

## 十四日雪復作

行令玄冥不敢温，一天雪重壓江村。我慚白雪翻巴曲，天為黄茆洗瘴昏。

寧是因風摇柳絮，又還扶雨著梅腮。先生擁褐方高卧，惡客敲門勿與開。

## 連日將行泥塗風雪因作二詩一以自嘲一以自解

薄宦才堪雞肋比，泥塗風雪不償勞。折腰始悟青衫左，到底山林一著高。

天公憐我太徒勞，為散冰花洗鬱陶。翻覺籃輿清興動，風流不減剡溪高。

## 二十日南坡再賞菊

扶杖坡頭日幾回，半醒半醉為花來。只愁秋老風吹盡，更向風前把一杯。

## 移官舍菊種歸園中

殷勤分去幾枝菊，官滿聊為三徑資。不是園葵何用拔，且無薏苡莫相疑。

**南坡丹桂五株齊開**

秋風丹桂共徘徊，應是姮娥著意來。端為五人俱赴試，五株更遣一時開。自注：今秋主簿兄以下五人赴秋舉。

**南坡丹桂六株一時放花真佳兆也中秋節當率諸生同賞**

六株丹桂一時華，此去蟾宫路不賒。莫惜中秋同一賞，明年好事總吾家。

**菊少花**

菊不能言意自嗟，淵明底事不還家。東籬不負他時約，看取樽前賸著花。

**和吴升之巖桂**

一笑姮娥不問金，詩人未見已披襟。秋來想動蟾宫興，敢向風前徹夜吟。

**夜夢有人惠絲鞋一雙次日報除左史**

官職元來莫浪求，絲絢夢裏有誰投。帝庭入侍應須此，果應恩除在仲秋。

**夢中作虀鱠**

香虀擣就有餘辛，細縷初飛白玉鱗。莫遣佳人頻下筯，翠娥深處要人顰。

**詠　古**

柳子脂韋不佩弦，癡心附麗老羈纏。廉商浪説能為市，吏賈由來却悟鞭。
杜曲詩翁霜鬢鬢，誰憐三十載騎驢。五陵車馬輸年少，枉讀平生萬卷書。
韓子其人崛强歟，羣兒頭角久相疎。也知自是屠龍手，温水難教戀小魚。

斗酒金鑾筆下春，脱靴力士幾曾嗔。後生不謂尋常事，驚怪先生膽是身。

## 前和拒霜詩似亦少貶再以一絶慰之

巖桂攙先還寂寞，菊花殿後尚斕斑。却應獨占西風好，乞與佳名秋牡丹。

## 姜總管相送至掃溪三十里夜雪中留别

相得詩人我與公，浙江從此隔西東。年來已是難為别，更在山中風雪中。
杯酒淋漓意氣傾，離筵唱徹短歌行。翻然解纜人歸後，獨自篷窗聽雨聲。
一麾又指浙西州，千騎東方且上頭。已約好山供望眼，更煩飛雪送行舟。

## 文籍遭水

巍冠廣厦誦虞唐，自注：先生頃在經筵。冷笑諸儒屋壁藏。卷軸隨車雖土苴，末流清潤尚隄防。

## 槿　花

西殿凉風合斷魂，玉奴終不負東昏。縱然榮落纔朝暮，也是曾承雨露恩。
翠袖紅裳細錦袍，紛紛兒女鬬妖嬈。千枝萬朵遮人眼，誰覺榮枯在一朝。
光陰占取入秋來，料想西風費剪裁。朝暮相催君莫問，一邊零落一邊開。
草中漫説千年潤，花裏休誇百日紅。畢竟有生俱有盡，大椿朝菌得無同。

## 飯有沙二絶

東西斷渡欲浮槎，朝來絶市無魚蝦。我倉濕穀舂不得，客米炊來飯有沙。
厨人淘米不淘沙，豈為先生惜齒牙。烘穀旋舂供晚爨，瓶儲未可笑陶家。

### 舟中重午絶句

筠筒角黍楚人悲，節物驚心此一時。不作板輿迎侍計，被讒真欲弔湘纍。

### 久不到南坡

何許瀛洲更望登，田園日涉與吾曾。怪來松菊荒三徑，底事歸兮却未能。

### 南坡雜詩

三徑應緣二仲開，定交笑指歲寒梅。却嫌桃李無區別，下有成蹊俗客來。自注：夾徑植梅。

澗下初驚鬱鬱時，十年春雨舊相知。君看稚齒昂藏處，已有蒼髯老大姿。自注：澗下移松。

先生壠上帶經鋤，一雨朝來土脈蘇。盈尺槿籬須補綴，鄰翁殊未識龍雛。自注：補籬護笋。

太華峰頭開玉井，若耶溪上識紅粧。要遣秋風開菡萏，急須春雨漲池塘。自注：鑿池種蓮。

靖節門前盡日垂，清風千載意誰知。折腰五斗非吾事，慙愧輕儇一小兒。自注：亭前栽柳。

### 南坡雜興

咫尺南坡早得春，杖藜朝夕往來頻。迨今著意栽桃李，準擬他年作主人。

東風已放二分春，小小犁鋤手自親。多少軟紅塵裏客，豈知林下有閒人。

### 道院周圍果實皆先居士手植因長老今摘送不勝追感再成山偈

仙翁久矣騎鯨去，華表終朝化鶴來。更待蟠桃千歲熟，慈顏應認手親培。

### 和林正甫碾茶

森嚴風味變腴甘，未必能祛睡思酣。姑為先生寬水厄，却容歸夢到江南。

肝膽由來自一家，人間何許是真茶。不妨更著薑鹽伴，可但丘中詠有麻。

**以蓮心茶送江倅報以剥蝦佳句**

十指纖纖筍透芽，滿盤紅玉剥鬚蝦。慇懃念我須分餉，更問鄰家酒得賒。

**佳句妙醞鼎至再和以謝**

不為河魨賦荻芽，一壺且復薦枯蝦。燈花也似知人喜，來報歸期的不賒。

荷葉浮錢蒲茁芽，鏡潭寧是照魚蝦。只今風月平分了，便趁鵬程萬里賒。

**别後寄林子長**

幸然頭角未相疎，交道從來笑耳餘。短棹忽來還又去，得非蝴碟夢周歟。

**安奉觀音**

優鉢曇花果有花，不緣詩酒到君家。聞思大士應嫌汝，枉費精神詠綺霞。

**和耘老弟喜衢得第三男**

天教英物照階除，又勝徐卿第二雛。會見五男并二女，宛如合璧與連珠。

**覽鏡有白髮**

拂拭青銅照病顔，勳名正墮渺茫間。緣愁白髮三千丈，蚤已朝來見一斑。

割雞何惜用牛刀，老大無心賦畔牢。多少少年騰上速，幾人曾得見霜毛。

**和林子長惠黄芥**

小摘情親自履畦，負霜含露末秋時。緑葵白薤何須說，潘岳當時恐未知。

自鋤稀甲細分畦，憶在西山獨往時。便把須彌藏芥子，箇中境界有誰知。

**謁先祖墓**

欲知吾祖慶源深，山下龜泉色更澄。況有西樞銘誌在，吾詩正好刻碑陰。自注：章樞作先祖墓誌有云：家貯寒冽，源深流長，允矣虞公，子孫其昌。以上《尊白堂集》卷四

**雨花臺**

輶車行曉快新遊，更上雨花臺上頭。看不厭人渾是景，清無極處奈何秋。地完龍虎堂堂立，江泊鯨鯢衮衮流。一帶黄山是淮土，依然望弗見神州。《永樂大典》卷二六〇三引盧（虞）壽老詩

**耕緑臺**

花村犬吠可能無，但使三農力有餘。千畝秋成雲漠漠，一犁春事雨踈踈。登臺想見同民樂，上考何妨亦自書。秖恐雙梟便飛起，愛身寧許伴春鋤。同上書卷二六〇四引虞儔詩

**羡監簿先出院**

青熒燈火小窗前，自笑醯雞舞甕天。涉筆謾隨斯立尾，着鞭蚤覺祖生先。一觴獨進何由醉，四鼓相將底未眠。珍重梅枝為老伴，摩挲病眼向渠憐。同上書卷一四六〇八引虞儔《尊白堂集》

**和王誠之元夕即席之作**

蕒瑨飛灰趁早朝，便看梅柳占春嬌。金花綵勝方連晝，璧月華燈又徹宵。羅綺叢中森畫戟，旌旗影裏間星軺。滿城遊妓歸時節，猶認雲間紫玉簫。同上書卷二〇三五四引虞儔詩

（許紅霞整理）

# 虞漢

虞漢，儔弟。生平未仕（《尊白堂集》卷三《漢老弟生朝》「莫訝科名後餘子」），早卒（同上書卷二《有懷漢老弟》「豈期中道死生分」）。

## 句

明年桃李月，春入馬蹄輕。《尊白堂集》卷一《漢老弟去秋留别有云云之句今其時也因次韻招之》題引

（虞行整理）

# 黄仲本

黄仲本，名不詳，號復齋，邵武（今屬福建）人。與虞儔太學同學，多有唱和。亦與朱熹有交（《朱文公文集》卷七八《復齋記》、卷八一《跋黄仲本朋友説》）。曾由浙江西路轉運司幕得通判臨安府（《尊白堂集》卷二《黄仲本自浙西漕幕得倅臨安暫往寓居德清遽然話别詩以送之》）。《宋元學案補遺》下編卷四九有傳。

## 句

丁寧莫被催科擾。《尊白堂集》卷二《仲本索歸甚遽前詩送行言之不足見示和篇覽之益用慨然再用前韻》注引

好把丹衷為上傾。同上書卷三《得黄仲本詩再和二首以寄之》注引

（吕桂珍整理）

# 全宋詩卷二四六六

## 傅大詢

傅大詢，字公謀，分宜（今屬江西）人。分宜有鈐崗，因以自號。與許及之（孝宗淳熙七年知分宜縣）同時，許《涉齋集》卷七有《謝傅公謀賀雪》。今録詩十首。

### 賀　雨　為分宜宰許及之作

獅子關前半篆烟，二龍飛下卓篙泉。銀河掣電連宵雨，緑野翻雲四月天。便覺春生花一縣，會看秋熟米三錢。何時卓魯登黄閣，都與寰區作有年。宋羅大經《鶴林玉露》卷五

### 賀生子索盃

唤婦推窗索錦牋，山翁要賦弄璋篇。一年江上春將暮，三日人間月又圓。母舅故家應有持，郎官餘慶豈無傳。不妨小小為湯餅，紫竹林邊風月天。

### 賀生次子

老子瞿曇魯仲尼，新來抱送一麟兒。已吞賈氏三英時，不數徐卿二子奇。昨夜光連奎昴宿，他年身在鳳凰池。相門有相非虚語，細聽啼聲自可知。

### 賀生第五子

春風有客到門牆，院落猶聞天上香。曲水尚遲三日宴，燕山要足五枝芳。偶逢賀夏隨飛燕，不誤題書作

弄璋。從此葛山壇下路，要成父子錦衣鄉。

**賀晚生子**

□□森森天下奇，靈椿猶自長新枝。從來老蚌珠生時，豈是長庚夢到遲。標格銀蟾光皎潔，精神秋水碧漣漪。玉皇案吏家聲近，佇看追蹤入鳳池。

以上元劉應李《新編事文類聚翰墨全書》丙集卷三

**挽嫂**

閨門六十四年春，回首平生可痛情。不肯轑羹驚好客，直能炊庡奉難兄。莫思秀水初來壁，豈料蕭州竟逝傾。一望松楸三百里，年年遥為哭清明。

**哭夫**

三十功名四十亡，有才無壽兩堪傷。夫妻鏡裏鸞分影，兄弟群中鴈失行。數尺紅羅書姓字，一堆黄壤蓋文章。我來不敢高聲哭，只恐猿聞也斷腸。

以上同上書戊集卷五

**贈山人黎君寶**

白雲深處鬱孤臺，一卷青囊一酒杯。天在掌中旋日月，龍從足下起風雷。自知有分三公貴，未必何時萬乘來。經過鈴岡肯相訪，柴門認取竹新栽。

同上書壬集卷八

**飲月**

酒滿金樽月滿輪，月沈輪影在金樽。更深坐久詩喉渴，一舉金樽和月吞。

**新霜**

瓊宫青女妝初試，錦幄佳人睡未知。但見玉童呵手道，破寒唯有酒相宜。

以上明張溥《新編排韵增廣事類氏

族大全》卷一七

## 丁可

丁可，字無可，號蟠廬，天台（今屬浙江）人（《天台續集》卷五）。孝宗隆興元年（一一六三）進士。累官監行在惠民北局。事見《嘉定赤城志》卷三三。今録詩二首。

### 題寒巖寺

大塊中間一竅開，佛龕僧榻遍巖隈。羣峰争汎玄雲出，絶磴衹容幽鳥來。蝠穴巧藏人世界，鼇山驚現蜃樓臺。重來又與山僧別，鐘鼓無情鶴自哀。

### 夜對巾山題客樓

兩峰高並玉瓏鬆，絶頂浮圖插暮空。飛雨入簾烟樹暝，半天燈火幻疏紅。

以上宋林表民《天台續集別編》卷五

## 霍箎

霍箎，字和卿，丹徒（今江蘇鎮江）人。孝宗隆興元年（一一六三）進士，授泰興簿，知嘉興縣。淳熙十四年（一一八七）以提轄行在雜賣場檢點試卷。十六年，知盱眙軍。光宗紹熙二年（一一九一），奉祠（《宋會要輯稿》選舉二二之八）。起知澧州。寧宗慶元間權利州路提點刑獄，兼提舉常平（同上書食貨六八之一〇一）。移成都府路轉運判官，卒于官。《京口耆舊傳》卷二有傳。

### 飛步亭

杏花巖左斸東巖，驅使淮山指顧間。招信□□總□赴，僧伽孤塔正灣環。今來古往皆陳迹，衰草斜陽祇慘顔。走馬看山真慊□，□□拾得片時閒。　元陳世隆《宋詩拾遺》卷二二

## 邵　浩

邵浩，字叔義，金華（今屬浙江）人。孝宗隆興元年（一一六三）進士。淳熙十二年（一一八五）知江山縣（清同治《江山縣志》卷六）。十六年，主管江南西路宣撫司機宜文字（《坡門酬唱集》自序、張叔椿序）。編有《坡門酬唱集》二十三卷。今録詩二首。

### 挽吕東萊二首

三相流風遠，諸孫氣貌舒。有文皆錦繡，不琢自璠璵。樂育心無類，何言意已攄。摳衣多户屨，四海讀公書。

道統傳千載，儒風振一時。心誠師孔孟，業廣慕臯夔。感鳳方興歎，書麟尚措辭。一朝梁木壞，吾黨可勝悲。　宋吕祖謙《東萊集》附録卷三

## 任允迪

任允迪，四明（今浙江寧波）人。孝宗隆興元年（一一六三）進士（《乾道四明圖經》卷一二）。

### 耕樂軒

安分丘園百不憂，生涯滿目足優游。春深甘雨桑麻長，秋霽西疇黍稻收。教子倚闌看邃説，飲牛挂策俯

池流。高情更喜親朋至，白酒黄雞醉即休。　清董沛《甬上宋元詩略》卷六引《三茅志》

## 吴會

吴會，字致堯，號北山（《宋詩紀事》卷七四），永福（今福建永泰）人。高宗隆興元年（一一六三）進士，官玉山丞（《淳熙三山志》卷二九）。今録詩二首。

### 題錢塘

荆江南下越，渺渺幾長亭。一水三千里，孤帆十二程。潮來江渚白，山在海門青。昔日錢吴地，如今作帝京。　影印《詩淵》册三頁一九六一

### 訪别嚴儀卿寄郭招甫

言將遠行邁，來宿故人家。愛爾時相顧，回舟日欲斜。論心付杯酒，别路正梅花。不待江湖去，今朝鬢已華。　清厲鶚《宋詩紀事》卷七四引《詩林萬選》

## 胡持

胡持，字元克，一字公操，婺源（今屬江西）人。孝宗隆興元年（一一六三）進士，授鄱陽主簿。歷上元丞，南康軍簽判。事見明弘治《徽州府志》卷八。

### 句

藏雲八世五登科。藏雲樓　明彭澤弘治《徽州府志》卷一〇

## 程迥

程迥，字可久，寧陵（今屬河南）人，南渡後僑居餘姚（今屬浙江）。深於經學，學者稱沙隨（寧陵古爲沙隨邑）先生（《困學紀聞》卷一八）。孝宗隆興元年（一一六三）進士，授泰興尉，調德興丞。歷知進賢、上饒二縣。有《南齋小集》，已佚。《宋史》卷四三七有傳。今録詩五首。

### 自題眄怡齋 三首

乞得膠膠擾擾身，霜筠露菊便相親。勸君莫厭羹藜藿，違己由來更病人。

六月松風萬籟寒，笙竽頻到枕屏間。夜深夢繞匡廬阜，瀑布濺珠過藥闌。

葵花已過菊花開，萬里西風拂面來。問字今朝幾人至，細看屐齒破蒼苔。

宋王應麟《困學紀聞》卷一八

### 尤美軒 在玉山之洞巖，玉泉先生所創，上饒公重葺

儒賢不自居，遠慕六一翁。洞巖天下奇，超出滁山峰。鬱積秀和氣，鍾我蓋世公。冰玉相輝映，盛事古無同。公今忽乘箕，而我來自東。列炬照幽遠，捫蘿扣玲瓏。陽崖能奪景，陰岫自藏風。巉絶異狀至，淙激洑流通。須臾鍾磬發，乃得梵王宮。亭製亦云舊，遠日增憑空。禪老霜顛毛，歷歷記前蹤。名儒天一涯，悵仰無歡悰。諸友命之賦，萬象驕莫從。異時憐湛輩，名託峴山崇。

《永樂大典》卷九七六四

### 題玉真書院

吴侯所築居，密近玉真麓。翳葳祕幽奇，千載空喬木。一朝敞虛境，劃見神仙躅。拄杖步危磴，遠寄千里目。鶴憑子晉笙，鳧舉王喬足。信是隱君子，名入丹青録。冥搜得佳句，隱然可騷僕。早聞雲錦溪，

鳴榔到巖谷。寄我輞川圖，居然媚幽獨。何當櫂輕舠，飛鳥送遐矚。明陳策正德《饒州府志》卷三

## 宋之瑞

宋之瑞，字伯嘉，號樵隱（《天台續集别編》卷五），天台（今屬浙江）人。孝宗隆興元年（一一六三）進士。乾道八年（一一七二）爲江陰軍教授（明嘉靖《江陰縣志》卷一二）。淳熙十三年（一一八六），除宗正寺丞（《宋會要輯稿》選舉一一之三八）。十五年，爲秘書丞。十六年，都大提點坑冶鑄錢。光宗紹熙二年（一一九一）使金（同上書職官五一之三七）。歷樞密院檢詳文字、大理少卿，出提舉福建常平、提點刑獄。寧宗慶元二年（一〇九六）爲秘書少監，遷中書舍人，兼實録院同修撰。五年，知寧國府，徙知泉州（清康熙《寧國府志》卷九）、江陵府。嘉定初，以龍圖閣待制致仕（《宋會要輯稿》職官七四之三七）。事見《嘉定赤城志》卷三三，《南宋館閣續録》卷七、九。今録詩三首。

### 游石橋二絶

石梁横亘不知春，閲盡憧憧幾許人。正使更無蒸餅礙，可能前路絶荆榛。

應緣心在已心空，方廣那知只此中。金爵茗花時現滅，不妨遊戲小神通。《天台續集别編》卷五

### 洪陽洞

天台自是神仙窟，常恨平生游未足。竭來訪古得洪陽，不憚攀躋冒炎酷。當年事往雖渺茫，至今峭壁摩空蒼。豁從洞口見穿穴，始信靈蹟由天藏。細泉滴乳散瓔珞，亂石排衙互拏攫。上施牀几看燒丹，旁布塍畦間種藥。虚舟聊具仍馭風，靈源暗與江流通。欲携束緼恣幽討，却疑深處藏蛟龍。惜哉此境真奇

絶，地偏往往成湮没。僅存野廟傍山阿，儻非好事誰留轍。吾衰重到定無期，肯辭繭足陵丹梯。共言荆榛無路人，徒羡翠羽穿林飛。安知咫尺蓬萊隔，邂逅仙人還不識。謾書所歷記吾曹，歸向天台詫泉石。

清謝旻雍正《江西通志》卷一五〇

## 游少游

游少游，字希卿，南豐（今屬江西）人。孝宗隆興元年（一一六三）進士，又中教官科，授贛州教授，調上高縣丞。歷知永興、廬陵縣，通判南安軍，知澧州。卒年七十九。事見《永樂大典》卷八八四三引《南豐縣志》。今録詩七首。

### 寶雲院

石徑緣雲艱復艱，不知蕭寺駐林間。餘香滿袖花驚眼，空翠沾襟雨暝山。早晚報衙蜂擾擾，友朋相和鳥關關。我來亦被浮名縛，那得高僧一樣閒。

### 禪寂院三首

簿書叢裏匆匆過，小白長紅總自芳。獨到遠村渾不惡，緑陰深處野花香。

黄雲翻盡水平田，時有農耕破曉烟。熱氣漸深牛易喘，不須辛苦更加鞭。

柳絲風颺馬蹄輕，又作長亭十里行。争似老僧無一事，白雲欹枕聽鶯聲。

### 田南寺舊作惠濟寺

我本無心似白雲，應緣未見宰官身。何時鐵笛千山首，吹起梅花一點春。

## 香山院

誰將萬斛旃檀子，撒向千春古道場。萬壑曉風吹不斷，至今猶自滿山香。　以上清馮蘭森同治《上高縣志》卷一三

## 題石仙洞

石巖嶔巇跨龍虎，有客巖前避風雨。篆文委蛇蟠玉書，流鈴擲火煩守護。冷翁蜕骨黄金容，千年古木何嵌空。無人唤起玉霄夢，閒却碧桃丹杏風。令威白鶴去不歸，麻姑丹砂疑是非。長松滴翠挹北斗，流水泛花迷舊溪。　清曾燠《江西詩徵》卷一五

# 李唐卿

李唐卿，字相之，號慎言居士，紹興（今屬浙江）人。孝宗隆興元年（一一六三）進士（《寶慶四明志》卷一〇）。官集賢院修撰。事見《甬上宋元詩略》卷六。

## 飛魚港

嘗聞一鯉魚，飛騰作清質。至今涵青霄，尚且浴白日。　《甬上宋元詩略》卷六引《三茅志》

# 李宗思

李宗思，字伯諫，建安（今福建建甌）人。孝宗隆興元年（一一六三）進士（明嘉靖《建寧府志》卷一五）。乾道八年（一一七二）爲蘄州教授（《晦庵集》卷七五《送李伯諫序》、卷七七《蘄州教授廳

記》）。

## 句

邪色哇聲方漫漫，是中正氣愈駸駸。宋朱熹《晦庵集》卷六《伯諫和詩云云予謂此乃聖人從心之妙三歎成詩重以問彼二首》引

# 姚申之

姚申之，字崧卿，崑山（今屬江蘇）人。孝宗隆興元年（一一六三）進士。事見元至正《崑山郡志》卷三。今録詩六首。

## 寓居全吴江上 四首

夜來得酒氣增華，興入丹梯月姊家。兩首新詩一篇賦，今年不負木犀花。

一雨通宵翦菜畦，波稜生甲晚菘齊。朝來赤脚語言好，醒酒杯羹有宿虀。

幅巾蕭散一枝筇，身在水雲千頃中。抹野亂山隨意碧，裊林霜葉可憐紅。

築成芋塹那憂餓，爨到㢇廖真箇窮。飽坐西軒觀物變，一甌濃茗一林風。

## 家西小亭名水雲千頃

雲影翻隨宿鳥迴，斜暉猶帶晚潮來。小橋低處通船過，一隊鵝兒兩道開。

## 將至崑山舟中作

崑嶺煙斂後，虞浦風定時。一舸飛兩艣，百媚生漣漪。霜清寒中人，天宇雲陸離。朝曦忽漏光，野光明

荒陂。潛魚時一躍,宿鳥意遲遲。却望西津橋,千尺天投霓。豪家貴公子,香衾擁屏幃。安知蒼莽中,有境如此奇。我以飢驅出,氣軒復開眉。諸侯真懿親,襆被相追隨。長嘯開船篷,襟袖風披披。平生崔嵬胸,軒昂對天池。有景無句道,徑須酒澆之。以上宋龔昱《崑山雜詠》卷下

## 薛敏思

薛敏思,四明(今浙江寧波)人。朋龜從子。孝宗隆興元年(一一六三)進士(《乾道四明圖經》卷一二)。官至尚書。有《聽松閣集》八卷,已佚。事見《甬上宋元詩略》卷六。

### 送歐陽令之任粤中

大隄二月柳初舒,秣馬飄然别故廬。自取通才分劇邑,誰憐修路奉除書。緑蕉丹荔千山度,瘴雨蠻煙百粤居。此去縣中花事好,早將佳績報雙魚。《甬上宋元詩略》卷六引《薛氏世風刪》

## 林淳

林淳,字質甫,永福(今福建永泰)人。湜兄。孝宗隆興元年(一一六三)進士,授潮陽尉(《淳熙三山志》卷二九)。乾道八年(一一七二)知涇縣(明嘉靖《寧國府志》卷八上)。淳熙間知南劍州(明嘉靖《延平府志》卷七)。今録詩七首。

### 風光閣

萬箇琅玕照碧溪,翠蘿蒼木與雲齊。山南山北皆春色,豈特風光在水西。明李默嘉靖《寧國府志》卷四

## 秋霜閣吟

煙霞欝林巒，天地横機軸。天巧出經緯，織來雲錦簇。木杪見浮屠，突兀隱渠屋。夕照含幽微，曛紅間深緑。可望不可親，白鳥時往復。飛閣凌秋霜，危檻倚修竹。崖陰分白晝，颯爽變幽谷。隙地清絶處，他年猶可卜。山水固依然，為我留蒼木。

## 清心堂

好山佳水照晴簷，時鼓瑶琴頌雅南。吏散庭空無箇事，一輪明月印寒潭。

## 錦照堂

溪西受日雲山麗，乞與溪東作錦屏。好把生綃寫歸去，光華清晝爛門庭。

## 蒸霞亭

種桃人去歲華更，依舊紅霞照月明。但見濃雲環百里，誰知春色滿寰瀛。

以上明王庭幹嘉靖《涇縣志》卷一〇

## 邑山

昔來因檮雨，祝旱却重遊。洞裏龍何在，山前水自流。黄楊厄閏歲，白菊殿殘秋。正好看雲起，朱簾莫下鈎。

## 琴溪

湛湛長溪水，飛橋遠近通。客喧墟市合，仙去釣臺空。欲辨磨崖字，忽聞遵渚鴻。僧無贊公趣，誰與論崖中。

以上清莊泰弘康熙《寧國府志》卷二八

（以上李更整理）

薛敏思　林淳

## 趙伯泌

趙伯泌，太祖七世孫（《宋史·宗室世系表》五）。孝宗隆興元年（一一六三）進士（《歷朝上虞詩選》卷三）。

### 梅花

綽約冰姿傍短牆，天香應不讓花王。雪光相映精神爽，月色深籠意味長。惟契竹松敦晚節，不隨桃李競春芳。漫將玉笛風前弄，留取宫人學漢妝。清錢玫《歷朝上虞詩集》卷三

（徐永强整理）

## 楊方

楊方（約一一三三—一二一〇），字子直，號淡軒老叟，長汀（今屬福建）人。從朱熹學。孝宗隆興元年（一一六三）進士，爲清遠簿。淳熙八年（一一八一），由武寧丞攝知靖安。趙汝愚帥蜀，辟爲主管機宜文字。召爲宗正簿，遷著作郎（《南宋館閣續録》卷八）。寧宗慶元元年（一一九五），出通判吉州，遷知建昌軍。入僞學黨，罷。嘉泰三年（一二〇三），起知撫州，未數月奉祠。嘉定初，召爲考功郎，尋罷。閲二年，起提點廣西刑獄，行至象州病卒，年七十八。事見《永樂大典》卷七八九四引《臨汀志》，《宋史翼》卷二一有傳。今録詩十首。

### 淳熙辛丑自武寧丞攝靖安作

毛竹山頭雲雨昏，靖安橋下小谿渾。高陂約水歸田急，不管湍聲入縣門。
堂上官人似野人，村甿相見可相親。開門坐對臨溪樹，故是水邊林下身。

對縣誰家數畝園，竹亭茅宇雜花繁。同官不可無兼局，通管溪南水竹村。

**題武寧丞廳**

暮年叢薄寄鵤鶵，搔首巡簷歲月銷。留與後人還要否，一軒松竹冷蕭蕭。

**館中簡張約齋**

書生賦分合窮愁，官與休辰不肯休。清曉犯寒開省户，誰家見雪似瀛洲。爛銀宫闕雲端見，素柰園林月下遊。説與南湖張祕閣，速來同直道山頭。以上宋劉克莊《後村先生大全集》卷一七六《詩話後集》

**合歡詩**

爾根深且固，余根淺且洿。移植良無期，嘆息將何如。《永樂大典》卷二三四七

**古　梅**

尚有黄梅一樹斜，幾年叉柱惜繁花。新詩連壁皆惆悵，想見當時北客家。原跋：紹興末年三守李姓，是公蓋有關河之思。同上書卷二八〇八

**送張振古二首**

積剛自許挾浮雲，拂拭平生欲佩君。匣古年侵春暈澀，忍隨人課割鉛勳。

張公不是病參軍，晚出猶將一事君。耿介只今無伴處，秋光詩好與誰聞。同上書卷七八九四

（岳仁堂整理）

## 楊咸亨

楊咸亨，綦江（今屬四川）人。孝宗隆興元年（一一六三）進士（清道光《綦江縣志》卷七）。

### 江郊亭新成賦詩二十三韻

蜀江千里東南傾，峽門横鎖千丈鯨。吴帆蜀楫過如織，府主四海皆弟兄。城西門前二十里，客去當送來當迎。藤梢橘刺密無路，短亭四壁荒榛荆。春風淡沱酌客處，我陪後乘同郊行。碧油紅旆駐沙尾，連宵急雨鼓不鳴。元戎玉皇香案吏，俯仰茆屋無乃輕。擘山鞭石相原隰，釘頭瓦縫粟縷盈。偉哉幻書此奇觀，丹楹畫棟光峥嶸。山長波迴目力短，空濛宜雨高宜晴。危嵐滴翠染窗户，空江倒影翻檐甍。天藏地設久相待，更為佳處得佳名。梁間横陳大手筆，龍蛇飛動鬼神驚。高齋百篇子美唱，峴山千載羊公情。試呼小隊訪新館，壯遊始與盛概并。披雲唤月星斗動，放舟聞鶴天水明。練光渺渺風力壯，疊鼓西上帆東征。舳艫冠蓋兩嘆息，歡謡晝亂漁樵聲。元戎故是活國手，山河指顧風塵清。凄凉三峽小遊戲，樸斲丹黝安足程。明堂梁棟要杞梓，天關一柱須公擎。紛紛故吏萬里外，燕雀行慶大厦成。賦詩抵掌者誰子，夜郎野老楊咸亨。明周復俊《全蜀藝文志》卷一三

（李權整理）

## 陳讜

陳讜，字正仲，仙遊（今屬福建）人。豐子。孝宗隆興元年（一一六三）進士，授甌寧簿，泉州教授。寧宗慶元初知貴州（《粤西金石略》卷一〇）。歷太府寺丞、禮部員外郎，殿中侍御史。嘉泰元年（一二〇一），兼侍講（《宋會要輯稿》選舉二一之二七、二二之一六、職官六之七二）。俄遷起居舍

人，奉祠。起江南西路提點刑獄，召爲太常卿，尋除兵部侍郎。開禧元年（一二〇五），出知寧國府（清康熙《寧國府志》卷九）。未幾奉祠。嘉定元年（一二〇八）致仕。《莆陽文獻傳》卷三四有傳。今録詩七首。

## 南山

天造其山，在貴之陽。二十四峰，拔地峭剛。其山維何，如彼玉蒼。宅位於離，火德之祥。南山何有，有方其巖。若堂甚夷，若門者三。穹者圓蓋，植者羽參。石像天成，匪鑿匪劖。陟彼山巔，有洞益奇。南北户通，千里頫闞。伊晉之洪，采榮于斯。丹飛井霤，木潤草滋。昔我太宗，雲章下賁。於皇仁廟，奎文狎至。巖處有輝，神護孔閟。丕昭聖朝，聲化遠曁。南山不騫，天子萬年。南山不朽，天子萬壽。無量惟壽，與天齊久。小臣作詩，永颺於後。

## 彈丸山

地迥山奇怪，神仙喜穴居。百雲剜洞巧，五石補天餘。商野幽人夢，周南太史書。心乎愛丘壑，勝概一躊躇。

以上《宋詩拾遺》卷一八

## 過溪南韓氏宅

曾覽溪南勝，重來四十年。樹如人老矣，山共水依然。香玉紛堆案，晴虹對跨川。吾廬今咫尺，乘輿且盤旋。

明鄭岳《莆陽文獻》卷四

## 尊賢堂

聞道騎鯨碧眼仙，黄柑手植尚依然。人間俯仰更成古，天下聲名不計年。繭紙誰能收妙墨，鷄林何用續

遺編。使君為創新堂事，若解尊賢則是賢。《永樂大典》卷七二三五引《瓊臺郡志》

## 潯陽白牡丹二首

玉色天然賽渥丹，亭亭並立倚朱欄。正緣不語偏含思，原作時，據《閩詩録》丙集卷九改若使能行却厭看。

曉原作時，據同上書改來玉露浥香腮，雪態雲裳妙剪裁。不比世情隨冷暖，此花端為老人開。清胡啟植乾隆《仙遊縣志》卷五〇

## 十洲亭

東塘昔號神仙景，亭以洲名世亦稀。山擁髻鬟臨水鑑，花鋪雲錦出天機。好風入座清如濯，古木分行翠欲圍。每到凴欄會心處，不知香氣襲人衣。清鄭傑《閩詩録》丙集卷九

## 句

淵源師老杜，體制陋西崑。宋王十朋《梅溪後集》卷二〇《贈陳教授正仲》引

竹密不知雲欲雨，山高盡見水朝宗。題吴山三茅觀梅亭　宋葉紹翁《四朝聞見録》乙集

# 周去非

周去非，字直夫，永嘉（今浙江温州）人。孝宗隆興元年（一一六三）進士（《直齋書録解題》卷八）。歷欽州教授、静江府通判（《嶺外代答》自序）。官終紹興府通判（明弘治《温州府志》卷一三）。有《嶺外代答》十卷。

## 懷歔欷

白雲近空山，清風動修竹。竹間何所有，曲澗聲谷谷。山迥何可窮，萬里來懸瀑。昔有君子廬，清標謝王屋。北山茲正高，邦君見良燭。吾黨詎敢忘，封植此佳木。《宋詩拾遺》卷一八

（以上李更整理）

## 張抑

張抑，字子儀（《誠齋集》卷一一四《詩話》），常州（今屬江蘇）人。守孫（《宋史》卷三七五《張守傳》）。孝宗隆興元年（一一六三）進士。淳熙四年（一一七七），通判常州（《誠齋集》卷六七《答福帥張子儀尚書書》）。十年爲大理寺丞（《周文忠集》卷一七《跋文潞公帖》）。十五年，爲江東總領（《景定建康志》卷二六）。寧宗慶元六年（一二〇〇），知福州（《淳熙三山志》卷二二）。改知平江府（清乾隆《蘇州府志》卷三二）。官終户部尚書（《攻媿集》卷一三《尚書張公抑挽詞》）。

### 净相院

雲山爛漫本難名，收拾閒情付此生。出處自知無上策，往來聊欲試同盟。門多賢轍人便静，琴鎖師堂歲幾更。六月岸巾來借扇，頻遊應不禁船行。宋潛説友《咸淳臨安志》卷七八

## 袁采

袁采，字君載，衢州（今浙江衢縣）人。孝宗隆興元年（一一六三）進士。乾道間爲萍鄉主簿（清同治《萍鄉縣志》卷八），淳熙五年（一一七八）知樂清縣（清乾隆《温州府志》卷一八），九年，知政和縣（明嘉靖《建寧府志》卷六），又知婺源縣（明弘治《徽州府志》卷四）。終監登聞鼓院。有《世範》三

卷傳世。明弘治《衢州府志》卷一〇有傳。

## 縣廳書事

庭下幽花照眼醒，緑陰成幄晚風清。何時抛擲銅章去，小艇煙波弄月明。

清錫榮同治《萍鄉縣志》卷六

（以上吴鷗整理）

# 全宋詩卷二四六七

## 薛季宣一

薛季宣（一一三四—一一七三），字士龍，號艮齋，永嘉（今浙江温州）人。徽言子。以蔭入仕。年十七，從荆南帥孫汝翼辟書寫機宜文字，師事袁溉，傳河南程氏之學。後入四川制置使幕，從蜀歸，調知鄂州武昌。召爲大理寺主簿，持節使淮西收淮北流民實邊。還，遷大理正。以直言缺失，爲當國者忌，出知湖州。孝宗乾道九年改知常州，未上，卒，年四十。有《浪語集》三十五卷傳世。事見《東萊集》卷一〇《薛常州墓誌銘》、《止齋集》卷五一《右奉議郎新權發遣常州借紫薛公行狀》，《宋史》卷四三四有傳。

薛季宣詩，以清同治瑞安孫氏詒善祠塾刊《艮齋先生薛常州浪語集》（其中卷四至卷十四爲詩）爲底本。校以影印文淵閣《四庫全書》本。

### 誠臺春色四言

鳳闕西岡，郎亭東乳。惟竹猗猗，誠臺有楚。苔痕春緑，玉李晚風。屏山坐對，青葱數峰。頽牆色弄，文杏新紅。争鮮競秀，芳隨意遠。各稱時宜，自成深淺。妙意誰傳，叵形罨畫。羲皇晚生，先天後卦。江湖漲緑，旋拍滄洲。晴嵐翠滴，烟瘴悠悠。篁鞭破蘚，柳帶縈愁。亦有江梅，花殘未落。弄音好鳥，笙簧度曲。堆如瓦鼓，幽獨是稱。兀坐頽然，邑荒無政。新陽多感，雷鼓轟天。清淮咫尺，狼烽夕煙。暮四朝三，誰為第一。不知其它，且以永日。

## 春江夕泛二首

短棹春江裏，桃花流水生。天高裝鏡浄，岸遠筆山横。落日無窮意，丹霞逐旋明。何時遂歸志，一葉任縱横。

夕泛春江裏，扁舟萬里心。仰頭竟空碧，疏樾成清陰。浩志曷可遂，歸懷詎能尋。波隨亂山急，意若□流四庫本作流水深。日落洲上葦，霞生霧堆金。重淵狎已貫，飄風顧難禁。巖巒多李花，冰霜積梅林。為何縱松舟，且以開吾襟。迎送未云已，浮雲逐行吟。

## 俞氏園林

茁茁桃與李，生花故城山。修竹共娟好，流水相往還。天遠峰可續，人來心已閑。殷紅間蒼白，晚吹催潺湲。吾邑在何許，滄波對重闤。煙霞蔽落日，萑葦深前灣。送客時已到，遊人意長慳。高風怒濤作，卷雪食餉間。官禁不可脱，歸哉望斕斑。

## 石門漁舍

漁家在何許，蹐駮巖下石。花樹幾株芳，湖山數峰碧。窊樽亭遂古，雙闕天自闢。錦繡入茨舍，藤蘿封筆栅。吾為江上遊，形苦世間役。心馳定沙步，舟行過簷隙。浪翁底鐫銘，太尉此居宅。豈若斯人徒，風雲相主客。

## 元夕

元夕不作會，蓮燈相照明。影光嚴鐵馬，讙譟合金城。發策悶如醉，中庭空自行。月娥雲鏡暗，樽酒為誰傾。自注：時唐鄧邊報方急。

## 月夜郊行

曠野久晴霽，月娥添夜明。光浮滐水白，寒徹纊衣清。頗復藍關意，端為剡縣行。灝然天宇内，應不負平生。

## 讀書三首寄景望

春　秋

非復東都會，書王春又春。退風飛宋鷁，遠狩獲西麟。孔志知安在，幽詩難重陳。焚香掩卷坐，歌詠忽臣鄰。

山海經

帝江無目面，歌舞識成音。形天斷厥首，操干意岑崟。大化浩難量，懸解在明心。舒嘯東皋上，薰風五弦琴。

韓　文

退之强解事，剛不信神仙。所作古意詩，甘心玉井蓮。沈痾痊不見，險絶慟虚傳。賴得華陰令，聱書言豈然。

## 遊竹陵善權洞二首

萬古英臺面，雲泉響珮環。練衣歸洞府，自注：澗水倒流入水洞中。香雨落人間。蝶舞疑山魄，花開想玉顔。幾如禪觀適，遊鮒戲澄灣。自注：寺故祝英臺宅。唐昭義帥李蠙嘗見白龍出水洞而為雷雨，今小水洞存鰻魚四足。

左右蝸蠻戰，晨昏燕蝠争。九星寧曲照，三洞獨何營。世事嗟興喪，人情見死生。阿誰能種玉，還爾石田耕。自注：山有三洞九斗壇，故更寺觀者不一載。有李後主斷還僧寺批札石記，語極可笑。大水洞有石田數十町，奇絶。

## 都場正月盡未見梅思雪中石門之遊作

千里春何晚，三旬暖不回。眼青暝縣柳，粉白悶宫梅。麗水年時泛，桃花雪裏開。軒轅丘一夢，懷往意悠哉。自注：石門之上有軒轅之丘。

謝客窮幽處，仙宫隱薜蘿。二峰峨魏闕，雙瀑瀉天河。犺獚應難致，猿猴却患多。雪中山更好，淹歲定如何。自注：犺、獚，皆出石門山中。犺類猿而緑，獚類狗而黄，盖猴屬之大者。犺讀如廣，殆所謂狼犺也。獚，字書音黄，土人作去聲呼之。狼讀如朗。

## 梅　花

花實望先進，英華標素王。自注：仙家號梅為花王。竹籬眠夜月，風雪傲寒塘。皎皎曾無對，凄凄忽有香。和羹須鼎味，盛服也霓裳。

## 吴江放船至楓橋灣所謂越來溪也

短篷負長虹，破簸掛明月。風馬座中生，天幕波中出。高城多隱映，遠岫攙羅列。少小泛吴江，始識仙凡别。

## 讀春秋有感

巧辯雞三足，曾窺豹兩斑。鳳衰歌已過，麟獲涕為潸。妄作南柯郡，間争左角蠻。夢回無箇事，風雨度前山。

## 送士昭兄赴南外敦宗院二首

人道温陵郡，山川似洛陽。懷兄尚淹滯，敦族蹔翺翔。會見親先漢，方期變有唐。萬安秋夜月，多稱古文章。

憶昔南州去，松根眺邑壥。鳥啼雲裏樹，人入洞中天。載陟今時路，須航古渡船。地窮巇嶮盡，蚤晚濟平川。

## 觀天德圖像二首

函封傳遠邊，瞥見藁街懸。虎喙終為噉，狼心約下賢。時無漢延壽，天奪晉苻堅。請決春秋事，陳侯訃豈然。

嗚鏑心何悖，投鞭計亦休。傳聞廣陵散，因作畔牢愁。淝水真同道，黄池故不侔。見遺天授像，看是郅支頭。

## 傷淮帥時戰敗未知所在

淮浦天龍戰，居巢塞馬歸。陣傷軍背水，機失寇踰淝。越石知何在，虞君恨曷依。都緣生過涉，誰為斬何徽。

## 袁口回棹有感

放舟谷里口，乘流楚江干。釣臺亦已墮，大舶寧長安。春度亂山緑，風回平水湍。何須問今古，劫劫難為觀。

## 白髮

浮生寧久客，罷沐彈冠幘。芳樹幾時紅，童髮半莖白。千月浪翻濤，百齡駒過隙。多少少年人，烏頭問華簀。

## 樊口晨泛送程端卿

扁舟送歸客，萬籟寂無風。宿霧青郊暗，卿雲碧嶺空。水清明去鷺，天遠入征鴻。日脚中流見，委蛇走白虹。

## 寒溪堂有待

疏雨渡西關，寒溪亦厚顔。風和沈白浪，雲斂出青山。浩蕩鷗偏適，翔飛鷺自閑。可堪泥染靷，行客馬班班。

## 元夜齋居

漢家傳舊事，太一祀中庭。宫架崇喬嶽，銀釭耀列星。九階四庫本作街塵擾擾，萬室火熒熒。兀坐闐迂四庫本作鄰叟，無人尚典刑。

## 讀列女傳

一避先生席，鏗然鼓瑟希。功名窗紙薄，聲色路塵微。大禮無通問，清談浪解圍。黨人狂斐甚，猶有詠雩歸。

## 讀骨鯁集

幾許興亡事，全歸喜怒中。鸛鳴非雨候，花落任春風。龍馬符雖在，檀槐戰已空。未須悲麥秀，王道有車攻。

**縣民訴事有以禪僧見況者**

訟庭披訴者，道我似禪僧。不悟無生理，安知最上乘。修行心懶慢，瞌睡日瞢騰。説法還知否，宰官非所能。

**士昭兄琴室**

弄琴函丈者，無始到來今。韶濩五弦上，乾坤三古心。荷香流曲沼，烟雨抹寒林。閔子罷傾聽，何人知此音。

**無眠**

丙夜不成寐，可如心念家。人情風上草，身世眼中沙。宿鳥司更漏，黄蜂集晚衙。了忘官府事，高枕是生涯。

**武昌射圃後山與江接走植柳竹方茂每爲民家羊羣所齕日有毆羊之事昔贊皇公以祝雞翁自況走亦可謂牧羊兒矣**

有欲即有累，無營了無爲。且非割雞宰，寧是牧羊兒。甲解木方遂，苞屯芽定萎。江山萬里道，好去莫遲疑。

**乳鹿或得之近山既不可縱畜之更日而馴走命之曰山友**

駒鹿何年致，它山小水濱。呦呦興念母，麌麌熟依人。物性初無定，野心時亦馴。故林迷町疃，結友幸相親。

**乳猫**

乳猫毛比四庫本作披雪，卉服絮成衣。扼鼠氣方盛，食牛形但微。紛拏殊矍鑠，上下擬騰飛。幾許明眸子，虧盈望日暉。

**芍　藥**

萃拔秀羣芳，花間得素王。牡丹紅樹色，菡萏碧池香。融洩云何樂，熙怡日是常。問人伊誰事，士女熟相忘。

**殊　亭**

指掌視吴都，遊人望已殊。清江浮晚岸，緑野漲春湖。我乏淵明事，誰為漫叟徒。醉心尋古記，始信不虚誣。

**寒食雨**

風雨逢寒食，天公涕亦潸。柳眉顰緑髮，花淚溼朱顔。貼嶠雲横水，藏舟霧障灣。燒痕青已徧，若箇子推山。

客裏換春衣，寒風帶雨霏。漸班榆火禁，初感塞鴻歸。柳絮鶯啼亂，梨花蝶趁飛。丘原壇祭耳，悲念切更微。

**袁口舟行值雨**

樊楚勞形甚，將迎一遡流。棹移驚立鳥，帆遠亂浮漚。落漠江皋樹，依稀荻岸舟。烏雲鳴雨急，還我舊神遊。

**酴醾雨後**

晼晚春闌雨，酴醿花意秋。雪飛香霰集，龍鬬玉雲浮。外户楊青眼，中唐浪白頭。夢回人不見，心醉兀悠悠。

玩世無心子，成功不義侯。升沈三躍浪，聚散一浮漚。守郡官槐木，王家夢髑髏。團團天上月，猶自曲如鉤。

## 梒花唐玉蕊花介甫謂之瑒花魯直謂之山礬武昌山中多有之其葉可供染事土人用之釀酒

梒緑吐瑶琨，泠然郭外村。仙人來玉蕊，文士立山礬。芳澤留絲素，風流付酒罇。莫言瑒酷似，香處不勝繁。

## 春霖未霽澍雨大作

甚雨過清明，侵淫不肯晴。天占符後甲，人意失先庚。陌路河魚上，階塘野草生。早來雲陡黑，流澍霤間成。

## 書江表志

株守生財道，棋翻正國成。周王方虎噬，唐后獨牛耕。軍罷心忘戰，民勞勢自傾。誰如内史鉉，求伴大夫平。

## 夏日晝寢

至樂歸靈囿，棲神得睡鄉。青奴涼自愜，班友夢偏長。莫管黄粱熟，何須緑醑嘗。知他人世界，若處有虞唐。

## 夏口懷舊

夏口傷前事，毛精淚暗垂。白龜生不報，黄鵠去無期。嶺雪炎雲熾，瓜田古岸移。戰塵愁滿眼，聊付一篇詩。

## 寒溪寺拈香時國喪罷宴錫已三歲二首

社舞莫婀娟，當修晉白蓮。林梢開遠嶂，花片落寒泉。鐘鼓鏗鏘甚，松篁影帶妍。如來本無象，長老亦逃禪。自注：寺無塑佛像，主僧移律寺久矣。昔者溪為虎，如今突曁煙。萬松晨逕滑，九曲夏雲連。畦町苗初實，池塘滴尚涓。潔齋朝五日，清浄樂三年。要祝南山壽，南山壽十千。

朝衣結藍綬，古刹禮青蓮。蒨絢林間樹，琤瑽竹下泉。晨曦方散彩，曉宿有餘妍。聚石應聞道，無人為説禪。路回荒翳目，江遠望生煙。略彴溪源舊，孱顔嶺岫連。清神山歷歷，洗耳澗涓涓。菩薩行觀世，封人願祝年。更須東畝粟，長穗滿三千。自注：松溪早禾已秀。

## 石榴花

國色宜炎夏，宫裝染絳紗。蒼崖陸渾火，朱景赤城霞。顔駐留瓊蕊，丹成噦日華。東山舊遊處，遥憶武陵家。自注：福州東山有梅（四庫本作榴）花洞，武陵桃花源比也。

## 自訟

學問非干禄，宦遊端為貧。生慙挽船令，羞殺采芝人。求牧知平陸，無漿賣棘津。讀書心愧否，何日是來春。

## 讀李斯傳

上蔡游公子，真情本自愚。五刑身具論，七罪法當誅。逐兔蹤牽狗，亡秦效擊胡。明功與周召，為問驪山徒。

**宿低寨遇雨**

酣睡忽驚覺，空牀秋氣清。四垂來雨脚，萬壑漲灘聲。飛洒穿戎幕，淒凉悵旅情。緹幢高卧者，應更薄書生。

**至信陽宿蕭安撫寨蕭虜蔡將去歲陷信陽者**

左角語争戰，南柯聞大奔。胡為控弦去，猶有覆車存。行客應貪路，邊城不閉門。夜眠思往舊，空淚溼牀痕。

**别元可元亨**

去矣鴟夷子，片帆移夕陽。意深三折臂，情結九回腸。風雨思無晦，江湖道可忘。死生猶暫别，萬里未為長。

**縣有父子訟者走以魯人之法聽之喜其改悔而作**

父子本天性，情緣私愛睽。寧留今夕忍，無作望思悲。克己歸仁禮，回心即孝慈。同年千古意，聖相不吾欺。

**樊岡雨後瀰望皆平蕪緑草無復花矣**

候客樊岡道，新晴致日佳。萬般詩外意，百種夢中花。蔓緑鋪平野，江流襲漲沙。無如石頭滑，龍首粲新芽。

以上《艮齋先生薛常州浪語集》卷四

# 全宋詩卷二四六八

## 薛季宣二

### 漁父二首

蹤跡五湖浪，生涯千尺綸。是非寧入耳，榮辱不關身。獵獵菰蒲暮，淒淒浦溆春。何時共蓑笠，和雨釣青蘋。

紅蓼白蘋岸，清風江月明。萬波千尺動，四海一漚輕。濁酒醉獨酌，鮮魚飢旋烹。興來歌欸乃，煙雨過前汀。

### 筠鄉新筍

根節凌槐夏，風霜閲草春。此君椽筆健，稚子錦繃新。有待瞻淇奥，行將滿渭濱。狂鞭任奔迸，我不是饞人。

### 白　菊

不著金縷衣，寒窗弄明月。端宜裝淡泊，自是香蓬馞。臭味真可人，風流到華髮。試為問東籬，定得淵明骨。

### 丁香花

別是南州種，寒花七里香。自注：鄂人號七里香。玉笄駢實髻，金粟綴銀璫。自得山林趣，不為時世裝。紫霞休騁瑞，未及野梅芳。

## 立春

誰得東君信，風生十萬家。土牛占穀麥，灰律動蒹葭。嫩緑萌芳蕊，新紅茁綻芽。未能都免俗，春勝插春花。

## 雪

怪得寒風瘦，窗明積漸加。起來裘潑水，逆視竹生花。厚貌分羣品，新裝副六珈。飄零飛落葉，轉動絞回車。無定從高下，忘形變邇遐。郊坰鋪毳罽，階砌撒江沙。灑壁侵修飾，填坑旋不窪。屋頭昂怪獸，山脊走長蛇。萬木枝都亞，中庭石盡遮。獅狩蹲陡踞，龍井噴增呀。撲面輕盈甚，裝衣點綴斜。礎閑開匣鏡，碑仆插梳牙。同色連千里，虚光合萬家。壓災時世重，為瑞老農誇。勢極雲天際，威凌凍水涯。凹兜坡崿岸，條突樹牙槎。客子衣裳怯，王孫酒力奢。影浮垂繡幌，香帶落梅花。籠篋知神女，門屯想夜叉。未能三十韻，旋瀹試烹茶。

## 郊迎趙漕

叱御逆軺車，愁先負弩驅。虎頭晴在望，羊角淖盈途。草莽迷行跡，湖山出畫圖。傷今又懷古，坐睡覺吴歈。

## 傳聞北虜請和

會稽吴功薄，夫椒越報深。漢驅胡遠遁，周任狄來侵。賴是佛狸死，何當頡利禽。請和君信否，無故莫容心。

## 梅　雨

霢霂雨黄梅，凝雲縮不開。心知養苗稼，眼見長莓苔。密篋幾如漬，崇墉勢欲隤。鬱蒸任炎熱，誰解酌金罍。

## 遊飛霞洞

横塘富花柳，杳杳鏡中行。樓觀朱涵壁，洞天珉掩閎。林深暮雲合，地僻夏寒生。康樂屏巖静，鳴榔時一聲。

## 龍翔寺

二江涵古寺，雙嶼聳平沙。翠浪環流浄，金城到眼奢。水光摇殿閣，塔景動龍蛇。不減蓬壺意，屯雲未許遮。

## 酬張縣尉

久客多塵滓，心懷為子開。文知龍有種，名苦雉為媒。但得貧無累，何嗟去不來。吴門衆多士，待爾和羹梅。

## 元夕憶世母三八母生日

蒼天毒我生，顧復自孩嬰。元夜維蛇夢，三山壽斝傾。星毬明烜赫，鼇島峻峥嶸。樂事都如夢，傷心母道情。

## 拒霜花

蘸染木芙蓉，深紅間淺紅。錦籠烘夕照，翠袖揖秋風。艷冶歸尤物，凄凉識化工。拒霜高節在，丹藥謾成業。

## 早行

旅枕罷殘夢，明星懸屋椽。不辭風露冷，欲了東西緣。雲馭方擎日，月輪猶印天。波波定何事，羞死地行仙。

## 天陰

梅月乍開霽，油雲閒卷舒。溢光穿隙日，浮祲出清虛。鼓吹蛙聲亂，笙簧竹影疏。雨來三四點，靜覺打籧篨。

## 告歸郡不得請倦于將迎之勞

閒居百不憂，何事武昌遊。旦旦三江口，時時十里頭。箇中都是妄，此外竟何求。生被浮名累，將迎卒未休。

## 昧爽寒溪送客

攀援長者車，昧爽踏汀沙。片玉山銜水，堆金日蘸霞。風來雲外嶺，露重竹間花。好景看如客，心閒即是家。自注：時客便道過家。

## 二十三日送客寒溪還視邑事食時過節推周文猶高卧未起愓然嗟羨以詩戲之

驚起周公夢，三竿日倍高。被氈吟不用，州縣職徒勞。脂轄驅郵置，金車困賊曹。幾如陳處士，龍卧楚江皋。

## 夏日江濱

鳥迹鋪天篆，金波漾日沙。鷺拳巖積雪，風勺浪飛花。江斷客帆入，崖四庫本作岸回山影斜。峰雲青入漢，略約二三家。

**聞黄仲益雲夢辟書報命**

三府書交上，羣公座盡傾。量包雲夢嶺，四庫本作澤名動洛陽城。雞肋刀焉用，牛腰軸定盈。江南望江北，無可贈梅英。

**讀蕭銑傳**

不假成田勢，寧堪麥秀悲。青氈梁舊物，赤幟漢威儀。剛被農家誤，俄推鼎祚移。江湖百郡地，只自黍離離。

**讀九國志悶書**

弔古因紬卷，傷神却皺眉。蜂房開自牖，蟻穴潰成堤。不苦南風競，長懷北馬悲。陽曦曜星月，還有幾西時。

**被甲**

儒服便章甫，戎裝乍鐵衣。幾曾生共樂，猶有死同歸。著屨惟何甚，乘車未遽非。愧酬軍旅問，先見少知幾。

**曾陽回棹**

泗曲回晨棹，驚飛羡水禽。波紋沙隱見，山影浪浮沈。色動蘆花雪，光摇日脚金。扁舟歸未得，惆悵五湖心。

## 讀三國志

左角蠻攻觸，南柯檀伐槐。徘諧記名字，人物委塵埃。錦里昔曾到，樊川今此來。遺風不可見，觀古意悠哉。

## 讀史

信乃噲等伍，宏與滔比肩。饗士未為過，出跨四庫本作胯真能賢。物外體三極，環中無二天。傷哉千古恨，犟蹙甑陳編。

## 仵落回路得家書是夕有歸夢

夢入江南路，依然識舊廬。家人話生計，兒子督程書。繚繞俗緣在，纏綿習氣餘。金雞驚悞我，安問未為疏。

## 三月七日按雲陂莊還宿舊州寺懷松楸作

不學老農稼，而為田舍翁。劬勞方軫慮，定集竟何功。心惻焄蒿氣，時寒疾甚風。年時尚壇祭，廢絕意奚窮。

## 山舍三首

髣髴依蠻室，林端鳥道縈。煙疑雲異色，松接澗同聲。樹古龍蛇蚴，巖嵬虎豹獰。野花舞狂蝶，栩栩夢莊生。

塢闊膚蘇小，奇峰疊翠屏。巖頭通鳥跡，山脊走龍形。峽斷風偏勁，林幽天欲冥。流泉不知處，虛谷響泠泠。

寂寞無塵事，茅茨秀嶺連。密蘿蒙灌木，亂石隱流泉。蟬噪雲間樹，鳥飛山外天。孤雲自明滅，應達主人玄。

## 觀棋

戰伐徒形似，死生俱妄為。争先明有法，當局自成迷。多算非關劫，成功定出奇。兩情深海若，不比看人知。

## 昇仙寺 三寺賦

羽翼假真仙，飛來秀嶺巔。道高還自正，境寂若為禪。寓目山如礪，昂頭浪拍天。閩城多少地，羃歷帶平煙。

## 丙子歲春

物極雖云反，寒威何太衰。東風入簾幕，生意滿林畦。古木含新緑，仙葩吐舊枝。陰晴苦不定，中夜忍聞規。

## 江行即事

春信潮聲急，滔滔掩岸沙。客船離浦溆，漁笛起蒹葭。盪槳水光碎，轉山帆影斜。篙工指煙樹，依約有人家。

## 雪銷

旬浹雨銀花，山林盡綺羅。東風雲氣減，南紀日光和。皓皓污應易，涓涓滴轉多。冰生又冰釋，天道竟如何。

## 讀大定書詔

竊國盗仁義，驚人新見聞。腥羶冠冕俗，穢雜犬羊羣。孟獲尚七縱，匈奴非五分。啟民身薙草，為有鴈門軍。

## 誠臺雪望懷子都五首

不見子都子，誠臺一壯觀。爛開梅骨峭，高聳玉峰寒。誰共雲霄目，詩亡錦繡肝。夢魂千里道，應更酒腸寬。

故人一相遇，七返霰瀌瀌。辭采應奇甚，顛狂即在不。尋思落帽會，乘興錦官遊。皎皎誠臺暮，詩腸獨自搜。

白也今良嗣，千年璧一雙。文思泉漱石，色照月明窗。樸樕空樊渚，飄零遠漢江。此情誰與度，木介響琤瑽。

狂遊失可人，萍聚我和君。千里共明月，幾山空白雲。擊鵬飛墮毳，嚼雪冷冰齦。百歲無多子，離居困索羣。自注：李性剛直，同官目為鵰李。

掩脛誠臺雪，吟頭祇自昂。梅花開嶺路，冰玉皺池塘。良馬日千里，美人天一方。尺書不可寄，道義兩相忘。

## 和賈簿

官冷君休歎，浮名陌路車。冰山逢燠泮，豆粥併寒除。但酌樽中酒，從堆架上書。未酬題柱志，終不羨相如。

## 忌日雪

荼毒惟何甚，同時失所天。哀傷逢此日，懷抱憶初年。白雪明心素，青松黯墓埏。不堪陳几席，罪罟欲誰寃。

## 大雪

江市彌旬雪，人行失舊蹤。梅藏香骨瘦，冰結浪花重。髣髴門前柳，昏迷郭外峰。屋簷天漢在，一雁没清四庫本作遥空。

## 喜雨

麥穗雖乾耳，秧苗未吐心。正須雲潑墨，生怕日流金。氣鬱山堂潤，風回竹逕陰。稱人三四點，争道即為霖。

## 春老寒雨酴醿竟爛

無定若遊絲，神人薦玉衣。飄揺思遠舉，婀娜怯空歸。晚色檀心重，春寒酒力微。牽腸無柳眼，香絮雪花飛。

## 讀史

閑是等閑非，沈迷不自知。黄粱一夜夢，白雪數人詩。身後輸杯酒，生前對局棋。幾多亡國恨，窗几静揞頤。

## 延陵感懷

延陵七春夢，悲切意更微。頗復吴牛喘，還多代馬依。去來紛混混，今昨是非非。況在遼東鶴，千年方始歸。

## 雪霽和智叔次諸郎曹韻二首

風洗朔雲静，愁斸淚眼晴。夜闌灰亦冷，目眩室生明。客子遠鄉巷，天公偏世情。布衾寒潑水，墜葉也心驚。

同雲起飛絮，忽作無意晴。夢破客愁絶，魂銷天夜明。聞雞悲壯節，哀雁切鄉情。夜静羣動息，空牀時自驚。

## 元日

鳳曆回龍紀，羲和御物新。崎嶇萬里道，牢落五年春。羈客聞哀雁，傷懷念昔人。米鹽能幾許，還自不由身。

## 夢回二首

憶到梯雲巷，哀傷韡鄂叢。舞鸞悲引鏡，傷雁落空弓。清夢回時雨，繁聲發夏蟲。情鍾正吾輩，匡坐泣薰風。自注：梯雲，走家坊名。

吾宗鮮兄弟，何事日飄零。凋落皆鵷鳳，相從謝鶺鴒。世緣那可了，魂夢也非寧。屈指傷心事，端如欲曙星。

## 鄉思

達仕租千石，虚名酒五經。豈能千日醉，未勝九年耕。識取杯中趣，知從袋裏乘。讀書無一事，官宦汩平生。

## 寒食二首

異縣臨寒食，為情覺大難。焄蒿五精氣，破散六祠壇。墮淚紛朝雨，回腸減夜餐。誰家簫鼓咽，懽舞欲蹩躠。

五歲懷歸夢，言歸已得歸。未能逃俗累，旋復著征衣。子貢當何戰，燕人切自悲。無堪一百五，春雨作霏微。

## 感事

狐死正丘首，鳶飛翰戾天。乃知司馬晉，不若慕容燕。濟亂須人傑，投機赧世賢。長江千古恨，南北幾陳編。

## 鸂鶒

谿鵡滄江外，雌雄萬里心。浪花浮彩翠，煙雨弄清音。蓼岸無端艷，蓮塘底處尋。鴛鴦誰著色，知誤幾金針。

## 讀邸報二首

大漠煙塵静，三公計畫奇。定安唐廟貌，行復漢官儀。捷奏騰千里，除書滿四維。自然禽頡利，蚤晚贊無為。

世味刀頭蜜，人情屋上烏。榮華葉子格，升黜選仙圖。豺祭知生獸，蛇銜欲報珠。不將魂夢到，反是憶尊鱸。

## 九月十日菊

不改天香細，無端人意疏。重陽把杯者，今夕尚來與。白羽揺依舊，黄裳笑反初。知時自凡俗，冷暖欲焉如。

## 夜聞捷音

圓覺聲聞夜，蒙頭大比丘。上功來莫府，如用復東周。行即昇平舊，還從汗漫遊。憑誰問淮蔡，元濟莫擒不。

## 悶成

春鳥弄輕微，凝陰滿院飛。蠶姑云力作，杜宇不如歸。世變知音少，人亡解語希。汗顔多反仄，濺淚溼單衣。

## 春陰讀王黄州《小畜集》

春晝閣春愁，無情若隱憂。柔腸牽柳眼，困淚點花頭。不放春風度，從教暮雨休。哀憐無限意，小畜閔黄州。

## 燈花

自得天然艷，書窗氣吐虹。有心惟燭物，無種到施工。不管三春候，平分兩曜功。報人知喜事，誰辨悉歸空。

## 送鄭景望赴國子丞詩二首并序

潮之江，潬自注：但。漫自注：平聲。而委長。有山焉，截乎江之口。其潮也，尾閭盈而濆瀑，海水溢而羣飛。回江之波倒流而反觸于山，其濤怒衝乎潬，其波激委，其至也遠，其為憤也滀。崩騰汹汹，洄潏藏昂，驟蹙而軒，乍旋而人，瀠盈淵谷。前無高岸，一川矗立，突如來如，屹如銀山，奔如陳馬，轟如雷鼓，激如搏鵬。子胥奮躍于濤頭，文種昌揚其暗浪。雖共工氏折不周之柱，左伯母彈恒山之目，拔山如項羽，驅石若始皇，未足以擬其壯。天河裂，龍門發，吕梁洩，汾防決，淮隄撤，猶不得形模其彷彿也。操舟者逆而取之，順而方之，呼吸之中，恬然已無事矣。濤之力也有既，故吴兒可狎而弄，其去也有時，故行人可厲而涉。走嘗聞諸濱江之老叟曰：江之産有煩苛，其涉有陷沙。煩苛，豸也，蠔蛪比也，形如瓢瓦，呀吻衆多，狎者遭焉，則著身而不寘。沙之雜也多淖，則人之履踐不實，涉者俄而陷溺則僵，為沙之濫。君子者曰：揉四庫本作操舟者，子其神乎。憑乎虚舟，凌乎巨浪，逆而取之，不害其為正，順而方之，不害吾之止。故雖濤水掀天，而吾不為之蕩，横流溢壑，而吾不為之撓。持危涉險，亶然而成之，其暱涉者，吴兒為有全安之數矣。子鄭子，一鄉子望，其赴國子丞也，固當為時世用，鄉人又將儀之。夫國子清官，子鄭子和而不流者也。既清且和，利用安身而崇德矣。其行也，必將問津于浙，走期之以舟檝之利，琢詩為贈，且序陷沙煩苛之説所聞于父老者，而冠諸篇端。

風喜檣烏順，知難唤酒杯。好溪寒已半，京洛暖應回。僧舍方飄雪，江籬欲放梅。不須愁國步，之子棟梁材。

愧我論交晚，何堪又索居。朝陽鳴必鳳，清水察無魚。百惱愁成斛，羣疑鬼載車。否臧亡可道，贏得腹詩書。　以上《艮齋先生薛常州浪語集》卷五

# 全宋詩卷二一四六九

## 薛季宣三

### 送鄭景元赴秀州判官詩并序

走歸自武昌，始獲交于景望、景元昆季。二鄭兄弟不以我之無似，不屑與之友。居之相遠也，相從之日少；志之相得也，相與之意深。居數年，景望召為國子丞，又兩踰時，景元赴由拳從事。走素寡合，起大市鶂鶬四庫本作藪澤鵾鵬之嘆，于景元之行也，贈以詩而序其意。聞之君子送人以言，衆人以財，走雖小人，樂為君子之事。方浩浩之會，走雖以天而免，秋田粒食悉漂泛于洪波。既無財以贐公之行，不可抗手而别，以言為贈，猶不害于人情。景元既高于才，又果于志，喜竟其説。人不知亦譊譊，固賢人君子之心，非處世之道也。古之人教其子者，有曰：「女戒勿為善。」曰：「然則惡之為乎？」曰：「善不可為，惡將安取？」有佛學者，弟子禮其神像而師杖而起之，弟子者曰：「禮佛亦好事也。」為師者曰：「好事不如無。」世衰道微，士鮮中庸之行，其從政者非違道以干百姓之譽，則咈百姓以從己之欲，要譽者不欲人之加諸己也，窮欲者甚惡人之形迹己也，此人之常情。幕府之官，無曹局之分也，從容賓主之間，其處此亦難矣。非無心于為善，寧無二者之猜乎？魯人謂孔子東家丘，舍者與楊子居争席，盛德之至，不如是不足以有行也。走欲景元事其上官，其賢于人者，約之于道，否則闊其小者以求全其大者。掩覆吾迹，無為為善以近名，聰明睿哲而將之，以愚亦充之爾耳，景元固無施不可，此焉發軔，庶乎其善始也。以景元之敏，于行千里之外，能無從此言乎。景元景元，願不以人廢言也。乾道三年四月二十七日，友生薛某。

恢炱煽炎毒，萬里無來風。殿閣少微涼，況乃陌路中。紈扇可把揮，秋高網絲蟲。冰山豈足恃，見晛聿消融。進退信惟谷，黄塵奈匆匆。鄭君冰雪姿，干將依崆峒。竭蹶救頭然，巾車佐元戎。生人在熾炭，吾何憚爞隆。往聞開元帝，逃暑纁嶺宫。偪仄政浩歎，木陰見姚崇。煩溽頓以消，語識静勝工。相期在此行，山泉養童蒙。

## 兄子象先罷公試歸知武林動静成古風三首

黄庭有真諧，魂升魄入淵。知機動以食，還反道自然。嘗聞鍊色石，可用補蒼天。時哉復時哉，寧教悔在前。

野鶴入雞羣，猨豈王孫輩。之人定忘物，未足言身世。丹山兩鳳皇，為誰來噦噦。靈龜發與肸，可以卜隆殺。

明珠以彈雀，得雀亦亡珠。颷鷙以當鷹，夫豈獵之徒。黄金有定價，韞櫝盍藏諸。薰風扇餘凉，吾方愛吾廬。

## 元夜齋居

元夜憶年時，忘情居灝灝。縣齋今夕居，曷謂傷懷抱。都緣人事非，不足四庫本作覺年時好。世母舍我歸，屈指憂吾老。人亡不可見，此心為草草。大人月云忌，棄我方兒褓。呱呱救嬰泣，安知請丘禱。諸父洎諸兄，下世吁何早。悲傷失所恃，涕淚流行潦。哀思動時節，不見蓮燈好。鄉居計日長，松楸倩誰埽。諸母侍何期，念舊呼穹昊。

## 春　雨

春雨不知止，新晴旋復陰。霏霺散秋毫，虚簷水鳴琴。琤瑽響疏窗，庭除有餘音。跬步莫可縱，蒼苔看侵淫。縣齋知幾秋，中堂漏相尋。涓涓濺人衣，黯黯乏勝襟。發策四庫本作篋漫如漬，明眸暗沈吟。翛然薄雲開，風聲到園林。坐覺筠筀芽，羅鞭粲修森。巾車過坊市，溝渠漲江潯。言歸轉通渠，舉頭見西岑，峰青霧銜白，何堪送迎心。

## 春江小雨

小雨春風裏，澄江滿漲痕。沙平波渺渺，山遠霧昏昏。短棹煙塵細，浮雲天地根。將迎倦無已，羞目舊杯尊。

## 春　雨

春光不滿百，霧雨六旬强。眠蠶老脱殼，壠麥青已黄。愁雲密可厭，慘澹空滄茫。銅盤旦日出，障彼天一方。寒簇歎巧婦，麰蛾會飛虹。豐隆况忱祠，離畢占是常。庚午直及四庫本作甲申，此意未遽央。使客困羈役，行留兩亡羊。

## 雨中鶴唳

陰霾結愁思，秋霖政霪澍。何天唳鳴鶴，嘹嚦烏雲路。九皋聲甚遠，底處披冥霧。定知君子化，不作乘軒汙。介蟣六王師，櫛沐方暴露。芻輓苦不繼，曷保金湯固。塗泥困淪没，無計開樊篘。傷古聽華亭，吾心向誰布。

## 種　蘭

蘭生林樾間，清芬倍幽遠。野人坐官曹，茲意極不淺。西窗蔽斜日，松釵架春晚。牆陰蒔花木，憔悴根日損。植此山谷香，坐與前事反。扶疏可紉佩，心緒端有本。芽生僅盈壇，高風成九畹。羣芳顔色好，祇自誇園苑。何如淡嚼蠟，草莽曾誰混。對我静無言，忘形如苿原作知莽，據四庫本改蕁。

## 讀東坡和靖節詩

我讀淵明詩，頗識詩外意。坡公繼逸響，箇中有佳思。取友百世上，古來獨二士。陶固泉石人，蘇則廊廟器。出處了無同，聲名都自異。往來《永樂大典》卷八九九、四庫本作者不可作，矧復通姓字。神交定忘形，飲食尚知味。蕤賓中聲律，片鐵猶應類。兹文在尼父，為復昌旦事。今時道古語，莫作今世視。以我思惟心，充彼剛大氣。芥子納須彌，誰信略相似。

## 欣木亭詩

某適宛陵，始識林君擇之用中于鄭景望司馬之館。察其為人，肅恭謹敬，學而篤志者也。出其家《欣木亭詩》，冠以晦齋四庫本作菴南軒、三山三先生之作，索和甚苦。金玉其音，難乎下里之繼，黽勉次晦齋四庫本作菴韻，其不知量甚矣。

寒威折青陽，雲雨作朝暮。槎牙粲新緑，寂歷晴川樹。時至物皆春，豈在雲間露。之人止亭上，笑歌誰與晤。睠此榮與華，我亦知嘉孺。四庫本作慕來游對溪山，識取亭中趣。

## 早起次叔瞻韻

日高政好眠，披衣意何已。不得戀黄紬，弩頭非所喜。厭浥行露多，忘却佳山水。有客愛閒居，被髮吟早起。神清到天元，静極照物始。公乎尚何其，我亦偶然耳。此事叵立談，剌剌自鳴指。動息無端環，生人定一理。

## 聞競渡聲

江頭鬧金鉦，競渡記時序。欲弔大夫魂，正則知何許。情緣古今隔，況是都無楚。悲歌永為戲，拯溺憑誰語。曰我舊家鄉，湖上人如堵。船戰習成風，迎神尚投黍。家居内忘物，廢聽何城阻。風聞不貳事，借問為情緒。

### 冬至和燠酴醾有華

我愛酴醾花，爛漫春歸後。熏為美人佩，韻勝青州酒。澧灌落霜霰，摇曳欹風柳。別來能幾時，夢寐依三后。一綫長新陽，萬木新凋朽。佳期尚云遠，盛意胡偏厚。秀色笑江梅，遊絲入窗牖。遥知此粲者，為瑞朝中否。銀蟾待交映，天上彤雲久。金樽但高酌，身外閑愁剖。休言桃李華，常暘又何咎。

### 刈蘭

東畹刈真香，静院簪瓶水。高遠不勝情，時逐微風起。和雨剪閑庭，誰作騷人語。記得舊家山，香來無覓處。

### 石盆

髯翁久埋没，歲月來成奔。當年膾魚處，齏臼徒形存。想方高會時，猛士倅雲屯。連鰲覬一釣，欲以大口吞。尺鯽剉紅雪，烹葵植蘭蓀。王餘棄玉食，銀刀亂洄沄。墮臺不禁醉，網漏如鯨鯤。座中盡羣彦，人亡失叢墦。吾遊懷此都，重到郭外村。聊興廣武歎，徘徊受辛盆。頽然鳳凰臺，路走臨津門。催歸趁人馬，誰念古帝魂。愁無有力者，窊樽負雲根。斯焉共杯飲，垂綸具盤飧。自注：富文忠公北使，與主客儷句，以一大口吞對其竹一十竿。

### 止齋和七五兄次淵明止酒詩韻

知止良獨艱，吾兄獨安止。不止郊園外，只止塵埃裏。脩為止至善，孝愛止為子。眷言兄止之，得止以為喜。至止內泓澄，非心止弗起。止靜有餘歡，止中得妙理。勿謂止為難，止躬徒正己。止乎吾未見，致知知止矣。兄乎止孰似，兄止無端涘。艮止視兼山，止斯千萬祀。

## 重陽無菊

二九節重陽，高風振羣木。彼菊東籬下，金英粲清馥。中有黄裳美，雅稱清人服。歲旱靡百草，芽蘖渠能育。冷淡登高會，悵望矧可復。空酌茱萸酒，帽墮慵舉目。愧乏淵明流，誠為淵明縮。借使淵明在，四庫本作作淵明更悽蹙。

## 九月猶煖梅桂有華

兩雄不並時，丹芍彼春芳。同仁乃一視，梅桂華秋暘。梅固冰玉姿，桂不時世裝。永言異會遇，相從多異香。瑣屑辟寒金，磊落明夜光。仙人姑射山，墨允期首陽。神交際道義，語默何曾常。

## 患盜

盜賞自孤卿，布亡由令尹。政刃可同形，殺人在同殞。吾非古之徒，處世良不盡。仁義一蘧廬，身心兩矛盾。坐使邑中民，嗷嗷困饑窘。劫質與穿窬，公行載歸稇。道路視秦越，對此獨何忍。刑德歎誰施，茫洋空内愍。仲尼有佳對，為發一笑齳。

## 又和元可二篇

陽春倡者誰，欲和心已闌。故鄉渺千里，念之一辛酸。人生足離合，豈在共盤餐。胡然兒女情，苛留太無端。焉得不繫舟，使我懷抱寬。信美非吾家，會且即所安。後園桃李秋，蕪徑草木繁。酒來輒竟醉，歌強難為歡。風雨打寒食，枯河盡瀰漫。故乏猜嫌累，誰能整其冠。惟當適意爾，曷貴呂極官。晉賢泣楚囚，衛女賦竹竿。願君憫羈思，所友路何曼。歸哉昔在陳，孔聖乏體胖。幸非艱棘徒，亦復謝欒欒。春風動鄉情，燈火語夜闌。遥聞流星遞，鈴響接悲酸。愁人念世事，臨食或忘餐。我有無價珠，可以息爭端。致君昭代隆，坐使北顧寬。何當内修治，邇服遠自安。呢呢兒女子，青蠅語喧繁。長懷不盡憂，可若一笑歡。有酒且強醉，莫等白露漫。汾陽脱兜鍪，高祖溺儒冠。此意詎未央，抱關樂卑官。匡牀足酣眠，紅日出三竿。睠言東甌道，來歸路曼曼。非行徒爾為，寂默體用胖。天地一大家，中庭樹欒欒。

## 得符速走之官

我本樂閑人，自得安閑志。鄙性習疏散，誰識榮華意。朅來復舊廬，喜獲平生志。稼穡任佃夫，家室歸中饋。中外若非我，卒歲無他事。飽飯讀詩書，瞢騰時困睡。嘲哳燕雀懽，鴻鵠心應異。三皇竟何物，況復今官寺。寒餒謀妻孥，先春輸典質。茲乃不可常，為貧求禄仕。版籍一書名，野情那得遂。官來促我裝，去作塵埃吏。無復有消摇，真為口腹累。把板從此行，短褐隨棄寘。素餐良不堪，邑有民人寄。衆心險山川，道微非所暨。上恐負朝家，終念家聲墜。吾民政焦嗷，為此不能寐。格物可為邦，舊説今難試。泥古誠腐儒，惟此知為治。仁義舍不為，又敢圖與利。上官如我容，刑章得就易。庶以遂其生，將久蘇疲瘁。此意尚茫然，思之或狂悖。

## 谿鳾

谿鳾何翩翩，鎮日煙波裏。將奈網羅何，幽閑從此始。一為美人玩，毛羽慵復理。江湖浩蕩意，憔悴蹄涔水。昔是滄溟遊，今是樊籞底。文章豈是貴，步武難無已。丈夫感茲念，心逐冥鴻起。

## 社後即事

東君識歸意，社雨零齋沐。柳眼向人青，草芽隨地緑。體輕來燕疾，聲合鳴蛙蠢。桃李静無言，艷麗驚郎目。

## 西山野步

雨夏作晴天，浮雲帶溶洩。西山旦驅馬，踏破蒼崖翠。寒泉漲新緑，泱泱鳴環佩。上有吴郊畤，九曲羊腸細。築閣聽松風，縹渺江無際。野僧喜客來，一見心已醉。竹萌薦盤餐，玉切琅玕碎。吟哦壁間詩，恍與古人對。時發一笑粲，韶聞殆忘味。清遊淡何營，不知夕將至。岸巾步箬谷，欲往亘自遂。酌此菩薩泉，為滌濯惡世。

## 陳思王

喬松産崇岳，託迹太高亢。飄摇風雪場，蹺局蛟龍狀。干霄竟何事，勁節良獨壯。下有楸桐秀，遠入煙霞望。天意固有在，人情亦云妄。苦乏柔苗蔭，直傲清霜量。居然嗟彼其，坐使出其上。至哉文身子，三以天下讓。

## 步抵東坡登舟返石門

為到西陽城，侘傺東坡上。舊址就荒蕪，山川寫心匠。四見聳高寒，周遭畫屏障。萬象儼朝昏，出没煙霞狀。玄覽浩無涯，不覺滄溟漲。吾行半南州，此遊誠大壯。寸陰良可惜，無奈歸船舫。隤然快哉亭，昔夢今知妄。吴都一回橈，杯飲窪樽浪。石門隱漁舍，行復殊亭創。扣竭兩端倪，便可齊得喪。

## 邊事方急有中使至雨中出郊候之

霧雨闇天愁，胡笳鬧人耳。不見霍票姚，只見黃塵起。蔣城何岧嶢，橫流混淮水。教戰閧市人，旋柵荒殘壘。甲道軒脩竹，亭觀羅弓矢。長城萬里壞，衣帶江誰恃。櫜鞬道左立，一介來行使。束帶迎督郵，淵明尚深恥。

## 春陰會聞懸瓠不守

飄風吹百花，仰不見天幕。浮雲何慘慘，去我止一握。園樹暗無色，紅芳旋凋落。摘索晚來雨，如絲度城郭。愁人故多情，對此乃非樂。羽書絳囊馳，傷春重沈著。方鎬若涇陽，龍吟怨清角。歸飛內（四庫本作看）提提，紞真問生雀。

## 雪蛆

冷冷雪中蛆，皎皎夏之日。藉彼凌厲地，生此柔脆質。冰山共攸遠，玉筯無定匹。安識時有暑，但保歲云慄。中和歎何居，已熱信所必。火鼠可澤浣，朝菌寧晚出。伯翳為更名，山經注遺逸。

## 新作殊亭

虎將夏中時，旋復怡亭址。茅茨覆采椽，樸拙亦可喜。建斗五移杓，殊亭更釋子。規摹雖少華，不陋復不侈。元碑碎俗令，遺集哀空紙。縱步此山椒，金聲猶屬耳。舊亭苦弗稱，新亭直殊美。書文兩奇絶，蹤蹟存布指。古人久不見，今人尚殊此。能知古今意，元始本無始。

## 又讀陶靖節詩即次前韻倣其體

濁酒自傾盡，陶然忘古今。橫琴寄逸響，聊以寫我心。矯矯兩白鵠，盤旋下曾林。此情誰與傳，無弦有遺音。

萬籟夕已息，寧知身是今。浮雲翳青空，油然起無心。寄傲北窗下，驟雨落疏林。遊子為三歎，寥寥希大音。

## 開渠

開渠引簷溜，涓涓遶茅楹。政爾江河流，鏘如環佩聲。澄瀾漾淪漪，曲甃隨淺清。上有翔飛蚋，無殊化摶鵬。廣狹詎易量，大小終强名。何從汎天潢，同歸在寰瀛。吾慚論齊物，揚波歎平生。

## 瓜期代者不至

禽飛有倦時，木落還逢春。薄遊名利場，厭見陌路塵。指日得終更，□二字四庫本作閒更情難重陳。如此代者何，不至愁吾人。

## 代者介至

縣道簡書密，束身急于繩。況復多難時，匈奴亟憑陵。憂危内外競，凜若憑春冰。鞭笞苦不痛，何卹寡與矜。初心豈得在，反身但兢兢。安得事大好，官籍知有承。屈指計來月，瓜期閏云增。彼乃未易到，吾行重難能。百里半九十，終更訒四庫本作仞階升。社雨晚來急，春天霧夢夢。清淮萬胡馬，咫尺方沸騰。朞年念天遠，歸飛恨無翮。慇懃謂典吏，用之筆緘縢。

## 袁山春望

密雨作春社，袁山暫登臨。迎人多野花，對鏡諧道心。于以今日態，而開去年林。平沙没浩蕩，漲水相浮沈。草緑湖萬頃，峰青天一尋。無情雲自閑，此理吾難任。故壘雉明玉，寒溪疊重岑。朅來聽流泉，可用資鳴琴。新霽石磴滑，崩波馬蹄肹。不知日已暮，迂回樹生陰。歸路尚修阻，時哉羨靈禽。

## 重陽馬上看菊

秋菊粲真色，落若千金巵。對此好時序，馨香散幽奇。爛漫在伊昔，邂逅不可期。吾來倦逢迎，玄黄馬常馳。二子復何事，相從意熙熙。奔走塵埃間，一見蹙我眉。嚮之念佳賞，赧顔朵人頤。

## 浮槎

浮槎爾喬木，來從何處村。託迹久非地，湍水撞其根。一辭古岩頭，去去隨潺湲。上有飛鷺翔，下有白浪翻。浪激信反覆，鷺去無回騫。十浮將九沈，任彼回風掀。飄泊未云已，驚落見者魂。今憑逝川波，故憑川上原。原中復何有，草木故自蕃。洄流潰前汀，薄命乃四庫本作嗟獨存。人生盡如此，株木奚足論。

## 雪

太素欲還淳，熙然萬物春。封條花爛漫，飛絮柳紛繽。玉殿神光發，金樓火色新。簷高天漢接，地遠蜀江瀕。西塞雲填谷，南湖浪拍濱。吠厖欣掉尾，饑鳥困依人。躡屐蹤存齒，翻車埾到輪。窗開羅岫失，檻倚鑿池堙。鑪炭情偏愜，冰壺意亦親。郢歌休待和，大化席紛紛。

## 桃花

桃花如美人，静有嬌春態。醉眼奈愁何，多情破新睡。裝成開笑靨，天裊腰支細。不語傍斜陽，鵠立塵寰外。煙遠鎖眉顰，東風羞嫵媚。倏然歎零落，灼灼無窮意。會訪武陵源，一飲流霞味。

## 春陰三首

春陰一何甚，愁結窗外花。細雨打疏竹，娟娟草新芽。眷此忽中慘，吾生浩無涯。閑讀几上書，可歎復可嗟。時流諒難追，世路亦已賒。折腰墨綬卑，坐有憂患加。官柳粲新緑，黄鸝語淫哇。把盞但心醉，天外日已斜。魄月沈半壁，歸飛噪啼鴉。仰頭望虚碧，冥冥密雲遮。風塵政昏暗，逃形乏浮槎。顧影還自笑，狂遊蕩無家。弩頭强應世，鈍若倒拔蛇。先人營舊廬，清池傍蒹葭。芳時繡文錦，翻濤散晴霞。霽色故自好，風霾益云嘉。何當舍此去，忘情傲丹葩。

逼社窨陰雨，園花就凋零。翩翩蝶翅重，好鳥無一鳴。山頭霧露白，簷前砌苔青。旁瞻隔遠到，内與愁思并。縣小文書省，氍茵匝莎庭。舉頭歎世事，坐有百感生。芳林墮玉蕊，垂楊結珠纓。傷春復已半，忽忽難為情。朅來發書簀，悼往心自冥。袖手一凝竚，意逐飛鳶行。中原政紊亂，悲角揚哀聲。有酒不解飲，何以解我酲。

社雨打春色，催落枝上花。天風振疏篁，離披亦云嘉。為此念疇昔，官曹掇餐霞。幕蒼遠夢夢，寰中感生涯。落花故有時，摻摻筍當芽。芳菲日已老，吾遊路何賒。宇宙一悽慘，桑榆未還家。詩情不自禁，荒園鼓新蛙。

## 讀靖節詩

淵明鳴素琴，無弦有遺《永樂大典》卷八九九作餘音。善聽非子騫，同上書作期寥然賞知心。聲滿天地間，清越窮幽深。游魚漾澄瀾，宿鳥投故林。忘肉為聞韶，羲皇到于今。

## 跋東坡詩案

南方有佳木，遠在漲海涯。沈水産其節，雞舌生其肌。結根松柏場，龍腦實離離。蜑獠豈知貴，斧斤斬欒枝。椽為糠粃槽，將食犬與豨。條枚惡鬈曲，芟除棄江湄。滄流蕩回波，不與朽壞期。年代知幾閲，愈久乃見奇。根株到餘瀝，復恐分寸遺。終焉盛芬烈，蘭蓀謝芳姿。

## 還返釋言

先天有真數，八卦因皆九。升降周六虛，利見龍無首。後天奉天時，不在先天後。得一定存三，玄中急須守。

道人與我言，熬水可丹成。陰陽忖節度，金玉争精明。問之誰因爾，惟言火力停。毫釐謬以消，造物亦何情。

揉木以為輪，寘之溪之干。微流蕩輪輻，銀濤立飛翻。三田接餘潤，九穀歸其根。灌溉有如此，愆陽何足論。

接竹引巖泉，遠在寒谷幽。然炬火其端，高飛北山頭。可以活三軍，梅林意悠悠。倒置未為戾，見之復何求。

陶甓與鎔金，火出資堅久。炭木已焚如，萬祀長不朽。功成在鑪竈，鑪竈憑何有。不見古軒轅，鍊寶荆山首。

嘗聞曾子書，金火中外明。圓方遞含施，二景參黄庭。天端月虧盈，宛在日之情。誰何液渾金，坩鍋置煎烹。

律管實葭灰，氣至颯以升。日至冪寒泉，水花結輕冰。應候固應然，違天亦何能。時哉復時哉，尺璧定自輕。

襄陽庫露真，木器塗髹漆。髹漆厚以堅，札去移凡質。蕃戎豈不詐，信是真山出。所以蛇化龍，頭角非曩日。

苟晞有逸牛，往返日千里。烹之剖其脊，比竹雙筋起。强力有由然，物性都如此。本立而道生，人身有真理。

蚨血可還錢，書符能已瘧。感召有如斯，還丹非外作。得意以忘言，象數求還錯。無為四時行，天遊有真樂。

以上《艮齋先生薛常州浪語集》卷六

## 薛季宣四

### 樊口候參政暮歸

摇兀孤舟東復西，飆從赤鼻下樊溪。驚鱗斜日銀刀亂，飛鵠滄波羽扇低。江漲清泠舞洄洑，岸頹浩蕩汩塵泥。黄昏盪槳窊樽上，笑指天閶認沐鷖。

### 聞中司還旆清旦踰樊嶺候之不遇自黄子磯乘舟而歸

萬松晨度馬蹄疾，五水春來湖草長。官柳弄煙天已曙，山花無人風自香。濤痕石磧記江路，檜楫蘭舟摇夕陽。送我不如歸去也，啼規夾岸切愁腸。

### 夜憶吴江

虹梁新霽倚東隅，還憶松江枕太虛。味比蓴羹下鹽豉，賢為菰菜憶鱸魚。清風帆幔輸歸客，落日蒹葭稱晚漁。會帶笭箵鎮浮浪，扁舟斜掛一籧篨。

### 過樊山

誰將春信過中江，草木無情取次芳。裝罷美人梅破額，愁成行客柳牽腸。江灘鑿鑿添新漲，沙塞茫茫反夕陽。款段跎梯四庫本作跡樊嶺道，幾多畦町雜蒼黄。

### 樊山春望

飛出仙人壺外天，壺中日月故依然。虚明百雉龍鱗動，空翠千巒翡羽鮮。咫尺畫圖藏世界，侵尋錦繡簇山川。歸來身入寒谿路，恍若瑶林一夢還。

### 濟江逆田開府過西陽俞氏家林

輕舟時復到齊安，一過俞家一黯顔。江打頹牆開野徑，篁生故壘上家山。蕭騷城郭塵埃外，縹渺煙霞雲水間。便好繫船終日卧，官曹不許片時閒。

### 聞吴王城中軍戍嚴鼓

年時芳草碧蒙戎，聒耳新聞甲夜風。軍吏誤應非進鼓，天王錫忍廢彤弓。剛言苻詔四庫本作氏難傾晉，不信文王可伐崇。擊柝杜關無箇事，釣臺江月静朦朧。

### 宿大城寺與寺僧行郡子故城于壁壘間得銅矢鏃土中螺殼往往不壞僧言初作此寺發殿基下有古磚渠宫城中得銅矛矢鏃百數南城中土窖積灰埋鵝首骨猶具自甕城北望有郡王墓僧云其傍墟塚甚多王墓常有巫者發之未開被蜂毒死巫家于懷袖間得蜂乃黄金所化

二千逆數到春秋，戰國興亡一轉眸。壘壁詎銷埋蚌殼，劫灰寧燼斬鵝頭。壙緣開發金成范，殿為焚修瓦出溝。哨矢燋銅傷我意，古來争戰幾曾休。

### 祈晴車中望安樂宫故址

罷休祈雨又祈晴，天道難知德好生。鐘鼓鏗鏘西佛寺，草茅荒穢古王城。温輿即就凉輿便，陰氣潛消煖氣盈。棲鳳未堪雲尚密，可人日脚尚微明。

## 寒食甚雨中泛東舍谿偶晴遊張公石室三首

籧篨煙靄入浮槎，罨畫谿干阿果家。浩蕩天風飛羽蓋，繽紛法雨落曇華。阪懸飲澗猿連臂，魄褫投牢虎落牙。豈是仙翁未神聖，笑談為我放靈鴉。

天遊無事月中槎，物外仙靈別是家。老蝠有方精不化，白驢絶迹眩生華。竈餘丹藥清毛骨，澗吐清泉厲齒牙。回首周郎斬蛟處，晚雲當面舞神鴉。

天河重泛客星槎，便好成都訪卜家。渭水未成浮竹葉，武陵猶記落桃華。傳聞鐵騎充牛口，暗想樓船破虎牙。濁酒一杯山水緑，棹歌三疊百啼鴉。

## 周將軍廟觀岳侯石像二首 侯祠初毁，道士不忍壞侯像，沈荆溪中，因得不壞

萬死何知獄吏尊，威名蓋代古難存。自注：侯初下大理獄，吏執筆請辭，大書其紙尾而吐之曰：汝觀今世，烏有大臣繫獄而生者，趣具成案，吾為汝書。二桃豈為功高賜，一舸不容身退論。幾為四庫本作見飲江思道濟，繆因圖像削王敦。沈碑千古蛟川恨，留與無窮客斷魂。

軍聲良苦聽南風，説禮敦詩也不容。鬬蝗達聽良是病，戰蝸流血可同宗。親疏間入聯鑣話，真假言從躡足封。趣詔河陽長已矣，隆中悲切起人龍。

## 雨後

攙人無賴是東風，埽盡春菲一雨中。窗外遠山裝暗緑，眼前佳卉夢新紅。梅生欒圃枝如綴，草合誠臺路叵四庫本作詎通。芍藥牡丹知漸老，折來瓶水甃芳叢。

## 連日自退谷路抵袁口

晚煙暝雨不勝愁，改日仍為退谷遊。司事守田如有意，催歸脱袴感行休。連營谷里旌旗暮，細草杯湖荷芰秋。果下馬拖泥水去，石頭路滑且夷猶。

**雨後憶龍翔寺**

好溪東赴海門秋，中有禪居湧碧流。潮信往來雙別嶼，世緣生滅幾浮漚。菱歌面面來漁鼓，燈火層層到客舟。何事瓜期外留滯，短窗斜雨不堪愁。

**春遊懷古**

登臨一度一傷神，功業蹉跎萬物新。飛鳥遠歸雲外嶺，賞花頻對眼前人。茸茸雨脚南郊暮，種種茅鍼太極春。鼓掌祇供漁父笑，揭來生水拍江濆。

**寒食遣興**

介子龍蛇亦大靈，禁煙猶復雨零零。時風未辦作寒食，春事無過醉醁醽。取士語乾三禮穴，延賓為屈五經瓶。明年此日家山路，滄漠從君看水萍。

**縣舍酴醿始有開意會走遷居簿廳**

芳叢纍纍結珠璣，雨後芬香鬱麝臍。半醉半醒春晝永，載行載笑洞仙迷。青蛇眼見遊飛霧，緑綬生愁解佩钃。舉袂與君為此別，幸傳薰德絳囊攜。

**落　梅**過仲尹于東園，隨所見而賦

東風一夕報春來，管領羣芳次第開。出岫白雲如有意，照人明月幾難回。縞衣聊復歸三島，緑醑無辭舉百杯。真味不須談鼎實，等閒誰識鏁梁材。

**折枝水仙**

西子苧蘿谿浣紗，李白捉月千丈波。風流東池去不盡，玉釧猶傳金叵羅。芰荷蒲荇争清泚，微香密與和風起。可將齋潔祀王明，為言酌獻持杯水。自注：錢湖有水仙王廟。

**月下酴醾**

噴人清馥偏閒庭，心醉銀釭對酴醽。高髻月娥呈素面，孤雲天蓋拂明星。腰支天裊愁縈緒，玉佩招摇尚典刑。著意政須延永夜，新條明日定飄零。

**和許簿牡丹二首**

天與花王化日舒，可堪買酒共提壺。荒凉洛苑芳菲甚，落寞揚州氣味殊。傾國幾迷狂舞蝶，還錢不得迅飛梟。清愁懷抱多春感，一葦懸知此意無。

清江不解蹋長蘆，悶向花前問玉壺。秀色可餐誰是伴，濃裝獨立自應殊。醉傾鏡外歸鍾酒，飛盡人間幾血梟。多占春風稱第一，檀心知有謝來無。

**復和仲蟠二首**

開緘豁豁皺眉舒，一首新詩酒一壺。寒食禁煙春已半，佳人傾國態懸殊。園荒不減遊羣鹿，才盡應悲短續梟。有墨牡丹君種否，鄉邦能借一畦無。

一見春紅意已舒，何須幻化入懸壺。含芳鎮日香千和，作態臨風色萬殊。曲檻乍開金縷鳳，清池斜照玉為梟。洛陽擬問門園在，王后如今解接無。

**思鄉奉和**

杯室開門傍石泉，平生活計枕書眠。但知身世非人界，不信方家説洞天。陋巷分甘顏子樂，一瓢所得許由賢。年來把板塵埃去，笑殺商山四皓仙。

## 和錢都官

道學從初小況雄，文光萬丈吐長虹。凌霜壯節生來勁，噴玉清詩老更工。攀四庫本作折檻定須回日御，叫閽端復悟天聰。願公赤舄安狼疐，豳國何曾有變風。

## 和元直

疇昔相要學婁空，蹉跎行即歎龍鍾。三千牘欠東方奏，十萬兵無小范胸。大愧入關歌一箭，終期出塞傳三烽。自注：太宗征遼故事。蓬萊有願占雲氣，又羡江山筆墨供。

## 和元可贈别

惟憐蹤蹟負平生，愧予秋空萬里清。體道信能忘聚散，論交曾復倏將迎。愁多人物輸前輩，恨有天公也世情。陽羡買田雖舊約，虞歌喜起欲誰賡。

## 王朴

海宇煎熬沸鼎時，先生静付一支頤。單辭隱几三仁在，大略平邊百世知。到了勳庸成底事，由來用捨出先幾。長槍不用毛錐子，應使毛錐自用爲。

## 酬朱張二秀才皆次其首章韻二首

殃民政虐恐風傳，鎮日窮愁蟬腹然。化物未能參物格，高談無當若談天。雅歌清唱俱流徵，善聽多慙可絶弦。何事攔腰撞君價，絶塵奔逸正吾前。

萬緣政爾未能佳，繪句彫鎪直謾誇。客裏懸知君有謂，宦遊當念我何奢。幾時西塞歌飛鷺，指日東籬采菊花。五斗折腰良自苦，奈今無粟飯胡麻。

### 觀法帖

字學從前小藝林，誰論終古可傳心。毛錐刻劃龍蛇動，筆陣縱横劍戟森。須省六書兼八法，由來一字值千金。世人不解張顛聖，剛把碑文鎮日臨。

### 夜聞桂香

秋香烈烈鎖房櫳，龍麝腥羶不易同。清素月中留夜魄，芬芳林下有家風。記惟密雪開梅蕚，憶過疏籬采菊叢。獨有平泉舊詩句，浪誇金粟竟非工。

### 蓼　花

不矜秀色傲春風，笑倚斜陽露氣濃，秋草淒涼風索索，江天寂靜水溶溶。岸移晴綺四庫本作漪飄仙袂，葉起丹霞照玉容。可奈少香香似可，為傳滋味入醺醲。

### 社　日

年去年來春復秋，田豐土穀浪言酬。敗家譃善崔文紀，宰社均無曲逆侯。燈燭靈壇三告祀，燕鴻邊塞兩淹留。不須飲福傾樽酒，聾過今生方始休。

以上《艮齋先生薛常州浪語集》卷七

# 全宋詩卷二四七一

## 薛季宣五

### 至樊口三首

一霎重為退谷遊，扁舟一葉浪如舟。人生百歲渾如許，借問都來幾白頭。

小回中入大回中，激水那堪括面風。退谷未堙聱叟笑，釣臺寧是不英雄。

長安當日碎樊山，聞説孫郎鑿峴還。舴艋架虚掀舞甚，可堪破船問前灣。

### 宿大城寺 寺乃都王故宫

斷煙疏竹鎖樓臺，郡子如今安在哉。明滅故城無限意，紫薇花傍夕陽開。

新蟬無數咽新秋，故國伊誰伴我愁。夜静月明風動竹，也疑離殿過歌喉。

### 春草曲

二月二日未旦，夢遊遇潦，旋返。見羣女魚貫舞入大第，行歌春草之曲，其聲宛轉清暢，不類今之樂府，寤而追記其詩。

霰雪枝頭寒已老，平蕪一夜鋪春草。江梅著子怯東風，花落滿庭渾不埽。

### 樊山春望

東鄂城東安樂宫，李花練絢玉玲瓏。畫圖長喜平蕪緑，不覺身歸罨畫中。

## 追和澹泊樓先祖詩韻

種柳栽花意已深，曾樓岳立千丈森。可須輪奐翬飛翼，會見逍遥天地心。

## 赴調

三年蹤迹走泥塗，走徧泥塗一事無。今日又行當日路，旁人為我一邪歈。

## 王征引

盆傾暑雨兩襄陵，三插苗心悉蚵生。一草不遺禾黍地，若為芻秣事王征。

## 喜聞

若恨碔砆多亂玉，幾能沙礫盡披金。虞庠舊意無多子，也有簫韶拊搏音。

## 帳宿幡竿嶺

長笑飛芻饋六軍，也毆疲瘁逐征塵。楸林卓帳秋風夜，山鳥驚啁可笑人。

## 黄陂縣懷古

尼丘非復貳先生，逐利滔滔盡舌耕。還憶蔡侯當日事，郢州知隔幾年程。

## 記夢

二月八夜，夢侍東坡先生，論靖康後事。走謂宗澤不死，朝廷少假事權，究其施為，國家決不至是。先生未答。坐中或相詰難，先生曰：是所謂𠻳抨然者。走問其説，先生曰：有詩人與樂工言樂，詩人取琴鼓之，其聲咿嚶然，樂工之琴𠻳抨然也。遂寤，不詳何謂，作詩記之。

通夢周公不我欺，咿嚶無若大音希。詩人伎子知誰在，一枕鄰雞曙已暉。

### 病興即事

東風細細筆芽緑，畏日嚖嚖天晝清。萬緒不興坐兀兀，林端鵖鴃兩三聲。

### 無題

朦朧夜色暗浮雲，咫尺氛埃怯戰塵。深夜鳴梆到庭户，江湖知有釣魚人。

## 魏勃

異姓侯王約重陳，誰知興復自陪臣。滕公剛笑輕齊尉，大勇直須庸妄人。

怒激三軍豈足言，漢庭股戰始能賢。齊卿不及公侯貴，擎跽偷生雄雉前。

### 書温公集後

不用須藏用即行，未分丘壑與朝廷。聲名怪得生來盛，非但潛心醉六經。

### 讀舒王日録

立志嘐嘐必致君，四方觀聽一時新。周家道備驪戎變，流俗元來不誤人。

### 讀鬼谷子

捭闔乾坤若有神，崎嶇長短困儀秦。無聲無臭文王道，應是先生浪鼓脣。

### 新歲病起

牆外梅花渾欲飛，縈人無奈柳依依。窮愁三識新年面，猶喜當陪乳燕歸。

### 桔槔

怪得朝來俯仰頻，王明用汲有深仁。無為抱甕先生笑，機械邪歆已玩人。

## 聞鳩

桃李無情花自妍，竹根行復破苔痕。新婦抱兒未歸去，愧死鵓姑啼滿園。

## 長湖以南李花彌滿山谷誠臺望之皡如也

層冰峨峨春不融，璧月皎皎夜常滿。明河入望浩無津，欲往從之人甚遠。

## 酴醿花謝有感

當初曾醉浣花春，席地棠梨當錦茵。今日酴醿飄似雪，閒忙不比舊時人。

## 巴口感事

曙煙帶柳日希微，一簇魚蝦市井遲。莫訝上官深致志，雲龍曾説鎖牙旗。

## 十四日從諸同官登西山郊壇岡次孟監務韻

催人暖律厭（四庫本作葭）飛灰，高會蓮燈懶重陪。閒到蘇仙舊遊處，熙熙不祇登春臺。

菩薩巖泉湛佛乘，澄泓無復現天燈。强歌下里酬春雪，便好為文弔剡藤。

清遊無是亦無非，陡絶圓壇一强躋。赤壁望中公瑾在，戰塵何日静征鼙。

人間萬事盡浮埃，顧影窮遊莫倦陪。吴王百世不復在，祇有九仞郊天臺。

交神有道非關我，元夜虚張太乙燈。擬學昌黎慟河華，扳援石磴多藟藤。

不論人間是與非，崇丘礌嵬尚慵躋。登臨自有無窮意，安得閒愁衮地鼙。

## 讀史記

公旦征淮難疐尾，仲尼去魯速吹毛。聖賢出處平生事，間不容針却中鶩。

## 黄霸

稱職關東漢吏良，作公名損浩難量。試看鶡雀為神雀，無復飛蝗食鳳皇。

## 假日

拖被蒙頭貪睡足，莎庭卧鼓喏衙遲。賓僚莫訝吾慵甚，忙裏偷閒亦暫時。

## 將歸

閲世光陰雲掣電，忘形蹤迹浪浮萍。翩然行逐西風去，聊復人間得此生。

## 戲寄清虚先生

鼾睡懶醒先處士，回光坐照老賓州。自注：陳摶、王鞏，皆有清虚之號。西來大笑朝天子，一宿不為桑下留。

## 聞前月時事君舉象先皆與南宫之選是日讀易詩春秋作四首

一陽萌動黄宫下，正是寒威合海四庫本作減時。閉户先生莫惆悵，雷行龍躍定前期。

我行永久亦何傷，僕馬痡瘏不是忙。田卒污萊皇父去，愸遺將若守吾王。

憂河之濁泣清之，每笑周人切見幾。麟史究觀王室亂，異情元不是公非。

我不知人人我知，體交無味亦何為。朝陽鳴鳳翔千仞，却是梧桐實未離。

## 州圖次元修韻三首

導水要窮神禹迹，驅山每恨始皇移。晉家安石非無事，高鎮神頭有著棋。

瞿聃盡道色非色，愚聖共知東是東。一紙畫圖都掌大，誰言遮壁意無窮。

簍書莫笑蟲魚注，善學須通天地心。到盡粤南并薊北，始知前古是來今。

## 書敬仲兄枕屏

野趣知兄愛泉石，風屏少試秋毫力。纖煤點染出雲天，萬里江山安枕席。

## 歸計二首

浮雲何處是生涯，念絶營營即是家。洗脚渡頭歸去也，漢津無用逐靈槎。

置錐無地亦無錐，幸可歸來特地疑。船子月輪貧未破，羅浮焉用石頭為。

## 青田同七五兄作四首

為聞雙鶴訪青田，便有孤雲竟目前。灘水自鳴山自緑，短篷斜挂得酣眠。

鳥雲送雨過前山，白鳥將雛向遠灣。獨立溪亭無箇事，湍流瀧石鎮潺潺。

浩歌欸乃客銷魂，一抹煙林暝遠村。花為忘憂人一笑，不知風雨作黄昏。

谿翁夜傍清溪立，千尺絲綸一紅粒。天空月白不見人，無聲露滴蘋蓑溼。

## 追和寶山晝睡

浮生化國總輕塵，已自忘真那得真。無物從教儘空洞，可須容著許多人。

## 戲作贈别效東坡體次其韻

茹菜羹時嘗苦憶，撐蒲無路塞行期。難逢莫恨絲長斷，金鎖開緘自有時。

## 雨中鶴唳

十萬虛屯野次兵，不逢苻詔壽陽城。愁雲慘淡雨來急，鳴鶴一聲天未晴。

## 啄木

蝎譖區區切考求，飢腸一飽又何尤。要能去蠹無遺種，寥落空林死便休。

## 鶯

綿蠻巧語慶青春，金線低垂柳色新。定自知時厭流蕩，歸來空谷混泥塵。

## 讀鬼詩擬作一首

坐對悲風嘯晚山，征鴻不記幾回還。青銅蝕破菱花面，慵掠烏雲綰髻鬟。
至樂紛華苦未真，至遊無朕亦無身。細看浮世多塵坌，如我得歸能幾人。

## 李　斯

獵盡山東六暴强，脩明律令起秦皇。還思稅駕知無地，逐兔應當爾許忙。
詩書灰燼便秦文，便得秦王却誤身。斯具五刑秦再世，六經還有表章人。
剛從孫卿學帝王，為羞貧賤速危亡。威嚴無復人居上，自處應慙厠鼠方。

## 燕太子

意氣寧知錯感人，姬丹祕計謾危親。亡燕拜送於期首，政使荆卿趣帝秦。

## 雨後憶龍翔寺

二峰高峙夾禪扃，長落潮音逐磬聲。老僧睡起絕無事，不管波濤四面生。
窣堵東西岌兩峰，王宮今日梵王宮。潮船八面來勍敵，都入禪師燕坐中。

## 秋　意

月娥素魄溢嬋娟，金吹淒涼冷淡天。野水暝煙楓葉暮，黄花紅蓼獨嫣然。

## 聞蟬

自闢筠鄉五畝陰，蟬聲無處不相尋。炎天喚起秋蕭索，便擬乘風遶鄧林。
新蟬無數咽琅玕，引惹凉生六月寒。已自東山謦高潔，未須丹翅擬笙鸞。

## 村居秋暮

風迴偃水縠紋平，林末它山筆架横。場圃未閒黄葉下，鵓鴣啼雨忽啼晴。

## 睡香

君子奪朱有惡，祖師噩夢尋香。莫問兩重公案，且須一曲霓裳。

## 摴蒱

一局閒尋五木經，檿梟盧白意冥冥。未能後擲如前擲，將奈長亭又短亭。

## 公叔次開窗詩漫答

不同夷甫坐談空，爛醉梟鷺滅没中。聞説詩豪君是否，好磨長劍倚崆峒。

## 幽蘭次十八兄韻六言四首

宛在一人空谷，居然九畹深林。襟袖不盈披拂，車轍無蹤可尋。
有美中郎芝砌，言采淵明菊叢。會取箇中香氣，蕭然林下家風。
舞奏八風薌澤，頌聲猋氏遺音。允也不夷不惠，悠哉非古非今。
超出世間凡品，叵聞鼻觀餘香。春入有花不艷，院小無人自芳。

以上《艮齋先生薛常州浪語集》卷八

# 全宋詩卷二四七二

薛季宣六

## 詔書屯田湖北相土西鄉屬暑雨中旬轉入洪道時雨初霽谿山葱泚如在縉雲荆坑道中子規之聲相聞屬道

沐雨驅車涉敗橋，平原渺渺漲江潮。華容葭葦憑誰燎，赤壁艨艟徒自燒。一路規啼情悄悄，九皋鶴唳思摇摇。道東直指松門去，酷似故鄉歸路遥。

## 書顔子傳後

幾庶都緣有若無，寧論芻狗刍蘧廬。要須非復周公夢，而亦何為子夏書。行葦至仁均草木，中孚大信洽豚魚。窮神至命知奚事，不遠周流意六虛。

## 六月三夜夢觀某人詩什其書一章四絶蓋絶筆也走讀竟太一真人來告語青猿手裏得長書静聞丹竈風中雨之句夢而默記之寤矣作詩導意

多謝真人警夢書，青猿馴擾尚趦趄。任從爐鼎喧風雨，争奈神明復古初。君樂鍊形咀丹火，我甘飲水灌園蔬。惟當敬佩終焉意，子欲無言致匪虛。

## 讀伊川易傳

太極非名豈自然，由知闢闔見坤乾。先天詎必違中古，上古應須得後天。至密退藏那有迹，惟幾成務尚容研。從教變易能從道，不似神龍得性全。

## 樊口見鄭崇陽不遇

經時兀兀坐筠鄉，命駕崎嶇傍夕陽。島嶼西陵開罨畫，湖山東鄂洗新裝。路侵細草迷繁緑，風落閒花憶舊香。却上渡船歸去也，不逢安道故無妨。

## 誠臺晚意

麥夏西山日脚斜，峰雲千里盡丹霞。晴嵐榱桷水春漲，芳草園林路晚花。遠近子規啼怨抑，高低乳燕語淫哇。宦身歸是何年社，信美誠臺不似家。

## 晨赴寒谿寺乾龍節道場所

曉入招提旋即還，去何忙遽到非閒。寒谿日出射煙霧，退谷路荒埋草菅。林盡遠峰晴歷歷，叢深流水暗潺潺。歸途鐘鼓依稀似，將謂禪居别有山。

## 新晴

起人舒慘作陰晴，九十春光衹雨零。宿草未萌波漠漠，落花歸盡葉青青。風生遠嶠銜明月，霧歛長江吐漲汀。天意乍回心自廣，片時雲路覺無形。

## 勝亭雪望

上元雲路玉塵飛，應是虯驂罷會歸。望合郊原人世變，映浮城郭夜燈微。連天忘却黄岡縣，際水平將赤壁磯。滚滚長江耐澄撓，浪回鷗鳥一驚翬。

## 和賈簿

澄江風定也清寒，咫尺渾疑醉夢間。雪滿後湖真是浪，雲平西塞且無山。輕鷗弄水情無限，遠雁書空時自還。静極要當隨衆樂，歸來燈火鬧朱顔。

## 和賈簿勝亭雪眺

携壺命侶燕江干，雪起頹垣甃玉欄。减水湖中還素浪，明雲天際失青山。無端大火寒無艷，不奈生柴苦不乾。斷岸蘆洲見殘月，一鉤忤視却前灣。

## 艮止亭即事

艮止危亭欲暮春，湖山江外翠眉顰。鳥啼夕月清歌扇，花發荒原鬧舞裀。吴老洞迷青草暗，陶公宅古緑蘿新。懷歸何日成歸計，不忿端居作主人。

## 泊　船

泊船在處即吾家，鮮得燂烹爨有槎。弄景日移煙岸柳，流香風度野薇花。霞翻錦段浮江渚，水落濤紋隱岸沙。塊坐朅來無一事，夜深遠燒起殷霞。

## 從孫元式假定本韓文

楊墨衰周亦既微，仙曇變夏用戎夷。回瀾豈直萬人敵，斷簡傳將百世師。脱落間亡烏鯽墨，蠹殘寧免白魚辭。校讎歆向君無愧，聊以新詩當一瓻。

## 校畢歸之

倒墨扶周復古文，清輝萬丈醇乎醇。七篇奥義遠相繼，六代潛光今又新。字假通才識魚魯，車慙寡學改金銀。異書喜得君無靳，此道中興知有人。

**勸農出郊**

漫驅戎馬説農郊，不見田疇見白茅。洪道曉晴明水底，羊瀾春漲長林梢。紅翻大澤霞方散，青人空原草漸苞。迎畯示民民自勸，可須杯酒薦烹炮。

**九日龍山之集**荆州作

年年九日登高會，九日登高年歲閒。黄菊茱萸應故泛，茱萸黄菊故應攀。以上二句，四庫本作萸紫楓丹應共賞，橙黄橘緑正宜攀今人不在古人後，往意可四庫本作何如茲意閒。風帽落簷誰得見，龍山還是昔龍山。

**冒雨渡江弔喪彭氏造雪堂夜歸**

衝風櫛雨亂西江，弔死裴回問雪堂。叢枳界無春草主，四庫本作介無春草碧小橋蹤在古碑荒。人存有政名空大，世遠回思恨始長。旋棹晚雲何限事，可堪瑞慶柳成行。月波樓下草芊芊，浪拍三江起暝煙。願見古人人又去，欲詢往事事無傳。窪樽明滅漁家火，樊口依稀估客船。妻子迎門應怪笑，問君何謂苦愁煎。

**酴醾花**

東鄰處子太優柔，醉倚闌干十二樓。清白有家傳醖藉，醇醲無味飲風流。帶搖翠幄蒼蛟動，佩解虹梁緑蟻浮。嘉木自香香到骨，困人非酒欲誰酬。

**牡　丹**

三春首出衆芳菲，笑倚東風蹙翠眉。洛浦未翔要玉佩，湯泉新浴曳袿衣。無雙可奈傾城恨，第一何堪代命為。桑柘不花花乍可，清霜誰是不空枝。

## 巖　桂

羣芳未許論芳馨，獨自秋天卧月明。賴有幽香洞淵奥，寧將雅趣博輕盈。德純不顯娥皇怨，道大無聞叔度清。好向深巖伴黄石，可知誰與桂花名。

## 天　閫

扁舟一葉轉寒溪，返照西陽日下西。旬浹不來江水漲，驚瀾幾欲上天閫。

## 武昌懷古

漠漠煙村一古城，郊壇離殿草茅生。青山不解知興替，銷黯開顔為雨晴。

## 筠鄉入夏野花方拆

牆匝叢叢繡舞裀，一般顔面各精神。筠鄉不為東君去，野草閒花滿路春。

## 艮止亭晚意

山影殊亭日轉西，牆頭歷歷片帆移。何人唤我頻歸去，側耳疏篁怨子規。

## 艮止亭阻雨旬日

山亭無路少徘徊，跬步狂瀾漲九垓。不是蜃樓浮海外，也應弱水限蓬萊。

艮止休工未落成，做四庫本作故人限隔雨零零。眼前好景到不得，便是霄中望極星。

## 晚渡東坡

赤鼻磯頭横曙煙，吴王城下浪連天。聞道東坡妙天下，爾來靡日不盤旋。

浮生萬事盡塵埃，瑞慶堂今榜快哉。惟有東坡舊煙柳，道人猶解指莓苔。

**行戍西山**

帝驅貙虎舊江州，旅卜僧坊計少休。避暑有宮留不暇，遊山算却是山遊。

**讀蕭銑傳**

可怪梁朝幾帝王，丘墟萬里變農桑。修文偃武如四庫本作知何故，町疃江陵盡鹿場。

**塊　坐**

萬緒絲棼汨太和，終朝所得竟無何。放心收却且危坐，始覺忘機有味多。

**讀皇極經世書**

大易誠知自畫前，後天不識異先天。工夫用盡還無事，巧歷勞推不盡年。

**讀荆軻傳**

妙算嘗聞勝五侯，輕生終不是良謀。秦王未許論生劫，畢事還同擦四庫本作竟還同撩虎頭。

**讀劉叉集**

湯文不作幾經春，叉也賢乎隱澤民。古劍胸中儘磨淬，寧如覺道樂耕莘。

**伯文**四庫本作丈**人盆池開芙蓉十二**

聞合天符下玉麟，祝融溢浦肆時巡。西山詎必須陵井，又得餐霞十二人。自注：陵井，十二玉女居之。西山，十二真人上仙處也。

**讀近時樂府**

天寶龜茲貴尚年，哇淫靡靡到今傳。尋思溱洧桑中調，幾許不如周頌篇。
樂好株離幾百年，知昏漢日暗湖天。周東幸有其戎歎，却在伊川被髮前。

## 春遊

桃紅李白輝相曜，車馬交闕遞流照。牆頭半露是秋千，不見美人聞語笑。

## 即事

芰荷蕤蕤抽蘋藻，風細幽香襲懷抱。庭竹琅然振玉音，葉落委階墉不埽。

## 殘花

小院銀瓶花落枝，驪山驚起睡楊妃。銷魂淚滴燕支雨，留得霓裳舊舞衣。

## 瓶花盡落而梨花瀟灑如故

天帝南遊匹馬還，紅雲作陣雨闌干。駐顏下嚥如冰雪，一粒清涼得賜丹。

## 寒食雨

言歸社鴈已家鄉，紫燕呢喃識舊梁。甚雨疾風寒食夜，旅人情緒一思量。

## 江村聞笛

江村風色秋江渺，林薄無人鬧幽鳥。長笛一聲金吹寒，知有漁舟釣紅蓼。

## 遠景圖

蘆花飛鴈煙村静，一點青山波萬頃。人在孤舟唤不譍，兒言客寫瀟湘景。
慘澹平煙波浩渺，隱月餘光飛白鳥。依稀一舸是漁舟，獨釣寒江天未曉。

## 野望

水晶簟冷鋪寒玉，翠帟高張染螺綠。陣雲鳥鷺點棋枰，一葉清旗動江曲。

## 衰柳

秋草池塘夾黄纈，莫煙淡淡蒙新月。擬將攀取贈行人，脱葉枯條不堪折。

## 嘲欲借予雜稿者

神文道本可言形，退也能藏用即行。要得任牽驢狗在，無端何似借書生。
郎君到底亦何知，奪卷書生真數奇。惡語故應多艾氣，殘藤無用寫來詩。

以上《艮齋先生薛常州浪語集》卷九

# 全宋詩卷二四七三

## 薛季宣七

### 送張漕還停舟樊港訪退谷

送客過樊谿，停橈退谷口。不見元次山，静立躊躇久。巉巖兩石峰，猶疑入户牖。杯湖正宜泛，堙塞僅盈肘。糞壤瘞杯樽，勿復堪賭酒。扁舟泛然者，長歌挈敝笱。浩無風塵意，將恐是聱叟。自知干進客，對面弗敢扣。從之人甚遠，慙顔為之厚。武昌非昔人，望絶不得友。它時賦歸歟，湖谷定吾受。此心介如石，自誓向樊母。

### 登怡亭故址

江濵篆貞石，渾謂有神畫。閒作故亭遊，心知古人迹。竹疏徑微通，天遠荒自闢。長江浩無涯，滄溟贏咫尺。

### 行成西山徒步抵寒溪寺

杖履竹林遊，陟降西山道。匆匆不是閒，倍覺寒溪好。潭魚戲憑虚，注水喧幽草。埋荒古人迹，樹伐庭如埽。桴鼓又相聞，我心為之懆。

### 感事

潼華覆哥舒，陳濤僨次律。賴有李猪兒，發憤扶唐室。長城賢已遠，惟嶽峻方崇。借問南朝事，江流第一功。

## 陪劉提點遊西山

我家西山下，早晚空翠滴。漫仕鄂王城，西山悵難覓。不知寒溪上，好景天意錫。舉趾異川陸，千里共岑寂。丘園動歸念，魂夢時歷歷。東吴賽粤甌，信美心愈慼。古見似人喜，鄉閑今有覿。且作西山遊，笑顏忻自赧。

## 送中司抵巴口

將迎苦不易，浮湛良亦難。櫜鞬候使客，無時弄江灘。上磧下南浦，風雲怒濤間。一葉舞軒昂，五水戲觀瀾。朝湖暮淮西，此遊今等閒。看盡楚山碧，信宿相與還。晴巒挂天衣，水石鳴佩環。輕舠簑笠翁，勿與人事關。相彼塵外意，心清緒為闌。何時買扁舟，從公看孱顏。

## 病起

蒸鬱斷梅天，薰風故微細。夢春驚已度，避暑如何計。樹老山一色，蛙喧草無藝。病興意愕然，到眼多蕪穢。

## 晚雨朝霽林端煜然望之皆寶珠也戲作四十字

晚雨在林麓，朝來弄晴曦。瀾翻漾明月，粲爛生摩尼。撒殿固無事，雨天亦何為。少須風景麗，去去將安之。

## 賞雪

晃朗長江北，天地都無色。扁舟撑短篷，一鳥歸飛亟。遮莫凍凌兢，如人酒量增。龕山不是照，天地一明燈。

## 二十五日雪

裘褐透膚寒，飀刺春將半。雪作絮花飛，衮衮攙零亂。天地合清明，虚極浮江岸。鳥窮棲樹端，走狗欣挑四庫本作跳攛。埋路已旬浹，四野都瀰漫。郊行峭無迹，惟有神光燦。茅檐過尺摧，爐火生無炭。凍死未能詩，達人方大觀。

## 和賈簿雪

早起怪吾廬，去天才一尺。始疑大朴還，掩盡幾陳迹。比屋皆可封，列土班圭璧。照我爛輕明，却似初出日。仰頭不可見，恐是老鴉食。擬倩玉川子，叫閽閶帝席。穹壤合為容，事乃非人力。心膽為之寒，且退然枯荻。曲身今已直，促織休唧唧。此意可告客，苦乏鄭莊驛。履霜至堅冰，何當介如石。鶺鴒有逐婦，相從如娣姪。飢蹲苦樹顛，到夜無入室。自蠟登山屐，借問何所適。我亦無所適，皜皜期太乙。庶見太昊氏，鷂視剖我臆。

## 黄楊生拳石間王彦材以爲贈且賦之走命曰孤山貞榦次韻以酬原作酢，據四庫本改

孤山有貞榦，不比尋常木。蟠根怪石巔，亭亭自生育。百物進相高，位閏知蹙縮。散葉傲風霜，樛木四庫本作枝外林樕。琴桐嶧之陽，逍遥兩俱足。夸父徒我庭，如仁示其目。股掌翫何言，遂可移風俗。

## 夜深

為問夜何其，明滅燈將半。雨雪濺聲繁，霆電流光爛。初筵向闌珊，遊子紛繚亂。誠知宴樂娱，不怕泥塗漶。齋居静無他，天德全弗畔。吟徹借筇頭，假山餘一爟。

## 偶書

天公不好事，月夜雲埋月。遊人且勿遊，辜負良時節。霖霆漲塗淖，雷雹騰飛雪。蓮花燈可憐，對明不同滅。

## 中秋對月戲呈覓舉諸兄

君不見決明混沌江之湄，含胎吸月懷清輝，圓淨唾將珠與璣。又不見明視中原雲月静，跳擲回旋顧形影，生兒往往皆毛穎。由來逐物未忘機，勞生吞吐知惟時。覯美為人奚以為，獨坐金風塵慮省。皓月斜河星耿耿，草頭溥露侵膚冷。平生不解飲和歌，無人對月醉顔酡，月朗清秋奈月何。睡思揭來剛引領，林岫參差弄光景，不知月已沈西嶺。

## 開窗

溽暑欲成雨，密雲猶在郊。開窗挹涼飆，遠山見林梢。木葉已成陰，野鳥鳴啁啁。鏡静碧池湛，清冷無混淆。會意紛萬途，錢荷貫叢茇。寂坐一堂上，默默神明交。

## 子規恨

風篠扣吾扉，有人來我語。語好不須多，都不如歸去。開門我見客，客子今何許。竹下得流虹，人言為杜宇。杜宇昔王蜀，不自安當宁。相歸密淫遊，微行時踽踽。蛟龍失水困，哀怨成飛羽。規名釋爾雅，茲事則然否。揚雄蜀本紀，望帝亦賢主。仙去正啼規，去思傳往古。不妄信斯言，王去非輕舉。蒼天悲此民，故使規聲苦。脱屣感斯意，八極歸容與。到今惟一人，後躅追無侶。所以百世下，直指不得數。聲盡繼以血，空教瀝肝腑。其然豈其然，臣事君看取。

## 聞齊安雜詠板成從沈守求印蒙以爲贈

軑縣西南弦子國，使君昭代文章伯。氣吞雲夢納東坡，心在江湖輕赤壁。月波蕩漾春山色，峥嶸洲草芊芊碧。政平訟簡暇居多，杖屨逍遥神自適。到眼風光看如畫，罨畫溪干舊遊者。高亭矗立畫不如，坐歗雲屏自天寫。使君好客非春申，一夔已足無餘人。哦詩五百盡清警，立使江山景物新。江山景物古來有，前賢相與天長久。近來百草漸埋没，賴有此詩為一剖。使君好善人如己，鋟板巾箱波遠邇。良知何獨此麻城，天下行聞為商起。我拘官禁僶杭葦，跂望亭高衣帶水。高唐想像賦神遊，遊客言詩詩信美。空書從學穆清風，得見異書人見同。解嘲不用潘郊老，衹在先生指顧中。

## 永嘉行

夷甫清談平子醉，晉俗浮虚喪（四庫本作輕）節義。不閑胡虜哭桑林，九伯五侯無一至。洛陽宫中胡馬嘶，晉家天子行酒卮。驅出如羊晉卿士，婦辱面前争敢知。胡兒居坐漢官立，不許紛紜但含泣。刃加頸上始覺（四庫本作知）憂，追悔前時又何及。胡塵坌起昏中土，人死如麻骼如阜。草萊萬里無舍煙，氈帳羊裘自來去。烏旗霧合胡笳咽，無援邊城腸斷絶。瑯琊匹馬竟浮江，棄寘存心堅片鐵。天驕一坐昭陽殿，九鼎遷移如轉電。禁聲不得悲楚囚，白版金陵謾龍變。數奇督運淳于伯，誅斬無名血流逆。若思不識是何人，却是帥師臨祖逖。

## 雪中送客寒溪堂

前年送客寒溪堂，桃李璀璨寒生光。今年送客寒溪道，滿望六花形欲槁。前歲今年時不同，同為送客寒光中。寒光山積都相似，誰信冬春長有此。廣寒宫殿不勝寒，世界瓊瑤無乃是。如何名此作寒溪，炎天風色鎮淒淒。不緣送客不易到，送客情懷將何為。君不見瑶池高宴非不奇，穆王猶自賦吾歸。

## 可憐

可憐甌越湖山主，厭向黄紬聽衙鼓。鬭鴨能言名自呼，子規歸去啼聲苦。傷情羈鴈怯離羣，適意馴猫哺相乳。端是三年貧客官，方春定得離南浦。

## 假山次葉師文韻

大隱城居無世喧，疑星四庫本作超塵外非人間。武都聊試五丁力，一笑天公為解顔。翠蘿散作麻姑髻，枕漱從宜長飯毳。青山元自野人物，版築徒然飾東第。無論千假須一真，坐對北山南起雲。一丘一壑丈夫事，安在窮遊探古文。平生樂處天其假，還視王公猶土苴。它時買山歸敝廬，定須作屐隨高下。

## 蘆花

秋風摘索鋪寒雪，敗葉枯條互明滅。淡蕩閒塘摇夕陽，横斜斷岸凌高節。無言咄咄日書空，執禮拳拳意綿蕝。望極氍毹鋪糾結，漁歌何處聲淒切。

## 柳絮

駘蕩風光將欲暮，柔條繫日縈霏霧。寂歷閒庭芳草路，眉開青眼多情度。脈脈依依愁不茹，欲翔未定遺容與。體輕委蜕韶華去，飄泊晴天離又聚。高低上下當何住，捲春匪蹴毬先赴。小院深沈鋪月素，卿雲蟬逐凌波步。撲㯆追隨無定處，冰霜峭覺回寒沍。粱王有客能辭賦，蒼凉雪苑知誰訴。浮玉神山攻寶璐，屑屑虚花奈憑據。還思道藴驚人語。

## 香棠

薛季宣七

舊説海棠無香，惟昌州海棠有香，驗之蜀道，信然，以為不易之論。樂圃有棠三本，其花亦香，乃知非蜀棠獨香，香棠自有種耳。

世間元有無窮恨，海外棠花宫錦爛。燒炙東風春未半，濃裝獨立情繚亂。博山鑪冷沈煙斷，記語洛妃池側畔。袿衣透溼飄香汗，舞罷霓裳高燭看。吴苑散花灘彼岸，亦有當初舊遊觀。棠梨古逕霞光燦，薔薇露冷衣新盥。袖卷燕支紅入腕，噴人蘭芷芳都貫。天然種性珍奇玩，嶺海誠知煎可爨。擬擷柔柯燃熾炭，褭取緗巾永傳翫。它年留得重公案。

以上《艮齋先生薛常州浪語集》卷一〇

# 全宋詩卷二一四七四

## 薛季宣八

### 元日

星回斗直寅，夏臘變王春。否泰反成卦，乾坤老逼人。元正長日月，大化少逡巡。世事初無始，天時自一新。祇愁梅片片，不見草欣欣。善頌聞椒酒，蒼天拱北辰。

### 孔子

蕩蕩東家丘，百世人叵識。出類只誇辭，太極無合德。堯舜未可過，遠賢真貨殖。我欲究遺編，言非是奇特。從之如有立，卓爾既吾力。大哉贊乾元，一語覓不得。

### 比年士風鋭進求薦章者殆如辨獄擠排詆訐無所不至客有勸予干當路者二首

見疾多朝士，争名卒未休。急流須退勇，焉可又隨流。

静退方真樂，趨時未遽非。不知全道者，進退兩忘機。

### 痁疾中元式示詩走筆次韻

鄙人病在床，政苦風寒侵。之子步池上，攀條哦柳陰。擲我珠玉辭，瘧鬼毛髮森。豁爾脱沈疴，翛然洗煩襟。何當漾輕舠，相與從茂林。清興諒不淺，此情殊未禁。强歌下里曲，賡和白雪音。請問覺軒詩，何如梁父吟。

## 江夢孫二首

聿修去天長，却泛宮亭水。百世友淵明，放意匡廬趾。為愛千金軀，不自知臧否。非關走庭下，腰折慚小子。少學愴難行。富貴丘所恥。一為田園念，歸思輕脱屣。斗大印黄金，各各從所美。二士志俱得，何其尚留此。

聿修去天長，元亮歸彭澤。把版豈難能，趨庭且非昔。古之盡心者，樂以所求獲。云已廢明民，寧當究安宅。大輿輻可脱，無當巵何益。君子之所為，百世空陳迹。

## 巴口相地作大軍倉

南浦縱蘭橈，打頭清旦風。鳥飛圖障遠，人皺縠紋中。銜尾過千柁，頳顔無萬叢。端愁少椉瓠，生子亦羣戎。

## 送韓國器登舟至石門視窪樽逮暮乃返

縱步石門下，江山主意勤。窪樽酌玄酒，未飲吾已醺。淵明得聱叟，萬古真同羣。杯湖有明齊，退谷今猶薫。我行到殊亭，西日沈就曛。陽冰著真蹟，祇恐生玄雲。回眸望西塞，慘澹波無垠。泂泛樂之子，行舟言采芹。

## 我客

昔我客荆梁，從事清蕖幕。太倉蠹紅腐，吹竽濫東郭。去作徒勞吏，青衫走樊鄂。撫字亦何心，催科厭笞掠。借問差少愧，而今不如昨。天遊内于于，紛至攘六鑿。鑄此一錯字，為費幾魏博。閑居幸從容，琴書有真樂。胡然令閑忙，遠謝乘軒鶴。人生百年中，藏舟固非壑。顧已習迷途，如蠶自纏縛。作詩懺當來，聊以慰寥落。

## 欲晴又雨終夕震電

日昃望雲氣，西郊將欲開。丹霞漾晴暉，清風有時來。歸坐北窗下，驚霆殷轟豗。流電掣飛雨，疾徐鼓叢雷。宛轉頹屋頭，終宵響徘徊。早起到城市，横流繞沿洄。伊誰補漏天，吾州四庫本作陳絮與蘆灰。

## 跋分定録

人生紅樹花，一謝乃其分。春風儘摇蕩，剛恨分庭糞。先賢尚龍拳，缺月何灰暈。譬如陌上塵，要是非關運。何丘示無朕，子路窮斯愠。此理未容言，呼兒課天問。

## 鄂城篇

袁山野火春風吹，驚飆萬馬争奔馳。烏龜阪頭蕃草木，化作灰燼張天飛。武昌佐史皆好古，煮茗聯鑣訪城府。狂生此意復不淺，好事大家何爾汝。鄂王城闕煙蒼蒼，鄂王宫殿波茫茫。今古都盧一餉頃，不見古人虛引領。亳殷豐鎬已丘墟，蠻荆興替將焉如。死生建業信徒語，石盆古渡猶多魚。古人已去安足齒，近事紛紜尚如此。君不見淮淝去歲是豐年，如今千里無舍煙。

## 謝王尉見贈龍溪集

稔聞韻鄉名，不識韻鄉面。班班隱豹文，窺管時一見。譬彼闉婆城，尋逐滄流漩。聞韶在齊國，九奏何當變。王侯韻鄉人，少長居鄉縣。韻鄉指迷塗，貽我書一卷。森如入武庫，寶璧紛交薦。羣玉屣登臨，赫日吹風霰。家雞將野鶩，後素詩何絢。長安行即到，豈在臨淵羡。千金端不如，變色先生饌。從可狎江鷗，六籍居貫穿。

## 二同舍賦鄂城篇見和文高格古端不可及而仙尉王文措辭侈甚可以參諸臺符羽檄間復次元韻戲酬原作原酢，據四庫本改

生春煖律誰能吹，寸心萬里何當馳。威加海内念方國，也思猛士歌雲飛。狂遊不識今與古，闔閭便作潭潭府。試憑野叟問吴婆，自注：俗名鄂城為吴婆城。賜不如回吾與汝。高高無事幕穹蒼，湖天無雲湖水茫。吴楚争桑如有頃，東鄂幾人全首領。古時封國今為墟，此心觀古應焚如。歸歟衲被蓋頭卧，何妨沸鼎遊如魚。舌柔長在强于齒，人間萬事渾如此。君不見老聃彭祖俱長年，火化仙乘□□煙。

## 次韻李浩然喜晴

我愧子康之治密，其雨其雨而出日。靡神不宗始霧霈，將為有年吾事畢。豈其霢霂澍霖霪，[illegible][illegible]又為心首疾。視將圭璧走羣望，祈社禜門勤屈膝。誠知惡積怒神天，流毒匪緣寒自慄。甫田千畝垂有秋，刈穫敗之方秀實。横流場圃澆洋洋，茁茁禾頭多耳出。仰天何怨俯何尤，退省過愆知自失。牢愁僕僕事吁嗟，風雨敢辭頻沐櫛。忱誠雖至蟣蝨微，舒慘蒼穹焉可必。都緣民困不聊生，重以凶荒神以卹。羲和叱馭黑龍僇，倏忽清明開萬室。不知帝力固全真，謂我貪天寧直筆。

## 河　豚

豈其食魚河之魴，河豚自羡江吴鄉。嗔蛙豕腹被文豹，刖如無趾黥而王。我生甌東到閩方，規魚貫見梅花裝。梅青不肯候春雪，荻芽静笑垂飛楊。古來多魚吴武昌，薄遊三月新初嘗。西施乳嫩可奴酪，馬肝得酒尤珍良。無愁縷縷結中腸，豐美肥腯如切肪。外皮甘滑裏皮厚，令人忘却美烏郎。舉之東海來三江，會聞清濁期滄浪。白龍未免豫且困，膨脝唯唯浮魚梁。氣衝毬鞠何彭彭，地遠都無橄欖香。不知深

人恣遊泳，極情性命徒為戕。腊毒厚味能人亡，何須西子齊文姜。甚美由來必甚惡，直它一死言為長。鮰魚俗物休相妨，良藥相傳海上方。蘆根槐子豈足貴，生鳳之腦黃龍湯。

## 東坡在齊安賦海棠詩爲天下絶唱年來絶無此種許仲蟠取之武昌作詩寄示

武昌三月春草生，攙紅鬬白皆羣英。就中一種信奇絶，芳菲壓盡吴王城。侈非丹芍明非玉，艷陽天日擎高燭。從教深淺色相形，不以冰清為不俗。文王自昔基靈囿，緑綬朱裳燕朋友。醺醲心醉鄂裳裳，痛飲醇醪不闕酒。流烏一下新王舟，颭從火御乘丹丘。傳得飛霞在海外，千齡只自生炎洲。靈砂不到姮娥竊，幾時赤鳳來丹穴。趙壘新張漢幟時，闤闠滿望猩猩血。少陵昔漫稱詩豪，忘言跨鯉輪琴高。剛被東山興妖女，竹菰未可稱蟠桃。靈根不分生赤壁，遠在水南呈赫奕。朱鳥憑將寄德鄰，告言莫看同巾幗。

自注：王彦材謂東坡以海棠比婦人非是，故此詩皆不言婦人。

## 寒溪送客時李花盛開山谷彌望

寒溪送客荒徑迂，玉華璀璨晨光虚。仙遊在處見李白，山遠無地尋陶朱。雪霜天色際江岸，瓊瑶世界連廷除。飄然幾許認姑射，恍若一夢驚華胥。寶珪環璧會王路，鐵衣鋒刃交兵車。三王純素未云已，百姓渾茫方皞如。神清洞古世緣在，梁園衹是空遺書。

## 蟻啄翻 吴人謂雀為翻

啄翻玄駒子，當緣一食耳。雪猫與翻俱咽之，玄駒乃與翻俱靡。古人防未然，精意本如此。相教各自慎，豈有失身理。翻子輕此蟻，終焉食于彼。蟻亦甘啄翻，但知翻之美。寧知腊毒生厚味，大小相吞不摇齒。蟻微不足食，反以食翻死。不如夏蟲獨飲露，壽不知冬亦良是。君不見慕容赫連攘臂起，楚漢存亡竟何似。

## 釣臺阻風去得風便

先生非釣名，魚釣清泠水。太空四庫本作虚長廓然，浪迹秋光涘。人憂我何憂，忘怒亦忘喜。建武非漢元，詎有留侯起。神明旋地軸，姓字更七里。雲臺已埋没，嚴瀨殊清泚。峨峨二釣臺，高插煙霞裏。首陽遠相比，萬祀恒不圮。我來經舊廬，敢卜瞻遺几。東風廻我舟，江步時須艤。仰觀嚴象設，敬拜豁煩鄙。曾臺暢登臨，無復徒仰止。縈迂古道屈，望望扳蘿藟。崇基介巖石，特立端不倚。削成一山碧，平正章如砥。衆山鬱青葱，環合紛磈磊。清塵森萬象，觸睫同一視。古人不可見，可見安仁美。旅情殆忘返，回棹西風駛。青蒲挂一席，入望俄城市。瞥如周變秦，物物非古始。乃知主人意，待我非朱紫。送迎因下風，忙遽均倒屣。烹茶出清泉，盤饌羅雙鯉。飫之以珍饈，浣濯予塵滓。相忘語默間，不假談名理。去留唯我意，今昔交汝爾。此情固冥契，何必親之子。

## 乙亥歲東遊會稽謁禹陵過馬臻祠下詢所謂鑑湖者則已堙塞爲民田因賦

登會稽，瞰長湖，漪漣萬頃皆平蕪。桑田變改唯聞説，豈信古今人事殊。往時夏后禹，道川治水勞馳驅。四支疲弊跛其足，過門弗視兒呱呱。衆流宗海出平陸，滋人巨浸因卑洿。百神效職來大計，勤民遠狩崩于盦。名山立郡此焉始，明明功與日月俱。馬侯有漢二千石，施仁復古蘇燋枯。浚深倍薄拂古鏡，還使墝埆成膏腴。陰邪醜正富權戚，居肓如鬼捐其軀。大君良吏不復見，茫茫陳迹日就無。玻璃湛湛長芳草，蛟龍窟宅生菰蒲。前功不録倚隳棄，誰何聚斂浮穿窬。庸情非聖決陂澤，遷移膏潤為官租。昔人舊事已無在，猶有水則四庫本作識磯長途。高田燥仰下沮洳，雨暘無歲均沾濡。咄哉榮利歸乃室，是邦黔首其何辜。反令二主神，淫祀煩此都。王陵委積畫明幣，守祠澆酹傾清酤。禳禱兩無已，跳梁飽妖巫。享祭緣報誠，嘉猷委泥塗。神靈血食已非分，無為耗黷令人吁。復繢悵何從，我心徒自悗。

## 張村

皇羲寂已久，澆俗無還淳。如何張村甿，杳杳全其真。豈不有妻孥，茅茨甘賤貧。豈不憚疲勞，務時勤耔耘。脱俗未為貴，而今焉辟秦。青城足躋攀，那染龜城塵。枸杞薦盤蔬，殊非爾養身。安常樂有餘，熙然阜長春。奚其壽而康，無知斯體仁。静言逐臭夫，迷途少知津。猥云老人村，郊荒絶酸辛。筋骨由堅强，誰謂存其神。井蛙議滄溟，夫豈窺崖垠。作詩賦張村，逝將同野人。

## 舟行樊港望竹間石上李花盛開

天下清且奇，無過竹與石。安得皎然者，素質照人白。静立笑東風，篁岡蟠罅隙。望之輕以明，儼似雪初積。青草鬬欣欣，不比梅花坼。矯首不可到，獨自憑空碧。翠帷篠青青，巖崿正虚席。我疑辟俗翁，方外友三益。又是秦帝宫，傳視相如璧。人情不易知，幽致矧可射。相從知未能，灰心從此晝。

## 遊韓魏王書堂

蘭生深谷中，香不為人採。明珠含蚌胎，融曜鎮長在。襲來馨滿衣，磨琢未曾璀。君子行之常，出處安有改。韓王開此居，山立中嵓嵬。窈窕二遊女，易歲昏有待。柳下學東門，百世人不逮。乃心毋自欺，匪轉焉可怠。用之建邦國，所宜烹大鼐。我來追後塵，六逸先駑駘。美人意桃李，德誼見芳茝。瞠若眩吾明，五色騰日彩。

## 二女篇

天聖中，韓魏公居所生憂，從其兄琚守齊安，即安國寺西廡為書堂以居。恒有二女子夜至，衣冠高古，容裝麗甚，公恬不以為怪。及去，二女告曰：妾非人也，亦非仙人鬼魅。遊處再歲而言不及亂。公德士也，行矣，即推此澤天下。走讀《齊安記》，屈原之死，二女孝慈，亦于此投江，故武昌郡人以五月五日競渡，投角黍迎神舟上。二女非仙人鬼魅，豈靈均二子之精爽耶？不然，何知人如此之明，而後先居者，莫之能見。為作《二女篇》。

姈娉二美人，幽閒真種性。色秀雪窗梅，衣冠麗修正。巖巖韓稚圭，寂寞自清靜。虛室埽齋居，展禽當季孟。神遊問寒暄，不得窺信行。怪力視茫茫，久要交善敬。語之非異類，安民公有命。蓋聞楚靈均，汨羅陳死證。二子終孝慈，雙玉澄江映。當初黃鄂人，盪槳追遊泳。端午化成俗，龍舸長奔競。事神微有道，角黍勞將迎。非鬼且非仙，世士憑誰偵。

**被命行田未半而羽書至造呰者萬別駕其逼方甚繼復有聞**

冷火不再然，事成難重言。我苦不憚煩，興言念丘園。丘園未得歸，行田縣西原。暑雨霑我衣，萊蕪絆我轅。熊羆百萬衆，未易輕營屯。東征到洪道，折柳臨津門。峨峨鳳皇臺，墟吴際荒村。南湖湛淪漪，溫渺波瀾翻。路回溪谷間，子規叫煩冤。流血良自悲，誰念望帝魂。不羞五斗腰，折支別駕尊。松門故鄉類，去路馳且奔。羽書如流星，萬室崇屏藩。荒涼舊村町，億兆不一存。哀聲聽杜宇，側耳心昏昏。山澤久已竭，職死何足論。

**某爲令無狀不能化服奸盜至加之刑僇仲蟠鄉丈不以爲過又哦詩以寵之是重某之不肖而播其惡于衆也感愧之劇次韻以酬**

漢法在彝鼎，三章豈不嚴。姦宄恣暴亂，官刑廢春鉗。未若箕山翁，頑夫偃風廉。予慙斯人徒，為容善謙謙。毆民陷之辟，淫刑視齊殲。處事禁太速，宜犴非為淹。丹書對婦泣，職死夫何嫌。專誅逮垂盡，吾辜倍相兼。曾聞鄒魯間，禮義人自恬。商君就有道，絳水驚閭閻。念此一歎息，歸來賦陶潛。南山信崇極，能無刺巖瞻。

## 記遊詩

延陵道士何希全，為人坦率狂易，居天慶觀，儕輩以風子目之。走初識諸妻家，嘵嘵然一多言人也。甲申歲至西潮，從婦之昆弟遊，訪何之居，則闃無人聲。扣户移時，而後希全者出，肅賓而坐，不交一談，同行怪之。視其齋舍，蓋凝塵滿屋，胡床雖設，而拖泥之板亡矣，意其非苟然于世者。客退而主人不送客，彊之，不辭。及門，謝以無茶，遂翻然而入。詢其行事，不語既有年矣。晚遊崇勝佛寺，過僧道一不值，睞几案間無非貴人竿牘。中庭有枯條不翦，謂之龍華，考記按圖，乃野菊之下品。王公聞人為之歌謠者，至積秩而加多。走閱短卷圖書，謂必法書名畫，開編而視，乃其繪夢成圖。一日之間，所遇如此，若希全者可謂身如夢幻，而道一者顧以夢幻為真。物之不齊有如此者。因思列子之言，為發一笑而作此詩。

先生混物化，浩若鶴與猿。詰曲此世間，翛然脱籠樊。冥心遂無物，得意亦忘言。客至不點茶，猶嗔破苔痕。相逢蜀成都，過我故縣村。遐觀夢中夢，南膜佛因緣。鄭人決真妄，子產不能賢。寥哉天地間，誰省物性偏。夢覺各有殊，從他見一邊。浩歌歸來乎，虛堂好晝眠。

## 跋蜡虎圖

刻木牽絲，代不乏巧，而偃師擅剞劂之技；吹簫擊石，師有其能，而后夔名制作之宗。何哉？蓋精義入神則神藏其用，至誠假物則物狀其形，寫物之工亦猶是也。婦弟元可所藏《虎搏豕圖》，其枯條衰柳，於菟剛鬣，疏毛設色，皆極能品之上。至狀虎之蹲伏，批豕頰而呷持之；豕唏失聲，手跑足廢，精神形度，曲盡一時之理。視之，使人毛髮森聳，若彷徨乎其右也。人以宣城繪人包氏善虎，因以包虎名之。走謂包虎之形，但像虎耳，至狀真虎之態，包氏何足以知之。夫真虎之形，非原無，據四庫本補全于虎者不能到也。故走定為麗歸真畫，而名之曰《蜡虎圖》。歸真，梁人，朱太祖時以道士召對，自言售畫得錢，沽酒竟醉，此外無能者。嘗為廬山道士寫鷂，而燕雀不敢來集。其畫喜圖牛虎，常伏草莽以觀虎之出入，或蒙虎皮而倣其搏躍之形，故其畫虎之工居神品上。走知非歸真不解作此，蓋惟歸真為能知虎，非走無以識歸真也。因跋以詩，為之序。

歲云暮矣露為霜，枯條脱葉衰柳黄。郊原寂歷無人鄉，獖牙之豕充稻粱，含臕以遊神氣揚。有班者虎蹲在旁，低頭妥尾不大忙。豕行過之不虎防，虎往搏之搤豕吭。豕亡故步聲喚長，虎如抱兒未遽央。豕形雖在身命亡，不如安之充虎腸。得之紙本君何從，仙人道士形已忘。解衣槃礴騄宋王，虎冠虎鞹虎跳踉，百獸望之怖以惶。寫鷂鳥雀為罷翔，匡廬有潔清祠望。請君懸之政事堂，坐令帖伏犬與羊。君不見大索之祭通八方，盛德百世祠是常。又不見螗蜋捕蜩雀捕螗，死生得喪不可償，虎哉寧知蝟蟜能爾戕。是非遠在天一方，君其寶之永世藏。

**孫元可賦張公石室詩句語險怪辭峰**四庫本作鋒**秀拔讀之如神遊洞府而陵果爲之奔屬也非身行此洞不知此詩之工蓋其質似盧仝而文麗多之如又加鞭當千里一瞬其視劉叉馬異得名浪矣詩文與我過當誠無足以當之牽韻勉酬真添薪煮簀之舉**

君不見談天衍有言，九州之大惟一州，無論青冀并營幽。我其放言學鄒子，將子聽之無我尤。我騎一紙白驢子，跂梯跂塔走上南山頭。萬里以意行，一息不暫留。谽谺到空洞，且作秉燭遊。呼來混沌老蝙蝠，爾作精怪我則不。從教激風怒竅拔木折石，一去旬有五日而後返，但是有户則可由。積蘇累塊雖云巧，達觀只與蟻壤侔。我有五雲車，駕以六蒼虯。日月行已揭，無人觸虛舟。何曾見爾懸旌鳴佩朗裝欲飛動，玉柱校立直以修。大撓甲子有窮盡，爾乃禄命難考求。皇天大地僅若一雞子，金烏玉兔銜得曉夜作箭浮。我不知爾許事，政覺兩耳風颼颼。託死不復生，一死可作道者流。況乃漢時五斗米師星河耿雙眸，石壇一坐一千歲，坐視生滅水上漚。水上漚，且罷休。休無休于無作，樂無樂于無憂。仙人與世人，壽夭如相酬。清清爰静爰自正，此舉獨步不可儔。信是神仙足官府，蜂房户牖封君侯。我偶作此言，不比亦不周。為何孫卿子，謂我阮與劉。為我謝孫子，我才愧爾天一陬。不如且飲酒，耳熱徒歌謳，可以銷遣綿綿不斷萬古之悲愁。悲愁銷遣幾時盡，萬古之後重有萬古來悠悠。

## 春愁詩效玉川子

春陰苦亡賴，巧解窮彫鎪。入我方寸間，釀成一百萬斛傷春愁。我欲把此愁，寸田無地安愁芻。沃以一石五斗杜康酒，醉心還與愁為謀。愁腸九轉疾車轂，擾擾萬緒何綢繆。愁思儻可織，争奈百結不可紬。我與愁作惡，走上千尺高高樓。千尺遡雲漢，只見四極愁雲浮。都不見銅盤之日，缺月之鉤。此心莫與明，愁來壓人頭。逃形入冥室，關閉一已牢。周遮四壁間，羅幕密以綢。愁來無際畔，還能為我添幽憂。我有龍文三尺之長劍，真剛不作繞指柔。匣以明月通天虹玉燭銀之寶室，可以陸剸犀象水斷潛伏之蛟虯。云昔黄帝軒轅氏，用斬銅頭鐵額横行天下之蚩尤。擬將此劍斬四庫本作斮愁斷，昏迷不見愁之喉。若士為我言，子識愁意不。愁至不亡以，愁生有來由。閑愁不足計，空言學莊周。日中之景君莫避，處陰息景景不留。疾行嫌足音，不如莫行休。因知萬慮為縈愁之綷，忘懷為遣累之舟。歸來衲被蓋頭坐，從他鼻息鳴齁齁。取友造物先，汗漫相與遊。朝躋叫閶闔，夕駕棲丹丘。天公向我笑，金母為我謳。酌我以瓊漿玉液朝陽沆瀣之濃齊，俾我眉壽長千秋。却欲强挽愁作伴，愁忽去我無處蹤跡尋行輈。惟有春華鬭春媚，一一倩絢開明眸。又有平蕪緑野十百千萬頭鈍悶耕田牛，踏破南山特石頭。以上《艮齋先生薛常州浪語集》卷一一

# 全宋詩卷二一四七五

## 薛季宣九

### 古意

荷芰藕生蓮，每憶心中苦。擬掇斷根苗，絲結千千縷。

### 侯婦歎三首

侯婦匡坐歎，蕩子新賜册。先自薄恩私，嬪嬙幾巾幗。

莫作侯家婦，鳲鳩理清瑟。幾許白頭人，同心綰同室。

侯婦且勿歎，金玉多滿堂。蛾眉不讓人，當奈薄情郎。

### 團扇歌三首

田田白團扇，輕綃寫蟬雀。用之却炎暑，生風郎掌握。

團扇復團扇，羞郎引遮面。顧景强躊躇，隙月雲端見。

團團白紈扇，奉君揮素手。餘凉入長夏，結交貴經久。

### 胡無人行

胡無人，非無人。銀山蹀躞胡馬羣，甲光射日開金鱗。鏃長飛雨旌填雲，轟庭雷鼓聲轔轔。柔然之蛇陣囷蝓，《永樂大典》卷三〇〇六作地陣囷輪傾河鞭石居逡巡。浩歌但來輕比鄰，白登豳國公當聞。帝羓久作冥漠君，高辛狗食吴將軍。胡兒弧矢非周身，控弦雖多將累人。狼跳烏擊虚遊魂，驕矜一息為微塵。梟雛井底蛙彌尊，餘殃積惡天公嗔。胡無人，聞不聞。衛青去病迹已陳，竇侯乳臭椒房親。胡無人，燕然錯落銘王勳。

## 木蘭將軍祠

聞周黄岡葺木蘭將軍祠，不詳其意。讀杜牧之集，乃知唐世齊安已祠木蘭。用樂府詩考之，其關山度若飛之句，與今黄之關山偶合，不必真在黄也。按詩：木蘭，古胡女，代父征役，定在何許，黄河黑山正是北伐。觀其叙事，似燕魏北齊間人。名號官稱又頗差異，雖胡燕索魏，實未嘗有可汗之名。魏齊勳官未備，唐始十二級，而天子有天可汗之號。如兵帖、將軍、尚書郎之類，皆南北以還官書通語。疑樂府詩唐人擬作。然其詞意質樸，不加藻繢，自有邁往不羣之氣，真北朝人語也。要之，古者婦人往往有猛士風烈，顧今丈夫，曾不如一女子，可為扼腕。木蘭以一胡女，勳業不大顯，數百年後，猶血食江上，祠敝而復葺，似不偶然，感此而作。

人怯山西四庫本作西山種，誰知掌上身。猪羊刀霍霍，車馬道轔轔。幕府開娘子，旂常紀亂臣。夢回清鏡對，千古茜裙新。

## 車遥遥篇

車遥遥兮路逶迤，思夫君兮君今知。今安適兮南入楚，願為聲兮逐君語。君不言兮聲不聞，聲何當兮言在君。

## 明妃曲

闕下烏雲暗黑旗，未央高會送將歸。天子傳觴從官勸，單于今正天驕兒。上林關鎖多芳菲，王嬙困睡花葳蕤。中人驚起道宣喚，和戎却自拚蛾眉。徘徊顧景傷春啼，秀色悮身生不知。工師萬死未足謝，丹青始信君難欺。冤莫冤兮長別離，盟莫渝兮徒自疑。氈車未免下宮殿，記得當年初入時。眉山淡掃雙螺垂，擬高門户生光輝。姑姊提携父母送，不教含涕登丹墀。赭黄有淚濡龍衣，此身雖是觸事非。胡沙萬里少花木，胡中爭看真閼氏。言語不通心儘悲，琵琶琢就彈哀思。君門萬里不易到，檀槽撥斷商弦絲。窮寒絶塞人蹤稀，時有天邊霜雁飛。憑誰説與漢卿相，西施莫忘真元龜。

**惜花引**

七月廿四日將旦，夢遊廢圃作，遺忘數句，枕上足成之，頗與前年《春草曲》同意。辭旨淒怨，殆非嘉祥之讖。走素不曉音調，亦不知何章曲也。

廢圃晨遊，舊觀歷歷。三徑已荒蕪，歌酒地，悄悄無人迹。為山傾仄，支柱皆名石。桃李無言，為人岑寂。早緑暗紅稀春去也，歎繁華難覓。落花如積，誰與東風惜。

**楊叛兒**

楊婆兒，共戲來。白門楊柳正依依，穩稱瞑鴉棲。博山鑪侈沈烟裊，儂心懽緒繆紛擾。語含別意淚空流，未掩宮闈齊閣曉。齊閣曉，祇傷悲，婆兒殺儂，那復相思。

**楊白華**

楊白華，柳眼自生息。風傳華落大江東，綰毬團絮無多力。柳眼落落不可見，淡蕩遊絲空萬億。由來宮樹未成陰，踏歌驚斷謳笳篴。

**秋扇詞**

少婦織流黄，織就中秋月。上有乘鸞女，肌膚皓冰雪。裝成一携手，奉君端暑月。感君清涼意，薰風為君發。落葉下驚秋，與君此回訣。素質不勝愁，從衡網珠結。招摇邈煙露，青鸞影遼絶。有物感君懷，騰口知何説。分命故應然，不是君心别。

## 秋空辭

秋空浄無瑕，耿耿掛明月。有人捉月試騰身，騰身直上黄金闕。黄金宫闕高嵯峨，駢頭從目相誰何。仙人顧之拍手笑，使我言語能多囉。言語多囉還有考，天公何言固無口。秦書趙史欺我哉，紫氣充庭是天道。通明廣殿凝非雲，日月照曜如環循。蝦蟆老鴉恣吞啖，我欲叱之神羊嗔。夢中將謂天難知，夢回塵事故依依。天大故能成變化，覺夢不勞評是非。

## 擬古

春飛紫燕秋飛鴻，雙成阿母長相逢。誰家窈窕窺緑窗，藕花菡萏清池風。璧璫翡翠雙明月，寶釵玉釧衣如雪。年可四三當有情，語音嬌軟疑卿卿。天公一笑回金電，不似當初不相見。

## 相逢狹邪間

毆車遝長坊，長坊劣容綫。繚遶狹邪間，相逢記君面。君家人共知，共知不難求。朱門颺疏柳，虹梁架芳流。庭除清且閑，馳道直以修。中堂真壯哉，黄户雙蚩頭。亭亭丹桂華，燦爛明人眸。主君三男兒，三兒例封侯。大兒尹京都，中兒相凝旒。小兒奉朝請，籠街進鳴騶。三兒俱來歸，青絲控驊騮。三兒俱上堂，大人百不憂。三兒俱入室，四座沈煙浮。蛾眉盡妖艷，三婦不可侔。大婦鼓鳴瑟，中婦彈箜篌。少婦獨凝眝，酡顔半嬌羞。丈夫且躊躇，世有此樂不。

## 怨歌行

男兒多負心，女心良易知。琴音和且諧，何以得淫思。文君慕相如，慇懃夜于飛。不惜鷫鸘裘，愁成遠山眉。茂陵獨何事，為顰效東施。興言念疇昔，卿紅淚如璣。彈作白頭吟，深心寫琴詩。郎聽弦上聲，妾志終不移。清商感人情，兩意亦以非。文君獲所願，相如悟沈迷。寧能已消渴，琴臺遂同歸。妾欲理絲桐，絲桐亮以悲。謂言無終極，當非長別離。

## 艷歌行

雝雝雲間鴈，南飛北軒翥。妯娌幾多人，兒夫獨羈旅。郎書憑誰寄，妾意憑誰語。賴有雙鯉魚，尺素為懷取。歡子今來歸，還羞入朱户。告之莫流宕，天静星可數。星子何昭昭，行不如歸去。

## 妾薄命

魚生蒲藻中，河水以為依。傾河竭其波，魚藻當何歸。妾作君家婦，君時尚卑微。勤身紝絲纊，夜午不下機。憫君書幌勞，寧教食無薇。緝緝兒與女，號寒復啼飢。憐之小顔色，飣餖攣斑衣。君登名利場，妾喜神欲飛。今君位通侯，蚩頭建黄扉。忍令家人子，舉動生光輝。妾昔顔如花，因君損芳菲。君去春無迹，潸然淚紅璣。自憐承事君，為他筯頭肥。妾命薄如紙，虚牀但歔欷。憶昔在家日，憨癡弄庭闈。爺娘念嬌子，深心愛其頎。人間愁未知，結髮為君妃。姑嫜時在堂，色養親無違。慇懃百憔悴，可道才依稀。誰言當見君，崇高位巍巍。君官知漸穹，人事覺已非。非關君一二，妾貌凋寒威。恨無長門賦，可以使君磯。（四庫本作嘰）更長不再眠，入户多蚰蜮。妾有青綺琴，愁來為君揮。琴詩無別意，黄緑憂裳衣。昔作掌上珠，今逐駕下騑。珠藏不復媚，車行在觀旃。幸君且留連，知音世誠希。歲寒須見梅，何花耐漼溰。

## 陌上桑

羅敷秦氏女，皓腕潔如霜。寶釧瑳明月，領巾疏以長。柔桑正沃若，采采官路旁。使君從南來，一見神已傷。五馬會且止，調之逢國王。四庫本作貽翠璫自名良家婦，狂夫漢中郎。閨門甚修整，芝蘭遠芬芳。奚為致此語，不是邯鄲倡。去矣勿復顧，風來語流香。蕩子踏歸陌，駕言割人腸。

## 從軍行

人道從軍樂，我道從軍苦。為問何所苦，無苦汩没汝。汩没何可傷，政可虜戎王。萬里浪馳逐，征役未遽央。太行汝勿登，回復九羊腸。黄河汝勿航，波流水湯湯。胡然棄平生，欲往無梯梁。夫君且淹留，後繼當汝忘。長蛇叵復夢，南山强深藏。我甲豈不堅，我馬豈不良。人生會有死，義死良所傷。將軍不汝信，談笑成奔亡。誰乎幸際會，虎服而皮羊。之子方丈食，何時飽粃糠。

## 戚戚復戚戚

戚戚復戚戚，如此春意闌。紅梨褪深暈，青梅結微酸。向之一悽慘，飢腸廢朝餐。姮娥五圓缺，美人隔雲端。衷情叵自禁，陡覺衣帶寬。芳菲日彫謝，動作不遑安。咄哉黄栗留，接翩語何繁。小鳥得于飛，而我别所歡。夜來風雨惡，中唐水漫漫。故鄉貧亦好，楚客日南冠。男兒志四方，愧此柳下官。安得買山錢，静處把釣竿。高懷未易償，歸有道路曼。匡坐作遐想，心體胡自胖。行行大刀頭，無生話團欒。

## 自君之出矣

自君之出矣，珠網弦箜篌。憔悴損容色，晨朝懶梳頭。頭上雙爵釵，脱髮應難留。因心持寄君，君還知意不。金以表妾心，釵能感君眸。長安多美人，陌巷多高樓。君如有兩意，持此買名謳。妾本侯家女，生平不解愁。十九為君婦，如今幾回秋。生兒妾樣長，君方遠行遊。妾顔益以悴，君心日悠悠。方諸空有淚，圓月難為鉤。死灰不復然，知君亦行休。寄言天地間，于以寫我憂。

## 石上可種麻 今曲

石上可生麻，麻生豈成畦。嫁婿得蕩子，猶如太常妻。我作少年行，長安走新街。長安三月春，桃李百花開。平康諸女兒，艷麗驚寒梅。蛾眉鬬連娟，佳期不須媒。投我以木瓜，當歌共傳盃。歌聲繫懷抱，知君在空閨。期我以立春，清明未云來。應作憶秦郎，高樓寄徘徊。鸞膠世苦無，斷續何當諧。閨中儻相憶，薰風有時回。

## 春蘭有真意

春蘭有真意，窮居在中谷。端不為人香，無言自幽獨。我家甌浦東，筠扇四庫本作扉鎖修竹。頎然彼粲者，夭翹散餘馥。五年客異縣，對眼囂塵俗。百華盡妖艷，信美非吾族。延陵甚遊豫，佳期未云卜。同心弗我忘，迎人見青目。雖微九畹滋，風動情亦篤。當門謂應鋤，吾當為之哭。

## 七哀

秋風生夕涼，吹我東閣帷。中有宕子婦，清歌寄愁思。為問愁何為，良人長別離。銀釭弔隻影，霜雪堅自持。君為黃河流，妾作月桂枝。東西各異道，邂逅不可期。願為衣下裳，結束隨君衣。君衣何當披，十年守空閨。

曹植《七哀》詩，託興于夫婦，寫其離愁羈思俯仰感切之意，所謂七哀也。説《文選》者猥曰：子建為漢末征役婦人作，以七哀，為痛、為義、為感、為怨、為耳目聞見、為口嘆、為鼻酸而哀。末學所未詳也，因擬詩而知其趣，故書。

## 鈞天曲

清都太皇居，窈在冥冥間。神光貫中極，希微炯非煙。紫宸邃以虛，絳闕高于天。受職徠百靈，肅雍朝九寰。大饗通明殿，張樂玉京山。九奏感人心，萬舞形物先。谷神靄清唱，黔嬴撫鳴彈。緬彼世間音，下里何嬋娟。闐闐響雷鼓，蹁躚舉雲鬟。彗孛小垂手，日月兩彈丸。陽春假優四庫本作倣裝，投霓忽高弦。壺矢一笑電，歌風發三嘆。呼吸成千塵，神仙詎長年。峨峨帝王都，積蘇浮九埏。簫韶間猗那，鬭蟻蚊雷喧。蟲沙與猿鶴，等細不足言。遺音寄五柳，海山學成連。

## 欸乃歌

《欸乃曲》，名見元次山集，讀如襖靄，柳子厚集字作欸乃。又劉言史《瀟湘詩》曰「曖迺知從何處生，當時泣舜斷腸聲」，音復不同。今名從次山，詩從言史。

欸乃兮江湘，繚兮繞兮衡之陽。龍衣兮黼裳，帝何之兮陟方，我不見兮攪我心腸。欸乃兮蒼梧，杳兮渺兮遠隔重湖。龍駕兮鸞車，帝何之兮升遐，我不見兮泣涕漣如。雲夢兮漪淪，欸兮乃兮岣嶁峋。青天兮白雲，帝何之兮上賓，我不見兮感此下民。

## 菊冬榮

時乎時乎，去去如車轂之運行。瞥然過目無留停，追隨無及不我待。東籬菊花無耗，迤邐真到陽冬始敷榮。落落離離砢磥，蔓衍布丘坂。碧為之葉紫其莖，争妍騁媚芬芳吐。如金如玉之繁英，含霜萬顆好顏色。節雖可尚時難并，惟重陽日月二九之嘉會。此時抱一符乾貞，年年閭里交相慶。賓朋相將相喚，携手登高陵。采茱插鬢款終日，揉挪碎蕊滿琖浮酥醽。乃今候遲閏冬孟，其如金烏自飛飆走踁。黃華從此後期拆，枉教陶令舒手望穿兩眼睛。殊不見甲茁與芽萌，花誠細事足多惜，時良不遇令我傷衷情。聖王作應五百歲，文昌歿既三千齡。中間賢君苦無輔，唐宗世民周宗榮。孔丘無位皆汲汲，到頭畢竟嗟無成。應如此花時來不吐穎，過期無用還叢生。叢生失時又無用，蹉跎畢世空冥冥。于嗟後聖不時作，使人雨淚雱零零。不如及花開，香醪但時傾。莫教花瘁後，有辜負花名。

## 樓上曲

樓頭月白良夜深，美人睡起搊胡琴。呷嗄怨抑如誠訴，四弦了不諧琴音。推琴憑欄歌一曲，為聲不成氣不續。和愁擁面歸錦帷，曲肱展轉愁相屬。床前蛟四庫本作蠟燭光熒熒，乍明乍滅如參星。卷衾起來問高燭，能知妾意還不能。燭如不解人深意，如何伴妾長垂淚。澄思微物本無情，有懷觸目皆傷志。眠來復坐坐復眠，不交兩睫時潸然。自惟命薄多離恨，春宵鎮長遲曙天。親知問得郎書不，低頭無言墮紅雨。遲回捩淚强為容，不成一語愁還主。何人遠自日邊歸，殷勤為問郎歸期。待得郎歸與俱隱，不教被劾緣蛾眉。

## 武陵行

秦君植木咸陽市，秦民血作東流水。秦風薄惡法秋荼，秦郊行人半無趾。祖龍虎視吞六雄，漆城隱隱陵雲起。驪山罷休營阿房，匹夫奮臂為侯王。重瞳隆準騁逐鹿，非冬積白何雪霜。至人知幾忍徒死，競遵大路逃彼方。從茲不復通上國，不知戈鋋不見德。耕田鑿井自希夷，安居守分無餘職。抱孫養子樂天年，羲皇何遠今其域。自從別祖來避秦，無文不記幾世人。曹劉典午任强弱，歷年六百何紛紜。山中既絶中原路，從更百代猶無聞。武陵野人事漁釣，獨遊沅溪忘故道。泝流探得桃花源，舍舟洞口窮幽討。洞中逸民忻見之，共嗟遺事詢其老。為言上世絶塵由，殺雞命酒争獻酬。具聞闐四庫本作宇内戰争事，始知違俗為優遊。鄙夫何知尚懷土，怱怱須别還中州。塵心已萌淳樸散，桃源咫尺仙凡判。還求不得曰仙鄉，寧知死生無少間，相望如隔一世間。到今沅山色蒼蒼，流水滔滔花泛泛。

## 貴遊行

沙堤大蓋何穹窿，底人佩玉鞍蒙狨。傔如熊虎馬遊龍，誰何出入咸陽宫。笑刀瓠體顔芙蓉，步趨持重為雍容。諸侯爰統掌百工，調元為職禕九重。萬錢一食聲鼓鐘，猶言下筯終無從。異時糠覈腸不充，家徒壁立其室蓬。抄撮語麗文彫蟲，繪為綉句欺南宫。不分菽麥儔知儂，且無萬卷澆胸中。脂韋媕婀陳小忠，竭民膏髓自為功。榻前觸事惟迎逢，肯思責難始為恭。君王謂賢拜三公，門如沸湯賄賂通。財侔縣官邑侯封，積金猶欲齊灊峦。家有錢爐非範銅，賣官鬻獄揚成風。後房的燦《永樂大典》卷八八四四作爍燕支紅，皆民女婦來無蹤。有憂失得常忡忡，殺賢賊能摧英雄。汲將同類塞要衝，害苗之心饒蝗螽。忽彎射羿逢蒙弓，怡然自得豁心胸。黯如抹漆何赤衷，問人自欺咤匪躬。高自標置人盲聾，言立同上書作立言便擬稱儒宗。學禪逃俗坐談空，元非友朋相磨礱。世間將謂無軻雄，言出波流士與農。却矜巧宦官既穹，笑伊魯儒嗟道窮。那知達人節青松，眎而土苴及蛆蟲。古今異時同上書作古人雖異理道同，姦邪未必皆令終。君不見晉朝失國同上書作逆胡隳金墉，為奴為觜豈惟懷愍巡北戎。

## 夢仙謡

長城役罷驪山起，秦人斷念還居里。一呼或化為侯王，避之却是神仙子。漢家宫殿生荆棘，桃源千四庫本作樹樹長春色。花香破鼻桃離離，只在人間人不知。夢中有客曾一到，屋舍四庫本作室衣裳殊草草。狗彘雞豚還治生，若度流年不知老。南華硎壁連天起，人家庭户多流水。紅碧夭桃百種花，不似凡間錦和綺。仙人容貌閑且都，居處雖貧樂有餘。老子桃紅入雙臉，皤然只有銀為須。仙家女兒多茜衣，桃花宜面葉宜眉。離宮茅舍略相似，別有譙麗四庫本作麗譙璇為題。仙君名氏猶屬秦，許由往往陪遊人。老人石上問行客，傳今幾世秦之君。為言天下方南北，人鹿千齡經幾得。嗟説來時桃始華，桃子而今未成核。祖龍往日親曾見，六合連兵事攻戰。北城紫塞南陸梁，傾貲未足供輸輓。誠知黔首無聊生，側目有誅正視刑。剖心不獨商王受，當時論殺諸儒生。我本何辜一何幸，避役離鄉共亡命。石髓藥苗聊解飢，經年陡覺儕仙聖。訊今丞相胡為者，振古如今同土苴。驚起城頭角調哀，頓覺令人小天下。秦政求仙徒爾為，避秦役夫能至之。還知道可無心得，學道有心無乃癡。自注：事異于《桃花源記》者，皆夢中聞見爾。

陶潛、伍安貧記黄道真誤入桃花源事，世傳以為仙，或曰非也。近人有夢遊仍夕四庫本作反者，道所聞見，為作《夢仙謡》。乾道三年孟秋幾望翼日記。

## 谷里章

上有青山，下有滄洲。步有回波，面有紅流。吞吐風雲，呼吸觜昴。審能處之可銷憂。退谷中人帶笭箵，山中繚繞茅舍旁，寒泉之流激琅琅。雙石西峰我在東，無情鉤加此漫郎，性情荒浪氣志剛。東隣之人揮鉤車，胎鰾孤鱶浪屋加。鉤綸相投不遑舍，聱齖會懾歸吾家。我蓑我笠聊自娱，没溺愧彼鄰舍漁。沙門招提宅谷西，金仙宮殿雲漢齊。撞鐘擊磬禮耶毗，子欲詣之持清齋。箇中有人坐無為，飢餐困眠氣答酡。撫掌咍然笑呵呵，吾昏將奈此子何。漫歌八曲音清泠，風高水寒三歎聲。勿哦大洞修黄庭，谷中之樂寔難名。長江北來，樊水流東，樊山水曲大回中。儵儵之魚泳油四庫本作汕洋，鉤舟漁人鼓鳴榔。浩歌一闋清滄浪，終焉無求漫相忘。大江之東叢石起，谽谺聚石江鳴水。小回中間浪不惡，釣臺嵯峨瞰城郭。去來客船是中泊，漫成二闋回中曲。豪人仲謀當漢衰，建安之際鼎祚移。江淮萬里吳帝之，冕旒十二龍卷垂。輅車華蓋日月旗，荒墟之中不可求。宮室故處春草青，長刀大劍可治生。我先田老相次耕，大夫勸相歌三成。江北洲，西陽國，蕪城桑柘彌阡陌。婦可力蠶身力穡，四歌不用愁衣食。一元大武牽何之，良田附郭吳東陲，牧童田父麻單衣。叔閑修治木駃騠，從吾真者真吾兒。西陽罷田飽飯嘻，五歌六歌神自怡。李甥叔静蕩兩槳，弱翁將船欲安往。大回小回閑釣魚，送客便擬酣醺如。酒徒之誚謂浪名，世俗交加漫不聽。行無惡客相逢迎，醉歌七終將八成。杯樽杯湖上杯亭，浪翁杯飲醉少醒。嬉然自打舴艋行，菰蒲芰荷出青萍，仰天大笑風泠泠。杯湖西南為退谷，壽藤累累縈壽木。涓泉奔注匯樊曲，醉耳琤瑽亂鳴玉。城中友生綰銅墨，身備四殊攸好德。窪樽日醉主與客，挾以石門天地窄。杯湖退谷人好遊，可厭之類乃四庫本作仍所羞。忽焉草木成高丘，此遊此泛生幽憂。淵明之風繼者誰，士源孟子接武來。嚴霜皓雪春風熙，倒置日月寒温移。來遊者子充良知，子能得之可勿疑。此道不迂不回遹，子能識之可遊佚。勉强行之今是古，谷中之人君踵武。狂生作此谷里章，意追浪叟俱商四庫本作相羊。松風颼飀蘭草香，與君壽考終不忘。

## 東坡 東坡，思古也

江之廣矣，一葉航斯。東坡遠矣，企而望斯。彼草蒙茸，翳于雪堂。泱泱濫泉，橋亦云亡。人知其名，我懷允實。崔嵬者山，有環彼室。江之廣矣，跋而髣髴。悠哉悠哉，如泉流以出。我思古人，寥其久矣。文如爾矣，我心起矣。雪堂之圮矣，曷為其止矣。人之匪矣，若其已矣。我之鄰斯，一江之巨。我之來斯，忽其如寓。有懷北堂，頽如以仆。相彼道人，隻眼之云四庫本作獨具。自注：道人守雪堂者，善鑒，眼懸隻眼以自見。

（末一句，四庫本作常以隻眼自誇）

## 淵魚 淵魚，自悼也

躍躍淵魚，言泉之涸。有束樊籠，既幽其鶴。眷言懷之，翰飛戾天。薄言存之，泳于重泉。蹙蹙何嗟，靡生靡活。胥失其淪，上下靡所。察視其淺矣，宛轉于泥。就其幽矣，安處于棲。匪我之云為，何適何歸。曰有虞衡，莫我肯知，亦莫我肯悲。父母何其，嗚呼蒼天，蓋亦勿思。尾魚既頳，鶴樊既鳴。孰聽其聲，孰視其形。豈無高天，翱翔靡路。豈無重泉，職職四庫本作戢戢靡寓。洋洋者魚，惟淵之實。鶴飛于九霄，時豈籠中物。

## 誠臺瓦鼓詩 瓦鼓，樂有稱也

瓦鼓培培，寘之誠臺。誠臺有稱，不革不銅。不尚其鼜，自天之性。天性如之何，至質無華。有稱如之何，埏埴無加。誠哉誠哉，其儀孔嘉。瓦鼓培培，誠臺之上，崇基有塽。可據而居，可憑而望，湯其泱漭。瓦鼓之培然，稱臺址之隤然，抱峰嶰之嵬然。誠哉誠哉，紛會意之颸然。瓦鼓培培，誠臺之下，筠鄉有楚。掃地而居，修竹猗猗。培其反古，五畝之竹兮。彼培者鼓，在彼墺兮。在彼墺兮，稱此麓兮。誠哉誠哉，會我獨兮。瓦鼓培培，在彼青林，有象無音。稱臺觀之嶔岑，稱筠竹之清陰，樂稱走之誠心。豈無胡床，可將可坐。豈無蕢蕢，可鳴可播，而培鼓以無和。誠哉誠哉，不加其捶。

## 端午寒溪早出

薛季宣九

雲天鴻濛，煙蘿冥密。寒溪綫繞，荆江壁出。竹徑晨遊，露風飁颸。有懷碩人，遠在清汨。不競流芳，睠此誠壹。道存語外，泓潭納日。形模比櫛，滉如日室。萬派瓜分，無往弗徹。吾心憒焉，莫可致詰。

## 志　事八月九日作

我生之辰，六月甲戌。師伯清塵，羲和納日。粤有氛祲，南自箄門。輪囷扶疏，英如白雲。高減儲胥，來循軌道。面阻清池，岐分繚繞。玦如隄立，不即我庭。直建千房，視左為榮。載明載滅，載高載卑。甲夜籌三，侵尋以微。外户如之何，秋空澄霽。庭内如之何，静無纖曀。我門我籞，豈伊異人。何吉何凶，祥讖誰詢。發書占之，日音受徵。公正司辰，廉貞變起。時維寬大，斗建移申。律中參陽，干庚歲寅。庚刑甲禄，三合離鄉。王墓加臨，金剛火强。白維王氣，金方火死。從革之占，庶乎近止。我非瞽史，詎易談天。禍福由人，無論未然。睠言常度，時日休祥。尚疑白眚，為沴為殃。皇天降異，豈緣微物。霆擊飛霜，其何能忽。我顧休明，闕然靦汗。可無大戾，天為謫見。妖星垂象，尚克隕之。酒血紅杯，亦既泯之。卬縮陰誅，尚容改悔。變見之來，庶無大罪。皇天降威，謂我修省。夕之朝之，敢忘申儆。戰戰兢兢，念此天變。蔚炳如之何，無思革面。

以上《艮齋先生薛常州浪語集》卷一二

## 薛季宣一〇

### 神人暢

堯事天理人，堯民賡歌其聖作。

莫莫昊天，莫夥烝民，感兮格兮君之仁。混茫萬宇，自都于野，余一人爰主。于何道兮，暢浹神人。于何道兮，神人我與。蕩蕩兮帝德，高高兮不極。吾不知其名兮，命焉弗得。其人則天兮，天乎其仁。吾不知其際兮，究焉無適。伊神人之交暢兮，其帝之力。

### 思歸操亦曰思親操

舜耕歷山，見鳩母子相哺，思念父母作。

彼美鳩雛，歸哺嗚嗚。所哺伊何，曰父母且。匪生何父，匪育何母。歷山之居，居庸可久。念念思歸，不歸何俟。

### 舜操

舜立為天子，思事親之樂，謂巍巍之位不足保作。

黄屋兮巍巍，人道兮委蛇，念父母兮庭闈。三牲日饋兮，夫豈不時也。憯不如在野兮，親几履也。惟昔樂而勞今兮，吾將已也。

## 南風歌

舜治天下作。

懙彼夏日，熇熇其暑。毒我下民，辟焉無所。懙彼夏夜，鬱烝其雨。民之慍結，莫安其處。凱風自南，發于茂林。實彼百穀，紓我慍心。

## 襄陵操

禹治水作。

湯湯洚水兮，懷山襄陵。浩浩滔天兮，昏墊生靈。導之入于海兮，王事有程。啟呱弗子兮，匪我忘情。

## 霹靂引

禹僇防風氏作。

天地肅兮陽伏藏，以時出兮萬物攸行。聲砰訇兮，蟄蟲咸作。蟄蟲不作兮，自底天四庫本作夭亡。象震出兮惟君王，發號令兮驚四方。愒封禺之守臣兮，自為聾聵。死霹靂之下兮，式彼天常。噫，余非好殺兮，刑憲有章。

## 適薄歌

夏民去桀歸湯作。

瞻彼薄兮，俗灝灝兮。父母邦兮，蔑强暴兮。瞻彼薄兮，俗洋洋兮。父母邦兮，蔑暴强兮。茫茫禹迹，紊其經紀。適彼薄兮，言歸父母。

## 箕子操

箕子為奴作。

天道渾渾兮不享，繄神器從神兮適彼西隣。泯社稷之阽危兮君無與守，將正而斃兮誰善其後。負罪囚奴兮九疇我保，庶湯孫之復兮載興商道。

## 文王操

商末，鳳鳥集于周作。

鳳兮鳳兮，鳥之王兮。覽德輝兮，為嘉祥兮。匪下昌兮，我王明兮。

## 克商操

武王作。

天命文考，翦滅大商。發將天命，戈矛有光。非余武兮，獨夫自亡。非余武兮，天啟先王。

## 采薇歌

伯夷、叔齊餓于首陽作。

陟彼首陽，言采其薇。可以充陽，可以樂飢。采薇采薇，首陽之下。可以全身，可以安處。采薇采薇，首陽之巔。可以適己，可以窮年。在彼亦食，在此亦食。雖傾天爾力，父子有常職。

## 麥秀歌

箕子過殷墟作。

麥秀漸漸，殷商宮兮。肅肅清廟，儼惟墉兮。城郭依然，澮畎通兮。惻我心摧，悼人亡兮。痞彼盛時，阜熙雍四庫本作雍熙兮。車蓋幢幢，來朝宗兮。自我成湯，德顒顒兮。恍如夢驚，留眼中兮。今我不見，內猶露兮。

## 神鳳操

成王以鳳鳥至，歸美周公作。

大樂和諧兮，神鳳來儀。彼周公之聖兮，余何德以堪四庫本作當之。

## 丘陵歌

孔子歸魯，傷道不行作。

陟彼丘陵，岡阜逶迤。莫適所窮，曷知所止。泰山蒼昂，西四庫本作四國之望。人之弗登，道舊云亡。顧瞻周道，坦平如砥。捷徑斜攲，小人所履。亶不由乎，此式遵乎。彼大路棘矣，何能久矣。

## 梁山歌

曾子耕于泰山，雨雪旬日，思歸溫父母而不得作。

雨雪霏霏，梁山之下。樸樕其凝，皓其郊野。凜其寒矣，曷藏曷御。親庭孔邈，孰為溫者。台不能此處，歸途無所。台不能此處，曷其疾去。

## 歸耕操

曾子學于孔子十年，眷然念二親之養不備作。

我欲仁，違離二親。自我不見，于今十春。心雖不去，情不親。聞師教有年，子不曰夫，孝終立身而始事親。求仁斯得仁，事斯語足以窮吾年，歸耕乎休。歷山之下有良田，參來其誰芸，歸耕乎休。以一貫道者，吾夫子之言也。去不我留者，年也。不可得而再事者，親也。歸耕乎休，耒耜足以待豐年也。禾黍足以奉吾親也，樂道足以富吾仁也。歸耕乎休，如是夫豈食吾貧也。

## 汾亭操

文中子去隋作。

我思周道兮，適彼鎬京。遵逵孔直兮，踖踖其行。驅車潼華兮，草卉罥余，軸限河渭兮，濟無津梁。日銜山兮天欲夜，愁雲結兮不成雨。我心惻兮思故鄉，汾亭寂兮汾之陽。陶唐氏之遺風滑兮四庫本作然其若亡，睠吾徒兮狷或狂。振還轅兮去京邑，淚涂泥兮道猶澀。汾亭上兮有六世之遺書，野有田兮汾有魚，宵續經兮晝狎佃漁。闢闕里兮薙萊蕪，倡弦誦兮開羣儒，神交周孔兮獨樂有餘。神交周孔兮獨樂有餘。

## 水仙操

伯牙學琴于成連，成連與東之海山，操舟而去。伯牙居歲所，因觀感而得琴道作。

海山中兮四無居人，海之濤兮渺漠而無垠。浮空輿地兮，風雲濫其出没。朝而潮夕而汐兮，浩兔烏之吐吞。彼鳥兮鳴飛，彼鹿兮跂跂。聊淹留兮歲聿其暮，鼓絲桐兮從夫君而與歸。

## 沈舟操 走蔞濟江而船首折作，九月九日

悠悠之川兮汎彼淘河，一江動蕩兮恬風静而騰波。瀾翻下瀨聲渢渢兮柂師不可以告語，沈舟折首兮天其奈何。愚夫婦兮中倉不濡，行褚遷于高岸兮婦沾漬之長吁。凡之亡兮，四庫本作身之亡矣凡存不害。四庫本作與存不殊渺江波之瀰漫，走于行之不濟也。嘻！命矣夫。

## 傷劉復之三首

交情不在久，還有白頭新。雨礎知同氣，斤墁喪若人。薰莸雖有限，四庫本作恨玉折豈無因。世事都如此，

蒼天何不仁。

聞憶鱸魚去，嗟君獨見幾。若何車軸折，未追草廬歸。殄瘁吾心懼，云亡世德稀。南風方不競，民援欲誰依。

世念吾衰久，為之慟却哀。知言非語到，見事直心開。吾道傷麟出，韶音憶鳳來。州鄉桃李地，編户想悲摧。

## 劉復之哀辭

天胡不仁兮，瘼此下民。良苦乏賢兮，賢人名去而仙。繄世途之好徑兮，正路榛塞。閭闔重重有栗陛而進兮，不崇朝而折翼。鴟鶚司政兮，蝙蝠之晨。猿仁何咎兮，擯自王孫。寧是不畏（四庫本作思）兮，天實為之。皇浩浩之充天兮，豈其已而。鴻翱翔而遵逵兮，退飛者再。搏扶搖之直上兮，竟翱翩而長逝。夫豈人為兮，呼天不聞。人莫不死兮，不亡者存。小官之不卑兮，賢聲載路。視彭鏗其猶夭兮，後昆有裕。楙實雙而一瘁兮，哀哀者母。紛孺弱之呱前兮，蒼天太苦。生者作德兮，死者有仁。嗚呼哀哉，家國無人非余患兮，余悲夫抱志之不伸。

## 外舅孫帥挽詩

行誼推前輩，繄公學大成。博通行祕府，威德殷長城。筆力千均重，詞源三峽傾。懷珠飆躍浪，杖策穩登瀛。奇節為繩直，危言襲鳳鳴。弦歌風四甸，領袖服諸生。任付即山鑄，章分煮海程。錢流邦貨重，利半國租贏。政抑豪民折，人知公道行。繡衣休直指，彤矢賜專征。劍戟森營壘，邊陲卧鼓鉦。正辭平楚獄，折簡罷蠻兵。治水防云固，為魚患不萌。蘊含荆玉潤，廉與蜀江清。流馬追前躅，輕裘擁後旌。鸞聲仍曦曦，蠅矢自營營。毋謂鏐金鑠，其如衡石平。功名書册在，冠冕擲瓢輕。棠棣輝方韡，瓊瑰夢忽驚。人間傳説謝，天上歲星明。有美稱遺愛，無窮企令聲。淚碑兼陌祭，西蜀又南荆。

## 故使制置閣學蕭公挽章

萬夫卬止配高山，德望巍峨履道安。容貌誾誾服鄉黨，風稜凜凜冠朝端。鳳鳴往格君心正，鶚擊曾聞奸膽寒。不相宅四庫本作八葉相家長已矣，空教有識涕瀾汍。

陝服它時帥五侯，盡心分主顧西憂。為民發廩成歸節，捐盜開關記釋謀。澤施生人追灌口，法垂當世説遨頭。華陽舊志今誰續，巷祭餘哀可見收。

履賜西州事可尋，稅軺無在不棠陰。憶參盛府開巴峽，忍送靈輀入鳳林。語上故藏應筆鑑，家傳清尚只龜琴。自傷下走青衫少，慟哭無人知此心。

脱巾自責為兒非，叱馭辭舟識洞微。不辨盗金緣重義，危言撩四庫本作料虎自知幾。惠霑神物能通夢，節感鄉閭憶葬衣。今見我公公又往，後生學古欲儔依。

## 高邦貢挽詩

世道久衰息，惟君尚典刑。好詩清臘雪，醇德醉春醽。考筴窮三易，傳家守一經。高風不可見，誰與勒貞銘。

## 張端明挽詩 闕

凋落傷前輩，風流屬老成。和羹方爾用，接淅已吾行。卜筮占先志，儀刑式後生。贈同開府相，哀誄易佳名。

帝功成贊育，天道與爲徒。祖帳霸陵岸，扁舟笠澤湖。送鞋非李泌，哭市有郇謨。已矣龍輀税，依然曳尾塗。

## 張思豫挽詩

蝗食虚來鳳，牛刀第割雞。解紛誰俠行，懷惠或嬰啼。痗歎傷凋落，虞歌思慘悽。鄰侯家傳在，蘭佩可童觿。

## 許深父母挽詩

載德稱賢母，宜家啟令郎。背萱傷蚤謝，蟾桂籍流芳。負米思何報，啼豨教叵忘。一篇勝得第，應喜賽錢塘。自注：羅隱嘗辟錢塘令，令狐綯不喜其子得第，喜得隱一篇。

## 陳蕃仲侍郎挽詩

鄉黨名卿有幾人，如公學術兩離倫。貢金政告忠嘉舊，春草詩傳語句新。北虜使華中四庫本作申昨好，西岑野色近來親。忍觀封鬣珉岡四庫本作眠牛地，藴我東朝法從臣。

## 孫元式挽詩

世盡宗韓柳，君期振古今。文場聲籍籍，武庫入森森。未契千年運，終孤百戰心。一官端溷子，遐及贊鳴琴。

凛凛東門會，巖巖烈士風。語高文筆外，歡溢酒杯中。契闊從睽隔，綢繆見始終。之人而不壽，吾欲問蒼穹。

## 周膽事操挽詩

前輩傷凋落，如君尚典刑。政聲喧劇郡，直節挺明庭。江海理歸棹，乾坤託旅亭。相知不相見，如洗淚吾零。

## 周待制淙挽詩

昭代開昌運，名臣取世資。權謀乘保障，彈壓治京師。方接清風會，俄驚汗漫期。此情誰與論，虞殯屬篇詩。

## 走作復之哀辭將寄諸賓之旋聞賓之下世道中哀痛之劇

虛傳流水遶壺公，興化衣冠轉盼空。擬比三君扶漢室，肯同二陸起吴中。泗川始訝沈神鼎，劍浦俄驚合化龍。齠齔滿前垂白母，此情何處問蒼穹。

以上《艮齋先生薛常州浪語集》卷一三

# 全宋詩卷二四七七

## 薛季宣一一

### 九奮

啟憤兮申冤，訴衷情兮嗽矢言。叫蒼天之無辜兮，指心以為正。將求信于旬始兮，或咎繇之我聽。神羊不世有以觸邪兮，其誰宜為政。親莫親于手足兮，而為之詬病。重莫重于君臣兮，而讒言以興。余服蘭而佩芷兮，扈江蘺與蕙茝。紉留夷而緯楬車兮，以為束帶。青雲冠兮遠遊履，心曠漭兮橫四海。日月昭其清明兮，孰興雲霧。余既有此高潔兮，羌謂余為卑污。鳳皇翔于九霄兮，燕雀與程其度。蒼蠅矢之亂白墨四庫本作黑兮，人夫何為乎不悟。於穆靈脩之高厚兮，天與地其作配。三辰煥其服章兮，揭招摇而為蓋。拂白螭之純素兮，列蒼龍于左輔。朱鳥熒煌而先後兮，神龜昌揚而禦侮。東南海而西界羌兮，商於崇其北户。愉昭明而震起兮，諶發揮于天下。余日望其遵此途兮，放意咸池。乘王四庫本作玉虯兮俱奮飛，開閶門兮造東父，逍遥遊兮太微。何鵰鴞兮名鳳皇，駕金車兮翱翔。之桑間兮溱洧之側，樂盤遊兮三旬不息。余心隱憂兮，惟靈脩之故也。靚修飾而娟娟兮，而以為惡也。余静好而弗余親兮，蹲踏蛾眉之妒也。足頓地而不我知冤兮，仰天而不吾訃也。省吾私而内不止疚兮，此固天之數也。悲幽幽兮楚宫深，望漠漠兮楚雲陰。指天極兮清高，聊適我兮遐心。吸正陽與沆瀣兮，于夕陰與清旦。騎朝霞而御白蜺兮，以遊以衍。和六氣而與居兮，不知我之為物。升天入地兮，倏來往忽。靈脩可告語而獻之兮，將我從而我咈。重曰：皇蒼愉和，物無它兮。陰靄飛騰，儼惟瑕兮。雲收風靜，恬靜嘉兮。悠悠我心，可如何兮。

右啟憤

怨春風之不仁兮，既發我羣芳與衆葩。羌無遠而不屆兮，爛錦綺之紛華。柳青青兮花漫漫，黃鸝擲兮聲度轉。香襲衣兮霏霏滿路，又吹殘兮何故。匪黔嬴之娟嫉兮，是殘醜類。摧傷物之通美兮，且以成其獨異。彼丹葩兮適榮樹端，今飄零兮匝地漫漫。昔芬馨兮襲人旖旎，今質存兮已魄然而少氣。野之草兮，昔芽萌其嫩綠。今生砌兮，亦盤盤而錯錯。余啟卜于靈氛兮，問原缺，據四庫本補其何故。靈氛視四庫本作示余以其繇兮，曰皇之常度。在天地萬物其盡然兮，夫子何疑。暢其理而誠告兮，子其知之。曰人生百年猶樹花兮，三春發榮粲其葩兮。光彩馨香能幾何兮，壹昔飄風竟辭柯兮。彼隨飆兮展轉，或歸根兮或遠。或一墜于庭闈兮，或遂沈于坑圊。風何知而花何有兮，子之心焉眷眷。嗟世態之汩于是非兮，孰通其說。西施見斥兮嫫母為說，毀棄尺璧兮鼠璞見珍，明月沈埋兮魚目為蠙。美自美而惡自惡兮，贋與真其誰分。春與秋其代謝兮，子何與而傷春。餘不得此之高意兮，懷達人之至言。斯從事于來今兮豈然。

右怨春風

桂櫂兮蘭舟，去景兮悠悠。維赤岸兮裴回，睠丹陽兮夷猶。中腸鬱結兮神情惝怳，思夫君兮聊淹留。浮涔江兮放于沱漢，泛淪漪兮極其汗漫。悵始異而終同兮匪它，回波瀾兮顧復之豈遠。婉清揚兮採蓮女，要美人兮北渚。擥芳蘅與若英兮備雜菜四庫本作采之芬馨，將日昃之與期兮指潛波而為盟。羲和晻曀其西入兮暮雲合而美人不見，怨芳心兮泣蘼蕪余以衍。秋風起兮颯飅蕭索，幽蘭秀兮芙蓉亂落。感北江之東注兮泝洄之宛宛，羌順天而不極兮蕩波之有沔。嗚鳩雨而逐婦兮言歸以霽，動人情兮弔孤影而零涕。去靈脩而自放兮余心不忍，回素首而不見其形兮于斯焉其逾逝。亂曰：冶余容兮安閑自喜，蓀窈窕而不我嘉兮何以。苟承恩之不在貌兮蒼天謂何，分此生兮已矣。

右去郢

愁城結余之方寸兮，羅累千之雉堞。繚其外惟怨水兮，如（四庫本作知）褰裳之不可涉。揖輸般俾攻以械兮，訴余曰罔克。礪利刃而斬其關兮，礙重門而莫得。登東丘而延佇兮，見滄溟之滉瀁。深湛漫兮，受百川之漭漭。朝與夕有汐潮兮，冉冉來而西漲。江河之波倒流而西傾兮，泝崇丘而以上。欻忽洄流兮已往，來孰使之然兮去誰與讓。曰夏后之勤勞兮，導川流之歸王。執玉帛而朝萬邦兮，淩會稽而會計。穆百神之受其職兮，罔或不至。瑣防風氏之恃修軀兮，朝宗敢後。缺我斨兮破齊斧，骨專車兮以徇于天下。于越守東藩而奉其祀兮，盛侵淫于中世。句踐王兮始大，北争衡兮吴會。棲會稽而幾不免其身兮，惟種蠡之與謀。朝嘗膽以苦身兮，將反之于寇讎。吴夫差之不仁兮，忍闔廬之餘恨。甘蟲蠹心兮，尚不覥乎其面。説妖女而築姑蘇兮，咈胥臣之悶悶。乘鴟夷而蹈斥溝兮，不及夫椒之親見。麋鹿遊于吴宫兮，火災興于探燕。羌伯越于中原兮，通舟梁于梁宋。痛曾孫之殞其緒兮，西面朝于雲夢。鄂渚豫章有虎狼之遺跡兮，曾不知其所重。虛鍾離而徠封豕兮，寧待我師之所控。心招摇兮故丘，將蹈海兮襲滄流。望鯨鯢兮山峙，蹇産吾心兮索然無氣。

右東首

越夏首兮西泝，張青蒲兮疾去。鷁吻低徊兮翱翔風便，回首東冥兮日遠。睇蘭洲兮芳杜若，羌吾好兮不得泊。聞持鼓兮辭辭，余心結兮尚何樂。西風駛兮江皋，舟迎風兮遡流。進將寸兮退尺，凝遠眺兮江水幽幽。江風號兮漫天素濤，走鯋逼人兮將吞舟。余奈何兮倏忽，下有蛟龍兮出没。江豚得意兮若神，肆跳粱兮衝突。泊兮恍，烏雲潑墨兮吾上。天地變兮不可測，渠泉飛兮無峭壁。儃佪余桂棹兮，蘋叢至止。曳方竹而相羊兮，擥芝中沚。蘇椒紅兮和羹，搴辛夷兮用餌。雜薦兮蓀蘭，載嗽兮薜芷。風細細兮波停，縱余舸兮于征。長歌疑奪兮字自放，顧一返兮屏營。倡曰：扁舟大江，遡狂風兮。下地登天。轉飄蓬兮。人之死生，將彼舸之攸同兮。停橈待濟，考攸終兮。賡曰：逆天理兮，雖大而覆。順其然兮，百福攸助。叛水性而余求兮，噫其何故。

右遡江

巴丘兮崢嶸，嶔岑兮洞庭。秋霖兮閣淚，春草兮愁生。巴之蛇兮修之，雲英甲兮火晶。戴微手足兮惟行，雲霧飛騰兮匪翼。知絀信兮天性，展轉委蛇兮至行。朝之遊兮衡岳，莫飯流兮湘曲。鹿猋起兮中洲，人之逐兮悠悠。紛繚亂兮海波弗静，逐之顛者相望兮莫得持其腰領。鹿冠元兮森槎千角，蛇銜取兮不畏觸。歲三遷而解甲兮骼髏具吐，羌有獲兮故無取。象巨牙之雙植兮，肥腯頑健。肉雞兔虎龍而牛幹兮，得鼠狶為首面。性羊狠而馬行兮，狗猴心而蛇變。既備此十二神象兮，害于田其不遠。蜿蜒蛇之怒兮，吸無勞乎宛轉。雖有此修鼻騈齒兮，寧復餐而以卷。不勞咀此齒牙兮，害以蛇除。珠顯灼而光明兮，不在短狐之毀譽。遊蘭若兮芳洲，卧香蒲兮翔素流。芷岡兮戲豫，丹穴兮優游。何蜂蟲之陰戾瑣微兮藏形于闇，騎蛇頭而啜之兮墮厥頤而脱頷。阜堆骨兮名陵，風悲雨泣兮千齡萬齡。象種繁兮蛇既斃，欲吞之兮誰能舍。鹿奔兮其復獲，登蛇丘兮涕零零。

右賦巴丘

解荎維兮放蘭舸，蹇南越兮洞庭波。噴浪花兮飛白雪，身何居兮入明月。聊凝神兮隱處，夢龍宫兮波之下。珍珠庭兮紫貝闕，瑠琳宫兮犀甲户。朝龍君兮殿堂，芰荷巾兮蘋藻裳。圭琉璃兮苻帶，佩美玉兮琅璫。龍君遊兮何之，水晶宫兮丹水湄。驂蒼虬兮飛廉御，豐隆車兮為後屬。磅礴驅駝其左右兮使風伯為清路，都離宫兮忘反。命羣臣兮燕衎，菹蘩蘊兮形鹽。列鯨胎兮鼉卵，張鈞天兮廣漠野。鼓蛇蝨兮雷四庫本作震鼍鼓，鏗浮磬兮□龍鍾。歌湘靈兮奇相，舞三行兮清酤。戛止兮柷敔，觀其臣之就位兮厥令尹曰瞋。鮭總羣蝦而將之兮，胄乃元惟鮑四庫本作鯢魚。緣蛙聲之聒聒兮，位高于五諫。鱣魚大而無庸兮，處之冗散。鬱鬱余心之惛默兮，周章而蹇産。欲嗽詞而夢覺兮，嗟言之而已晚。怨怨余見斯情物兮，徒臨流而惋歎。四庫本作悵惋

右記夢

行吟兮大澤，邈無人兮臨水石。被髮兮徙倚彷徨，遇隱淪兮嘉客。艤漁舟而前致恭兮，問余以名何。徒摇爾精兮，憔然爾形。曰原楚卿之貴戚兮，三閭次也。同王姓而氏惟屈兮，靈均先人之字也。世滔淫而混濁兮，我惟潔清。彼醉者之紛拏兮，同怒余之獨醒。漁父愀然而教之兮，曰聖人之致一。不必動而瞥皇兮，卓時中之變物。貴莫貴于和光兮，太潔在情之甚嫉。混濁世兮胡不揚波而泥淈，衆皆醉兮尚可餔糟而醨歠。不同人而求自異兮，宜一朝之見絀。指清流之灝灝兮，余將以逝。方浴茝而沐芳兮，振衣冠而卒歲。不自塵其皓皓兮，受汶汶而蒙世。父行歌而鼓枻兮，舟飄飄然無凝滯。歌滄浪之水兮時乎清濁，斯濯纓兮斯濯足。望斯人兮摇摇，欲從之兮無由。煙雲邈兮不可見，嗟斯人兮已遠。

右行吟

觀吾生兮何為乎今之世，永悲傷兮耿耿夜長而鮮寐。臨清湘兮思逝無舟，假欲行兮不濟。擬飛騰兮假羽翰于黃鵠，鵠已亡兮曾是余之能服。將解衣而下遊兮濳川不貫，懼射工之余中兮備蛟龍之魯豢。登衡山之嵯峨兮柏松委靡，怨飄風之怒狂兮害于物理。猨狖嘯侶兮上獲我冠，荆榛塞路兮下穿我履。望蒼梧兮將重華之云愬，巉《永樂大典》卷一四七〇七作讒九疑之不可辯同上書作辨兮又藐然其煙霧。殺竹枝而求淚班兮思二妃之榘度，哀靈脩之返無期兮蓀舍玆將安寓。首陽河瀆遠而不可適兮，視申子夷齊其有故。將從此汨羅之水兮，儻務成之或遇。悲女嬃之嬋媛兮，臨流而止余。涕滂沱兮，心悲江渚。念我獨兮，斯不可以久處。心如石而莫轉兮，吾其此介。與子別兮余將于邁，褰余衣兮不我止，蹈清泠兮余乃已。抱巨石兮懷沙，諶同流兮灝波。其窮幽兮眇眇，皇合德兮太皓。

右沈湘

## 九禽言

《九奮》，走之所作也。走世官于楚，身嘗主簿荆州，假令東鄂，皆故楚地，江陵又楚都也。感靈均之志，以為九者，天地萬物之通數，因憤惌而奮發，作《九奮》。言將質諸天地萬物而自奮于淵泉也。

不如歸去，巴江春暮。腸斷口無聲，早夜啼紅雨。尋思帝蜀時，驪龍魚服不知非。相婦未饒姬妾貌，流紅長恨不如歸。

婆餅焦，胡不歸，熾炭炎炎不識兒。兒飢不敢取，兒苦長自啼。父母生兒忍不字，棄兒父母生何為。

脱脚布袴，從教暴露。已自不能羞，有甚供租賦。官家官家聽我語，我本農家困徵取。祇今為鳥心不忘，願王一念農家苦。

蠶姑力作，繰絲一百箔。五月罷蠶繰，炎天勤織絡。今年州府急催科，輕綃織成不得著。蔽體無褌獨蠶婦，百箔絲蠶枉辛苦。貴人不念有寒人，一曲千縑賜倡女。

新婦抱兒歸，天清曜日暉。陰雲凝霧雨，新婦抱兒去。窶窶勃姑鳥，此情那可曉。有兒有婦不作窠，教去教歸幾時了。謝豹謝豹獨何心，挈我裳衣無處尋。白露溥兮風勁，紅葉下兮秋深。我寒終不辭，皇天故不私。請看穴土重泉下，對人靦面何為者。

泥滑滑，山岡路。一步一躊躇，行前復回顧。如膏兮小雨，膠膠兮薄土。失足無多來往人，撲落洪崖不堪數。戰兢驅驢行不前，苦是昏黃無逆旅。

行不得也哥哥，途遠山高奈何。畏日流金兮長夏，蔭人有樾兮無柯。足繭兮撑獰，口渴兮煙生。思量有底虧人處，不處高堂長路行。

提葫蘆，沽美酒。舞春風，卧花柳。且作醉鄉遊，此身非我有。與君看取壠頭墳，人在誰知不長久。

以上《艮齋先生薛常州浪語集》卷一四

（許紅霞整理）

## 孫觀正

孫觀正，孝宗乾道九年（一一七三）提點製造御前軍器所門。

### 挽薛艮齋

眼看嘉木斧斤摧，竹路淒凉孰不哀。高論每聞前席聽，讜言曾欲挽裾回。膏銷果見龔生夭，自注：公嘗受道隱者，然有濟時之念，晚乃迫於從宦，不能卒其業。蓋其業得已而人莫知也。芻奠空悲徐孺來。自注：從公受業多一時少俊者。儒效俗傳今若此，蒼蒼福善竟悠哉。《浪語集》卷三五

（徐永强整理）

孫覲正

# 全宋詩卷二四七八

## 樓鍚

樓鍚(一一三四—一一八三),字予善,一字申伯,鄞縣(今浙江寧波)人。鑰兄。孝宗隆興二年(一一六四),以父蔭補將仕郎。次年授秀州司户參軍,遷大理寺丞,累官知嚴州。淳熙十五年卒,年五十。事見《攻媿集》卷八五《先兄嚴州行狀》。

### 句

但愛窗間冬日暖,不知門外北風涼。紙閣　宋樓鑰《攻媿集》卷五二《紙閣詩序》

《攻媿集》:叔祖少力學,言議風發。晚居龍潭,安貧裕如。鑰官永嘉,一日以書來,使鑰序紙閣詩。鑰仲兄亦同賦云云。

(王德保整理)

## 劉清之

劉清之(一一三四—一一九〇),字子澄,學者稱鏡春先生,臨江軍新喻(今江西新余)人(明隆慶《臨江府志》卷一二)。靖之弟。高宗紹興二十七年(一一五七)進士。歷知建德、宜黄縣。孝宗召對,改太常主簿,通判鄂州,改知衡州。淳熙十四年(一一八七),以言者論罷(《宋會要輯稿》職官七二之四八)。光宗即位,起知袁州,未赴而卒。年五十七。有文集、《衡州圖經》等(《宋史·藝文志》），均佚，僅《戒子通録》八卷傳世。《宋史》卷四三七、《宋元學案》卷五九有傳。今録詩五首。

### 和朱晦菴

誰云兩州牧，擇笏望轅門。渠亦髭鬚好，公今德義尊。　宋章定《名賢氏族言行類稿》卷二六

《名賢氏族言行類稿》：章才邵晚歲閑居，時與晦公朱先生游。荆州之行，晦翁餞之詩曰：「雄藩荆楚地，自古國西門。客有籌邊略，人知幕府尊。」劉清之和云云。

### 洞霄宫

青山鎖斷紅塵路，石柱干霄藏洞府。老蛟據窟不可窺，千古流泉替渠舞。真墟容我輒躋攀，心曠方知白日閒。飛仙一去忽已遠，坐對松梢雲往還。　宋潛説友《咸淳臨安志》卷七五

### 遊洪陽洞

朝來拔脚塵埃底，共訪人間小有天。唤醒幾年朱墨夢，胸中丘壑故依然。

稚川仙去憶浮丘，携客巖前問舊遊。懷古臨風一杯酒，荻花楓葉不勝秋。　明嚴嵩正德《袁州府志》卷一二

### 洞庭湖

天孫歲晚會湘靈，倒瀉銀河合洞庭。上下天光唯一白，中間山色不多青。荆潭萬里收塵滓，宇宙連宵失晦明。莫道人間少仙境，詩魂酒魄一時醒。　清曾燠《江西詩徵》卷一五

### 句

愁非為宋玉，亦不因莫愁。　宋王象之《輿地紀勝》卷八四《京西南路·郢州》

（吴鷗整理）

## 俞亨宗

俞亨宗（一一三四—一二二二），字兼善，山陰（今浙江紹興）人。孝宗隆興二年（一一六四）進士。知宜興縣，遷國子監主簿。後知漳州。寧宗嘉定元年（一二〇八），爲江東轉運判官，二年，改福建提刑（《景定建康志》卷二六）。以秘書少監致仕。十五年卒，年八十九。有《垂軒稿》二十卷等，已佚。事見《寶慶會稽續志》卷五。

### 古梅

疏疏瘦蕊含清馥，矯矯虬枝綴碧苔。疑是髯龍離雪殿，蒼鱗遥駕玉妃來。

宋張淏《寶慶會稽續志》卷四

（王德保整理）

## 何佾

何佾，字德獻，龍泉（今屬浙江）人。以蔭補古田主簿（清乾隆《福建通志》卷二二），改知於潛縣，通判廬州，知黄州。高宗紹興二十九年（一一五九），提舉荆湖南路常平茶鹽（《永樂大典》卷八六四七引《衡州府圖經志》），三十一年，遷轉運判官。孝宗乾道元年（一一六五）任江南西路提點刑獄（《梅溪文集》附録《宋龍圖閣學士王公墓志銘》）。明徐象梅《兩浙名賢録》卷二七、清光緒《處州府志》卷一八有傳。

### 送王龜齡

斷橋截鐙亦堪憐，始信林間別有天。微見兵機第一義，朱幡暫席廣文氈。

宋王十朋《梅溪後集》卷一〇《予自饒易夔以七月九日行饒人遮道挽留易轎由間道而去提點何德獻相追不及以詩見寄云云因次其韻》

## 句

滕王閣上煙波遠，孺子亭中花竹深。《輿地紀勝》卷二六《江南西路·隆興府》

（吴鷗整理）

# 魏幾

魏幾，字天隨，福清（今屬福建）人。師事林光朝。事見黄宗羲《宋元學案》卷四七。

## 句

半白在梨花，賦丹霞在明月　明黄宗羲《宋元學案》卷四七

《宋元學案》：魏幾受學艾幹（林光朝），以克己復禮問，答曰：五湖明月。固以穎悟，賦丹霞在明月，有句云云。

# 唐季度

唐季度，字伯憲，金華（今屬浙江）人。高宗紹興二十九年（一一五九）預鄉舉（明萬曆《金華府志》卷一四）。光宗紹熙三年（一一九二）爲郴州教授（萬曆《郴州志》卷二）。今録詩三首。

## 挽東萊先生

多士將安放，先生今則亡。正宗傳道德，餘事見文章。遽作兩楹夢，空遺百世芳。哲人胡不壽，天理竟難量。

交友昔嘗與，真誠久愈孚。公雖推齒序，我實仰師模。提耳言猶在，終身誓不渝。神馳埋玉處，慟哭向

長途。　宋吕祖謙《東萊集》附録卷三

## 倩真觀

不記開山日，煉丹惟葛仙。清泉沿石滴，孤嶂與天連。只就巖為屋，何須木作椽。　《輿地紀勝》卷一一〇《廣南西路·潯州》

（以上王德保整理）

# 陳士楚

陳士楚（？—一一九五），字英仲，莆田（今屬福建）人。孝宗乾道八年（一一七二）進士，調臨江軍户曹參軍，攝知新喻縣，調侯官縣。淳熙十六年（一一八九），爲樞密院編修官。光宗紹熙二年（一一九一），權孝功郎官（《宋會要輯稿》職官一〇之四二），兼嘉王府直講。歷軍器少監，提舉江南東路茶鹽。寧宗慶元元年，召爲起居舍人兼侍講（同上書職官六之七一），尋卒。明弘治《興化府志》卷三四有傳。

## 和林艾軒城山國清塘韵

山光一洗紅塵眼，長松夾道摇青纖。回頭下瞰百川溶，亭皋小立淩剛風。傑閣玲瓏朱緑户，何年蓬萊移左股。山僧見客不斂眉，梵唄琅琅應魚鼓。欲携三尺彈龜山，淳風一去不復還。仞牆草長章逢少，幾百年來風月閑。嗟哉賢聖遠復遠，天高地下日易晚。　明周瑛弘治《興化府志》卷三二

（崔統華整理）

# 李松齡

李松齡，德安（今屬江西）人。孝宗乾道元年（一一六五）周因爲德安教授時領鄉薦，後舉進士。事見《周文忠集》卷七二《邵陽郡丞周府君因墓誌銘》。

### 題聞政堂

松齡伏承判府先生惠示珍刻三本，區區感藏之意，無以自見，謹成拙詩各一，因以贊新榜落成之意，伏幸台覽。

先生斂經綸，籌帷贊西方。一朝去幕府，委佩朝明光。召見天歎晚，占對何琅琅。小試分顧憂，持麾來邊疆。善政期必聞，明訓思對揚。朝夕懼有闕，蕭然坐斯堂。訟訴亦已空，燕寢凝清香。他年報政歸，從渠愛甘棠。

《永樂大典》卷七二三九

（徐永强整理）

## 竇從周

竇從周（一一三五——一一九六），字文卿，丹陽（今屬江蘇）人。年逾五十往建陽從朱熹學。寧宗慶元二年卒，年六十二。《京口耆舊傳》卷五、《至順鎮江志》卷一九有傳。

### 送僧還日本

榜人理行艫，日出江水平。扶桑渺何許，萬里浮滄溟。上人國之彦，夙悟最上乘。慕此中華風，一錫事游行。名山與奥谷，足跡已偏經。曰予處闤闠，幸矣識韓荆。論詩坐終日，問法天花零。相得臭味同，藹藹芝蘭馨。豈比錢刀徒，市利紛以營。去去須臾間，何以展我情。江草色萋萋，江花亦冥冥。浮雲聚復散，不能常合并。

日本天保尹藤松輯《鄰交徵書》初編卷二

（岳仁堂整理）

# 全宋詩卷二四七九

## 周孚一

周孚（一一三五—一一七七），字信道，先世濟南（今屬山東），寓居丹徒（今屬江蘇）人。孝宗乾道二年（一一六六）進士，登第十年始官真州教授。淳熙四年卒于官（本集陳珙序），年四十三。曾著書駁鄭樵《詩辨妄》。有《蠹齋鉛刀編》三十卷、《非詩辨妄》二卷。事見《嘉定鎮江志》附録、《至順鎮江志》卷一八。

周孚詩，以影印文淵閣《四庫全書》本爲底本，校以明抄本（藏北京圖書館）。底本附録之拾遺詩及明抄本多出的詩一首，附於卷末。

### 次韻陳可復見贈自甲戌始

二年窮谷斸黄精，兩見騷人賦落英。萬事吾今負初願，百年君亦厭虚名。花開花落春還夏，窗暗窗明雨又晴。莫讀離騷但飲酒，從來前輩戒秋聲。

### 贈蕭光祖

之子固絶俗，少年甘寂寥。田園一蚊睫，書卷百牛腰。雪徑晴猶凍，烟江晚不潮。箇中勤着語，老耳欲聞韶。

### 哭楊虞臣丈

先君捐館時，親舊止四五。丁寧奉遺訓，我没誰撫汝。孤生卧苫塊，泣血誦此語。楊公十年舊，不見五年許。兩萍忽相遇，握手涕如雨。高懷幾骨肉，老語傾肺腑。生死見交情，公固不愧古。嗚呼英鋭氣，又掩泉下土。我行田野間，陳迹時一覩。尚餘舊題壁，猶有所畦圃。二兒吾未識，必有稱家主。寥寥先友記，文缺久不補。渠如能綴緝，吾敢憚覼縷。但得行實完，雖遲不猶愈。

## 贈蕭希仁 希仁精臨川之學

鍾山昔游眺，蒼翠莫崚嶒。不覩騎鯨像，空瞻下馬陵。斯文今墮地，夫子獨傳燈。剩欲摳衣問，嗟予病未能。

趙子老巖壑，壯心輕世儒。曾無一湔祓，但看明抄本作有百暗嗚。已作山頭雀，誰憐屋上烏。知公主清議，試與一嘘枯。

## 寄日新

楚水茫茫覿面難，燕鴻冉冉寄書還。自知荒澤誰為雨，却怪孤雲未出山。

## 病起次韻子和

不盡揚雄一鴟酒，却吟平子四愁詩。酒能作病終何益，詩解窮人亦漫為。便死正應如土偶，縱貧那可恨毛錐。如今只有荆卿在，能記田光少壯時。

## 别閭丘諸公之臨安

久眈筆硯棄犁鋤，石友申申或駡予。涉世何殊枕中夢，誤人今信案頭書。不堪秋菊彫荒徑，欲趁春帆返敝廬。回首交游幸無辱，蒯緱雖短不彈魚。

## 別仲時五首

江山共清煥，魚鳥亦蕭散。歸與三畝園，趁此秋未晚。

當年丘壑心，皎皎秋夜月。那知蹭蹬間，秋風彫壯髮。

童烏已黄土，其奈太玄何。尚喜熊兒在，能為田父歌。

窗隙風微度，簷頭月半欹。當君感秋日，是我到家時。

窮愁好著書，到此已絶筆。十年意外謗，庶可弭萬一。

## 哭畋

久識死為滅，正緣情未忘。宿因吾已斷，惡債爾先償。臨老翻如衍，平生錯笑商。莫風吹雨至，老淚併淋浪。

## 偶成六言

篘篳欹眠露夜，蒲團趺坐花時。莫歎老驥千里，且喜鷦鷯一枝。

## 贈宋公佐

前人久零落，我亦老東南。閲士幾千百，如君止二三。歸耕持長策，祛病憶玄談。何日相隨去，誅茅共製菴。

鬢髮傷今白，艱難憶昨經。君猶厠跛鼈，我合棄流螢。老樹秋淒瑟，寒風晝窈冥。山房半酣坐，差勝楚人醒。

## 送宋元輔

髣髣鬢鬢蒼，冉冉歲月换。良田未易求，蠹簡不喜看。君兮何為者，冠佩立憲憲。苦來湔祓我，丹繪施朽炭。深慚鴻鵠姿，肯作荆雞伴。我窮豈中郎，君才實元歎。相從琢磨地，枯几媿塵案。尺書中夜至，索去不少緩。扁舟下東南，春水緑平岸。遥知醉吟處，詞翰兩璀璨。悲懽難一揆，欲别先自斷。寄我子夜歌，酬君秋雨歎。

## 公佐座上分韻得樓字

誰謂子青眼，不嫌余白頭。共穿康樂屐，來醉仲宣樓。風定江猶怒，雲高雨欲休。西山多爽氣，吾忍賦悲秋。

## 歲莫不樂

銅瓶烏几伴棲遲，無復風流似舊時。病憶老親空嚙指，貧逢兒輩亦低眉。世塗何異兩蝸角，士價今輕五羖皮。滿眼雲山不歸去，問誰縛汝竟無辭。

## 次前韻呈公佐仲賢

世態休論黠與癡，賓鴻社燕各隨時。稍令有地堪容膝，可復從人再炙眉。不憤寒梅呈素面，自憐老檜剥蒼皮。年來懷抱已明抄本作渾如此，歸對交游有愧辭。

以上《蠹齋鉛刀編》卷一

# 全宋詩卷二四八〇

## 周孚二

### 次韻洪致遠春日絶句二首

石友今年斷不來，紛紛没馬但黄埃。自憐老臂今三折，安得愁腸不九廻。

卧病塵尊久不開，知君新棹酒船回。似嫌白髮非春事，不向東風遣信來。

### 送張子和之金陵

轉蓬相遇紫髯城，老眼昏昏喜再明。與世多違真俗明抄本作宿債，於身無益是虚名。試將休歇償前境，莫把文章眩後生。若相鍾山有閑地，早令秋雁與傳聲。

### 送仲時赴銓試

桑梓與君舊，來南更同州。雖云漂泊地，墜好敢不修。蕭條霸陵飲，寂寞斜川遊。相從能幾何，歲月僅一周。未竟室中語，已促江上舟。舟行不宜冬，烈風無時休。非不欲挽君，恐鬱活國謀。惰農不自安，乃亦歲有秋。力田苟逢年，一畝千鍾收。富貴今其時，君行勿夷猶。

### 公佐索詩次别仲時小詩韻遺之五首

蘭焚以其香，櫑壽以其散。萬物無不然，愧我知之晚。

莫競夢中鹿，且視指端月。儻能心地明，萬事一毫髮。

朱絲徽黄金，問子用此何。從來履霜操，不及懊儂歌。今年苦風雨，老屋半傾欹。投足猶無地，君來正此時。欲書歸田具，請子試濡筆。先之蠟屐雙，侑以藜杖一。

## 洪致遠屢來問詩作長句遺之

君不見伯倫平生老閉關，秖有一頌留人間。懷鉛抱槧亦何益，惠子五車終不傳。我今所見蓋如此，堆案文書藏鼠矢。自知老境要灰心，却笑少時空血指。勞君日日來徵詩，試欲把筆心自疑。無鹽已老稍識恥，安敢唐突西施為。古人作詩有成法，句欲圓轉字欲活。始循規矩後變化，如以金丹蜕凡骨。君試停杯參此語，莫笑前人用心苦。秖今孰是前輩詩，風漪作文君看取。

## 哭柳仲和

干時雙落莫，觸事兩趑趄。意廣子知我，命窮天喪予。哀音來澗壑，老淚溼衿裾。從此南岡下，經年獨荷鉏。

## 答閭丘仲時見寄

纖纖輕草不勝鋤，忽有新詩來起予。十載光陰消蠹簡，兩家生計共蝸廬。久知吾子傳真訣，試與衰翁辯贋書。何日一笻真過我，共炊香稻擷園蔬。

## 贈致遠

起踏寒溪雨，來嘗老屋茶。論年我蒲柳，涉世子龍蛇。嫩綠初還水，嬌紅半著花。澆春可無酒，試與問西家。

世正矜投筆，人誰話濯纓。君窮猶鬼瞰，我病亦天黥。古寺雲埋徑，官濠柳暗城。便應從此去，已負白鷗盟。

小柳志超逸，病毛才崛奇。俱為一抔土，但有百篇詩。漠漠江山静，忽忽歲月移。黄塵没馬首，賴子一伸眉。

畋也頗豐下，本期渠克家。才令配晨月，又復摘秋瓜。寒泊堪秧稻，荒池足漚麻。熊兒幸無恙，聊伴老生涯。

## 留别致遠

堤邊楊柳發新枝，歎息春工又一時。對景不為千日醉，語離還賦四愁詩。窮途至此空回首，老色如今各到絲。明抄本作髭粗有一廛歸去好，犁鉏何地不相宜。

## 宿崇福庵顯上人房

潦收秋澗静，木落莫山稠。石路果能滑，杖藜聊此留。夜房憎豹脚，朝飯憶猫頭。為語湯從事，無忘馬少游。

## 同伯庸游甘露有感次仲賢韻二首

故人同我去，清旦杖崇岡。寒日無留照，驚鴻有斷行。聊將一日款，少洗十年忙。衰病不相棄，我廬明抄本作莊今未荒。

縱談四壁静，宴坐一鈴鳴。老火漸消晝，寒窗忽報晴。凄涼魯兩士，赫奕漢三明。俱作南柯夢，令人骨亦驚。

### 口占贈致遠

柳絮翩翩燕子飛，小園風物總宜詩。今年已解穰侯印，輸與三生杜牧之。

### 次韻仲時春莫懷歸

奕奕新詩飽琢磨，精靈如此竟誰過。共聽鶗鴂春將老，舊記驪駒子試歌。坐病已孤新歲酒，忍窮思種故山禾。祇今石鼓文多缺，誰為銓量掘臼科。

### 次韻安民

肺病侵陵倦出游，寒窗棐几即菟裘。百年忽忽從渠轉，萬事昏昏只麽休。學道幾人能杜口，趨功誰子不焦頭。留君試話人間事，翠竹黄花最耐秋。

### 贈宋安民

閒階塵没屨，隙户風翻裳。歘傾數椽屋，易知獨難忘。為此室中人，久薰知己香。藺彫潘洪逝，璧碎韓吕亡。非渠妙語言，何以浣我腸。蒲團兩默坐，寒窗墮斜陽。我炙彼能嗜，歎息時拊牀。細思争奪境，其險劇太行。病馬已虺隤，三徑可忍荒。相期荷鋤歸，歲晏天欲霜。

### 夜坐偶作

霜風振枯條，掩户日已夕。老屐不出游，畏此寒懔慄。挑燈對空爐，蟲聲喧四壁。翻書娱兩眥，渺渺玄霧隔。爬搔餘倦醒，城鼓聽歷歷。狸奴木上坐，相對成二客。殷勤謝爾曹，伴我此岑寂。干時悔前猛，學道飽新得。請看警露鶴，何似遇風鶂。懷情鬱不語，簷月已半仄。

### 巫主簿挽詞

正歎淹黄綬，俄驚啟素車。生真元亮似，老更伯喈如。誰哭三年墓，空傳萬卷書。蚳蠓明抄本作蠓可無念，身世本蘧廬。

## 贈陳道人

正諦危欲斷，誰膠能續絃。要為師子吼，莫看野狐禪。小住真聊爾，相逢獨歸然。同床有佳夢，或許老夫圓。

## 次韻贈林義之

炎暑不可觸，相逢正此時。初無一日雅，肯誦十年詩。語際傾心劇，忙中識面遲。幽貞可潛伏，君智固如龜。

我已劉楨病，君仍屈子醒。俱為石碌碌，不改柏青青。吉語時占鵲，窮途恥聚螢。何時一杯酒，相對話飄零。

## 贈朱德裕

老棄泮宫籍，日明抄本作自與學子疎。英英佳公子，乃肯過我廬。觸熱生積疴，子意何勤渠。逐臭海夫癖，不幸今子如。惜無一尊酒，冰瓜配園蔬。持家今十年，但有數册書。斯文等圭璧，後生多璠璵。我田失耕耘，政欲賴子鋤。晚雨濕不借，新涼到蘧蒢。勿嗔折柬邀，衰年出無輿。

高冠岌雲霓，修佩綴蘭茝。潘洪已鬼録，尚喜之子在。平生詩作魔，見子始追悔。奕奕清圓句，極力有不逮。政緣一飯先，厚禮厚始隗。莫年專一壑，謗語溢四海。逢人欲話子，恐子重得罪。古學寒如灰，到此已千載。非無力學士，始勵終則怠。子兮其勉旃，河清寧可待。

## 戲洪致遠明抄本注：致遠食貧子衆。

不妨一斛貯檳榔，蘭玉詵詵已雁行。可是譽兒元有癖，未應辟穀獨無方。玉川此際貧雖甚，稠錫他年債已償。世事乘除君記取，擊鮮從古是諸郎。

## 次韻龔良臣見贈

楚國兩名士，鶴居雞鶩羣。有誰沾膢臘，獨子嗣清芬。到睡唯黄妳，扶衰祇紫君。猶勝馳宦子，揮汗讀移文。

以上《蠹齋鉛刀編》卷二

# 全宋詩卷二四八一

## 周孚三

### 與高伯庸同游王氏墳庵歸而閭丘仲時詩至因次韻貽顯庵主以紀一時事二首

寂寞城西寺，重來已素秋。未霜芳草合，欲雨暮雲稠。濁酒羸方戒，新詩困復休。翩然會心處，煙徑有歸牛。

法水堪湔垢，僧爐自淬塵。飯炊雲子熟，茶泛乳花勻。草草情何厚，匆匆迹易陳。他年輞川上，為畫兩綸巾。

### 贈龔良臣并柬雙融趙居士

平生四海龔夫子，昔日窮愁今尚爾。車如雞棲馬如狗，笑指塵編作知己。羣兒不識老彌明，一語落紙慚且驚。森森老幹蒼檜聳，寥寥雅奏黃鍾鳴。萬牛不來羞自獻，正與古人同此歎。霜髯雪鬢可奈何，但願窮年常飽飯。北風凜凜冬欲殘，日莫更復衣裳單。黃金如粟趙居士，儻有綈袍遮此寒。

### 送趙師孟

乃翁墓木已秋聲，喜向諸郎識老成。舞拙固應緣短袖，詩高或許是長城。莫驚濁世還分袂，聞有清淮可濯纓。歲計不贏親已老，肯因腰直厭逢迎。

### 高仲威總管挽詞一首

今年歲在巳，公果閉佳城。竟不登三事，誰能作九京。群公謾推轂，故客獨沾纓。遺德憑誰紀，平生不近名。

憶在多艱日，君王歎鼓鼙。來從三晉遠，獨與二高齊。佳賦方驚鵩，流年已夢雞。生前橫槊手，還傍漢征西。

### 次韻朱德裕見贈時予病初起

蓋世功名黍一炊，驚心歲月轂雙馳。五漿先饋那須爾，二豎相凌少避之。種種鬢毛吾欲老，翩翩書札子能奇。黄花無語秋將暮，莫惜玄談與解頤。

### 病中柬課會諸友二首

橘綠橙黄歲已秋，疎籬戢戢上牽牛。無方可已憒濍疾，屬子一來開此愁。

寒蛩唧唧報更遲，秀目疎眉費夢思。須信愈風元是檄，可能祛瘧不因詩。

### 良臣和前韻見貽復次韻二首

蒲團枯几度春秋，自笑沐猴騎土牛。奇病撩人仍止酒，問君何計可攻愁。

久將農圃學樊遲，欲賦三都愧左思。尚喜彭城漢夫子，肯加湔祓與新詩。自注：時予夏課復未成。

### 九日風雨謾興

嘗聞老潘句，今日復題詩。積潦朝猶淺，歸雲曉明抄本作晚更遲。斷無桃葉唱，數負菊花期。日莫還孤坐，寒燈頗見知。

### 即事次杜牧之韻詩闕

## 龔良臣知狀二首

不向辛夷樹下行，老來無意賦閒情。可能尚似韓夫子，猶有兒曹識姓名。

昔時鄴下劉公幹，今日周南太史公。兩鬢似霜鬚似戟，不應孤負北窗風。

## 郊　行

江北江南歲已霜，老筇無伴自徜徉。冥冥小雨朝猶劇，寂寂殘花晚更香。自古隙駒如歲月，只今芻狗是文章。虚名滿世知何益，付與羣兒自較量。

## 即事二首

漠漠冥冥氛祲多，人間何地可婆娑。窮途正苦身為累，老境仍嫌病作魔。此日蒼生望安石，向時老將憶廉頗。周宣漢武規摹在，誰為君王賦伐柯。

噎噎長空蔽夕雲，杖藜徙倚莫江濱。孤城風土偏愁客，別岸煙埃欲污人。謾説一言能悟漢，久疑三户解亡秦。風饕雪虐鑾輿地，湖海無能泣病臣。

## 寄閭丘仲時十一月二十八日

曩哦佛狸謡，別我江上宅。不憂道里遠，但恐生死隔。怱怱分袂去，悲風動悽惻。寄聲來問我，何忍試鋒鏑。憔悴山澤間，藜莧尚可食。寒蝸戀餘涎，欲去我未得。作書思報子，霜雁正戢翼。邇來聞吉語，草木有佳色。驚雷斃梟獍，甘雨厭螟蟘。崎嶇各不死，仰荷天地德。平生長卿舍，依舊立四壁。君歸亦莫緩，歲晚霜露明抄本作霰逼。相期津上亭，灑酒酹餘厄。

## 次龔良臣韻有感予嘗言一事而驗

君家月旦擅新評，尚復常談記老生。可但龍蝦元異族，不妨箕斗是虛名。孤懷曩日誰能會，危語今年子不驚。更欲為渠傾底裏，曉明抄本作晚風澀雨未全晴。

## 寄陳道人

瘦笻盤礴越江邊，笑我孤燈照夜禪。當日期穿水牯鼻，莫年猶着野狐涎。忙中弦望驚三易，聖處階庭讓一先。曾約芒鞋踐雲雨，快來相見已新年。

## 謝時卿見過作此謝之并簡德瞻二首

索寞干戈際，交游不棄遺。君真斲鼻手，我愧折肱醫。末學窮何用，虛名老不宜。寒窗但塵稿，難療十年飢。

余髮已種種，子來真枉生。深勤兩恴集，何止一牛鳴。晚徑泥猶滑，春江岸欲平。論詩方有味，為我老彌明。

## 兵定後寄仲時

憶昨傳丹詔，寒盟罪羯胡。原作黠奴，據明抄本改分攻自西蜀，指日會東都。聖慮雖天合，臣材與古殊。居安空矍鑠，臨難竟侏儒。騎病嘶枯枿，兵寒隱敗郛。積尸朝嘯鵩，遺廩夜栖烏。漢水空滋楚，淮山不蔽吴。四方俱臬兀，一死在須臾。避地憐之子，傳聲喚病夫。攝衣俱邂逅，攬轡復踟蹰。疢動羸方甚，寒凌喘未蘇。凄涼一抔土，牢落十年雛。生計哀難捨，交情愧不渝。深勞魚呴沫，甘作鳥棲枯。咄咄形容變，駸駸歲月徂。嘗疑冒頓惡，未受郅支誅。神武俄潛運，明徵果不誣。六龍才蹀躞，羣鼠已睢盱。薑尾興談次，旄頭落坐隅。造謀由肘腋，償禍見頭顱。佳氣盤空極，妖氛掃地無。微生脱紛擾，一笑起疲駑。喜極翻搔首，狂深屢挽鬚。飄流免僮僕，團聚對妻孥。敗簡欣重緝，頹垣得再圬。殘年貸蒲柳，餘慶望桑榆。短艇來何晚，明窗晝可娱。作詩嘲懶慢，唤酒濯艱虞。我病猶能此，君行莫厭迂。相思倚江閣，寒雁下平蕪。

## 夜坐有懷

衝風凛欲冰，積雪寒未掃。春光來何遲，雙鬢倏已老。悲吟北窗下，孤坐對參昴。不憂釜生魚，漫謂詩可飽。平生賞音人，團聚苦不早。陳翁氣金玉，蔡子文斧藻。倉皇一駭散，各適千里道。悠悠殘歲月，忽忽老懷抱。道腴雖自味，俗况固難好。無疑趙居士，欲剗佛殿草。

## 元日懷陳道人并憶焦山舊遊二首

故人應白髮，今我尚華顛。舊約鷗能記，新詩雁不傳。功名畫地餅，歲月下江船。回首題詩處，凄涼已去年。

昨偕趙居士，同宿贊公房。樹暗朝疑雨，山寒夜得霜。經營煉丹地，拂拭坐禪床。忽忽紅塵裏，深慚鉢飯香。

## 贈朱德裕宋安民以學詩如學仙爲韻五首

大儒夔踸踔，小儒鶴俛啄。二子雖楚産，獨不困俗學。我見三歎息，渭清涇自濁。祝君但默坐，嶽嶽須折角。

材俊千里駒，學問五總龜。前輩為青眼，多士推白眉。屬我病作祟，濁醪不同持。山林有成約，捧盤盟此詩。

卒卒不會面，死生兩蟾蜍。相望一牛鳴，可忍自作疎。瀝酒不醉我，徵詩又遺予。膠漆自為堅，愧我今不如。

孰知詩窮人，而我乃妄學。殷勤平生友，饋我破瘕藥。百年燈落爐，萬事風隕雹。誰能强自苦，清坐亦差樂。

佐飯止三韭，庇身唯尺椽。永絶富貴想，薄有香火緣。尚憂貪嗔癡，更著後者鞭。定傾與援溺，稽首西方仙。

## 懷焦山圜禪師贈趙居士

鍾山一馬駒，蹀躞九軌路。才高難為兄，質妙不愧父。頃嘗造其室，握手宛如故。孤燈留我語，碧眼照窗户。寒珠湛塵源，朝日破昏霧。相期白蓮社，此意何可負。當時座間客，子亦同此趣。忽忽不再見，忽復歲云莫。衝風戰夜窗，山氣想凝沍。扁舟欲問訊，恐觸蛟鰐怒。吾儕晚聞道，歲月忍虚度。聲名身外鴆，文采性中蠹。當求一轉語，共證十載誤。春江兩涘平，偕子稽首去。

## 促趙彦章山行

傳聲趙居士，勝踐不應遲。舊約梅開日，俄經麥秀時。殘花猶可醉，小雨尚能詩。莫作京塵客，空成了事癡。

以上《蠹齋鉛刀編》卷三

# 全宋詩卷二四八二

## 周孚四

### 再到焦山示度書記

雪埋斷麓元曾到，風度疎檽始再來。春盡幽園尚紅藥，雨餘荒徑自蒼苔。短筇扶病吾猶力，古錦囊詩子合開。第恐平生老無著，不能縛律似宗雷。

### 送陳道人之金陵

一筇歷遍海邊山，每見鐘魚便破顔。瘦柏形骸雖已老，斷雲蹤跡本來閒。向來危死干戈際，此去相望夢寐間。十載光陰已虚度，欲加訶斥待君還。

### 題蘇庭藻竹堂

三生石上老徽之，水竹風流自一時。春砌陰陰翻敗籜，夜窗寂寂戰寒枝。已專嵇阮生前境，尚記羊何别後詩。開徑相從定何日，即今已恨十年遲。

### 次韻度上人窗下竹

漫漫疑争地，疎疎巧避牆。少紓黄落恨，聊貸白間涼。秀色浸朝几，寒聲到夜牀。何須渭川口，玉立萬夫長。

### 讀佛書

迷途誰解反三隅，半是騎驢更覓驢。一滀未逢師子吼，千章虛讀野狐書。

## 送日新之池州即席時蘇庭藻行方一日庭藻所居名竹堂而梅室日新自號也日新求予舊詩事冗未暇寫

衰老何蕭索，親朋半別離。未終梅室語，已賦竹堂詩。惡況吾方劇，來書子勿遲。寒藤縮蛇蚓，相記待他時。

## 贈宋安民失解

寒林經雨葉全彫，莫向茅齋怨寂寥。小杜科名縱濡滯，老元詩律尚嫖姚。窮營敗屋堪容膝，病策寒藤勝折腰。紬史翻經有成約，不應從此厭招邀。

## 朱德裕隱軒

十年仲蔚蓬蒿宅，老屐今朝到此間。驚怪名駒甘伏櫪，坐令倦鳥苦思山。嬋娟未嫁猶遭妬，矍鑠雖侯可勝閒。一首陶公舊詩賦，要須健筆挽令還。

## 十月即事呈彥章

衰病今年劇，陰寒此際頻。煙溪長作暝，霜葉不成春。北貢來何緩，西師信未真。平生繞朝策，吾亦愧斯人。

## 哭高伯庸

須髮五分白，相看倍愴然。死吾元有命，窮子定非天。蓬轉甘今日，絲懸憶去年。遙憐清夜夢，亦墮白鷗邊。

晚雨澤叢艾，驚風倒枯松。蒼蒼固無神，此語疑可從。十年江南岸，與君每從容。披翻俱敗簡，登眺同老笻。平生毀譽半，意子陳元龍。方期萬里行，忽與二豎逢。哀音憶初聞，一慟幾摧胸。歲月逝不留，炎曦已成冬。惟昔在世日，最厚龐與龔。自注：國材、良臣。聯翩奇禍作，摧此西峙峰。淒然荷鋤地，誰復伴老慵。稚兒亦可憐，見我猶能恭。勿説山巨源，吾今愧渠儂。

**歲莫有懷存没次舊韻柬德裕安民**

歲莫忽不樂，哦詩憶同裳。百憂從中來，孰謂酒可忘。昔我二三友，芳蘭閟孤香。悠悠十載間，屈指略喪亡。搴花欲誰遺，悵然結中腸。二子後來秀，雙鳳鳴朝陽。胡不相暖熱，矧我病在床。只應鵬與鷃，飛舞不並行。春圃可擷秀，曉陂可墾荒。會將兩芒屩，同踐林下霜。

**寄蘇庭藻二首**

蘇子文章舊起予，英英寒玉琢冰壺。十年不見空青眼，一日相逢各白鬚。可是封侯須望尉，只今著論又潛夫。青燈寂寞秋堂夜，歎息寒衾夢亦無。

雙井原頭秋草合，峨眉山下莫煙深。看人競改元和格，期子重賡正始音。高論與時終落落，新詩過我太駸駸。著鞭一語君須記，世事由來畏有心。

**喜日新至**

衝風衝雨何時了，忽忽歸來歲又冬。老弟世緣真嚼蠟，病兄術業亦屠龍。寒燈眩目何妨暗，濁酒澆胸莫厭濃。龐子高郎已蕪没，兩窮相對且從容。

**次崔端甫韻席上**

寒窗一再雨，幽徑兩三花。老境吾猶健，春筵此最佳。清尊泛寒蟻，醉墨落栖鴉。笑語崔夫子，相逢即是家。

**贈游元著**

老去塵冠恥再彈，只將尊酒對青山。已忘穴蟻三生夢，長伴江鷗一味閒。止許傍城開竹徑，會容扶策叩柴關。平生月旦鄉評在，著我諸晁伯仲間。自注：元著，予鄉人也，故有諸晁之語。

**代人張撫幹母挽辭**

自愧升堂舊，鄉閭復外姻。那知伏枕日，正值輟春辰。帉帨方長夜，蘋蘩忍獨春。誰傳絳帳學，季子本天麟。

**龔良臣無恙日手抄珪粹中詩數十篇見遺良臣既没於書篋中見之愴然有感因次珪卒章韻以寓哀**

老屋愔愔晝掩門，清才明抄本作斷無妙質苦思君。屠龍每歎平生學，下馬誰尋此日墳。痛惜黄罏埋玉樹，憶曾玄鶴困雞羣。西華牢落今安否，見説居猶不改薰。

**次間字韻送德裕太學試**

人如景德咸平際，文到貞元大歷間。種樹有誰甘避世，著書喜子未藏山。自憐斥鷃空溟海，須信名駒合帝閑。十載天荒誰與破，政須力奪錦標還。

**次崔隱叟韻贈端甫**

與子相從自小年，孰知術業是家傳。胸中雄略堪推轂，筆下新詩近著鞭。共歎飄蓬真命爾，相看樗散却天然。紫萸黄菊何時辦，要拍洪崖醉後肩。

**清明日余與諸友游招隱山寺酌酒宋氏園亭謁蘇才翁墓而歸**

小雨冥冥欲作泥，晨光不負老人期。緑陰蒼蘚初分坐，白石清泉共賦詩。酌醴焚魚謾今日，賣刀買犢定何時。傷心紫閣飛楊老，千載茫茫只斷碑。

**觸目六言二首**

正似冉溪溪上，祇欠八愚老翁。陂外縈青繚白，風前駭緑紛紅。

陂空蒐鷺何在，寺古鍾魚或無。山氣陰陰欲雨，僕姑端解欺予。

**朱德裕以言念君子爲韻賦詩見寄次韻答之四首**

昔别柳未花，濃緑今映門。日月不吾淹，盜驥更驚奔。佳人渺天末，有志誰與言。床頭覓塵編，遮此老眼昏。

句曲一老翁，早歲困鉛槧。整冠纓為絶，晚境尤可念。聞君從之游，琢磨去瑕玷。何時雷夫子，斸此兩龍劍。自注：屬顧丈應文。

奏金蟋蟀間，子亦有異聞。引吭與相和，愧我言不文。交情諒石友，風味真麴君。可無一杯水，與我湔垢氛。

奪薰以其蕕，敗素以其紫。古來辟世士，政復門掃軌。君看草玄翁，肯邇夸毗子。芳蘭生深林，如此乃士耳。

**焦山度書記以詩見寄因次韻**

突兀蒼崖百丈餘，憶曾隨處小躊躇。江非灩澦吾何畏，山似楞伽子合居。當日勝遊同轉轂，邇來清境屬春鉏。支郎不念平生友，華髮刁騷已映梳。

以上《蠹齋鉛刀編》卷四

# 全宋詩卷二四八三

## 周孚五

### 勉洪致遠龔良臣與致遠善時已亡

人生多憂虞，此語傳自古。詩書不賙飢，士亦倍齟齬。憶子少年時，落筆敏風雨。自言名家駒，朝冀夕秣楚。那知十載後，敗甑不炊午。括囊經濟策，鬱鬱卧環堵。呻吟誰與伴，壞壁響飢鼠。長松要霜雪，念子果如許。窮通何必較，人世幾寒暑。生前千（原作十，據明抄本改）駟馬，身後一丘土。那知五君詠，老魄棄大數。安得彭城生，從旁證吾語。

### 次德裕餉人參韻

參墟有神草，飽歷雪霜寒。黃鵠何緣致，玄珠欲報難。仍煩一藜杖，來對兩蒲團。卧病干戈裏，勞君為控摶。

### 雨自四月至七月暑熱不能堪作此寄德裕安民二首

一牛鳴地無多遠，褦襶經過恐不宜。風雨瀟瀟自靈月，光陰忽忽又瓜時。緬懷勝踐真成夢，尚喜窮居不廢詩。肯赴涼秋通夕約，短缾儲粟為君炊。

纔晴便有蒸炊厄，未雨先懷重膇憂。豈為形骸悲莫景，政因風土憶中州。雷麋老木誰能賦，鳶墮空江始欲愁。解洗新亭邇來恨，清談還待賈長頭。

## 次戴教授題德裕隱軒韻二首

一室閲清晝，妙年人所難。知心有黄妳，覿面只蒼官。且喜龐公健，誰憐范叔寒。升沈有流轉，吾亦夢槐安。

歎息朱夫子，新詩手自編。正應前輩似，不厭老夫看。駑馬難言駕，修塗更贈鞭。風聲與富貴，他日定雙全。

## 莫秋贈端甫

長年無好懷，一病動辰浹。凄然清鏡中，衰鬢不勝鑷。自憐鬼見笑，甘受天所厭。坐令金石友，散作霜後葉。崔郎雕龍裔，翩翩古游俠。不忘平生言，經過頗稠疊。憶昨賦新詩，賈孟困凌躐。情高破天慳，語妙出月脅。老秋餘幾日，叢菊抱寒蝶。何時跫然來，一笑起衰薾。寒醅對梨棗，不惜倒箱笈。但恐食無魚，令君反彈鋏。

## 次韻朱德裕讀豫章詩

黔安老居士，平日謾為官。梁壞哀何補，詔亡續更難。真為漢玄歎，寧作楚累看。會買皋比去，蘄無負此冠。自注：事見集中。

## 冬日予與六人者游焦山謁圜禪師訪瘞鶴銘斷碑及焦公丹臺愴然有懷兼柬朱陳二友陳方病目而朱校易未畢

平生紈綺場，寧食三年艾。江山豈宿緣，老去尚餘愛。玆晨幸休暇，共步青蓮界。風漪湛如熨，霜葉紅可畫。道人喜客至，棐几共清話。從容得一飽，老□□□□。起遵岩下路，芒屨濯湍瀨。摩挲華陽碑，一讀一感慨。高名竟誰氏，陵谷已遷壞。緬懷九轉丹，吾老庸可待。陳翁熬六藥，朱郎研八卦。雖云竹林集，尚欠二子在。發春吾將遨，負約幸無再。

## 讀吕居仁詩有味其言因録致德裕隱軒中且次其韻余嘗有蒼烟窮谷之約於德裕故末章及之

瓠落不解器，骯髒無緣官。朱郎抱此恨，終歲常鮮歡。家書破萬卷，生計才一簞。積憂苦熏心，獨以詩自寬。清於蟲鳴秋，淡若雲出山。老眼久無人，一見為解顔。菰蒲葭葦中，英才得任安。向來三日款，共此一室間。人事每乖悮，明抄本作喜乖牾比復會面難。騣騣争奪徒，臨淵涉危湍。明抄本作轂黄間日月老鬢鬢，百挽不一還。那知箕潁波，可以濯肺肝。我形已支離，乃學仍汗漫。會營南山廬，相與同歲寒。

## 追次米元章游焦山韻寄度上人

一别幾晦朔，向絺今復裘。相思未能往，四序忽已周。緬惟君所廬，蒼波繞孤洲。枯筇支老病，嘗得一再遊。風軒納飛鳥，煙涯辨歸牛。舊游固在兹，慘慘增離憂。劇思脱塵累，去作十日留。枯桑號寒風，斷岸維明抄本作滔滔多敗舟。騎衡古有戒，誰復知我愁。遥瞻經行處，寒山卧蒼虬。惟子妙詞章，出語鯁不柔。向來晝澈輩，許子參其流。江山固自佳，況復更自注：平聲。凛秋。玉唾疊箱篋，以暗未肯投。不應結緑價，敢以燕石讎。封題定何時，思子今白頭。

## 次韻彦章雪中見寄二絶句兼柬陳道人

戞戞寒風襲敝裘，積蘇宫觀恍神遊。要尋仙客攀琪樹，更倩王孫記玉樓。

老耕南郭一畦田，飽食安眠久愧天。更與殷勤厭螟螣，一冬三白記今年。

## 用獨樂園故事以雪水烹茶招彥章

西都舊事君須記，東潁新詩我未能。來伴支筇眺斜日，晚山相對玉峻嶒。

## 呂城與蘇庭藻飲

俗物敗人意，子來真醒心。陸沉何用歎，白墮不妨深。老去慚連璧，情親記斷金。歸途更清絶，天迥月低林。

## 雪夜懷德裕

愔愔病骨冷難勝，未覺山陰興可乘。度雁寒窗空有影，戰風老木定生冰。瑶林琪樹憑誰賦，縞帶銀盃説可徵。半臂騎驢今健否，夜堂孤坐對青燈。

## 得蘇四庭藻書

十年卧病江湖上，今日蘇郎解寄書。末路何人肯憐客，窮途惟子獨知余。蒼苔紅葉詩應好，紫燕黄鸝夏正初。耆舊彫零無可語，差彊人意正思渠。

## 嘉甫有西園之約病未能往

風流王武子，一見一番新。處世誠名士，於余復外姻。追尋元自熟，招喚不須頻。孤負名園興，衰年實厭春。

## 懷日新

芳草緑如積，阿連殊未回。空令掃門待，不見寄書來。乳燕時能舞，殘花尚或開。老盆當貯酒，忍遣復塵埃。

## 奉寄西園主人

幽園不到已經時，尚記山翁倒接䍦。老柳吹綿渾似夢，斷雲閣雨政關詩。自憐藥裹方撩我，試問棋枰欲對誰。聞道春風木芍藥，斷畦猶有翦殘枝。

## 王嘉甫許借清賞堂讀書

卜居厭近市，臨老心亦煩。目眩車馬塵，耳聵歌吹喧。朝旗與莫柝，況復戎旅屯。養疴定何所，城南有名園。槐柳森欲合，桃李粲以繁。芳塘艷積雨，疎牖明朝暾。豈惟蘇病眼，亦可清吟魂。主人衛原作魏，據明抄本改霍家，列戟藩朱門。馬埒編金錢，豪習今尚存。乃能容此老，厚意可得言。十年客此邦，要以桑梓論。隔牆竟罵仝，奉卮孰留髡。今日復何日，媿此地主恩。他年贊易室，憑君記虞翻。自注：時予方欲學《易》。

## 調官畢寄蘇四

十年卧江漢，一旦別衡茆。聖澤霑膚寸，微材愧斗筲。明廷看丹鳳，幽壑憶神蛟。弱歲虚游涣，今年彊戰殽。當渠觸鋒矢，賴子續絃膠。膏馥雖資甫，酸寒未改明抄本作赦郊。簡書行自縛，松桂不勝嘲。豈止慚聱叟。尤深笑石交。名駒猶伏櫪，病鶴反離巢。歎息幽貞吉，吾今負此爻。

## 贈智茶上人

寂寂霜林噪莫鴉，萍蓬相遇各天涯。石翁舊話誰能會，鍾阜親孫子最佳。老境歸根真落葉，新詩蜕骨定靈砂。相期絶學捐書去，病眼今年我亦花。

## 題朱德裕詩卷後丁元暉攜來

斯文久寒盟，袖手空歲月。緬懷建安初，絕歎永嘉末。逢君雲陽城，尚得慰飢渴。袖中百篇詩，與世殊軌轍。不補義山亡，可續浪仙絕。此言吾敢妄，老臂常九折。向來雖數見，邇者問何闊。髯丁亦吾黨，十載猶裋褐。賡酬得佳句，渠疐君則跋。窮途鬻滯貨，寒餓何自脱。信知丘壑願，不受軒冕奪。吾聞十五都，正以荆璧割。士價五羖皮，未售已白髪。大明輝中天，蔀屋未有察。君其混龍蝦，吾亦老獱獺。

**郊行懷日新時得書而余病方愈二首**

水凍全收緑，山寒不解青。崎嶇賴藜杖，憩息得丘亭。問歲方鶺鴒，懷人更脊令。雪崖差可眺，風樹不堪聽。

衰嬾何人記，當家子最賢。手書憐我老，肺病為渠痊。得句煩歸雁，傾杯約莫蟬。塵埃老雙鬢，相見定疑年。

**病足王嘉甫見過**

此身真是一長亭，却笑渠儂説養生。高枕從今謝奔走，短筇元自厭逢迎。羸骸爵躍渾無日，老語蟬聯倍有情。須信江州史君在，肯從籃轝見淵明。

**呈伯永**

陳稻那能白，寒爐或似紅。雲低將作雨，樹老不禁風。流落身俱客，摧頹鬢已翁。相看一杯酒，老子不書空。

以上《蠹齋鉛刀編》卷五

# 全宋詩卷二四八四

## 周孚六

### 足病未愈

舊歲元無幾，餘殃尚復留。從誰縮地脈，空自怨天囚。未有飛鳧便，深懷得馬憂。殷勤木上坐，與結百年游。

### 次韻寄日新

南去關河雪正深，尚煩歸雁與傳音。沄沄逝水經新歲，落落寒松只舊心。别後渼陂誰與賦，老來梁父不須吟。毁車殺馬吾何敢，抱甕相從老漢陰。

### 與一二親舊小飲有懷日新次其所寄詩韻寄之

寒衣襲夏絺，夕飯薦秋菊。吾家邑中黔，標致頗投俗。挽渠萬牛難，得子一夔足。向來山林盟，相信不待卜。那知語離處，老樹已重緑。匆匆一樽酒，雞黍招近屬。杯行子何在，小雨暗崖谷。富貴朝露晞，歲月流電速。懷哉十日飲，傷此千里目。徘徊黄金花，采采不盈掬。

### 德裕見過次舊所題隱軒韻謝之

一龍一蛇玩世人，三沐三薰保家子。平時面交渠所憎，此日足音吾為喜。高標朔雪凛松檜，妙句春波泛蘋芷。共驚騏驥甘伏櫪，誰言嫱施羞倚市。袖中漫刺不復惜，自笑衰翁安致此。窮途相從蕙增歎，老語未盡蠹先恥。要令清明遍奴隸，勿使光芒雜泥滓。一杯屬子須勉旃，愛莫助之吾老矣。

## 二月即事 自後丁亥始

窮閻無邸報，病耳信塗傳。黄鵠來嚴道，朱羆化羽淵。秋雲那蔽日，夏潦漫稽天。歎息韋劉輩，牽連亦外遷。

## 贈耿介邦石

經年旅食厭菖蔓，雪後征衣亦自單。憶子最憐明抄本作於三虎怒，愛渠欲挽萬牛難。向來老筆那容棄，此去塵冠尚可彈。敗絮不温吾自爾，一杯濁酒禦春寒。

## 哭智菉上人

石翁山邊初見子，僧寶遺珠無乃是。當年不負澄觀詩，晚歲還供玉川米。河潤九里人所傳，我窮累渠今溘然。秋風宿草荒墓田，再來阿練吾無緣。

## 以鑾菩提數珠送王嘉甫

得自海南天，修來明抄本作己治歷年。聊為佛陀供，豈上錟摩緣。俗垢元無染，心珠要自圓。他年如許壽，不負趙州禪。

## 寒食日與郭積之郊行飲中懷日新時春寒甚二首

江縣明寒食，書齋老秃翁。衰懷元自異，勝踐偶然同。渚柳絲絲緑，山桃樹樹紅。阿連不在眼，愁滿夕陽中。

貂狐猶夙債，餳粥有佳招。共覓竹間寺，更尋溪上橋。平湖認龍目，斷嶺記蜂腰。笑度荒陂去，風吹酒半消。自注：《南徐州記》有龍目湖，今失其所。鶴林寺前山有名胡蜂腰者。

## 度上人自閩中來

忽忽三看斗柄回，邇來病鶴已摧頹。乞醫耆域吾方爾，問疾毗耶子合來。歎息赤髭渾似舊，喜懽青眼不徒開。何時趺坐寒窗下，共聽崩崖萬壑雷。

## 調趙雙融居士二首

匆匆餉子一杯茶，老眼蒙籠似有花。莫倚淫坊現摩詰，便望神呪禦登伽。

平生不領魔宫女，此老今參欲界禪。莫道貧無卓錐地，只今家有散花天。

## 寄焦山圜禪師二首

渺渺城東路，焦仙有舊廬。嘗聞大雄讖，真合懶融居。貧病飄流際，艱難問訊初。一庵容聽法，吾老合捐書。

憶昨扁舟去，春江渌水波。相逢一瞬頃，所得萬金多。妙解忘羈絆，初心寄琢磨。靈山他日會，為記老頭陀。

## 送王季裴往行在

子家本南燕，我籍亦東魯。天涯兩淪落，遷徙無定所。一朝聞剥啄，三歲想眉宇。跫然轉蓬地，剩欲相就語。風帆不貸人，索别遽如許。子才於用多，蓄眼吾未覩。布衣諸生耳，而乃中健武。恢恢獵德網，取士倍於古。韓間寧負秦，晉材仍用楚。由余初不棄，況子自中土。匆匆一杯酒，吾為子起舞。

## 贈謝德瞻

一杯濁酒潑春缸，喜向燈前見老龐。傾坐清談信冰玉，傳家妙語更澄江。此時杜老錢三百，何日虞卿璧一雙。聞道平生同學友，半驅箱馬踏逢逢。

### 寄日新

好在東吴客，歸期尚未聞。已看梅里月，可憶蒜山雲。仕路雖投劍，詩壇定策勳。他年一盂飯，扶耒待君分。

### 題日新梅室向在杭日所居有此今遷居虞山矣禪房花木深常建題虞山寺詩也

### 虞山舊名破山

阿連清標真拔俗，人道妙年能顧曲。那知晚歲厭囂塵，歸種寒花伴幽獨。西湖絶境天為破，東閣新詩手親録。澤門之晳何足道，相對風擂兩冰玉。今年還問破山禪，老樹駸駸子當熟。定將妙語絶根源，可但閑房麗花木。平生最憐三虎怒，老境真成一夔足。何當襆被過君家，共挽長條醉酃渌。

### 崔仲才問詩於予作此贈之

日吾來此居，時已聞子名。墮地驥騄俊，破彀陵伽鳴。過我不憚勞，琳琅照柴荆。圖史備商榷，辭章歎縱横。夤緣託末契，歲月今峥嶸。相望百里遠，尚記十載情。袖中河梁句，規摹漢西京。愧我蜩蛩聲。城麇反見迫，欲語還自驚。斯文煨燼餘，作者夷跖并。苦苣不耐秀，涇流自為清。賞子圭璧姿，年内，望子為長城。已知蓄積富，更在淘汰精。君看上歲田，寧可鹵莽耕。石槩久則穿，誓勿寒此盟。床頭有濁酒，會與子同傾。

### 大疫聞德厚病雖少愈而苦未能愈

棘人元自瘦，况復病相侵。鍾趙妖猶昔，岐雷術謾今。昏昏藥應倦，忽忽日殊深。安得詹何輩，瀾翻慰此心。

以上《蠹齋鉛刀編》卷六

周　孚七

## 德裕久不見過賦此詩邀之

頃年來卜西里居，知與吾子同枌榆。趙郎過我問信初，袖中售子所著書。短牋小字紛蚍蜉，我初讀之意魁梧。聞若明抄本作名不識深愧渠，驚風翩翩下履鳧。握手正自山澤癯，短人雖短才則殊。囊中錐見難須臾，如君精悍誰能如。反以一飯先老夫，窮年翰墨同染濡。當時此約何可渝，歲月忽忽霜生鬚。空房肺疾愁相如，跫然叩户今則疎。斯文綴緝誰助余，顛沛望子一臂扶。前村雨足瓜芋區，向日敝廬新糞除。祝子來過勿躊躇，堆床敗簡翻蠹魚，共倒濁酒羹瓠壺。

## 戲題枯木

老矣木居士，蒼皮今幾圍。輪囷卧澗壑，吾與汝同歸。

## 贈仲才子和六言二首

視世崔郎一吷，反予趙子三隅。千里看兩鴻鵠，一詩重百車渠。

著論信子真輩，疾惡真元叔徒。雕龍固擅當世，希驥不應老夫。

## 題豫章先生像予嘗作看雲圖詩二首

吾生較此翁，已落二紀後。一時偶蹉跌，千載難邂逅。悠悠牂柯水，冉冉峨眉雲。自恨詩語拙，莫慰沉湘魂。今朝開此圖，英氣尚髣髴。酌予中郎酒，酹此浪仙佛。束髮守孤學，觸事多罵譏。九原不可作，吾老欲安歸。

## 以老驥伏櫪志在千里爲韻作八小詩贈伯永

閲人固無多，每為子傾倒。雖非矍鑠翁，竟是鮮健老。

收駒汧渭間，誰識此老驥。伏櫪我何傷，著鞭渠可畏。

抵寒唯粗絺，調飢但晚粟。切勿笑此翁，此翁吾所伏。

行須置町畦，襌要著槽櫪。覆我千日酒，面君九年壁。

忽忽把臂間，各不負初志。淵明荷鋤翁，子雲執戟史。明抄本作吏

瀓心秋月明，觸事浮雲坏。凫鶴置勿論，凡楚竟誰在。

不取禾三百，同篴偈八千。歸歟建德國，吾馬不須鞭。

人生老戒貪，金隄捍河水。他年渝此約，何面視邑里。

## 今秋麥大熟北客所願也戲作詩寄王季裴

覆塊初驚緑末蘇，轉頭飛雪上齋盂。腥鹹此際寧愁子，餅拓今年不負吾。蜀豉加鹽還記否，湘蒿薦筯有詩無。為君一洗南烹惡，從此儒仙莫怨臞。

## 晚步

汗垢不可耐，晚涼眉始開。孤筇信步去，老袂覺風來。驚犬那須爾，癡蚊安在哉。寥寥初月上，却照老

夫回。

**與游子卿别久矣比聞其調官端州有懷其人二首**

三吳望百越，霜鶻亦逡巡。疊疊山愁客，涔涔瘴迫人。老慵吾自厭，聲聞子當頻。莫作飄流想，寒梅不負春。

子宦高要去，扁舟早晚回。曾逢歸雁否，幾見墮鳶來。老去腰猶折，誰能轂少推。他年相遇處，吾馬亦虺隤。

**懷顯上人時在江州次其舊所作詩韻寄之己卯夏予始識之于城西王氏墳庵**

長號西山雲，見子單闕夏。孤生九死餘，相遇天所借。崎嶇易寒暑，荏苒問田舍。流萍忽復散，皓月耿清夜。孤筇子何往，征馬吾屢跨。空餘碧雲詩，十襲閟蘭麝。匡廬富清景，得子更增價。他年東林遊，吾猶厠陶謝。

**寄湯朝美**

緑樹陰陰噪莫蟬，雀羅門户更蕭然。平生流輩今誰明抄本作誰今在，鄉里衣冠子最賢。老境幸逢傾蓋語，畏途當記説車篇。荷鋤端欲相隨去，却恨初無二頃田。

**八月九日晨步至鶴林寺遇一上人**

踽踽身何向，飄飄意自佳。流年感秋燕，幽興續晨鵶。朱墨終年累，江山著處家。寒泉無用汲，吾病不禁茶。自注：適有是語。

**張彦勛自建康來相見留三宿而去且言李先生新亡張友聖俞之亡久矣**

萬事紛紛一夢中，虚堂相對且從容。蟄龍老鶴知何往，社燕秋鴻喜再逢。陳迹只今空自記，莫年非子欲誰從。蒼崖促轡還如許，孤負黄花酒一鍾。自注：時去重九五日。

## 病起懷陳道人

卧病久不出，四郊霜葉紅。摧頽元屬我，鮮健不知翁。莫惜書頻寄，深思酒一中。移心未得法，君去亦匆匆。自注：張乖崖翁嘗語人云：子病中曾得移心法否。

## 崔子虚以公檄出羅作詩寄葉伯永且言其道途之艱因次韻以寄

詩來君馬歎玄黄，正坐鹽車道路長。倒壑枯槎無復緑，並巖殘菊尚餘香。眼看落日還應眩，心對寒溪却暫涼。昔日維摩君記否，邇來衰病亦懷鄉。

## 再次深字韻寄日新

濁酒青燈語夜深，短琴相與作南音。當時懷越悲莊舄，此日游吴憶季心。日莫飢鴉無定止，天寒孤雁自悲吟。遥憐策杖蒼煙外，舍北梅花正背陰。

## 喜陳道人自泰州來作此詩留之

光風轉芳樹，子向毗陵去。霜風振枯荄，子自海陵來。悠悠萬里江，一葦安可杭。浮杯不作難，子亦石肺腸。文章一小技，知我獨子耳。食貧强折腰，此復愧於子。草草具一餐，芋火對嬾殘。孤筇匆遽往，歲莫方沍寒。

## 頭風

陽虚已宜病，冬癘復參同。老耳時吹雨，羸軀未可風。昔鍼空自驗，今檄竟誰工。製帽狐皮在，兒童匆笑翁。

## 再寄湯朝美

夙痾苦牽纏，舊學久廢忘。閉門老叔夜，慵惰古無上。朋知音問絶，正復相觖望。獨餘思子心，砥柱閲寒浪。作書往問訊，聞子亦微恙。深憐三醫勤，却歎五鬼妄。新詩勤諷誦，渠魄自應喪。吾儕曉天星，齒髮已非壯。羈孤寡會合，尚復困此障。衝風戰寒林，落日翳疊嶂。軒車何來遲，為子倒家釀。

## 命瞻録近詩寄日新

涉世殊無味，言詩粗有芽。爾能明瑟僴，吾不憚車斜。老管元江葦，寒牋更蜀麻。因書寄癡叔，剩為乃翁誇。

## 游元著作江天莫雪圖贈朱元禮要余賦

艤舟洞庭三日雪，一夢十年今白髮。君家此圖忽墮前，便擬寒流泛秋葉。玉花淅淅紛長空，征鴻不度天無風。批巖暗水咽哀玉，並溪古木僵寒銅。李成不生郭熙死，問君今世誰能此。羣兒丹鉛較形似，我識此翁非畫史。坐來正復靦我顏，試問倦鳥何時還。少文已老塵埃間，從翁乞我松陵山。

## 正月五日寄陳道人戊子

衝寒索去一何忙，當日詩盟忍遽忘。薄宦於人信箕斗，老懷惟子不參商。自憐勝日方懸榻，好趁春風便促裝。弱歲宦心雖浄盡，新年佛法要商量。

以上《蠹齋鉛刀編》卷七

# 全宋詩卷二四八六

## 周孚八

### 贈伯永

不作馬前拜，肯為牛下歌。窮途食蘗易，荒歲啗瓜多。士固難推挽，渠仍不揣摩。黄禾起嬴馬，歎息奈君何。

### 奉寄滿足窟主王雅州所居也

知君明抄本作音投老竟誰逢，摩度羅城宿契同。妙語幸陪三日款，病懷頓失十年窮。向時尺鷃嗟渠輩，今日冥鴻信此翁。莫惜平生太玄草，君山元自識揚雄。

### 寄日新并柬蘇庭藻時在秀州

漕河千里流，十日可往返。風帆晝夜至，子獨音問罕。平生錐畫沙，落紙龍蛇滿。不應孟公豪，直作叔夜懶。豈云附炎熱，正恐厭衰散。交遊半鬼籙，老病僅餘喘。久為後輩玩，智與髮俱短。徵書子勿怪，炙手借餘暖。向時蘇季子，堅操石可轉。邇來亦效顰，煩子更推挽。併將百篇詩，慰此昏病眼。

### 閭丘仲時清晨見過作此詩遺之

子來始晨炊，飯糜語未盡。豐鍾九秋鳴，歷歷有餘韻。朞年不見子，子學乃頓進。吾州士冀北，子實千里駿。緬懷十載語，至此方盡信。滔滔大河流，可借九里潤。衰年舊學廢，得安闕親近。明窗兩趺坐，日永失餘困。世情貧更薄，吾貨老亦鈍。得與田蘇游，從今復何恨。

## 贈楊德雋

頃年聞子名，蹀躞天馬駒。初疑但秦豪，豈料還魯儒。理當久騫騰，術業誰不如。尚淹惠文冠，更讀城旦書。一語不相應，屢捋猛虎須。長松表寒林，信與蘿蔦殊。塵埃塩胸次，一見氣少蘇。念子如孤雲，漠漠天一隅。骯髒固當爾，顛沛誰為扶。子看獨鶴歸，睢盱有羣烏。勉旃太行路，勿令摧子車。

## 寄東觀聶道士

幽憂忽忽未能除，濁酒相逢輒倩沽。老語參同真石友，高懷一見只臞儒。當時共歎遼東鶴，此日還思葉縣鳧。老柳吹綿春有幾，會須重醉紫瓊腴。

## 戲贈楊德駿

風流楊伯起，相遇紫髯城。逸思何軒豁，高懷更坦平。秦冠空自累，漢賦幾時成。莫作敲榜想，鴛鴦亦易驚。

## 送廷藻兼呈楚州通守杜丈

相從嘗恨十年遲，握手匆匆每日疑。風艇烟帆還此日，隊燈籬井定何時。試看子學猶難售，須信吾窮未易醫。千里同風杜夫子，可能時寄彈丸詩。

## 次前韻呈杜丈

老去休嗟見事遲，蘇郎有語不當疑。驚看渠學非前日，悔奉公遊已後時。褦襶只今還自笑，膏肓從昔更誰醫。時花俚服空争巧，須信人間自有詩。

## 謝杜丈見過

短章韻塤篪，大篇諧韶濩。詩中晏平仲，執鞭所欣慕。相望一水遠，匏繫未得去。軒車賁窮巷，閭里亦驚誤。向時蘇季子，嘗有過情譽。輕身先匹夫，豈不以渠故。茅簷一席地，坐語西日莫。袖中石鼎詩，未出吾已懼。十年風雅學，狹徑多窘步。譬如策駑跛，行此九折路。書須圯下得，禪有龍山悟。祈公不惜口，更舉末後句。

## 同范三哥訪鑒長老鑒犍爲人而挂錫金山

愔愔山月照峨眉，未暇西游鬢已絲。勝日來陪巨卿友，莫年親見德雲師。解除鬚髮元非錯，肯老山林更自奇。趺坐繩床兩無語，此心真有幾人知。

## 口占送汪元章兼柬述之同年

君行社燕前，老意倍淒然。離思秋聲裏，歸程夕照邊。久藏和氏璧，行著祖生鞭。為語同門友，吾貧亦去年。

## 有懷杜丈仲微

弱歲元知有此翁，寸莛嘗記昔舂容。貞元名士渾無幾，正始遺音僅此逢。別後篇章應自課，老來伏臘定誰供。飛鴻過盡空回首，倦客新年更自慵。

## 次韻德裕

此郎筆力如江漢，收卷波瀾作此嬉。三歎方驚永嘉末，兩章還到建安時。祇知妙語能祛瘧，可悟虛名不療飢。同病同憂有如此，向來吾亦蠹魚癡。

## 題劉元畸書舍

不厭屠龍學，吾衰衹見公。勤如袁伯業，清甚陸龜蒙。身健何妨老，詩工莫厭窮。要為千歲託，試判一生功。

## 劉氏慈義亭 此後戊子

天公殊憒憒，此語不須疑。已失黔婁婦，還亡伯道兒。孤亭時一慟，行路不勝悲。會倩韶鈞手，重為楚些詞。

## 題游元著瀟湘晚景圖

與翁家世俱東魯，不記翁遊曾到楚。看翁寫此六幅圖，怪翁筆力能如許。孤煙合處漁著村，老雁歸時帆入浦。丹楓翻翻江氣寒，莫雪初晴山月吐。杜陵野老經行處，度支病郎用心苦。惟翁妙思自暗同，楚玉何曾識神女。信知胸中著雲夢，不止豪端挾風雨。衹今小紙弄姿態，氣韻酸寒終愧古。蜀山秦樹各異狀，所向一律人笑汝。誰能為證張與吳，十年此病翁今無。

## 秦士史慶臣好詩而喜俠飲之酒而贈以是詩

踏遍荆吴鬢欲華，夢中煙雨暗三巴。白鹽赤米猶能飯，碧巘清流便當家。子黨昔誰憐范叔，吾門今始識劉叉。鷺斯賊食雖堪笑，相視無勞置齒牙。

## 陳季陵侍郎生日二首

政簡官多暇，刑清獄屢空。嘗從父老語，俱話使君功。鴻寶寧資汝，黄麻正待公。仁人自宜壽，天意與民同。

聖世唐虞際，公才稷契間。清仍能律俗，直更不容姦。比歲頻分閫，今年定賜環。從來香案吏，合自廣桑山。

### 史慶臣止酒

韓時孤憤客，楚境獨醒翁。莫景還誰似，高懷只子同。已亡千日醉，可更十年窮。吴稻新春白，猶堪慰轉蓬。

### 慶臣和巴字韻見遺復次韻

獨鶴投林畏莫鴉，向時入蜀强劉巴。瘴鄉自古難為客，老境無人不念家。一飯肯來從我覓，百錢何惜為君叉。粗繒大布差安穩，莫學渠儂戲虎牙。

### 次湯士美送蔡季任韻寄士美二首

君才元落落，吾語只平平。意廣真堪笑，情親却自驚。瘦筇殊未到，短笛為誰横。肺病雖羸甚，猶能倒屣迎。

洮湖南北路，投老始來游。少作三年别，當為二頃謀。間關元遍歷，衰謝合歸休。更問西莊友，能容此客不。

### 次韻士美求予舊詩之句

寒江不療風雅渴，一讀新詩黑華髮。嗚岡雛鳳固自譜，歷塊名駒寧復蹶。十年韜縮不願售，須信柙藏定干越。昔人羈窮正坐此，落落君心抵金鐵。蟄蟲欲作雷破柱，大勝秋蛩弔寒月。猗那清廟君所知，莫學杜陵老翁窮徹骨。

# 次韻邵公濟六言二首贈史千史自云嘗從邵學

閲子西山遺墨，愛渠東周故家。欲與俱鳴此日，只今老眼昏花。

學須有委有源，約略為君一言。淳夫迂叟舊客，無己醉翁嫡孫。

貯腹古文奇字，發篋長歌短行。挽子縱談今夕，小風時動簾旌。

以上《蠹齋鉛刀編》卷八

# 全宋詩卷二四八七

## 周孚九

### 寄湯朝美

君家堂下錦千堆，老眼春風亦快哉。勝日久孤三徑約，浹辰深愧兩書來。公租已辦應多暇，家釀重開定幾回。會挽蜀狂成一醉，莫嗔屐齒破蒼苔。

### 史慶臣貧甚湯朝美士美以書招之作詩以餞其行

憤時膽如斗，論事須磔蝟。閲人習熟中，見子差吐氣。十年卧岷峨，一芥視富貴。只今五窮迫，歎息一飽未。子才固崎嶮，渠眼亦髣髴。黄金賤明抄本作鑄鍾期，此語可歔欷。中山兩公子，好義吾所畏。深憎涇渭雜，屢斥蜩螗沸。尺書獨唤子，如子亦差慰。相從一語合，肯顧百金費。孤松危欲死，莫惜加灌溉。向來監河侯，吾慚可勝諱。

### 次韻陳丈陳丈宣城人歐公詩云共防梅老敵難當

詩似梅翁不易當，公今後出更專場。自來不數王楊輩，平處猶參沈鮑行。梅柳作新還此際，江山增重信吾鄉。會須乞取飛霞佩，老藉猶能與頡頏。

### 次韻蘇庭藻見寄庭藻所居號竹堂

匆匆别後已經年，堂下新篁又長鞭。何日來成渼陂集，只今空寄陝郊篇。封丘正自妨吾樂，畏壘誰能識子賢。俱坐先秦古書累，吾儕流落本非天。

**登多景樓分樓高天一握爲韻得一字樓非舊址惟東面可眺三隅暗甚時方改作榜稱米元章書蓋僞也語寺僧當易之**

往時百仞山，丹樓麗朝日。江天富佳致，收攬不遺一。匆匆熙豐事，電往那可詰。故基誰為徙，勝槩從此失。如窺一面綱，反隨三淩室。幽懷鬱塵霧，老眼暗髹漆。雖云一牛鳴，每至輒悔出。使君改築意，正欲名稱實。丁丁斤斧功，趁此玄月畢。扁榜照華榱，仍須此翁筆。

**步至石翁山送江亭下贈同游是山予意昔有石姓居之今説怪甚**

蜿蜒一徑踏蒼龍，趁此霜林葉未紅。翠壁噓雲疑欲雨，滄江翻浪故多風。淒涼遺事從誰問，邂逅清遊與子同。會向明抄本作問詩翁覓新句，落霞孤鶩本非工。

**次韻史康時見贈**

兩屨下峨岷，舊聞渠可人。相逢老史族，仍是少公親。濁酒能澆月，新詩不負春。旁觀還伎癢，吾亦捧心顰。

**次知府侍郎九日登送江亭韻**

玆山聳孤秀，正自愜公心。頓覺天能近，都亡地可臨。煙江殊衮衮，霜柳尚沉沉。但恨無陶謝，芳醪只獨斟。

**寄辛幼安二首**

我屋與君室，濟河南北州。相逢楚天晚，却看蜀江流。老境渾能迫，妖氛竟未收。何時一廛地，歸種故園秋。

别去才三月，人來已兩書。老懷多弛曠，厚意獨勤渠。共歎飄流際，能收謗罵餘。春風緑林壑，還佇短轅車。

## 次韻程道徽三首

二年五經過，子亦倦行役。踵門覓一廛，正爾不能得。窮愁侵兩鬢，無酒灑胸臆。見溺不解援，我空三歎息。

子家江濫觴，還送江入海。淒淒兕虎歎，屈指已十載。飢唯三韭足，寒止一衲在。試問十二宫，從來誰主宰。

宿草被三徑，呼兒不須鋤。從來駟馬客，肯顧蝸牛廬。那知傾蓋交，向我情不疎。惜無一端綺，報子雙鯉魚。

## 夜坐懷日新

小室頗修潔，短窗亦虚明。讎（明抄本作紬）書豈不佳，念汝翻愴情。憶昨乾元初，春風被簷楹。炙背俯晴軒，鏗然讀書聲。忽起四方志，遽作千里行。别來四寒暑，歸計猶未成。買桂炊白玉，崎嶇客都城。兩鬢不受愁，應已白髮生。斗粟能幾何，終年費經營。短鞭望馬腹，我亦飢寒并。老懷少機械，世路多溝坑。安得沮溺田，與子窮歲耕。

## 送杜丈仲微赴山陽倅

城外長淮緑渺瀰，此行聊復雁門踦。邊烽已息何妨醉，民訟全希尚可詩。昭代聲名方此振，中年離别未須悲。溧陽老尉還天幸，政自扳援得退之。

**亡友高伯庸滑稽玩世屢與人忤而見余則加敬人共怪之亡八年矣今慶臣風度大略相似而所忤所敬又極同也感歎之餘次慶臣韻贈慶臣**

鬱鬱東岡柏自青，惜無大藥駐頹齡。忽驚優孟重來楚，但怪蘇耽却姓丁。千里自來須驥騄，兩豪於子信螟蛉。隙駒歲月那容玩，老語從今便當銘。

**陳使君生日二首**

今時潁川守，往日太丘翁。已革因循弊，兼收撫字功。民言方頌此，天意曲明抄本作曷酬公。莫把彭籛比，恐非斟雉同。

控鯉雲煙外，釣龍溪水邊。遺蹤猶可見，故老不虛傳。道豈容捐物，功須解補天。看渠落公後，縱健只臞仙。

**讀劉丈元畸四傳戲題二首**

使長河作酥酪，真赤手攬象犀。斯文誰解捉搦，此老大能滑稽。

知音止老柳州，如君亦奚斯流。真復煩管城子，端不數下邳侯。自注：《革華傳》非退之文，《因話録》言之。

**丙戌重五後一日予與同舟三人游虎丘庚寅歲予亦以是日至楓橋望虎丘塔迫日莫歎息而去**

百丈寒巖塔，孤篷倦客船。來迎十里外，相識五年前。天迴方斜日，林深忽暝烟。平生戒三宿，為汝復凄然。

## 送鑒老住禾山二首

破壁荒垣誰解新，渠儂方向阿師勤。遥知竪拂拈椎處，不負青山起白雲。

黄流渺渺獨浮杯，俊鶻沖天亦快哉。玉麈談玄他日事，不妨兼帶此山來。

以上《蠹齋鉛刀編》卷九

周孚一〇

## 獨遊因勝有懷蘇丈信臣時任衡州幕予明年亦官淮上矣

力田不罪歲，吾猶識斯人。氣清色坦夷，可畏還可親。五年鹿門遊，莫辨主與賓。老屋每下榻，寒庖屢分珍。人生會合難，朝吴莫燕秦。忽隨湖雁去，坐見江梅春。滄波與天連，音問何由頻。向來燕居室，蕭然淡無塵。簿書换清談，歎息生一貧。新陽革故歲，我復效此顰。吾人亦何事，政愧祁孔賓。何時此山南，得與翁並鄰。

## 寄仲微杜丈

小雨催春杏半紅，轉頭庭户已秋風。劉楨昔病雖差愈，侯喜今詩竟未工。瘦馬羸僮還自笑，緑尊黄菊定誰同。十年塞耳人間語，剩欲從公一破聾。

## 題后山集後次可正平韻

巖巖陳夫子，高名天壤間。讀書能妙斲，行己有深閑。句法窺唐杜，文章規漢班。九原埋玉樹，遺簡仰高山。自注：可正平詩。甚美元非明抄本作多惡，嗟公墮此間。真為四君次，可厭七年閑。汴泗空千載，晁自注：叔用。何自注：斯峰。僅一班。凄涼大陽履，埋没若河山。

## 哭員著作

每憎雞蓋轂，自許鳳鳴岡。論事方劉向，修文遽卜商。高名寧泯没，老意自淒涼。歎息褚中惠，此生那可忘。

## 登普照山有懷宛陵陳丈侍郎二首

登臨才昨日，時序亦匆匆。敗幕無巢燕，寒空有斷鴻。老懷空對月，病骨不禁風。遠水澄寒練，令人憶謝公。

遥聞宛陵老，猶寄梵王宫。穫稻雖終畝，誅茅未畢工。斯文元有托，吾道豈終窮。莫作居東想，君王識鄭崇。

## 鄧才卿同年兩顧敝廬病睡不克見别後次庭藻送行韻謝之

富貴移人或望塵，獨於衰病却情親。瀾翻未聽渠儂語，骯髒懸知我輩人。正續黄粱今日夢，敢尋紫陌向時春。三年兩踏蓬蒿徑，此客他時不是新。

## 送劉元畸解官歸宣城兼問訊侍郎陳丈

羣書諷誦不離口，君才豈止王季友。力探千載自青眼，智效一官今白首。三年拄頰京江上，車如雞棲馬如狗。旁人竊明抄本作愁歎君則笑，一閧從來有奇偶。椎鼓發船忽復去，聚散匆匆一翻手。涇川緑漲三百里，試脱征衣濯塵垢。人間至計只樗櫟，身外虚名本箕斗。君歸更問且過翁，富貴何如一杯酒。

## 寄史伯强

一日抵三歲，子行踰十旬。昔如宫應商，今若參與明抄本作避辰。力挽殊未來，歎息寒江濱。附書雙鯉魚，滄波正齋淪。平生金石交，如子不數人。飽更松桂秋，不羨桃李春。向來相期處，可但髯絶倫。一朝忽去眼，那能不酸辛。悠悠世網中，雙鬢各已新。豈無耦耕約，奈此離别頻。富貴朝露耳，莫負頭上巾。歸來建德國，與子同問津。

**戲題小庵畫軸三首**

扁舟渺渺入平湖，秋葉經霜半已無。不是幽林欠殘雪，為君題作剡溪圖。自注：寒林平遠。

一落縶維中，永别嘯雲友。秋月耿寒林，時來夢中否。自注：猨。

當時餓鴟箭，驚皇無復魂。困卧階下草，深愧主人恩。自注：麞。

**次韻侯彦康**

簞瓢從古亦山雌，歎息渠儂定可師。挽士真難九牛尾，酬君誰可五羊皮。過逢政自艱難際，感慨俱非少壯時。樗散鄭虔官益冷，得錢沽酒不須疑。

**朱毅夫挽詞**

賣藥長安市，退藏三十秋。來從阿戎語，始與德公遊。一别俄黄壤，遥憐尚黑頭。心知漆燈在，應為此翁留。

**送辛幼安**

西風掠面不勝塵，老欲從君自濯薰。兩意未成還忤俗，一飢相迫又離羣。只今參佐須孫楚，何日公卿屬范雲。節物關心那可别，斷紅疎緑正春分。

**次韻彦康**

讀書策新功，子久勗此課。蒲梢籥寒雲，了不見坎軻。深懷浹背恥，但欲袖手坐。新詩忽來辱，快讀起疲懦。還疑正始在，欲突黄初過。斯文未易到，吾黨真可賀。向來豫章法，政復如此作。鈕頭三寸澤，子質況黄稉。只今百尺的，已見一矢破。更期十載後，凜凜誰子奈。耆年日凋喪，我亦老寒餓。奇窮不自惜，乃復珍此貨。但恐黄禾空，子駒誰秣莝。

**贈頓昂伯高兼簡王丈公瑞頓嘗識先君**

淒涼元祐幾遺民，邂逅京江兩病身。阮籍莫年唯可醉，揚雄平日固當貧。久知丘壑須吾黨，晚喜簞瓢有若人。同識嵇公更誰在，仲任雖健鬢如銀。

**寄辛滁州**

江皋追送僅踰旬，節物俄驚一度新。西澗潮生還值雨，南山雪盡正逢春。遥知風韻如前輩，可有篇章憶故人。擬向瑯琊問幽事，兩翁遺迹未埃塵。

**次韻庭藻留王用賓韻别趙楚才**

落魄山陽市，悲歌獨子聽。相過常出日，小住亦翻星。此際心還折，何方鬢解青。一杯寒食酒，相與記沉冥。

**離山陽戲次庭藻韻簡叔異二首**

匆匆掠面只黄沙，行盡孤城不見花。政是江南好時節，暖風吹柳欲藏鴉。

去日寒亭尚有梅，歸來已過海棠開。叩門剥啄家人笑，驚怪安西老友回。

**寄朝美**

君才秀吾鄉，真可歌大雅。疏通信而静，少有似君者。十年卧牆東，槭棘笑梧檟。摩挲懷中璧，顧我知者寡。一朝籲雲去，始駭天下馬。寧如不祥金，未鑄先躍冶。煌煌漢家業，條畫待董賈。皇文閟石室，秘署向金馬。飛騰吾敢羨，拙藝真毁瓦。出處判殊塗，歸耕弋陽野。

## 贈王南仲

妙語富停蓄，高標邈巉巖。半面逆旅中，知子固不凡。語離今幾時，歲月如驚帆。南譙再相遇，黄塵撲征衫。握手互歎息，白髮不可芟。吾儕與世疎，觸事俱殽函。飢鷹久已疲，狡兔方自毚。二頃可以休，此意神所監。縱復落癡鈍，猶應免貪饞。一語子可思，病馬愁轡銜。寄語同社人，吾將老寒巖。以上《蠹齋鉛刀編》卷一〇

# 全宋詩卷二四八九

## 周孚一一

### 道士劉先覺之金陵

挽袂小徘徊，秋風菊正開。方驚鷗可狎，忽與雁同回。老幹元如腊，衰懷久已灰。丹砂未得訣，佇子寄方來。

### 次韻答李清宇姜德光

匆匆一席地，勞子數追尋。厚意嗟虚辱，衰年愧不任。高懷元淡薄，妙語不崎嶔。老檜千尋直，寒泉百尺深。世方憎落落，吾自畏駸駸。生計貧非病，羈窮古亦今。未須悲齟齬，直可付呻吟。誰復明兹事，深思話此心。空垂老任釣，莫辯伯牙琴。試采南山蕨，同君潔釜鬵。

### 次韻奉答楊判官繼甫

向君官昇今復滁，十年兩地無此儒。喧啾蹇吃方一區，君自鵠白渠自烏。士安門人有摯虞，斯文灰冷今復蘇。胸次與古真合符，鄙夫濩落世所無。逃禪政自縈瓠壺，豈有筆力凌三都。老傖人方笑玄謨，愧君清坐客歌呼。君才如魯我則邾，氣味莫間沂與洙。甲辰雖俱那得如，蒼髯直幹霜不枯。歸來破屋從繩樞，飛騰付君吾敢諛。

### 謝端硯辛滁州幼安

君家即墨君，不與世同調。紫雲覆寒冰，色與質俱妙。誰知窮荒地，尤物來越徼。探囊忽見畀，此事出吾料。隋珠暗投處，歎息真可弔。物生各有用，瑚璉薦清廟。君才兩漢餘，妙句出長嘯。吾衰亦粗爾，老語世不要。摩挲冰玉質，自慶還自誚。願君為追琢，勿令研空笑。

## 次韻史伯强

金陵望京江，與子俱異鄉。以膠投漆中，非子吾誰望。平生山林願，兒乳寧可斷。招子獨不來，同誰弋鳧雁。乖離念存没，一飯再三歇。往者十年夢，在者千里别。寄聲問平安，此去何時還。熾火暖濁酒，此盟安可寒。

## 趙漕生日思　丁酉

治世才難得，公生瑞聖朝。高懷元稷契，異骨更松喬。驥騄須千里，鵷雛合九霄。明年東府宴，相與記今朝。

名族仍前輩，高才更望郎。經年滯龍節，數日冠鵷行。白鶴開新曆，青黏屏舊方。春風柳條緑，傳賜看勾芒。

## 金山海書記寄七騎

兩騎並驅争欲前，兩騎舍矢俱應弦。一騎揮撝一負箭，一騎力挽弓初圓。寒風瀟瀟沙漠漠，封豨可擒熊可搏。漢家飛將未出關，政使渠儂專此樂。君不見往年胡瓌寫此圖，宛陵詩翁最愛渠。戲將醉墨作長句，歲月政當嘉祐初。故家文物今星散，老筆憑誰辯真贋。胡原作健，據明抄本改兒走馬大梁城，對君此畫空三歎。

## 次韻贛州知府陳侍郎二首前篇寄幼安後篇寄季陵

乘軺西去定何人，驚倒吴儂政要君。平日比肩空絳灌，此行知已有華勛。不令殘孽終煩國，信是高才可冠軍。鋒蝟斧螗當著語，病夫今歲懶於文。

朝班數日待歸來，又醉凌虚百尺臺。兩歲雖為汝曹福，一州那盡此翁才。只今音問踰千里，何日登臨共一盃。宣室受釐知已久，問公藏縮獨何哉。

## 高郵知軍覓芍藥一枝五花三絶

芒種逢花已自難，瑞雲攢處憑欄干。煩君問取同州例，一幹三花奏牡丹。

蜀錦團圞照眼明，游蜂乍見亦須驚。君知此種來何處，花萼樓中五弟兄。

涇川游女漢宮妃，壓倒渠儂金帶圍。吾府只今虚席在，棧羊醲酒送公歸。自注：五月，同州奏牡丹一枝三花，夏文莊公集云。今歲四月二十一日芒種。金帶圍，芍藥名，事見《後山談叢》。

## 寄辛幼安

飛鳶跕跕瘴煙中，歎息渠儂伎已窮。欹壑老松真耐久，燎原荒草易成空。危機可畏渾如此，莊語能聽只有公。已識柴車勝朱轂，快來相就北窗風。

## 送陳唐卿尉繁昌二首

一貧那可忍，子亦老夫如。晚歲難忘禄，生平誤信書。相逢搔首處，共是折腰初。莫作高常侍，狂歌憶孟諸。

老筆倦場屋，今年方自如。無為墮丹墨，可便廢詩書。妙質嗟誰似，修塗記此初。摩挲和氏璧，吾語亦礷諸。

## 題彭氏韋經堂

鮮卑原作華堂，據明抄本改語熟更琵琶，渠向人前亦自誇。棐几明窗那可負，喜君能記魯東家。公主侯印照鄉閭，到了扶陽只漢儒。不向師門論官閥，未知回賜可無殊。

## 天寧寺清宇壁間韻

風歷寒窗竹自鳴，老談還得片時醒。挽君小住君知否，恐有楞伽未了經。

## 與王南仲李清宇夜坐十二月八日大雨

急景不可駐，十年無好懷。飄流還此日，團聚且吾儕。短日衣衫盡，寒雲雨雪偕。昏燈照清夜，安得酒如淮。

## 喜清宇伯强自外縣歸

不見尊前兩友生，流年欲盡不勝情。寒窗孤坐風初定，短策同來雪正晴。濁酒只今俱人務，新詩從此試尋盟。黄塵掠面無佳思，乞得逢君眼便明。

## 題滁倅燕丈文伯蘧廬

浮雲過眼只斯須，兀兀粘黐政笑渠。萬事悟來俱蟻穴，一官隨處是蘧廬。已知要路真聊爾，試問高懷竟孰如。老樹扶疎真可愛，因君又欲感歸歟。

## 以黄公金華伯五字爲韻上黄仲秉侍郎

求道固多岐，我馬玄以黄。耳聞老叔度，欲聚三月糧。今日復何幸，得上君子堂。醫門不拒疾，請試囊中方。

先朝盛文物，最明抄本作莫盛元祐中。我生百年後，深思附冥鴻。人欲天不違，今復識此翁。何以知其然，風味如長公。

古貨不易售，八荒孰知音。零落子雲書，塵埃伯牙琴。我竊久病此，屬公聽呻吟。可笑朱汗漫，屠龍費千金。

硬語斡地軸，奇辭拔鯨牙。向來豫章公，一洗空百家。此燈不可傳，公實優曇華。銀河會可窮，從公丐靈槎。

名如九鼎重，筆有萬鈞力。廿從潁川最，厭就承明直。頃時未承顏，既見有矜色。歸語同舍生，吾幾類河伯。

## 贈楊文伯

匆匆永陽城，别我正月尾。當時已念子，山路石磊磈。只今再相見，霜風凋百卉。長年走道路，煖席能得幾。信知書作祟，可但窮有鬼。殫精謾屠龍，適周終屨豨。欹危不少懾，歎息子亦偉。倒囊欲振子，吾事真不避。西州老次公，採掇到葑菲。肯令霜雪幹，凋喪雜蒲葦。子才正牢落，我意空憤悱。勉旃無多談，寒醅緑如蟻。

## 送杜仲微知容州

丁年不負短檠燈，中歲危塗屢折肱。自古詩人固屯蹇，喜公今日少騫騰。遥知去路方收秫，預約來書定鑿冰。勾漏丹砂能寄否，據床扶病髮鬅鬙。

## 問杜叔異覓藤州簟

舊識藤州簟，清寒愜病夫。深宜薦黄妳，真可配青奴。絶境無由致，衰年政此須。漫膚仍復汗，君記法曹無。

以上《蠹齋鉛刀编》卷一一

# 全宋詩卷二四九〇

## 周孚一二

### 呈曾秀州原伯二首

歎息茶山老，知名四十年。驚看二龍在，喜有一燈傳。厚禮慚虛左，微材許詣前。形神見公妙，閉口敢言禪。

古人不可見，此恨與生俱。平日輕餘子，今年識大巫。迷塗方此困，羸瘵待公蘇。換骨寧無法，聊煩舉一隅。

### 次前韻答原伯二首

食蓼不知厭，雕鑱踰十年。唯蘄一語契，不必萬人傳。凜凜元劉上，駸駸晉魏前。須煩三昧手，為變小乘禪。

涪翁所傳法，皎與日星俱。舉世淪燕説，看公走鄭巫。至音常想像，贛腹謾模蘇。安得空桑曲，相從奏坐隅。

### 寄宛陵陳丈

莫雲低處是江東，病眼淒迷夕照紅。千里相望空咄咄，一書欲寄竟匆匆。已休心跡囂塵外，更付功名筆研中。遥想家居老彭澤，晚年身世只僧同。

## 次韻印老別峰壁間枯木二首

與世争春念已忘，道人還許寄齋房。草間翁仲真知己，試問曾經幾度霜。

耒陽祠宇渺天涯，幻事何須置齒牙。肯伴石翁林下客，優曇當有寄生花。

## 再次韻前篇屬印禪師後篇屬選上人二首

老禪真與世相忘，十載驚濤濺石房。指似貞心人不解，斷槎素壁白如霜。

阿師曾入丹淵室，買馬今年得鋸牙。樹倒藤枯渠解寫，老夫真欲笑桃花。

## 次韻趙從之喜雨

倏看半嶺莫雲張，無復燒空更夕陽。螟蟘初逢辟邪玉，畦塍真有反生香。遥知涸澤還應漲，便覺炎風也自涼。回互凶豐一翻手，君看造物信難量。

## 送黄侍郎仲秉赴瀘南

召杜久不作，公來甫朞年。吾民亦何負，今公返三川。王命不可稽，無由挽公船。纍纍嬰兒啼，政復來道邊。驚鴻未安集，歎息渠可憐。公才岷峨秀，風度晉魏前。宜方次公駕，可拍叔度肩。兹行去中都，江月六上弦。雖云諸侯師，我意終欲然。孝友當處中，此翁那戍邊。落日照歸旌，春江動離筵。餞公野王筝，老淚如迸泉。

## 次韻寄士美

長夏苦不佳，湯熨方少休。床頭得新詩，恍若從子游。絢爛晚花秀，縈紆莫江流。寒蟬久聒耳，見此長鳴鷗。吾友蘇季子，莫年專一丘。相從寄琢磨，喜子今得儔。隋珠荆文璧，子魄渠則酬。寄聲問平安，憶此衰病不。親交半九泉，老境集百憂。能來叙離闊，過是吾何明抄本作無求。

## 再次韻贈從之并寄朝美士美

大湯陳元方，小湯許文休。向來京江岸，政作汝潁游。一隨簡書去，寒江自湍流。我瞻天際鴻，渠歎波上鷗。之子雖近交，襟懷亦林丘。緬惟兩玉人，非子孰可儔。高標互暉映，妙語相應酬。鼎立照茅茨，何日能此不。句曲向荆溪，遷徙非所憂。得客三士間，衰年更何求。

## 聽環上人琴

幽絃窈眇方秋蠅，和音條鬯俄春鶯。斷冰哀玉俱入耳，聽盡清商聽清徵。浮雲斂盡江月明，不意莫耳明抄本作年聞此聲。夷中知白骨已朽，後來如師亦希有。但憂曲古世罕明抄本作莫聽，那不少徇時人情。寧甘絃斷挂壁角，纏聲鹿鳴渠不學。

## 送俞君任

中歲厭乖隔，此行幾挽裾。故交還去子，老境孰知予。雪屋傳觴處，春波解纜初。相過每倉卒，欲留明抄本作別重踟躕。身健宜加飯，官閒剩著書。它年赤車召，留眼看相如。

## 次從之韻招從之

學子今方竹葦如，自憐老腹獨空虛。短畦小摘猶能飯，荒徑徐行可當車。世事從來多鹵莽，吾儕何自有贏餘。肯來蠹簡同籤整，却恐令君得異書。

## 許叔庸生日

酌公以京江瀲灩之酒，壽公以海蕃氤氲之香。南山威鳳下煙霧，北嶽老松凌雪霜。十年陰功不勝紀，儷仆為蘇瘻為起。況復旌陽嫡孫子，火棗交梨固應爾。公衮元圭侍丹扆，不待渠儂菊潭水，千二百歲從今始。

### 寄陳道人時在呂城竇氏莊

渠家五桂後，卜宅近青郊。老竹窗前幹，寒松屋外梢。才抛汗脚襪，真得蓋頭茅。落日春山路，病夫還解包。

### 有懷陳杜二丈二首

容南老守幾時回，更拚重看江上梅。便熱藤笙猶可漆，未寒筒布會須裁。

寄語金陵漢郡丞，與誰同醉復同醒。不須弔古烏衣巷，且復尋春白下亭。

### 寄幼安

送君城西原，春水今鑿冰。兩州灌瓜地，一往竟未能。衡門閉青苔，欲語誰復應。招邀西飛鴻，因得問寢興。向時金華翁，與君嘗伏膺。清談尚尊俎，高標忽丘陵。粱木果爾摧，天理安可憑。吾儕鬼揶揄，可但世所憎。霜風拉枯桑，囑君護茵憑。我病比復加，日飯那得升。殘年卧閭巷，盛事望友朋。得見君奮飛，吾甘老薪蒸。

### 次韻寄從之時聞游善權寺

曲檻臨煙雨，書來政獨憑。斷崖青自獻，森樹緑相仍。勝踐吾方夢，長閒子未應。聊煩相佳處，衰老欲依僧。

### 贈侯元英予病療之而愈

此生毛髮燎洪鑪，一一豎騣騣更擣虛。惡劇方渠甚炮炙，殘年非子已丘墟。較量絶藝真神似，驚怪羸骸却壯如。莫道何顒百無著，識君嘗自十年初。

## 題所畫梅竹二首

東坡戲作有聲畫，歎息何人為賞音。雨葉煙梢出新意，老夫知子用功深。

騣騣老境困埃塵，開卷霜林解笑人。畫地饞涎君莫怪，十年魂斷故園春。

## 次韻朱子代兼懷君任教授年兄二首

吳門南望水漫漫，擬欲高飛欠羽翰。老境思渠甚飢渴，尺書煩子問平安。自知譜牒俱冰氏，敢厭班資但虱官。它日相逢吾有約，秋霜侵鬢折腰難。

粲粲新詩墮我前，夜深霜月照瓊田。共驚敗榻才三語，大勝塵編更十年。伏櫪世誰憐老驥，浮空君自笑飢鳶。一窮似我那須怪，解困吾曹始是天。

## 別鄉舊乙未五月

耕田畏秋旱，我老將奈何。清晨一葉舟，凌此萬頃波。此豈我欲然，食口如鴈鶩。逢迎非本心，慚負生積痾。君看柴桑翁，當時亦絃歌。人前强磨洗，謂與渠同科。悠悠天壤間，何向非南柯。餐錢苟有羸，吾願初無多。歸從五犉牛，自種千把禾。不學陶士衡，衰年更婆娑。

以上《蠹齋鉛刀編》卷一二

## 周 孚一三

### 寄從之時聞黄丈仲秉初亡甲午

隴月撩人特地圓，真成千里共嬋娟。尺書好附今年雁，别酒嘗聽去夏蟬。二頃未知何處是，九原誰似此翁賢。老懷欲語還惆悵，腸斷春江上水船。

### 次韻題南仲詩卷兼柬廷珍乙未

新詩可但老夫降，窺杜真能見牖窗。静夜飛泉鳴遠壑，莫秋孤月印晴江。絃從渠去雖難續，鼎自君來信可扛。銀燭高張那得爾，且揩眵眼伴殘缸。

### 次韻鶴林仲書記

不須沽酒别明抄本作引陶潛，修竹陰陰翠滿簾。拂拭面前塵土案，與君相對課楞嚴。

### 日者吴九萬精三命又精於相三命則吾不知骨相不媚則吾自知之

官槐廣文舍，愧子獨來頻。老境寧高位，衰年只病身。平生長孺戇，半世子雲貧。照影吾猶笑，如渠豈貴人。

### 贈胡應誠

欹傾老屋寄江濱，曾見官居四過春。兩屐崎嶇那憚遠，一尊倉卒不言貧。舊游到此俱塵迹，異縣惟君是故人。偪仄老懷無與語，更炊香稻住逡巡。

## 招陳生飯

別甑炊香飯，吾方望子來。難從瘦筇覓，試著小詩催。老語元誰聽，幽懷始此開。虚庭佇明月，相與少徘徊。

## 次陳生韻

子肯來從我，塵沙兩鬢黄。飢鷹那擇肉，老雁尚隨陽。蠹簡真堪怨，寒醅未易忘。嘐嘐浴沂老，吾敢笑渠狂。

## 寄何昪

昪何不見二年餘，落魄京塵强健無。淮上風沙尤可厭，今年我亦白髭鬚。

## 哭彦康次德裕韻

力學世不售，甘心委埃塵。悠悠長夜臺，一往不願晨。雖過賈誼年，竟似黔婁貧。施施者誰子，佩玉拖朝紳。交游能幾何，又復失此人。妙語不可繼，老懷向誰親。憶昔共艱阨，我軀猶子身。右轂忽爾摧，此去良苦辛。豈無堂堂交，政恐難與仁。載歌黄鳥詩，老淚淋衣巾。

## 汪倅生日二首

寄語溪頭赤鯶公，只今為計莫匆匆。直須整頓乾坤了，却駕飈輪迓此翁。

大兒文采漢於菟，叔季騣騣汗血駒。當有傳家如此少，請公但醉碧琳腴。

## 金山十詠呈坦叔

奎文閣

煌煌百寶函，珠璧爛星月。驚倒西域胡，祥光與天接。

妙高臺

江雲隱簷楹，海月浄窗几。安得德雲來，與渠同徙倚。

付衣堂

大地不解容，四衆俱欲殺。不辨如是心，定難消此衲。

玉鑑堂

微風不動波，瑩可照毛髮。誰解與渠磨，寒空秋夜月。

頭陀巖

餘妖屏蛇虺，老屋化金碧。惜無柳柳州，為銘巖下石。

雄跨堂

一蓐雲漢章，林壑遂增價。便是補陀峰，還須避三舍。

楞伽室

不見碧眼胡，忽忽心未穩。印心須此經，煩君剩傳本。

吞海亭

誰云滄溟深，一吸了無在。試問何樣人，身如椰子大。

浸月亭

寥寥清夜月，現此亭中明抄本作下水。誰能同斯游，歸喚寒山子。

卷雪亭

方驚匹練横，忽駭羣羊散。縱使踣蒼崖，老禪唯解看。

**趙漕再可生日**

不待丹砂入頰紅，長生元復自陰功。但令仁與甘棠似，甲子三周會見公。
萬頃春江一葦杭，追鋒歸去覲明光。明年此夜端門宴，應向紅雲侍玉皇。
一杯請壽碧琳腴，倦客騣騣欲白須。會見廟堂登聖相，自甘山澤著臞儒。

**送周轝卿尉通城**

别君所畦塊，忽已蔭簷瓦。三年望歸船，老屋勤掃灑。只今十日款，信是天所假。朝粳語已糜，夜燭醉還炧。兒童互窺覘，有客如此寡。觀君豈癯仙，鬢蒼面如赭。不應酸寒債，亦復似東野。忽忽從此去，孰是知音者。折腰易斗粟，吾輩計亦下。我場無良苗，何由縶君馬。

**何山人欲爲僧**

來償綺語債，各已鬢星星。宿債吾方困，迷塗子遽醒。真為鏡空老，不負佛名經。一紙龍鍾語，憐君獨肯聽。

**書日新煙江秋晚圖後**

莫年何處是菟裘，逆帽黄塵子更愁。開卷只今先有識，晚煙寒葦兩沙鷗。

## 題宣書記塞門積雪圖此圖真柳子厚所謂千山鳥飛絶萬逕人蹤滅者若孤舟蓑笠翁獨釣寒江雪則以余詩見之

冰崖雪嶺鬭巉巖，中有新詩子試參。短笠輕蓑釣寒瀨，為君題出是江南。

## 趙從之詩來次韻寄之

論高不蘧蒢，語妙無摘裂。堂堂正始流，渠可補此缺。斯文久不見，老意今始慊。摩挲斲輪具，兩手付已決。吾聞古志士，立操凛冰雪。方其自樹立，政復誰識别。書成付後世，豈為兒輩設。浮雲雖晻㬪，孤月終皎潔。此言如苦荼，乞子甘齒頰。

## 送李清宇因寄滁陽舊游

君行還過永陽郡，忽憶老夫嘗賦詩。庶子泉頭納涼處，醉翁亭上送秋時。春來猿鳥應思我，别後林泉定付誰。為語東風木芍藥，暮年衰鬢不相宜。

以上《蠹齋鉛刀編》卷一三

# 全宋詩卷二四九二

## 周孚一四

### 贈相者

卧沙老木强雕鎪，正自旁人替子羞。縱使今年果騰踏，也應笑倒鄧元侯。

### 次韻張元功見貽

山林未成歸，須鬢各已老。下田我方耘，薄俸子始飽。緬懷千里駕，荒徑宿秋草。誰知剥啄聲，真來慰懷抱。崎嶇得一笑，支拄費百巧。羈窮了如舊，但覺詩愈好。青山艷桃李，渌水漾芹藻。惟時夏正中，觸熱畏長道。子車且休息，我屋當洒掃。靦面尚未旬，語離無乃早。槐陰可縱觴，共子一傾倒。但恐老伯松，羞觀太玄草。

### 寄陳德厚壬午

鬖鬖胡原作邊，據明抄本改馬驕，漠漠楚氛惡。妖區未灰釘，劇陣猛刺斫。向來百金軀，垂老付溝壑。頭涔何必療，心悸還自愕。平生陳孺子，夙佩千金諾。渠如早奮飛，艱歲終有託。那知亦蹭蹬，正復同索寞。汙池雜蛟蜃，叢艾紛燕雀。窮檐倚楹歎，搏擊望一鶚。祝君魯曹子，玉陛奏方略。銘功爍燕石，畫像雄漢閣。平時萬户賞，端不羞衛霍。屠羊反故肆，吾分本藜藿。

### 書王偉詩卷六言二首

玩世子方窮巷，懷人渠已荒丘。文舉舊陪何尹，退之今信宣州。
政自磊磊落落，不須草草忽忽。嘗興懷後山老，肯明抄本作解著眼豫章公。

## 夢與辛幼安遇於一精舍予賦詩一篇覺而記其卒章云它年寄書處當記盧仝窮因賦此詩寄之

秋霜草花落，夢君浮屠宫。羈魂得清游，短章見深衷。破屋仰見天，何人記盧仝。相逢大槐國，一笑仍忽忽。與君十年交，九年悲轉蓬。君行牛斗南，我在淮漢東。修途繚山岳，此會何緣同。伏枕自歎息，衰懷托西風。啾啾籬間雀，冉冉天際鴻。擔簦亦何憾，吾生自當窮。扁舟具蓑笠，久已藏胸中。它年君來時，葦間尋此翁。

## 代人作孫尚書挽詞二首

耆德今無幾，公誰敢比肩。甘泉方舊籍，京兆遽新阡。清議今何負，遺書竟莫傳。單杯無自奠，老淚倍潸然。

平生玩鷗老，韓孟復相逢。暮齒俱三虎，中途止一龍。公今還此逝，吾老欲誰從。它日延陵劍，猶堪挂墓松。自注：公素與汪公翰林齊名，從俱以謫去朝，而汪公歿十五年矣。玩鷗，汪公零陵時所居亭名也。

## 寄趙從之

皖公城外佳山水，經歲登臨亦快哉。未省曾逢玉蟾否，已應親弔石牛來。洗空俗垢吾方羨，收盡詩材子始回。紫筍舊芽應好在，午窗春鼾正如雷。

## 題薛希誼傲窗

平生湖海老元龍，何事低徊向此中。恥把曠懷陪聚蟻，力將幽趣付冥鴻。甑當墮處真堪笑，錐到無時未服窮。他日徵來豹林谷，尚應叉手對諸公。

## 次韻杜正南訥長老

鼎鼎百年才一炊，人生何處是真依。百方莫放癡蠅出，一語還驚俊鶻明抄本作鷂飛。喜子解圓今日話，看誰能湊此翁機。不須更説衡山事，只得渠家半芋明抄本作子歸。

## 冬夜懷陳丈侍郎

寒繒配新編，得公章貢信。日日望公歸，枯株借餘潤。公今向何所，寂寞返鄉郡。風江困沿洄，雨嶺倦登頓。豨膏運方穿，自古同此恨。吾儕互驚惋，公意誰喜慍。新醅醇易醉，晚稻香可飯。已無越吟悲，那有楚騷怨。平生白鷗盟，天與諧夙願。玉音久不嗣，故歲行欲盡。空齋撥殘灰，哀鴻有餘韻。繫書元浪語，安否倩誰問。寒燭識此懷，詩成泣餘寸。

## 答陳渙見贈

好學有如此，肯來從我游。聞名知未謝，老面不勝羞。政復勤三上，行當讓一頭。寒魚在沮洳，縱有不須求。

## 聞辛幼安移漕京西

孤鴻茫茫暮天闊，問君章貢何時發。去年不得一字書，今日又看千里月。向來人物推此邦，至人不死惟老龐。請君剩釀蒲萄酒，為君酹渠須百缸。

## 送印禪師赴雪竇二首

拍板門槌且罷休，又將竿木向何州。瘦藤去處君知否，袖有黃巢折劍頭。

師子峰高壓白雲，當時此老最尖新。百年舊事誰昭洗，今日南來又蜀人。

## 送向漕端叔二首 此絶筆詩也，病中作

斷雲疎處雨瀟瀟，强挽歸舟候晚潮。除却王生貧病客，更誰解識蓋寬饒。

紛紛寵辱不須驚，且把遺編較兩程。不負虎丘山下語，此翁真是老書生。

以上《蠹齋鉛刀編》卷一四

## 次韻答周子友同年

窮年蠹魚癡，吾伎止此耳。圯下一編書，宜州老太史。欲追千里駕，竟作一簣止。隔江招手處，此事付之子。秋蟬蜕寒林，祝渠從此始。

## 寄庭藻

霜風凛凛戰征帆，夜月船窗許對談。當日心期付張八，莫年詩筆憶陳三。玉難售楚真堪歎，竽解欺齊竊自慚。垂橐歸來未糊口，更煩米價問淮南。

## 偶成戲朱元禮

姚魏匆匆已過時，山丹萱草不禁詩。回頭笑問朱都史，玉葉霜花恨較遲。

## 代作高氏令人挽詞

哀訃馳千里，荒詞侑一尊。潘輿春事改，衛幕舊儀存。公子悲懷橘，家人記采蘩。傷心南埭路，愁看莫雲昏。

自愧十年舊，飽聞林下風。嬪夫冀缺敬，教子范滂忠。遺跡風驚燭，芳名月滿空。憑誰相蒿挽，第入召

南中。

## 題三睡圖

穀雨晴時春晝長，鵓鴣啼處百花香。誰能為喚渠儂起，共對東風笑一場。

## 贈王履方

王郎騣騣巴馬子，歷塊過都心未已。向來上書款天闕，肯使佛狸飲江水。長牋小字寄我詩，祝君窮達自有時。縱貧不礙草玄樂，至老勿起沉湘悲。

## 送日新

昭代知名易，中年話別難。我方安句曲，子莫貸樓蘭。鶴料從何給，鷗盟想未寒。塵埃雙白髮，從此更彫殘。

## 次韻德裕紀夢

十年黄鵠山南寺，汲水煎茶識大蘇。忽作遼天驚鶴去，同堂誰念老申徒。
山下寒沙咽暗泉，故人何在又彫年。從今衹合逃禪去，老境如蠶已再眠。
九曲新詩誰解續，令人氣短北窗前。聞君近得丘遲筆，不墮斯文信有天。

## 次韻送師廷珍忠州學官

踵門人已笑，那更話因依。我技真呈拙，君材自造微。一官俱蠹簡，兩地各鶉衣。踏遍江南路，扁舟今又歸。

## 次韻王南仲

長安冠蓋地，子别竟誰依。又復歲華晚，尚應生事微。澆漓寧可醉，敝垢不堪衣。定憶巴山路，春風聽姊歸。

**有懷容州杜丈**

祁公老孫子，晚得兩朱輪。宵旰方今日，論詩欠此人。應嫌江月冷，却看嶺梅春。北雁不能到，音書何自頻。

**贈沈子顒**

趺坐寒窗墮夕陽，向時五鬼未銷亡。方穿顧子猶名士，枉尺嗟吾亦漫郎。未暇共傾元亮酒，試來重譜蔚宗香。三生蠹簡猶餘債，為語平生盛孝章。

以上《蠹齋鉛刀編·蠹齋拾遺詩》

**送崇長老**

渺渺天童路，今年草又秋。净缾誰解擢，鈍斧子牢收。作略如投子，生涯只趙州。山田一盂飯，此外更何求。

北圖藏明抄本《蠹齋鉛刀編》卷一四

（馬秀娟整理）

# 全宋詩卷二四九三

## 王質一

王質(一一三五—一一八九),字景文,號雪山,其先鄆州(今山東東平)人,後徙興國軍(今湖北陽新)。年二十三游太學,與九江王阮齊名。高宗紹興三十年(一一六〇)進士,召試館職,爲言者論罷(《建炎以來繫年要録》卷一九一)。先後入汪澈荆襄、張浚江淮幕。孝宗乾道二年(一一六六),入爲太學正,旋以建言罷(《宋會要輯稿》職官七一之一六)。會虞允文宣撫川陝,辟質偕行。入爲敕令所删定官,遷樞密院編修官,時虞允文當國,薦可右正言,復爲曾覿所沮(《宋史》卷三八三《虞允文傳》),出通判荆南府,改吉州,皆不行,奉祠山居。淳熙十六年卒,年五十五。有《雪山集》、《紹陶録》、《詩總聞》等傳世。事見《雪山集》卷首王阮序、卷五《退文序》、卷八《與趙丞相書》,《宋史》卷三九五有傳。

王質詩,《雪山集》四卷以影印文淵閣《四庫全書》本爲底本,校以清乾隆孔氏微波榭抄本(簡稱孔本,藏北京圖書館)、清嘉慶秦氏石研齋抄本(簡稱秦本,藏北京圖書館);《紹陶録》二卷,亦以四庫本爲底本,校以清康熙翁栻校跋抄本(簡稱翁本,藏北京圖書館)、清乾隆孔氏微波榭抄本(簡稱孔本)。另從《永樂大典》等書中輯得之集外詩,編爲第七卷。

### 樞相宣撫虞公壽雅 并序

乾道三年丁亥十一月壬子二日丙寅，仁壽虞公生之日，《壽雅》所謂作也。私慶也，曷以雅？大賢之生，天地有運，陰陽有數，星辰有度，鬼神有謀，關于天下，大也。曷為大？宗廟有依，生靈有歸，禮樂有託，道德有宗，其為大，明也。《崧高》之詩曰：「維嶽降神，生甫及申。」《烝民》之詩曰：「保茲天子，生仲山甫」。誦其人，本其生，非以其躬，以其周也，故曰「維周之翰」，又曰「天監有周」。私遺也，曷以雅？《嵩高》之詩曰：「以贈申伯。」《烝民》之詩曰：「仲山甫永懷，以慰其心。」禮則私，情則公也。曷以為公？「天生烝民，好是懿德」。民之彝也，無誇于古，無浮于今，某無尤焉。維是有豐茂之德，而無肆好之心，秦本作音有恢宏之功，而無穆清之章，此則某之媿也。

## 漢清

漢水之清，其石粼粼。仁壽公來思，漢水則清。
漢水之濁，原作蜀，據孔本，秦本改其洄澳澳。仁壽公往思，漢水則濁。
農耰于野，不蹂一苗。賈馳于郊，不驚一毛。公在襄陽，民生逍遥。
公來自東，襄民齎齎，止公毋西。
公來自吳，襄民蹙蹙，止公毋蜀。
金我襄城，湯我漢江。春我之筐，秋我之箱。
我耄皤皤，公昔年孔本作言之，而曷捐之。
我孩嬰嬰，公昔體之，而曷置之。
日月躞躞，勿黧公色。霜露烈烈，勿華公髮。
公髮勿華，我生則遐。籲彼蒼天，佑我皇家。

## 江艫

江之沄沄，艫之賁賁。敵之休休，震于崑崙。仁壽公一臨，靡靡其傾。江之洋洋，艫之揚揚。敵之煌煌，孔熾厥芒。仁壽公一噓，蕭蕭其凉。天子在宫，有恫悒悒。神主在廟，有震岌岌。暨我國人，以莫不惕。在宫雍雍，金石其音。在廟湛湛，虎兕其肩。暨我國人，以莫不寧。有庚之寅，維公其生。在巳之辛，維公其成。而有斯厄，而有斯人。匪天之私，伊宋之仁。大江之濱，采石之津。波之淪淪，石之粼粼。謂公可堙，江則可塵。山之嶔嶔，隰之畇畇。謂公可磨，山則可簪。

### 故事三公皆黄閣作黄閣辭

文章開紫垣，委耀照黄扉。崇雉抱高墉，長虹曳華榱。浮闌翼交楯，戟衣摇縹粉。石紋浪花碎，紫光射金鼎。珠璨明黼領，劍鏢玉螭冷。槐香吹鬢影，相對青炯炯。

### 故事相國金印紫綬三公亦如之作金印辭

寶篆結金紋，玉皇衣上雲。飛馳雙日月，開閉幾乾坤。靈夔挾輷吼，噓弩指幡首。絳霏密葱蒨，隱隱龜銜紐。祥文寫天影，壽骨聳嶽頂。蓮巢秋風泠，甘守相國印。

### 永興丞以皓雪鮮梅奇語見示戲占閒人浪辭酬之

四海一山玉，切作冠巑岏。冠上戴明月，履下踏飛湍。肺腸裹林壑，表裏交珊珊。上界雪可飽，下土人希餐。三春鎮長在，九夏何曾殘。大千薝蔔林，巨萬梅花團。花惟白皓皓，巾自烏漫漫。純玉龍争飛，雜玉龍皆蟠。千丈亭不歷，九尺庵隨看。自注：沈存中有觀雪庵，其制在《忘懷録》。摩雲起高崖，運斤吾能刊。書空結奇字，擘鏡誰能觀。須彌有數盡，此興無時闌。

### 聞雁

我性愛風竹，歷耳如筦弦。兩日偶不聞，但見青摩烟。半夜意展轉，時聞雁翩翩。未能叫雲月，而我獨不眠。抱被夜徙榻，空堂秋山連。亦有鷗鷺栖，歷歷鳴更傳。為汝飲一杯，問汝以一言。不居蘆葦中，乃巢蒼翠巔。蕭蕭西風多，一等菰蒲寒。遠來有相伴，汝等豈不賢。不覺點急急，難通意惓惓。振翼忽飛去，江湖水連天。

### 荷柳松竹贈答并序

原案：此詩當是孝宗淳熙八年所作。

王子景文，蕭散人也。涉暑，即旁求水石茂林嘉木擁之。惟饒閒，故此念多酬，其所得不貲矣。權輿起辛巳，推遷至辛丑，逾二十年，營巢寢就緒，全體山僧道人之廬，非火宅也。或者野之，麋鹿山林自本性，豈故為崖異者耶。有荷有柳，松竹兼之。歲久，成魁幹，成厚陰。于素忌稍銷，雖趨此門，微有所省，變熱惱為清凉，亦無情而有趣者助也。一日偃仰竹榻，酬酢湖風意，取故書繙之，見香山《雞鶴贈答》凡二，玉川客《石竹贈答》又加遜，章凡三。香山有競物之心焉，玉川則展轉推却，避世而離俗者也。寧為盧，勿為白。戲效其體為之，然不全規摹；亦在我者，咸隨人焉難也，小異何傷乎。

#### 僕贈荷

僕贈荷，吾友清陰多。為我生凉飆，寒輝相盪摩。姑徐徐，勿急急，歆爾緑玉盤，傾爾白玉粒。

#### 荷遜柳

荷遜柳，短苗非脩莖。焉如子妙密，騰起數層陰。明月上，子勿障，主欲務遐觀，清宇任昭曠。

### 柳遜竹

柳遜竹，弱植短奇節。戛玉仍鏗金，難攀子清絶。主睡酣，毋驚醒，遲主江湖歸，相與獻清影。

### 竹遜松

竹遜松，古氣摩空纏。鐵石作風骨，可以班主賢。虛空中，走河海，主不好世音，子盍宏天籟。

### 松答僕

松答僕，奉主願盡心。護以虬龍威，娱以金玉音。作炎夏，作凛秋，願主愛玉體，五夜增輕裘。

## 和張晉彦

白草蒙荒烟，江南似江北。游子無故鄉，去住總為客。平生不如意，江闊見面窄。相逢酒一杯，意氣感知識。

## 和郭從範二首

羽檄傳歲月，走馬不當疾。我家在江南，時節阻會集。東臯冗不治，杜老趣歸急。何時秉犂鋤，夜翻隴頭濕。

萱草摇清孔本作薰風。榴英焰方午。新燕披紫茸，低昂子隨母。暄寒换時節，濃疎變庭樹。杜老癡不歸，空憐小兒女。

## 初　春

癡雲漠漠低壓屋，雨意垂垂篩似粟。半夜春聲到幽竹，方槽溜溜瀉寒玉。夢破簷牙聲未乾，開門山色青攢攢。東君放步到籬脚，桃李稍稍敷春妍。既雨即晴應更好，將及清明藉芳草。廟堂老手調陰陽，故應隨意為雨暘。

## 留別陳阜卿

巍巍堂堂陳豫章，身長五尺名八方。千鈞寶鼎薦禘嘗，百圍大木宜宫堂。迺者從之在建康，抉雲望見奎婁張。一言拓我萬里疆，眇視六合揮八荒。震靂雷電飛清霜，羣靈錯漠無晶光。天駟超逸奔絶韁，攙搶斂旗彫赤芒。鴻鵠之上日月旁，翩翩孤影摇蒼茫。大兒太史公子長，小兒元和韓侍郎。夔龍稷契伊傅姜，青天白日雁成行。眈眈我負千鍾囊，置在公前一鍼鋩。東齊南楚服晉强，而况胡沈梁江黄。今我不樂思還鄉，石頭渡口呼歸航。不獨别離多慨慷，時事關心神轉傷。一為公歌臣馬良，黄塵蔽人聲不揚。公何時乎歸廟廊，土囊風怒於菟驤。焕發海藏龍宫藏，滿朝桂朮參芝香。三湔三釁我冠裳，隻輪小車兩僕將。不然扁舟下瀟湘，參差孤起横滄浪。復欲淮南耕戰場，傍鋤春草卧斜陽。惠山樹石極葱蒼，儻來相對高僧房。

## 送趙希鄖

集英殿下識乃翁，遺愛樓前又識儂。參差兩紀短一載，伏想鬢髮秋蓬蓬。道阻且脩不可見，何喜老兄相會逢。老兄顏色清而丰，娟娟秋水開芙蓉。鐵甕城頭拭硎刃，晚榜咫尺春旗紅。觚稜金爵面成背，半帆楚月迎淮風。相思江西子王子，尋盟來與白鷗同。江莎濃澹俄一再，庾樓却倚廬山峰。吾宗乃有此豚犬，掩鼻急趨風露中。老兄久厭臭來逐，是行不復塵相蒙。亦欲柁牙把船尾，琵琶洲上携手吟青楓。

## 陪林守遊南湖月下歌

紫霄峰頭雲破湧明月，翠華洞裏烟冷生清風。水光上下相映碧，小舟飛入玻瓈中。荷露白凝珠，蓼花紅綴米。沈沈水晶宫，金波幾千里。君不見風流太守醉似泥，倒著接䍦騎馬歸。南湖風月君不知，問君何似高陽池。翡翠杓，金叵羅，勸君一杯酒，聽我南湖歌。清風明月萬古長如此，有酒不樂將奈何。

## 和袁丞海棠

海棠不入草堂手，自注：見韓子蒼詩。雪堂乃與同春風。自注：見蘇子瞻詩。草堂雪堂各千載，唐朝宋朝無兩紅。露霏風嫋非人為，自注：見蘇子瞻詩。夜染朝酣自化工。自注：見張建封詩。大洋之内烟濛濛，不似周公禮樂中。自注：見《花木記》。花以海為名者，悉自南海來。

## 墨梅

貴簡不貴繁，妙在有無間。滿眼尋不見，約略見纖纖。貴老不貴稚，妙在榮枯際。芳態減初年，其中寓幽意。貴瘠不貴肥，愈瘦愈清奇。瘦到無何有，政好翫空枝。貴含不貴開，風度韜胚胎。游蜂啅不得，乃始抱全才。宜在幽且邃，終日無人至。水繞山重重，隔樹令人嚏。宜在平且闊，大江驚濤潑。潑上稍連顛，半蔫忽衝脱。宜夜不宜晝，更宜月波溜。崖浄澗淙淙，漁子推篷嗅。宜陰不宜晴，更宜雪花凝。五七點未足，封枝要全扃。宜與竹相鄰，白白參青青。所恨花無音，間借竹為聲。宜與松相伴，扶疎交凌亂。松香粗則粗，亦能佐一半。其鳥宜翠羽，否則碧蒿侣。山雀仍山鴉，速去切勿駐。其人宜野僧，否則閒道民。宜疎綺紈客，公子共王孫。吾非僧，又非道。兩眼貯五湖，兩肩負三島。相煩健筆凌風掃，梅子王子成二老。

## 龍珠吟

蛇有黄，雞有錦，蚌有珠，魚有枕。萬物隨身各懷寶，惟龍抱負超覆幬。臆之上，頷之下。聲靈氣焰焯光輝，威力神通宏變化。小徑寸，大圍尺。口中皎月戲吐吞，掌上流星恣拋擲。存此珠，千年萬年鱗不枯。亡此珠，一螻一蟻血可濡。有水即珠榮，無水即珠悴。有雲即珠騰，無雲即珠墜。太陽真火力能鑠，飛天夜叉勢能制。所以多潛巖壑睡，功成行滿自在飛，天旋地轉皆由之。如人賢愚有九品，如人貴賤有十威。三尺烏，勿能啄，大力鬼，弗能搏。開通萬類總圓明，照耀十方齊廓落。珠正有，珠忽無。猶存一念著吝惜，即入三界纏空虛。丹霞燒佛獨玩珠，闕南打鼓喜獲珠。韶山心珠本無色，大海龍珠同一如。乾六爻，龍六變，潛見躍飛以次升，飛上九天須一轉。亢有悔，在上九，見無首，在用九。藏威在首不在身，若到無時竟何有。祇園佛，闕里翁。下土雖分兩聖域，上天同是一真龍。

## 起伏龍行呈張元亮

使君寸丹通九淵，冷徹龍膽驚不眠。掣闕稽首玉帝前，青霓影裏一粲鮮。羣龍下走如奔泉，電旗掀舞雷車旋。怒蛟騰起纏陰涎，四海五湖歸一髯。黃塵白沙飛滿川，頃刻變作聲潺湲。何人此手有此拳，斂散風雨麾雲烟。一州千里十萬廛，翻覆歉歲為豐年。雲花繚繞金連錢，使君倚鞚將朝天。千珠萬玉傾箱圓，夕陽捫腹秋風邊。此時可懷不可瞻，何不留取黃金鞭。

## 異蛇

非蛟非龍奚為耶，杳靄是蛇或非蛇。軀如三丈中廬棟，聲如二尺單夫車。汹湧西來復南去，激碎滿川波浪花。爾等陸產殊水產，亦有水產非其家。平生康莊在菅莽，胡乃出没同魚蝦。無何變化不俄頃，野鴨凌亂揚風沙。向來鱗甲渺烟霧，但見浦溆連蒹葭。立憑石樹踏莎草，隄前隄後聽蝦蟆。南山之趾西湖腹，是日有物横空拏。一爪二角色純黑，亂雲奔走相谽谺。得非此物即此蛇，是否恍惚空喧譁。虹腰餘飛雨脚斷，夕陽半閣西山斜。

## 登張安國右司官舍後閣

東風吹塵暗城郭，一見吴山增眼明。文人筆力轉嵩華，坐撫吴山毫髮輕。向來嫵媚玉局老，對公談罷猶縱横。參差萬象羅雙目，奔走文場供約束。東家粱肉西絲竹，却與青山作僮僕。

## 和游子明效李長吉體二首

江楓摇落秋吹清，吴波夜澄孤槳横。白蘋花老浪紋淺，的皪背荷雙鷺明。烟嶼雲岑楚江遠，三更夢歸五更返。斜陽影外遠山稠，千里不遮南望眼。

樹頂參差山髻青，漫漫秋浦無人行。征衫塵土老歲月，梧桐秋風桃李春。水寒露冷蒹葭濕，屬玉横江孤影直。波紋摇盡九秋香，菱葉團圓水花碧。

## 聽譚師彈琴

君不能百步洪中裂横竹，一聲吹入秋天緑。巨魚鼓舞碎明珠，白浪軒昂動浮玉。又不能多景樓上吹孔本、秦本作推飛鴻，哀絃欲斷滄浪風。徘徊舟子駐不進，江妃出聽烟溟濛。不知何處得此薰風琴，元龍六尺含蒼雲。恐是嶧山孤峰絶頂上，萬歲不老之寒根。道人兩手提天機，中有妙法無人知。風顛雨急倏來往，雨收風定游絲飛。欲下不下窺魚鷗，忽前忽後回波舟。恍惚浮雲捲天宇，錯落萬點飛星流。世間萬法總非真，況此假合非天成。匣琴不出手無聲，袖手不彈琴不鳴。此琴此手兩無與，問君廣陵賀若從何去。王子有琴誰復傳，無徽無軫亦無絃。若人解得非耳聽，為君試作無手彈。

## 題觀政池橋

原案：此詩及《游楊氏園》詩，當是孝宗乾道四年六年頁在蜀時所作。

西徼秦川東劍關，十有六州無間言。威聲浩蕩流東南，與大江水同發源。節麾毿毿繡衣鮮，剛風吹上九天門。手從瑶宫掇明月，貯在官池水不渾。菱葉荷花浄畹晚，春鋤屬玉來頻煩。冷光烈烈射地骨，魑魅辟易聲煩冤。牛腰抱去梟行速，來瞰皎潔聽潺湲。玉龍蟠底抱奇寶，獠奴試可呼崑崙。洞庭青草似天闊，灩澦瞿唐如馬奔。不如我池有幽致，寶奩平開秋露洗。高人未到已神融，俗客若來應額泚。

## 遊楊氏園

幽芳秀陰似琅琊，三四牛鳴通浣花。少陵醉卧元不死，强請起來殊更佳。向來娟娟隔秋水，誰與為期同在此。德星分野到楊家，亦有致然非偶爾。蕭蕭騷騷詩韻寒，膈膈膞膞棋聲乾。澎澎湃湃酒波卷，便便旋旋茶眼翻。是日成都極炎熱，此堂陰風下濃雪。談端天地不支吾，筆下龍蛇争撇捩。所恨江南在天末，隔天鴻雁難同飛。彭蠡洞庭隔烟水，他日豈不懷此時。他日安得如此時，楊家壁上更重題。

## 贈沈文伯

沈公頂踵皆詩書，如大國楚吞江湖。平生瓊瑰三萬斛，化作木鐵來侵膚。霜臺柏葉夜驚耳，大庾梅香春染裾。世間萬法等一觀，寧知憂患非歡娱。三賢堂上一杯酒，風流未減承明廬。兩星熒煌耀南海，化州老沈儋州蘇。知公久閑談笑口，忍啄秦本作喙三尺不敢吁。孟公故是大度士，豈受譊譊繁文拘。一朝青天返白日，冰山轉眼成空虚。秋鷹下韝馬脱轡，逸氣凛凛横天衢。鑾烟不折壯士節，詩卷已作牛腰粗。貝宫瑶胎貫月魄，仙掌露華沈玉壺。酒酣妙語一咀嚼，舌根沆瀣如醍醐。歸來清夢渺江海，波濤一葉凌菰蒲。十年故紙倦翻覆，見此喜氣生眉鬚。何當杖履奉君子，看公快掃青松腴。

## 復和前韻

小窗厭讀牛毛書，徑思一葦航江湖。英英山色著眉宇，炯炯波光明髮膚。清風蓑笠明月棹，爲我洗濯塵埃裾。功名暫寄癡兒手，烟雲且與閒人娛。浴鳧飛鷺總相識，近水遠山俱可廬。東遊會稽略滄海，西跨震澤窺姑蘇。小官趨事苦奔走，大官憂國多嗟吁。幸今未掛衣冠籍，浮家泛宅誰能拘。天朝多士森列宿，氐房奎壁牛女虚。如公第一等人物，故應策轡飛雲衢。得印安用如斗大，握筆會使如椽粗。玉堂静夜掣鈴索，卧聽宫點鳴銅壺。日閒剖茗碎鸞鳳，霜清把酒傾醍醐。記取江南子王子，溪邊共立春風蒲。及今未趨紫宸列，尚容時挽張公鬚。奚奴剩背古錦囊，與公痛咀溪山腴。

## 又次韻

眼前事事皆可書，秋葉滿江烟滿湖。霜風細織紅錦幄，露菊洗出黄金膚。山南山北躡飛徑，步步藤梢牽客裾。褰裳飛下蒹葭浦，紛紛鷗鳥來相娱。漁火深明隔橋浦，炊烟出没臨溪廬。溪山洗斷鴛鴦夢，犀篦不憶錢塘蘇。百年日月走雙轂，萬古興亡同一吁。角鷹肯戀韝鞲穩，野馬不受金羈拘。功名貴富兩安用，烏有先生并子虚。不圖操筆賦清廟，但思擊壤賡康衢。何時再踏故山麓，芭蕉長大榿栽粗。夜疇娟娟濕翻露，春林聒聒聽提壺。魚肥不用去孔本、秦本作取熊掌，酒濁正是勝醍醐。一區春雨熟瓜芋，半溪秋水繁菰蒲。侯門亦復憐稚子，下狀不敢勞長鬚。吾生一飽足已矣，豈復過意求膏腴。

## 贈戴漁

李氏小房何必廬，顔氏心齋自有書。吾衰久矣不復夢，子歸求之師有餘。千春杏花開闕里，萬代風聲吟舞雩。静聽猶聞唤回也，驚起不孔本作忽覺呼參乎。茫茫空裏撮不得，歷歷箇中殊不疎。一點外皆閒事業，三聲中有大工夫。莫欺山東老王質，撥醒江南窮戴漁。若逢有眼但舉似，漫敲此骨真何如。能于靈府鑽三寸，敢許孟門增一徒。清風各自在何處，明月相看元不孤。他還見汝不見汝，定是故吾非故吾。

## 用和游次公韻贈慧璉

行到山深山愈青，山青水青青照人。水光易畫而難夜，山態雖秋而亦春。魚窠在水不知濕，鳥翮憑空能自直。霞綺橫飛總是紅，浪花纔起渾無碧。

## 再和示璉

秋林秋葉無全青，手先把者山中人。不獨秋風早來到，寒食清明隨立春。倒飛斜日光不濕，吹斷長虹影皆直。娟妙全存慘淡中，一寸不如一分碧。

## 倦繡圖

短屏小鴨眠枯葦，徘徊略住西風指。佳人手閒心不閒，腸斷吴江烟水寒。凄凄空庭晚苔濕，冷篆青烟半絲直。卷簾寂寞滿天秋，惟見孤楠一株碧。

## 送羅君

舉首黄龍山色青，琤琤乾葉墜寒林。門首平塘泊鷗鷺，吾與若曹都眼明。海會幽銘掩清漢，雲巖豐碑掣奔電。一甌花乳一爐烟，投地起來俱不見。

## 送張監税歸去來歌

君不見義熙元年陶彭澤，偶纏秃綬稱長官，俄颺輕舟作歸客。蕭蕭五十年，衮衮八十日。縣令雖為百里君，不似斜川臨流玩泉石。公田雖收半頃税，不似東皐種禾滿阡陌。後園之柳為我貯清陰，東籬之菊為我發佳色。濁醪妙理汝不知，素琴真趣吾能識。陶隱君，張公子。千二百年同一軌，丈夫意氣當如此。

亦不掛冠神武門，亦不還笏蓬萊陛。盡展平生履歷書，凌亂雲烟飛滿紙。歸去來，歸去來，二君覺處真奇哉。孔賓半夜呼將去，李愿終身喚不回。子休矣，子休矣，取舍行藏都在己，一往一來聊爾耳。人生起滅半天雲，世事浮沉一江水。腰間帶，不須束，頭上巾，還可漉。南山荷鋤夕露晞，北窗支枕凉風足。酒具遮留栗里墟，籃輿輕適廬山隅。行將過，且躊躇。溪山雲月無今古，試訪淵明舊隱居。

## 送趙師耳

東風吹了落花天，芍藥酴醾晚更妍。典衣换酒正吾事，不辭顛倒春風前。胡為便作輕離别，再拜忽成千里隔。東君憐我太蕭條，啼損黄鸝留不得。我欲拖筇隨馬尾，飽看廬陵好山水。自憐憔悴縛江干，去住未能隨意耳。

## 贈黄君

君見雪山譚晦菴，晦菴南北隔山川。有命歸來如二老，不然隱去自三賢。晦庵今年登五十，鬢華未改目光力。徘徊吴楚已多年，晦庵不急蒼生急。君行車馬衣冠衢，亦有晦庵相似無。君臣慶會第一格，晦庵何日何時須。横渠雖没尚可作，平生此事喜商略。君當長跪問横渠，子細平章句教錯。大江朔風多湧波，上江下江且婆娑。古時賢士一時有，奈此庚辛甲乙何。自注：黄君來過，談士大夫甲乙及晦庵為詳。所從之游者如此，不凡可卜也。君于（原作子，據孔本、秦本改）通老端明為族孫，故有士子風格云。　原案：朱子年譜生于建炎庚戌，此詩當是淳熙六年己亥所作。

## 寄題陸務觀漁隱

原案：此詩當是淳熙七年所作。

乙酉，務觀貳豫章，書來告曰：「吾登孺子亭，見子以詩道南州高士之神情，奇哉。吾巢會稽，築卑棲，號漁隱，子為我詩之。」蓋自是參差契闊，相望動萬里，又十六年。務觀部江西，治臨川，又以書來。驚嗟然諸之爽，乃亟為之。僕未嘗渡浙江，安得識漁隱，且久不見務觀，弗克問其何如。故寓諸夢以為之辭，然心目皆往來于此，常弗忘也。寫真小軸偕之，置在漁隱之旁，與觀谿谷雲月之奇。所作其語鄙、其容陋，塵埃名勝之區，為山川之神所却；或使周旋其間，亦未可知也。 昔寄語他壤多矣，未有以傳神俱者也。 此段風規，自王景文始。

漁隱漁隱在何方，海門潮白江沙黃。吾嘗袖手江之旁，西興草樹烟蒼蒼。欲往從之道阻長，波濤澎湃不敢航。仰觀河漢翔鷫鸘，安得與之俱頡頏。得非蘭亭會諸王，清湍茂竹聯崇岡。無乃鏡湖留知章，蘭蘅風露生寒涼。不然此地何鏗鏘，宿昔名勝沈光芒。俟今焜燿名方昌，恨不登時到俟鄉。循牆三匝徐升堂，觀山觀水觀松篁。以及魚鳥同徜徉，而俟南益仍西涼。青霄空闊横參商，無繇交臂咨其詳。鴻雁同天不同行，愛而不見魂飛揚。夢從縣圃周扶桑，逢迎跪揖如平常。齒牙砰磕摇風霜，秦漢魏晉周隋唐。江河滚滚傾興亡，指畫所隱聲琅琅。歡喜奇特不可當，繼以驚愕懷憧惶。倏忽烟霧輕騰驤，徑跨越嶠超吴瀧。秦碑禹穴稽山陽，隱約中有神仙莊。申椒菌桂連沙棠，原作裳，據孔本、秦本改江蘺薜芷多同芳。春風澹淹秋風香，木蘭冠佩芙蓉裳。杉烟竹月無時荒，白蒲青荇春悠揚。秀似黄家雙井塘，雄如蘇老峨嵋江。冰壺雪甕涵瑶漿，夢回空闊嘹天篁。縹緲羽客搴雲纕，清都飛露寒侵腸。涕唾塵窟掀翻牀，俟其與世毋相忘。且為清明開吉祥，蒼生環堵棲平康。是時桐渚尋嚴光，否則孺纓濯滄浪。不然楚竹然清湘，下乃汀花静鳴榔。間騎麒麟翳鳳凰，玉京羣帝參翱翔。吾在風埃渺相望，大千世界空茫茫。

## 贈楊溥

豐城何以多英賢，老杜曩有浮雲篇。名季友者天下傳，與吾偕出緱山仙。豫章尚有豐碑竪，萬古千秋不敢鐫。却距季友五百年，星辰不滅同其躔。致君逸氣常蹁躚，風后力牧參吾前。往往劍氣騰衝天，季者太阿仲龍泉。斗牛河漢光相鮮，雷煥安得知其然。西山北巖埋蒼烟，不及華陰玉井連。延津雙虬終蜿蜒，恨我不識張茂先。精神胡為暗式乾，原案：此句意義未甚明曉，考《晉書·張華傳》有式乾殿進諫事，殆謂華既得豐城寶劍，仍不能自顯其精神于式乾之議耳。溥也疎骨粗繒纏。叩門剥啄音清圓，詢之與我生相聯。同在豐城南北廛，五行七曜難拘攣。瑶環沈隱塵埃邊，高談雄辯波潺湲。僂身縮手不敢揎，揚徐李呂紛蘭荃。雲溪獨造珞琭淵，此曹可收不可捐。康莊固有英豪潛，溥也可惜真酸寒。沙頭静鷺清聯拳，松梢野鶴飄孤騫。合在林壑栖空禪，否則江湖烟雨舷，二者汝亦難當焉。斗米三錢汝萬錢，菜根墮葉如凝羶。他時六版無兩肩，枯蘆半席汝亦慳。我亦自笑骨迍邅，有時揮麈敲哀弦。汝談我命五者全，略與庚午相周旋。我忽大笑汝失言，魚水若得庚午權，豈肯草草為江南。功成名遂飛翩翩，不作子房作仲連。澤州叔寶令人憐，長跪告别趨吴船。無餅無鉢何論氈，觚稜金鏡射玉璿。有見問者勿面謾，但實告之灰不然。别有一路非人寰，王癲來處從溪癲。狐踪不入象王圈，驢乳難霑獅子涎。臨濟飽受黄檗鞭，三鞭躍上層霄顛。一喝一踏成平原，後來三傑勤演端。佛日霹靂天關三，孔本、秦本作摇天關足摇孔本、秦本作三足驢兒八角盤。駕雷驅電馳奔湍，明月堂中一覺眠。何時法鼓聲闐闐，今其去兮風方顛。大江茫茫雪滿川，蓴鱸興盡撑西帆。倘欲見我江淮堧，不在廬山則祖山。

**送施丙卿**原案：此詩當是淳熙七年所作。

嗣宗仲容天下無，施家更與阮家殊。舍人騎星上天衢，令君抱雲守仙都。氐房奎壁牛女虚，豈肯使人清暉孤。舍人桃李將吹嘘，青青白白并朱朱。子昔緑水敷紅蕖，速謝香火歸諸胥。元豐歐陽元祐蘇，黄晁張秦皆其徒。子所標準前規摹，策勳豈不真良圖。甘王樓下百日餘，展盡胸襟渺江湖。今年大燎然洪爐，獨此冰玉涵秋菰。玉山玉水秦本作水清，孔本作山水清而腴，山南山北多仙廬。居仁寶玦敲珊瑚，吉甫金椀傾醍醐。山東文豪尹大夫，銀河赤岸通方壺。三山仙伯飄飄俱，端明殿老争搏扶。子乃奔軼攀其鬚，明月在天不可呼。掇拾墮黑雲模糊，三臺北斗韓尚書。芙蓉旌旗駐飛車，低挽鳳凰追鯨魚。高搴麒麟起玉除，定不遺子鮫人珠。宜春宣曲驂皇輿，尚書許我能起予。飛黄一向抛蟾蜍，不識尊意今何如。四十有六垂桑榆，西湖寒雪參清娱。飛瓊砰磕波文粗，卓玉稜嶒山骨癯。尚書尚書切勿疎，我久寂歷西山隅。尚書擊鼓羣龍趨，我豈不解吹笙竽。青楓紅葉秋風初，風聲獵獵摇江蒲，矯首河漢且長吁。

## 與張安國圍棋勝者命題負者賦詩作藤枕歌

平生屈盤在空谷，高韻清修疎節目。上凌幽巖冠松頂，下入寒溪捫石足。覩君眉宇含風霜，豈肯展轉蛾眉牀。西齋一榻浄如水，何如與我同卧起。客子倦遊思故鄉，歸心往來鷗鷺行。夢中山川不識路，憑君推挽過西江。

## 竹夫人歌

君不見黄金屋裏貯阿嬌，咳唾隨風飛九霄。寵極妬深恩愛絶，長門畢竟成蕭條。又不見明妃千載居深苑，年年不識春風面。一朝上馬出君門，萬里關山紫臺遠。來來去去春空絲，鶯鶯燕燕能幾時。百年不辨專房計，萬事翻覆仍難期。豈如道人青奴元不惡，金蠶玉燕慵梳掠。眼眼相看似有情，誰念佳人翠袖薄。迢迢良夜款相親，玉窗冰簟夢無塵。西風索索暫别去，一歲一回重見君。重見君，猶勝姮娥不嫁人。

## 送空上人歸育王

生涯挑上古藤梢，歸心飛渡鄞江潮。長安貴人足官府，不似育王原作玉，據孔本、秦本改山色高。山前山後松風岑，一衲無塵雙蹻輕。月寒濯足半溪玉，日净穿林兩袖雲。吾生浪走踰千里，天涯踏破青鞋底。誰令插脚墮紅塵，只恐愈深收不起。千載此山端有期，翩翩清夢隨君飛。他年拄杖叩泉石，莫認此翁作生客。

## 贈僧師能

稽首十方大醫王，乞我太素靈樞方。無朱無墨無文章，不用桂术參芝香。亦非山澤川原良，非丸非散仍非湯。勺撮銖兩何能量，尋源不出羲農黄。岐伯伊叟無交相，而況韓孟陳吴楊。自注：韓保昇、孟詵、陳藏器、吴普、楊損之。一切靈府常含光，不屬心脾肝膽腸。倏忽六猴窺六窗，心花撩亂空飄颺。三界六趣横顛狂，六交十習紛踉蹡。中此疾者何茫茫，爾出何策能相當。此魔跋扈真强梁，汗流盧扁走且僵，眼亂孫陶驚而蹌。温寒燥濕翻陰陽，君臣佐使徒慞惶。我發刀匕非尋常，應證取效無參商。臨濟一擊雷横撞，德山一喝龍騰驤。荒郊解使枯骨强，龍盤虎繞嬉迷藏。明月堂中啟秘囊，一服甘露玻璃漿，大千世界都清凉。此藥亟嚥不必嘗，一粒中裹千金剛。炮爁炙煿誰精詳，聽取露柱聲琅琅。西泝江漢浮瀟湘，呼將石人撑鐵航。藥囊抛向江中央，長風落日雲蒼蒼。自注：能精醫，邂逅有奇功。雖雜學禪門所訶，然挾醫養道，猶有愈于其他也。

## 贈南道人

露水班白未全白，長江大湖喜為客。西風漸少北風多，脚底路聲行格格。一袍兩蹻都無餘，腰間一二三葫蘆。生涯如此祇如此，如此如此無他須。紅黄瀰漫雜奔走，觀旁亦有可人否。公卿將相總不問，蓑衣鐵拐豈無有。青山緑水逢迎時，亟來相報令吾知。戴起一頂青蒻笠，拖將七尺紫藤枝。因緣渺茫多阻隔，斯人吾前亦不識。且呑溪玉濯心神，更攬月輪摩眼力。摩到無明醉夢醒，挹袖拍肩須有人。

## 贈開懷道人 孔本、秦本作民

開懷道民以隻履為標榜，鬻命資身，其曠達妙趣有起人者。

達磨隻履投西歸，一隻迺為汝所持。汝持此隻將奚為，十方三世包無遺。大撓十干十二支，衍作六十花參差。釋迦佛亦不出斯，丈六身外還屬誰。七十九年略可推，無始劫來何從知。可滿盛著瑯琊兒，任汝胎年月日時。烏窠披上粗繒衣，龍尾引入黄金墀。平川衺野觀游絲，東西南北隨風飛，水流雲在俱遲遲。凡度眼者都忘機，一物今古長光輝。無頭無尾無骨皮，無男無女無妾妻，無肝無膽無心脾。大率一切皆無之，太空赤立孤悽悽。珞琭忽見全如癡，何況吕李楊徐奚。我命居申西南維，我身在未正直西。臘月三十日到來，此身此命成煙霏。捲起卦盤收卦棋，梅軒共看花陰移。以上《雪山集》卷一二

# 全宋詩卷二二四九四

## 王　質二

### 何處難忘酒原僅收第三首，據《貴耳集》卷中補三首

何處難忘酒，蠻夷太不庭。有心扶白日，無力洗蒼溟。豪傑將斑白，功名未汗青。此時無一盞，壯氣激雷霆。

何處難忘酒，姦邪太陸梁。腐儒還《桯史》卷五引作空有鄙，好漢總無張。曹趙扶開國，《桯史》作賓王徐賣靖康。此時無一盞，淚滴《桯史》作與海茫茫。

何處難忘酒，英雄太屈蟠。時違聊置畚，運至即登壇。梁甫吟聲苦，干將寶氣寒。此時無一盞，拍碎玉《桯史》作石闌干。

何處難忘酒，生民太困窮。百無一人飽，十有九家空。人說天方解，時和氣自豐。此時無一盞，入地訴英雄。

### 次蕪湖聞張彥晉船已行

陸路如蛙鈍，江流似馬馳。不嫌君去速，只恨我來遲。兒女三杯酒，溪山五字詩。英豪到此地，莫更問何時。

### 蕪湖道中

擾擾千支水，攢攢一簇村。牛羊紛下括，鵝鴨鬧争門。晚徑飄松子，秋田長稻孫。霜天好風日，壯士鐵衣温。

## 山行即事二首

轉岸波仍急，瀕溪路半無。柳低侵樹腹，蓮濕墜花鬚。田舍籬憂倒，漁舟柁喜扶。雨餘山更碧，倍費我工夫。

浮雲在空碧，來往議陰晴。荷雨灑衣濕，蘋風吹袖清。鵲聲喧日出，鷗性狎波平。山色不言語，唤醒三日酲。

## 和御製詩五首 原案：此詩當是孝宗乾道三四年間所作。

某前日恭蒙樞密宣撫出示御製春日聖作，名儒巨公賡載之餘，輒采其意之未盡者，和成五章。寒遠不能以通帝所，持詣鈞墀，仰塵崇覽。

列聖兼仁武，隨時議戰和。佇開新日月，重照舊山河。西北浮雲斂，東南王氣多。大唐功十二，一一付鐃歌。

大慶通宣德，西華近保和。草荒朱雀道，沙壅護龍河。九廟烟塵暗，七陵風露多。君王既神武，父老莫悲歌。自注：舊京宣德門與大慶殿相值，自西華門即入保和殿，御路直朱雀門，南薰門外則護龍河。

濠楚前通泗，舒廬内接和。眼看花靨渡，夢想白溝河。火德時方盛，金行數不多。儒臣且經略，未要載賡歌。

鼎待周公定，羹須傅説和。上方資羽翼，誰解廢江河。志定功應秦本作須就，時來力不多。晉公門下客，豫製凱旋歌。

景運開乾德，昇平到政和。七星摇帝座，兩界隔天河。義士何曾少，謀夫不在多。鯉魚長尺半，恐有扣牛歌。

## 集杜子美句賦所居二首

田舍清江曲，柴扉掃徑開。野花乾更落，水鳥去仍回。渺渺春風見，冥冥細雨來。幽棲身懶動，坐穩興悠哉。

野屋流寒水，春星帶草堂。忘機對芳草，駐屐近薇香。農事空山裏，柴門古道傍。眼前今古意，看劍引盃長。

## 郊居

不著烏紗帽，自開青竹籬。雁號殘月渚，猿掛冷霜枝。有淚不知落，無心空自悲。人情正翻覆，去住總難期。

## 秋興

有願投金粟，無情上玉除。吾甘披短褐，君自曳長裾。浥浥雲生屋，涓涓水到渠。十難三四好，八九在閒居。

## 物幻詩

北海鯤從化，南枝蟻戰勳。宋龜靈自困，周蝶夢誰分。外物不可必，此形何足云。勞生竟不覺，幻境徒紛紛。

## 次虞樞密九日登高韻原案：此詩及挽楊參政詩當是乾道三四年間所作。

風動旗千榦，霜明甲萬聯。愁邊悲有淚，幽燧冷無煙。殺氣藏金鉞，臺光照玉船。元豐韓相國，故事講軍前。

## 代虞相挽楊參政二首

特起西南紀，孤飛五十年。名登千佛頂，位亞六階躔。文社尊韓伯，經門事董先。山川有冥會，公在孝廉阡。

道德平生足，功名歲晚成。掛冠方再表，負杖忽三聲。樂壽兼仁智，哀榮備死生。我家無故老，不忍見公傾。

## 代李叔介挽楊參政

運泰風雲合，名高泰華秋。杓衡方北指，江漢已東流。寡祐良臣死，鍾情志士憂。驚心波浪裏，不見濟川舟。

## 有感

北斗闌干外，浮雲拄杖中。天高千障立，月静一江空。宇宙横揮麈，乾坤落轉蓬。浩歌聊舉酒，無泪哭英雄。

## 即事

竹色交簷暗，苔痕擁舍深。羣鷗無定響，斷雁有孤音。戀闕穿雙眼，憂時折寸心。中原既傳檄，乃孔本、秦本作那更有陳琳。

## 送晁侍郎二首 原案：此詩當是乾道六年所作。

元衮催韓觀，鏘鸞遲甫歸。無功生靜福，有道正危機。棄智輕觀世，忘言妙格非。五車書滿腹，字字莫相違。

昔欲全家託，今惟隻影依。任從龜左顧，獨自鵠南飛。災淺謀三至，心危泣百揮。英豪天下少，不敢廢依歸。

## 次青渠

市井雖聊爾，風光略勝他。稻田方稍稍，瓦屋漸多多。得路皆平地，逢山但淺坡。日斜煙欲集，將奈晚寒何。

## 舟中作二首

昨日到今日，滿江常湧波。山川非不好，風浪抑何多。所愧累公等，固知如我何。柁樓無晚照，高卧一長歌。

昨夜一葉落，秋風江漢波。晶晶紅日淡，慘慘素烟多。世事今如此，吾曹可若何。凄凉聊繫棹，一和大風歌。

## 上王公明壽四首 原案：王公明名炎，為四川宣撫使，此詩當是乾道七年所作。

緱氏吹簫遠，王家奕葉光。昔多稱建業，今獨盛安陽。泰華何曾老，江河各自長。一名重兩火，與宋大休祥。

正統承周後，元臣在鄴昌。治平扶嗣聖。乾道作原作乾作道，據孔本、秦本乙興王。指日恢中土，何時過故鄉。

新堂標畫錦，門下有歐陽。

稷契伊周後，功名事業誰。眼驚希世傑，心喜太平時。不老池邊鳳，長生印上龜。旂常書不盡，太廟有宗彝。

風起雲飛志，包含具善鄰。試看公出手，毋謂我無人。揮羽思平魏，登場决并秦。功成身莫退，小駐八千春。

## 采石道中

聞説前年事，分明是偶然。羣雄孔本、秦本作諸奴誇好手，萬事有蒼天。浪沫埋椿木，波聲撼戰船。蕭條苦鬭者，揮淚立江邊。

## 魏城道中

岡背車痕亂，崖陰馬足黏。地爐茶帶苦，幔店酒多甜。水減溪身瘦，冰凝樹角銛。衣篝都已盡，無可更重添。

## 青陽道中二首

今日青陽路，行行不忍過。人家茅屋少，原野稻田多。樹木連蒼色，陂塘湛碧波。斜陽攲半嶺，將奈鏡亭何。

一路皆平坦，今朝稍屈盤。僕飢争小店，橋斷揀枯灘。處處山都好，家家酒不酸。人生各有地，所樂是長安。

## 宿石谿寺

落日寒山裏，荒烟野寺中。僧垣水衣白，佛座蘚花紅。舍後蜂糖熟，門前雁米豐。夜長難早睡，擁被聽松風。

**敕局同年相餞是日謝遣婢子春饒者還其家同年大不然之共悵然也**原案：此詩當是乾道七年所作。

已恨此身多，將如之子何。自甘吾潦倒，真恐汝蹉跎。身老便孤睡，家貧喜自歌。輜軿他日見，各想舊婆娑。

**發家書**

别乘非為辱，江陵稍近家。牙緋雖滯色，頭白亦增華。見説堂前竹，勝如屋角花。脱身歸到得，餘事總塵沙。

**上亭**

雨色昏何在，鈴聲怨阿誰。一朝人世改，萬事帝心知。西去身雖脱，東邊勢更危。祇應南内裏，不似上亭時。

**雨花臺**

亂草踏秋碧，斜陽立晚紅。天低昏海霧，江闊渡淮原作惟，據孔本、秦本改風。臺有餘基壯，碑無舊觀豐。愁人惜倦眼，不敢送歸鴻。

**見九華峰有四十餘其最秀者不知孰爲九也因作是詩**

稍稍雲氣散，溶溶山態回。翠旌千丈立，寶障百重開。此地真堪老，何時遂得來。海中蛟蜃惡，吾不問蓬萊。

## 送虞丞相孫運幹詩三首

祖予尚閉户，原案：集中有和通一簡虞祖予《浣溪紗》詞。祖予，蓋允文孫之字。景文當入山。未能黄綺外，姑在尚彭間。眼到風塵暗，頭依樹石斑。曹溪有正路，飛倦要知還。

尚象子生子，高風新又新。昔看三檜戲，今見一槐春。父祖有家法，典型如老人。傍觀應自肯，自肯乃方親。

曲肱真事業，袖手大文章。想子歸家急，如吾捨世忙。何時見丞相，幾日上瞿唐。見問宜多説，不言君亦忘。

## 題東林姚貴高書屋孔本、秦本作室

島嶼深沉碧，溪花淡薄紅。連山收宿雨，當户進凉風。暮靄孤村外，斜陽一笛中。西山起明月，未放酒杯空。

## 題洪景伯得江亭二首

睥子發孤照，太空無阻修。萬波争赴海，一嶂直當樓。渺渺憐身小，茫茫覺世浮。斜陽攲埤堄，隨意數行舟。

主去朝行在，花留伴此亭。别催心衮衮，春攬思冥冥。此事須丘壑，何人嗣典型。但當添種竹，相對北山青。

## 題舫軒

一舸江湖外，風濤有是非。著身安實地，冷眼看危機。烟樹何曾遠，鷗羣故自飛。若人能轉物，滿載月明歸。

## 題施大任雙桂軒

濯濯雙引幹，盤盤同結根。人知靈草木，天與好兒孫。嫵媚花窺眼，婆娑秀此軒。門中福未艾，遶樹更蘭孫。

## 題孤山寺

窈窕孤山寺，光明大士龕。佛香時縹緲，茶味亦清甘。竹挺森千百，僧房並兩三。全無兵火氣，不似在淮南。

## 和王充道夜坐二首

索索風呼葉，蕭蕭雨打窗。遥思雙白髮，相對一殘缸。夢落湘南浦，身浮浙右江。漏窮鐘未斷，猶自咽微撞。

風雨連三日，晨昏共一窗。天寒憐翠袖，夜永對青缸。有淚揮吴月，無船上楚江。夢寒元易斷，鐘静不須撞。

## 和孫仲甫

浦溆清溪遶，人家緑樹圍。竹墩森翠葆，蓮蕩亂紅衣。薄雨生朝潤，斜陽隱暮霏。桃花流水意，不在鱖魚肥。

## 和姚明之

草色動秋緑，松陰留晚清。日烘蟬吻燥，風助燕身輕。蒼莽家千里，飄零酒一觥。客愁銷不盡，還與暮烟生。

## 送陶茂安赴湖南二首

禮樂華今日，江湖得此天。繡衣開使指，錦帳卷郎氈。峻嶽車帷外，清湘籌節前。何如歸禁籞，花柳自風烟。

飄泊年家子，依歸父執尊。不知分此袂，還更躡誰門。欲語無言訴，相期有意存。何時憑水檻，凉夜倒清樽。

## 送韓總二首

斗絶重關險，星馳四牡騑。昕朝三勞遣，晝錦再光輝。距踴歡趨死，權奇飽欲飛。羌兒還解事，早送版圖歸。

飄泊春餘絮，孤寒歲晚松。誰知文有虎，祇道士無龍。溢浦城相別，蠶叢國再逢。論心能幾許，山水又重重。

## 送鄭德初歸吴中

相識雖非昔，相知不似今。歲寒三益友，金斷兩同心。半子來歸葉，孤兒維事任。此間拈鼓笛，那更有凡音。

## 送清堅老人宰辰陽四首

黔郡隨山壤，盧溪上水舟。雙眸長不夜，兩鬢未全秋。製錦寧傷手，鳴琴自點頭。武陵花賞遍，安穩上瀛洲。自注：黔郡、盧溪，見《九域志》。苦楝風方作，桃花水未生。逢村宜早住，趁路莫宵行。且止青春酒，頻添碧澗羹。槐根并馬骨，切勿厭官清。自注：青春，酒名。碧澗，羹名。見韓退之、杜子美詩云。却背五城關，旁連七寶山。楚臣經夕宿，漢代入辰灣。花縣成陰了，桃源覓路還。功名歸晚節，矍鑠上清班。自注：五城、七寶、楚臣、漢代，皆見《輿地記》。穴出丹砂粒，川呈暈角輝。向來曾畫諾，此去稍斜飛。若不吟紅藥，還應對紫薇。太公雖白髮，西伯要同歸。

## 挽李平仲二首

杳杳歸無極，茫茫恨有餘。九原那可作，萬事總成虚。汀草何嘗歇，雲山亦自如。此回真定别，無雁可傳書。

窮達皆昨夢，死生同一波。幻身非我有，薄俗奈渠何。霜樹柯莖少，江湖洲渚多。老來不禁淚，未忍過懷坡。自注：平仲有閣曰懷坡。

## 挽吴節夫二首

古道在今世，今人離古心。延陵存一老，元祐得遺音。樂善稻粱熟，憂民江海深。二毛方五馬，當代阻為霖。

生死一大事，聖賢三致思。朝聞應夕可，春葉又秋枝。高眼世無比，點頭人有誰。朔風吹槁野，天地亦含悲。

## 贈程元鼎二首

邂逅識程子，牽連懷老坡。山林深自引，琴劍肯來過。春事已如許，客情將若何。舟行相風色，江面水方波。

杜宇正呼急，程君來告辭。自憐吾老矣，敢問子何之。起柁指行在，求官嗚有司。歸來定何日，秋事以為期。

## 憶張安國

天上足官府，舍人何處歸。世情傷幻化，道眼羨空飛。易合誰終始，難言有是非。九原如可作，來共立斜暉。

## 李南卿西歸求語以贈行山谷偈云八萬四千關捩子與君一箇鎖匙開僕亦有一箇鎖匙謹以奉贈

之子何方去，荆江上渚宫。頗知君筆力，能嗣我宗風。境熟拈來是，心圓觸處通。贈之一轉語，收了萬年功。

## 贈同省訪别

咳唾相聞地，江湖各一天。所思無物似，此去有人憐。身遠何能近，心寬自覺便。難言知幾許，回首意茫然。

## 贈日者

何君巨源，娶女人，與范右史元卿有連。其談五行，歷歷可聽。自富川過蘄春，將之武陵，塵埃中試求公卿，當有雷霆一世者。

自墮胞胎裏，難逃造化中。一毫皆有數，三昧即無窮。消息深深見，機緘了了通。君能希八九，亦足問元功。

## 詠蘆

高致想江湖，當庭植小蘆。清風時自至，緑竹興何殊。溉灌情偏重，琴尊賞不孤。朗吟應有趣，瀟灑十餘株。

## 送胡秉彝歸毗陵

千林秋葉深，此際有行人。握手恨無語，出門愁始新。殷勤一枝柳，聚散百年身。眺遠情何極，茲來跡已陳。以上《雪山集》卷一三

王　質三

## 西齋落成呈榮茂世

主人乞我短窗明，推挽清風墮兩楹。千里坐安雙脚穩，萬金難買一軒清。掃除舊念無遺恨，收拾新工上短檠。幸有諸郎共料理，緊催燈火赴功名。

## 幽　居

春跗秋萼以時開，爾自野生吾懶栽。有飯故須間菘韭，無羹安用著鹽梅。雲蒼雲白變復變，雨舊雨今來不來。杉露松霜皆我酒，竹根木癭盡吾杯。

## 秋夜讀書三首

不須薄澣少纖塵，時復閒行更脚輕。樹有涼聲常摵摵，燈無熱意但熒熒。土鬆瘦菜從頭長，地浄幽泓澈底清。月化日遷人不覺，自注：見《楞嚴》：豈惟月化，兼又日遷。却于草木見先驚。自注：見蘇子瞻《琴操》秋風動而草木先驚。

縠紋絶似瀼西生，自注：見劉禹錫瀼西春水縠紋生。王直方以為當作生熟之生，乃健。霜沫全如漱玉清。自注：見蘇子瞻《漱玉亭》詩：亂沫散霜雪，古潭摇清空。稍定心源渟夜氣，即開耳界度秋聲。旁觀事有千端異，自注：見王履道詩：浮雲事有千端異。返照身無一點輕。一醉等閒千日過，清江安用白鷗盟。

無嫌烏帽走黄塵，塵外塵中總有人。口但輕輕吹鳥毳，自注：杜子美詩：見輕吹鳥毳。腸休軋軋轉車輪。自注：見蘇子美聯句：之子憤悶，腸如車輪。腹悶軋軋，胸奇陳陳。漫張明月清風眼，試玩游絲落絮身。半夜妙心花忽發，十方一刹現渾銀。自注：見《圖覺經》：心花發明，照十方刹。

**秀野亭觀雪**

不見湘娥十二鬟，誰移白髮上青山。雲開上界珠宫闕，風墮游仙玉佩環。洄曲城孤千騎入，山陰興盡一蓑還。萬松嶺下寒溪口，遥想梅花露半斑。

**從陳阜卿遊翠巖**

馬輕人健有秋容，飛到千巖萬壑中。古殿含風寒佛骨，峻屏揭水注龍宫。行深野屨霑空翠，睡醒僧簷轉晚紅。彈指山川變光景，横江旌吹擁元戎。

**和張安國聞捷**

兩京喬木久秋風，甘露棠梨非漢宫。鐵鳳雕零周廟古，玉魚流落漢陵空。朝催戰鼓雲埋陣，夜發戈船月照篷。宣德樓前清御道，明年元會納羣工。

**渡湖過大浩寺**

亂莎茁茁水皴皴，紅葉黄花各自春。隔竹歌呼知叟醉，倚松疎嬾見僧真。有時柏子捎衣落，無數松枝刺眼頻。山頂斜陽纔慘淡，草顛多露已横陳。

**和李平仲出郊**

渡頭脆柳不堪攀，嶺背彫楓尚見斑。店小青旗低拂馬，寺荒蒼蘚暗封關。但知魚樂如吾樂，未必僧閒似我聞。忽憶去年今日處，楚山欲盡見秦山。

### 張元亮見訪留和坐客

杯盤倉卒但隨家，所賴龍山得孟嘉。略以詩聲知律吕，敢于學海望津涯。精神霜後千頭橘，風味新時一顆瓜。髮白未應餘子識，汗青當有後人誇。

### 晚泊東流

原案：方回《瀛奎律髓》載此詩，以《東流道中》為題。

山高樹多日出遲，食時霧露且雰霏。馬蹄已踏兩郵舍，人家漸開雙竹扉。冬青匝路野蜂亂，孔本、秦本作吼蕎麥滿園山鵲飛。明朝大江送吾去，萬里天風吹客衣。

### 江西道中

落日平西樹起煙，亂山缺處水連天。城樓突兀棲雲表，樹影參差落眼前。倒引歸心纏客病，孔本、秦本二字乙欲隨飛鳥渡平川。不辭繭足投微徑，慰藉征行有晚蟬。

### 林溪中阻風

扁舟西去苦匆匆，底事天回柂尾風。倉卒未應旗轉脚，殷勤聊借浦棲鴻。孔本、秦本作分風半山烟雨騣騣暗，兩岸霜林故故紅。得意輕帆休笑我，去來等是一孤篷。

### 代虞樞密宴晁制置口號二首

合奏元和鼓吹聲，旌幢交映兩轅門。中臺上相官儀重，大國諸侯禮數尊。一會星辰朝北極，八方風雨聚西坤。今朝賓主周旋地，千古英豪氣象昏。

陳雷膠漆自平生，申甫藩宣共此行。夷則黄鍾相律吕，南箕北斗對高明。蛟螭鱗甲摇千纛，虎豹牙須立萬兵。千載難逢今日會，一盃且為故人傾。

## 和虞相喜雪二首

縞夜寒輝花雨天，洒空飛羽箭離弮。普開薝蔔諸天供，大展兜羅萬里綿。見在十方惟此佛，後來千古説今年。乾坤正賴君調理，未用輕尋范蠡船。

六花飛墮九重天，凍折旌竿裂弩弮。不夜嘗孔本、秦本作長衘九龍燭，未春先貢八蠶綿。暫開晴色供前日，自注：二公十九（孔本、秦本作七日）出郊頓晴。復作奇祥餞故年。自注：二十九日又雪。留得餘生食賤麥，楊林江上海樓船。自注：辛巳，公有楊林、采石再走之功。

## 留別虞丞相二首

太倉宇宙久陳陳，合與英豪共作新。修造鳳樓須有手，住持烏寺可無人。千官禮絶三司貴，一士心歸萬國春。藉與八風吹六翮，飛騰意度不無神。

禹跡茫茫海會同，有誰管領自西東。側身江漢歸無所，開眼乾坤見有公。隱几三思籌去住，歷階再拜叩窮通。朝家有意尋幽側，人在風烟慘淡中。

## 題山亭

馬喜名山去不停，半鞭馳度兩峰青。飛來山鳥能言語，老去江梅尚典型。溪女半扉撩倦客，野僧三肅上孤亭。百灘流水蒼烟上，倚盡斜陽且更聽。

## 題蘄倅烟霏亭

落木寒聲晚更悲，斜陽隱隱霧霏霏。並塘官路青莎合，帶郭人家緑樹圍。莫遣風霜驚雁字，從教烟雨潤皛衣。接羅吹動肩樓聳，却下脩篁徑裏歸。

## 題張君量恩波寺

恩波全似海波深，聊傍支流築小亭。下映南山千丈影，上通雲漢一河星。濠梁此日堪同樂，文沼何時共效靈。人意亦隨魚意好，一觥相對萬荷青。

## 寄題挹翠樓

胸中磊磈但江山，翠積靈臺挹不乾。拂子折時無點滴，杖頭轉處湧波瀾。收回晚照千巖靜，放出靈光萬壑寒。我欲登樓聊舉眼，乾坤雖大不能寬。

## 張安國爲朱黄二豪作傳索賦詩

二豪名字遍人間，未許癡兒見一斑。俯仰半生雙鬢禿，是非千古寸心關。向來蹤跡埋空谷，老去文章滿道山。我有詩書三十乘，肯來相伴小窗閒。

## 余過荆州張安國已請祠先行

心事何曾吐一分，鼓嚴早已報三聲。元戎十乘公先啟，野渡孤舟我自横。細看好山須少駐，緩搖柔櫓莫多鳴。倘能黄鶴樓前見，安得春江尾柁行。

## 趙景山程德紹視旱有詩成編

相隨騎尾紫游韁，各佩牛腰古錦囊。過眼風烟都領略，聚頭燈火更平章。鵲枝賦罷驕横槊，蚓鼎聯成倦倚牆。三讀軒渠仍伎癢，亦撩草夢到池塘。

## 送陶茂安知永州

弓刀陌上起征塵，行到瀟湘春已深。柳子文章親到眼，魏公池館故沾襟。莫生去魯遲遲想，且慰歌廉望望心。瀧水浯溪江不隔，肯憑鯉尾寄佳音。

**觀政堂成上黄少詹二首**

胸中道德五千文，聊借高堂發妙音。背倚飛樓懷古意，面臨止水正人心。新荷此際敷青葉，稺柳他年貯緑陰。但使厨烟無太遠，時來分座伴孤斟。

潁州丞相舊能名，傳到雲孫尚典型。月在澄潭心共白，山圍宴坐眼同青。暫離方丈羣仙侶，獨抱黄庭一卷經。十頃玻璃能幾許，看公擊水渡南溟。

**題邕希孟静室**

緑玉珊珊密映門，雙扉不受一絲塵。經函藥鼎元無用，茗椀熏爐總是真。坐閲百年俱幻境，肯懸一榻貯閒身。麈毛揮罷無人語，静看冰壺一點春。

**送鈕子明**

大孔本作丈夫離别莫心酸，痛飲長歌作壯顔。勿羡春江燒赤壁，須從夜磧度陰山。精神勃鬱雙眉上，功業輪囷十指間。看罷吴鉤騰上馬，臨分小試出三關。

**老人嘗饌北食兒女輩不能過蕪湖多魚且美僕生長澤國不可一日無此**

不得揚州蟹蛤嘗，江鄉魚味亦相當。自從南渡為生理，慚見東人説故鄉。出火麥團猶雪白，帶漿米飯更鵝黄。老人日日惟須此，長笑兒郎太楚傖。自注：借韻。

**含山寺**

一僧龐眉拄杖扶，自汲石泉澆茗盂。山深松樹鬢髯古，寺老木魚鱗甲枯。心閒逢人謝禮樂，身倦到枕即江湖。夢回石壁半斜照，蝙蝠打人山鳥呼。

**送王仲鈐口號**

華屋沈沈燕不譁，緑陰悄悄樹含花。旌旗照野元戎壯，禮樂充庭使者華。解袂莫辭雙玉酒，同班行待五雲車。金虬度徹陽關曲，佳月隨人未肯斜。

**送胡正仲二首**

萬安松檟已參天，屬眼昆仍故宛然。滎尹堂前周兩紀，甘王樓下跨三年。八風翻海如如定，一月當空在在圓。太極清都天尺五，椎牙捩轉去翩翩。

稍稍秋風吹客衣，浮雲斜照送將歸。摇開楚岸蟬方急，行到吴江雁已飛。直恐相思衣帶緩，無令問訊驛書稀。一牛鳴地難傾倒，何况山川道路違。

**和陳阜卿**

雨花臺下晚江秋，曾對斜陽倒玉舟。自斷我當歸弔屈，不應君亦未封留。異時兵裏同悲喜，今日樽前再勸酬。悵望佳人雲暮合，空遺别恨與湯休。

**送酒與胡倅**

青堅堂下出香泉，歷歷春聲到耳邊。卷起白波滋舌本，養成黄氣舞胎仙。帝觴他日分涓滴，家釀今朝養聖賢。孔本、秦本作賞飲罷鈴絛應已製，汝陽乘此去朝天。

**送劉子開二首**

帝恩無吏肯承宣，雨露滂沱貯半天。璀璨兩星同拱所，蕭梢一驥獨當先。驅馳足下千重繭，忠孝心頭一寸田。孺子亭前見三隽，為言秋事亦茫然。

塵中拈出玉光明，追琢多年老更精。會使低頭降志士，無令抵掌笑書生。此行原野霜風急，所過溪湖潦水平。鴻雁同天不同侶，為傳好在與南卿。

## 送王充老歸盱江

風遣輕蒲趣去程，滿江秋月碧紛紛。相看斷雁情何極，同著征衫袂更分。千里固應俱對月，一樽安得再論文。從今竹枕蓬窗夢，不夢懸刀只夢君。

## 送李公

海内堂堂見此公，孤高不與萬夫同。身行宇宙東西遍，心徹乾坤表裏通。莫共林泉謀老境，更看彝鼎篆新功。君王拊髀休長嘆，亦有英豪在眼中。

## 送趙子真送藏經于朝廷

憶昔同遊金鳳臺，臨高望遠思悠哉。重來又作燕山别，不意翻為驛馬催。寶藏元輝天上去，塞塵秋色鬢邊來。歸期已定終年約，莫遣丹心一寸灰。

## 别張君玉二首

烟霜江漢雁南飛，鸚鵡洲前再拜辭。風勁周郎焚艦日，月明庾老上樓時。無言只共江聲語，有意惟憑山色知。他日中原公事了，磨崖千丈要豐碑。

白雲黄鶴會相逢，湖北江南故楚宫。拭目文章王八座，叩頭勳業趙三公。今朝側耳聽奇偉，何日投身佐事功。公到京師相記憶，蘆花江上竹竿風。

**謝王巽澤新火**

月落參橫剥啄聲，起驚新火到陳人。鬢隨周爟年年改，心共商盤日日新。桐甑飯香增意氣，草堂燈影换精神。侯家宫蠟晴烟起，公自他時作好春。自注：老杜云朝來新火起晴烟，是改火以晨。韓翃云日暮漢宫傳蠟燭，是改火以晚。蓋改火當以節候，今寅初得清明，則以曉頒，適其宜也。足見處事雖細微，必周盡，故首及之。

**謝范西叔惠詩**

世間無可似君詩，兔杵聲寒露脚飛。頷下驪珠能奪取，袖中滄海更携歸。久荒此事成疎懶，賴有斯人為發揮。佳處不隨車馬得，但扶古堞看斜暉。

**贈徐輝**

五曜循環十二宫，乾坤盡落往來中。竹羅書在人安在，姑射山空道不空。疇昔未能知本末，從今不復問窮通。東樓恣享湖山樂，三尺闌干萬里風。

**贈湯元亨**

湯子親携寶鑑囊，路開春草見王郎。只今萍梗栖溢浦，疇昔松楸在建康。數轉話端纔歷歷，一生身世不茫茫。從今點破心間事，獨對東風笑一場。

**贈鄧東**

青藜半夜放光明，玉字金文下太清。舉眼試看君行略，點頭會盡我平生。運行勝景丁居丑，歲建昌期乙遇庚。四十五年如夢過，尚堪孔本、秦本作看晚景見昇平。

## 贈劉遂良

二年不下竹匡牀，枕損茅齋小米囊。吹起江風渡劉子，踏開荒草見王郎。胡灣此際談三命，淝水何時戰一場。他日中原公事了，與君同話此荒涼。

## 和李粹伯

不多風雨已秋容，慘澹斜陽濕晚紅。長憶蘋風過歸雁，更思烟浪拍垂虹。未應堂上燭能滅，所願樽中酒不空。卷雪樓前卸帆日，却從天際望吴中。

## 又和李粹伯

雲似諸公簿領閒，不名阿堵但江山。秋風未白平生髮，尊酒聊頳壯士顔。醉後參虚無咫尺，悲來天地總間關。歸眠夢繞瀟湘野，紅葉黄花滿望斑。

## 問王稚川覓酒

麥天一似菊花秋，澀雨癡風故作愁。幸自從來公不飲，何如乞與我銷憂。膠膠擾擾誰能問，兀兀陶陶得即休。七澤五湖烟水闊，可容閒夢到滄洲。

## 次通守韻題和政堂

攙天高柳意堂堂，柳外山長水亦長。百尺冰壺清徹底，一川雲錦爛生光。暫看屬玉摇波影，速駕麒麟入帝鄉。宣曲宜春騶輦路，上林風味薄沙棠。自注：《上林賦》：沙棠櫟櫧。《吕氏春秋》：果之美者，沙棠之實。

## 和郭子應二首子應以詩見遺，有將分之語，愴甚。因用前韻，少叙此懷

出門吹面已薰風，春在垂楊慘淡中。我輩不須悲聚散，此江元自有西東。日暄波暖魚苗出，雨潤泥融燕

頷豐。尚可淹留成一醉，引盃説劍未輸公。

北窗睡起復西窗，心事悠悠付枕囊。日静無人驚燕雀，野青隨意卧牛羊。愁中故自傷遊子，別後還應憶漫郎。萬里梅邊尋斗米，夫君身世亦遑遑。

## 和張君玉

且把鋤頭且著書，懶隨臣朔怖侏儒。車腸久自思懷橘，蓬首還應念執殳。未暇洞天尋小有，盡將世界付南無。不知南北東西後，肯寄書來問老夫。

## 和張君玉與史喬年

弩矢先驅導繡衣，芙蓉倒影動旌旗。行歸容與螭頭陛，且去摩挲峴首碑。吴帝城邊逢此日，越王樓上憶他時。相煩問訊隆中陌，尚有當年草木知。

## 和張君玉

使星卿月共光輝，行轉杓衡入紫微。白粲萬檣軍總飽，紅稠千榦馬能飛。後身叔子今安得，萬代夷吾古亦希。風動一江吹晚雪，歲云暮矣送將歸。

## 和沈述之贈權幹詩

江楓不敵寸心丹，何待霜雄吏自寒。滿眼空空無一佛，舉頭在在有三官。毛端解運三千界，脚底常飛九萬摶。鳧茈餘根挑欲盡，莫憂魯巷有顔簞。自注：上臺幕府鄭重來修荒政，吴人沈述之有詩，魯人王某賡之。昨共話點雪寮，舉隱峰推車語，只此一則，便了平生，故詩中略露此消息。其（原作共，據孔本、秦本改）律身鈐吏，念物孳孳，遇事井井，皆此中推出者。推之又推，天地雖寬，奚足充塞耶。

## 用沈述之韻賦靈槎

甘王樓下挽清暉，不到三湘識九疑。骨健任從波浪嚙，眼空冷看市朝移。常懷一簣香爐日，不見三峰雪嶺時。安得杜蘇添此沈，相從地上作三奇。自注：子美《假山》詩云：一簣功盈尺。又：香爐曉勢分。子瞻《木山》詩序：先君子得木山三峰，詩云蓬婆雪嶺，巧雕鎪林。《開命訣》云：地上三奇甲戊庚。故云。

## 次韻姚貴聰

小簾低捲一庵春，茗椀薰爐作意新。今日共懽何事酒，他年定託不孤鄰。愁腸繚繞終難展，醉字横斜半失真。遥望江流横日脚，極思沙嘴問歸津。

## 次通守韻題廓齋

遥傳碧落入新除，早向清都卜定居。金勒鳴珂班退後，玉堂揮翰酒醒餘。試聽掣動鈴絛響，驚看飛來錦帕舒。甘露堂前正秋色，集賢如堵望相如。

## 銀山寺和宗禪師四季詩

### 春

但聽清圓不覺喧，松牀紙帳坦便便。草深雉子争烘日，樹暖蜂鶵懶趁烟。無事石頭頻打睡，有時村店暫逃禪。尋花問柳山前後，隱隱鐘聲暮已傳。

### 夏

繞廊行聽鐸丁當，禾稻桑麻各一鄉。竹影能令心灑落，溪聲自與意清涼。門無驚鹿衝籬破，路有疏螢掠草光。纔到斜陽生暮靄，滿庭山露滴松香。

秋

塵埃飛不到郊坰，山鹿溪魚任意行。密逕竹烟迷暮影，幽巖松露滴秋聲。燒殘野草斕斑黑，脱盡疎林隱約明。溪石稜稜波激激，水花紅紫謝還生。

冬

夾徑長松耐凛冬，隨溪覓路杳無窮。曉霜易滑荆橋上，朔雪難侵紙帳中。溪冷無魚供酒客，林荒有鹿伴樵翁。江湖水濼多蘆葦，不異飄鴻泊野風。

## 答楊教見和

飯鼓逢逢睡起時，先生弟子總闗扉。不妨堂下輕騎馬，切莫江頭浪典衣。且對燈花隨雨落，任從苜蓿列盤稀。杜陵鄭老襟期在，今昨那能定是非。

## 挽趙處士

叩閽凛凛疏三通，歸社蕭蕭酒一鍾。龍卧高陽呼不醒，鵬飛北海去無蹤。無年及見安車召，有子能荒大國封。想見功名心未死，亦隨江漢去朝宗。

## 弔法空

鶴不勝癯汝更癯，平沙獨立未為孤。雨花臺上方知有，明月堂中竟省無。此夜吟風憑北固，何時乘月叩西湖。出頭已解挑包走，試路西江問老夫。自注：空在建康雨花臺，方尋詩，忽有省，始棄去，從妙喜參禪。妙喜甚恨其障深也，見空來，即曰：「拽出死屍著。」蓋以屍為詩，提撕剖擊力矣。空竟坐詩為魔，參請少倦，即尋溪陟山，不覺又發諸吟哦。妙喜屢歎其形太脆，數不長，此事恐難成。未幾，瘦死，今二十年矣。埋丹徒南陂，有母尚存。其《乞貲曹勳》云：一夢江湖已十春，芒鞋不踐馬頭塵。

只知今日了今日，豈料一身愁一身。南阮固應慚北阮，越人那得累秦人。西風不但吹游子，吹老天涯白髮親。效唐人體，非空本法也。

以上《雪山集》卷一四

## 王　質四

### 挽虞丞相

一德風雲會，千秋海嶽靈。中涵天度量，外峙玉儀形。人物如三代，文章似六經。嘉謀調藥石，偉望振雷霆。二水盤明鏡，三嵎揭秀屏。天心開俊傑，世路化畦町。采石交綏急，自注：時金人親督衆渡江，鋭甚。參謀攬轡停。自注：公時為參謀，勒兵督戰，却之。舟中掬晉指，屋上建秦瓴。帝座憂回喜，邦人醉得醒。江聲鳴歷歷，圖畫儼亭亭。自注：有畫采石戰圖鬻之者，公儼立山巔，旁標曰「虞舍人」。蜀道馳宣詔，函關寢啟扃。自注：公時宣諭川陝。希文初遇吕，平仲卒逢丁。自注：旋以異議，易鎮夔。直北烟都歇，居東雨載零。野隨裴令緑，竹為武公青。宇宙傾風采，朝廷遲典刑。自注：公能政，甫至仙井，即趣召。三邊頻仗節，自注：公為江淮、荆、襄、川、陝參謀、制置、宣諭、宣撫，凡五出使。七府遍移廳。自注：公為周簽書、同知、知院及使，參政左右，皆遍歷。堅重車方軌，光新刃發硎。事融湯裏雪，物轉手中瓶。杞梓充庭茂，芝蘭滿甸馨。自注：公當國，推挽賢才甚衆，今所用多其賓客也。寶奩森漆栗，樂籠富參苓。幽士寧悲鵩，該儒總識鼮。輸懷情繾綣，接語步跉跰。自注：公當國，接人務盡其情，或至跛踦，而公不倦也。巖壑多空帳，江湖少帶笭。姚崇資倜儻，葛亮意丁寧。秀氣横連霍，洪恩沆澔滎。德威馴虎兕，道力化蝗螟。烽燧寒邊堠，桑麻蔽遠坰。農熙牛皪皪，兵勁馬駉駉。雁澤寬心駐，自注：西北來歸之民數萬口，賴公以安。龍沙側耳聽。自注：敵中聞公姓名，輒變色，令諜者潛摹公像以歸觀之。檄囊停插羽，綸閣緩摇鈴。周廩仍多黍，堯階再產蓂。長楊荒御宿，茂草鞠虛囹。忽化雙林火，俄流五丈星。更生游佛國，自注：有人入冥，見先太師為更生佛。中衛立仙庭。陵寢稽朝洛，王師寢度涇。蕭何雖鎮蜀，韓信未踰陘。鶴踞新華表，鯨歸舊紫溟。月明空皎皎，風遠但泠泠。蚤歲蒙推獎，多時備使令。盤餐傳舴艋，自注：公航江入蜀視師，乘小艇，公舟時傳嘉餐餽之。茵吐濺篁箳。自注：嘗元宵侍宴醉吐，公探囊發藥餌之。追琢參羣玉，調和作五鯖。自注：公不鄙，數以清貫處之。自從悲殄瘁，誰弗念伶俜。道路紆脩阻，音塵墮杳冥。口呿惟墨墨，頭點自惺惺。髮白心隨老，燈青目不瞑。有聲號井絡，無路挽車軨。睿意思元老，徽章播大廷。雲臺先鄧禹，烟閣重房齡。未解聯温贊，何勞勒固銘。自注：公以文章見期，然未有以報也。孫多騏驥骨，子悉鳳凰翎。自注：公之子學問道法皆茂。生死雖無憾，哀榮不忍聆。自注：別公二年而公薨。得公書，前未薨十日手澤也。其略云：景文之身可以升沈，而文章不與時高下。哀哉！飛夢風翻絮，浮生浪捲萍。西塵黯沈日，雙照淚熒熒。自注：興國視蜀門為西。

## 燈花

造化管不得，要開時便開。洗天風雨夜，春色滿銀臺。

## 團扇歌

鸞背如花女，出自咸陽宮。不愁無主愛，惟怕見秋風。

## 竹夫人二首

夫人承主愛，不在鴛鴦幃。庭楓飄一葉，滿眼貯秋悲。

洞房暗薰結，誰作雙蝴蝶。夫人獨自夢，清露泣寒月。

## 上虞相行春口號十首

賓從行間錦作團，相公馬上玉為山。今朝除却西湖好，天下無春似此間。

馳上平岡小打圍，相公自控紫絲鞿。一鞭揮出三千騎，驚動流紅窣窣飛。

蝶整鶯齊不亂飛，好風吹雨上花啼。和寧門外沙如雪，且向江堤試馬蹄。

團紅碎緑罥絲飛，不敢輕輕觸衮衣。正欲辭春春未許，且教留待相公歸。

暖霧昏雲養麥天，春風引緑去綿綿。種成百萬軍民飽，忠孝心頭一寸田。

浪縠高張碧四垂，游絲欲下不能低。斜陽却恐花成睡，只在天邊未肯西。

雲空玉宇降重重，匣面雙蟠小戲龍。夾路繁花香到骨，不如天上紫芝封。自注：近日屢有宸翰之賜。

暗黄退柳緑厭厭，長與行人駐別筵。傅説歸朝天下雨，不如休繫相公船。

嬌風悄悄日晶晶，只見花光不見塵。行過津頭旗轉脚，萬波吹動碧鱗鱗。自注：是日，微風過浮橋始大作。

遥指吴天背蜀雲，峽波小緑作微皴。西州寒食清明了，猶見檀心上苑春。

## 效竹枝體有感四首

來時梅花繞路旁，衹今壓枝梅子黄。回思孤徑踏斜月，冉冉馬頭迎曉香。

石橋直下槳雙横，落葉漸低湖水生。歸心欲寄潮頭去，潮頭不肯過溢城。

斜風急雨暮瀟瀟，更與客懷增寂寥。樹頭梅子未全熟，莫來窗下打芭蕉。

江南烟雨梅子肥，稻針刺水青離離。江南風物亦如此，所恨情懷非昔時。

## 即事

桃李陰陰子滿枝，春心密意兩忘機。無何一點流鶯過，驚動楊花簌簌飛。

**夜泊荻港二首**

落日人家已半扉，隔籬問答語聲微。桑枝亞路蟬争噪，一似南村割稻歸。

野火參差度暗光，蕭蕭蒲稗自生涼。夜深雲上無星斗，古樹陰沈覺許長。

**次虞樞密九日登高韻**

滿擬重陽醉菊觴，花時多已過重陽。年來莫是無知己，未遇淵明不肯香。

**問王稚川借其父承可詩二首**

侍郎墓櫝已蒼蒼，萬古江河一錦囊。杜老平生憐驥子，不將衣鉢付他郎。自注：集中有《憐幼子》詩，謂稚川也。

百代風流集豫章，娟娟各自作時妝。誰知索虎鉤鯨手，傳到黄家便到王。

**夜坐起贈范西叔何子方**

濃淡雲中月吐吞，寒枝驚葉動烏蹲。青熒一點無人對，賴有西風為掩門。

**贈李時雍**

平生飽識世間愁，牢落江南盡處州。插架有禾三百把，與君來往亦風流。

**集秦國文恭公句壽胡正仲四首**

絳霄别有大羅天，《題洞真觀》鈞奏聲沈帝所閑。《上元禁樂》歲晚政成丹詔下，《集賢石學士守符離》水蒼朝珮響珊珊。《和曼卿館中夜直》

玉蟾濡原作清，據本書卷一八一胡宿詩改翰待君揮，本書卷一八一作鐸《送陳澤歸吴興》五世嘉占得鳳飛。《送吕解元

江陰禮席》 朝野多驩天子聖，《暮冬離京》 便應調鼎向黄扉。《和承旨宋尚書》

君在東南第一流，《送李供奉歸闕》本書卷一八二題作寄浙漕晉卿李工部 緑綈膺原作應，據本書卷一八二胡宿詩改檢出神州。《送杜本書卷一八二作林學士知明州》 舉頭試作長安望，《宛陵秋晚》 昨夜靈槎近斗牛。《送秘閣張學士二浙提宫》

三殿觚稜照綵霓，《漢宫》 星郵傳詔原作語，據本書卷一八二改紫芝泥。《送李舍人歸闕》 休論萬里封侯事，《題雄州射亭》 此去青雲原作霄，據本書卷一八一改别有梯。《公子》

## 送徐聖可十首

此州斗大故為慳，金印如之足解顔。他日低頭看屈肘，亦思王老住胡灣。自注：某所廬在胡家灣。古云豫州如斗大，又云金印如斗大，故併取以寄意云。

元素當年會子瞻，山三百疊故依然。風流文采徐楊並，所欠賓朋似往年。自主：蘇子瞻過楊元素，時元素守此邦，送至石田，子瞻有詩，略云：溪上青山三百疊，快馬輕衫來一抹。

君玉風標世所希，日臨小閣瞰清池。君來已隔元豐夢，鷺静魚寒尚往時。自注：王君玉元豐中守此邦，愛滄浪亭，有詩，略云：魚寒不食清池釣，鷺静頻驚小閣棋。此亭猶在。

一陳一葉此横飛，飛到清霄總不遲。東海月輪今又滿，履綦安穩上丹墀。自注：陳子象、葉叔範，皆自此滿秩登朝，以至崇班。古云：徐徐東海出，漸漸入天衢。此夜一輪滿，清光何處無。東海，徐氏望也。

吾知昭德眼通明，君與渠家最有情。何况蜚聲滿黄閣，定應倒屣笑相迎。自注：晁子公侍郎識趙温叔于未奮，而君與晁有連丞相相知，亦以此故。

君到長安見侍郎，定咨老子鬢毛蒼。為言薜荔藤邊事，一局棋收又一觴。自注：芮國瑞侍郎往，櫂舟相過于東林，圍棊、觴酒。薛荔，回仙事也。

文康伯仲見昌黎，自注：杜詩：伯仲之間見伊吕。傳到雲孫又過之。君見小坡應記憶，近香亭下啜茶時。自注：葛楚輔正言嘗和某詩，略云：我家文康公，世謂昌黎韓。某數榜舟訪楚輔寶溪，對談書齋，周游花逕，荷不鄙夷也。近香，園中亭名。

東望苕溪想月卿，尚懷泉石養精神。倘于歸雁亭邊見，為道陽關有故人。自注：沈德遠少卿與某同登，不見今八年，時領毗陵也。

寶溪同社兩齊年，一落江湖一上天。試問吾兄應好在，何時再拜玉階前。自注：沈子壽編修與楚輔皆文溪為命，今子壽尚棲遲。子壽于某長一月，某命亦文溪也，故以兄稱。

卷雪樓前欲放船，滄浪亭上且扶肩。他時一月同千里，江漢吴淞共拍天。

## 贈畫工

我無頭上進賢冠，祇帶儒生一味酸。願向筆端求蒻笠，桃花春水把漁竿。

## 寄峽石老人

白沙渡口見鬚眉，袖角槎牙出好詩。願得揚舲秋水去，共看明月墮琉璃。

## 題大浩寺

漫山竹樹結清深，古殿荒寒一兩燈。但有菜根隨粥飯，老夫請作住持僧。

## 題真如寺

舊紅新緑都如許，塵世何曾有定春。晚渡野航衝雨去，今朝佳處總吾人。

## 月下看古碑唐貞元間物也

泥土相纏四百年，摩挲十在九彫殘。明朝叉手東西去，更有誰人月下看。

## 題李白笠釣圖

龍子梅粧釣笠前，脱靴豪氣總蕭然。一絲來往茫茫碧，不記開元後幾年。

## 題竇伯山小隱詩六首

栗里柴桑事事無，但言吾亦愛吾廬。掃開秋草門前路，恐有觀潮訪後湖。

深衣緇緣古風標，不用横飛上九臯。且伴寒泉薦秋菊，水仙王亦是吾曹。

蒲稗蒹葭密擁門，無風亦自有秋聲。烟塵齊魯今何在，下雉陽新有兩生。

山澮雲濃間有無，數牛鳴外接匡廬。甘棲亦有鴟夷老，左右盆山即五湖。

瘦水微皴漸復槽，秋楓脱葉下江臯。王楊盧駱青冥上，不廢江河廢爾曹。

秋草空繁不識名，秋蒲雖脱尚能聲。君行愛護青鞋底，行到山空恐路生。

## 題薛公肅西湖問梅圖二首

茅屋荒寒篝影昏，口心相應共花論。山橋野渡香凌亂，君在江南我劍門。

人眼心花孔本、秦本二字乙總不昏，細從烟外月中論。孤山疎影横斜處，今有珠樓鎖翠門。

## 舟中題石母洞前潭中玉犀石

玉犀玉犀是何物，白玉麟蹄水晶骨。珠宫貝闕不勝寒，夜來走出蛟龍窟。

## 黄制幹坐上題墨竹扇

自有清風風不吹，雖無明月月相隨。此君不可無一日，奈有霜寒露冷時。

**和黄少謩緑蕚梅**

緑毛么鳳仰銜花，不在山椒即水涯。昔日鬢邊能似此，春愁磨盡總成華。

**問查元章覓龍團茶**

戲龍頓斷天門鎖，來蟄公家片段箱。恐有墮髯收不盡，覓來驚起雁臯行。

**用前韻謝元章惠茶二首**

吾夜輕行過故鄉，不知箭栝與車箱。清風一點吹靈府，夢斷江南白鷺行。

白日騰騰睡醉鄉，塵絲撩亂罥巾箱。從令易趁繙書課，滿眼精神下五行。

**和袁丞蓋嶺長松三首**

强名呼作大夫官，亘古摩空不免冠。但惜五封遭一點，寧如深嶺撼風寒。

露邊稺葉亦堪餐，霜後皴皮更可冠。撫此盤旋不憂晚，但憂栗里酒樽寒。

百灘飛度半雲端，波浪聲雄不濕冠。禪袖垂鞭徐進馬，市塵無此雪風寒。

**和李無變與諸公出郊訪王彦博**

病來無力勝鞍馬，不得蘭亭共一觴。射雉如臯猶不笑，散花方丈錦千張。

**和李無變求詩**

十年慘淡經營處，一點青熒燈火知。平日詩從天外得，只今天外總無詩。

**和秋日即事韻二首**

駮駮山蒼雜水紅，不如冷眼看秋風。北鴻已望江南起，飛過榆林月正中。自注：蕭琦云，燕人喜射雁，雁南嚮，多夜度。

初楓葉外數行飛，瘦竹竿頭一點黐。浮世危機總如此，青蛇飛處且相隨。

## 千葉梅

一枝獨立衆芳先，小翠長紅一任妍。縞袂仙人來閲世，向來手眼故千千。

## 新竹

我不疎君君自疎，此君於我定何如。中庭明月常常在，卷地風來不掃除。

## 合歡扇

明月雖圓有缺時，合歡安有百年期。故令六六深宫女，淚落君前自不知。

## 九華扇

玉斧修成玉兔宫，蕭蕭無日不秋風。九華紫翠騰空起，取次拈來在掌中。

## 紗扇

八字回環字字精，一規孤月半銖輕。只應來自鮫人室，風動猶聞細浪聲。自注：簡文帝《紗扇銘》：照月空光，耀發風霜。

## 黄鵠扇

摩盡青雲到紫微，玉城風露冷霏霏。政令同落生綃上，亦勝空粱一燕飛。

## 竹扇二首

脱盡龍兒錦繡衣，一枝變化作千絲。泠然不受人間暑，誰道清風有歇時。

老龍飛去葛家陂，尚有龍兒戲錦衣。只恐世塵吹不盡，世塵吹盡聽龍歸。

**白羽扇二首**

昔卧隆中今渭湄，真龍長御快風飛。出關吹碎兒郎膽，安用軍師更指揮。

鼎足三雄各立時，卧龍騰起向西飛。渭川波盡摇明月，百萬貔貅聽指揮。

**七寶扇**

七寶薰開萬竅風，靈犀一點與天通。婆娑吹動紅爐雪，總在清涼世界中。

**六角扇二首**

一自昭陵掩闕都，龍跳虎卧世間踈。如今縱有千金璧，不博當年十字書。

昔日蘭亭暢惠風，至今不與庶人同。百金五字都休問，修竹清湍在眼中。

**蒲葵扇**

輕蒲獵獵野風秋，吹上蟾宫白玉樓。想見東山紅粉裹，超然惟有此風流。

**道　經**或云道家無經旨，五千言而已，故作詩以咄之

端拱主人無語句，臺輿僕隸鬧喧闐。希聲絶想忘言處，海水墨山書不全。

以上《雪山集》卷一五

# 全宋詩卷二四九七

## 王　質五

### 栗里華陽窩辭

#### 移南村辭

見集。謀居南村甚久，所謂「懷此頗有年，今日從兹役」。戀南村甚堅，所謂「此理將不勝，毋為忽去兹」。未審何時復還西廬，所謂「山澤久見招，胡事乃躊躇」。直為親舊故，未忍言索居」，當是居南村柴桑時。

多柴多桑兮繁陰，栗熟兮山前山後而多聞。有人兮素心，林密林疎兮溪山自為秋春。不見兮相思，相思兮起下牀而攬衣。南疇兮嘉穟，北牖兮新葵。轉南村兮西廬，夫豈衆芳兮要之。何所獨無芳草兮，惟吾宇其增菲。紛有此内美兮，奚適而非良期。匆知太元兮，又焉知義熙。

#### 去彭澤辭

見集。彭澤歸，從叔營致，當是陶夔官太常。君平生下至曲阿，上至江陵，所謂「在昔曾遠遊，直至東海隅」，即為曲阿。阿在丹陽，至是所謂「恐非此名計，息駕歸閒居」。自後不見所之。

西田下潩兮將荒，胡不歸。彭澤洵美兮，唯柴桑其是思。米五斗兮何薄，帶一束兮何卑。乾坤莽蒼兮，懷有道之無期。山隩兮江衝，魚龍波濤兮，蘆人漁子猶怔忡。朝上英兮暮下雄，山林自有豪杰兮，白銀水精之飛龍。

### 游斜川辭

見集。鄰曲同游，無考。劉遺民、周續之、龐通之、龐遵、祖企、謝景夷、羊和齡、劉子驥，鄉親張野、從弟敬遠、仲德，見傳、見集。顔延之，見誄。君親友之情甚敦，原校：一作篤《停雲》詩、《龐參軍》序略見。晚息交遊，獨悦親戚，見《歸來辭》。所以敬、德云亡，傷懷深深，見文甚詳。張野無見。

風物兮美且閑，矯鷗馳魴兮各適所天。南阜兮斜川，川雖斜兮心不然。二鄰三曲兮為誰，劉即周兮祖謝羊龐皆從而命之。鬧沙奔兮烟瞀，回峰轉兮雲翩。上下溢浦兮，無乃丹陽之桀人。不恨廬山之弗秀兮，恨廬山之弗深。

### 穫西田下潠辭

見集。世事度甚微，常抱饑窘，有《乞食》詩，極哀。《歸去來辭》「缾無儲粟」，《有會而作》序「煙火纔通旬日」可見。

平疇兮交遠風，良苗兮懷新新。欲升兮未升，猿鳥兮悲吟。饒霜露兮深山，風氣兮先城郭而生寒。堇不苦兮將辭其實，難倍伊莚周兮又奚著而奚作。青山白蓮兮遼遼邈邈，刓玉臺兮金闕。

### 居句曲山辭

見傳。始棲句曲山，立館中茅，號華陽隱居。南最高，為大茅。北孤峰聚石，為小茅。中三峰鼎立，近後最高，為中茅。同為句曲。

林屋兮峨嵋，岱宗羅浮兮繚之。幅員既長兮無極，杳烟壑兮雲陂。谷高陵深兮刓昭陽穹廬之翻覆，萬春千秋兮句曲。東麓兮南岡，桂椒蕭艾兮同香。湛汧溪兮永碧，岌菌山兮長蒼。

### 移積金澗辭

見傳。大茅、中茅，長阿中連石為積金。今居東面横壟，多環石深穴，聳壁狹洞，皆有湧泉。大率冬温夏冷，水旱不增減，色白，味甘美。隱居東澗宅與許長史南澗宅最奇。長史即謐，又有掾，即許翽，舍人即楊義，並在旁近。三君皆生東晉，諸仙故迹多出所傳。

長史御風兮舍人躡雲，掾左右兮山高谷深。昔渺渺兮何世，今茫茫兮何代。王謝兮埃中，楊許兮塵外。五明重雲兮咫尺而阻脩，東春兮西秋。羣芝兮遞芳，朮花參花兮似不全。人兮焉往，藥香無歇兮人生不可以久留。

禮育王塔辭

見辭傳。臨作，先用道家制，籙鈴藥鈴，佩符腋下，釵符髻上。次用佛家儀，覆以大袈裟，鬱袍葛衍。桐柏弟子劉顯林等學仙，泉法堅等學佛，君兼辭，于仙特詣極。

乾坤分吴越兮，隔以海潮之飛，鴻鵠兮十度而九回。朝句曲之嶙峋兮，暮育王之嵾嵯。垂老遠遊兮，豈其舍人長史之非。上精行次絶行兮，非通行照行之可希。天石縱兮天河驚，星辰日月兮欹危。度錢塘兮江碧而山蒼，斯行兮非常。

築層樓辭

見傳。《華陽頌》紀居上多種果林蔬圃，澣泉石竈亦弗遺，未見及樓，當是在東澗。前居既遷，故迹不甚省，頌所包羅甚闊，偶不及之。如欲立碣刻頌，安經昭靈臺前，頌亦不及經臺。

樓愈高兮世愈遥，平壤兮層霄。松遇風風遇松兮，信美而弗超。原作迨，據翁本、孔本、鮑本改笙籟兮雲陂，波濤兮雪川。夢已隔而弗聞兮，矧浮塵之入飛烟。樓安得兮袠阜，松安得兮穹岩。大分有終兮大空無終，斯時有羣仙之是從兮，它時無一人之與同。

## 籃輿　柴車

見傳。門生暨兒擧籃輿適廬山。為王休元入湓城亦用此。見集「日暮巾柴車」。

柴桑雖寂寥兮亦扶疎，不孤吾娃兮吾車。紙筆梨棗兮物計，有酒兮聊可與娛。洲寒兮桑落，久阻修兮江淮慘其如昨。鶴怨兮猿悲，灌卉宿莽兮無依。湓城倘可以且泊兮，廬山未趣夫來歸。

## 舫舟

見集「舫舟蔭門前」。

有事兮春疇，趾垂擧兮攙游。碕回回兮峪漫漫，何楫兮何舟。潺湲兮虎溪，東林兮遠師。溪深兮榜度，溪淺兮行歸。諦玩兮苔原缺，據翁本補痕，逆知兮履綦。林有影兮溪無聲，露下月明兮過之，到家兮掩門。噫其不爾兮，闔蓬亦可以棲身。

## 琴

見傳。有琴無絃，以為「但得琴中趣，何勞絃上聲」。見集「上絃驚白陶集《擬古》作劇鶴，下絃摻孤鸞」。

寫意兮憑聲，寄無所兮夫何能陶我心。酟我酭我兮勿充，豈其餘兮于琴。山空兮聲出，翁本作幽溪空兮聲澈。遲有絃兮何時，溪山兮為我流水而白雪。虎溪石兮濺濺，靈山樹兮欒欒。柏下之人已往兮，清吹毋為之輕彈。

## 壺觴

見集。多及壺觴，次及杯罇，無定器。多言濁醪，原作流，據翁本改嘗言「偶有名酒」，當是艱得。至作二十首，平生賦詩未有若此其多，紓情未有若此其適者，尋詩可見。

乾為天兮為圓，有時兮不然。醒復醒兮日月皆為之右轉，醉復醉兮天勿為之左旋。鶩遐觀兮北睨，斂孤照兮南睋。天下有道則庶人不議兮，夫何波浪之瀰漫。柯欒欒兮我眄，松蕭蕭兮我撫。阿衡去我兮已遠，翁本、孔本作阿舒阿宣兮姑去我獨歌兮獨舞。化無輿兮曷乘，盡無宅兮曷歸。今茫茫兮何是，昨莽莽兮何非。

## 鹿皮巾 葛巾

見傳。武帝遺鹿皮巾不用，後見簡文丹陽，以葛巾進謁。

斕斕兮斑斑，毋落落兮其間。蒼茸黃精之本兮，秋風杳生後而生前。山葛兮山巾，勿問山中兮君其問諸水濱。瀼瀼兮秋露溥，蕭蕭兮秋風生。淨居永福兮，胡可得為孤山之寒人。荷荷兮已矣，膠膠兮何耶。去復來兮，願采茅山之蘂花。

## 笙

見傳。少便馬閑射，晚皆捐，惟喜聽吹笙。

山不風兮風不松，礲磕兮自生松風。夫何所嗜之太酷兮，山林將安為容。下坂兮飛鞚，袞川兮深弓。去彼取此兮但空，斯情兮焉窮。王母去兮雲歸，王子來兮霜霏。鳳皇兮驚飛，明月在天兮星稀。疇昔兮成非。是耶非耶焉知。

## 栗里車及輿 見《歸田園》等詩。其制無考，今所用如左

山轎宜用紫竹、斑竹。以輕壯為良。轍用竹，亦如花葉，紙、梧桐油為頂衣。以清滑為良。

蹣蹣以出，軋軋以趣。山擦淺草，溪滔深蒲。在我窩兮不可傷，竹竿瀌瀌桐油香，遮雨遮風遮夕陽。

## 栗里杖及塵拂子見《和劉柴桑》等詩。其制無考，今所用如左

拄杖宜用山茶木、櫻桃木，或紫竹，或斑竹、白花藤。以堅潤為良。塵拂子柄用竹，氈用白馬尾。以輕柔為良。

溪昏霧多，潤即搓挪。路微石狠，弱即擔柯。在我窩兮不可攛，十二紅邊千百紅，入山轉深春轉濃。

## 栗里舟及櫂楫見《遇火》等詩。其制無考，今所用如左

船宜用艑子船、拖篷船、腰篷船、橛頭船，又網板船、敞槽船，多拖潭篷，其材宜用杪木、櫧木、欏木。以輕捷為良。篷用雜箬皆可。以厚密為良。

山崎水嶇，無軌可濡。草黔木黮，無轡可攬。在我窩兮不可睽，孤篷秋風秋葉飛，露冷波寒宜早歸。

蓑宜用蔗草，在背胸為蓑衣，在腰為蓑裙，苙繩索翁本、鮑本作縈領。笠宜用箬葉、笋籜、筋竹。背篷亦如之。或棕毛為衫笠。以鮮密為良。

橫江斜風，零雨其濛。無蓑無笠，誰適為容。在我窩兮不可殃，濈濈濕濕麾牛羊，負餱轉入魚龍鄉。

槳、櫂、橈宜用白櫧木、白植木、烏圓木、樟木、椿木。篙宜用筀竹。以堅緻為良。

𣿉𣿉其擀，摋摋其盪。吾非榜人，惟意所向。在我窩兮不可擲，菌桂木蘭皆不必，何材不動能浮碧。

## 栗里屨鞋見《貧士》詩。其制無考，今所用如左九字原缺，據翁本補

宜用芒草、蔗草、稻草、棕毛，或用蕒蔴皮蔗鮮嫩者，號過街新。以輕韌為良。

有黃其總，有青其絇。岩壑崎嶇，不利走趨。在我窩兮不可排，白沙何嘗破青鞋，柳絮蒲花鋪滿街。

## 栗里枕見《雜詩》。其制無考，今所用如左九字原缺，據翁本補

枕宜用藤枕、竹枕、柏枕，如胡牀為；繩枕，如吸筒為。藥枕純貯甘菊、荆芥良佳，它方稍繁難集。以輕平為良。

塊不枕頭，防兒來偷。疾擧深投，安枕長流。在我窩兮不可忘，無煩酴酥入枕囊，但乞野菊花翁本作秋風香。

栗里杯觴及壺罇見《飲酒》等詩。其制無考，今所用如左九字原缺，據翁本補

酒杯宜用猫頭竹根，或松根、柏根、堅老者亦佳。筆竹筒、柘木馬盂、馬瓢，長頸葫蘆、扁腹葫蘆。以輕穩為良。

松陵木癭，草堂竹根。草堂不貧，仍有瓦盆。在我窩兮不可攙，自古英豪于此韜，原校：或作陷，不英不豪杯可銜。

栗里燭見《歸田園》詩。其物無考，今所用如左九字原缺，據翁本補

燭宜用松膏、樺皮。燈宜用烏桕油、柠子油、菜子油、梧桐油。無燈草，用紙撚、布縷亦可。以明澈為良。

有月未生，誰與為朋。姑闕我光，少須爾明。在我窩兮不可陵，疎幹一任梢浮雲，我自傳燈仍續燈。

栗里衣見《歸田園》詩。翁本詩上有等字其制無考，今所用如左九字原缺，據翁本補

衣宜用四垂衫、旋襴裙、磕膝袴、漫襠袴，腿袴、脚襉，皆用布。以簡潔為良。

芰荷我衣，芙蓉我裳。秋風易彫，相從匆長。在我窩兮不可侵，薪姑稻姨不可紉，樹有游絲茅有針。

栗里巾及冠見《飲酒》詩。其制無考，今所用如左九字原缺，據翁本補

巾宜用烏紵、青葛。冠宜用樺皮、槲皮、椶皮、白藤皮、斑竹皮。簪宜用箭竹。以輕潔為良。

東莊有紵，西莊有葛。翾哉附蟬，棲我枯茁。在我窩兮不可譏，斜日西西鳴竹絲，暗樹鈎冠休夜歸。

栗里牀見《移居》詩。翁本詩上有等字其制無考，今所用如左九字原缺，據翁本補

牀宜用竹牀、松牀。席宜用燈草心莞草。薦宜用稻草或蒲草，號蒲蓋。以潔軟為良。

畫亦蝴蝶，夜亦蝴蝶。普天長春，芳草無歇。在我窩兮不可妨，瑇瑁珊瑚終剥牀，枕中江漢菰蒲香。

褥宜用蒲花、柳花、蘆花，青麻布囊之，或用零陵香、荆芥穗，密編作團。以氣原校：一作柔厚爲良。

曲江錦茵，白蘋紅巾。我茵不文，雖吐奚嗔。在我窩兮不可驕，深陷溪山花柳毛，松房竹館棲身牢。

交牀宜用筋竹、水竹、麻絛交縶。懶牀用竹、用絛，皆如之。或黄牛革代絛。以牢穩爲良。

礫礫其粗，姘姘其緊。夫惟無華，可與相永。在我窩兮不可嗤，徑微樹繁行稍遲，倦即倚牀齁片時。

栗里案見《挽歌詩》。其制無考，今所用如左九字原缺，據翁本補

机宜用紫竹、黄竹。椅宜用竹椅。竹机、蒲團、竹懶椅可負。以輕便爲良。

昔冰我眼，今雪我身。豈惟我身，又玉我心。在我窩兮不可鄙，班坐春莎總吾椅，嗒隱春山亦吾机。

栗里琴見《時運》詩。翁本詩上有等字其制無考，今所用如左九字原缺，據翁本補

宜用常琴，不必好古尚奇。操宜用多怡愉，少悲怨，多幽淡，少繁急，不可求傳，原校：一作博反嬰神勞心。以輕緻爲良。

宜竹宜松，宜山宜溪。有月與風，無適不宜。在我窩兮不可攖，千頭萬緒叢關心，纔聞一聲無一星。

栗里鋤鏟刀斧見《歸田園》詩。翁本詩上有等字其制無考，今所用如左九字原缺，據翁本補

宜用鋼爲刀，黄檀木、白橚木爲柄。以堅利爲良。

我藥務滋，我蔬務榮。閑卉閑花，任其死生。在我窩兮不可沈，鏟欲平平鋤欲深，樵刀鉤林多錯薪。

栗里香及香爐見《雜詩》。其器無考，今所用如左自此詩至本卷末，底本缺，據翁本補

香爐宜用猫頭竹根，或松根、柏根堅老者亦佳。香宜用易致草木，若兜樓根號杜降香，馬蹄香即杜衡，燕尾香即蘭

楓膠，樟腦參爇，與爐相宜。以雅樸為良。

竹鼦食葉，切勿食根。爾首銜蟬，我心騏驎。在我窩兮不可嫚，楓樟為謀石為炭，卯鐘午魚可以換。

栗里扇見《閑情賦》。其制無考，今所用如左

宜山藤扇、椶扇，或編竹籜箋黄茫筒。片竹縷解，紙粘墨煙桐油飾之，號黑老婆。以輕密為良。

生綃白團，有風亦袢。玉潤碧鮮，無風亦寒。在我窩兮不可離，吾無玉手捉蒲葵，蒲葵自托東山輝。

栗里花藥分列原作不列，據陶集改見《時運》詩。其類無考，今所植如左

梅、桃、李取花實皆美者，見《蠟日》等詩。餘如薔薇類皆略。

花藥之列，無先我梅。宜江宜山，最宜幽溪。其次桃李，色香俱美。難哉李孟，諸君之子。在我窩兮不欲稀，舍南舍北多令姿，足未出門心已歸。

菊、蘭、桂取色香皆秀者，見《九日》、《閑居》等詩。餘如芙蕖類皆略。

花藥之列，無先我菊。宜露宜風，大率宜肅。其次蘭桂，僥山林氣。菊不敢先，迭為仲季。在我窩兮不欲枯，山容貴癯神貴孤，塵外有此塵中無。

栗里卉木繁榮見《勸農》詩。其類可考，今所植如左

竹、松、柏取氣象皆爽者，見《時運》等詩。餘如白楊類皆略。

卉木之繁，所先我竹。成兒超母，二百日足。其次松柏，異餘同節。自稚及老，升竹叔伯。在我窩兮不欲摧，雪月雨風無亦宜，就中松風天下稀。

桑、槐、榆取柯葉皆切者，見《歸田園》等詩。餘如柳類皆略。

卉木之繁，無先我桑。相助芙蓉，與吾集裳。其次槐榆，春風同敷。亦有翠葆，清涼吾廬。在我窩兮不欲殘，六七月起秋風寒，蕭蕭吹得螵蛸乾。

粟里翼彼新苗見《時運》詩。其類可考，今所植如左

禾、麻、麥取莖實皆要者，見《西田穫稻》等詩。餘如秫類皆略。

新苗之翼，無先我禾。雪花將繁，雲子亦多。其次麻麥，東阡西陌。足度一世，奚止三日。在我窩兮不欲荒，玉堂金馬輸禾場，醉倚碌碡歌斜陽。

以上《紹陶録》卷上

## 王 質六

### 山友辭

#### 拖白練

身全白，觜微紅，尾長尤鮮白。聲清簡。又有拖紅練，通體深紅。

拖白練，拖白練，蒼翠陰中玉一片。翻枝倒葉露微茫，風動樹鳴忽不見。穿向北，穿向南，山藤野蔓何能纏。嗚呼此友兮可解顏，溪山繚繞多林巒。

#### 青菜子

身間青緑，頭烏，腦後一線細白圍之。聲清急，多苦吟，又謂之碧蒿。

青菜子，青菜子，林静山空忽驚耳。闈中娟妙度清圓，東林吟罷西林起。葉青青，菜青青，飛到山深聲轉清。嗚呼此友兮相會心，蕭騷野響生寒林。

#### 泥滑滑

身焦黄，雜黑斑點，如鷄而小。聲嘸急，多鳴則有陰雨。在篁篠間，故又號竹鷄。

泥滑滑，泥滑滑，林雨林風交颯颯。蒼皮翠莢啄鮮香，樹外行人何時歇。山有果，山有蔬，楓脂松膠香有餘。嗚呼此友兮慰所須，野草山花滿地鋪。

黄栗留

身黄而光鮮，觜紅而眉黑。聲清圓，喜啄細青蟲，如云「動便不喫你」。

黄栗留，黄栗留，寂寂寞寞傳聲幽。桃花吹墮杏花起，重叠春岡春樹稠。耳聞之，心蕭然，花飛花落溪潺湲。嗚呼此友兮真忘言，空山無人春亦寒。

提葫蘆

身麻斑，如鷂而小，觜彎。聲清重，初稍緩，已廼大激烈。

提胡蘆，提胡蘆，東呼西呼聲不孤。荳蔻花繁葡萄疎，野香野氣薰薰粗。過相煩，為我携，攢砂點漆苞累累。嗚呼此友兮堅相期，山樊亂蕊霑皴皮。

屈陸兒

身黑，觜足皆黄，頭有髽，張翅有兩白團，如毬，斂翅則隱。如云「鬼叫」，聲清急，多傍人呈巧語。

屈陸兒，屈陸兒，元無屈陸何呼為。雜樹停陰雜花静，相招相唤無人知。屈兮陸，陸兮屈，凌亂銜花花縴絲。翁本作縴縴嗚呼此友兮莫相疑，相伴空山深掩扉。

山和尚

身灰褐而長，腦觜俱黑。聲濁圓，間若誦牟尼號者，旋雜他聲。

山和尚，山和尚，低叢之下高林上。深飛撩動聲稍稍，穠翠參差不能障。不蘭若，不招提，丁丁啼罷還棲棲。嗚呼此友兮堪同栖，鮮枝潤葉漫蒼陂。

啄木兒

身間黑白，腹深紅，又一種身間青黄，腹白。觜如錐，啄蠹自飽。

啄木兒，啄木兒，壁壁剥剥尋幽期。山樊深静眠睡熟，樹聲忽鳴林葉飛。輕鼞鼞，重督督，山風槭槭聲漉漉。嗚呼此友兮誠相知，樹林要深不要稀。

## 蘄州鬼

身黑，觜足俱白，聲清急。别一聲不類「蘄州鬼」，如云「奚啾觜」。

蘄州鬼，蘄州鬼，江南淮北隔江水。淮山巉巉深又深，鬼哭浪頭險無比。你且鳴，我且睡，花草薰人令人醉。嗚呼此友兮願相逢，谷烟溪霧深重重。

## 百舌兒

身黑，觜足皆黄。他禽善鳴者，輒效之，俄頃作數種。審聽，知其皆此禽。

百舌兒，百舌兒，發口及時莫過時。柳色花香皆可掇，林光水光多翁本作都足娱。花沾舌，柳沾舌，吟咏山風共山月。嗚呼此友兮相追隨，樹巔一聲春夢歸。

## 不如歸去

身灰褐。啼極則倒罣。春殘多啄紅苞，故吻如染血。秋深則化為鷂。

不如歸去，不如歸去，花稠草繁胡不住。春山春林烟日暮，山花慘悽無意緒。溪可飲，林可啄，飲啄甘香且為樂。嗚呼此友兮勿渝約，月明滿野松毬落。

## 山樂官

身全褐。能作歌音，又能作拍彈音如喤囉者，聲清軟，性極從容。

山樂官，山樂官，自歌自和閒追歡。杉風梧月都清圓，松烟竹露仍團圞。林為莞，溪為絃，深山飛鳴相拍彈。嗚呼此友兮宜相諳，樹香樹粉山毿毿。

### 畫眉兒

身褐，眉細長而烏，觜白，形聲皆妍。類百舌能雜音，而此又能為歌舞。

畫眉兒，畫眉兒，林下何須更畫眉。莽莽蘿蔓迷東西，聲高聲低聲總奇。非真畫，即真畫，棘刺藤梢時一罣。嗚呼此友兮長相陪，樹杪聲來樹欲飛。

### 雪錢子

身白，如飛流黄而大，尾長，頭上一點深黑，極鮮。未暮即栖，見燈火即死，又號見燈滅。

雪錢子，雪錢子，非雪非錢但相似。天清雲浄雪驚飛，樹聲纔定溪聲起。只愛雪，不愛錢，梨花影下月明前。嗚呼此友兮豈相違，重花沓葉欒山枝。

### 白頭翁

身間皂，翁本作身間七白，疑當作身間皂白腦上一暈深黑，團一點鮮白。飛上下，不横斜，又號打線子。

白頭翁，白頭翁，咀嚼淺紫掐深紅。樹枝翻翻越山狖，樹葉駁駁彫山蟲。不斜飛，不倒挂，一絲擲上一絲下。嗚呼此友兮久相同，半銜蘿月半杉風。

### 婆餅焦

身褐。聲焦急，微清，每調作三語，初如云「婆餅焦」，次云「不與喫」，末云「歸家無消息」。後兩聲若微于初聲。

婆餅焦，婆餅焦，深山無事奚多勞。青林窈冥卧展轉，緑樹蓊鬱飛逍遥。脆枝弱，韌枝强，惟聞呼餅不聞香。嗚呼此友兮頻相招，暮烟漠漠風瀟瀟。

## 脱却布袴

身褐。立即無聲，飛廼鳴。雌雄相應，先曰「脱却」，後隨曰「破袴」聲無間斷。又如云「燒香」、「撥火」，稍急，「破」類「布」。

脱却破翁本作布，下同袴，脱却破袴，空潤疑當作闊冥濛濕交股。層層山草雜山花，刈穫衣裳總無數。燒杉香，燒楓香，菌桂蔓椒紛衆芳。嗚呼此友兮毋作疎，寒巢幽夢頻相呼。

## 郭公

身黑。聲稍緩，如呼「郭公」，音頗重。稍急且繁，如呼「布穀」，音頗清烈。餘聲如呼「郭婆」。

郭公，郭公，上田下田催野翁。嬋媛蒼翠錯青紅，汪汪活水聲交通。蚤布穀，蚤收穀，稻花垂垂香撲撲。嗚呼此友兮真相識，麻坡豆坡晚陰濕。

## 山鷓姑

身青，翁本作紫翅赤，觜黑，足青，如鷄而小。臆前有白團點，背間有紫赤毛。多鳴即有雨。稍緩，則如云「行不得哥哥」。

山鷓姑，山鷓姑，林深濃淡交榮枯。鉤輈格磔半雲木，山谷轉深聲轉孤。沙易行，泥難行，蚤呼春暗回春明。嗚呼此友兮同所歸，石藤屨罥道人衣。

# 水友辭

## 鴛鴦

身麻褐，雜花點，如鴨而小，稍長。夜傍灘岸，雌雄交頸即成睡，賦性好思。

鴛鴦，鴛鴦，一雌一雄春水鄉。□□所思在何方，葡萄顔色桃花香。溪南岸，溪北岸，且住中流莫相伴。嗚呼此友兮堪同調，烟浄波明影可照。

## 鸂鶒

身雜色，雌者白毛間黑花，如鴨而小，尾有毛如船柁。夜停岩穴深栖，聲清急。

鸂鶒，鸂鶒，水花蕭疎並花立。夜倚岩花眠野香，平穩溪山總如律。春水温，秋水寒，欹岸側島陰欒欒。嗚呼此友兮常相安，虚舟横渡人搴帘。

## 翡翠兒

身粉青，背上一縷濃翠，觜紅腹白，如飛流黄而大，小者為翠碧。巢先極高，後寖低，恐墮其雛。

翡翠兒，翡翠兒，幽清浄緑深依歸。浮空凝風香不動，翻身一擲碎花飛。總無矰，總無弋，波上沉浮沙上立。嗚呼此友兮宜相從，晚瀨原校：一作灘榜人收水功。

## 鷺鷥

身全白，頂上數縷纖毛如絲，觜足皆黑，頸細長。寡鳴，將宿則多繁聲。一種比鷺鷥稍大，觜足皆黄，標格差低。

鷺鷥，鷺鷥，三花兩花乾雪飛。荷花浄紅葉浄碧，輕來輕去掠寒霏。或孤翔，或孤立，落日横波脩影直。嗚呼此友兮彌相敦，水衰石老秋容深。

## 江鷗

身全白，觜足皆紅，眉黑。飛如鶻，立如鴿，聲微破而清，捕魚頗近翁本、孔本作迅于鷺。

江鷗，江鷗，茫茫萬波同一秋。菰雨蒲風不自由，浮世浮生爾更浮。一寸白，二寸白，啄碎波紋聲㶁㶁。嗚呼此友兮堪相邀，石村沙市江烟遥。

### 青椿

身青，如鵝，頸足皆長。眉黑，腹白，觜紅。聲差烈而不清，亦不迅捷，故得椿稱。

青椿，青椿，椿椿孤影横秋翁本作清江。上磯下磯江入翁本、孔本、鮑本作入江腹，斜倚亂磧聲淙淙。有如癡，還不癡，波動魚行皎皎知。嗚呼此友兮喜同規，翁本作歸渚蒲水荇秋風稀。

### 野鴨兒

身麻褐間斑花，如鴨而小，亦與鴨同聲。雄者頂翅微緑。寒則聚，他時稍稀。

野鴨兒，野鴨兒，長蘆短葦風披披。不寒不暖天與睡，睡足撲漉横斜飛。飛劃劃，鳴軋軋，菰蒲澎浡花欲脱。嗚呼此友兮奚可闌，斷岸欹樹連深山。

### 紅鶴

身白，如鷄而大，背上一路深褐，自頭至翁本作徹尾不斷。觜足皆黑，觜微彎而長。飛則色紅，立則色白。

紅鶴，紅鶴，東江飛度西江泊。蕭蕭晚烟和夜霜，寒魚沉波不可啄。轉松梢，轉松翁本作竹梢，孤聲不停危夢摇。嗚呼此友兮宜相求，付與江天能復留。

### 鸕鷀

身全黑，眉白，如鴨而頸極長，能入水捕魚。夜則棲林，又號水老鴉。卵生，誤傳口吐。

鸕鷀，鸕鷀，江烟渺渺波瀰瀰。捎空欲下不肯下，投深未飛俄急飛。碧中食，青中眠，風吹亂聲譁滿川。

嗚呼此友兮良可嘉，高紅低紫無乾花。

## 魚鷹

身全黑，觜足皆黄，如鵝而小。空中視波間甚的，捷于他禽。聲清烈。

魚鷹，魚鷹，江空谷空同一音。鮑本作聲風浪衝磯磯擦過，波沸安能遮眼明。忽飛上，忽飛下，碎玉横斜口中挂。嗚呼此友兮不厭多，看看桑田生白波。

## 陶翁本作淘，下同河

身蒼白，觜足皆黑，如青椿而大。頤下有囊如拳，可貯水，極護其觜，淺深能令水涸魚露，故號陶河，又號洿澤。

陶河，陶河，江文萃蔡搔江莎。岸沙岩石相蕩摩，異音同流烝涉波。東在梁，西在梁，繅風紛霧無斜陽。嗚呼此友兮相與永，島影忽翻水聲併。

## 鴗鶘

身淡青。如鴨，而足甚高，故其行輕。頂有冠，多毛，白細而長。于樹穴中生雛，稍長，則銜其翅而學飛。

鴗鶘，鴗鶘，嘔咽秋水溞秋聲。石樹巘巘崖稜稜，踢蘋蹴藻輕輕行。哺兒饑，誨兒癡，淋滲離褷相挾飛。嗚呼此友兮常相存，溪子通知魚鳥心。

## 魚姑

身白，間黑花，觜足皆黑而長，如啄木。傍淺水，啄細鱗，多栖蘆葦間。聲焦急。

魚姑，魚姑，溪南溪北遥相呼。烟深霧重棲沉魚，荒荒秋漢秋星疎。要姑活，怕姑死，姑且閒飛歇深沚。嗚呼此友兮真足稱，草平樹安波不興。翁本作瀰

## 魚燕子

身全黑，腹麻花，如燕而加俊。聲清急。並岸低飛，捕小魚最捷。

魚燕子，魚燕子，菫飴不下銀花觜。荷香菱香溪清泠，涮盡嚏喋全無腥。蒲槌黃，菰臺黑，波痕蕩搖渚花蝕。嗚呼此友兮能相寬，天生水資歡水賢。

## 水鶖子

身灰褐間白斑花色，如鴨而小。不能入水，沿岸啄魚蝦。聲細急。

水鶖子，水鶖子，不愛林花愛溪水。春岸春莎翕習飛，波動鬣搖霍原缺，據翁本補身墜。罨入淺，罩入深，東渚拋綸西拗罾。嗚呼此友兮良相宜，水光樹光韜暗輝。

## 魚烏子

身全黑如鴉，觜足皆黃。晝傍水啄魚，夜鳴，雌雄相應，如云「嗚科」。

魚烏子，魚烏子，相喚相挨擦風葦。春莎滲子漸成鱗，的皪眼光入波底。唼草芽，唼楊花，勃勃春沬吹春莎。嗚呼此友兮宜接跡，溪氣溪香午猶濕。

## 科斗兒

身黑，頭闊，尾銳。初邏藍成包，藉物寄之，多淺渚暗草，發藝翁本作蟄則叢聒，漸變為蜞蟲，又變為蝦蟆，本形始全。

科斗兒，科斗兒，役役聿聿成攢嬉。軟温春水調春泥，嚌深嚌淺隨高低。傍春草，傍春石，莫向空中亂澄碧。嗚呼此友兮良可觀，羽葆鼓吹春風前。

## 水鴉鵲

身間黑白，似鵲而小，尾長。多巢軟荷，育雛則寄菱葉，弱弗長者為搭水荷，捷能高者為花下荷。或翁本、孔本或上有高荷二字暫立，少久存。聲如鴉而清婉。

水鴉鵲，水鴉鵲，軟荷搭水身可泊。高荷脩莖難著脚，一盤一窩足安樂。竈有薪，甑有飯，蘆人漁子事皆辦。嗚呼此友兮宜相倚，翁本作依溪風來定原校：一作寒水香歸。

### 寐卑子

身麻褐，似鴨而小。入水捕魚良捷，且能久。聲如野鴨，多穴桑為窠。

寐卑子，寐卑子，春菰秋蒲老烟水。一雙飛逐一雙飛，斜景浄空光陸離。戀桃花，戀麥黄，瓜蔓菰苗皆故鄉。嗚呼此友兮宜同方，江花孔本校作風吹子魚花香。

## 山友續辭

### 枸杞

花紅紫，實紅，葉青。春苗可食，清甘，人呼甜菜。得名甚多，最佳為仙人杖、西王母杖。

我取友兮得枸杞，左鮑本作古陂花頭野聲起。蘘蓑霏雨雜斜陽，半濕半乾留春水。仙人杖，王母杖，所思兮焉原缺，據翁本、鮑本補可曠，野鶯慫慂野花旺。

### 黄精

花青白，子白，葉青。春苗可食，甘腴，人呼筆菜。根尤美，生肥土或如柑，瘠土小亦如橘，多啖可飽。

我取友兮得黄精，竹葉豆花交野陰。人不圖仙只圖飽，鴉鵲窠雕龍爪零。白可擷，青可捋，所思兮何由掇，半岩斜陽孟溪潑。

## 山藥

花白，莖紫，葉青。根可食，極美，人呼靈藷。取之嘿則獲，稱謂則無得，相傳為靈。

我取友兮得山藥，蝶花開盡鈴子落。幾日幾日黃不成，藷莫日翁本作自靈施少靈。猿父上，⿰犭軍子下，所思兮安可捨，一重空岩一重野。

## 甘菊

花黃，莖紫，葉青。春苗可食，甘香，尤宜茶。莖青者氣微帶蒿艾，號苦意，不堪食。

我取友兮得甘菊，高叢低葉貯清馥。石盂幡纚乳花飛，錯落紛敷間寒綠。入顧渚，入蒙山，所思兮安可捐，椿兒桂子爭芳鮮。

## 牛蒡

花褐，莖如芋，殼如栗，實如葡萄。苗莖皆可食，人呼牛菜，又號鼠黏子。

我取友兮得牛蒡，稠叢捷鼠走不上。深山誰伏又誰牽，唇粗舌皺膝頭壯。實雖惡，食不惡，所思兮奚可却，松岡竹墩隔沙濼。

## 石耳

色面黑，背紫，柔薄，生深岩危壁。餘木耳、地耳皆珍。

我取友兮得石耳，石壁峻嶒下無底。非脾非腎非肝腸，馬齒馬牙銜不起。耳無是，耳無非，所思兮何可萎，石笋石花滋石脂。

## 合蕈

色黑為楮蕈，最珍。白蕈、紫蕈，各隨樹而生，又茭蕈、竹蕈、梭蕈、蘆蕈，類甚多。産于壞濕地亦多類。

我取友兮得合蕈，山深樹底風不進。彈子團欒敷未敷，飛僵騰猿毋口粗。藤花迷，豆花肥，所思兮焉可遺，溪山撩亂將安歸。

## 槐　芽

花黄，葉青。春芽可食，或兔目鼠耳不堪食。餘棗芽、皂芽、樠芽，初嫩皆可食。

我取友兮得槐芽，繚陂灌叢饒雜花。纔茁嫩莢抽枯椏，涎流山鵲并山鴉。膠著虻，房著蠊，所思兮安可芟，碧鮮泠淘思露寒。

## 蕁　頭

色褐，葉青，堅瘦。生深山峻壁，極辛，亦帶微苦，稍傷太烈。縷蘆菔雜之，皆可食。

我取友兮得蕁頭，猛嚏烈香驚伏虯。石羊石蛇齧不得，彈蟹燕蠶胡可偷。常風寒，常雪寒，所思兮奚可堪，陰崖湧沫號飛湍。

## 山　姑

花白，莖葉皆青。木防風春芽可食，餘天門冬芽、萆薢芽、芎芽、地黄芽、牛膝芽，皆可食。又號赤脚娘。

我取友兮得山姑，春雨春風沙土蘇。山粗屨綻不皴脚，祇恐叉頭罥花落。拜蘋婆，揖菜娘，所思兮豈可忘，苦楝風高須索防。

# 水友續辭

## 蓮　子

花紅或白，房、莖、葉皆青。子外黄中白，清脆可食，老有他味。翁本味下有愈佳二字

我取友兮得蓮子，月白風清影横水。烟消露飛香愈茂，風標宜夜不宜晝。薏青青，的白白，所思兮將焉歇，中坻阻躋不可越。

## 藕條

花紅白，葉青，根白而圓長。方初嫩，堪滋羹，稍數，宜咀嚼。吴人欲肥根，稍髡葉。朔人號光旁，希見之稱。

我取友兮得藕條，花近可招遠可撩。龜魚到底亦不見，但見紅開迺碧凋。風漾漾，露霏霏，所思兮焉可移，光旁聊寄幽并兒。

## 雞頭

花紫，苞、莖、葉皆青。子外緑中白，甘韌，莖亦美。又號鴈疑當作雁頭。

我取友兮得雞頭，漪瀾汪洸不肯流。鷄栖雁栖卑不飛，雁或浮上鷄何為。溪無灑，沙無蝨，所思兮安有畢，濕沙暗蟲聲唧唧。

## 菱角

花黄白，子外緑中白，四角或兩角。紫者皮薄而肌厚，尤佳。又號水栗。

我取友兮得菱角，碎葉參差水瀺灂。重重叠叠庶相儵，雖見噞喁不可捉。收壁袋，收簧絲，所思兮宜相資，擦莎挨樹秋蟬啼。

## 水粽

花白，莖紫，苞青，子如栗，根如粽。根莖皆可食。春採莖，秋採根。

我取友兮得水粽，結花甚輕結根重。竹筒楝葉瀟湘餘，隨波凌亂飄江湖。藤籠閉，漏兜閑，所思兮奚可慳，蘆岸槿籬門早欞。

水芽兒

色黄，葉青，狀如嬰兒，可食，味如黄精，人呼水黄精。

我取友兮得水芽，荷花為孃藕為爺。不聞兒聲聞水聲，短碕長溆鳴奔沙。霜欲飛，水欲歸，所思兮不忍欺，東波南蕩秋風稀。

慈菰

花白，葉青，根外黄中白，狀如大蒜，可食。葉如車前者為山慈菰。

我取友兮得慈菰，秋水纔没藏莎餘。并州剪刀聊藉姑，剪得間花間子疎。燕搖尾，龍掀鬚，所思兮可與娱，秋波索索秋聲孤。

水芹

花白，根亦白，可食。葉似芎藭。色赤為荻芹。又號水英。

我取友兮得水芹，深青淺緑鬖鬖開。半沉半浮輕去來，溪毛石髮相毰毸。健魚赤，弱魚碧，所思兮不勝積，疎烟淡川浄如拭。

水蓴

花黄白，子紫，莖赤。葉柔滑可食為絲蓴，色似紫菜者為石蓴，冬為猪蓴、龜蓴。古稱茅。

我取友兮得水蓴，黄黄白白花深深。美髯得非龍子孫，秋風不退香涎痕。東魯思，東吴思，所思兮宜相詒，草木溪山今是非。

## 山水友餘辭

### 婆看蠶

色黄，孔本、鮑本作黑似屈陸兒。雄者先如云「婆看蠶，一百箔，絲車轉轆」，雌者次如云「作田作掘又來掘」。初夏多鳴。

一百箔，二百箔，千百箔，遍村落。官絹不厭厚，私絹不厭薄。婆看蠶，婆看蠶，蒲桶荷包共作田，晚䆉秋秋風摇稻髯。

### 鶻嘲

身全褐，觜足皆黑，似畫眉而大。罕定蹲，且繁鳴，聲焦急。又號骨雕。

鶻不挾，鵰不劂，各徶徉，毋獝狘。一愁擠花裂，二愁踏花折。鶻嘲，鶻嘲，相呼𥨊脂并博勞，同尋念佛婆羅巢。

### 銅觜

身灰褐，腹白，觜足皆黄。雄者腦黑，翅微緑。正旅立，忽隻起。人以嘴黄，又名蠟嘴。

不銀眉，不金翅，尋馱粱，搬草子。啄花蠟觜獰，啄粟銅觜獰。銅觜，銅觜，春環春嚶好兄弟，春喁自飛莫同隊。

### 涴鳴

身全緑，腹白間黑細點花，觜足皆黑。翁本黑字下有雄者翅紫。雄大鳴，雌皆聚，人吹截筒作雌（疑當作雄）聲致之，號涴鳴

筒,本竿筒二十六字

幸蒙寵,聊春容,有水礦,無�孔本、鮑本作竿筒。雪姑抬摁婦,巧婦堅正翁。涴鳴,涴鳴,尋花尋柳無山無,繁陰漸合春模糊。

黃頭兒

身全黃,足白或黑,腹白。夏多鬬,秋稍原作消,據翁本、孔本、鮑本改息。鏖戰至死不聲,以作聲為負。

山鮑老,甘受嘲,山婆婆,惜得驕。毱子來解腕,大頭來間交。黃頭兒,黃頭兒,白黃頭兒有老時,鴉線靴頭相伴飛。

緑毛龜

殼褐,背生緑毛如青苔,甚小,菖蒲盆豢之可觀。次金線,次黑文。金線亦小,黑文皆常品,有絶大者。産山為秦龜、龕龜。

似太平,自開元,雖垂老,不踰錢。只愛緑苔净,勿愛金絲鮮。緑毛龜,緑毛龜,三三八八總不知,彷徉露蔣風蒲稀。

秧　鷄

身全黑,觜足皆黑,似鷄而小。聲清微,水滿秧生則多集。

望水白,雁來黃,隔山拖,先拖秧。卯子何日圓,馬牙何日長。秧鷄,秧鷄,雨豪狹溪成闊溪,螺蛳蠼子澎澎肥。

水滂子

身褐，腹白，觜鋭，尾細長，似鼠而小。依湖岸或湖草為巢，又號湖鼠。一種竹鼠，全與湖鼠不類，多傍竹根為窠。翁本窠下有又號竹豚四字

獺最黠，鼠更黠，知水情，識水脈。荷花不禁掐，稻花不禁揞。水澇子，水澇子，鶂濫堆隨江風起，自仗秋莎嚐秋水。

## 水划蟲原作刬，據翁本改，下同

身褐，腹白，四足，兩鬚，浮水啑草泥，輕趒極駛，人呼水馬兒。

足為櫂，鬚為橈，舴艋子，何多勞。黑油急旋旋，玉掌輕搖搖。水划蟲，水划蟲，鸊鷈鷺鴨同從容，寬陂緩波無點風。

## 水蛾兒

身灰白，頭黑，四翄六足，如蠶蛾而小。掠水啅飛蚊為食。草木蟲化蛾甚多，石蠹亦能化，此不審何化。

任霜翁本作桑，下同葉，任霜花，啑飛蚊，味亦佳。浪穩無弩狐，波平無鈎蛇。水蛾兒，水蛾兒，石婦春風放盡絲，松根共掠蘋花飛。

## 刺椿

花紫如茱萸，莖褐，通體皆刺。獨樹無旁杪，翁本作柯梢短，苗從顛生，深如皂莢。芽可食。

喚春鳥，當翁本作報春呼，莫錯呼，非茱萸。前林迎榆郎，後林接榆姑。刺椿，刺椿，黠禽掐揞餘姑存，土卵蕨鷄無宿根。

## 金櫻子

花白，葉青，實黄，如山梔而多刺。夏殼韜藩可食，深秋尤美。冬入藥甚力。又號刺梨。孔本梨下有子字

薔薇花，榅桲實，多嘷噍，津浥浥。椰子亦成酒，縮沙亦成蜜。金櫻子，金櫻子，速挽菖蒲出溪水，仍招茯苓并遠志。

甜藤

莖淡褐，葉青，味甘。傖人加苦芺雜米為團，當春初時多食，過上壟即止。又號甘藤。

元姓甘，不姓丁，引春風，含常春。鷄翁呷甘露，祁婆插金稜。甜藤，甜藤，粥香餳白度清明，一片春山快活聲。

苦菜

花黄似野菊，葉青，如苦苣而小，莖淡褐，似燈心草而大。深春莖葉皆可食。又號游冬，經寒不萎，然不堪食。

王瓜後，靡草前，薺却苦，荼却甘。貝母花哆哆，龍葵葉團團。苦菜，苦菜，空山自有閒人愛，竹筋木瓢越甜煞。

甜椎

花白，葉青，樹甚壯，秋結實，殼黑，肌白，人呼烏圓子。苦者殼褐。毬皆類栗，但無刺。

花成穗，子成毬，雅相似，終非儔。茅栗低坡尾，旋栗高岡頭。甜椎，甜椎，秋後翁本作原秋樹倚斜暉，苦者擲與看牛兒。

蓼米

花紅，莖葉皆青，多節，花謝子結如粟，可食。晚秋人多採。又有菰米、蘆米、葭米、草木實間有䊧米者，御米甚佳，蛇

米不可食。

無馬纏，無蝦鬚，羅裙帶，色色無。顧花變流沙，顧花變穿珠。蓼米，蓼米，秋風易搖入秋水，大平中期難屈指。

### 水芋頭

莖葉皆青，葉圓而大。春深水生則抽莖可食。根如薑芋，外褐中白，不堪食。

不粵卵，不岷鴟，雖沉波，堪作魁。葧臍葉搓牙，芥藉茁整齊。水芋頭，水芋頭，江湖百年無一愁，南灣北灣皆膳羞。

### 蔞蒿

莖青，近山多赤。葉亦青。杪冬發土取啖，多土氣。初春抽莖，清脆可食。盛夏成蒿，能辟蚊。

皤老翁本作毛白，角子烏，爾未萌，我已敷。蘆笋茁戢戢，荻笋抽擢擢。蔞蒿，蔞蒿，風枝兩葉老蕭蕭，草堂黍氏不得驕。

### 茭白此詩起至本卷末，底本缺，據翁本補

花白，葉青。春生笋，夏生菌，皆可食。久則中心生白臺為茭白，肌中有黑脉者為茭鬱，莖差硬者至秋結實，則□米可食。

春斑犀，秋彫胡，一年計，在江湖。赤脚白脚癯，黄鮮紅鮮朽。茭白，茭白，蘆人漁子手拍拍，欒芽櫓臍曉香發。

### 黄花菜

花黄，莖葉皆青，初春下澤彌望不斷，柔嫩如薺，可食。生瀦田者微紫，尤甘美。大金星，小金錢，急嚥淡，緩嚼甜。黄花了未了，小兒群争討。黄花菜，黄花菜，大黄小黄甑蓬闓，飯香蔬香直一噫。

## 山水友别辭

### 茯苓酥山藥類皆可成酥

採生山陽者，浄毛精濯，苦味盡，暴乾，酒蜜相和蒸之，厚羃勿洩氣，久自浮出精英，色味如酥。

且自伏爾菟，句首原衍茯苓二字毋勞伏我神。只圖滋一啜，不圖延千齡。酥也酥，總弗如，松風浩蕩相招呼，呼上青冥山亦無。

### 地黄糖朮類皆可成糖

採生肥壤者，細捩去瀋料理，全體極嫩者投投下疑當有水字中，且浸且蒸，數過，瀋盡，色味如飴糖。

風來聞清香，句首原衍地黄二字月來見清光。鶗鴂但先鳴，芐芑毋歇芳。糖他糖，總弗强，草花樹花争結房，迎梅送梅陂愈蒼。

### 薏苡飯罌粟類皆可成飯

採生下澤者，料揀嫩實，浄濯細舂，炊之，咀嚼助飲食，氣味如硬米。

勾漏升空飛，句首原衍薏苡二字伏波抱愁死。一飽萬事已，古人皆流水。飯它飯，總弗换，樹陰相隨鳥聲變，草蟲木蝱自撩亂。

### 松　粉蒺藜栝蔞類皆可成粉

採生山陰者，乘早露掇嫩葉，净笔緩捩，投清水，良久，密布細濾數過，俟窨乾，加少蜜，色如嫩草。

奉勸十八公，句首原衍松字莫入明光宮。藉爾毬端露，助我屬底風。粉它粉，總弗近，總總松毛糞松本，松子松花香愈猛。

### 芭蕉脯 蓮房、牛蒡類皆可成脯

採生幽地者，擇糯蕉取嫩根，細灰與清水繼煮，灰味盡，笋乾鹽醬豆椒等浥之，色味如肉脯。

不愁風槭槭，句首原衍芭蕉二字不愁雨蕭蕭。為人張秋本，為我解春牢。脯它脯，總弗許，山鬼且往凭山樹，繁陰相倍享風露。

### 薝蔔鮓 笋蕨類皆可成鮓。薝，覩散切，音膽，薝蔔，梔子花也

採生深谷者，杪春開白花，差擇新嫩者，如前諸□味諸料釀之，長換清油，可留初香，味色如石首鮓。

天上雪花六，句首原衍薝蔔二字地下梅花六。彼花花我眼，此花實我腹。鮓它鮓，總弗亞，山南招提北蘭若，野僧家風莫相捨。

### 榆醬 蕪荑類皆可成醬

採生深谷者，晚春收莢，稍乾，用為醬，謂之榆莢醬。初夏收實，稍陳，謂之榆子醬，色味如豆醬。

榆葉淪可葅，句首原衍榆字榆皮春可脯。代豆釀為醬，代麵膠為糊。醬他醬，總莫尚，榆郎榆姑春春旺，林下山間慰所望。

### 蒼耳酒 五加、天門冬皆可成酒

採生傍舍者，精笔，半蒸，量溫湯清水白麵麵匀之，糜杵。牛膝、牛蒡、商陸根、松葉等極嫩為上，逾候乃入，又逾候

乃成，謂之十日香，色味如糯酒。

山婦耳帶璫，句首原衍蒼耳二字山兒耳帶梟。黄衣醬已佳，碧葉酒尤美。酒它酒，總弗右，陂草草深別宇宙，野香薰蒸噴饋餾。以上《紹陶録》卷下

# 全宋詩卷二一四九九

## 王　質七

### 避暑烟水亭與王南卿阮回文聯句一首

顔舒且對清樽酒，景文　晝永方濃翠幄陰。南卿　環佩響溪寒浪急，景文　畫圖藏谷繡烟深。班生石潤苔紋亂，南卿　碧度雲飛鳥影沉。景文　閒館邃風來迥野，南卿　隔林斜日轉疎林。景文　宋王阮《義豐集》

### 過洞庭

雲可有無水，風能奔走沙。蟠深鳴老蚰，飛倦落長鴉。地有湘頭尾，山無楚正斜。人間與天上，何處礙浮槎。《永樂大典》卷二二六一引王質詩

### 黄香梅

新翻微變壽陽粧，喜色横斜水一方。點破冰肌愈清絶，月明無處着清香。同上書卷二八一〇引《雪山集》

### 墨　梅

紛紛初疑月掛樹，耿耿獨與參横昏。自從東坡老子飛此英，茫茫世界總無人。疏影横斜水清淺，暗香浮動月黄昏。自從西湖處士揚此靈，紛紛豪俊半無神。贈子一轉語，挑子萬年機。嘬蘇詩，嚅林詩，要使蘇詩林詩透心脾。槎南枝，挼北枝，直使南枝北枝伏指麾。九州四海尋人去，不遇當人不要歸。

### 和沈述之與俞舜俞題墨梅

吴夢辰早掉鞅功名之場中，染指酸釜，又與鼎食。參差胡沙南鶩，袖短書，撼成閔於漢南，健語鮮明。晚裹以章服，香火嶽麓，而稍食之。結廬下雉之西郭，自見謂老圃。樊遲願學，而孔子不與，何也？樊遲將以此利物，蓋墨氏發源者。今措意不然。誦余所詠，可以興懷長嘆也。余不欲自作機杼，其叶律皆沈述之者。

玉京羣帝周大羅，芙蓉倒影旌旗多。明視仍孫竊姮娥，雙成飛瓊相和歌。飛瓊授以無聲詩，下走人間駛莫追。梅花狂掃不自持，但見浮動横斜他不知。中書君貴列鐘鼓，唤下真真命歌舞。真真呼上復呼下，上屏不言下屏語。空郊莽蒼江渺茫，中書頭鋭身瘦長。玄泓濡首醉淋浪，首所觸者皆生香。柳山俞生氣象别，不惟手潔更身潔。中書相與有良緣，共看霜天羌篪裂。十指五指握妙華，不在山顛即水涯。老楊死守梅花樹，攀枝弄葉猶咨嗟。眼光落此亦前定，過去垣外觸參井。俞生今世伴梅花，若伴他花應不肯。

## 題龔嘉謀墨梅

梅花一枝復一枝，是邪非邪吾不知。空堂慘淡寒寂寞，安得璀璨生光輝。今朝朔雲覆江野，無乃雪花銜屋楣。少定徐觀元不爾，壁上横陳皆不飛。摩挲零亂争欲動，亟避又不來沾衣。稍悟寒英着明縞，已信未信猶銜疑。雖然是梅不是雪，亦豈人力攘天機。伸脚欲下俄復縮，泠泠亦似奔湍溪。忽聽簷牙啅林雀，紛紛驚下玉葳蕤。鼻端三嗅定何有，蕭騷若有霜風吹。乃是瀼溪小龔子，搦筆汎翰生清奇。老杜見松被松嚇，王子見梅遭梅欺。却憶西湖疏影裏，斷橋流水袖香歸。

## 題俞舜俞墨梅

菁村江梅，竹山蠟梅，余雖不遍歷天下，東南未見也。俞子充浣濯襟次，周行薄海，多識偉人，如此而後藝進於道有日也。郭恕先云：「吾威當山下見一峰，始大悟，又陳圖南曾同吾渡水，顧影忽有覺。吾山水蓋得妙於此。」俞子與梅花有良緣，試用吾言推之。

楊無咎，透梅肝膽入梅心。俞舜俞，剝梅皮骨到梅髓。大江之西出二士，長淮以北屈兩指。吾嘗菁村山中飽玩玉葳蕤，十里五里無他枝。所恨俞子不同載，至今心繫吴江湄。吾嘗竹山道上爛看蠟凌亂，三程兩程行不斷。所恨俞子不同征，至今夢繞襄山畔。百尺卷雪樓，十頃黄龍州。此地遇俞子，此時逢孟秋。巽二滕六皆未集，廣寒宫中暗竊來相投。一枝兩枝雖不多，千林紅紫無若何。七尺八尺抑何短，萬里莽蒼亦云滿。贈爾一則語，收却萬年功。真梅蘊在磊塊胸，幻梅流出精明瞳。溟濛摸索未有覩，慘淡經營何所從。中庸大學松齋繹幾轉，楞嚴圓覺竹几繙數卷。他時相逢江路傍，茫茫江月梅花香。但見梅花普照眼，不為梅花空斷腸。

## 題晁子止侍郎小横軸江路野梅數枝

西樓何自有江聲，安得梅花的皪明。斗轉參横無定舍，侍郎行處亦隨行。

《永樂大典》：余在成都西樓下，見晁子止侍郎，有詩在扇，余屢玩頻哦，子止曰：「君愛此耶？」出小横軸江路野梅數枝，曰：「為我題此，當以扇乞君。」余沉吟良久，云云。子止即舉扇與余。

## 題李贊可掀篷梅軸二首

低篷掀起湊平沙，略見玲瓏八九花。自有青天衮明月，靈臺長見影横斜。

半腰已自見全身，但要當人着眼明。覷到梅花頭上上，十方同是玉為京。

## 再題二首

不見梅稍不見根，參横咫尺未能捫。掀篷何自掀篷盡，一任江風吹斷魂。

半江鼻觀已前知，恨不身先急櫂飛。雖則梅花不全見，妙香滿載野航歸。　以上同上書卷二八一二引《雪山集》

## 近　村

急急殺殘點，沉沉敲遠鐘。黄深湖霧重，白厚草霜濃。慘淡兵交氣，淒涼歲晚容。雲山望不極，吾恨亦重重。　同上書卷三五八〇引《雪山集》

## 過隆中村

當日隆中事，它時渭上悲。出頭知幾度，彈指不多時。有客吟梁甫，何人表出師。姓龐名蕴者，應笑卧龍兒。　同上書卷三五八一引《雪山集》

## 聖燈偈

是燈非草爇，亦非以膏滋。又非似瓶貯，亦非似盤擎。自靈府踴出，眼界現光輝。隨高下岩谷，以至杳靄外。然祈近眉睫，倏出尋丈間。亦有本無覩，啟發悲悔心。發心不須臾，所見亦如是。暫發俄即退，終亦不可得。二人或並處，所見各一境。以至五六輩，亦復五六種。人心如人面，是燈亦如之。譬如有目人，皆見當空月。目有昏明異，月亦分昏明。或有目眚者，隨眚作光相。不幸無目者，元未嘗有月。大智慧光明，遍滿河沙界。何獨不見燈，亦復不見我。何獨不見我，總不知所見。　同上書卷六六九九引《江州志》

## 集少陵佳句題和政堂呈使君

上帝高居絳節朝，使君意氣凌青霄。君臣既與時濟會，一豁明主正鬱陶。伯仲之間見伊吕，臨江節士安足數。欲傾東海洗乾坤，世人那得知其故。諸君何以答昇平，濟世宜引賢俊人。鳳臆龍鬐未易識，不與八駿俱先鳴。回鞭却走見天子，光芒六合無泥滓。後漢今周喜再昌，丹青婉轉麒麟裏。天時人事日相催，抑塞磊落之奇才。攙搶熒惑不敢動，五雲多處是三台。春來準擬開懷久，稍待秋風凉冷後。夜騎天駟超天河，南極一星朝北斗。　同上書卷七二三九引《雪山集》，又見孔本、秦本卷九

## 句

真翁自了平生事，不了山陰陸務觀。　宋劉克莊《後村詩話》前集卷二

《後村詩話》：史相力薦放翁，賜第。其去國自是臺評，然王景文乃云云。放翁見詩亦笑云：「我自務觀，乃去聲，如何把作平聲押了。」

（吴鷗整理）

# 全宋詩卷二五〇〇

## 程洵

程洵（一一三五—一一九六），字欽國，後更字允夫，號克庵，婺源（今屬江西）人。朱熹内弟，從熹學，家有道問學齋，熹爲之易名爲尊德性齋。累舉進士不第，後以特恩授信州文學，歷衡陽主簿、吉州録事參軍。寧宗慶元二年卒于官，年六十二。著作不見著録，明嘉靖九年（一五三〇）裔從孫程資得敝稿于其伯父孟河家，並由其友梅鶚補脱訂譌，刊爲《尊德性齋小集》三卷。事見本集卷首程資序及補遺程瞳《程克庵傳》。

程洵詩，以清鮑氏《知不足齋叢書·尊德性齋小集》爲底本，編爲一卷。

### 榮木和陶靖節韻

我卜我居，游息在兹。有榮者木，日封殖之。本根既固，發生以時。我時傾瞻，中心慨而。維人之生，孰本孰根。惟皇降衷，天理具存。是曰成性，道義之門。欽斯承斯，大化以敦。嗟彼世人，自安淺陋。德不圖新，惡或念舊。有干惟禄，有覬惟富。孰能毅然，不為利疚。我懷師訓，罔敢失墜。匪道曷從，匪義曷畏。聖門雖遠，率焉以冀。庶幾疲駑，久亦告至。資按：家藏録本《榮木篇》下別有二詩并題，俱蠹敝不可辨認，不得已節而去之。後凡殘缺處皆然。

### 張允迪出示方清老詩用韻簡之

十里五里聊幽尋，遠山近山相對陰。煙雲變態晚逾好，竹樹葱蒼秋未深。故人見我喜欲舞，倚杖共看鴉投林。呼兒秉燭語清夜，炯炯君應識此心。

## 度黄瓜嶺

十年來往黄瓜路，冒日衝風凌雨霧。今朝短策又披雲，一笑成詩復悽楚。我行對鏡并浮鏞，欲攀星斗摩蒼穹。黄瓜雖小亦其亞，領略鱗鱗千萬峰。

## 次方唐卿對月見寄

芒鞋却走荒山道，始覺在家貧亦好。歸來對月思故人，寂寞柴門迹如掃。故人遺我新詩章，反覆幽懷欲傾倒。恍如明月墜我室，炯炯清光滿懷抱。秖今秋稼已如雲，飽意可緩憂心擣。潑醅酒熟君不來，遠思緜緜滿秋草。

## 張衡山南山瑞芝

君不見商山昔有龐眉叟，道德高風聳山斗。茹芝歲久得長年，身與此山俱不朽。張公道與此老同，失身偶墜世網中。却從神武挂簪紱，林泉歲晚殊從容。壽宫誰遣芝生柱，三秀煌煌照庭宇。平生心地只天知，天遺芝為靈府助。商山之老長茹芝，公雖不茹亦不疑。商山南山兩不朽，公壽定應山與齊。

## 伯羽許見過雨不果

結廬在溪上，觸目皆可娱。嗟予亦何為，悠悠事征途。鄉閭駕言歸，計日抵舊廬。春風百花老，遶屋桑柘疎。念無肯來人，門庭日荒蕪。之子獨有期，猶以雨意拘。人生感離合，惡懷固難舒。寄言我懷人，念我當焉如。

雋永。

## 度鳳凰嶺次董叔重韻

連山翳寒雲，孤松秀巍嶺。松吟石漱水，山露髻撐頂。我行亦何事，歲晏苦淒冷。頗有同心人，哦詩味雋永。

## 丫頭巖用前韻

側看初成峰，横看復成嶺。何年古仙人，飛步綏梅云：綏當作凌。絶頂。至今兩髻丫，縹緲煙霞冷。安步梅云：步疑作得。躡荒遐，長嘯清夜永。

## 用前韻入閩

風雪武夷溪，乍阿還復嶺。依依鴉共林，片片雲摩頂。山中有高士，紙帳梅花冷。相期從此翁，晤語冬夜永。

## 用前韻懷兄晦翁

人皆樂夷塗，而憚陟崖嶺。不折彭澤腰，即摩墨氏頂。誰能如此翁，獨卧滄波冷。寂寞詩書林，優游歲年永。

## 同正思叔重發潭溪度梅嶺用前韻

山行已淒迷，而況步脩嶺。飛仙不可見，誰復撫我頂。懷人雲嶠長，倦憩石磴冷。樵斧忽丁丁，彌覺清晝永。

## 汪節夫解官東歸賦此贈行

積潦卷洪落，秋容媚郊坰。登高望長陌，念君將有行。君生盛德後，家世多簪纓。尚書望最重，當代推名卿。幾年卧東山，屬望勞蒼生。天亦陰相之，芝蘭滿階庭。君子尤可人，少日負俊聲。曼倩聊玩世，子真豈求名。一官姑自慰，三歲俄終更。我從韓溪來，挽袂仍班荆。殷勤故舊意，丁寧離别情。聖門雖高遠，心地當恢宏。篤敬己可克，致知義方精。造次勤鑽仰，從容自規繩。他時立朝右，風節彌堅貞。江湖秋多風，歸途眼增明。引首看高舉，毋辭事遐征。

## 初發豫章

昨日苦暖今日寒，樹頭淅淅風聲乾。舟師祭罷喜風便，呼兒理檝高挂帆。孤舟一葉去如舞，白浪翻空作飛雨。爾曹醉膽何大耶，胡不江雲占砲車。

## 夜泊華家埠

江涵寒月明，人掩孤篷卧。蕭蕭木末風，驚我幽夢破。心閑萬念寂，枕穩千波妥。時聞掠水聲，知有魚舠過。

## 初泛湘江

昔聞瀟湘好，今作瀟湘遊。雨餘萬籟息，夷猶任輕舟。黯黯雲幕垂，漂漂浪花浮。故人在何許，悵望心悠悠。

## 送楊文父還醴陵

君家江西我江東，相望雖遠聲氣同。一行作吏湖湘上，數面成親《新安文獻志》卷五四作深交談笑中。君思松竹行色動，我困簿領蜚塵蒙。他時登高倘有賦，莫望梅云：望當作忘。《新安文獻志》作忘江頭回鴈峰。

## 送陳求仁還永嘉兼寄劉孝移

往年予□梅云：□疑作館。祁山丞，坐上屢聞君姓名。那知流落天一角，一笑共挹湘江清。地縣賦急員羞具，黄龔遐軌空馳溯。催科撫字兩勤勞，古道羡君今獨步。耒陽之水化理濡，耒陽之人何于于。疎梧細柳白日淨，唯有聲氣與君俱。君今快展摩天翮，會看赤手扶羲御。煙波渺渺正愁予，萬里瀟湘未歸去。河陽當日桃花紅，主人好客樽不空。相逢倘問衡陽簿，為説年來惟悴容。

## 次韻趙祖德送李衡陽有感

秋日曬古城，秋風來水鄉。臨流送歸客，離思飛雲揚。銀液深蘸甲，金釵儼分行。祖行禮雖微，善頌意則良。破涕忽成笑，欲語旋復忘。若人工涉世，止沸非揚湯。俛首是非海，如居清淨坊。一朝脱屣去，翩如鴈隨陽。三折僅存臂，九回無復腸。所欣返全璧，詎復憂焚岡。我本山林人，才非錐處囊。偶然踏朝市，包以冠與裳。誰吹鄒子律，自分冰氏凉。餘習但文字，殘星弄微芒。來時岸柳緑，倏見秋葉黄。何當首歸途，解此名利韁。湖山足佳處，與君共徜徉。自注：趙詩云：終當計勇決，湖山足徜徉。

## 謁杜子美祠

少年誦公詩，諷詠忘日夕。晚為湖外遊，適有耒陽役。仙人梅子真，邀我連轡策。蒼山環古城，幽路轉石壁。叢祠隱木末，古冢纍道側。衣冠尚唐制，金石存古刻。緬懷天寶年，綱紀絲棼劇。肅代雖中興，安史互攘賊。風雲暗宇宙，蛇豕莽區域。生靈困魚爛，廊廟鄙肉食。崎嶇兵戎閒，公亦屢顛躓。時危孰與持，忠憤氣彌激。炯炯心懷丹，蕭蕭髮垂白。興來謾吟哦，賦罷還歎息。區區杞人憂，此意誰復測。至今杜陵編，義與風雅敵。人亡遺像在，廟古爐香寂。庭花日日紅，階草年年碧。公身不可見，公心猶可識。惟餘耒陽流，與君共無極。

## 潘提刑生日四首用以介眉壽爲韻

泉以沙故渾，草以風故靡。誰能表獨出，屹若柱立砥。先生抱懿德，取喻當奚以。孤高衡嶽松，清潤湘江水。

華堂敞千楹，居者嫌陋隘。安知圜扉中，蟣蝨生杻械。先生慮囚時，矜測逮鮮介。此心即天心，不為門閭大。

天心本廣大，有外寧合之。咄哉吝驕者，妄自分町畦。先生克己學，不起一念私。斯道愈光新，渠用夸揚眉。

賢者必得貴，仁者必得壽。天人何閒然，如契鑰相受。先生邁種德，無覬報自厚。應笑昌黎翁，區區説南斗。

## 遊獅子巖

南州風氣殊，二月若中夏。我從耒江來，無地税征駕。縈紆躡蘚徑，問訊得精舍。石崖屹傍起，峭壁儼難跨。嵌巖忽中閒，宛宛如覆瓦。日光何處來，返照幽以雅。獅猊騁其勇，踞坐頤頰哆。欲為河東吼，解使百獸啞。應是山靈護，豈容俗人假。玆遊真勝絶，欲去重嗟咤。老僧勸少留，秉燭語清夜。那知巖伏情，眺玩不可舍。他年倘復來，陳迹猶可藉。巖前有隙地，分我茅一把。

## 游浯溪用張宛邱韻

六合塵昏誰汛掃，秦王功業成横草。後裔居安不慮危，欲向温柔鄉裏老。漁陽金鼓動地來，羯胡本非劉石才。若為二十四郡守，如振槁葉彈浮埃。皇天悔禍見星紀，太白入月胡當死。英英李郭為時生，濟世何須識丁字。祆災已去瑞慶來，何人大筆書丹崖。南□猶自頌聲作，中天想見氛祲開。遺文三復堪悲慨，興廢渾如目前在。咄哉誤國高將軍，猶歎兩京作斤賣。

### 遊東安五峰閣凛然亭

穹林擁精廬，奇石林端起。玲瓏蛟當作狡兔穴，編綴東方齒。峩峩倚高寒，落落負壯偉。何人昔好事，誅薙發天閟。傑閣冠其顛，幽亭踞其趾。五峰天際來，縱臾供燕几。吾聞零陵郡，地藴清淑氣。法當産瑰奇，鍾秀乃在此。何當蠟吾屐，盡攬入胸次。融成九華詩，寫作菱溪記。却笑奇章公，班班刻名字。

### 過愚溪登愚亭拜柳子厚像

我從耒陽來，已拜杜陵墓。今行湘水湄，復識愚溪路。兹遊豈無益，登覽屢弔古。明日理扁舟，又向浯溪去。

### 薛使君生日

春來一雨不終日，處處野田龜兆坼。使君閔雨雨應期，插水新秧緑如織。人言秧好歲定豐，民感使君慈父同。生朝共上千歲壽，酒酌流霞花裊紅。使君為德豈但此，念念愛民如愛子。陰功無數只天知，報以長年固其理。青衫短簿人莫知，索米不充方朔饑。香山松鶴舉無有，但采民言成頌詩。自注：東坡嘗以沈香山子為黄門壽，劉景文嘗以《松鶴圖》為東坡壽。

### 次韻劉子厚人日立春

流光馳兔烏，弱質感蒲柳。新年有樂事，菜羹侑甘酒。自注：《歲時記》：人日煮七葉菜羹。楚俗本自佳，顔巷敢嫌陋。陶然為一醉，闊步無何有。畫屏貼綵人，赤牛負土偶。誰能效兒童，翦飾較妍醜。城南有佳士，避世不回首。詩成試問之，如此近道否。鈍根君勿嗤，著語不敢苟。

## 劉寺簿所居五詠

### 墨　莊

先生耕道時，萬卷皆其具。歲晚德已豐，萬卷猶如故。

### 洌　軒

理甓完新甃，披沙挹舊清。一瓢遺味在，雋永若為名。

### 静春堂

氛埃痛掃溉，鄰里謝將迎。默坐無餘念，欣欣物自榮。

### 玩易齋

萬變本六畫，六畫來何從。此理須玩索，明窗露未濃。

### 君子亭

食藕痊沈痾，製荷被吾體。未如對芳華，幽貞似君子。

## 次韻劉寺簿暇日出郊按視貢院安養院漏澤園南教場飯於花藥寺用韋蘇州韻

### 賦詩

使君抱孤韻，勝日成獨遊。聊循七里郭，一賞千林秋。射圃既徘徊，澤宮重咨疇。孰生病我療，孰死骨我收。遐觀興未窮，小憩山更幽。昔人事登覽，不憚道里悠。而我縛微官，抗塵苦淹留。何當奉杖屨，崇論排田疇。

## 余季行肯堂

天地有常運，成功須四時。斂藏苟不至，生養猶浪施。而況結夏屋，豈伊一人為。向非來者賢，俯仰成棄基。余氏本望族，舊業祖所貽。流光被累葉，衍也復嗣之。華堂小荒茀，新築俄翬飛。老木傲風煙，脩篁拂雲霓。連峰累奇石，一鏡開清池。窗閒編簡橫，門外塵鞅希。封胡幾男子，晨夕相追隨。步趨朱與張，談笑書與詩。寧復綺紈習，所期君子歸。青桐韓家樹，丹桂竇氏枝。它年定儷美，吾言豈君欺。

## 次韻張順之見寄

詩翁老去百年灰，梅云：年灰當作年木，禪語也，山谷好用之。皮膚剥落真實在。誅茅築室傍幽林，泉石煙雲動光彩。酸寒不作郊島態，尚友淵明向千載。但欣妙語筆端生，不管流年暗中改。鄰家有景借脩竹，自注：公有借竹軒。野徑無風馥芳茝。人嫌柴門雀可羅，自倚奚囊富成海。我聞公名嗟已久，嚮風每恨平生昧。袖詩過我豈宜蒙，公才較丕幾十倍。要從柳州鬬雅健，未許公羊誇辨裁。別來又見秋風高，抵掌論文幾時再。尊中緑酒已堪酌，籬下黄花行可戴。幸無俗物惱幽人，衹可劇談佳客對。方侯況是社中酒，梅云：酒疑作人。上酒下蔬，中言陪賓之佳。又云：疑作侶。辨舌瀾翻似秦代。公來當為折簡呼，園有佳蔬更同采。雅集何須畫作圖，風流自可追前輩。自注：近世有《佳集圖》。來詩云：憑誰為寫無聲詩，清標不減淵明輩。

## 贈寫真方處士

世久無絶藝，斯人妙丹青。時將好東絹，貌彼神與形。悠然意象會，轉轉毛骨生。或濯若春柳，或清如壺冰。或聳千丈壑，或森武庫兵。妍媸有真鑒，抑揚無遁情。楚相欲談笑，中郎存典刑。斯人胸次奇，不以藝自名。逍遥萬物閒，非俗仍非僧。游戲於筆端，遂爾造其精。殊非學可致，要是天與能。待詔集金馬，功臣圖景靈。渠當自致此，胡為老沈冥。

## 留别處州陳舜卿教授以筆贈之

中歲探至道，頗欲齊得喪。偶然遇逆境，又爾起諸妄。賢哉陳夫子，胸次甚夷曠。警我以微言，恐我猶事障。嗟我與夫子，少長異州黨。傾蓋逆旅中，談笑便抵掌。誰言江浙遠，嗜好無異尚。我雖謬涉世，途窮理歸鞅。而君方朝天，高論獻忠讜。贈君秋兔毫，聊以代盃盎。勿云管城子，未有食肉相。當知中書君，日侍九天上。

## 董銖求詩賦古風二章示之

森森山上松，濯濯堂前柳。顔色雖不殊，霜餘别妍醜。君看射利子，榮悴俯仰中。寧知堂前柳，不如山上松。

學海失淵源，詞林少根柢。蘇程百世師，遺書滿天地。遺書亦言爾，道豈言能傳。言外有妙處，萬理常森然。

## 張衡州南山壽芝

煌煌慶色金壺重，婉婉高枝兒臂拱。團團更著綫暈紅，鬱鬱時看祥靄動。使君少日抱奇才，可與斯世作楹棟。黄堂坐嘯晚方貴，急流引退心殊勇。平生陰德只天知，壽骨巉然天所縱。靈華更向壽宫出，和氣疑與商山共。翻嫌四老太多事，采掇辛勤走巖隴。何如邱壑著胸中，静閲世氛如幻夢。朝餐不用閑草木，夜氣自有真鉛汞。殊祥坐使神物效，異卉不煩天女供。閑中禪悦更尋源，鬧裏塵緣徐脱鞚。從渠童子尚饒舌，强出松陰談谷董。梅云：谷董作骨董，禪語也。此篇多禪語。要知無本是性宗，看我當機呈大用。

## 過鉛山望鵝湖峰次叔重韻

好山如高人，堂堂萬夫傑。嶽立培塿中，千古磨不滅。兹山雖未高，濃淡似粧抹。樹老樛枝重，石皴靈液冽。登臨恨未能，想像心已豁。寄言山中客，慎勿厭幽絶。君看名利途，黄塵漲日月。

## 宿野人家追和韋齋韻

澆愁正賴一蕉葉，萬慮洗空從兀兀。投牀便作碖硍眠，不記來時石頭滑。茅家亦復有何好，門外澄江緑如鴨。箇中風味吾自知，賦詩歸向兒曹説。

## 游石鼓次柯德初韻

簿書塵涴人，高士莫肯顧。我窮敢言高，餬口隨所遇。一遭猿鶴嗔，詎能蟲魚注。讀禮尺不盈，披易體忘互。案惟朱墨塵，吏執符移付。催科本雖拙，勉强亦備數。有時迅檄來，又辦走長路。名山謾在眼，俗駕不容駐。兹遊豈無意，發興亦已屢。心知江山奇，遠目當與寓。冠裳裹病軀，汲汲忘旦暮。今日復何日，從君舉幽步。柳深尚藏烏，水淺可立鷺。離離網舉魚，隱隱舟横渡。登臨得勝地，一覽萬景聚。況遠城市喧，無復塵埃污。六籍爛星羅，百氏紛雲布。窗虚明照人，几净寒生霧。仰止夫子堂，敬誦昌黎句。文章何足言，道義有真趣。由來重儒學，所貴通世務。恨我拙且迂，浪奉先生屨。明朝九衢塵，回道迹已故。重來定何時，詩就髮如素。

## 次韻劉寺簿與客酌酈泉

庭無聚訟喧，門有佳客至。登高一以眺，天末鴈横字。公心本無著，佳處偶會意。意會旋已忘，陶然不妨醉。

## 幽閨

幽閨有美人，終宵抱長歎。念彼遠征客，風露如許寒。耿耿不成寐，悵然理哀彈。離鸞韻纖指，曲終淚闌杆。

## 秋風

秋風來幾日，草木殊未知。寒蟲獨何者，若與秋有期。露竹動寒彩，雲松弄幽姿。夢尋溪頭路，意行當何時。

## 次韻胡國器游歷崌

枯笻挂倒星斗傍，意行屈曲忘陵岡。忽逢蕭寺倚巖腹，門前水影涵山光。憑虛飄欲上霄漢，覽遠浩如浮大滄。嗟子當作予失身墜世網，恨不與子同翱翔。白蓮共結清浄社，紅裙絶意温柔鄉。何當脱屣聲利場，從渠萬態争炎涼。

## 次韻答唐卿歎梅

玄冥玄冥如有辭，大鈞播物初無私。春蘭秋菊亦有爾，梅獨强分南北枝。南枝北枝自有時，人言冷暖浪自欺。天公與人不相似，時來看取葭灰吹。

## 黄彦周求秀亭詩云其地山水合六秀法故以名亭

少年鋭意功名會，李廣數奇終鷁退。晚從林下得幽棲，緑浄翠微動賞對。危亭蕭灑八九椽，千巖萬壑相迴環。人言山秀水亦秀，偶然得此寧非天。身世區區如逆旅，人生要有歸全處。天星地卦且置之，陰德從來不知數。會當置酒傍清樾，一語壽君君笑發。且住人間五百年，銜盃樂聖山水間。

## 張公成生日

没膝春泥未易過，華堂咫尺隔關河。精神聞説年來健，歲月從渠老去多。鬧裏漸應排世事，静中正好養天和。祝君壽骨如張果，莫惜頻傾金叵羅。

## 梅花

落木蕭蕭歲已深，天教梅蕊獨争新。一枝嶺上方傳恨，千樹江頭忽暗春。會與霜筠矜節概，不同風柳鬬腰身。羅浮當日醉眠起，斗轉參横誰與鄰。

## 贈劉道人兼送何蕃秀才東歸

道人别我三年久，邱壑胸中趣益真。更與風流能賦客，來尋憔悴負痾人。明窗辨藥分寒燥，清夜吟詩動鬼神。促膝方歡又分袂，别愁還與月痕新。

## 兆察道中

偶作郊原十里行，蕭蕭入袂晚風清。夕陽疎樹無佳處，只有殘鴉自在鳴。

## 送張子有彦實舍人之姪

宴居仙伯已騎鯨，猶子東來尚典刑。才氣逼人春盎盎，交情閲世柏青青。昨朝方對聖賢酒，今日又尋長短亭。歸路不妨携古錦，萱叢菖葉正芳馨。

## 寄朱德芳

武林倉卒指歸程，千里脩途偶並行。雲散風流當日事，山長水遠此時情。棲遲顧我猶藏拙，邂逅煩君尚寄聲。尺素聊憑西去鴈，夢魂今夜遶江城。

## 久雨初霽示友

積雨初收四望新，頹雲淡日弄晴陰。故園百里夢不到，杜宇一聲春又深。宿蝶亂紅渾滿地，藏鴉新緑已成林。客中情味君休問，莊舄無聊但越吟。

## 楊日新闢書室以月壺榜之求詩

清透虛簷冷侵空，下弦祝罷且從容。是中自有一天地，何必更登天柱峰。此郎表裏久融明，胸次悠然冰玉清。虛室如今已生白，不隨晦望有虧盈。

## 張巨川爲父慶八十二邀予與坐作詩壽之

龜形鶴骨舊精神，見了春容幾度新。却笑當年梁祕監，更將多少較前人。官為秦世柱下史，生憶堯時丙子年。家世從前多壽骨，侯封不必羡神仙。

## 示伯羽

交遊半作摶沙散，不見周郎亦四春。邂逅相逢無一事，依然都似舊時貧。偃蹇我如蛙伏井，飄零君似鵲尋枝。回頭十二年前事，一笑那能似彼時。

## 次唐卿九日

無錢薄酒自難賒，笑解塵衣到酒家。只欠道人殷七七，鶴林重發杜鵑花。

## 祈當作祁山九日

客思到秋如亂麻，每逢佳節倍思家。黄花只作去年好，緑鬢自嫌今歲華。千里有情猶共月，一樽無事且傾霞。閑來甘露堂前坐，老柳條條噪暮鴉。

## 陪晦庵尊兄山行小憩龍居院

平生發興在林邱，況復追隨長者遊。路入亂山青未了，秧分野水緑初稠。劇談已有親朋樂，小憩仍逢寺宇幽。滿座春風與和氣，對公無地可言愁。

## 用韻送蔡季通還建安

騎氣居然兩月留，勝遊不減舞雩遊。道同頓覺語易契，意合不知情自稠。□□梅云：□□疑摻袂二字。還驚千里遠，著鞭又踏萬山幽。恨無力挽天河水，為我臨歧洗別愁。

## 次韻喜雨

敲窗打葉不勝繁，洗盡黄塵萬里昏。便有清風生遠樹，衹牽孤夢遶歸村。新秔想見黄堆野，老柳猶能緑映門。自笑年來詩事廢，得君强韻縮肩跟。自注：韓詩縮身濳喘拳肩跟。

## 雨中書事

門無去馬與來車，終日塵編自展舒。笑撫蒲團時有會，古人於我未全疎。經邱久已罷巾車，寄傲南窗意自舒。一炷妙香清萬慮，芭蕉葉上雨疎疎。

## 予甲戌歲與惠州麥少韓始相會於都下後十九年復會焉今又六年而少韓見予益勤將東歸爲詩四章以别梅云：麥少韓，麥鐵杖之後。

邂逅京華憶昔時，匆匆長恨遽暌離。重來只有聲音在，兩鬢蕭蕭各欲絲。
與君南北昧平生，傾蓋論心若弟兄。長笑區區市朝客，白頭重欲定交情。
鼻祖功名冠有隋，耳孫筆力近京西。鵝城勿作濳深計，鴈塔行看高處題。

人去空山鎖碧雲，紙窗竹屋尚明深。蒼珉遺刻煩多寄，慰我平生敬慕心。

**次韻張順之春日雜詩**

解事東皇自有期，今年春較去年遲。未教紅著桃開臉，先放青還柳作眉。

春來何物不熙熙，川泳雲飛各自奇。趁隊魚兒如得意，窺人燕子似相欺。

閑齋人静日方中，想見先生睡思濃。只麽賞情（梅云：情當作晴，蓋用春睡賞春晴之語。）殊有味，趁衙雜沓任黄蜂。

烱烱朝曦暖意回，遲遲午景氣佳哉。柳陰纔逐斜陽去，花影還隨皓月來。

沈水燒殘日未西，舊書讀罷卷重披。傍人欲識閑中趣，看取先生宴坐時。

**寄張順之**

踏遍危途興已闌，倦飛幽鳥故知還。手開高士蓬蒿徑，坐對先生苜蓿盤。□□（梅云：□□當是未恨字。）揶揄遭點（梅云：點當作黠。）鬼，却羞矍鑠據征鞍。侯封到底輸千首，圓美當□（梅云：□當作知。）似彈丸。

**次韻順之見寄**

梅子垂垂雨復晴，田歌初報罷春耕。敲門忽有詩筒至，入手懸知句法精。應聘申公何日去，草玄揚子幾時成。知君不樂盃中物，事業端期身後名。

**中秋夜久方見月**

此夕清光本自多，不勞玉斧更礲磨。祇應雲物偶如此，未愜詩情可奈何。喜見一輪還舊觀，遥知千斛費明河。先生賞罷渾無事，古井依然湛不波。

**次韻楊日新出郊尋桂乃有送者**（江文通詩：蒼蒼山中桂，團團霜露色。霜露一何繁，桂枝生自直月窟移來幾換星，幽人何處得繁英。行尋十里不知遠，歸傍一窗相對清。未與□梅云：□當作梅。兄較標格，且邀松友定交情。歲寒正爾團霜露，尚有蒼蒼照眼明。

**次韻日新九日書事**

登高不惜躡凌兢，樂此佳辰古所名。白墮從今無遠寄，黄花依舊弄秋榮。霜凋萬木天地肅，水落百川波浪平。更喜晚來風力軟，戀頭破帽亦多情。

**崇安道中**

田如累級登高堂，石如金華卧羣羊。上梅下梅山路惡，大將小將溪流長。振衣欲度分水嶺，回首尚憶楊家莊。自注：皆地名。折花恨不逢驛使，為寄一枝還紫陽。

**過分水嶺**

相與振衣千仞岡，浩歌莫惜邱《新安文獻志》卷九作且徜徉。風來閩徼不知遠，山接吴天如許長。裘敝且將雲作氅，囊羞猶可墨如同上書作為莊。眼明更向西南望，依約家林傍夕陽。

**道傍人家瓶梅正思命賦詩**

茅舍疎籬古道傍，一枝的皪為誰芳。壺中春色從來別，冷落全勝白玉堂。

**鉛山道中次叔重韻**

煙翠空濛撲遠林，氛埃那復犯靈襟。歸程不恨風霜惡，自有梅花識此心。

**瀏口山巖**

牛羊久已下，行李尚匆匆。天挂新蟾白，山連野燒紅。問途愁店遠，沽酒歎囊空。猶喜家山近，籃輿曉又東。

## 和正思贈別

同途欣得友，欲别惜分襟。去路無多遠，離觴不厭深。遊鱗尋舊壑，倦翼帶歸音。有底凄涼甚，風霜攪客心。

## 次董叔重贈别

波光草色照人明，别意幽懷酒一傾。飄泊君方驚旅夢，淹留我遂識人情。穿沙碧幹娟娟浄，帶雨幽葩豔豔榮。何日相從溪上路，臨流倚策話平生。

## 次韻祖德九日

黄花歲歲與秋期，又見登高落帽時。雲水光中孤賞翫，簿書叢裏足棲遲。大篇且對玉連瑣，小酌何須金屈卮。只恐頽簷并敗屋，不禁巽二恣狂吹。

## 曉行湘岸竹閒有懷家山

琅玕萬箇倚江湘，中有人家類辟疆。地迴自應塵不到，天開初見日舒光。此身汩汩五斗役，舊隱遥遥三徑荒。想見韓溪溪上路，煙稍雨葉拂雲長。

## 湘岸道中

按行又復到江干，近水遥山照眼寒。從此瀟湘在胸次，不須更向畫圖看。

## 渡湘江

萬頃澄瀾碧玉寬，笑乘一葉自輕安。緑蓑從此關心事，待向煙林乞釣竿。

## 白竹橋

向來過此日流金，今日重來雪滿林。輕棄簞瓢貪斗粟，區區奔走愧初心。

## 寒　溪

溪名偶與故鄉同，恍覺家山在眼中。定自今宵更愁絶，又飛清夢過江東。

## 過沙木橋懷趙公南

沙木橋頭野老家，又來弛檐酌流霞。坐中只欠當時客，欲寄南枝一兩花。

## 道傍見牛舐犢有感

人物本來同一原，於何却作兩般看。祇應氣質生時異，差别從兹有萬端。

## 泊高安市上夜雪

柏山高卧有餘清，我坐高安似凍蠅。却喜明朝添偉觀，峩峩千里踏層冰。

## 三月九日祁陽舟中聞鵑憶去年此日到衡陽有感

急槳輕舟下碧瀾，歸心切切隴頭鵑。人生石火光中住，又向湖南過一年。

## 次韻劉寺簿臨蒸精舍落成

濂溪當日起南方，千載斯文有耿光。遺俗至今尊孔孟，後生誰肯學蘇張。賢關莫歎吴天遠，精舍今臨楚水長。試問坐中誰鼓瑟，舞雩風味想難忘。

## 再用韻

斯文從昔患多方，今日因公晦復光。心法祇傳書一卷，文華那用紙千張。窗前草色沿階翠，川上波流極目長。此意更須公指示，後來□□梅云：□□當作尚得字。月無忘。

## 用韻題諸葛武侯祠二首

羣雄逐鹿走迷方，四百炎精不復光。天啟奇才思盩奮，人嗔黠虜久鴟張。悠悠陳迹青編在，寂寂叢祠碧草長。成敗由來難逆覩，祗應大義不容忘。

獨明大義曉多方，炯炯精忠貫日光。開拓荊榛資蜀漢，驅除鬼蜮老闕張。司徒豈足知邪正，著作寧能識短長。公論到頭須後世，至今尸祝未能忘。

## 次韻劉寺簿詣學

衡湘山水競清雄，閒氣曾生益代翁。後學誰能明絶學，遺風猶可想高風。欲求太極精微蘊，可乏羣居講究功。飛躍鳶魚元有道，使君心與古人同。

## 次韻劉寺簿鹿鳴宴

江頭梅蕊小裝春，式宴嘉賓屬守臣。京國路雖千里遠，瓊林花又一番新。且觀鹿野陳鄉樂，休憶羊裘整釣綸。老我豈堪陪盛集，為公强振簿書塵。

## 再用韻

聖主如天與物春，四方委質願為臣。設科取士制雖舊，側席求賢意自新。揚子詞高非篆刻，井春學富獨紛綸。行行好上江都策，莫厭京華没馬塵。

## 寒食次伯潛韻

小雨浪憎春日遲，輕寒自與晚花宜。節過嶺外憶錫日，人比山陰脩禊時。雀舌味長初試水，猫頭意懶任穿籬。自注：俗以不成竹為懶筍。歸途莫恨石頭滑，山色波光總是詩。

**張王臣以諸公驂字韻見貽即席奉次**魯直詩：山谷老人來斗南，棒頭有眼許人參

圜扉草色碧於衫，晏子何勞更解驂。賸喜文書清幕府，翻嗟賓客滯湖南。遲回愧我非高士，邂逅因公尚劇談。清夜論詩到山谷，棒頭妙旨欲重參。

**再韻呈諸公**

羞將華髮照青衫，直擬涼秋整去驂。應聘豈能如水北，紬書何事尚周南。江澄頗覺客愁破，山好那須世事談。猶勝元琳日趨府，强持簪笏逐髯參。

**再用韻呈王臣兼簡同社諸公**

亭下江波緑樣衫，亭前山勢走驚驂。心如胡馬猶思北，夢比飛烏正遶南。銀筆新書時有省，金鑾故事不須談。經綸從昔須賢哲，洗眼諸公國論參。

**送劉伯瑞通判還吴興**

土牛方著勸農鞭，畫鷁俄聞疊鼓喧。别駕但知催理楫，邦人政自欲攀轅。黄堆荒徑重尋菊，緑擁高堂更樹諼。只恐清朝方急士，未容一室老陳蕃。

**王駒父袖詩見過次韻贈之**

平生志業在經綸，老去未充觀國賓。□道心□□地鏡，固應文□挂夫紳。梅云：夫紳作天紳，孟郊語。大兒從昔輕餘子，丞相何時薦此君。莫為窮通移晚節，歲寒方始見天真。

**次韻宋郎中劉寺簿劉監廟燕集王大夫山林**

飛旆翩翩亂晚霞，欣聞勝集俯雲沙。新詩宛似風行水，和氣想如春在花。大隱勿嫌朝市鬧，朱幡方映繡衣華。塵埃短簿今倉氏，悵望清遊轉覺賒。

**季章命賦周益公府雙頭蓮蓋太守所送者**

桃根桃葉競妍華，清遠誰知別有花。天為蒼生娛一老，地從緑水湧雙葩。流傳已入騷人句，走送曾煩刺史家。却笑昌黎求玉井，路迷青壁重咨嗟。

**益公得牡丹狀如雙魚者以花嬪目之且賦詩俾予屬和**

粧鏡臺前酒一卮，風流從古説楊妃。誰令山鬼欺紅粉，却與花王司御衣。比擬莫嫌魚共貫，輕狂猶勝燕爭飛。老生無分陪清賞，空想鄒枚他夜歸。

**寄贈歐陽伯威**

窗閒花影夜摇春，窗外誰呼祁孔賓。不信名山謝逋客，至今陋巷卧遺民。日高謾戛生魚釜，門掩應無没馬塵。遥想撚鬚時得句，又書尺紙報平津。

**贈　別**

搔頭日日數歸程，誰信先生少宦情。趣駕不知千里遠，振衣始覺一身輕。霜林竹柏元同勁，世路風波底用驚。獨我臨分苦悽惻，從今懷抱向誰傾。

**王守仁竹齋**

黄塵車馬去如流，名利勞人死不休。心遠地偏何處是，小齋叢竹媚深幽。月度寒光影瘦疎，風傳清籟韻虚徐。幽人宴坐蒲團穩，讀罷儒書讀佛書。

**楊日新用所賦月壺韻作詩見寄依韻復之**

霜凋羣木鴈横空，宴坐茅茨促膝容。忽有新詩來眼底，巉梅云：巉當作恍，富嘉謨語。臨絶岸倚孤峰。觀心要與月同明，覓句應須水樣清。老去不妨文豹隱，郎君已見角犀盈。

**喜雨用山谷韻呈薛使君**

畏日炎風是處同，使君閔閔甚三農。新詩仰看奔牛堰，自注：東坡詩仰看古堰横奔牛之句，蓋言吴中旱狀。好雨忽迷回鴈峰。千里祇今被膏澤，一堂行見會雲龍。由來膚寸沾天下，衡嶽英靈等岱宗。以上《尊德性齋小集》卷一

（李更整理）

## 趙祖德

趙祖德，生平不詳。程洵爲衡陽主簿時同僚。事見《尊德性齋小集》卷一《次韵趙祖德送李衡陽有感》。

**句**

終當計勇決，湖山足徜徉。送李衡陽《尊德性齋小集》卷一《次韵趙祖德送李衡陽有感》注引

（虞行整理）

# 全宋詩卷二五〇一

## 蔡元定

蔡元定(一一三五——一一九八),字季通,學者稱西山先生,建州建陽(今屬福建)人。發子。孝宗乾道間從朱熹學,熹扣其學,以爲不當在弟子列。淳熙十五年(一一八八)尤袤、楊萬里薦於朝,以病辭。寧宗慶元元年(一一九五)韓侂胄專政,開僞學之禁。二年,以布衣謫道州。四年,卒於貶所,年六十四。有《律吕新書》等,明蔡有鵾《蔡氏九儒書》輯其詩文爲《西山公集》一卷。事見《雲莊劉文簡公文集》卷一一《西山先生蔡公墓銘》、《杜清獻集》卷一九《蔡元定傳》,《宋史》卷四三四、《宋元學案》卷六二有傳。今録詩十八首。

### 贈相士徐鬼眼

挾術滿天下,誰人解識真。不因眼是鬼,原作鬼是眼,據《新編事文類聚翰墨全書》癸集卷八乙那得口如神。堅白三寸舌,雌黄一世人。操修果無愧,方可問人倫。

### 挽劉忠肅二首

今代中興佐,如公有幾人。秉心先許國,臨事輒忘身。才略優中外,清忠表縉紳。天乎何不淑,遽奪我元臣。

大節人誰識,孤忠我獨知。文章亦餘事,軒冕竟何為。國耻生期報,臣心死未衰。淒涼遺奏稿,千載有餘悲。

## 謫春陵别諸友

天道固溟漠，世路尤險巇。吾生本自浮，與物多瑕疵。此去知何事，生死不可期。執手笑相别，無為兒女悲。輕醉壯行色，扶摇動征衣。斷不負所學，此心天所知。

## 麻沙八景詩

### 岱山夕照

望斷高峰眼不花，箇中仿佛認人家。情知一様青山色，纔有斜陽景更佳。

### 煙村春雨

堆螺疊翠聳奇峰，花柳村村緑間紅。不有翠微翁説破，誰知春在雨煙中。

### 雲巖山色

山染煙光弄晚嵐，幾多碧色映寒潭。篆煙銷盡金爐冷，雲滿巖前月滿庵。

### 祇園溪聲

橋枕東流路透西，橋邊梵刹亦幽奇。人來問道不須問，抵聽溪聲悟佛機。

### 松岡夜濤

萬頃雲濤轟怒雷，更深好夢遽驚回。老松本是無聲物，恰值風從天上來。

### 蓮湖晚風

湖面花開映緑波，當年曾聽採蓮歌。垂楊拂地雲臨水，舉目令人感慨多。

## 武陵橋月

長虹倒景蘸清溪，掩映銀蟾景絶奇。題柱惜無人繼志，覽今思古强吟詩。

## 象巖晴雪

風捲寒雲收曉晴，巖巖白石自天生。遠看似雪還非雪，有物元來是混成。

## 自詠

獨抱韋編過客稀，簞瓢不厭屢空時。幽然自與庖羲近，春去人間總不知。

## 贈琴士邵邦傑

五寸管能窺造化，七弦琴解寫人心。平生不作麒麟夢，且聽高山流水音。

## 西齋自詠

數椽茅屋環流水，布被藜羹飽煖餘。不向利中生計較，肯於名上着工夫。窗前野馬閑來往，天霽《詩淵》册五頁三四一二作際浮雲自卷舒。窮達始知皆有命，不妨隨分老樵漁。

## 推衍後世休咎

顯慶堂將後世推，子孫紹復承吾書。四傳學業家還在，五世因貪人剷除。續纘流風六七代，繼興遺蹟八九渠。數終輪奐猶有待，御史尹仁為吹噓。以上《蔡氏九儒書》卷二《西山公集》

《蔡氏九儒書》：尋樂子曰：邵子推事物之驗，今亦未見全書，而西山先生尚有一二。紹興辛巳上元日，西山在麻沙水北顯慶堂推演，賦曰云云。……成化十二年丙申，直指使尹公名仁，入分水關，夜夢一老人前揖而祝求棲身之地，叩其姓名，曰：蔡某也。公抵建陽詢之，其子孫蔡佐應曰：有族譜在。直指公閱之，忽見此詩，愕然曰：異哉，何予之名預在此中也久矣。越歲丁酉，即捐俸建傳心堂，今后山書院棟宇巍然者，皆尹公力也。……古譜有存，邑乘有載，今亦不敢去，姑識以存之。

**次晦翁韻**《蔡氏九儒書》卷三《節齋公集》作蔡淵詩，題為自咏

屈指摳衣十七年，自憐鬚鬢已皤然。久知軒冕真無分，但覺溪山若有緣。下學工夫慚未到，先天事業敢輕傳。祇今已飽煙霞痼，更乞清溪理釣船。宋金履祥《濂洛風雅》卷六

**林　居**《蔡氏九儒書》卷五《素軒公集》作蔡格詩，題為自咏

富貴良非願，林泉畢此生。酒因隨量飲，詩或偶然成。秋水和烟釣，春田帶雨耕。頑《蔡氏九儒書》作頹然無縫塔，且不費經營。影印《詩淵》册五頁三一五二

## 蔡元定鄉人

蔡元定鄉人，名不詳，與蔡元定同時。

**贈蔡季通**

掘盡人家好丘隴，冤魂欲訴更無由。先生若有堯夫術，何不先言去道州。宋龐元英《談藪》

《談藪》：蔡元定字季通，博學强記，通術數。遊朱晦翁門，詹元善尤重之，薦其傳康節之學。後道州以死。蔡善地理學，每與鄉人卜葬改定，其間吉凶不能皆驗。及貶，有贈詩者云云。

（以上吴鷗整理）

## 黄瑞節

黄瑞節，有挽蔡元定（西山先生）詩。

### 挽蔡西山先生

直所遭之慘兮天意奚屈，忽訃音遽聞兮哀痛不淑。痛哲人云亡兮邦國殄瘁，感死生永訣兮莫睹其悲。傷吾道終窮兮何心於世，相長號以酬兮陰輔吾志。惟下觀而化兮風聲遠被，想神之有靈兮馨此銘詩。

《蔡氏九儒書》卷二《西山集》附録

（劉雯整理）

## 朱晞顔

朱晞顔（一一三五—一二〇〇），字子淵，休寧（今屬安徽）人。孝宗隆興元年（一一六三）進士，調當陽尉。歷知永平、廣濟縣，通判閬州，知興國軍、吉州，廣南西路、京西路轉運判官。光宗紹熙四年（一一九三），除知静江府。寧宗慶元二年（一一九六）除太府少卿，總領淮東軍馬錢糧。四年，遷權工部侍郎，俄兼實録院同修撰。五年，兼知臨安府。六年卒，年六十六。著作已佚，僅《兩宋名賢小集》卷二一七存《桂巖吟藁》一卷。事見《新安文獻志》卷八二宋談鑰《朱公行狀》。今録詩十五首。

### 疊綵巖登越亭

不到越亭久，榴花今已紅。江流寒瀉玉，山色翠浮空。百粤薰風裏，三湘夕照中。行藏仗忠信，六合本同風。

### 朝陽洞

朱晞顔

湖上初驚八月秋，嶺頭又見桂香浮。巾車幾憶陶彭澤，竹馬多慙郭細侯。未遺靈泉還舊隱，且同巖壑訪真游。一枰勝負人何在，試問樵柯已爛否。

### 遊壺天觀泛舟過龍隱洞小酌至月上而歸

浪道湘南是瘴鄉，玉壺銀闕四時涼。卧龍不逐原作起，據《金石續編》卷一七改葭灰動，愛日空驚繡縷長。浮蟻且同佳節醉，探梅不作少年狂。暮歸慙愧山頭月，照我鬖鬖兩鬢霜。

### 伏波巖

天斲神劍不記年，洞中風景異塵寰。江波蕩漾青羅帶，崖石虛明碧玉環。地接三山真蹟在，天連合浦寶珠還。重來恍似乘槎到，慚愧雲門夜不關。

### 彈丸山

傷弓枉木漫猜嫌，岩石稜稜彈樣圓。鵬鶚橫空秋凜凜，鳧鷗渡水晚翩翩。私心灰冷慵思繳，蹇步塵勞不受鞭。挾彈張弓付年少，歸歟趁取菊花天。

### 洞底石間得枯木一株花葉咸無而枝幹峭拔扣之鏗然有聲因成鄙原作都，據《粵西金石略》卷一〇改句刻之岩石間

天教海若效珍祥，不與千林春競芳。擲地遺音清戛玉，凌雲直幹凜凝霜。誰浮鯨海星槎到，猶帶蟾宮月桂香。冶葉浮花原作光，據同上書改埽除盡，堅高直欲共天長。

### 假原作暇，據《粵西金石略》卷一〇改日過龍隱山有以千葉白梅獻者輒成鄙句

素艷重重疊雪輕，先春不怕雪霜凝。人言五嶺地皆熱，誰折一枝寒欲冰。似笑踈花太孤瘦，故教密葉擁

千層。湘南別有新春樣，拚醉花前喚不譍。

**慶元改元寒食日陪都運寺丞遊白龍洞時牡丹盛開小酌岩下夕陽西度並轡而歸**

小溪漱碧響潺潺，路入龍宮杳靄間。佳節漫添新白髮，故人賴有舊青山。花朝《粵西金石略》卷一〇作時幾共湘南醉，萍跡何年同上書作當嶺北還。歸路連鑣紅日晚，多慚龍卧白雲閒。

**龍隱岩**

聖主龍飛已在天，洞中猶有老龍眠。便須吸盡西江水，霈作商霖大有年。

**韶音洞**

曾按薰絃天一方，埽除民愠變清涼。遺音凜凜猶聞耳，不獨當年味可忘。以上《桂巖吟稿》

**石　柏**

海物難窮造化奇，後凋惟有歲寒知。誰將修月黃金斧，斲就凌雲紫玉枝。直幹豈容塵點涴，靈根偏與石相宜。天然不假栽培力，肯逐春風盛與衰。宋洪邁《夷堅志》支志景卷二

**題大安壁**

萬里同為客，秋悲未易禁。萍蓬鄉國夢，松竹歲寒心。霜葉青紅亂，雲山紫翠深。何時錦屏下，樽酒話塵襟。

**煙波閣**

小立煙波上，江湖興未忘。敗梧風舞葉，寒菊露滋香。目逐去雲斷，愁隨流水長。蓴鱸秋正好，飛棹訪

滄浪。以上明程敏政《新安文獻志》卷五三

**白嶽寄懷**

林間留我住多時，似與煙霞夙有期。野老烹茶來獻客，巖猨偷果去呼兒。静思世上千年事，不值山中一局棋。欲説行藏舒卷意，洞天惟有白雲知。明魯點《齊雲山志》卷四

**龍隱洞石壁玉立□門虚明目□江流□貫其中上□□□□如印泥然亦異矣暇日携家泛舟來游**紹熙五年重午後十日

翠壁峥嶸百仞雄，玉龍飛下水晶宫。禹門激浪縱三級，□□□雲僅一弓。銀闕交輝天不夜，全鱗倒影水浮空。卷懷霖雨沈潛久，會有驚雷□歲豐。清陸耀遹《金石續編》卷一七

（李更整理）

## 楊王休

楊王休（一一三五—一二〇〇），字子美，象山（今屬浙江）人。孝宗乾道二年（一一六六）進士。初爲黄巖尉，歷南康軍簽判，知洋州、金州。光宗紹熙二年（一一九一），除利州路轉運判官，三年，移成都府路提點刑獄兼常平事。四年，除成都府路轉運使。寧宗慶元元年（一一九五），召爲太府卿。五年，除祕書監，遷禮部侍郎。六年卒，年六十六。事見《攻媿集》卷九一《楊公行狀》。《寶慶四明志》卷九有傳。今録詩二首。

**致爽齋**

翛然一宅一編書，舉世何人得似渠。三十六峰峰下路，清溪緑竹繞樓居。宋王象之《輿地紀勝》卷一五一《成

都府路・永康軍》

**鑿温嶺** 温嶺在黃巖

黃山形勢南如窩，四十餘里趨丹河。年年七月八月雨，稻田瀰漲漫風波。異時都水使者至，東開鐵場分水勢。地綿力短功未成，尺一催歸卒吞志。舊畫茫茫如棄井，百年遺恨如灰冷。我來弔古更窮源，並水沿流至温嶺。嶺之首尾少低昂，如衡稱物錙銖强。外即大海枕平麓，相去往往尋丈長。天造地設巧乃爾，胡為棄此而取彼。興廢成否抑有時，不獨今非古皆是。此來經營煩令君，便有異議争云云。常情自古憚謀始，豈料疲秦終利秦。

明毛德京嘉靖《象山縣志》卷一四

（吴鷗整理）

## 戴機

戴機（一一三五—一二〇一），字伯度，號藝堂，鄞（今浙江寧波）人。光宗紹熙元年（一一九〇）以特恩補官。歷金華主簿，提點江淮湖北鐵冶鑄錢司檢踏官。寧宗嘉泰元年卒，年六十七。有《藝齋集》十卷，已佚。事見《攻媿集》卷一〇六《戴伯度墓誌銘》。

**訃偕中途寄家大人**

戚戚復戚戚，辭親遠行遊。江湖浩無際，山巒鬱相稠。浮雲奮南征，所歷非故丘。離禽鮮好音，羈旅多遠憂。古人一日養，不以三牲酬。胡為功名意，盼斷倚門眸。

清董沛《甬上宋元詩略》卷四引《補甬上宋元耆舊詩》

（王德保整理）

## 余端禮

余端禮（一一三五—一二〇一），字處恭，衢州龍游（今浙江衢縣東北）人。高宗紹興二十七年（一一五七）進士。歷知湖州烏程縣，孝宗召爲監察御史，遷大理少卿、太常少卿，進吏部侍郎，出知太平州，奉祠。光宗紹熙四年（一一九三），召拜吏部尚書，擢同知樞密院事（《宋史》卷二一三《宰輔表》四）。與趙汝愚共贊寧宗即位，進知樞密院事兼參知政事。慶元元年（一一九五），拜右丞相，二年，遷左丞相，尋出判隆興府，改判潭州，移慶元，復爲潭帥。嘉泰元年卒，年六十七。事見《誠齋集》卷一二四《左丞相余公墓誌銘》，《宋史》卷三九八有傳。今録詩二首。

### 和楊廷秀下元日詣會慶節所道場

殊庭冠佩儼晨趨，聯轡朝真下馬初。簾透晴曦金碎剪，霜彫細柳髮新梳。三呼獻瑞聞班列，萬籟收聲入步虚。祝聖歸來無一事，時平翻恨酒杯疎。宋楊萬里《誠齋集》卷三三附

### 勸農石頭城賦詩

去年出郊春欲半，鍾阜林巒青未遍。今年此日蟄初驚，動地春光滿石城。柳如蹙金梅碾玉，川原高下麥苗緑。一聲布穀已催人，吴儂莫問春遲速。蒼顔老守政無奇，只要我民不苦飢。奉詔偕行兩赤令，職在勸耕無擾之。鮐背厖眉數十叟，聽取吾言醉此酒。但遣兒郎力南畝，不患三錢無米斗。米斗三錢大江東，從今更祝八方同。同見三登太平日，老守不願萬户封。宋馬光祖《景定建康志》卷三七

## 丘　崈

丘密（一一三五—一二〇八），字宗卿，江陰（今屬江蘇）人。孝宗隆興元年（一一六三）進士。調建康府觀察推官，歷知華亭縣、吉州，召除户部郎中，遷樞密院檢詳文字。爲接伴金國賀生辰使，被劾不禮金使奉祠。起知鄂州，移江西轉運判官，提點浙東刑獄，知平江府。淳熙十三年（一一八六）移帥紹興，十四年改兩浙轉運副使（《嘉泰會稽志》卷二）。光宗即位，擢四川安撫制置使兼知成都府。寧宗嘉泰三年（一二〇三）知慶元府（《宋宰輔編年録》卷二〇）。四年，改知建康府、江淮宣撫使，尋拜簽書樞密院事兼督視江淮軍馬。以忤韓侂胄奉祠。開禧三年（一二〇七），復知建康府。嘉定元年，拜同知樞密院事，旋卒，年七十四（《宋宰輔編年録》卷二〇）。謚文定（《宋會要輯稿》禮五八之九九）。有《丘文定集》（《直齋書録解題》卷一八），已佚，《文定公詞》一卷傳世。《宋史》卷三九八有傳。今録詩十三首。

## 浮遠堂

西來江水浮天遠，卧看飛鴻入杳冥。雲過有山皆點點，潮迴無地不青青。風光浩蕩連淮海，氣象高寒近日星。醉裏不禁頻極目，敌峰如黛涕先零。自注：敌山先塋在焉。

已作垂垂雨，相為澹澹陰。吾徒一笑粲，造物用功深。跬步西山勝，終年梁甫吟。年來賞心處，徒得與君臨。

## 和張孝伯雪窗詩韻

洞門陰陰無俗客，樓觀清雄使君宅。晴窗妙墨燦銀鉤，要比粉闈冬夏白。秀將嵩少只簷間，恍如積霰觀商顏。藍田塞關底足異，城陽郡樓那可攀。窗中四時同一念，不作寒温顛倒見。試看炎蒸定有無，始知此景無遷變。都城畏日騰朝光，趦趄奔競車馬行。靦面内熱者誰子，來此爲卿心骨凉。

## 和朱子武夷雜咏十首

### 精舍

我讀精舍篇，夢作山中客。從公夜不眠，寒燈歌白石。

### 仁智堂

静如顔心齋，動若禹行水。迷邦謝陽子，謀國付樗里。

### 隱求堂

抱膝小窗深，讀書空谷響。一笑有會心，紛紛自雄長。

### 觀善齋

言發矢無鄉，機深舍争席。聖處倘策勳，珍重相與力。

### 寒棲館

風急窗自鳴，霜嚴酒無力。歲律方峥嶸，幽人坐堅壁。

### 晚對亭

蒼山開秋《武夷山志》卷一〇作青屏，屹立儼無對。下有岸幘人，意氣壓蒼同上書作空翠。

### 鐵笛亭

横笛人何在，山空花自開。不妨聽晚弄，聲與壯心來。

釣磯

清溪轉回環，石磯俯深碧。公來坐忘歸，此意白雲識。

茶竈

烹茶人外《詩淵》頁一六六四作換世，遺竈水中央。千載公仍至，茶成水亦香。

漁艇

世路風波惡，扁舟去住輕。中流發清唱，千古有遺聲。

以上民國顧季慈《江上詩鈔》卷二

（以上吴鷗整理）

# 全宋詩卷二五〇二

## 趙公豫

趙公豫(一一三五—一二一二),字仲謙,常熟(今屬江蘇)人。高宗紹興二十四年(一一五四)進士。調無爲尉。歷知仁和縣、餘姚縣、高郵軍、真州、常州,提舉浙東常平茶鹽,江東轉運副使,官至集英殿修撰,以寶謨閣待制致仕。寧宗嘉定五年卒,年七十八。有《燕堂類稿》等,已佚,今存《燕堂詩稿》一卷。《重修琴川志》卷八有傳。

趙公豫詩,以影印文淵閣《四庫全書·燕堂詩稿》爲底本。

### 世途

世途若戈矛,達人自宜淑。春日玩春桃,秋時賞秋菊。閒來與客談,興至取書讀。渴飲溪頭水,饑餐瓶中粥。即此可忘憂,世人奚碌碌。黄農不復生,誰為大化育。此身當自珍,毋為世所辱。

### 教授祖守中逢清以秋菊佳詠見貽次韻奉答

重九寓淮陰,塵囂忘境寂。金風偏原野,芳華未銷歇。結友步林坳,秋容正紛發。疎籬隱士居,叢菊堪怡悦。淡遠異凡葩,清香戀遊蝶。皎如冰作盤,長才無放逸。廣文祖先生,雞羣之鶴立。揮洒賦新言,羣賢皆侍側。一編惠遠人,捧誦幾晨夕。

### 嚴先生釣臺同范茂明浚賦

漢帝中興握赤符，先生恬澹隱名區。羊裘自是林泉物，龍德原非將相徒。不學淮陰遭戮辱，豈同尚父預匡扶。高踪卓絶横今古，瞻拜桐江感嘆俱。

## 陳元矩昭度納姬戲贈

半載幽居太寂寥，春風送暖此良宵。深情不必旁留戀，好布羅帷籠阿嬌。

賺得姬人下鏡臺，錦衾角枕手親裁。魚魚水水成佳會，懶向書堂事酒杯。

## 瑞　香

本屬廬山種，今移到小堂。疎枝依淺土，永日吐清香。不獨供欣賞，還宜兆吉祥。春深花氣減，對此更微茫。

## 留别□州牧孫德操懋

賢守公餘雅讌開，荷香馥馥入蓬萊。驊騮與座稱仙吏，樗櫟趨陪愧鈍才。緯武經文資妙略，民胞物與廣滋培。萍踪將返琴川棹，鈴閣新吟切溯洄。

## 遊瑯琊寺

滁陽饒古蹟，山水境幽然。名流相接踵，題詠日紛繁。我來值長至，欲一嚮山前。適逢豪俠友，相約入林淵。巉巖如虎伏，蒼松似龍眠。少憩聞清磬，徐步覽名泉。山僧供茗椀，不為禮數牽。坐卧興夷猶，嘯傲山之巔。

## 秋日遊焦山寺

舟行依岸曲，積氣一峰孤。日烈秋容老，霜寒木葉枯。閒雲留佛宇，幽鳥借僧餔。何日尋真隱，名山信杖扶。

## 金山

波濤流不息，山勢獨縱横。高閣空中現，浮圖雨外晴。帆檣歸客穩，鐘鼓卧龍驚。是處開生面，風雲别有情。

## 鶴林寺

山徑紆徐上，行吟喜自如。蒼松夾道路，翠竹繞門閭。是處無紛擾，到來懷隱居。南朝碑尚在，遺事信非虚。

## 北固山

名山推北固，乘興一登臨。古廟稀人語，虚堂響樹音。江濤堪寓目，禽鳥足娱心。坐卧言歸晚，前村月滿林。

## 甘露寺

名山城北峙，突兀到清虚。刹踞飛雲上，僧從絶頂居。江濤聲斷續，松柏勢扶疎。晤對忘人世，登臨意自如。

## 滕王閣懷古和新會馬持國韻

扁舟直入南州界，屈曲河流勢澎湃。浩蕩銀濤氣灝漫，淵源不竭通九派。昔年作客豫章城，弗覩高樓恒介介。再來勝地續前緣，畫棟雕梁稱絶快。子安一賦傳古今，俯視羣言猶草芥。西山蒼翠無變更，南浦煙雲幾成敗。憑欄睇視爽凡襟，惹起狂情破遊戒。緻飲醇醪似蔗漿，細覽詞章如披薤。寄身天地原寬閒，我獨伊何逢險隘。落霞孤鶩景偏幽，秋水長天恬不怪。信知造物有化工，能參妙義方無疥。長嘯樓頭逸興豪，得意忘言絕機械。匡廬有約次遊遨，務須了却林泉債。

## 金陵懷古

六代金湯固，桑田幾變更。梁臺秋月冷，吴苑晚鴻鳴。禾黍逢時茂，人心嚮化平。江山存勝蹟，我輩得怡情。

## 廬山

廬山不可盡，躡屐且相尋。峭壁懸崖險，幽泉仄澗深。苔痕侵竹徑，雲氣結松陰。古剎安禪静，聞鐘砭俗心。

## 梅仙祠

漢尉垂綸處，遺風事可傳。林深飛鳥入，水隔小橋連。道室幽如許，山花晚倍妍。到來心志静，不復有塵緣。

## 新安江泛棹

秋水何清澈，舟行境不窮。猿啼深谷裏，人泛碧流中。雲影連帆影，林紅映日紅。灘聲時斷續，高曠羨漁翁。

## 訪滕王閣舊址

滕王高閣已塵埃，故老猶傳結搆材。南浦寒潭秋月淺，西山爽氣曉風開。韓公碑碣生苔蘚，王子文章没草萊。舉目章江多落寞，蕭蕭雲樹總堪哀。

### 韓侯釣臺

湖水盈盈歷古今，我來憑弔識淮陰。王孫自失三齊志，漂母誰憐一飯心。封拜不堪仍赤族，交遊未可仗黄金。富春亦有垂綸者，獨引高風爽客襟。

### 嚴先生釣臺同范茂明賦叠前韻

處士星光耀斗符，漢家幸有此區區。原校：以下缺

### 賦贈許上達

十載驅馳萬里程，雞林自昔飲香名。欣瞻霽月光風度，得慰蒼葭白露情。博愛已徵欽古道，贈言端可重生平。迴舟再謁吟詩處，錯落珠璣映水明。

### 月夜接友人書

湖水春來泛碧波，伊人睽隔悵如何。梅花著露香還艷，竹葉臨風色自和。形影莫親憑夢寐，中情頻寫寄詩歌。魚書忽喜今宵到，復值堂前好月過。

### 采石磯懷古

姑孰江頭暫置郵，凉風蕭颯勝三秋。燃犀韻事歸何處，披錦詩人跡尚留。廣濟刹邊松樹古，峨嵋亭畔晚煙浮。六朝霸業成殘壘，惟見茫茫水北流。

### 暮雲亭謁青蓮先生祠

學士風流不可名，暮雲猶著古賢聲。衣冠渺渺成黄土，松柏蕭蕭散紫英。幾見騎鯨尋皓月，當年披錦酌飛觥。遥遥歲序還思敬，祠宇重光俎豆情。

## 亞夫墓

鴻門不用業成灰，碧血孤忠蓄夜臺。落日兔狐眠宿土，新秋猿鶴叫餘哀。虹光閃爍凌雲漢，鼠竊卑汙没草萊。傳道英靈能顯晦，登臨紀異愧無才。

## 高祖廟

尺土無階起沛豐，大風一曲壓羣雄。秦關約法成王業，楚國掄材衛帝宫。遠引留侯悲鳥兔，矜功韓信困牢籠。堪憐戚氏終人彘，智略何曾事事工。

## 送春歌

時光如箭遞相催，三春竟過夏方來。紅英漸落幽三徑，緑葉初肥映翠苔。太息勞生同若夢，四十年華輕斷送。譬如朝露最傷情，且趁年光免嘲弄。陽和布澤滿丘墟，黄鳥聲啼自卷舒。聞聲自可娱清晝，何必嗟嘘向敝廬。獨念鬢眉驚漸老，事業無成悲潦倒。曠志深沉似碧潭，孤情磊落如芳草。惜春還作送春遊，片刻風光未易酬。妙緒清言成韻會，飛觴舉盞滌離愁。良會弗長隨往迹，轉盼須臾即宿昔。古人秉燭非清狂，吾輩好把時光惜。

## 江行漫興

江南二月好風光，杏蕊桃花間緑楊。是處芳隄嘶牧馬，誰家紅粉盼孤航。永嘉時過人皆盡，建業潮來波自揚。物理静觀多變幻，長歌差勝奏笙簧。

## 小孤山

一柱巍然秀不頑，近鄰彭澤達沙灣。吴花帶雨參差媚，楚柳迎風次第班。屈子行吟傷放廢，淵明歸賦愛投閒。勞身未赴安恬計，且向名山幾度攀。

**琵琶亭**

誰把琵琶清夜彈，香山静聽譜無難。江州自古成佳話，亭上於今美大觀。溢浦新流春漲碧，匡廬徐轉朔風寒。遊人不乏留題興，孰擅騷情踞坫壇。

**新燕**

養成羽翼在雕梁，掠水穿花技本長。舌口瀾翻驚午夢，好風吹到竹方牀。

**采蓮曲**

瀲灧溪光似輞川，新荷出水更嫣然。為言全盛紅顔女，莫折花枝入畫船。

**隋堤布市**

隋皇宫闕已荒丘，剩水殘山發旅愁。絲竹管絃成往事，空餘梭布市揚州。

**維摩寺和冷世修韻**

放達得真賞，風流多逸才。春邀仙子佩，夜雨法王臺。雲磬杯前落，曇花曲畔來。但教元度在，明月不須來。

**古梅**

古折何如此，吾知本自根。歷年香不改，易世骨猶存。祇守芳心淡，寧期俗士捫。逢春百卉艷，對此似兒孫。

**桃花塢懷古**

塢號桃花著歷陽，張公曾作讀書堂。琅琅文采光前代，奕奕儒風顯盛唐。履境懷人誠韻事，居今稽古屬賢良。河流不減當年綠，酌水猶餘翰墨香。

## 次韻奉答教授祖守中逢清

方今士習嘆卑微，宫牆何者切瞻依。祖君守中來倡導，羣材就法識趨歸。夙昔風標矜獨步，文壇立幟能直樹。論文角藝日無虛，雅會名流常脱屣。文旌攬勝英風揚，擊鉢吟成冠詞場。芙蓉出水成高調，牛斗直射瑩精光。一氈暫屈萍藻渌，相契同官洵邁俗。賢宰鳴琴逸韻飛，少尹哦松音調續。無殊畹芷與湘蘭，齋頭苜蓿共盤桓。擷秀臺前開宴會，合芳亭下結新歡。倡酬互見珠璣落，起弊扶衰金石藥。名篇大半寶豐年，可以療飢兼濟涸。自慚樗櫟薄高林，畢生荏苒嘆浮沉。登陟名山應拱手，臨流勝水每縈心。但遇瑶編稱汗漫，目動神驚骨髓換。表揚前哲本愚衷，敢謂博名標月旦。蒙公詩贈率天真，猶觀大匠作輿輪。法律豈惟超近日，風神抑且過前人。

## 郊外

秋色全摇落，幽尋興未窮。閒雲迴遠岫，飛鳥下孤桐。人事寒相迫，楓林老益紅。勝遊堪自適，何必上崆峒。

## 登燕子磯

巖石著江干，扁舟依岸難。鐘音清晚嶼，日色下寒灘。寺古藤蘿碧，霜嚴木葉丹。登臨殊快意，趺坐看迴瀾。

## 迷樓

趙公豫

大業繁華地，荒凉一梵宫。煙雲猶夙昔，粉黛已成空。今古興亡事，循環宇宙中。知人與論世，端屬在儒衷。

## 彭澤懷古

青山環小邑，白水繞孤城。楚蜀源流遠，衡廬氣脈清。雲浮縈客思，日落動波聲。堪羡陶彭澤，歸田不問名。

## 西子湖同馬先生賦

湖水澄如練，中流好放歌。橋梁通小艇，樓閣倚巖阿。響屧廊猶在，採香澤不磨。武林佳麗地，遊衍樂如何。

## 彭祖井

茫茫海甸幾滄桑，井澤猶餘姓氏香。道術盡人誇往事，仙踪何處仰遺芳。雲龍山下風霜冷，戲馬臺邊草木黄。惟有城隅一掬水，春秋代謝自清凉。

## 留侯廟

微茫祠宇著山中，曲徑懸崖杖履通。一調楚歌聲斷續，八千甲士散西東。良臣遠識存真隱，赤帝雄心賦大風。惟有彭城留皓月，春秋光照尚和同。

## 次韻奉和蔣元甫雖瑞蘭詩兼賀誕孫

名花不與衆為行，特向瑶階獻吉祥。一幹亭亭標異彩，數枝燦燦發幽香。高懷直與同清艷，雅韻猶能並潔芳。積厚流光邀美報，蘭孫應瑞慶華堂。

山寺寂無僧，空門白雲冷。惟有寒松枝，悠然照潭影。

**賦贈容州刺史馬鯁臣持國**

扶風家學屬淵泉，刺史分符繼起賢。坐嘯名篇詞典要，十春佳詠語輕圓。虞山蒙幸騰飛蓋，琴水邀榮泛畫船。今日遠人尋舊好，摳衣鈴閣拜君前。

**崇德縣簿冷世修招飲**

早衙已放又清歌，文采風流孰若何。别圃娱情多典册，疎籬適興雜藤蘿。秋容包燦迷鴻雁，園菊英含續芰荷。飽德霏霏談論爽，如觀大匠斧高柯。

**贈池州倅趙漢卿昂發**

池陽别駕號宗工，博雅持衡景岱嵩。召杜興歌德並美，龔黄政績頌同功。清華獨擅標江左，偉望無雙冠域中。何幸旌旄來吴會，得瞻懿範沐仁風。

**賦答錢塘馬先生見貽即次原韻**

三秋初届雨凄凄，序轉重陽風日西。正苦僧房無快境，貽來新咏自珍携。芙蓉帶水成真艷，鴻雁凌霜作夜啼。擬過高軒聆妙諦，恐勞齋供太常妻。

**和馬先生再叠前韻**

連朝襆被冷凄凄，客屐湘江到浙西。長嘆故園秋漸老，快逢詩伯句頻携。迴廊待月來僧梵，曲徑看花聽鳥啼。轉盼雪霜應按候，調琴協瑟念山妻。

**和馬先生留飲三疊前韻**

招飲醇醪破寂凄，夕陽掩映畫樓西。狂瀾就下偏維挽，峻嶺難登每屐携。自有珠光能射照，無嫌馭屈作悲啼。連朝擬訂盤餐約，誰主僧庖代故妻。

**和馬先生雨中見過四疊前韻**

連朝風雨苦凄凄，郵得賢書到浙西。自注：是日寄到江南闈榜。帶屐衝泥叨飫液，貽來新咏又相携。清霜落木初成絳，淺渚依鴻半作啼。偶合温家諸韻事，自注：先生倒用印章，援日觀事自解。司農掌印有能妻。自注：先生貳農部時，夫人司印記。

**夜窗獨飲五疊前韻呈馬先生**

雲舒風布景凄凄，秋色繽紛遍浙西。愧我厨荒情未展，蒙公誼篤酒頻携。深嘉經緯匡時俗，還羡詩歌當笑啼。獨酌亦能消永夜，倡酬殊苦少荆妻。

**和馬先生曉起六疊前韻**

秋英漸落景幽凄，嘆息征衫滯浙西。三竺風光公素覽，兩峰山色我新携。禪房境冷逢仙侶，客子心閒愛鳥啼。揖别黯然情未已，曰歸難對樂羊妻。

**蘭谿范茂明過江來訪和韻見貽七疊前韻奉答**

倡酬已六破荒凄，詞客貽吟又日西。欲罷未能情寓勝，將歸更喜友相携。上天竺外霜華重，西子湖頭烏夜啼。此境盤桓差快意，無煩鼓瑟並姬妻。

**和馬先生贈别八疊前韻**

小酌僧房破冷凄，明朝分手各東西。一肩行李帆檣便，尺幅龍蛇什襲携。水驛山程勞記憶，天光雲影任歌啼。得通音問憑魚素，此際傷情似女妻。

## 慈教寺同冷世修賦

古剎傍江頭，憑高豁遠眸。雲光時散合，山影半沉浮。不語參空界，隨緣作勝遊。老僧指點處，心事幾多休。

## 立春日作

春風有脚到柴門，最愛朝曦氣自温。養性頗知學是貴，涵情尤識道稱尊。土牛應候農功起，木鐸傳音官儆存。惟願四方成樂歲，投戈解甲牧雞豚。

## 書建州刺史鮑祗勸農詩後

使君勸稼泛清溪，纔問高田又及低。蛙鼓鳴畦芳草際，鶯梭擲柳畫橋西。堪憐南畝波生浪，且喜東莊麥秀齊。五首新詩發性府，還從老稚慰呼啼。

## 主簿陳元矩署中畜鵝

素羽稱修潔，蒼音聽不禁。田間宜養育，官舍莫棲侵。博愛儒生量，矜全物性心。從今傳韻事，誰謂擅山陰。

## 納　涼

移榻空亭納晚涼，更深露下芰荷香。行雲敏捷如流水，愛有遊螢入畫梁。

## 江寧阻風

籬落雞豚傍水涯，蕭蕭楊柳放新芽。石尤故逞波濤惡，使我行踪看晚霞。

## 華佗墓

操技頗稱良，全身苦不早。堪嗟魏老瞞，今亦同枯槁。古墓尚巍然，蒙茸皆宿草。經春一發生，士女争祈禱。

## 漂母祠

英雄未得志，落魄有誰憐。一飯尋常事，千秋頌母賢。

## 廿四橋

橋在大業間，今日已傾圮。萬古長不磨，雲山並煙水。

## 逵弟招飲

天潢家世本同宗，玉質亭亭似岱嵩。海國快逢情契合，華堂盛集酒香濃。談詩雅以唐為法，植品端惟漢是從。握手雉皋旋别去，暮雲春樹想高蹤。

## 玻璃泉

都梁環繞盡高山，山下幽泉沁齒甘。原校：一作瀉水千入境頓忘人事擾，臨流能潤舌喉乾。孤亭掩映風雲幻，曲檻迷離煙雨寒。泗地年來成澤國，奠安常作救時看。

## 送漢卿再判池州

閥閱清華自職方，長才重蒞古池陽。刑曹借箸邀宸眷，秋浦分符定廟堂。熊軬聲聞舒驥足，朱旗色映快龍光。公餘寄興耽文字，彩筆仍流翰墨香。

## 喜范茂明至

蘭陵江下富春連，三色桃花色澤鮮。夜雨忽然添尺漲，曉寒猶可著重綿。輕囊括盡煙霞趣，逸興吟成風月篇。太息塵氛京雒客，誰能瀟洒得安禪。

## 徐孺子祠墓

孺子遺踪何處尋，進賢門外樹森森。登堂展拜情維繫，過墓傾心敬自深。剩有黄鸝鳴院落，還來雲影覆山陰。章江積雨增愁思，此日新晴爽客襟。

## 吕梁洪

吕梁籬落走雞豚，小泊扁舟日已昏。極目黄流來汴泗，有情明月匝煙村。隄長柳密巢歸鳥，水急風高浪打門。此去彭城知不遠，憑今弔古我思存。

## 戲馬臺

戲馬臺邊風色寒，黄河晝夜水瀰漫。椎心每恨英雄盡，放眼還知天地寬。宴設鴻門王氣在，煙銷秦闕霸圖殘。知幾亞父身先死，不見陰陵行路難。

## 同鮑祗登醉翁亭看歐陽公手植梅花

歐亭猶在望，梅萼自芬芳。地以人為重，花為植者香。山峰皆拱列，石骨盡昂藏。文采風流事，參軍獨擅場。

## 上巳

蕪城逢上巳，散步答年光。北郭垂楊媚，西郊碧草芳。人皆趨靡麗，我獨戀春陽。更愛雙飛燕，翩翩語畫梁。

## 浮梁舟行

一棹沿溪上，沙明水更清。迷濛細雨濕，起落片帆輕。磐石中流出，新篁遠岸生。客心無所繫，閒坐聽春鶯。

## 祁門驛

舟小名為驛，臨河體實輕。捫灘魚貫上，放溜雁行行。雲氣仙山静，風聲遠樹鳴。時和春又暮，曠覽可娱情。

## 黄岡

黄岡臨古岸，依谷盡人家。老稚崇清儉，衣冠鄙俗華。花香幽徑僻，鳥噪夕陽斜。俯仰情何寄，煙霞自足誇。

## 滕王閣

佳名由帝子，千載尚餘芳。帶水來章貢，羣山擁豫章。樓臺誇壯麗，魚鳥焕清光。粉壁多詞翰，風流孰擅長。

## 望廬山

廬山何峻極，一望盡蒼清。不辨松杉色，誰聞鐘磬聲。飛崖懸瀑布，幽谷語春鶯。堪羡巖栖士，空餘人世情。

## 大孤山

客路將幾月，舟行見大孤。時和花爛熳，景淑鳥飛呼。徑有煙霞氣，村無市井夫。曠觀多樂趣，何事苦嗟吁。

### 陪錢塘馬先生遊兩峰僧寺

兩峰舟少阻，精舍可橋通。竹映階苔緑，桃侵佛幔紅。心縈章貢外，自注：時從江右至浙。情寄笑談中。坐久愁煩渴，供茶愛遠公。

### 冷泉亭

泉不因人熱，淵源自古今。名流耽韻致，智士悦清音。徑有煙霞趣，亭無鳥鼠侵。浮生徒碌碌，誰自滌凡心。

### 岑　山

山踞浙流頂，波聲聳獨尊。帆檣移野浦，鐘磬出烟村。脩竹涼風咽，巨魚暑氣吞。層巔一矯首，海面見雲根。

### 謁伍大夫廟

策馬昭關道，投鞭弔昔賢。荒庭多鼠雀，古屋飽雲烟。覆楚勳勞淺，强吴智略全。英雄精爽在，瞻拜一凄然。

### 邗上聞鶯

邗堤芳草軟如綿，夭桃媚柳何娟娟。朱欄繡閣依山巔，萬仞巍巍直接天。坐卧其中似畫船，開簾俯視小百川。牙檣錦纜泊江邊，紅顔放棹來翩躚。歌音繚繞落花前，傾耳聽之清且圓。倉庚飛翻羽毛鮮，嬌啼婉轉極清妍。高風盛德頌前賢，徘徊勝事堪流連。君不見吴歌楚舞變桑田。雄圖霸業沉深淵，黄鸝睍睆迷村烟。

## 桃花

亭亭一樹燦窗前，氣暖風和分外妍。何必桃源尋異處，此間談笑亦神仙。以上《燕堂詩稿》

（崔統華整理）

## 徐安國

徐安國，號春渚（《宋詩拾遺》卷一三），浙江富陽（今屬浙江）人（清光緒《富陽縣志》卷四）。孝宗乾道二年（一一六六）進士（《咸淳臨安志》卷六一）。歷知華亭縣（明正德《松江府志》卷二二）、横州（清嘉慶《廣西通志》卷二四四）。寧宗慶元三年（一一九七）于廣南東路提舉茶鹽任遣人捕私鹽於大奚山島，激成島民之變降官。嘉泰二年（一二〇二），改湖南提舉，旋以前罪罷。開禧元年（一二〇五），復特追三官（《宋會要輯稿》職官七四之一、二、一二、一七）。

徐安國詩，據《輿地紀勝》等書所録，編爲一卷。

### 哀吕東萊

師友曾亡幾，南軒足舊聞。嚴陵忻請益，荆渚黯臨分。慟哭情方切，招魂志愈勤。幡然均地下，應與共修文。

感涕門闌舊，由來豈苟然。茶山參活法，婺女拾殘編。記録書猶在，忘言意已傳。續燈身後事，先是有同年。宋吕祖謙《東萊集》附録卷三

### 題洪氏浴室院

斗横宴坐一蒲團，丈室寥寥夢境寒。夜炷波涵烟易冷，秋簷冰浸露先漙。潭中寂境心灰見，鏡裏虚形面

壁觀。俛仰清光無盡藏，細分沙界萬塵寬。　宋潛説友《咸淳臨安志》卷八四

## 登古鉢嶺謁慈感祠下

郡嶺中推古鉢尊，山川羅列掌中存。亭臺突兀聖婆廟，邱垤逶迤山子村。

## 寶華山

秀出城南號寶華，翠微深處衲僧家。百年臺殿歸煨燼，一徑蒼苔落晚花。　以上宋王象之《輿地紀勝》卷一一三

《廣南西路·横州》

## 横州龍池

為谷為陵事已非，靈源匯澤發光輝。有時風雨連村暗，夜半龍遊古鉢歸。

## 横　浦

暑風披拂瘴烟收，獨倚危樓豁遠眸。萬叠山圍城堞古，一灣江抱海槎浮。

## 妙庭觀

玉笙聲絶瑶池杳，桂殿風生幾度寒。空使時人慕雞犬，掃除槩鼎舐遺丹。
雲軿不許折鐺追，太白遺詩人亦疑。千載何人為澒拂，謝家春草又生池。
槐覆星壇惟舊跡，土埋丹鼎不知時。刻舟何處長生路，回音海山空賦詩。　以上元陳世隆《宋詩拾遺》卷一三

## 大滌洞

大滌山藏碧玉函，神龍護穴虎馴巖。華陽邃道通仙處，始見元同骨不凡。　元孟宗寶《洞霄詩集》卷三

## 石　林

枯藤老大似虬懸，一榻留雲對洞門。無復高人眠醉石，空留芳草引王孫。影印《詩淵》册二頁一三七四

## 登舟

廛市塵埃苦没頭，霜晴清興動林丘。買舟迤邐窮觀覽，載酒從容作拍浮。山遠眼隨飛鳥入，溪清身與戲魚遊。遥觀九曲山如鎖，説與篙人緩放舟。同上書頁一四八七

## 道院

齋餘深炷一爐香，宴坐怡神閱寶章。夜静沉沉天籟息，步虚聲起月回廊。同上書册三頁一五七八

## 天壇

峩峩大滌拄天寒，白鹿來迎上界官。挹景太霄千載後，猶思冠珮上天壇。同上書頁一五八〇

## 放水澗

一澗無人測水源，閘開石面瀉奔湍。建瓴已自驚凡目，機錦那鋪澗底看。同上書頁二一七二

## 歸雲洞

百里周回□蓋天，迴車盡指後門旋。悠然一片雲飛晚，指點歸來沙苑仙。同上書頁二一九九

## 雲根

出岫俄生一片陰，拄笻行到水窮尋。千年留得深根在，盤古埋藏古澗心。同上書頁二二〇二

## 藥圃

滿山緑葉與紅英，瓊圃皆由種植榮。翻笑無人繼真跡，靈芝惟望自天成。同上書頁二二四五

## 茶嶺

徐安國

天柱峰頭撥曉雲，靈芽一寸得先春。紫芹緑筍方知貴，雷發鎗旗未足珍。同上書頁二二五三

## 白茅洞

鑿石成壺不記年，洞門如井忽昇仙。軒然笞鳳鞭鸞客，翻作醯雞舞甕天。同上書頁二二五五

## 馴虎巖

害物無如猛獸雄，懼心不起獸難從。能探虎口同兒戲，異類從兹不見蹤。同上書頁二二八一

## 龍　洞

泉脉潛深貫海湫，陰霾晴雹四時秋。憑誰為探驪龍睡，好把靈珠頷下求。同上書頁二二八二

## 鳳　洞

帝遺持將紫詔來，山前九鎖一時開。洞天絶境勝阿閣，覽德飛翔日幾回。同上書頁二二八三

## 無骨箬

三足碧蟬巖下見，千年丹鼎地中開。故令紺箬生無骨，要表真仙蜕骨來。同上書册四頁二四一七

## 祥光亭

地藏金玉自通靈，草木英華發粹精。朮塢芝畦化瓊圃，祥光終日滿山明。同上書頁三〇一八

## 翠微亭

拄上風煙脚力頑，華亭深入翠微寒。千巖萬壑争呈秀，獨指中峰一柱香。疑當作看　同上書頁三〇一九

## 石　室

編茅結屋附琳宫，索價何高少室同。妙黑疑當作墨流傳天上去，一山松竹獨吟風。同上書册五頁三〇九二

## 清音亭

山川無古亦無今，只在游人得趣深。洗耳屏除筝與笛，來賢幾個是知音。同上書頁三一三八

## 冷泉亭

道人心迹已雙清，更挹寒泉滌俗情。徙倚虚亭無一事，笑予塵土滿冠纓。同上書頁三一三九

## 石　門

神刻鬼鑿石為門，九鎖回環隱帝閽。斸藥採芝尋古路，清泉能漱烏能言。同上書頁三一七四

## 舞翠閣

澗邊蟠木歲時深，更著華亭倚翠陰。風下四山蛟起舞，洞中攪動蟄龍心。同上書頁三三八一

## 歸雲庵

忽舒忽卷豈無期，萬狀來呈變化姿。峰帽石衣羅眼底，蒼然暮色欲來時。同上書頁三六九八

## 題洪氏浴室院

百念灰寒一性空，森然萬象在其中。静觀寂照銜沙界，翻笑空華翳化宫。金屑未除心境異，尼珠獨耀古今同。箇中有見非真見，未掩簾時妙無窮。清胡敬《淳祐臨安志輯逸》卷七

## 句

古辣觴客醉，寶華鎸句清。

出郭扶筇上翠屏，却從雲隙望莎城。以上《輿地紀勝》卷一一三《廣南西路·横州》

（吴鷗整理）

徐安國

# 全宋詩卷二五〇四

## 單夔

單夔，字虞卿，錢塘（今浙江杭州）人。孝宗乾道元年（一一六五），爲大理評事（《宋會要輯稿》職官七一之一二）。五年，除大理寺丞（同上書刑法三之八五）。六年，兼權度支郎官（同上書職官四二之五七）。八年，知湖州，尋除淮西總領（清同治《湖州府志》卷五）。淳熙三年（一一七六），除户部侍郎（《景定建康志》卷二六）。五年，出知平江府（同上書職官六二之二一）。光宗紹熙間知遂寧府、建寧府（《攻媿集》卷三六、四〇）。寧宗慶元二年（一一九六），知紹興府。四年，知隆興府（《南宋制撫年表》上）。

### 次楊咸亨江郊亭新成二十三韻

瞿塘一門江水傾，羣趨激射隨奔鯨。舟車冠蓋湊蜀道，孰問張丈聯殷兄。相逢來往問地主，太守詎敢忘將迎。白崖候館久茅葹，近即野處披榛荆。屏修啟剔作廬舍，夙戒里旅遲留行。有如綏館及郊勞，舉國定制誰先鳴。錢塘鄙人何所似，抵掌自視鴻毛輕。食焉抑畏墮偷懦，汎觀彼己同虚盈。山溪水滸肆登賞，靡識傑閣誇峥嶸。朋從簪盍得衆隽，塵譚冰釋欣初晴。鼎新贊我築斯館，棟宇不貴朱連甍。入門便足庇風雨，揭榜却借江郊名。時哉蓮幕有嘉客，落筆能令風雨驚。聯篇累牘溢我目，粲花麗藻舒我情。人生悟合良快意，胡為四美嗟難并。日光天際發豐蔀，此去可並依離明。直排閶闔出灎澦，肅肅東首歌宵征。循崖履坦竟無阻，為君留取能詩聲。此榜與詩儻不朽，此館想同江水清。我來歲月媿銷縮，整纓輯屦圖歸程。遺名肯復計身後，謹願第虞槃水擎。始終感慨遇僚友，遂事且喜相須成。勉旃功業早期就，發軔自是天衢亨。明周復俊《全蜀藝文志》卷一三

（孟憲忠整理）

## 陳蒼舒

陳蒼舒，字朋元（《周文忠集·遊山録》卷一）。孝宗乾道元年（一一六五），知溧陽縣（《景定建康志》卷二七）。淳熙九年（一一八二），官樞密院檢詳諸房文字（《崔舍人玉堂類稿》附録）。范成大詩中多及之。今録詩二首。

### 挽崔舍人

早結淵衷眷，英名擅四方。獻箴誠剴切，屢諫極忠良。勸講黄金殿，修辭白玉堂。簪紳歆盛美，何事遽云亡。

昔宰金淵日，獲從二陸遊。同朝深自喜，投袂意相稠。□□方驚歿，公乎遽若休。佳城知有日，老淚灑西州。宋崔敦詩《崔舍人玉堂類稿》附録

## 董風子

董風子，孝宗乾道元年（一一六五）有詩。事見《夷堅三志》壬卷八。

### 題店壁

太乙元君遇虎龍，沉沉三洞鎖青風。自從九九朋分了，白髮黃金黑變紅。宋洪邁《夷堅三志》壬卷八

《夷堅志》：董風子者，不知其鄉里，事母至孝。以乾道元年過岳陽，夜宿黃花市，遇同居一叟，董識其異，問其姓氏，曰本東晉抱黃翁，語罷失所在。明日，董留題於壁云云。由是往來通城、平江二縣，自稱董風子。

（以上王德保整理）

# 梁安世

梁安世（一一三六——？）（生年據《全宋詞》卷三），字次張，括蒼（今浙江麗水西）人。高宗紹興二十四年（一一五四）進士（清雍正《浙江通志》卷一二五）。知衡山縣。孝宗淳熙六年（一一七九）爲廣南西路轉運判官（《宋會要輯稿》職官七二之二四），改提點刑獄（清雍正《廣西通志》卷五一）。曾由大農丞出知韶州。有《遠堂集》，已佚。事見清道光《婺志粹》卷三。今録詩八首。

## 石　芥

擷根山石貯瓶罌，柱後緘題見者頳。風味莫嫌無醖藉，盃柈亦解作聰明。願言則嚏傳心事，搔首躊躕散宿酲。最是徂徠明道地，至今姦膽亦魂驚。宋劉昌詩《蘆浦筆記》卷一〇

## 張相公祠

五湖煙浪渺難尋，有像區區欲鑄金。試問鐵胎身後事，何如羽扇用時心。宋王象之《輿地紀勝》卷九〇《廣南東路·韶州》

## 桂　林

列城二十五，去國一百舍。西夷蟻穴通，南島鯨波駕。同上書卷一〇三《廣南西路·静江府》

## 贈王錫老

審齋先生世稀有，曾是金陵一耆舊。萬卷胸中星斗文，百篇筆下龍蛇走。淵源更擅麟史長，碑版肯居鰐文後。倚馬常摧鏖戰場，脱腕難供掃愁帚。中州文獻儒一門，異縣萍蓬家百口。恨極黄楊厄閏年，閒却玉堂揮翰手。夜光乾没世稱屈，遠枳卑栖價低售。漂摇何地著此翁，忘憂夜醉長沙酒。豈無厚禄故人來，為辦草堂留野叟。嗟余亦是可憐人，慚愧阿戎驚白首。一燈續得審齋光，多少達人為裔胄。睠予憔悴五峰下，頻寄篇來復相壽。年來事事淋過灰，尚有詩情閒情竇。有時信筆不自置，憶起居家吕橐臼。審齋樂府似花間，何必老夫疥篇右。

明毛晉《審齋詞跋》引

## 題壺天館 淳熙辛丑立秋後一日

留守參政大資范公，余同年□□。往歲在桂林，題刻最多，四方傳之，暇日當與同寮遍觀。因即公所名壺天二字原缺，據詩補觀題數語此序原缺，據《粵西金石略》卷九補

宣政喜邊功，隆兑築州縣。程公自名巖，刻石記所建。得既不償費，中興棄不繕。誕謾磨崖辭，當日妄誇衒。英英石湖仙，改作壺天觀。壁間之大字，莊重如峨弁。詩文鸞鶴音，筆勢龍蛇變。登高瞰洞户，灘水澄如練。勝槩聳靈臺，遐觀起三歎。玲瓏二十四，妙墨鐫題徧。我來為拂塵，端若侍顏面。邦人頌遺愛，壽骨癯且健。今□□麟堂，安得使之見。

明張鳴鳳《桂勝》卷二

## 雙溪二首

春霖漲合兩溪平，雪浪中浮桑柘青。南市喚船撐未到，一番蓑笠滿津亭。

岸高平步遠汀沙，落木梢頭點亂鴉。舞動雙龍金鎖甲，蘭皋影外晚紅斜。

清張藎康熙《金華府志》卷三

## 秦碑一紙并古詩呈王梅溪太守

公生博物好奇古，勸我搜求秦望碑。我來稽陰且三載，夢寐絶頂雲俱馳。事非近代問父老，鼻祖已來猶不知。或云其山多虎狼，囦湫鱄井蟠蛟螭。魍魎木客忌人到，陰霾賊霧迷羊歧。樵夫懸磴懼失勢，一落萬丈誰能支。吾意此如鍾乳穴，民昔畏擾相譸欺。曩時山東之罘石，磅砰入海無津涯。固知秦人遊戲餘，非民之利寧一時。暇日登臨雲門寺，僧曰若耶溪上奇。山曰何山勢最峻，丹鶴夜宿天孫枝。南望天臺西錢唐，下視峰岫如羣兒。李斯篆書真刻本，昔人避亂此見之。裹糧遂偕墨工往，扳崖貫木如鹿麋。舉觴酹酒山之神，千古呵護煩神司。銷鑠僅存三尺許，龜趺就鑿山石為。剜苔剔蘚隨手剥，面節背角摧霜皮。老龍脱甲蛇解蜕，鋪紙拭墨漫披離。收藏入袖恍若失，遐想往昔還嗟咨。我聞太古功德盛，鋪寫不盡乾坤儀。詩書紙上自不朽，金石還有磨滅期。秦皇不慕仁義業，直謂堯舜猶瑕疵。焚書欲蓋前代美，寧聞伏生傳有頤。後生不廢丞相書，歌頌雖在皆浮辭。惜哉此紙無一畫，欲記存亡人應嗤。他年好事繼追訪，姑願首尾觀吾詩。　清厲鶚《宋詩紀事》卷五一引《雲門集》

## 句

更説此州異特事，寇公歸後二蘇來。　《輿地紀勝》卷一一八《廣南西路·雷州》

歲次屬金知稔熟，木頭點土驗滂沱。

蕃馬步銜青苜蓿，羌兒卧唱白銅鞮。

直令萬乘高凡眼，不道人間例是貪。　以上宋俞文豹《吹劍録》

（李權整理）

## 王千秋

王千秋，字錫老，號審齋，東平（今屬山東）人，寓居金陵（今江蘇南京）。梁安世知衡山縣時與有唱酬。有《審齋詞》一卷。事見明毛晋《審齋詞跋》。今録詩二首。

### 無題二首

雄姿畫麒麟，朽骨分螻蟻。争似及生前，常為鶯花醉。雲山静有情，天地寬無際。且放兩眉開，萬事非人意。

功名竹上魚，富貴槐根蟻。三萬六千塲，排日扶頭醉。高懷隘世間，壯氣横天際。常是惜春殘，不會東君意。　清朱緒曾《金陵詩徵》卷八

（劉雯整理）

## 傅伯壽

傅伯壽，字景仁，河陽（今河南孟縣南）人，居晋江（今福建泉州）。自得子。孝宗隆興元年（一一六三）進士。乾道八年（一一七二）再舉博學宏詞科。淳熙二年（一一七五）爲著作佐郎，遷著作郎（《南宋館閣録》卷七、八）。歷知道州、漳州。光宗紹熙元年（一一九〇）除禮部郎中（《宋會要輯稿》禮一五之六一）。三年，出爲江南東路轉運副使。五年，改兩浙西路提點刑獄（《景定建康志》卷二六）。以韓侂胄薦，召除中書舍人，直學士院。寧宗慶元中出知建寧府。嘉泰二年（一二〇二），爲翰林學士。三年，爲吏部尚書，兼秘書省檢閲文字，兼實録院修撰（《南宋館閣續録》卷九）。官至簽書樞密院事（《宋會要輯稿》職官七四之二九）。《宋史翼》卷四〇有傳。今録詩七首。

**一段奇軒**原注：在西湖淨相院。

門外紅塵走利名，庵中白髮任浮生。羨師法窟能深入，厭我詩壇已屢盟。渺渺水光簾萬疊，離離梅影雪三更。何人薦取真消息，試鼓瑶琴一再行。　宋潛説友《咸淳臨安志》卷七八

**題姜相峰前祠**

草間荒塚没麒麟，古寺何人為寫真。華表不歸空怨鶴，長松半落欲生鱗。艱難曾藉扶危力，鯁介原非賣直人。安得貞元同貞觀，懷思忠憤一霑巾。

早歲聲名起日南，暮年病骨卧煙嵐。死生有地皆天命，不用人間更疾讒。

**一眺石**

一眺人間萬事非，海鷗山鳥便忘機。林端髣髴見帆影，知有扁舟天際歸。

**碧玉峽**

野迥方知天廣大，身高更覺石峊嶢。泉人試為平章看，勝絶何如透碧霄。

**釣　臺**

倚空絶壁勢雄豪，招引山風接海濤。不假他人立名字，嚴臺何似此臺高。　以上清劉祐康熙《南安縣志》卷一八

**和泉守王龜齡**

名節士所重，當如護睛腦。立朝與行己，本末要可考。　清黄任乾隆《泉州府志》卷五四

（李更整理）

# 陳琦

陳琦（一一三六—一一八四），字擇之，號克齋，臨江軍清江（今江西清江西南）人。孝宗乾道二年（一一六六）進士。從張栻游。歷衡陽簿、贛縣丞。留正帥蜀，辟掌機宜文字。淳熙十一年卒於官，年四十九。事見《誠齋集》卷一二九《陳擇之墓誌銘》，《宋史翼》卷二一有傳。今録詩二首。

## 送行詩

太白休愁横閣暝，少陵剩賦浣花春。金沙銀鑠巴中路，緑水紅蓮幕下賓。　宋趙蕃《淳熙稿》卷一七《呈楊謹仲二首》注引

## 讀書臺

水色山光面面開，乾坤牢落此孤臺。寒煙老屋巢沙燕，春雨殘碑卧石苔。千載英風今可想，八州奇夢舊傳來。輶車弔古增惆悵，重為先生闢草萊。　清曾燠《江西詩徵》卷一五

（吴鷗整理）

# 全宋詩卷二五〇五

## 羅願

羅願（一一三六—一一八四），字端良，號存齋，歙縣（今屬安徽）人。頌弟。高宗紹興二十五年（一一五五），以蔭補承務郎，歷監新城縣、景德鎮稅。孝宗乾道二年（一一六六）進士（《新安志》卷八）。授知饒州鄱陽縣，未上，主管台州崇道觀。八年，通判贛州，攝州事。秩滿，差知南劍州。淳熙六年（一一七九）陛對，爲孝宗賞異，命知鄂州，十一年卒於官，年四十九。有《羅鄂州小集》六卷、《新安志》、《爾雅翼》傳世。事見本集附録元曹宏齋《鄂州太守存齋羅公願傳》，《宋史》卷三八〇有傳。

羅願詩，以影印文淵閣《四庫全書·羅鄂州小集》爲底本。校以明天啓六年羅朗刻本（簡稱天啓本）、清康熙五十二年程哲七略書堂刻本（簡稱康熙本）、清初《兩宋名賢小集》鈔本所收《羅鄂州小集》（簡稱小集本）。另自《咸淳臨安志》輯得集外詩一首，附於卷末。

### 寄遠辭

過黎陽而遂西兮，頌嘉友之臨餞。道躊躇而屢顧兮，忽背馳而不可挽。幸介弟之勤我兮，守權輿其益堅。人情豈其惡逸兮，慮我脩塗之易倦。槩高原與平隰兮，冰雪凛其同踐。山負石以當逕兮，泥飛屐以相濺。喜招招以卬涉兮，又風濤之交戰。幾四載之皆乘兮，初不悟其巳遠。亦既降乎廬阜兮，縣尹告以舟辦。

謀不主於雲夢兮，果若大江之為限。分渚陸之異遵兮，弟亦曰予將返。試往閱於千帆兮，前車近其當鑒。挾忠信以臨深兮，猶一覘而色變。愛我者於是而委去兮，吾然後知所恃之惟天。寧戒懼之遂忘兮，託命於南公之雞犬。捨親戚與墳墓兮，初豈以易芻豢。抑甚珍其所懷兮，每欲棄置而未忍。行四方以經營兮，膂力猶幸其可勉。荆又用武之國兮，庶幾少施乎吾辯。至天性之燥濕兮，蓋終身陋巷而不厭。非將老無聞之為病兮，且安往而不樂其貧賤。獨夫人之信此兮，跂予望之而不之見。秋蘭何時其可致兮，聊以報乎足繭。

## 送新安守陳郎中赴闕

浙水帶天邑，於今如澗瀍。言從發源處，直到行闕前。使君儀曹郎，省闈早周旋。一行領輔郡，奏課十郡先。是時新雨餘，縱纜驚號蟬。長河無六月，解帶風中眠。烏羽動林莽，馬門納雲烟。村村老農出，寒女一笑嫣。共談兩歲樂，米糧不論錢。今日見使君，使君正當年。還能持節來，莫作長棄捐。再拜不可留，鼓聲催發船。嗟我寄枌社，弟兄辱知憐。宦遊適四方，從公倘非難。農人寔懷土，欲見無由緣。唯因足襦袴，長説使君賢。

## 題賢女鋪在南康縣南

許嫁女始字，昔人良所欽。此身有所屬，安得强委禽。嗟哉乃翁愚，棄盟欲重尋。死生還復合，世謂遂初心。誰知彼寒女，義烈動芳襟。頃來已一慚，厚愧方在今。正性不負物，臨流殞千金。我來弔叢祠，目眩寒潭深。淒凉一川上，行客聞知音。

## 梁寺丞見示過嶺新作

凌晨登鬱孤，南走韶陽道。封疆有申（小集本作中）畫，山川本懷抱。公行度塞嶺，殘雪故未掃。高情無南北，反謂玆山小。頃來我嘗游，亦覺山媚好。前賢困（天啟本、康熙本、小集本作因）遠謫，我輩得幽討。兩崖瞻欲眩，數樹攀且繞。想公哦新詩，千騎轉林杪。衙冠候顏色，約束軍聲悄。韶陽古名郡，四十專城早。重華已千歲，蒼石在雲表。魚龍舞幽壑，遺韻蓋可攷。以玆供撫玩，或可薦壽考。公餘亦時飲，未用絶芳醥。行行布恩惠，正直神所保。

## 送贛州守施司諫奉祠歸吴興

去國二千里，叱馭良已勤。到官一百日，啜菽念所欣。使君豈常流，早歲承華勳。螭首有故步，天香帶餘熏。時清省諫紙，符竹亦再分。屬者寇雖除，遺民尚驚麏。公來鈐江右，喜氣感三軍。下擔見施設，果蘇彫瘵群。天姿夙已高，況復勇所聞。屬縣但期約，訟庭無放紛。村團不識吏，處處飽羹芹。生女戒勿怒，減輸勸其耘。惠術頗次第，歸心已鄉枌。小子謬從師，頗嘗侍朝曛。從容進逢掖，慘淡立紅裙。中坐要娱客，所陳金石文。行裝遂如此，何以充棟棼。人事與天意，嗟予豈須云。來携諫坡雨，去開崆山雲。多公能摧剛，聖慮（天啟本、康熙本、小集本作處）已策勳。行藏吾有命，所願不忘君。

## 送辛殿撰自江西提刑移京西漕

峨峨鬱孤臺，下有十萬家。喧呼隘城闕，戀此明使車。憶公初來時，狂狡嘯以譁。主將失節度，玉音為咨嗟。一朝出明郎，繡衣對高牙。持斧自天下，荒山走矛叉。光騰將星魄，枉矢失驚蛇。氛霧果盡廓，十州再桑麻。恩令撰中祕，天筆有褒嘉。辛氏世多賢，一姓古所誇。太史善（小集本作任）箴闕，伊川知辭（小集本作亂）華。誰歟立軍門，杖節來要遮。亦有救折檻，叩頭當殿衙。英風雜文武，公獨可肩差。佩玦善斷劄，揮毫絶紛葩。時時有縱舍，惠利亦已遐。京西故畿甸，傍塞聞悲笳。明時資餽餫，豈減漢褒斜。勿云易使耳，重地探荆巴。三節萃一握，眷心良有加。古來居此人，愛國肯雄誇。羊祜保至信，陶公戒其奢。安邊有成略，此道未全賒。公今有才氣，功名安可涯。願低湖海豪，磨礱益無瑕。凌煙原作州，據天啟本、康熙本、小集本改果何晚，猶有髪如鴉。

## 和汪伯虞求酒

君不見菊潭之水飲可仙，酒旗五星空在天。此江縠紋更奇絶，投以麴米清如泉。分甘正擬供低唱，要槳糟臺須大匠。詩人便欲醉千日，歡伯僅堪陪一餉。曰予此樂未知之，獨愛為瓶居井湄。因君飲興亦浩蕩，夢隨驂駕觴瑤池。昔賢酒盡孤長吸，大似竹枯還欲瀝。明朝秀句傳滿城，笑指空樽卧牆壁。

## 鹿鳴燕禮成貽解元諸友并呈通判寺簿兄及衆同官五首

天意欲為雨，川雲出相望。明時攬俊乂，所立固無方。少小諷二南，美此江漢鄉。猥當興能職，首闢較藝場。群儒悦寬簡，浩蕩出文章。方觀縱壑魚，忽作摶風翔。此去升禮闈，旋當對殿廊。忠言動明主，家國有輝光。

鹿鳴首宵雅，義取好賢深。寥寥疑莫續，工席有遺音。詩言君臣間，不以位相臨。如禽食苹水，有酒方共斟。從容陳所好，亦復有鳴琴。庶使峨冠者，洋洋動其心。願言解子褐，結綬貫華簪。真心有相感，千載豈殊今。

昔在馮當世，起家冠倫魁。天衢躍群龍，轉見絶足才。馳譽塞四海，致身近三台。淒涼城東宅，歲晚就蒿萊。古來用武地，編簡委塵埃。每見儒冠喜，況逢賢路開。祝君如馮公，決科亦崔嵬。終身可師法，正復在軥回。

任子衆所許，一鳴居上頭。王高兩縣來，選拔皆其尤。里行張可貴，月書蘇屢優。向來丁與虞，頗從別駕游。嗟我愛群才，不間薪與槱。既為得者喜，豈忘欲旁搜。鼓篋五百家，要皆儒者流。相期作鄒魯，過是我何求。

士有未就駕，郡守身勸之。君觀漢詔中，有此勤懇詞。由來賢俊人，出處每委蛇。譬彼未嫁女，深閨秀容姿。施衿有所適，婉孌終自持。漢俗尚如此，前世當可知。勉哉策名者，不但好爵縻。君臣有明義，天啟本、康熙本、小集本作良行矣方自兹。惟當秉高節，長副此心期。

## 酬任察推惠石耳之作 涉

班嗣不借書，劉棻真好事。慚君輟漢簡，畀我充口耳。胡為有牽聯，蒼石乃遭刵。平生任公子，百犗供釣餌。坐令天壤間，厭此江海味。君今效清癯，我更覺軟美。挾書擬從游，夢到沙頭市。

## 酬寺簿勸農追和淵明見貽

江漢之會，中具五民。見異而遷，乃喪厥真。相彼樊山，我行所因。有閒其壤，問彼居人。方時清明，家自為稷。其藪其浸，其動其植。孰為使民，有田不穡。亦惟蒲魚，恃此鮮食。歲運周回，景躔西陸。帝籍重開，天顏逾穆。耕事將起，毋荒遊逐。凡我農官，戒民宜宿。戒民伊何，美成在久。譬彼射侯，則求其耦。驅率慵墮，轉緣南畝。數耘疾收，在而心手。農亦有書，匪藏金匱。盍耕如莘，盍饁如冀。桑蔭清好，濁醪日至。已勤而食，則無所愧。勿謂此州，遠連邊鄙。我疆西北，盡其四履。風雨順時，日星循軌。屢豐作頌，以致歸美。

## 鄂州勸農

國有四民，各分一職。農次於士，蓋尊稼穡。日出當作，日入乃息。用天分地，以足衣食。菖葉初生，於是始耕。務限既入，農事轉急。禾當播種，乘雨接濕。高田大豆，榆莢為候。三月區處，油麻穄黍。時當警竊，圖（天啟本、康熙本作圓）葺牆宇。蠶沙麥種，四月收貯。開渠決竇，以待暴雨。月建在午，秧苗入土。女工織作，三伏炎暑。七月芟草，燒治荒田。大麥小麥，上戊社前。禾欲上場，九月塗倉。緝績布縷，十月多霜。冬至埋穀，預試五種。不宜者輕，宜者則重。臘月糞地，治碓雕桑。脩治農器，向春則忙。四時之務，展轉相尋。既有常產，當有常心。雞豚兼蓄，棗栗成林。我念此州，土多冒占。紛紛剗請，擾擾定驗。雨澤空過，失天之時。生意不發，失地之脂。身力不出，枉墮四肢。於私無益，於官亦虧。耕既不深，難行根脈。耘既不勤，衆草之宅。糞若不施，穀不精澤。收若不速，風雨狼藉。若能開墾，處處良田。若能灌溉，歲歲豐年。古來開畝，廣尺深尺。長畝三條，於中種植。漸鋤隴草，爬土畝中。苗根日深，耐旱與風。又有區種，與畝不同。方深六寸，種禾一叢。七寸一區，匀如棋局。區收三升，畝號百斛。用力既到，所收亦多。比之漫撒，效驗如何。凡苗之長，全在糞壤。器欲巧便，牛須肥健。其或無牛，以人牽犁。彼此換工，惟在心齊。游手浮墮，譏笑父祖。一時之逸，終身之苦。稍識文字，莫弄官方。暫然得理，不可為常。勸爾保身，孝謹無辱。勸爾居家，省儉常足。兄弟同心，勿營私曲。年豐感謝，休厭米穀。官租未送，莫嘗酒肉。不尋閒事，門户清肅。粗然不闕，教子習讀。漸入士類，光庇宗族。歲時禮節，親隣往復。孫曾濟濟，所謂受福。古有茅容，雞供母饌。自將野菜，與客同飯。張氏九世，同居相愛。官家親問，寫忍以對。郄公貧餒，甥姪孤遺。飯藏兩頰，以活兩兒。王丹在鄉，親行農野。多載酒肴，勸賞勸者。前賢所為，可以為師。美哉農者，國之良民。直道本業，必養其親。姦未必富，拙未必貧。地道無窮，天有冬春。筋力在己，日用日新。俯仰求人，莫如求身。

## 望梅亭 南安軍未至庾嶺有亭，名望梅，兄端翔權軍事時所作

節物重陽後，風烟庾嶺頭。休論梅子雨，纔度菊花秋。翠壁堪横絶，幽亭勸小留。謀生兄弟拙，一一傍南州。

## 送邕州吴使君

題輿纔赴日邊程，便擁油幢鎮列城。地望素高唐五管，人才今似漢三明。時清市駿非無意，歲晏逢花好寄聲。太學英名湖海氣，此行持論要平平。

## 日涉園次韻五首

### 虚静堂

華堂清曠隔喧卑，户外春殘緑滿枝。好鳥窺簷時下啄，有人燕坐獨支頤。

### 息　齋

世間誰號最閒忙，强健收身意自涼。春去掃花時汲井，客來剪韭旋炊粱。

### 丹桂軒

丹枝近歲出深宫，合向嚴宸伴晚楓。珍重幽軒無俗物，月中根撥日邊紅。

### 茶　巖

巖下纔經昨夜雷，風爐瓦鼎一時來。便將槐火煎巖溜，聽作松風萬壑迴。

木瓜塢

山中果樹略扶踈，炎帝經中未盡書。聞道木瓜紅勝頰，露枝雲葉綴華琚。

奉寄交代通守王兄兼簡胡君二首

籍甚王文度，同儕意自親。方舟能送我，别駕苦勞人。屬縣應如律，山田向食新。荷花開幾許，老子舊凝神。

有客纔相識，乖離又許時。不愁蓬轉遠，獨恨蓋傾遲。卑薄江南地，青冥歲晚期。宦遊妨意氣，直恐負君詩。

題汪氏尊己堂

華屋成來有幾年，名因耆舊里中傳。未容極口論小集本作稱臧否，正欲虚心到聖賢。室有圖書人自好，門多車馬地還偏。邕州健筆人争誦，姓字從今到日邊。

次韻楚覺先見贈

奏事何能補帝聰，流年早已付天公。舊聞雙劍淪波底，忽有三刀入夢中。首出詩文為我賀，多慚憂樂與人同。如君孝友天應報，飛鶴那應久在籠。

聞寺簿燕客因以酒蟹送似有詩見及次韻二首

冠蓋追隨寂寞濱，絶甘寬我未閒身。古來把酒持螯者，便作風流一世人。

此物湖鄉價不論，帶糟聊遣薦芳樽。夢魂忽去浮清霅，唤撥漁舟傍馬門。

酬寺簿録示胡康侯戒明仲治郡遺訓

別駕游心到古初，時將前輩警公餘。異時治行傳青史，名字小集本作姓牽聯倘得書。

**奉酬李叔勤知縣覓抹莉花栽長句**

郫令風流太史家，早知抹莉有奇葩。生嫌衆色空塵滓，遍閱餘香見等差。多謝珠璣來坐右，好將根撥到天涯。蜀江紅紫紛披後，初看東南第一花。

**次韻酬通判劉兄岳陽樓見懷二首**

蓄納深無際，憑臨勢易高。青春關氣象，白日散風濤。有野張軒樂，何人續楚騷。古來川浸在，鬧却漢陰槔。

魚龍掀舞後，渺莽記空庭。地帶三苗闊，山傳二女靈。客懷光水月，詩筆妙丹青。少作揚雄悔，惟思草一經。

**次韻和子澄春祠先聖律詩**

質明帨洗動輕漪，禮殿巍巍百世師。伏几親瞻古人象，陪祠頗雜漢官儀。詩書自可謀元帥，俎豆何妨示小兒。春服詠歸千古意，只今童冠可無詩。

**春社禮成借用寺簿釋奠詩韻呈諸同官**

素餐深覺愧漣漪，后稷勾龍實吏師。平土至今猶有賴，配天在昔蓋多儀。操豚底用勤巫祝，餉黍行看媚婦兒。海內和平頌聲作，登歌還有載芟詩。

**福州趙侍郎開城西古湖以溉田既成冀得致政丞相福公一臨於是有唱和之篇二首**

湖邊飛蓋欲誰同，治行人思舊弱翁。行樂未饒溱水女，詠歸應有舞雩童。閩山影浸烟雲動，滄海潮連浦溆空。欲識元侯疏鑿意，君王勤儉正卑宮。

南方春早凍先融，荷臿趨時小異同。要使齊民知水利，亦如前哲變文風。四時鏡小集本作境浄登臨美，萬頃雲垂灌溉通。嗟我一麾江漢上，慨然歆嘆似南豐。以上《羅鄂州小集》卷一

**宴留**天啟本、康熙本作劉**尚書致語口號**

坐對崆峒帥府開，尚書元是濟川材。纔看劍履從天下，倏見旌旗照海來。兵衛半年虛抱戟，公堂今日共銜杯。文昌暫照東南地，已覺光輝近上臺。同上書卷五

**題木犀**

老照軒前翠已空，却驚嘉樹巧玲瓏。幽芬自出禪枝外，圓相長標法窟中。過客莫辭三宿戀，道人已費十年工。要須共結團欒坐，賞盡清秋面面風。宋潛說友《咸淳臨安志》卷八五

（吴鷗整理）

**圖書在版編目(CIP)數據**

全宋詩（46）/北京大學古文獻研究所編.-北京:北京大學出版社,1998.12

ISBN 7-301-03963-8

Ⅰ.全… Ⅱ.北… Ⅲ.古體詩-中國-宋代-總集 Ⅳ.I222.744

書　　名:全宋詩第四六册

著作責任者:北京大學古文獻研究所

責任編輯:徐建華

標準書號:ISBN 7-301-03963-8/I.0508

出 版 者:北京大學出版社

地　　址:北京市海淀區中關村北京大學校内　100871

電　　話:出版部 62752015　發行部 62559712　編輯部 62752032

排 版 者:北京華倫公司排版部 62756343

印 刷 者:中国科学院印刷厂

發 行 者:北京大學出版社

經 銷 者:新華書店

850×1168毫米　32開本　23.5印張　614千字

1998年12月第一版　1998年12月第一次印刷

定　　價:40.00元

魁梧數百
年斧斤

魁梧數百
年斧斤